카라마조프가의 형제들

카라마조프가의 형제들 1 고급 양장본

1판 1쇄 펴냄 2020년 8월 24일

원작 표도르 도스토옙스키
번역 이가영
해설 최행규
출간 하진석
출판사 코너스톤
주소 서울시 마포구 독막로3길 51
전화 02-518-3919
ISBN 979-11-90669-36-8 04890

카라마조프가의 형제들 1

표도르 도스토옙스키

코너스톤
Cornerstone

안나 그리고리예브나 도스토옙스카야에게 바친다.

내가 진실로 진실로 너희에게 이르노니

한 알의 밀이 땅에 떨어져 죽지 않으면 한 알 그대로 있고,

죽으면 많은 열매를 맺느니라.

(요한복음 12장 24절)

차례

작가로부터

나의 주인공 알렉세이 표도로비치 카라마조프의 전기를 시작하려는 지금 약간 난처한 기분이다. 내가 알렉세이 표도로비치를 나의 주인공이라 부르고는 있지만, 나 자신도 그가 전혀 대단한 사람이 아니라는 것을 알고 있기에 '알렉세이 표도로비치의 어떤 점이 뛰어나서 당신은 그를 주인공으로 택했는가?', '그는 어떤 대단한 일을 했는가?', '누구에게 어떤 일로 알려져 있는가?', '왜 독자인 내가 그의 인생에서 있었던 사실을 살펴보는 데 시간을 할애해야 하는가?'와 같은 질문을 피할 수 없다는 것이 예상되기 때문이다.

　마지막 질문이 가장 치명적이다. '소설을 읽다 보면 스스로 깨닫게 될지 모른다'고 답할 수밖에 없기 때문이다. 그러나 소설을 다 읽고 나서도 깨닫지 못하고, 나의 알렉세이 표도로비치가 특별하다는 데 동의할 수 없다면 어떻게 해야 할까? 이런 말을 하는 이유는 애석하게도 그럴 것이 예견되기 때문이다. 내게는 그가 특별하지만, 그 특별함을 독자들에게 증명할 수 있을지는 심히 의심스럽다. 그가 실천가이긴 하나,

애매모호한 실천가이기 때문이다. 사실 요즘 같은 시대에 사람들에게서 명료함을 요구한다는 것이 오히려 이상한 일인지도 모르겠다. 알렉세이가 상당히 이상한 사람이며, 심지어 괴짜라는 사실만은 의심의 여지가 없다. 하지만 이상하다거나 괴짜라는 사실은 관심을 끌기보다는 해가 되기 마련이며, 특히 모든 사람이 부분을 통합해 전체의 혼돈 속에서 뭔가 하나라도 보편적인 의의를 찾으려 할 때는 더욱 그렇다. 괴짜는 대부분 부분적이고 동떨어진 존재다. 그렇지 않은가?

만약 당신이 마지막 명제에 동의하지 않고 '그렇지 않다'거나 '항상 그런 것은 아니다'라고 대답한다면, 나는 내 주인공 알렉세이 표도로비치가 의의가 있다는 데 용기가 날 것이다. 괴짜라고 언제나 부분적이거나 동떨어진 존재인 것은 아닐 뿐더러, 오히려 괴짜가 전체의 핵심을 지닐 때도 있기 때문이다. 그리고 동시대의 나머지 사람들이 전부 돌풍 같은 것에 휩쓸려 그에게서 잠시 떨어져나간 것일 수도 있다….

사실 이런 흥미롭지도, 석연치도 않은 설명은 그만두고 단순히 서문 없이 이야기를 시작하고 싶었다. 마음에 든다면 그대로 끝까지 읽을 테니 말이다. 문제는 내가 쓸 전기는 하나인데, 소설은 두 편이라는 점이다. 중요한 것은 두 번째 소설로, 우리 시대, 지금 이 순간 주인공의 활동을 담고 있다. 첫 번째 소설은 13년 전에 있었던 일을 다룬 것이며, 소설이라기보다는 나의 주인공이 보낸 청년기의 한순간을 기록한 것에 불과하다. 그렇다고 이 첫 번째 소설을 생략할 수는 없다. 두 번째 소설의 많은 부분이 이해되지 않을 것이기 때문이다. 하지만 이 때문에 애초의 고민이 더욱 커진다. 전기를 쓰는 내가 이렇게 소박하고 모호한 주인공에게는 한 편의 소설도 과할지도 모른다고 느끼는데 어떻게 두 편의 소설을 내놓을 수 있겠으며, 그런 나의 오만을 어떻게 해명할 수 있을 것인가?

이런 문제들에 답할 길이 보이지 않기에 우선은 어떤 문제도 해결하지 않고 넘어가려 한다. 눈치 빠른 독자는 처음부터 내가 이럴 생각이었다는 것을 진작 눈치채고 왜 쓸데없는 말을 늘어놓아 귀한 시간을 낭비하느냐며 분개했을 것이다. 그 점에 대해서라면 분명히 답할 수 있다. 쓸데없는 말을 늘어놓으며 귀한 시간을 낭비한 이유는 첫째, 예의를 갖추기 위해서이고, 둘째, 그래도 미리 예고는 해두려는 약은 생각 때문이다. 사실 나는 내 소설이 '본질적으로 전체의 통일성'을 유지하면서 자연스럽게 두 편으로 나뉜 것이 기쁘다. 첫 번째 이야기를 읽은 독자는 두 번째 이야기에 읽을 가치가 있을지 스스로 판단할 수 있을 것이다. 물론 누구에게도 무슨 의무가 있는 것은 아니니, 첫 번째 이야기를 두어 장 넘겨보다가 책을 던져버리고 다시는 들춰보지 않아도 된다. 하지만 공정한 판단을 내리는 데 실수가 없도록 끝까지 읽으려고 마음먹는 섬세한 독자도 분명 있을 것이다. 이를테면 러시아의 비평가들이 모두 그런 사람들이다. 그런 독자들을 생각하면 아무래도 마음이 가벼워진다. 그들이 아무리 조심성 많고 성실하다고 해도 소설의 첫 에피소드를 읽다가 내던져버릴 수 있도록 가장 정당한 근거를 제공하는 것이기 때문이다.

자, 서문은 여기까지다. 서문이 쓸데없다는 데 전적으로 동의하지만, 기왕 쓴 것이니 그냥 두도록 하겠다.

그럼 이제 본문으로 들어가자.

제1부

제1편
한 작은 가족의 이야기

1. 표도르 파블로비치 카라마조프

알렉세이 표도로비치 카라마조프는 우리 군의 지주 표도르 파블로비치 카라마조프의 셋째 아들이다. 표도르는 지금으로부터 정확히 13년 전 비극적이고 의문스러운 최후를 맞아 당시 널리 알려졌는데(하긴 지금까지도 우리 고장에서 회고되고 있다), 그 일에 대해선 때가 되면 이야기하겠다. 지금은 이 '지주'(그는 평생 자신의 영지에서 지낸 적이 거의 없었지만, 고장 사람들은 그를 그렇게 불렀다)에 대해 괴상하기는 하나 꽤 흔히 볼 수 있는 유형의 사람이었다는 것, 즉 추악하고 음탕한 데다가 분별없는 사람이었다는 것만 말해두겠다. 하지만 분별없는 사람 가운데서도 재산에 관련한 일만큼은 솜씨 좋게 처리할 줄 아는 사람이었다. 그것이 유일한 재주인 듯했다. 표도르는 거의 빈손으로 시작한 아주 보잘것없는 지주여서 밥을 얻어먹으러 남의 식탁을 전전하며 식객으로 들어앉을 기회만 살피던 처지였으나, 죽을 땐 현금으로 10만 루블에 이르는 돈을 가지고 있었다. 그러면서도 평생을 군에서 가장 분별없는 미치광이로 살았다. 다시 말하지만, 우둔한 것이 아니다. 이런 미치광이들은 상당히 영리하고 약은 자들이 대부분이다. 말 그대로 분별력이 없는 것이었으며, 그것도 우리 민족만의 독특한 방식으로 그랬다.

그는 두 번 결혼해 세 아들을 두었다. 장남 드미트리는 첫 번째 부인, 나머지 두 아들 이반과 알렉세이는 두 번째 부인의 소생이었다. 전처는 남편과 마찬가지로 우리 군의 지주이면서 제법 부유하고 명망 있는 귀족 가문인 미우소프 집안 출신이었다. 지참금이 있고 아름다운 데다가 요즘 세대에는 상당히 많지만 이전 세대에서도 이미 볼 수 있었던 영민한 아가씨가 어쩌다 그렇게 보잘것없는 '얼간이'라 불리던 사람과 결혼하게 되었는지 구구절절한 설명은 하지 않겠다. 나는 지난 '낭만적인' 세대에 살았던 한 처녀를 알고 있다. 그 처녀는 몇 년 동안 한 신사에게 수수께끼 같은 사랑을 품어오다가 언제든 아무 풍파 없이 그와 결혼할 수 있었는데도 혼자서 극복할 수 없는 장애물을 상상해내고는 폭풍우가 치는 밤 벼랑처럼 생긴 높은 강둑에서 꽤 깊고 물살이 빠른 강으로 몸을 던져 죽어버렸다. 이는 엄연히 자기의 변덕 때문이었으며, 오로지 셰익스피어의 오필리아처럼 되고 싶었기 때문이었다. 오랫동안 점찍어둔 마음에 쏙 든 벼랑이 그렇게 아름답지만 않았더라면, 그 자리에 단조롭고 평평한 강변이 있었더라면 자살은 절대 일어나지 않았을 것이다. 이는 실화이며, 지난 두서너 세대에 걸쳐 러시아에서 이와 똑같거나 비슷한 일이 적지 않게 벌어졌을 것임을 염두에 두어야 한다. 그와 마찬가지로 아델라이다 이바노브나도 이질적인 풍조에 영향을 받아, 분노와 초조함에 사로잡혀 그런 행동을 한 것이 분명했다. 어쩌면 여성의 자립을 선언하고 사회적 제약이나 가문과 가족의 횡포에 맞서고 싶던 그녀는 친절한 환상에 사로잡힌 나머지, 표도르가 비록 식객에 불과하긴 하지만 전적으로 좋은 방향으로 진행되던 전환기를 대변하는 무척 용감하고 냉소적인 사람 중 한 명이라는 생각을 한순간 심어준 것인지도 모른다. 그러나 그는 그저 고약한 광대에 지나지 않았다. 또 짜릿한 점은 이 결혼이 도둑 결혼이었다는 것인데, 이것이 아델라이다에게는 굉장히 매혹적이었다. 한편, 표도르는 사회적 지위 때문에라도 이런 예기치 못한 일에 덥석 응할 태세가 되어 있었다. 수단과 방법을 가리지 않고 출세를 열망하던 터라 명문가와 인연을 맺고 지참금을 받는다는 것은 아주 구미가 당기는 일이었기 때문이다. 서로 간의 사랑에 대해 말해보자면 신부 쪽에서도, 또 신부의 미모에도 불구하고 표도르 쪽에서도 그런 건 전혀 없었던 것 같다. 이런 일은 평생 음탕하기 짝이 없게 살며 유혹만 받으면 아무 치마에나 들러붙을 위인이었던 표도르의 인생에서 유일무이한 경우였을 것이다. 이 여인만은 그의 욕정에 아무 감흥도 불러일으키지 않았다.

아델라이다는 도둑 결혼을 하자마자 남편에게 경멸밖

에 느끼지 않는다는 사실을 깨달았다. 따라서 결혼의 결과는 순식간에 판가름이 나버렸다. 아델라이다의 집안에서 꽤 일찍 결혼을 인정하고 도망간 딸에게 지참금을 내주었음에도 불구하고, 부부 사이에는 무질서하기 짝이 없는 생활과 끝없는 소란이 시작되었다. 그래도 젊은 아내는 표도르와는 비교가 안 될 만큼 고상하고 품위 있게 굴었다고 한다. 이제는 다 알려진 사실이지만 표도르는 아내가 2만 5000루블에 달하는 지참금을 받자마자 모조리 가로채, 아내로서는 그 돈이 물속에 잠긴 것이나 다름없어졌다. 그는 아내가 지참금의 일부로 받은 작은 마을과 시내에 있던 꽤 좋은 집도 적당한 서류를 꾸며 자기 명의로 돌리려고 오랫동안 안간힘을 썼다. 그대로 두었다면 결국 목적을 달성해냈을 테지만, 그건 오로지 끊임없이 파렴치한 강요와 간청을 늘어놓아 아내의 마음속에 자신에 대한 경멸과 혐오를 불러일으키고, 그가 떨어져나가기만을 바라도록 정신적으로 지치게 한 덕분이었을 것이다. 하지만 다행히 아델라이다의 친정이 개입해 강탈을 막았다. 부부는 몸싸움도 심심찮게 벌였다고 하는데, 소문에 의하면 때린 쪽은 표도르가 아니라 성정이 불같고, 용감하고, 피부가 가무잡잡하고, 성미가 급하고, 남다른 완력을 타고난 아델라이다였다고 한다. 결국 아델라이다는 세 살배기 미탸를 표도르의 손에 남겨둔 채 찢어지게 가난한 신학교 출신 선생과 함께 집을 버리고 남편에게서 도망쳤다. 그러자 표도르는 순식간에 집 안을 하렘으로 뒤바꾸고 난잡한 술판을 벌였으며, 틈틈이 온 군을 돌아다니며 보는 사람마다 아델라이다가 자신을 버리고 가버렸다고 눈물로 하소연했다. 그러면서 남편으로서는 차마 입에 담기 민망할 결혼 생활의 속사정을 낱낱이 떠벌리고 다녔다. 중요한 것은, 그가 모든 사람들 앞에서 모욕당한 남편이라는 우스꽝스러운 배역을 연기하고 자기가 당한 모욕에 살을 붙여가며 자세하게 지껄여대는 것을 즐거워하다 못해 자랑스러워하는 것처럼 보였다는 것이다. 빈정대기 좋아하는 사람들은 이렇게 말했다. "표도르 파블로비치, 그런 슬픈 일을 당하고도 그렇게 좋아하다니, 누가 보면 무슨 벼슬이라도 얻은 줄 알겠소." 심지어 많은 사람들은, 한층 더 우스꽝스러워진 광대의 모습으로 나타나기를 좋아하는 표도르가 더 큰 웃음을 자아내려고 일부러 자신의 희극적인 처지를 모르는 척하고 있다고 말하기도 했다. 하지만 그저 순진한 마음에 그랬는지도 모르는 일이다. 마침내 표도르는 도망간 아내의 행방을 알아냈다. 가엾은 아내는 신학교 출신 선생과 함께 페테르부르크로 건너가 그곳에서 완전한 해방을 만끽하고 있었다. 표도르는 곧장 부산을 떨며 페테르부르크로 갈 채비를 시작했지만, 무엇을 하러 가는 것인지는 물론 자기도 몰랐다. 아무튼 그는 그때 정말로 떠나려고 했다. 그런데 막상 그럴 결심을 하자 길을 떠나기 전 기운을 북돋는 차원에서 한 번 더 마음껏 마실 권리가 있다는 생각이 들었다. 처가로부터 아내가 페테르부르크에서 사망했다는 소식을 듣게 된 것은 바로 그때였다. 아내는 갑자기 어느 다락방에서 죽었다는데, 장티푸스 때문이라고도 했고, 굶어 죽은 것 같다고도 했다. 표도르는 만취한 채로 아내의 사망 소식을 들었다. 그가 거리로 뛰쳐나가 기쁨에 겨워 두 팔을 하늘로 뻗고 "평안히 놓아주시는도다(누가복음 2장 29절―옮긴이)"라고 외치기 시작했다는 말도 있었고, 그를 아무리 혐오하던 사람마저도 보기가 안쓰러울 만큼 어린아이처럼 목 놓아 울었다는 말도 있었다. 아마 두 가지 다 사실이었을 것이다. 즉, 해방을 기뻐하는 동시에 자신의 해방자를 위해 울었을 것이다. 사람들은 악한 사람이라고 해도 대부분 우리가 판단하는 것보다 훨씬 순진하고 단순하다. 그것은 우리 자신도 마찬가지다.

2. 장남을 내팽개치다

물론 이런 사람이 어떤 교육자이자 아버지였을지 상상이 될 것이다. 아버지로서의 표도르는 당연히 저지를 법한 일을 저질렀다. 아델라이다와의 사이에서 낳은 제 자식을 완전히 방치한 것이다. 이것은 아이에게 악의가 있거나 남편으로서 어떤 모멸감을 느껴서가 아니라 그저 아이의 존재를 까맣게 잊었기 때문이었다. 표도르가 눈물과 하소연으로 사람들을 귀찮게 하고 집을 음욕의 소굴로 만드는 동안 세 살 난 미탸를 맡아 키운 것은 이 집안의 충직한 하인 그리고리였다. 만약 그리고리가 돌보지 않았다면, 아이의 속옷을 갈아입힐 사람도 없었을 것이다. 게다가 아이의 외가 쪽에서도 처음엔 아이의 존재를 잊은 듯했다. 아이의 외할아버지이며 아델라이다의 아버지인 미우소프 씨는 이미 세상에 없었고, 미망인이 되어 모스크바로 이사 간 할머니는 중병에 걸렸으며, 이모들은 시집을 가버려 미탸는 거의 1년을 그리고리의 행랑채에서 지내야 했다. 하지만 만약 아버지란 사람이 미탸에 대해 떠올렸다고 해도(아이의 존재를 정말로 모를 수는 없는 노릇이니), 아이는 방탕한 생활에 방해가 되기 마련이니 제 손으로 직접 행랑채로 되돌려 보냈을 것이다. 그런데 그 무렵 죽은 아델라이다의 사촌인 표트르 알렉산드로비치 미우소프가 파리에서 돌아왔다. 그는 나중에 오랫동안 외국에서 살았는데, 당시엔 아직 새파란 젊은이였다. 하지만 교양 있고 도회적인 데다가 외국 물정을 잘 알고 평생을 유럽인처럼 살았으며 말년에는 1840~1850년대의 자유주의자로 통한, 미우소프 집안에서는 특별한 사람이었다. 국내외를 막론하고 당대 가장 자유주의적인 수많은 사람과 친분을 쌓았으며, 프루동('아나키즘의 아버지'라 불리는 프랑스의 대표적 무정부주의자—옮긴이)과 바쿠닌(러시아의 무정부주의자—옮긴이)도 개인적으로 알고 지냈다. 방랑 생활을 마감할 즈음에는 1848년 파리 2월 혁명의 시가전에 자기가 있었던 거나 다름없다고 넌지시 암시하면서 그 사흘에 대한 회고담을 떠벌리길 특히 즐겼다. 이것이 젊은 시절 무척 흐뭇한 추억거리 중 하나였던 것이다. 미우소프는 옛 기준으로 천 명의 농노에 해당하는 독립된 재산을 가지고 있었다. 그의 훌륭한 소유지는 우리 읍의 어귀에 자리해 유명한 수도원과 경계를 맞대고 있었다. 미우소프는 아주 젊을 때 유산을 상속받았는데, 그러자마자 수도원을 상대로 하천의 어로권인지 산림의 채벌권인지 정확하게는 모르겠지만 아무튼 끝없는 소송을 시작했다. '성직자들'을 상대로 소송을 거는 것을 시민이자 교양인으로서 의무라고까지 여겼기 때문이다. 미우소프는 기억하는 것은 물론이거니와 한때 눈여겨보기도 했던 아델라이다의 소식을 모두 전해 듣고 미탸라는 아이가 남겨졌다는 걸 알고서는 표도르에게 젊은이다운 울분과 경멸을 느끼면서 일에 관여하고 나섰다. 그러면서 처음으로 표도르와 안면을 트게 되었다. 그는 자신이 아이의 양육을 맡고 싶다고 단도직입적으로 말했다. 미우소프는 이후 두고두고 표도르의 성격을 잘 보여주는 예라며 이런 이야기를 했다. 자신이 표도르에게 미탸 이야기를 꺼내자 그는 한동안 도대체 무슨 아이에 관한 말인지 영문을 모르겠다는 얼굴을 했으며, 심지어 집 어딘가에 어린 아들이 있다는 사실에 놀란 것처럼 굴었다는 것이다. 만약 미우소프의 이야기에 과장이 섞여 있었다고 해도, 사실에 가까운 부분도 분명히 있었을 것이다. 실제로 표도르는 평생 자기 모습을 연출하고 사람들 앞에서 뜬금없는 연기를 하는 걸 좋아했다. 심지어 그럴 필요가 전혀 없거나 이번처럼 자신에게 직접적으로 해가 될 때도 그러했다. 사실 이런 특성은 비단 표도르뿐 아니라 수많은 사람들, 심지어 아주 명석한 사람에게서도 나타난다. 아무튼 미우소프는 적극적으로 일을 추진하여 아이의 후견인(표도르와 공동으로)까지 되어주었다. 아이에게 어머니가 남겨준 집과 영지가 있었기 때문이다. 미탸는 실제로 이 외종숙네 집으로 옮겨갔다. 그러나 미우소프에게는 가족이 없었고, 영지 수입을 잘 정리해 보관하자마자 오랫동안 파리로 떠나버렸기 때문에 아이는 미우소프의 누이들 중 모스크바에 사는 부인에게 맡겨졌다. 미우소프는 파리 생활에 젖어버린 데다가 평생 잊을 수 없는, 그의 상상력을 뒤흔든 바로 그 2월 혁명이 도래하자 아이에 관한 일은 까맣게 잊어버렸다. 모스크바의 부인이 죽자 미탸는 그 부인의 시집간 딸에게 맡겨졌다. 그 후에도 아이는 네 번째로 거처가 바뀐 듯했다. 지금은 이에 관해서 자세히 설명하지는 않겠다. 장남 드미트리에 대해서는 앞으로도 할 이야기가 많으니, 지금은 소설을 시작하는 데 꼭 필요한 정보만 밝혀두도록 하겠다.

첫째, 이 드미트리 표도로비치는 표도르의 세 아들 가운데 유일하게 그래도 자기 앞으로 얼마간 재산이 있으니 성인이 되면 독립할 수 있을 것이라는 확신을 가지고 자라났다. 그의 청소년기는 무질서하게 흘러갔다. 중학교 과정을 끝내지 못하고 어느 군사 학교에 들어갔다가 어쩌다 캅카스에 와서 장교가 되었지만, 결투를 벌이고 강등되었다가 다시 복직되었다. 그는 방탕한 생활을 일삼으며 상당한 돈을 탕진했다. 성인이 되고 나서야 표도르에게서 돈을 받기 시작했기 때문에 그때까지는 많은 빚을 지고 있었다. 아버지인 표도르를 처음 만난 것은 성인이 된 후에 자기 몫의 재산 문제를 논의하러 일부러 우리 고장에 찾아왔을 때였다. 그러나 그때부터 아버지가 마음에 들지 않았던 모양인지, 그 집에 오래 머무르지는 않았다. 약간의 돈을 받고, 앞으로 자기 영지에서 들어올 수입에 대해 모종의 계약을 맺고는 곧 떠나버렸다. 그때 표도르에게서 자기 소유지의 수입액이나 가격에 대해서는 끝내 알아내지 못했다(이것은 주목해야 할 사실이다). 표도르는 처음 만났을 때부터(이것도 기억해두어야 한다) 아들 미탸가 자기 재산에 대해 과장되고 부정확한 생각을 가지고 있다는 사실을 알아차렸다. 표도르는 따로 속셈이 있었으므로 그 점을 몹시 만족스럽게 생각했다. 그는 아들이 경솔하고 난폭하고 호색적인 성질 급한 난봉꾼이며, 뭐라도 잠깐 손에 쥐어주면 잠깐이기야 하겠지만 바로 잠잠해질 인물이라고 판단했다. 표도르는 바로 그 점을 이용하기 시작했다. 이따금씩 푼돈을 부쳐주면서 그때그때 때워 넘긴 것이다. 결국 4년쯤 지나 인내심이 바닥난 미탸는 아버지와 재산 문제를 담판 지으려고 다시 한번 우리 고장에 찾아왔다. 그러나 그는 자기 앞으로 아무것도 남은 것이 없으며, 어쩌다 그렇게 되었는지 계산도 할 수 없고, 자기 재산을 이미 모두 현금으로 받았을 뿐 아니라 오히려 아버지에게 빚을 졌을지도 모른다는 청천벽력 같은 말을 듣게 되었다. 한때 자진해서 맺은 이런저런 계약 때문에 더 이상 아무것도 요구할 권리가 없다는 것이었다. 충격에 빠진 젊은이는 그것이 거짓과 속임수일 것이라고 의심하며 거의 이성을 잃고 미칠 지경이 되었다. 바로 이러한 상황이 참극을 불러왔는데, 이 참극에 대한 이야기가 첫 번째 소설의 주제, 정확히는 그 외적인 측면이 된다. 그러나 그 소설을 시작하기에 앞서 미탸의 동생인 표도르의 나머지 두 아들에 관해서도 설명하고, 이들의 내력에 대해 밝혀둘 필요가 있겠다.

3. 재혼과 그 자식들

표도르는 네 살짜리 미탸가 자기 손에서 떨어져나가고 얼마 지나지 않아 바로 재혼을 했다. 두 번째 결혼생활은 8년 정도 계속되었다. 후처는 소피야 이바노브나라는 역시나 아주 젊은 처녀였는데, 사소한 청탁 일을 보러 어떤 유대인과 함께 다른 군에 들렀다가 그곳에서 데려온 여자였다. 표도르는 방탕한 생활을 일삼고 술을 퍼마시고 난봉을 피우면서도 재산 관리만큼은 게을리하지 않았고, 거의 언제나 비열한 방식을 쓰기는 했지만 그래도 성공적으로 사업을 꾸려나가고 있었다. 소피야 이바노브나는 어떤 무식한 보좌신부의 딸로 어릴 적 천애고아가 되어 은인이자 교육자이면서 동시에 학대자이기도 한, 보호로프 장군의 명망 있고 부유한 미망인의 집에서 자랐다. 자세한 사정은 모르지만, 순하고 착하고 얌전한 이 아가씨가 한번은 헛간의 못에 노끈을 걸고 목을 맨 것을 사람들이 끌어내렸다는 이야기를 들은 적이 있다. 그만큼 노부인의 변덕과 끝없는 잔소리가 견디기 힘들었던 것이다. 부인은 나쁜 사람은 아닌 듯했지만, 안일한 생활에 젖어 감당할 수 없는 고집불통이 되어 있었다. 표도르가 청혼을 해오자 장군 부인은 뒷조사를 해보고는 퇴짜를 놓았다. 그러자 그는 첫 결혼 때처럼 고아 처녀에게 함께 도망가자고 제안했다. 만약 처녀가 그때 표도르에 대해 조금만 더 자세히 알고 있었더라면 결코 결혼하겠다고 따라나서는 일은 없었을 것이다. 그러나 그것은 다른 현에서 있었던 일이었다. 게다가 열여섯 살 소녀가, 그것도 은인의 집에 있기보다는 차라리 강물에 뛰어드는 게 낫겠다고 생각하던 마당에 무엇을 헤아릴 수 있었겠는가. 그렇게 가엾은 처녀는 은인을 그저 여자에서 남자로 바꾼 꼴이 되어버렸다. 표도르는 이번 결혼에서는 동전 한 닢 얻지 못했다. 노발대발한 장군 부인이 지참금은커녕 두 사람 모두에게 저주를 퍼부었기 때문이다. 하지만 표도르도 이번에는 돈을 뜯어내려던 것이 아니라 순결한 처녀의 뛰어난 미모, 지금까지 천박한 여성미만 탐닉해온 호색한인 그를 사로잡은 그 순진한 모습에 홀딱 반한 것이었다. "그 순진한 눈이 마치 면도날처럼 내 마음을 싹 그어버렸지." 훗날 그는 특유의 징그러운 웃음을 흘리며 이렇게 말하곤 했다. 음탕한 사람에게는 그런 모습조차 그저 성적인 유희거리에 지나지 않는 것이다. 결혼하면서 아무런 보상도 받지 않은 표도르는 아내 앞에서 격식을 차리지 않았다. 아내가 자기 앞에 '죄인'이며 자신이 '올가미에서 끌어내려준 것'이나 다름없다는 점, 또 아내의 순종적이고 얌전한 성격을 이용하여 가장 기본적인 부부간의 예절마저 짓밟아버렸다. 그는 엄연히 아내가 있는 집에 저속한 여자들을 불러들이고 난잡한 술판을 벌였다. 여기서 특기할 만한 점은, 침울하고 우직하고 옳고 그름을 따지기 좋아하는 하인 그리고리가 전 마님인 아델라이다는 미워했으면서도, 이번에는 새 마님의 편에 서서 두둔하며 하인으로서는 용납되지 않을 법한 태도로 표도르에게 대들고, 한번은 집에 모여들어 술판을 벌이던 문란한 여자들을 강제로 쫓아내기까지 했다는 것이다. 결국 어려서부터 위축되어 살아온 불행한 젊은 여인은 여자들이 주로 걸리는 일종의 신경병에 걸려버렸다. 이 병은 시골 아낙네들에게서 주로 볼 수 있으며, 환자는 클리쿠샤(괴성을 지르며 발작을 일으키는 사람을 의미하는데, 과거 러시아에서는 악마에 씌거나 저주에 걸려 일어나는 현상으로 여겼다―옮긴이)라고 부른다. 이병에 걸린 사람은 무시무시한 히스테리 발작을 일으키고, 때로는 정신을 잃기도 했다. 그래도 그녀는 표도르에게 이반과 알렉세이라는 두 아들을 낳아주었다. 첫째는 결혼 첫해에, 둘째는 3년이 지나서였다. 그녀가 죽었을 때 알렉세이는 겨우네 살이었다. 그러나 이상하게도 나는 알렉세이가 어머니를 평생 기억했다고 알고 있다. 물론 꿈속 같은 기억이었겠지만 말이다. 어머니가 죽자 두 아이도 맏아들 미탸와 거의 똑같은 운명이 되었다. 아버지에게 완전히 잊히고 방치되어 그리고리의 행랑채로 옮겨진 것이다. 어머니의 은인이자 양육자인 고집 센 장군 부인이 아이들을 발견한 것도 바로 이 행랑채에서였다. 그때까지도 살아 있던 장군 부인은 지난 8년간 자기가 당한 수모를 한순간도 잊지 못했다. 부인은 그동안 소피야가 어떻게 사는지 가장 정확한 정보를 입수해오고있었다. 소피야가 병에 걸렸고 끔찍한 추태 속에 산다는 말을 듣자 두어 번 식객들에게 "그 계집애는 그래도 싸. 배은망덕하게 굴어 천벌을 받은 거야"라고 말하기도 했다. 소피야가 죽은 지 정확히 석 달 후, 홀연히 우리 고장에 나타난 장군 부인은 곧장 표도르의 집으로 달려가 이곳에 머물렀던 반시간 동안 많은 일을 해치웠다. 시간은 저녁때였다. 8년 만에 처음으로 보는 표도르는 술에 얼큰하게 취해 부인을 맞으러 나왔다. 부인은 아무런 설명 없이 그를 보자마자 대뜸 따귀를 두 대 차지게 후려갈기고, 머리를 틀어잡고 위아래로 세 번 흔들어준 다음 아무 말 없이 곧장 두 아이가 있는 행랑채로 갔다고 한다. 한눈에 아이들이 씻지도 못하고 꾀죄죄한 옷을 입고 있는 것을 알아보고는 곧바로 그리고리에게도 따귀를 한 대 갈겨주고 아이들을 데려가겠노라고 선언했다. 그런 다음 아이들을 데리고 나와 담요로 둘둘 감아 마차에 태워서 집으로 데려갔다. 그리고리는 충직한 하인으로서 불평 한마디 없이 그 따귀를 감내했다. 노부인을 마차까지 모셔다드리면서는 깊이 허리 숙여 절하면서 감격한 목소리로 "고아들을 거둬주신 데 하느님이 보상해주실 겁니다" 하고 말했다. "아무튼 네놈은 얼간이야!" 부인은 떠나가면서 이렇게 소리쳤다. 표도르는 상황을 헤아려보고는 차라리 잘됐다고 생각하여, 나중에 장군 부인이 아이들의 양육에 관한 정식 동의서를 보내오자 아무 조항에도 토를 달지 않고 받아들였다. 따귀를 맞은 일은 자기 입으로 온 동네에 떠벌리고 다녔다.

장군 부인도 그 일이 있고 얼마 지나지 않아 세상을 떠났다. 그러나 부인은 유언장에 아이들에게 각각 1000루블씩 주라며 '아이들의 교육비이다. 반드시 아이들을 위해 쓰되, 성인이 될 때까지 모자람이 없도록 해라. 이런 아이들에게는 이만한 돈도 과분하기 때문이다. 하지만 누군가 인심을 쓰고 싶은 사람이 있으면 말리지는 않겠다' 따위의 말을 남겼다. 나는 직접 유언장을 읽어보지는 않았지만, 이런 식으로 어딘가 기묘하고 지나치게 독창적인 문구들이 씌어 있었다고 들었다. 노부인의 주요 상속자는 그 현의 귀족 대표인 예핌 페트로비치 폴레노프라는 정직한 사람이었다. 표도르와의 서신 왕래 끝에, 그가 제 자식들의 양육비를 결코 내놓지 않으리라는 것을 이내 깨달은(표도르는 한 번도 대놓고 거절하지는 않았지만, 이런 상황에서 으레 그러듯 일을 질질 끌며 때로는 감정에 호소하기까지 했다) 예핌은 직접 고아들을 맡았다. 그중에서도 동생인 알렉세이를 특히 사랑해서 오랫동안 자기 집에서 데리고 살기까지 했다. 나는 독자 여러분이 처음부터 이 점을 유념해주었으면 한다. 청년이 된 두 형제가 자신이 받은 양육과 교육에 평생토록 감사해야 할 사람이 있다면, 그것은 바로 세상에서 찾아보기 힘들 만큼 고결하고 인정 많은 예핌 페트로비치다. 그는 장군 부인이 아이들에게 남긴 1000루블씩의 돈을 손대지 않고 그대로 간직해두었으므로, 아이들이 성년이 될 무렵 그 돈은 이자가 붙어 2000루블로 불어나 있었다. 아이들은 자기 돈으로 양육했는데, 물론 한 아이에게 1000루블이 훨씬 넘는 돈을 썼다. 이들의 유년기와 청소년기에 대한 이야기도 잠시 뒤로 미루고, 가장 중요한 정황만 밝혀두려고 한다. 형인 이반에 관해서는, 그가 어딘가 음침하고 자기 안에 틀어박힌 소년으로 자랐다는 점만 말해두기로 하겠다. 그렇다고 겁이 많고 소심한 것은 아니었지만, 남의 집에서 남의 은혜로 자라고 있다는 것과, 자기들의 아버지는 입에 올리기도 부끄러운 사람이란 것 등을 열 살 때부터 똑똑히 깨달은 것 같았다. 이 소년은 아주 어릴 때부터, 거의 유년시절부터(적어도 소문에 따르면) 공부에 비범하고도 눈부신 재능을 보였다. 정확한 사정은 모르지만, 그는 열세 살이 되자마자 모스크바의 한 중학교에 입학하면서 폴레노프 가족과 헤어져 폴레노프의 어릴 적 친구인 노련하고 유명한 교육자가 운영하는 기숙사에 들어갔다. 나중에 이반 자신은 그 일을 두고, 천재적인 아이는 천재적인 교육자 밑에서 배워야 한다는 생각에 사로잡힌 폴레노프의 '선행에 대한 열정'으로 벌어진 일이라고 말했다. 그러나 이반이 중학교를 졸업하고 대학교에 입학할 무렵에는 폴레노프도, 그 천재적인 교육자도 이미 세상을 떠나고 없었다. 고집불통 장군 부인이 아이들에게 남겨준 1000루블은 이자가 붙어 2000루블로 불어나 있었지만, 폴레노프가 처리를 잘못해놓아, 우리나라에서는 절대 피해갈 수 없는 다양한 형식상의 절차로 인해 받아내기까지 오랜 시간이 걸렸다. 그래서 그는 대학에 들어가서 첫 2년 동안 생활비를 벌면서 공부까지 하느라 지독하게 고생해야 했다. 주목해야 할 점은, 이반이 그때 아버지에게 편지로 연락해볼 시도조차 하려고 들지 않았다는 것이다. 그것은 자존심과 아버지에 대한 경멸 때문이었을 수도 있고, 아버지란 사람에게서 이렇다 할 지원은 결코 받을 수 없으리라는 냉철하고 상식적인 판단 때문이었을 수도 있다. 아무튼 젊은이는 전혀 굴하지 않고 결국 일거리를 찾아냈다. 처음엔 20코페이카(*100코페이카는 1루블)씩 받고 과외를 하다가, 나중에는 여러 신문사 편집국을 돌아다니며 '목격자'라는 필명으로 거리에서 벌어지는 사건에 대해 열 줄짜리 기사를 써주었다. 그 기사들은 하나같이 흥미진진하고 맛깔나서 금방 인기를 끌게 되었다고 한다. 이 한 가지 사실만으로도 젊은이는 실생활에 있어서나 지적인 면에 있어서나 늘 가난에 허덕이는 수많은 불행한 남녀 학생들보다 우월하다는 사실을 보여주었다. 모스크바나 페테르부르크의 학생들은 아침부터 밤까지 신문사나 잡지사를 문턱이 닳도록 드나들면서 프랑스어 번역이나 원고 정서淨書 일을 맡겨달라고 졸라대는 것 외에 나은 발상은 할 줄 몰랐다. 여러 편집국과 관계를 튼 이반은 계속 그 관계를 유지해, 대학을 마칠 무렵에는 다양한 주제의 전문 서적에 관한 뛰어난 서평을 발표하면서 문단에까지 이름을 알렸다. 하지만 우연한 기회에 훨씬 넓은 독자층의 주목을 받고, 한 번에 수많은 사람들에게 알려지고 각인된 것은 최근의 일이었다. 이것은 꽤 흥미로운 일이었다. 이반은 대학을 졸업하고 자기 몫의 2000루블로 외국 여행을 준비하다가 갑자기 어느 큰 신문에 이상한 기사를 한 편 발표했다. 이 기사는 전문가가 아닌 사람들로부터도 주목을 받았는데, 중요한 것은 그 주제가 자연과학을 전공한 이반에게는 전혀 생소할 법한 내용이었다는 것이다. 그 기사는 당시 어디에서나 거론되던 교회 재판에 관한 것이었다. 이반은 이 문제에 관해 기존에 제시된 견해를 분석하고 개인적인 관점을 밝혔다. 중요한 것은 기사의 논조와 획기적인 결론이었다. 교회 관계자 중 많은 이들은 필자가 자기들 편이라고 믿어 의심치 않았다. 그런데 별안간 민권론자뿐 아니라 무신론자들까지도 필자에게 박수를 보내는 것이 아닌가. 결국 눈치

빠른 몇몇 사람들은 이 기사가 뻔뻔한 희롱이자 조소에 지나지 않는다는 결론을 내렸다. 이 사건을 언급하는 이유는, 그렇지 않아도 교회 재판 문제에 관심을 가지고 있던 우리 읍 근교의 유명한 수도원에까지 이 기사가 전해져 커다란 파문을 일으켰기 때문이다. 사람들은 필자의 이름을 알고, 그가 우리 고장 출신이며 '다름 아닌 그 표도르 파블로비치'의 아들이라는 사실에도 흥미를 가졌다. 바로 그 무렵 우리 고장에 홀연히 그 필자가 나타났다.

왜 이반 표도로비치가 그때 우리 고장에 온 것일까? 나는 그때 이미 불안에 가까운 마음으로 이렇게 자문했던 것을 기억한다. 엄청난 사태의 시발점이 된 그 숙명적인 귀향은 이후로도 오랫동안, 거의 평생토록 내게 미지의 일이었다. 전체적으로 생각해봐도, 그렇게 학식이 뛰어나고 자긍심이 높고 조심성 많아 보이는 젊은이가, 평생 자신을 거들떠보지도 않고, 알지도 기억하지도 않았으며, 자식이 부탁한다고 해도 결코 돈을 내주는 일은 없었겠지만, 그럼에도 두 아들 이반과 알렉세이도 언젠가 드미트리처럼 찾아와 돈을 달라고 하진 않을까 늘 마음을 졸이던 아버지를 찾아 느닷없이 그 난장판 같던 집에 나타난 것은 이상한 일이었다. 그런데 젊은이는 그런 아버지의 집에 들어오더니 한 달, 또 한 달을 함께 지냈고, 아버지와의 사이도 더할 나위 없이 좋았다. 특히 마지막 사실에는 나뿐만 아니라 다른 많은 사람들도 놀라고 말았다. 그 무렵 앞서 말했던 표도르의 전처 쪽 먼 친척인 표트르 알렉산드로비치 미우소프도 아주 정착해 살던 파리에서 돌아와서 다시 이곳, 다시 말해 시 외곽에 있는 자기 영지에 와 있었는데, 그가 누구보다도 의아해했던 것으로 나는 기억한다. 그는 지대한 관심을 가지고 있던 청년과 사귄 후 가끔 그와 학식을 겨뤘는데, 그때마다 내심 좌절감을 느끼곤 했다. "그 청년은 자긍심이 강해." 그때 그는 이반에 대해 이런 말을 했다. "언제나 돈푼은 벌 수 있고 지금도 외국으로 나갈 만한 돈이 있는데 대관절 여기엔 무엇 때문에 왔을까? 돈을 바라고 아버지를 찾아온 게 아니라는 건 누가 봐도 뻔한 일이야. 그 아비는 절대 돈을 내놓을 위인이 아니니까. 그렇다고 그 청년이 주색을 좋아하는 것도 아닌데, 노인이 아들이라면 껌뻑 죽을 만큼 두 사람이 사이가 좋단 말이지!" 이 말은 사실이었다. 청년은 노인에게 눈에 띄는 영향을 주었다. 표도르는 여전히 지독하게 제멋대로였고, 때로는 악의적으로 심술을 부리기도 했지만, 가끔은 이반의 말을 듣는 듯했고, 행동거지가 좀 더 점잖아지기도 했다….

나중에서야 밝혀진 사실이지만, 이반이 이곳에 온 이유 중 하나는 형 드미트리의 부탁 때문이었다. 이반은 이때 난생 처음 드미트리를 만났다. 그러나 이곳에 오기 전 모스크바에 있을 때부터 드미트리와 더 관련이 깊은 한 가지 중요한 사건 때문에 서신을 주고받고는 있었다. 독자는 때가 되면 그 사건이 무엇인지 자세히 알게 될 것이다. 하지만 이런 특별한 사정에 대해 알고 난 후에도 내게 이반은 늘 수수께끼의 인물이었고, 이 고장에 온 이유도 여전히 설명이 되지 않았다.

한 가지 덧붙여 말하자면, 이반은 당시 아버지와 크게 싸우고 정식 소송까지 제기하려던 형 드미트리와 아버지 사이에서 화해자와 중재자의 태도를 보이고 있었다.

다시 말하지만, 이 가족은 그때 생전 처음 모두 한자리에 모였고, 서로 처음 만난 식구들도 있었다. 막내 알렉세이만 1년 전부터 이 고장에 와서 살고 있었으니, 형제 중 가장 먼저인 셈이었다. 소설의 무대에 올리기에 앞서 지금 이 서문에서 설명하기 가장 난감한 인물이 바로 이 알렉세이다. 하지만 아주 이상한 점 하나를 미리 밝혀두기 위해서라도 그에 관해서도 서문을 쓸 수밖에 없다. 그것은 독자들에게 내 미래의 주인공을 소설의 첫 장면에서부터 수도사의 수도복을 입혀 등장시킬 수밖에 없다는 점이다. 그렇다. 그는 벌써 1년째 우리 고장의 수도원에서 지내고 있었고, 평생 그곳에 묻혀 살 생각인 듯했다.

4. 셋째 아들 알료샤

그때 그는 겨우 스무 살이었다(작은형 이반은 스물넷이었고, 큰형 드미트리는 스물여덟이었다). 먼저 이 알료샤라는 청년이 결코 광신자가 아니며, 적어도 내가 보기에는 신비주의자도 아니었다는 점을 밝혀두고자 한다. 미리 내 의견을 있는 그대로 말하자면, 알료샤는 그저 미숙한 박애주의자일 뿐이었으며, 수도사의 길을 택한 이유는 오직 당시 그 길만이 그를 뒤

흔들어놓았고, 악에 빠진 속세의 암흑 속에서 벗어나고자 몸부림치던 그의 영혼을 사랑의 빛으로 이끌어줄 이상적인 출구로 보였기 때문이다. 수도사의 길이 그를 뒤흔든 이유는 딱 하나, 그 길 위에서 자신이 비범한 존재라고 여긴 저명한 조시마 장로를 만났기 때문이었다. 알료샤는 장로에게 들끓는 가슴에서 우러나오는 뜨거운 첫 애정을 바쳤다. 사실 알료샤가 갓난아기 때부터 아주 이상했다는 데는 나도 이의가 없다. 그는 이미 말했듯이 겨우 네 살 때 어머니를 잃었으면서도 평생 어머니의 얼굴과 따뜻한 손길을 '꼭 자기 앞에 살아 있는 것처럼' 생생하게 기억했다. 이런 기억은 그보다 더 어린 나이에도, 심지어 두 살 때부터도 새겨질 수 있지만(이는 누구나 다 아는 사실이다), 일평생 어둠 속에서 빛나는 점처럼, 혹은 전부 소실된 거대한 그림에서 찢겨져 나온 마지막 조각처럼 마음속에 떠오르게 마련이다. 알료샤도 꼭 그랬다. 그는 어느 고요한 여름날 저녁, 열려 있던 창문과 비스듬하게 비쳐 들던 석양빛을 기억했다(그 비스듬한 석양빛이 가장 기억에 남았다). 방 한구석에 성상이 놓여 있고, 그 앞에는 등불이 타고 있었다. 성상 앞에는 어머니가 무릎을 꿇고 그를 으스러지도록 꽉 껴안은 채, 발작적으로 비명과 고함을 지르고 목 놓아 울면서 성모에게 아들을 위해 기도하고, 성모의 가호를 구하듯 성상을 향해 그를 들어올렸다…. 그때 별안간 유모가 뛰어들어선 놀란 얼굴로 그를 어머니의 품에서 낚아챘다. 이것이 알료샤의 기억에 남은 장면이었다! 알료샤는 그 순간 어머니의 얼굴도 기억했다. 광포한 얼굴이었으나,

자신이 기억하는 한 매우 아름다웠다고 그는 말했다. 그러나 그는 그 기억을 남에게 털어놓기를 별로 좋아하지 않았다. 알료샤는 유년기와 소년기에 그다지 활달한 편이 아니었고, 말수도 적었다. 그러나 그것은 불신이나 수줍음, 사교적이지 못한 음침한 성격 때문이 아니라, 그와는 정반대로 개인적이고 타인과는 상관없으나 그 자신에게는 타인을 잊을 만큼 중대한 내적 고민 때문이었다. 그러나 알료샤는 사람들을 사랑했다. 평생 사람들을 완전히 신뢰하며 살아갔지만, 그렇다고 그를 어수룩하다거나 순진하게 생각하는 사람은 결코 없었다. 그에게는 남의 심판자가 되고 싶지 않으며, 남을 비판하려 들지 않을 것이고, 결코 비판하는 일도 없을 것이라고 속삭이고 각인시키는 무언가가 있었다(이후로도 평생 그랬다). 그는 자주 쓰라린 비애를 느끼면서도, 조금도 비난하지 않고 모든 것을 수용하는 듯했다. 뿐만 아니라 이런 의미에서 그는 누가 무슨 짓을 해도 놀라거나 겁먹지 않게 되었다. 그것은 아주 어릴 때부터 그랬다. 스무 살에 더러운 음욕의 소굴이나 다름없던 아버지의 집에 나타난 순결하고 깨끗한 알료샤는 차마 눈뜨고 못 볼 광경이 벌어질 때면 누구 하나 경멸하거나 비난하는 기색 없이 그저 묵묵히 자리를 피했다. 한때 식객 노릇을 해서 모욕에 예민하고 민감했던 아버지는 처음에는 불신에 차서 무뚝뚝하게 아들을 맞았지만('저 녀석이 입은 다물고 있지만 속으로는 별의별 생각을 다 하고 있을 거야'라고 생각하면서), 2주가 채 지나지 않아 툭하면 아들을 끌어안고 입맞춤을 퍼붓게 되었다. 물론 술기운에 눈물을 흘리며 감상에 젖어 그러는 것이었지만, 지금껏 그 같은 사람이 누구에게도 느껴보지 못한 깊고 진실한 사랑을 아들에게 느끼는 것 같았다.

사실 이 청년은 어디를 가나 모두에게서 사랑을 받았다. 그것은 아주 어릴 때도 마찬가지였다. 은인이자 양육자인 예핌 페트로비치 폴레노프의 집에 들어갔을 때도 온 식구들이 그를 마치 친자식처럼 사랑했다. 게다가 그가 그 집에 들어간 것은, 계산적인 영악함을 발휘해 환심을 사려는 술책이나 사랑받으려고 재간을 부렸다고는 도저히 생각할 수 없는 아주 어렸을 때의 일이었다. 그러니 각별한 애정을 불러일으키는 재능은 비인위적이고 본능적인 그의 천성인 셈이었다. 그것은 학교에서도 마찬가지였다. 사실 알료샤는 친구들의 불신이나 조롱, 심지어 증오까지도 불러일으킬 유형의 아이 같았다. 이를테면 그는 골똘히 생각에 잠겨 혼자 동떨어져 있는 버릇이 있었다. 그는 어릴 적부터 한쪽 구석으로 물러나 책 보기를 좋아했다. 그럼에도 학교에 다니는 내내 모두의 총아라고 할 수 있을 만큼 친구들의 사랑을 한 몸에 받았다. 신나게 뛰어놀거나 명랑하게 구는 일은 드물었지만, 누구나 알료샤를 보면 음침한 성격 때문에 그런 것이 아니며, 오히려 그가 평온하고 맑은 마음을 지니고 있음을 대번에 깨달았다. 알료샤는 결코 동갑 친구들 사이에서 자기를 내세우려 하지 않았다. 어쩌면 바로 그런 성격 때문에 아무도 두려워하지 않은 것인지도 몰랐다. 소년들은 알료샤가 자신이 대담하다고 으스대기는커녕, 자기가 용감하고 대담하다는 사실조차 모르고 있다는 것을 곧 알게 되었다. 모욕을 가슴에 담아두는 법도 없었다. 누군가에게 모욕을 받아도, 1시간이 채 지나지 않아 마치 아무 일도 없었다는 듯 태연하고 티 없는 태도로 모욕을 준 사람의 말에 대답하거나 직접 말을 걸었다. 그것도 자기가 당한 모욕을 우연히 잊었다거나 애써 용서했다는 태도가 아니라, 그저 그런 일을 모욕으로 생각하지 않는다는 태도였기에 그 점이 아이들을 완전히 사로잡고 정복했다. 다만 알료샤에게는 중학교의 하급생과 상급생을 막론하고 모두에게 끊임없이 그를 놀리고 싶은 충동을 불러일으키는 특징이 하나 있었다. 그러나 이 또한 악의적인 놀림이 아니라 그저 재미있어서 놀리는 것이었다. 그 특징은 바로 지독한 수치심과 결벽증이었다. 알료샤는 여자에 관한 그렇고 그런 말이나 대화를 결코 듣고 있지 못했다. 불행하게도 이 '그렇고 그런' 말이나 대화는 학교에서 결코 근절할수가 없다. 영혼과 마음이 깨끗한, 아직 어린아이나 다름없는 소년들이 군인들조차 함부로 입에 담지 못할 이야기나 장면, 모습을 교실에서 큰 소리로 떠들어대기를 좋아한다. 오히려 군인들이 그런 방면으로 우리나라 상류 지식층 아이들보다 모르는 것이 훨씬 많을 정도다. 이것은 아직 정신적인 타락과는 관계가 없으며, 냉소적인 태도도 음란하고 내적인 진정한 것이 아니라 피상적인 것에 지나지 않는다. 그러나 그것이 그들 사이에서는 세련되고 미묘하고 남자다운, 따라 할만한 행동처럼 보이는 것이다. 학생들은 '알료시카 카라마조프'가 '그런 이야기'만 나오면 얼른 귀를 틀어막는 것을 보고, 일부러 그를 에워싸고 억지로 귀에서 손을 떼 양쪽 귀에다 음담패설을 떠들어댔다. 그러면 알료샤는 뿌리치고 나와 바닥에 엎드려 몸을 웅크리면서도 말 한마디, 욕 한마디 하는 법 없이 묵묵히 모욕을 견뎌냈다. 그러나 나중에는 그들도 알료샤를 '여자' 얘기로 놀리지 않고 가만히 내버려 두었고, 오히려 동정의 눈으로 그를 보게 되었다. 참고로 알료샤는 반에서 언제나 우등생에 들기는 했지만, 1등을 한 적은 한 번도 없었다.

폴레노프가 세상을 떠난 후에도 알료샤는 2년 더 현립 중학교에 다녔다. 폴레노프의 부인은 남편이 죽자 슬픔을 이기지 못하고 곧 여자들뿐인 식구들을 데리고 장기간 이탈리아로 떠나버렸다. 알료샤는 폴레노프의 먼 친척인 생면부지의 두 부인 집으로 가게 되었지만, 어떤 조건으로 그렇게 된 것인지는 그 자신도 몰랐다. 알료샤의 또 한 가지 두드러진 특징은 자기가 누구 돈으로 생활하는지 전혀 개의치 않았다는 점이다. 이런 면에서 알료샤는 대학에 입학한 후 2년 동안 가난에 시달리며 제 손으로 밥벌이를 하고, 어려서부터 은인의 집에서 남의 빵을 얻어먹고 살고 있음을 뼈저리게 느껴온 형 이반과는 정반대였다. 그러나 알렉세이의 이런 특이한 성격을 호되게 비난할 수는 없을 듯하다. 알료샤를 조금이라도 알게 된 사람은 그 점에 대해 의문이 드는 순간, 알료샤가 유로디비(백치나 광인의 모습을 빌어 권력자와 세상의 불의를 폭로하고, 자신의 선행을 드러내지 않고 고행의 길을 걷는 사람을 의미하며, 예언의 능력이 있는 성자로 여겨졌다. 방랑 수도사나 고행자,

단순히 어리석은 사람이라는 의미로 쓰이기도 한다—옮긴이) 같은 청년이기에 그렇다고 확신했다. 알료샤는 뜻하지 않게 큰 돈이 생기더라도 누가 달라고만 하면 선뜻 내주거나, 좋은 일에 기부하거나, 그것도 아니면 교활한 사기꾼의 부탁에 넘어가 송두리째 잃어버리고 말 사람이었다. 물론 문자 그대로 하는 말은 아니지만, 대체로 그는 돈의 가치란 것을 전혀 모르는 듯했다. 알료샤는 결코 용돈을 달라고 하는 법이 없었지만, 그래도 어쩌다가 용돈을 받게 되면, 몇 주가 지나도록 쓸 곳을 모르고 있거나, 아니면 마구 낭비해 순식간에 죄다 써버리곤 했다. 돈과 부르주아적 성실함에 대해 상당히 민감한 사람이었던 표트르 알렉산드로비치 미우소프는 알렉세이를 지켜보고는 이런 말을 했다. "알렉세이는 백만 명이 사는 낯선 도시의 광장에 돈 한 푼 없이 혼자 떨어트려놔도 굶어 죽지도 얼어 죽지도 않을 유일한 사람이야. 주위에서 즉시 먹여주고 재워줄 테니까. 만약 재워주는 사람이 없다면 조금도 어려워하거나 겸연쩍게 생각하지 않고 스스로 신세 질 곳을 찾아내겠지. 돌봐주는 사람도 부담스러워하긴커녕 오히려 기쁘게 생각할 거야."

알료샤는 중학 과정을 마치지 않았다. 그가 부인들에게 머릿속에 떠오른 일 때문에 아버지에게 가봐야겠다고 말했을 때 졸업까지는 꼬박 1년이 남아 있었다. 두 부인은 못내 아쉬워하며 그를 보내주려 하지 않았다. 경비도 많이 들지 않았으므로, 부인들은 알료샤가 폴레노프의 가족이 외국으로 떠나기 전 선물로 준 시계를 저당 잡히려는 것을 말리고 돈을 넉넉히 쥐어주었으며 새 옷과 속옷까지 마련해주었다. 하지만 알료샤는 한사코 3등칸으로 가겠다며 돈의 절반을 다시 돌려주었다. 우리 고장에 도착해 아버지로부터 대뜸 "왜 학교도 마치지 않고 돌아왔지?"라는 추궁을 들었을 때, 알료샤는 유달리 생각에 잠긴 모습으로 아무 대답도 하지 않았다고 한다. 얼마 후 그가 어머니의 무덤을 찾고 있음이 밝혀졌다. 알료샤도 그 한 가지 이유 때문에 왔다고 했다. 그러나 그것이 고향에 온 이유의 전부는 아니었을 것이다. 아마도 마음속에서 불쑥 솟아나 새롭고 현묘한, 피할 수 없는 길로 인도한 것이 무엇인지 당시에는 그 자신도 몰랐고 도저히 설명할 수 없다고 하는 편이 더 옳을 것이다. 표도르는 후처를 어디에 묻었는지 아들에게 가르쳐주지 못했다. 관에 흙이 덮인 이후 한 번도 아내의 무덤을 찾지 않아 오랜 세월이 흐르면서 그 장소를 까맣게 잊어버렸기 때문이다….

표도르 파블로비치의 이야기로 돌아가자. 그는 그때까지 오랫동안 우리 고장을 떠나 있었다. 후처가 죽은 지 3~4년 후에 러시아 남부로 떠났고, 나중에는 오데사로 건너가 몇 년간 지냈다. 그의 표현을 빌자면 그는 '남녀노소 수많은 유대 놈들'과 친분을 텄다가, 나중에는 유대 놈들뿐 아니라 '제대로 된 히브리인의 집에도 드나들게' 되었다. 돈을 긁어모으는 특별한 능력을 터득한 것도 바로 이 시기로 봐야 한다. 우리 고장으로 아주 돌아온 것은 알료샤가 오기 불과 3년 전쯤의 일이었다. 전에 그를 알던 사람들은 그가 그렇게 나이가 많은 것도 아닌데도 지독하게 늙어버렸다고 생각했다. 표도르는 점잖아지기는커녕 한층 더 뻔뻔해졌다. 이를테면 옛 광대의 마음속에 이제는 다른 사람까지 광대 꼴로 만들려는 파렴치한 욕구가 생겨났다. 여자와 부리는 추태는 전보다 더 추잡해졌다. 얼마 지나지 않아 그는 군내 여기저기에 새로 술집을 차렸다. 아마 10만 루블이나 그에 버금가는 돈을 가지고 있었던 것 같다. 이 고장과 군에 살던 많은 사람들이 즉시 그에게 돈을 빌리기 시작했는데, 그러려면 물론 확실한 담보가 있어야 했다. 최근 그는 어찌 된 일인지 살가죽이 축 늘어지고, 평정심과 자제력을 잃은 채 경솔한 짓을 저지르곤 했다. 한 가지 일에 손을 댔다가 엉뚱한 일을 끝내기도 하고, 정신이 해이해져 술에 취할 때가 점점 잦아졌다. 만약 그때 꽤 나이를 먹은 하인 그리고리가 가정교사처럼 그를 돌봐주지 않았다면 표도르는 골치 아픈 일들을 겪었을 것이다. 알료샤의 귀향은 표도르에게 정신적인 면에서 영향을 준 듯했다. 제 나이보다 훨씬 늙어버린 노인의 가슴속에서 먼 옛날 잠들어버린 무언가가 깨어난 것 같았다. "그거 아니?" 그는 알료샤의 얼굴을 들여다보며 종종 이렇게 말하곤 했다. "네가 그 여자, 클리쿠샤를 닮았다는 걸?" 그는 죽은 아내, 알료샤의 어머니를 이렇게 불렀다. 결국 알료샤에게 '클리쿠샤'의 무덤을 알려준 사람은 하인 그리고리였다. 그는 알료샤를 시 묘지로 데려가 한쪽 구석에 있는, 고급스럽지는 않지만 단정한 주철 묘비를 가리켰다. 묘비에는 고인의 이름, 신분, 나이, 사망 연도가 새겨져 있었고, 그 밑에는 중류층 사람들의 무덤에 자주 쓰이던 네 줄짜리 추도시까지 적혀 있었다. 놀랍게도 이 묘비는 그리고리가 세운 것이었다. 표도르에게 이 무덤을 놓고 수없이 잔소리를 했는데도 표도르가 무덤은 물론 온갖 추억에 손을 휘 내젓고 결국 오데사로 떠나버리자 자기 돈으로 가엾은 '클리쿠샤'의 무덤에 이 묘비를 세운 것이다. 알료샤는 어머니의 무덤 앞에서 별다른 감상을 내비치지는 않았다. 그저 묘비가 세워진 자초지종에 관해 그리고리가 엄숙한 목소리로 차근차근 설명하는 것을 듣고 잠시 고개를 숙이고 있다가 말없이 무덤을 떠났을 뿐이다. 그리고 그 후 1년 가까이 무덤을 찾지 않았다. 그런데 이 작은 일화가 표도르에게 아주 특이한 영향을 미쳤다. 갑자기 1000루블을 챙겨서는 추도식을 해달라며 이 고장의 수도원에 가져온 것이다. 그러나 그것은 알료샤의 어머니인 후처 '클리쿠샤'가 아니라 자기를 그토록 두들겨 팼던 전처 아델라이다 이바노브나를 위해서였다. 밤에 그는 코가 비뚤어지도록 취해 알료샤 앞에서 수도사들 욕을 마구 퍼부어댔다. 표도르는 종교적인 사람과는 거리가 멀어서, 5코페이카짜리 양초 한 자루 성상 앞에 바쳐본 적이 없을 터였다. 이런 사람들은 기묘하고도 갑작스러운 감정과 생각에 돌연 휩싸이곤 하는 법이다.

앞서 그의 살가죽이 탄력을 잃고 축 늘어졌다고 말한 바 있다. 이 무렵 그의 생김새는 그가 살아온 전 생애의 특징과 본질을 여실히 보여주는 듯했다. 늘 의심과 조소의 빛을 띠고 있는 능글맞은 작은 눈 밑에는 두툼한 살주머니가 늘어졌고, 작지만 피둥피둥한 얼굴에는 깊은 주름이 자글자글하게 패었다. 뾰족한 턱 밑으로는 투실투실한 목울대가 자루처럼 길쭉하게 튀어나와 역겨운 호색가의 인상을 자아냈다. 여기에 길게 찢어진 탐욕스러운 입과 퉁퉁한 입술, 그 사이로 보이는 다 썩어 작은 조각들밖에 남지 않은 시커먼 이를 더해 보라. 말을 하려고 입을 열면 으레 침이 튀었다. 표도르 자신도 자기 얼굴을 농담거리 삼기 좋아했지만, 그래도 자기 얼굴에 꽤 만족하는 듯했다. 특히 크지는 않으면서 가늘고 콧등이 툭 튀어나온 자기 코를 가리키며 "이게 진짜 로마인의 코지. 목하고 같이 보면 영락없이 고대 로마의 쇠퇴기에 살던 귀족의 얼굴이란 말이야"라고 말하곤 했다. 그것이 퍽 자랑스러운 모양이었다.

알료샤는 어머니의 무덤을 찾고 얼마 지나지 않아 갑자기 수도원에 들어가고 싶으며, 수도원에서도 견습 수도사로 받아주기로 했다고 아버지에게 말했다. 그러면서 이것이 자신의 간절한 소원이며, 아버지에게 정식 허락을 구하는 바라고 했다. 노인은 수도원 암자에 사는 조시마 장로가 자신의 '얌전이'에게 깊은 감명을 주었다는 것을 이미 알고 있었다.

"그 장로야 물론 그네들 중에 가장 정직한 수도사지." 표도르는 말없이 생각에 잠긴 채 알료샤의 말을 듣고 중얼거렸지만, 아들의 청에 전혀 놀란 기색은 아니었다. "흐음, 그러니까 우리 얌전이가 거기에 가고 싶단 말이지!" 반쯤 취해 있던 그는 특유의 웃음을 길게 흘렸다. 술에 취해 몽롱하면서도 교활함과 간사함이 사라지지 않은 웃음이었다. "흠, 네가 결국 이렇게 나올 줄 알고 있었다면 믿겠니? 네가 가려는 길은 그런 길이었으니까. 뭐, 네겐 2000루블이 있으니 그걸 지참금으로 하면 되겠구나. 그리고 내 천사야, 나도 너를 모른 체하지는 않을 거란다. 저쪽에서 내라는 건 당장에라도 내어 주마. 하지만 내라는 말이 없으면 굳이 우리가 먼저 나설 필 요는 없겠지, 안 그러냐? 너는 돈이라곤 카나리아가 일주일 에 낱알 두 개 쪼아 먹는 것처럼 쓰니 말이다…. 흐음. 그런 데 말이다, 어떤 시 근교에 수도원에 딸린 마을이 하나 있거 든. 그곳 사람들은 다 아는 사실인데, 그 마을엔 소위 '수도사 마누라'들만 살고 있지. 아마 서른 명쯤 될 거다…. 나도 가본 적 있는데, 나름대로 묘미가 있더구나. 한 가지 아쉬운 점은 국수주의가 너무 심해서 프랑스 계집이 한 명도 없다는 거 야. 수도사들은 돈이 많으니 있을 법도 한데. 소문만 났다 하 면 당장에라도 우르르 몰려들걸. 하지만 이곳엔 아무것도 없 어. 수도사들은 이백 명쯤 되는데 수도사 마누라 따윈 하나 도 없단 말이야. 깨끗한 사람들이야. 계율을 잘 지키지. 나도 인정해…. 흠. 그러니까 수도원에 들어간다는 게지? 아쉽구 나, 알료샤야. 정말로 말이야. 곧이들릴지 모르겠지만 난 네 가 너무 좋거든…. 아무튼 잘된 일이기도 해. 가서 죄 많은 우 리를 위해 기도해주련. 여기서 죄를 너무 많이 지어버렸거 든. 누가 언젠가 나를 위해 기도해줄까, 과연 그런 사람이 세 상에 있을까 항상 생각했지. 애야, 나는 이런 문제엔 깜깜하 단다. 믿기지가 않니? 말도 못 할 정도야. 하지만 그렇게 아 는 게 없어도 늘 생각했지. 뭐 늘 그랬던 건 아니니까 가끔이 라고 해야 옳겠군. 내가 죽었을 때 악마가 갈고리로 끌고 가 는 걸 잊어버리는 일은 없을 거야. 그런데 이런 생각이 들었지. 갈고리? 그게 어디서 났을까? 뭘로 만들었고? 쇠? 어디서 두드려 만들기에? 저세상에 대장간이라도 있나? 그러고 보면 수도원 수도사들은 지옥에 천장이 있다고 믿는 것 같더군. 나는 천장만 없다면 지옥이 있다고 믿어줄 수 있어. 그러면 좀 더 세련되고 우아한 루터교 느낌이 날 테니까. 천장이 있든 없든 마찬가지가 아니냐고? 사실 빌어먹을 문제의 핵심은 바로 그거야! 만약 천장이 없다면 갈고리도 있을 수 없어. 갈고리가 없다는 건 누구나 제멋대로 살도록 놔둔다는 건데 그것도 말이 안 된단 말이지. 그럼 누가 나를 갈고리로 끌고 가겠어? 나를 안 끌고 가면 세상에 도대체 진리가 어디 있고? Il faudrait les inventer(일부러라도 만들어야 해). 나 때문에라도, 나 한 사람 때문에라도 말이야. 왜냐하면, 알료샤야, 나는 네가 상상도 못 할 만큼 파렴치한 놈이거든!"

"그곳에 갈고리는 없어요." 알료샤는 아버지를 가만히 바라보며 진지하게 나직이 말했다.

"그래, 그래. 갈고리의 그림자만 있을 뿐이지. 나도 알아, 안다고. 어떤 프랑스인이 지옥을 놓고 'J'ai vu l'ombre d'un cocher qui avec l'ombre d'une brosse frottait l'ombre d'une carrosse(나는 솔의 그림자로 마차의 그림자를 닦는 마부의 그림자를 보았노라)'라고 묘사한 것처럼 말이야. 하지만 얘야, 갈고리가 없다는 걸 어떻게 아니? 수도사들 옆에 있다 보면 그런 말은 쏙 들어갈걸. 아무튼 가보거라. 거기서 진리를 깨달으면 여기 와서 말해주렴. 저세상이 어떤 곳인지 알면 거기 들어가기도 좀 쉬워질 테니까. 주정뱅이 늙은이나 계집들하고 있는 것보다는 수도사들하고 지내는 편이 너한테도 좋을 거다. 하긴 너 같은 천사에게는 아무런 영향도 없겠지만. 어쩌면 거기서도 네게 아무런 영향도 주지 못할지도 몰라. 나는 그걸 바라면서 허락하는 거란다. 네 정신은 악마에게 먹혀버리지 않았거든. 불사르고, 사그라들었다가, 기운을 되찾으면 돌아오너라. 난 너를 기다리마. 이 땅에서 나를 욕하지 않는 유일한 사람이 너라는 걸 느끼고 있단다. 사랑하는 내 아들아, 어떻게 그걸 느끼지 않을 수 있겠니…!" 그는 흐느껴 울기까지 했다. 그는 감상에 젖어 있었다. 그는 성격이 고약했지만 감상적이기도 했다.

5. 장로들

어쩌면 어떤 독자는 나의 젊은 주인공이 병적이고 광신적이고 자아 발달이 미숙한, 파리하고 여윈 창백한 몽상가라고 생각할지도 모르겠다. 그러나 그 반대로 당시 알료샤는 늘씬한 몸에 뺨에는 홍조가 돌며 눈빛이 맑고 온화한, 활력 넘치는 열아홉 살 청년이었다. 그는 오히려 아주 준수한 편이었다. 보통 키의 균형 잡힌 체격에 머리는 짙은 아마색이었고, 얼굴형은 약간 길지만 조화로웠다. 진회색 눈은 반짝이고 미간이 훤했으며, 무척 사려 깊고 침착해 보였다. 뺨에 홍조가 돈다고 환상가나 몽상가가 아니라는 법은 없다고 할지도 모르겠다. 하지만 내가 보기에 알료샤는 누구보다 더한 현실주의자였다. 물론 그는 수도원에 들어간 후 기적을 믿게 되었지만, 내 생각에 현실주의자는 결코 기적에 동요하지 않는다. 현실주의자를 믿음으로 이끄는 것은 기적이 아니다. 진정한 현실주의자는 신앙을 갖지 않을 경우 언제나 내면에서 기적을 믿지 않을 힘과 능력을 찾아내기 마련이다. 만약 기적이 자기 앞에 부정할 수 없는 사실로 나타난다면, 그것을 인정하느니 차라리 자신의 감각을 의심할 것이다. 설사 그 사실을 인정한다고 해도 그저 지금까지 자기가 몰랐던 자연적인 현상으로 받아들일 뿐이다. 현실주의자에게는 기적이 믿음을 낳는 것이 아니라, 믿음이 기적을 낳는 것이다. 반면 현실주의자가 일단 신앙을 가지면, 자신이 고수하는 바로 그 현실주의에 따라 기적도 반드시 받아들여야 한다. 보기 전까지는 믿지 않겠노라고 단언했던 사도 토마는 보고 난 후에 "나의 주여, 나의 신이여!"라고 말했다. 기적이 그를 믿게 한 것일까? 분명히 아닐 것이다. 오직 스스로 원했기 때문에 믿음을 가진 것이며, 어쩌면 보기 전까지 믿지 않겠노라고 말하는 순간에도 마음속 깊은 곳에선 이미 믿고 있었는지도 모른다. 알료샤가 우둔하다느니 머리가 나쁘다느니 학업을 마치지 않았다느니 하고 말하는 사람도 있을지 모르겠다. 알료샤가 학업을 마치지 않은 것은 사실이지만, 우둔하고 멍청하다는 말은 매우 부당하다. 그저 앞서 했던 말을 한 번 더 되풀이하겠다. 그가 수도사의 길로 접어든 것은 오직 하나, 당시 그 길만이 그를 뒤흔들었고, 어둠 속에서 몸부림치던 그의 영혼을 빛으로 이끌어줄 이상적인 출구처럼 보였기 때문이다. 더욱이 알료샤는 어떤 면에서는 우리나라의 현대적 청년이었다. 즉 천성이 정직하고, 진실을 갈망하고 그것을 믿고 탐구하며, 일단 진실에 대한 확신이 생기면 혼신의 힘을 다해 그것을 위해 애쓰고, 빠른 성취를 열망하며, 이를 위해 모든 것을, 심지어 목숨까지도 바칠 준비가 되어 있는 청년이었던 것이다. 하지만 불행하게도 이런 청년들은 이러한 일에 있어서 목숨을 바치는 것이 가장 가벼운 희생일지도 모르며, 실력을 키우기 위해 불타는 청춘에서 5~6년을 지난한 공부나 학문에 바치는 희생조차 감당하지 못한다는 사실을 모른다. 그것이 자신이 사랑하고 이루어내겠다고 다짐한 진리와 위업을 위한 일이라 할지라도 말이다. 알료샤는 사람들과 반대되는 길을 택했을 뿐 자신이 믿는 진리를 하루빨리 성취하겠다는 열망은 같았다. 알료샤는 진지한 고뇌 끝에 영생과 하느님이 존재한다는 확신을 얻자마자 자연히 '영생을 위해 살 것이며, 어중간한 타협은 용납하지 않겠다'고 다짐했다. 마찬가지로 만약 그가 영생과 하느님이 없다고 판단했다면, 그대로 무신론자나 사회주의자가 되고 말았을 것이다(왜냐하면 사회주의는 노동자들이나 소위 제4계급의 문제가 아닌 무신론과 무신론의 현대적 구현의 문제, 땅에서 하늘에 닿기 위해서가 아니라 하늘을 땅으로 끌어내리기 위해 신 없이 세우는 바벨탑의 문제이기 때문이다). 알료샤는 심지어 전처럼 사는 것이 이상하고 불가능하게 느껴졌다. 성서에 "네가 온전해지고자 할진대 모든 것을 나누어주고 나를 따르라"고 하지 않았는가. 알료샤도 '나는 모든 것 대신 2루블을 바치고, '그분을 따르는' 대신 미사에만 참석할 수는 없다'고 생각했다. 어쩌면 어머니가 데리고 다니던 교외의 수도원이 알료샤의 어릴 적 기억에 새겨졌는지도 모른다. 혹은 클리쿠샤 어머니가 성상을 향해 자신을 들어 올릴 때 그 앞을 비추던 비스듬한 석양빛이 영향을 주었을 수도 있다. 그가 생각에 잠겨 우리 고장에 온 것도 이것이 전부냐, 2루블이냐를 알아보기 위해서였을지도 모른다. 그리고 수도원에서 그 장로를 만난 것이다….

이 장로는 앞서 말한 조시마 장로를 말한다. 여기서 우리나라 수도원의 '장로'가 대체로 어떤 것을 가리키는지 몇 마디 설명해둘 필요가 있을 것 같다. 유감스럽게도 이 방면에 있어 내가 전문가라거나 확실한 지식이 있다고는 생각하지 않는다. 그렇지만 피상적으로나마 간단히 설명해보도록 하겠다. 우선 권위 있는 전문가들은 장로와 장로제가 동방의 정교국, 특히 시나이산과 아토스산에서는 천 년이 훨씬 넘게 존재했지만, 러시아 수도원에 등장한 것은 극히 최근의 일로 백 년도 채 안 되었다고 주장한다. 먼 옛날 고대 러시아에서도 장로제가 존재했거나 그랬을 가능성이 매우 크지만, 러시아가 타타르 침공이나 내란 같은 국난을 겪고 콘스탄티노플이 함락된 이후 동방과의 관계가 끊어지자 이 제도는 잊혀졌고 장로들은 대가 끊겼다. 장로제가 다시 부활한 것은 지난 세기 말 위대한 고행자 가운데 한 사람인(사람들은 그를 그렇게 부른다) 파이시 벨리치콥스키와 그 제자들에 의해서였다. 하지만 백 년이 지난 지금까지도 이 제도는 극소수의 수도원에서만 자리를 잡았으며, 때로는 러시아에서 볼 수 없었던 새로운 제도라며 박해를 받기도 했다. 우리나라에서 장로제가 특히 발전한 곳은 코젤스카야 옵치나라는 유명한 수도원이었다. 누가, 언제 우리 고장의 교외 수도원에 장로제를 들여왔는지 설명할 수는 없지만, 이곳에서는 장로가 벌써 3대째 승계되고 있었고, 조시마는 그중 마지막 장로였다. 하지만 그 역시 노쇠하고 병들어 죽을 날이 가까워오고 있었으며 누가 후계자가 될지는 전혀 미지수였다. 이것은 수도원에는 중대한 문제였다. 왜냐하면 이제껏 이 수도원에는 유명세를 끌 만한 것이 아무것도 없었기 때문이다. 이곳에는 성자의 유체도, 기적을 일으키는 성화도 없었다. 역사에 얽힌 명예로운 전설도, 조국을 위해 역사적인 공적이나 위업을 세운 일도 없었다. 이 수도원이 번성해 러시아 전역에 이름을 떨친 것은 다름 아닌 장로들 덕분이었다. 그들을 보고 그들의 말을 듣기 위해 러시아 전역 수천 킬로미터씩 떨어진 곳에서까지 순례자들이 구름처럼 몰려든 것이다. 그렇다면 장로란 대체 무엇일까? 장로란 사람들의 영혼과 의지를 자신의 영혼과 의지로 받아들이는 사람이다. 장로를 선택한 사람은 자신의 의지를 장로에게 맡기고 그 가르침에 절대 순종하며 자기 자신을 완전히 버려야 한다. 그런 사람은 기나긴 시험 끝에 마침내 자기 자신을 정복하고 다스릴 수 있게 되기를 바라는 마음에서 자진해서 이 시험, 이 혹독한 인생 수업을 받아들인다. 평생에 걸친 순종을 통해 완전한 자유, 즉 자기 자신으로부터의 자유를 얻고 평생을 살아도 내면에서 자신을 찾지 못하는 사람들의 운명을 피할 수 있기를 바라는 것이다. 장로제는 이론적인 것이 아니라 천 년에 걸친 실천을 바탕으로 동방에서 창설된 것이다. 장로에 대한 의무는 러시아 수도원에도 항상 존재했던 단순한 '복종'과는 다르다. 장로에게 순종하는 사람은 평생 장로 앞에 참회하며, 얽매는 자와 얽매이는 자는 깰 수 없는 관계를 맺는다. 예를 들면 이런 이야기가 전해진다. 그리스도교 초창기에 어느 수련사가 장로의 명령을 저버리고 장로와 수도원을 떠나 시리아에서 이집트로 건너갔다. 그곳에서 오랜 시간에 걸쳐 위대한 업적을 세운 그는 마침내 고문을 받아 순교하게 되었다. 교회에서는 그를 성인으로 추대하며 장례식을 거행했다. 그런데 보제가 '세례 받지 못한 자는 나갈지어다' 하고 외친 순간 순교자의 시신이 든 관이 교회당 밖으로 내팽개쳐지는 것이었다. 그런 일이 세 번이나 되풀이되었다. 결국 이 순교자가 순종의 서약을 어기고 장로를 떠났기 때문에 아무리 위대한 업적을 세웠더라도 그 장로의 허락이 없이는 용서받을 수 없다는 사실이 밝혀졌다. 장로가 와서 서약을 풀어준 후에야 비로소 장례식을 마칠 수 있었다. 물론 이 이야기는 오랜 전설에 불과하지만, 바로 최근에 일어난 일도 있다. 우리 시대의 한 수도사가 아토스산에서 수행을 하고 있었다. 그런데 어느 날 갑자기 장로가 그에게 성지이자 조용한 은둔처로서 마음속 깊이 사랑하던 아토스산을 떠나 우선 예루살렘을 순례한 뒤 러시아로 돌아와 북부 지역인 시베리아로 가라고 명령했다. "네가 있을 곳은 그곳이지, 이곳이 아니니라." 충격을 받고 괴로워하던 수도사는 콘스탄티노플에 와서 총대주교에게 그 복종의 의무를 취소해달라고 간청했다. 하지만 총대주교는 일단 장로가 그런 명령을 내렸다면 그 장로가 아니고서는 총대주교인 자신은 물론 이 지상의 그 누구도 그것을 풀어줄 수 없다고 대답했다. 이렇듯 장로는 경우에 따라 무한하고 헤아릴 수 없는 권한을 지니고 있었다. 우리나라의 많은 수도원이 초기에 장로제를 박해한 것도 이 때문이다. 그러나 민중들 사이에서는 곧 장로가 추앙받기 시작했다. 예컨대 우리 고장의 수도원에는 장로의 앞에 엎드려 회의와 죄, 고뇌를 고백하고 조언과 가르침을 구하기 위해 지위 고하를 막론하고 수많은 사람들이 몰려들었다. 장로제에 반대하는 사람들은 그런 모습을 보며 고해 성사를 제멋대로 경솔하게 더럽히고 있다는 식의 비난을 퍼붓기 시작했다. 견습 수도사나 속인이 장로에게 자신의 마음을 고백하는 것이 성사_{聖事}로서 행해지는 것은 결코 아니었는데도 말이다. 아무튼 장로제는 그대로 유지되어 서서히 러시아의 수도원에 퍼져나갔다. 하지만 노예 상태의 인간을 자유와 도덕적 완성으로 이끄는 이미 천년의 시험을 거친 이 정신적 갱생의 무기도 양날의 칼이 되어 겸허와 극기 대신 악마적이기 이를 데 없는 오만으로, 즉 자유가 아닌 속박으로 이끌 수도 있다.

조시마 장로는 예순다섯 살쯤 되었으며, 지주 출신이었다. 젊었을 때는 군대에 들어가 캅카스에서 위관 장교로 복무했다. 장로의 특별한 성정이 알료샤에게 깊은 감명을 주었다는 점은 의심할 여지가 없다. 알료샤는 장로의 암자에서 함께 지냈다. 장로가 알료샤를 지극히 사랑해 암자에서 함께 지내도록 했기 때문이다. 주목할 점은 알료샤가 수도원에 살기는 했지만, 아무런 구속도 받지 않았으며 어디든 며칠이고 외출할 수 있었다는 것이다. 수도복을 입는 것도 수도원에서 돋보이지 않으려는 자발적인 노력이었다. 물론 그 옷이 마음에 든 것도 사실이었다. 어쩌면 늘 조시마 장로를 감싸고 있던 힘과 영광이 아직 젊기만 한 알료샤의 사고에 강력하게 작용한 것인지도 모른다. 많은 사람들은 조시마 장로에 대해 이렇게 말했다. 장로가 기나긴 세월 동안 고해를 하거나 조언과 위로의 말을 듣기 위해 찾아오는 수많은 사람들의 깨달음과 번뇌와 자각을 수없이 가슴으로 받아들이다 보니, 결국에는 낯선 방문객을 한 번 쳐다보기만 해도 그 사람이 왜 왔고, 무엇이 필요하며 어떤 고통이 그의 양심을 괴롭히고 있는지 알아맞힐 만큼 예리한 통찰력이 생겼으며, 때로는 방문객이 입을 열기도 전에 그 비밀을 맞춰 놀라움과 당혹감과 두려움을 안겨준다는 것이다. 하지만 알료샤는 사람들이 대부분 단독 면담을 하러 장로의 방에 들어갈 때는 겁을 내고 불안해하지만, 나올 때는 거의 언제나 밝고 즐거운 모습이며, 침울하기 그지없는 얼굴이 행복하게 바뀐다는 사실을 알아차렸다. 알료샤는 장로가 전혀 엄격하지 않고 늘 밝은 태도로 사람들을 대한다는 사실에 특히 감명받았다. 수도사들은 장로가 죄 많은 자, 그중에서도 가장 죄 많은 자를 누구보다 사랑한다고 말했다. 수도원에는 장로가 생을 마감할 무렵까지도 그를 미워하고 시기하는 사람들이 있었지만, 그 수는 많이 줄어들었고 그나마도 조용히 침묵을 지키고 있었다. 그중에는 지난한 금식을 실천하는 위대한 묵언수행자와 같이 수도원에서 명성이 높은 유력가도 있었다. 하지만 대다수의 사람들은 명백히 조시마 장로 편이었다. 그중 많은 이들이 열렬하고 진실하게 온 마음을 다해 장로를 사랑했고, 어떤 이는 광적으로 신봉하고 있었다. 그런 이들은 노골적으로는 아니더라도 조시마 장로가 성인이 분명하다고 말했고, 장로의 임종이 가까웠다는 것을 예견하고는 곧 수도원에 기적과 위대한 영광이 일어날 것이라 기대했다. 알료샤는 관이 교회당 밖으로 내동댕이쳐졌다는 이야기만큼이나 장로에게 기적적인 힘이 있다는 것도 절대적으로 믿었다. 그는 병든 자녀나 친지를 데려와 장로에게 안수 기도를 청한 사람 중 많은 이가 잠시 후, 혹은 이튿날 다시 찾아와 장로 앞에서 병자를 치유해주어서 감사하다며 눈물을 흘리는 것을 보았다. 정말 장로가 치유해준 것인지, 아니면 그저 나을 때가 되어 나은 것인지는 조금도 중요하지 않았다. 스승의 영적 능력을 전적으로 믿었고, 스승의 영예를 자신의 영광으로 느꼈기 때문이다. 특히 러시아 전역에서 장로를 보고 축복을 받기 위해 일부러 찾아와 암자 문 앞에서 장로가 나오기를 기다리는 군중 앞에 장로가 모습을 드러낼 때면, 알료샤는 가슴이 떨리고 기쁨으로 얼굴이 환히 빛났다. 이들은 장로 앞에 엎드려 눈물을 흘리며 그의 발과 그가 밟고 선 땅에 입을 맞추고 환호성을 질렀으며, 아낙네들은 장로를 향해 아이를 내밀거나 병든 클리쿠샤를 데려왔다. 장로는 이들과 대화를 나누고 간단히 기도를 드린 다음 축복을 해주고 돌려보냈다. 최근 장로가 병환 때문에 쇠약해진 나머지 암자 밖으로 거의 나오지 못하자 신자들은 수도원에서 그가 나오기를 며칠씩 기다리곤 했다. 왜 그들이 장로를 그토록 사랑하고, 그 앞에 절하며, 그의 얼굴을 보면 감동에 겨워 눈물을 흘리는지 알료샤는 한 번도 의문을 가져본 적이 없었다. 노동과 슬픔, 무엇보다 자기 자신과 세상의 끊임없는 불의와 죄악으로 고통받는 러시아 민중의 겸허한 영혼에게 성물이나 성자를 찾아 그 앞에 엎드려 경배하는 것보다 더 큰 위안은 없다는 것을 분명히 알고 있었기 때문이다. '우리는 죄와 거짓, 유혹에 빠져 허덕이고 있지만 이 지상 어딘가에는 성스럽고 고귀한 분이 계시다. 그분은 우리 대신 진리를 가지고 계시며, 진리를 알고 계시다. 그러니 진리는 지상에서 스러지지 않고 언젠가 우리에게 전해져 약속대로 온 누리에 퍼질 것이다.' 알료샤는 민중이 이렇게 느끼고 있고, 이렇게 생각하고 있음을 알고 있었다. 조시마 장로야말로 바로 그 성스러운 분이자 하느님의 진리의 수호자라는 것은, 눈물을 흘리는 농부들과 장로에게 아이를 내미는 병든 여인들과 마찬가지로 추호도 의심하지 않았다. 장로의 죽음이 수도원에 특별한 영광을 안겨주리라는 확신은 수도원 내의 그 누구보다 강하게 알료샤의 마음을 지배했다. 최근 알료샤의 마음속에는 깊고 뜨거운 환희가 더욱 뜨겁게 타오르고 있었다. 장로가 한 사람의 인간으로 자기 앞에 서 있다는 사실은 조금도 문제 될 것이 없었다. '누가 뭐라 해도 그분은 성인이시다. 그분의 마음속에는 만인을 갱생시킬 비밀과 지상에 진리를 세울 힘이 깃들어 있으니, 모두가 거룩해지고 서로 사랑할 것이며, 부자도 가난뱅이도, 높은 자도 낮은 자도 없이 모두가 하느님의 자식이 되어 진정한 그리스도의 왕국이 도래할 것이다.' 알료샤의 가슴은 이런 희망에 부풀어 있었다.

이전까지 전혀 모르던 두 형의 귀향은 알료샤에게 깊은 인상을 준 듯했다. 큰형 드미트리가 친형인 작은형 이반보다 나중에 왔지만, 알료샤는 큰형과 더 빨리 가까워졌다. 알료샤가 이반에게 강한 호기심을 느꼈고, 이반이 이 집에 산 지도 두 달이나 되었고, 서로 마주치는 일도 잦았지만, 두 사람은 좀처럼 가까워지지 않았다. 본래 말수가 없는 알료샤는 부끄러운 듯 무언가를 기다리는 듯했고, 이반은 처음에는 호기심 어린 눈으로 오랫동안 알료샤를 바라보곤 했지만, 얼마 지나지 않아 동생에 대해 완전히 관심을 끊어버렸다. 알료샤는 그 사실을 깨닫고 약간 당혹스러운 마음이 들었다. 그는 이반이 자신에게 무관심한 이유가 나이, 특히 학력의 차이 때문이라고 생각했다. 하지만 이반이 자신에게 관심이 없고 흥미를 보이지 않는 데는 자기가 전혀 모르는 다른 이유가 있을지도 모른다는 생각도 들었다. 알료샤는 어째서인지 이반이 뭔가 내적이고 중요한 일에 마음을 쏟고 있고, 몹시 이루기 어려운 어떤 목표를 위해 노력하고 있으며, 이것이 자신에게 무심한 유일한 이유일 것 같다는 느낌을 받았다. 박식한 무신론자가 무식한 유신론자에게 느끼는 경멸 같은 것이 아닌가 하는 생각도 들었다. 그는 형이 무신론자라는 사실을 잘 알고 있었다. 형이 자신을 정말로 경멸한다고 해도 화를 낼 수야 없는 노릇이었지만, 스스로도 영문을 알 수 없는 불안과 당혹감을 느끼며 그가 좀 더 가까이 다가와주기를 기다렸다. 큰형 드미트리는 이반에 대해 말할 때면 깊은 존경과 감동을 내비치곤 했다. 알료샤가 최근 두 형을 긴밀히 엮어준 사건의 자초지종을 알게 된 것도 큰형을 통해서였다. 드미트리가 이반에 대해 감탄하는 모습은 알료샤의 눈에 특별하게 비쳤다. 왜냐하면 드미트리는 이반에 비하면 거의 교육을 못 받았다고 해도 과언이 아니었고, 둘을 나란히 놓고 보면 인성으로나 성격으로나 그보다 닮지 않은 짝은 상상할 수도 없을 만큼 극명한 대조를 이루었기 때문이다.

바로 이 시기, 이 부조화스러운 가족의 온 식구가 참여한 회합, 정확하게는 가족 모임이 장로의 암자에서 열려 알료샤에게 엄청난 영향을 주었다. 이 모임의 구실은 실은 가짜였다. 이 시기 재산 상속과 분배를 둘러싼 드미트리와 아버지 표도르의 갈등은 극에 달했다. 두 사람의 관계는 날카로워질 대로 날카로워져 견딜 수 없는 상태가 되었다. 그래서 표도르가 먼저 농담 삼아 조시마 장로의 암자에서 다 같이 모여보지 않겠냐는 말을 던진 모양이었다. 조시마 장로가 직접 중재자 역할을 하지는 않아도, 장로의 지위나 얼굴을 봐서 화해하기 좋은 분위기가 조성되어 점잖게 합의를 볼 수 있지 않겠느냐는 것이었다. 물론 장로의 처소에 가본 적도, 장로를 만나본 적도 없는 드미트리는 아버지가 장로를 내세워 자신을 겁주려는 속셈이라고 생각했다. 하지만 최근 아버지와 다투면서 지나치게 과격하게 굴었을 때가 많았다고 내심 자책감을 느끼고 있었던 터라 아버지의 제안을 받아들이기로 했다. 덧붙여 말해두자면, 드미트리는 이반처럼 아버지 집에 살지 않고 시 반대쪽 끝에 따로 떨어져 살고 있었다. 그런데 당시 우리 고장에서 지내고 있던 표트르 알렉산드로비치 미우소프가 표도르의 이 제안에 관심을 보였다. 1840~1850년대 풍의 자유주의자이자 자유사상가, 무신론자인 그는 무료해서인지 심심풀이를 위해서인지 이 일에 열성적으로 개입하고 나섰다. 갑자기 수도원과 '성인'이 보고 싶다는 생각이 든 것이다. 수도원과의 해묵은 논쟁은 여전히 진행 중이었고, 소유지의 경계나 산림의 채벌권인지 하천의 어로권인지에 관한 소송도 진전이 없었다. 그는 이러한 상황을 논쟁을 원만히 끝낼 방법을 논의하기 위해 수도원장을 만나고 싶다는 구실로 이용하기로 했다. 수도원에서도 그저 호기심에 방문하는 사람보다는 이런 좋은 의도를 가진 방문자를 관심과 호의로 맞아줄 것이기 때문이었다. 이 모든 것을 고려하여 수도원 측에서 병 때문에 최근 암자 밖으로 거의 나오지 않고, 일반 방문객조차 사절하는 장로에게 내부적인 압력이 있었을지도 모른다. 결국 장로는 승낙했고, 날짜가 잡혔다. "누가 나를 그 사람들의 중재자로 만들었을까?" 장로는 미소를 지은 채 알료샤에게 이렇게 말했을 뿐이었다.

알료샤는 모임이 열린다는 소식에 몹시 당황했다. 서로 소송과 다툼을 벌여대던 그들 가운데 그나마 모임을 진지하게 생각할 사람은 맏형 드미트리뿐이었다. 다른 사람들은 그저 장로에게 모욕이 될지도 모를 경솔한 목적에서 찾아오는 것이라고 알료샤는 생각했다. 이반 형과 미우소프는 불손한 호기심에서 찾아오는 것이었고, 아버지는 익살스러운 광대극을 꾸미려는 속셈인지도 몰랐다. 아아, 알료샤는 비록 입은 다물고 있었지만, 아버지가 어떤 사람인지 충분히 잘 알고 있었다. 다시 말하지만, 그는 주변에서 생각하는 것처럼 그렇게 단순한 청년이 아니었다. 알료샤는 무거운 마음으로 예정된 날을 기다렸다. 물론 그는 가족 간의 불화가 어떻게든 끝나기를 진심으로 간절히 바랐다. 그러나 그가 무엇보다 염려한 사람은 바로 장로였다. 장로와 장로의 명예가 걱정되었고, 장로가 모욕을 당할까봐 두려웠다. 특히 미우소프의 정중을 가장한 은근한 조롱과 박식한 이반의 깔보는 듯한 암시적인 말투가 눈앞에 그려졌다. 알료샤는 장로에게 방문할 이들에 관해 미리 언질을 줄까도 생각했지만, 고민 끝에 입을 다물었다. 모임 전날 아는 사람을 통해 드미트리에게 자신은 형을 매우 사랑하고 있으며, 약속을 꼭 지켜주길 바란다는 말을 전했을 뿐이다. 드미트리는 자기가 무슨 약속을 했는지 전혀 기억나지 않아 잠시 생각에 잠겼다가, '저열한 꼴'이 벌어지더라도 참도록 최선을 다하겠으며, 장로와 이반을 깊이 존경하지만 이 모임은 자신을 함정에 빠뜨리려는 술책이거나 형편없는 희극에 지나지 않을 것임을 확신한다고 답장했다. 드미트리는 '그래도 네가 그렇게 존경하는 그 성자를 욕되게 할 바엔 차라리 입을 다물겠다'는 말로 편지를 마쳤다. 그러나 그 편지도 알료샤에게 큰 힘이 되지는 않았다.

제2편
부적절한 모임

1. 수도원에 도착하다

8월 말의 따뜻하고 화창한 아름다운 날이었다. 장로와의 회견은 낮 미사가 끝난 직후인 11시 반으로 잡혀 있었다. 하지만 우리의 방문객들은 미사에는 참석하지 않고, 미사가 끝날 시간에 딱 맞춰 도착했다. 이들은 마차 두 대에 나눠 타고 왔다. 값진 말 한 쌍이 끄는 고급스러운 반개 마차를 타고 먼저 도착한 사람은 표트르 알렉산드로비치 미우소프와 그의 먼 친척인 스무 살쯤 된 새파랗게 젊은 청년 표트르 포미치 칼가노프였다. 이 청년은 대학에 입학하려고 준비하고 있었고, 어떤 이유에서인지 미우소프의 집에 머무르고 있었다. 미우소프는 청년에게 자기와 함께 취리히나 예나 같은 외국으로 가서 그곳에서 대학 과정을 밟으라고 유혹하던 중이었다. 하지만 청년은 아직 결정을 내리지 못한 상태였다. 그는 혼자 생각에 잠길 때가 많았고 산만해 보였다. 호감을 주는 얼굴에 체격이 좋았으며, 키도 꽤 컸다. 시선은 가끔 기묘하게 한 곳에 박혀 있곤 했다. 몹시 산만한 사람들이 으레 그렇듯, 누군가를 한참 동안 가만히 응시하면서도 실은 전혀 그 사람을 보고 있지 않았다. 그는 말수가 적고 숫기가 없는 편이었지만, 상대가 누구든 간에 단둘이 남게 되면 별안간 말수가 많은 격정적인 사람으로 돌변해 도무지 알 수 없는 이유로 웃어댔다. 그러나 그런 활기는 나타날 때와 마찬가지로 순식간에 사그라들곤 했다. 청년은 언제나 깔끔하고 세련되게 옷을 차려입고 다녔다. 자기 재산을 어느 정도 가지고 있는 데다, 앞으로 훨씬 더 많은 재산이 들어올 참이었기 때문이다. 알료샤와는 친구 사이였다.

표도르는 미우소프의 마차에 한참 뒤쳐져 아들 이반과 함께 늙고 빛바랜 말 한 쌍이 끄는, 낡고 덜컹거리는 대형 짐마차를 타고 왔다. 드미트리는 전날 회견 날짜와 시간을 전달받았지만 아직 오지 않았다. 방문객들은 마차를 수도원 담장 옆 여관에 세워두고 수도원 대문으로 걸어 들어갔다. 표도르를 제외한 나머지 세 사람은 수도원이라곤 구경한 적이 없는 것 같았고, 미우소프는 30년쯤은 교회에 와본 일도 없는 듯했다. 미우소프는 무심한 척하면서도 호기심을 가지고 주위를 둘러보았다. 하지만 평범하기 짝이 없는 교회당이나 부속 건물 말고는 수도원 내부에 그의 관심을 끄는 것은 아무것도 없었다. 교회당에서 마지막으로 나오는 사람들이 모자를 벗고 성호를 그으며 지나갔다. 평민들 속에 부인 두세

명과 연로한 장군 등 상류층 사람들도 보였다. 이들은 모두 여관에 머물고 있었다. 금방 걸인들이 우리의 방문객들을 에워쌌지만, 적선을 하는 사람은 아무도 없었다. 칼가노프만 지갑에서 10코페이카짜리 은화를 꺼내더니 어쩐지 민망해하면서 얼른 한 아낙에게 건네며 똑같이 나눠 가지라고 재빨리 말했다. 일행 중 아무도 그가 동전을 주는 것을 보지 못했으니 민망해할 이유는 전혀 없었다. 그러나 그 사실을 깨달은 칼가노프는 더욱 민망해했다.

그런데 이상한 일이었다. 누군가 그들을, 그것도 예우를 갖춰 기다리고 있어야 할 터였다. 한 사람은 수도원에 얼마 전 1000루블을 기부했고, 다른 한 사람은 부유하고 학식이 뛰어난 지주였으며, 소송 결과에 따라 하천의 어로권과 관련해서 이곳에 있는 모두에게 영향을 미칠 수도 있는 인물이었으니 말이다. 그런데 그들을 정식으로 맞으러 나온 사람은 아무도 없었다. 미우소프는 성당 옆에 있는 비석을 물끄러미 바라보며 장례를 치른 사람은 이렇게 '성스러운' 장소에 묻힐 권리를 얻느라 돈 깨나 썼겠다고 한마디 하려다가 입을 다물었다. 그의 자유주의적인 냉소는 거의 분노로 뒤바뀌고 있었다.

"젠장, 이런 정신없는 곳에서 누구를 붙잡고 물어봐야 하나…. 빨리 어떻게 해야지, 시간은 자꾸 가는데 말이야." 미우소프가 혼잣말처럼 중얼거렸다.

이때 갑자기 머리가 약간 벗겨지고 품이 넉넉한 여름용 겉옷을 입은 중년 신사가 아첨하는 듯한 눈빛으로 그들에게 다가왔다. 신사는 모자를 약간 치켜올리고는 살가운 말투로 일행에게 자신을 툴라에서 온 지주인 막시모프라고 소개했다. 그러더니 곧바로 우리 일행의 일에 끼어들고 나섰다.

"조시마 장로님은 수도원에서 사백 걸음쯤 떨어진 외딴 암자에 계시죠. 그곳에 가려면 조그만 숲을, 조그만 숲을 지나서….

"숲을 지나가야 한다는 건 알고 있소이다." 표도르가 대답했다. "그런데 길이 가물가물하군요. 와본 지가 워낙 오래인지라."

"이 문으로 들어가 똑바로 숲을 지나면 됩니다. 같이 가시죠. 원하신다면… 이 몸이 직접… 여기 이쪽, 이쪽으로 오세요…."

그들은 문을 지나 숲으로 향했다. 예순 살쯤 된 지주 막시모프는 일행에게 병적인 호기심을 보이면서 한 사람 한 사람 쳐다보느라 걷는다기보다는 거의 옆으로 뛰고 있었다. 한껏 부릅뜬 눈이 툭 튀어나와 있었다.

"우리는 장로에게 용건이 있어서 가는 거요." 미우소프가 엄한 목소리로 말했다. "'그분'과의 회견을 허락받았다는 말이오. 그러니 길을 알려주는 건 고맙지만 함께 들어갈 수는 없소이다."

"저는 벌써, 벌써 다녀왔답니다. Un chevalier parfait!(정말 완벽한 기사이시죠!)" 지주는 이렇게 말하면서 허공에 손가락을 딱 튕겼다.

"그 chevalier(기사)가 누구요?" 미우소프가 물었다.

"장로님이요, 위대한 장로님, 장로님 말입니다. 수도원의 명예이고 영광이시죠. 조시마 장로님입니다…."

그때 두건을 쓴 작달막하고 비쩍 마른 수도사가 일행의 뒤를 쫓아와 지주의 두서없는 말을 끊어놓았다. 표도르와 미우소프가 걸음을 멈추자 수도사는 매우 정중한 태도로 깊이 허리 숙여 인사하고 이렇게 말했다.

"수도원장님께서 여러분이 암자에 다녀오신 후에 함께 식사를 했으면 좋겠다고 정중히 청하셨습니다. 원장님의 처소에서 1시까지입니다. 당신도 함께 오시죠." 수도사는 막시모프를 보며 말했다.

"그럼요, 가다마다요!" 표도르가 초대에 반색하며 소리쳤다. "꼭 가야지요. 우리는 여기서 점잖게 굴기로 다짐도 했답니다…. 표트르 알렉산드로비치, 당신도 갑니까?"

"그럼 왜 안 가겠습니까? 이곳 관례도 못 보고 가려면 뭐하러 여기 왔겠소. 내게 골치 아픈 문제는 딱 하나, 당신과 함께 간다는 것뿐이오, 표도르 파블로비치…."

"그런데 드미트리 표도로비치가 아직 안 왔군요."

"차라리 아예 안 오면 좋겠군. 당신네들의 저질스런 연극이며, 거기에 휘말려야 하는 이런 상황이 달가울 줄 아시오? 아무튼 식사 시간에 맞춰서 갈 테니 수도원장께 감사하다고 전해주시오." 미우소프가 수도사를 보며 말했다.

"아니, 저는 여러분을 장로님께 안내해드리기로 되어 있습니다." 수도사가 말했다.

"그러면 저는 수도원장님께, 지금 바로 수도원장님께 가겠습니다." 막시모프가 조잘거렸다.

"수도원장님께서는 지금 바쁘시지만, 좋으실 대로 하십시오…." 수도사는 망설이며 대답했다.

"질긴 노인네야." 막시모프가 다시 수도원 쪽으로 달려가자, 미우소프는 이렇게 말했다.

"폰 존(상트 페테르부르크의 궁정고문관이었던 니콜라이 흐리스티아노비치 폰 존이 지인의 집에 들렀다가 만취한 상태로 금품을 갈취당하고 살해된 후 시신은 트렁크에 담겨 모스크바로 보내졌는데, 당시 큰 화제가 되었다―옮긴이)을 닮았어." 표도르가 갑자기 이렇게 말했다.

"당신이 아는 건 그런 것뿐이군…. 저 사람의 어디가 폰 존을 닮았다는 거요? 폰 존을 직접 보기라도 했소?"

"사진을 봤지요. 얼굴이 닮았다는 게 아니라, 설명은 못하겠지만 어딘가 비슷한 데가 있어요. 영락없는 폰 존의 판박이에요. 난 얼굴만 척 보면 알아요."

"그렇다고 칩시다. 당신이야 그쪽으로 전문가일 테니까. 그런데 표도르 파블로비치, 방금 당신 입으로 우리가 여기서 점잖게 굴기로 했다고 말했을 거요. 그러니 처신 똑바로 하시오. 당신이 광대짓을 벌이더라도, 나는 당신과 동급이 되고 싶지는 않으니까…. 어떤 사람인지 아시겠죠." 미우소프가 수도사를 향해 말했다. "저 사람과 함께 점잖은 분들을 뵙는 게 두렵군요."

수도사는 파리하고 핏기 없는 입술에 약간 교활해 보이는 옅은 미소를 조용히 떠올릴 뿐 아무 대답도 하지 않았다. 하지만 자신의 품위를 생각해 입을 다물고 있는 것이 분명했다. 미우소프의 얼굴이 더욱 찌푸려졌다.

'아아, 이 빌어먹을 놈들. 수백 년 동안 겉모습만 그럴듯하게 꾸며놓았지, 실상은 아는 체나 해대는 엉터리들이!' 머릿속에 이런 생각이 스쳤다.

"저기 암자로군. 다 왔어요!" 표도르가 소리쳤다. "담장이며 대문이 잠겨 있는걸."

표도르는 대문 주위에 그려진 성화를 향해 성호를 그었다.

"로마에 가면 로마법을 따라야죠." 그가 말했다. "이 암자에는 성자 스물다섯 명이 구도 생활을 하고 있는데, 양배추를 먹고 산다는군요. 그리고 여자는 절대 이 문으로 들어올 수 없다니, 그 점이 참 놀랍단 말이지요. 정말 그렇다고 하니까요. 그런데 장로님이 부인들과는 면회를 하신다고 하던데, 그 얘긴 뭡니까?" 표도르가 갑자기 수도사를 보며 말했다.

"평민 출신 부인들은 지금도 저쪽에 있습니다. 저기 회랑 옆에 앉아 기다리고 있지요. 상류층 부인들을 위해서는 이 담장 밖 회랑에 방이 두 개 마련되어 있답니다. 이게 그 창문이고요. 장로님께서는 건강이 괜찮으실 때면 내부 통로를 통해 담장 밖으로 부인들을 접견하러 나오십니다. 지금도 저쪽에 하리코프에서 온 지주인 호흘라코바 부인이 병든 따님과 함께 기다리고 있군요. 요즘 장로님은 너무 쇠약해지셔서 거의 사람들 앞에 나오질 못하시지만, 만나주시겠다고 약속하셨나 봅니다."

"그러니까, 암자에서 부인들이 있는 곳으로 통하는 개구

멍이 나 있는 거로군요. 신부님, 제가 무슨 뜻이 있어서 이런 말을 한다고 생각하지는 마십시오. 그냥 하는 이야기이니까요. 들어보셨겠지만, 아토스산에서는 여자들의 방문만 금지되는 것이 아니라, 암컷이란 암컷은 죄다 얼씬도 못 한다더군요. 암탉이든 칠면조 암놈이든 암송아지든 할 것 없이…."

"표도르 파블로비치, 당신 혼자 내버려 두고 돌아가겠소. 경고하는데, 내가 없으면 당신은 두 팔이 붙들려 쫓겨나고 말 거요."

"내가 당신에게 뭘 어쨌다고 그럽니까, 표트르 알렉산드로비치. 저기 좀 봐요!" 표도르가 담장 안으로 들어서더니 갑자기 소리쳤다. "참으로 아름다운 장미꽃 골짜기에들 살고 있군요!"

사실 그곳에 장미는 없었지만, 진귀하고 아름다운 가을 꽃들이 빼곡히 심어져 흐드러지게 피어 있었다. 꽃을 가꾼 솜씨가 보통이 아닌 듯했다. 교회당 담장 안쪽이며 무덤 사이사이에 꽃밭이 만들어져 있었다. 장로의 암자가 있는 입구에 회랑이 딸린 단층 목조 건물 둘레에도 꽃이 심어져 있었다.

"저번 바르소노피 장로님 때도 이랬나요? 그분은 고상한 데에는 취미가 없고, 자리에서 벌떡벌떡 일어나 여자들한테까지 몽둥이를 휘둘렀다면서요." 현관으로 올라서면서 표도르가 말했다.

"바르소노피 장로님은 실제로 유로디비 같을 때가 있었지만, 허황된 소문도 많습니다. 몽둥이로 누구를 때리신 적은 한 번도 없습니다." 수도사가 대답했다. "그럼 여러분, 잠시만 기다려주세요. 여러분이 도착했다고 알리겠습니다."

"표도르 파블로비치, 마지막으로 말해두겠소. 점잖게 굴어요. 안 그러면 후회할 테니." 미우소프가 다시 한번 조용히 말했다.

"당신이 왜 그렇게 벌벌 떠는지 영문을 모르겠군요." 표도르는 비아냥거리듯 말했다. "당신이 지은 죄가 두려운 건 아닙니까? 장로는 눈만 보면 누가 무슨 일로 왔는지 다 알아맞힌다고 하니까요. 그런데 당신처럼 파리에 있다 온 진보적인 신사께서 저들의 의견을 그토록 중요하게 생각하다니, 깜짝 놀랐습니다!"

미우소프가 그 빈정거림에 대꾸하려는 찰나 들어오라는 안내가 떨어졌다. 그는 약간 언짢은 기분으로 승방 안에 들어섰다.

'내가 어떻게 행동할지 벌써부터 알겠군. 기분이 언짢으니 언쟁을 벌이겠지…. 흥분한 나머지 내 자신과 내 이상을 욕되게 하고 말 거야.' 그의 뇌리에 이런 생각이 스쳐 지나갔다.

2. 늙은 광대

일행은 그들이 도착하자마자 침실에서 나온 장로와 거의 동시에 방으로 들어섰다. 암자 안에서는 수행 사제 두 사람이 일행이 오기 전부터 장로를 기다리고 있었다. 한 사람은 사서 신부였고, 한 사람은 고령은 아니지만 병을 앓고 있던 파이시라는 신부였는데, 굉장히 박식하다고 알려진 사람이었다. 두 사람 외에도 스물두 살쯤 되어 보이는 청년이 프록코트를 입고 한쪽 구석에 서서(그 이후로도 그는 계속 서 있었다) 장로를 기다리고 있었다. 그는 장차 신학자가 될 신학교 졸업생이었지만, 지금은 어째서인지 이곳에서 수도원과 승단의 후원을 받고 있었다. 키가 꽤 컸고 광대가 넓은 얼굴엔 생기가 넘쳤으며 가느다란 갈색 눈은 영리하고 진지해 보였다. 표정은 지극히 공손했지만, 굽신거리는 기색이 없는 보기 좋은 태도였다. 청년은 들어온 손님들에게 고개 숙여 인사하는 것조차 꺼렸다. 남의 밑에 소속되어 있는 입장이니 그들과 동등하지 않다고 생각했기 때문이다.

조시마 장로는 견습 수도사 한 명과 알료샤를 대동하고 들어왔다. 수행 사제들이 자리에서 일어서더니 장로에게 손가락이 바닥에 닿을 정도로 깊이 몸을 숙여 인사하고, 장로의 축복을 받고서는 그의 손에 입을 맞추었다. 장로는 수행 사제들에게 축복을 내린 뒤 자신도 손가락이 바닥에 닿을 만큼 깊이 몸을 숙여 답례하고, 마찬가지로 축복의 말을 청했다. 이 의식은 일상적인 의례로서가 아니라 감동을 자아낼 만큼 경건하게 진행되었다. 하지만 미우소프에게는 그런 행동이 억지 감흥을 심어주려는 것처럼 보였다. 그는 방에 들어온 일행의 선두에 서 있었다. 그가 어떤 사상을 가지고 있건 간에, 그저 예의를 갖추는 차원에서(이곳 관습이 이러하니) 장로의 손에 입을 맞추지는 않더라도 다가가서 축복을 받는 것이 마땅했을 것이다. 사실 그도 어제저녁부터 이런 생각을 곰곰이 해보았다. 그러나 수행 사제들이 경배하고 입맞춤하는 모습을 보자 마음이 싹 바뀌어버렸다. 그래서 진지하고 엄숙한 태도로 속세에서 하듯 깊숙이 고개 숙여 인사하고는 의자 쪽으로 물러났다. 표도르는 마치 원숭이처럼 미우소프를 똑같이 흉내냈다. 이반은 아주 정중하고 공손하게 인사를 했지만, 역시나 바지 솔기에 손을 붙인 채였다. 칼가노프는 당황한 나머지 인사하는 것조차 잊어버렸다. 장로는 축복을 내리려고 들었던 손을 내리고, 다시 한번 허리를 숙여 인사한 후 모두에게 앉으라고 권했다. 알료샤는 창피함에 얼굴이 시뻘게졌다. 그의 불길한 예감이 들어맞고 있었던 것이다.

　장로는 적갈색 나무로 짠 아주 오래된 가죽 의자에 앉았고, 수행 사제 두 사람을 제외한 나머지 손님들에게도 맞은편에 놓인 적갈색 의자에 앉으라고 권했다. 서로 나란히 붙어 있는 이 의자들은 닳아빠진 검은 가죽으로 덮여 있었다. 수행 사제들은 문간과 창가에 각각 떨어져 앉았다. 신학교 졸업생과 알료샤, 견습 수도사는 그대로 서 있었다. 승방은 작고 허름했다. 집기며 가구는 투박하고 볼품이 없었고, 꼭 필요한 것만 갖추어져 있었다. 창가에는 화분 두 개가 놓여 있었고, 한쪽 구석에는 성화가 즐비하게 걸려 있었다. 그중에는 교회 분리 이전에 그려진 듯한 거대한 성모화도 있었다. 성모화 앞에는 작은 등불이 타고 있었다. 그 옆에는 빛나는 금테를 씌운 성화가 두 개 걸려 있었고, 또 그 주위엔 지천사 조각상과 도자기 달걀, 가톨릭식 상아 십자가를 안고 있는 Mater dolorosa(슬픔에 잠긴 성모), 지난 세기에 이탈리아의 명장들이 만든 판화가 몇 점 놓여 있었다. 이 세련되고 값진 판화들 옆에는 성자, 순교자, 성직자 등이 그려진 서민적이기 그지없는 석판화들이 걸려 있었는데, 아무 시장에서나 몇 코페이카에 팔리고 있을 것들이었다. 다른 쪽 벽면에는 러시아의 전현직 주교들의 석판화 초상이 몇 점 걸려 있었다. 미우소프는 이 '뻔한 성물들'을 쓱 훑어본 다음, 장로를 뚫어지게 바라보았다. 그에게는 자신의 견해를 지나치게 존중한다는 단점이 있었다. 하지만 이런 단점은 그가 벌써 쉰 살이라는 점, 즉 지적이고 부유한 속인이라면 저절로 자긍심이 커질 수밖에 없는 나이라는 점을 고려하면 용서해주어야 한다.

미우소프는 처음부터 장로가 마음에 들지 않았다. 실제로 장로의 얼굴에는 미우소프가 아닌 많은 이들에게도 마음에 들지 않을 무언가가 있었다. 장로는 키가 작고 허리가 굽었으며, 다리도 아주 허약했다. 나이는 예순여섯에 불과했지만, 병 때문에 그보다 훨씬, 최소한 10년은 더 늙어 보였다. 바싹 마른 얼굴엔 잔주름이 가득했고, 눈가가 특히 심했다. 크지 않은 두 눈은 기민하게 움직였으며, 빛나는 두 개의 점처럼 반짝였다. 허옇게 센 머리는 관자놀이 근처에만 겨우 남아 있었고, 쐐기 같은 턱수염은 작고 성글었다. 자주 웃음 짓는 입술은 두 줄의 노끈처럼 얄팍했다. 코는 길쭉하다기보다는 새부리처럼 뾰족했다.

'어딜 보나 고약하고 오만한 인간임이 틀림없군.' 미우소프의 머릿속에 이런 생각이 스쳤다. 그렇지 않아도 그는 몹시 기분이 언짢았다.

그때 괘종시계가 울려 말문을 틀 구실을 만들어주었다. 시계추가 달린 작은 싸구려 벽시계가 빠르게 12시를 알린 것이다.

"정확히 시간이 되었군요." 표도르가 외쳤다. "그런데도 제 아들 드미트리 표도로비치가 여태 안 왔군요. 제가 대신 사과드립니다, 거룩한 장로님! (알료샤는 이 '거룩한 장로님'이라는 말에 몸서리를 쳤다.) 저로 말할 것 같으면, 일분일초도 어기지 않고 언제나 시간을 지킨답니다. 정확은 왕의 예의라는 말을 기억하고 있으니까요⋯."

"그렇지만 당신이 왕은 아니잖소." 즉시 참지 못하고 미우소프가 퉁명스럽게 말했다.

"그렇습니다, 왕은 아니지요. 그런데 그거 아십니까, 표트르 알렉산드로비치. 그건 나도 알고 있었어요, 정말로요! 그런데 항상 이렇게 때에 맞지 않는 말을 해버리고 말지요! 존경하는 장로님!" 그는 갑자기 격앙된 목소리로 소리쳤다. "장로님은 지금 어릿광대, 진짜 어릿광대를 보고 계십니다! 이 몸을 그렇게 소개하지요. 오래전부터 습관이 들었으니까요! 가끔씩 엉뚱하게 허튼소리를 하는 건 일부러 그러는 겁니다. 사람들을 웃기고, 유쾌한 사람이 되기 위해서지요. 사람이란 자고로 유쾌한 사람이 되어야 하는 법 아닙니까? 7년 전쯤에 볼일이 있어 어느 소도시에 간 적이 있었습니다. 장사치들과 일을 좀 벌여볼 생각이었지요. 우리는 경찰서장을 찾아갔습니다. 부탁할 것이 좀 있어 식사에 초대할 요량이었죠. 경찰서장이 나오는데 키가 크고, 뚱뚱하고, 노란 곱슬머리에 음침해 보이는 사람이더군요. 이런 일에 있어선 가장 위험한 부류였죠. 그런 사람들은 신경이 날카롭거든요! 전 곧장 그 자에게 다가가서 사교계 사람다운 능청스러운 태도로 '서장(이스프라브닉)님, 우리의, 그러니까, 나프라브닉이 되어주십시오!'라고 했습니다. 그랬더니 그자가 '나프라브닉이라니 무슨 소리요?'라고 묻지 않겠습니까. 저는 곧바로 일이 글러 먹었다는 걸 알았습니다. 서장은 정색을 하고 저를 노려보더군요. '다 같이 즐거워하자고 농담을 한 겁니다. 나프라브닉 선생은 우리 러시아의 유명한 지휘자가 아닙니까. 우리에게도 사업의 조화를 위해선 지휘자 같은 사람이 필요하다는 이야기지요…'라고 했지요. 참으로 그럴듯한 설명과 비유가 아닙니까? 그자는 '미안하지만, 나는 이스프라브닉이고, 내 직함을 가지고 말장난을 하는 건 용납할 수 없소이다'라고 하더니 휙 뒤돌아 가버리더군요. 저는 그 뒷모습에 대고 '맞습니다, 맞습니다. 당신은 이스프라브닉이지, 나프라브닉이 아닙니다!'라고 소리쳤습니다. 그랬더니 서장은 '아니, 일단 그렇게 말이 나왔으니 나는 나프라브닉이오'라고 우기더군요. 그렇게 우리 사업은 허사가 되고 말았지 뭡니까! 전 매사에 이렇답니다. 기분 좋으라고 하는 말 때문에 늘 손해를 보지요! 벌써 오래전 일인데, 한번은 꽤 유력한 인사에게 '부인께선 간지럼을 잘 타는 분이더군요'라고 말했습니다. 명예, 그러니까 성품 문제에 있어서 민감하다는 뜻으로 한 말이었는데, 그분이 제게 대뜸 '당신이 간지럽혀보기라도 했소?'라고 묻지 뭡니까. 그런데 그때 또 장난스러운 마음에 그만 참지 못하고 '네. 간질여본 적이 있습죠'라고 말해버렸습니다. 그랬더니 그분이 저를 붙잡고 마구 간지러움을 태우더군요⋯. 오래전에 있었던 일이니 말해도 부끄러울 것은 없지만, 저는 항상 이렇게 제게 손해가 되는 짓만 한답니다!"

"지금도 그러고 있소이다." 미우소프가 혐오스럽다는 듯 말을 내뱉었다.

장로는 말없이 두 사람을 찬찬히 바라볼 뿐이었다.

"그럴지도 모르지요! 나도 알고 있습니다, 표트르 알렉산드로비치, 이야기를 시작하자마자 내가 이럴 줄 예감했고, 심지어 당신이 가장 먼저 지적하리라는 것도 예감했어요. 장로님, 저는 농담이 실패했다는 걸 깨달으면 양 볼이 아랫잇몸에 달라붙고 경련이 일어나다시피 한답니다. 젊을 적 귀족들 집에서 식객 생활을 하면서 밥을 빌어먹던 시절부터 그랬지요. 저는 천생 광대에 유로디비나 다름없는 놈입니다. 어쩌면 제 속에 악령이 하나 들어앉아 있는지도 모르지요. 하지만 덩치가 큰 놈은 아닐 겁니다. 큰 놈이었다면 다른 집을 골랐을 테니까요. 하지만 표트르 알렉산드로비치, 당신은 아닐 겁니다. 당신도 훌륭한 집은 못 되니까요. 그래도 저는 믿습니다. 하느님을 믿습니다. 요즘 들어 조금 의혹을 품기는 했지만, 지금은 이렇게 앉아서 위대한 말씀을 기다리고 있지요. 훌륭하신 장로님, 저는 철학자 디드로 같은 사람입니다. 거룩하기 그지없는 장로님, 예카테리나 여제 때 철학자 디드로가 플라톤 대주교를 찾아간 이야기를 아십니까? 디드로는 대주교 앞으로 나아가더니 곧장 '신은 없습니다'라고 말했답니다. 그러자 위대한 대주교는 손가락을 쳐들고 '미치광이가 제 마음속에 신이 없다고 말하는구나!'라고 대답했지요. 그러자 디드로는 대주교의 발밑에 엎드려 '믿습니다, 그리고 세례도 받겠습니다'라고 외쳤지요. 그렇게 해서 디드로는 그 자리에서 세례를 받았습니다. 다시코바 공작부인(예카테리나 여제의 친구이자 조력자—옮긴이)이 대모고, 포툠킨(예카테리나 여제의 총신—옮긴이)이 대부였다죠…."

"표도르 파블로비치, 정말이지 참을 수가 없군요! 당신도 자신이 거짓말을 하고 있고, 그 이야기가 허무맹랑하다는 걸 잘 알면서 왜 망신스러운 짓을 하는 거요?"미우소프는 완전히 자제력을 잃고 떨리는 목소리로 말했다.

"그게 허무맹랑한 이야기일 줄은 일평생 짐작하고 있었습니다!"표도르는 열을 올리며 외쳤다. "여러분, 대신 진실을 모두 말하지요. 위대하신 장로님! 마지막에 얘기한 디드로의 세례 이야기는, 죄송합니다만 방금 꾸며낸 겁니다. 말을 하던 와중에 지금 막 지어냈지요. 예전에는 머릿속에 떠오른 적도 없는 이야깁니다. 제 이야기에 감칠맛을 더해보려고 꾸며냈지요. 그러려고 망신스러운 짓을 하는 겁니다, 표토르 알렉산드로비치, 유쾌한 사람이 되려고요. 사실 나도 내가 왜 그러는지 모르는 때도 있지만요. 아무튼 디드로 이야기 중에서 '미치광이가 말했도다'란 말은 젊은 시절 식객 노릇을 할 때 이 고장 지주들에게서 스무 번은 들어본 말입니다. 표토르 알렉산드로비치, 당신 고모 마브라 포미니시나한테서도 들은 적이 있어요. 그 사람들은 아직까지도 무신론자인 디드

로가 하느님에 대해 논쟁하러 플라톤 대주교에게 다녀갔다
고 굳게 믿고 있지요…."

　미우소프는 인내심이 바닥난 정도가 아니라, 완전히 이
성을 잃어버린 듯 자리를 박차고 일어났다. 화가 머리끝까
지 치밀어 올랐지만, 그는 분통을 터트리면 자기 꼴만 우스
워진다는 사실을 알고 있었다. 실제로 암자에서는 거의 있을
수 없는 일이 일어나고 있었다. 40~50년은 되었을 이 암자에
는 선대 장로들 때부터 언제나 경외심 깊은 사람만 드나들었
다. 회견을 허락받은 사람들은 승방에 들어설 때 자신이 큰
은총을 입는다고 생각했다. 많은 이들이 승방에 있는 동안
무릎을 꿇고 일어서려고도 하지 않았다. '높은 사람'이나 학
식이 뛰어난 사람, 혹은 그저 호기심이나 다른 동기로 방문
한 자유사상가까지도, 다른 이들과 함께 승방에 들어오건 단
독으로 장로를 만나건, 회견 중 깊은 존경심을 가지고 예의
를 지키는 것을 첫 번째 의무로 여겼다. 암자에서 돈이 오가
는 것도 아니었고, 그저 한쪽에는 사랑과 은총이, 다른 한쪽
에는 영혼의 난제나 내적으로 괴로운 시기를 해결해보려는
갈망과 참회만 있었기 때문이다. 그래서 표도르의 장소에 맞
지 않는 불경한 광대짓은 그것을 지켜보는 사람들에게, 적어
도 그중 일부에게 당혹과 경악을 불러일으켰다. 수행 사제들
은 조금도 표정을 바꾸지 않고 장로가 뭐라고 할지 예의주시
하고 있었지만, 금방이라도 미우소프처럼 자리를 박차고 일
어날 것 같았다. 알료샤는 울 것 같은 얼굴로 고개를 푹 숙이
고 서 있었다. 알료샤가 보기에 가장 이상했던 점은, 자신의

유일한 희망이자 아버지를 제지할 영향력이 있는 유일한 사람인 작은형 이반이 제자리에 꼼짝 않고 앉아 시선을 내리깐 채 강렬한 호기심까지 띤 얼굴로, 자신은 완전히 제삼자라는 듯 이 상황이 어떻게 끝날지 기다리고 있었다는 점이다. 알료샤는 자기와 잘 아는 사이이며 친하다고도 할 수 있는 라키틴(신학교 졸업생 말이다)은 쳐다볼 수조차 없었다. 라키틴이 무슨 생각을 하는지 잘 알고 있었기 때문이다(그것을 아는 사람은 수도원 전체에서 알료샤뿐이었다).

"용서하십시오…." 미우소프가 장로를 보며 말했다. "어쩌면 저도 이 저질스러운 광대극에 가담한 것처럼 보일지 모르겠습니다. 아무리 표도르 파블로비치 같은 사람이라도 이토록 존경받는 분을 만날 때는 제 도리가 무엇인지 생각할 줄로 믿은 것이 제 실수였습니다…. 저자와 함께 왔다는 이유만으로 사죄를 드리게 될 줄은 생각도 못 했습니다…."

미우소프는 말을 채 마치지도 못하고 당혹스러운 나머지 승방을 나가려 했다.

"부디 심려치 마십시오." 장로가 갑자기 허약한 다리로 자리에서 일어서서 미우소프의 양손을 붙잡고 다시 자리에 앉혔다. "부디 마음을 편히 가지십시오. 저는 특히 당신께 제 손님으로 계셔주시기를 부탁드립니다." 장로는 이렇게 말하고 고개 숙여 인사한 뒤 다시 의자에 앉았다.

"위대하신 장로님, 말씀해주십시오. 제가 너무 들떠 있어서 기분이 상하셨습니까?" 표도르는 대답 여하에 따라 앞으로 확 튀어나가기라도 할 것처럼 양손으로 의자 팔걸이를 움켜쥐고 별안간 소리쳤다.

"당신도 부디 염려하거나 불편해하지 마십시오." 장로는 엄숙한 목소리로 그에게 말했다. "불편해 마시고, 집처럼 편히 생각하십시오. 무엇보다 자기 자신을 그렇게 수치스럽게 여겨선 안 됩니다. 거기서 모든 것이 비롯되니까요."

"집처럼요? 제 본모습 그대로 말입니까? 오, 그건 너무나, 너무나 과분한 말씀이지만, 감격스럽게 받아들이지요! 하지만 은총을 받으실 장로님, 제게 본모습대로 있으라고는 하지 마십시오. 그런 모험은 하지 마십시오. 제 본모습을 보여드릴 엄두는 저도 안 납니다. 이 점은 장로님을 위해 미리 말하지요. 뭐, 다른 점은 아직 미지의 어둠에 묻혀 있습니다. 저에 대해 부풀려서 떠들어대려는 사람이 있긴 하지만요…. 이건 표트르 알렉산드로비치, 당신에게 하는 말입니다. 하지만 성스럽기 이를 데 없는 존재이신 장로님, 당신께는 벅찬 환희를 느낄 뿐입니다!" 그는 자리에서 벌떡 일어나 두 팔을 위로 쳐들고 말했다. "그대를 밴 배와 그대를 길러준 젖꼭지는 복되도다, 특히 그 젖꼭지가 복되도다! 장로님이 지금 하신 '자기 자신을 그렇게 수치스럽게 여기지 말라, 거기서 모든 것이 비롯된다'는 말씀은 꼭 제 속을 훤히 들여다보고 하신 말씀 같습니다. 아닌 게 아니라 사람들을 대할 때, 어딜 가든 내가 제일 비열한 놈이고 모두 날 광대로 본다는 생각이 듭니다. 그렇다면 진짜 광대 노릇을 해주마, 네놈들 모두 나보다 멍청하고 비열하니까, 싶은 거지요. 그래서 제가 광대가 된 겁니다, 위대한 장로님, 수치심 때문에 광대가 된 거지요. 오직 그런 의혹 하나 때문에 날뛰는 겁니다. 사람들을 마주할 때 모두가 절 친절하고 똑똑하기 그지없는 사람으로 봐준다는 확신만 있었다면, 아아, 제가 얼마나 착한 사람이 되었겠습니까? 스승님!" 그는 별안간 무릎을 꿇었다. "영생을 얻으려면 무엇을 해야 합니까?" 이제는 그가 장난을 치는 것인지, 아니면 정말로 그렇게 감동을 받은 것인지 분간하기도 힘들 지경이었다.

장로는 눈을 들어 그를 보더니 미소를 머금고 말했다.

"당신은 무엇을 해야 할지 진작부터 알고 있습니다. 충분히 지혜로우시니까요. 술을 삼가고, 말을 자제하시고, 음욕에 빠지지 마십시오. 특히 돈에 대한 애착을 버리고, 운영하고 있는 술집을 닫으십시오. 모두 닫을 수 없다면 두세 개라도 닫으셔야 합니다. 가장 중요한 것은 거짓말을 하지 않는 겁니다."

"디드로 얘기를 말하시는 겁니까?"

"아니, 디드로 얘기가 아닙니다. 중요한 건 자기 자신에게 거짓말을 하지 않는 겁니다. 스스로에게 거짓말을 하고 그 거짓에 귀를 기울이는 사람은 결국 자기 내면과 주변에서 진실을 분간하지 못하게 되어 자신과 타인을 존중하지 않게 됩니다. 아무도 존중하지 않으면 아무도 사랑할 수 없게 되고, 사랑이 없으면 마음 쏟을 곳이나 유희 거리를 찾아 정욕과 음란한 생활에 빠져 짐승이나 다름없는 죄를 짓게 됩니다. 모두 타인과 자신에 대한 끊임없는 거짓 때문이지요. 자기 자신에게 거짓말을 하는 사람은 누구보다 쉽게 화를 냅니다. 때로는 화내는 것이 무척 기분 좋을 때가 있기 때문이지요, 그렇지 않습니까? 아무도 자기를 모욕한 적 없고, 스스로 모욕 거리를 꾸며냈으며, 거기에 윤색을 갖추려고 거짓말을 하고, 그럴듯한 그림을 만들려 과장하고, 말 한마디에 집착해 콩 하나를 산처럼 부풀렸다는 것을 알면서도 제일 먼저 화를 냅니다. 기분이 좋을 만큼, 커다란 만족을 느낄 만큼 화를 냅니다. 그러면서 정말로 적의를 품게 되지요…. 부디 일어나서 앉으십시오. 제발 부탁입니다. 이것도 거짓된 몸짓이 아닙니까….”

　“거룩한 분이시여! 당신의 손에 입 맞추게 해주십시오.” 표도르는 후다닥 튀어 올라 장로의 여윈 손에 재빨리 쪽 하고 입을 맞췄다. “맞습니다, 맞습니다, 화를 내는 건 기분 좋은 일입니다. 지금껏 누구도 장로님처럼 훌륭하게 말해준 사람은 없었습니다. 말씀대로 저는 평생 기분이 좋아지려고 화를 냈고, 또 미적인 면을 생각해서 화를 냈습니다. 왜냐하면 화내는 건 기분만 좋은 게 아니라, 때로는 아름답기 때문이지요. 위대한 장로님, 아름답다는 점은 빼놓으셨군요! 이 말을 수첩에 써두어야겠어요! 전 정말이지 매일 매 순간 거짓말을 했습니다. 진실로 거짓은 거짓의 아버지입니다! 아, 거짓의 아버지가 아니죠. 인용을 할 때 가끔 헷갈리곤 해서요. 거짓의 아들이라고 해두지요. 그 정도면 족하니까요. 하지만… 천사 같은 장로님… 디드로 얘기는 가끔 해도 됩니다! 디드로 얘기는 해로울 게 없거든요. 다른 이야기는 해로울지도 모르지만요. 위대하신 장로님, 그러고 보니 깜빡할 뻔했군요. 저는 세 살 때부터 이곳에서 해결을 보겠다고, 바로 이곳에 와서 반드시 여쭤보고 알아내겠다고 생각한 일이 있답니다. 표트르 알렉산드로비치가 제 말을 가로막지만 않게 해주십시오. 바로 이런 질문이지요. 위대한 장로님, 순교자전에 기적을 행하는 어떤 성자가 신앙 때문에 고문을 당하다가 마침내 목이 잘리자, 자리에서 벌떡 일어나서 자기 머리를 들고 '정중하게 입을 맞추었다'는 얘기가 사실입니까? 머리를 들고 한참을 돌아다니면서 '정중하게 입을 맞추었다'던데요. 이 얘기가 사실입니까, 아닙니까, 정직한 신부님들?"

"아뇨, 사실이 아닙니다." 장로가 말했다.

"순교자전 어디에도 그런 이야기는 없습니다. 어떤 성자에 대해서 그렇게 씌어 있었다는 겁니까?" 사서 신부인 수행 사제가 말했다.

"어떤 성자인지는 저도 모릅니다. 알지도 못하고 들어보지도 못했습니다. 제가 속은 거라고들 하더군요. 그런데 그 얘기를 누가 했는지 아십니까? 바로 여기 계신 표트르 알렉산드로비치 미우소프가 했답니다. 방금 디드로 얘기를 가지고 성을 내던 분이 그런 얘기를 했지요."

"나는 당신에게 그런 얘기를 한 적이 없소. 당신과 말을 섞는 일 자체가 없으니까."

"맞습니다, 직접 그 얘길 한 건 아니었지요. 하지만 사람들이 모여 있는 데서 그 얘기를 할 때, 저도 그 자리에 끼어 있었습니다. 4년 전 일이었지요. 제가 이 얘기를 꺼낸 건 당신의 이 우스꽝스러운 이야기 때문에 제 신앙이 뒤흔들렸기 때문입니다, 표트르 알렉산드로비치. 당신은 꿈에도 몰랐겠지만 나는 신앙이 뒤흔들린 채 집에 돌아왔고, 그때부터 그 흔들림은 점점 더 심해지고 있습니다. 그렇습니다, 표트르 알렉산드로비치, 당신은 엄청난 타락의 원흉입니다! 디드로가 문제가 아니란 말입니다!"

표도르는 격정적으로 열을 올리고 있었지만, 또다시 연극을 하고 있는 것이 뻔했다. 그럼에도 미우소프는 몹시 기분이 상했다.

"어떻게 그런 헛소리를, 죄다 헛소립니다." 그는 중얼거렸다. "정말로 언젠가 그런 얘기를 했을지도 모르지만… 당신한테는 아니었을 거요. 나도 들은 얘기요. 파리에 있을 때 어떤 프랑스인이 러시아에서 순교자전에 있는 이 얘기를 미사 때 낭독한다는 식으로 말했단 말이오…. 러시아에 관한 통계를 전문적으로 연구한 아주 학식이 높은 사람이었소…. 러시아에서 오랫동안 살았고… 내가 직접 순교자전을 읽어 본 건 아니오…. 그럴 생각도 없고…. 식사 중엔 별 이야기가 다 오가지 않소…? 그때 우린 식사 중이었소…."

"그래요, 당신은 그때 식사를 했겠지만, 나는 믿음을 잃었소이다!" 표도르는 성질을 돋웠다.

"당신 믿음이 나와 무슨 상관이오!" 하고 미우소프는 버럭 소리치려다가 참고 "당신은 말 그대로 입에 올리는 건 죄다 먹칠을 하는군" 하고 경멸스레 말했다.

그때 장로가 갑자기 자리에서 일어섰다.

"여러분, 죄송하지만 잠시 여러분을 두고 나가봐야겠습니다." 장로는 일동에게 말했다. "여러분이 오시기 전부터 저를 기다리던 사람들이 있어서 말입니다. 당신은 거짓말을 삼가시지요."그는 밝은 표정으로 표도르를 보며 한마디 덧붙였다.

장로가 승방을 나서자 알료샤와 견습 수도사가 층계 내려가는 것을 도우려고 서둘러 따라 나섰다. 알료샤는 숨을 헐떡거렸다. 이 자리를 떠날 수 있어 기뻤고, 장로가 화내지 않고 즐거워 보인다는 사실도 기뻤다. 장로는 자신을 기다리는 사람들에게 축복을 내리기 위해 회랑 쪽으로 가려고 했다. 그런데 표도르가 또다시 문전에서 장로를 붙들어 세웠다.

"거룩하기 그지없는 분이시여!"그는 격정적으로 외쳤다. "다시 한번 손에 입 맞추게 해주십시오! 아니, 장로님과는 말이 통하고, 함께 살 수도 있을 것 같습니다! 제가 늘 이렇게 거짓말을 늘어놓고 광대짓을 한다고 생각하십니까? 사실 장로님을 시험해보려고 지금까지 일부러 연기를 한 겁니다. 장로님과 함께 살 수 있을까, 장로님의 긍지 앞에 제 겸허함이 설 곳이 있을까 장로님을 재본 거랍니다. 장로님께 표창장을 드리는 바입니다! 장로님과는 함께 살 수 있습니다! 그럼 이제부터는 얌전히 있겠습니다. 이제부터 계속 조용히 있지요. 의자에 앉아서 입을 꽉 다물겠습니다. 이제 표트르 알렉산드로비치, 당신이 말하시지요, 이제 당신이 주인공입니다… 10분간만."

3. 믿음이 깊은 아낙네들

이날 담장 외벽에 붙은 목조 회랑 아래에는 아낙네들만 스무 명쯤 모여 있었다. 드디어 장로가 나온다는 소식에 모여들어 기다리고 있었던 것이다. 그들과 마찬가지로 장로를 기다리고 있던 여지주 호흘라코바 일행도 상류층 방문객을 위한 처소에 있다가 회랑으로 나왔다. 그들은 어머니와 딸, 두 사람이었다. 어머니 호흘라코바는 언제나 세련된 옷차림을 하고 다니는 부유한 부인으로서, 아직 젊은 편이었고 매우 아름다웠다. 피부는 약간 창백했지만 까만 두 눈은 생기가 넘쳤다. 나이는 서른셋이 채 안 되었으나, 미망인이 된 지는 벌써 5년째였다. 열네 살 난 딸은 다리 마비를 앓고 있었다. 이 가엾은 소녀는 벌써 반 년째 걷지 못해 바퀴를 단 기다란 안락의자를 타고 다녔다. 얼굴은 병 때문에 조금 여위긴 했지만 명랑하고 사랑스러웠다. 속눈썹이 긴 커다랗고 짙은 두 눈엔 장난기가 반짝거렸다. 부인은 봄부터 딸을 외국에 데리고 가려고 했으나, 여름에 소유지와 관련한 이런저런 문제를 처리하느라 지체되고 있었다. 모녀는 일주일 전부터 우리 고장에 머물고 있었다. 신앙을 위해서라기보다는 용무 때문이었지만, 벌써 사흘 전에 한 번 장로를 찾아온 일이 있었다. 그러더니 지금 갑자기 다시 찾아와, 장로가 이제는 거의 누구와도 면담을 하지 못한다는 것을 알면서도 다시 한번 '위대한 치료자를 뵐 수 있는 행복'을 달라고 간청하고 있었다.

어머니는 딸의 안락의자 옆에 놓인 의자에 앉아 장로가

나오기를 기다렸다. 부인에게서 두 발짝 떨어진 곳에는 늙은 수도사가 서 있었는데, 이 수도원 출신이 아니라 북쪽의 이름 없는 먼 수도원에서 온 사람이었다. 그 수도사 역시 장로에게서 축복을 받고자 했다. 그러나 회랑에 나타난 장로는 그곳을 지나쳐 곧바로 민중들에게 갔다. 군중은 나지막한 회랑과 바닥을 연결하는 세 단짜리 계단으로 우르르 몰려들었다. 장로는 맨 위 계단에 서서 영대를 걸치고 자신에게 몰려드는 여자들을 축복했다. 한 클리쿠샤가 양팔이 붙들려 끌려나왔다. 여자는 장로를 보자마자 별안간 기괴한 비명을 지르며 딸꾹질을 하고 경기를 일으키듯 온몸을 떨기 시작했다. 장로는 여자의 머리에 영대를 얹고 짧게 기도문을 외웠다. 그러자 여자는 즉시 잠잠해지고 안정을 찾았다. 지금은 어떤지 모르겠지만, 내가 어렸을 때는 마을이나 수도원에서 이런 클리쿠샤를 보거나 이들에 관한 이야기를 듣는 일이 종종 있었다. 미사에 클리쿠샤를 데려오면, 그들은 온 성당이 떠나가라 비명을 지르거나 개 짖는 소리를 내곤 했다. 그런데 영성체가 시작되어 그 앞으로 클리쿠샤를 데려가면 당장에 '발광'이 멎고, 열이면 열 잠시나마 평온을 되찾는 것이었다. 그것은 어린 나에게는 굉장히 충격적이고 놀라운 일이었다. 지주나 시내 학교 선생에게 자세히 물어보면, 그들은 그것이 적당히 엄하게 대하면 충분히 근절할 수 있는, 일하기 싫어 부리는 꾀병일 뿐이라며 이를 뒷받침하는 여러 가지 일화를 들려주곤 했다. 그러나 나는 나중에 전문 의사에게서 그것이 결코 꾀병이 아니며, 오히려 무서운 부인병이라는 얘기를 들

고서 놀라지 않을 수 없었다. 이 병이 주로 러시아에서 나타
난다는 사실은 러시아 시골 여인의 고달픈 운명을 증명하며,
의료의 혜택을 전혀 받지 못하고 잘못된 방식으로 난산을 한
지 얼마 되지 않아 고된 노동에 시달리거나, 절망적인 슬픔
에 빠지거나 구타를 당하는 등 일반적으로 여성이 견뎌낼 수
없는 고통이 원인이라는 것이었다. 발광하며 몸부림치는 여
인을 영성체단 앞으로 데려가기만 하면 즉각 치유되는 기묘
한 현상을 두고 꾀병이라든가 심지어 '성직자'들의 속임수라
고 설명하는 사람도 있었지만, 그러한 치유는 지극히 당연하
고 자연스러운 일이었다. 클리쿠샤를 영성체 앞으로 데려가
는 아낙네들, 무엇보다 그 병자 자신이, 영성체 앞에 나아가
엎드리면 자신을 사로잡은 악령이 절대 버텨내지 못할 것임
을 확고한 진실로 믿고 있었다. 그래서 신경이 곤두선 정신
병에 걸린 여자가 영성체 앞에서 절하는 순간, 반드시 치유
의 기적이 일어나리라는 생각과 그에 대한 전적인 믿음이 여
자의 온몸을 전율케 하는 것이다(그것은 당연한 일이었다). 그
러면 한순간이나마 치유의 기적이 벌어졌다. 지금도 그와 똑
같은 기적이 장로가 병자에게 영대를 얹는 순간 일어난 것이
다.

　장로에게 몰려든 여자들은 대부분 그 극적 효과가 불러
일으킨 감동과 환희에 벅차 눈물을 흘렸다. 장로의 옷자락에
라도 입을 맞추려고 달려들기도 했고, 뭐라고 울부짖기도 했
다. 장로는 모두에게 축복을 내리고 그중 몇몇 사람과 이야
기를 나누었다. 장로는 그 클리쿠샤를 전부터 알고 있었다.

수도원에서 겨우 6베르스타(러시아의 옛 길이 단위로, 1베르스타는 1.067킬로미터이다—옮긴이) 떨어진 가까운 마을에 사는 여자로, 전에도 장로에게 온 적 있었다.

"저기 멀리서 오신 분이 있군!" 장로는 한 여인을 가리켰다. 결코 늙었다고는 할 수 없지만, 깡마른 몸에 얼굴은 단순히 볕에 그을렸다기보다는 시커멓게 변해버린 여자였다. 여자는 무릎을 꿇은 채 가만히 장로를 보고 있었다. 그 눈초리는 어딘가 광적인 데가 있었다.

"멀리서 왔어요, 신부님, 멀리서 왔어요. 여기서 300베르스타 떨어진 곳에서 왔지요. 멀리서 왔어요, 신부님, 아주 먼 곳에서요." 여인은 한 손으로 턱을 괴고 머리를 이쪽저쪽으로 천천히 흔들며 노래하듯 말했다. 그 목소리는 마치 통곡하는 것 같았다. 민중에게는 침묵하고 인내하는 비애가 있다. 그런 비애는 자기 안에 틀어박혀 입을 다문다. 그러나 밖으로 터져 나오는 비애도 있다. 그러한 비애는 일단 눈물이 되어 흘러나오는 순간 통곡이 되어버린다. 여자들이 특히 그렇다. 그렇다고 해서 통곡이 침묵의 비애보다 괴롭지 않은 것은 아니다. 통곡은 오직 가슴을 더 벌려놓고 찢어놓음으로써 위안이 될 뿐이다. 그러한 비애는 위로도 원하지 않으며, 위로받지 못한다는 느낌을 양분으로 삼는다. 통곡은 그저 끊임없이 상처를 헤집어놓으려는 욕구에 지나지 않는 것이다.

"서민 출신인 듯한데?" 장로는 호기심 어린 눈으로 여인을 보며 말했다.

"도시 사람입니다, 신부님, 도시 사람이에요. 시골 출신이지만 지금은 도시에서 살고 있어요. 장로님을 뵈려고 왔습니다. 장로님에 대한 소문을 들었거든요. 핏덩어리 같은 아들놈을 땅에 묻고 하느님께 기도를 드리러 나섰지요. 수도원세 곳엘 들렀는데, '나스타시유시카, 그곳에 가보시오'라고 했습니다. 장로님이 계신 곳에 가보라는 말이었지요. 그래서 이렇게 찾아와, 어제는 여관에서 머물고, 오늘은 장로님을 뵈러 왔습니다."

"무엇 때문에 우십니까?"

"아들 녀석이 불쌍합니다, 장로님, 세 살 난 아이였지요. 석 달만 있으면 세 살이 되었을 아이예요. 장로님, 아들 생각에 너무나 괴롭습니다. 마지막 남은 아이였지요. 니키투시카와의 사이에 네 아이를 낳았지만, 다 죽어버렸습니다. 그토록 원했던 자식들이었지만, 죄다 죽어버렸어요. 세 아이를 묻을 때만 해도 그렇게 서럽지는 않았는데, 이번 아이를 묻고나니 잊히지가 않아요. 꼭 절 떠나지 않고 제 앞에 서 있는 것만 같아요. 그 애 때문에 속이 꺼멓게 타버렸습니다. 그 애의 조그마한 속옷이며 윗도리, 신발을 보면 울음이 터진답니다. 그 애의 물건을 하나하나 펼쳐놓고, 그것들을 보며 목 놓아 울어요. 그러다 못해 남편 니키투시카에게 순례를 다녀올 테니 보내달라고 했어요. 그이는 마부인데, 우린 군색한 형편은 아니랍니다. 우리가 직접 마차를 부리기 때문에 말도 마차도 다 우리 것이지요. 하지만 그런 재산이 이젠 다 무슨 소용이겠어요? 남편은 제가 없으니 또 술을 마셔대고 있을 거예요. 옛날부터 제가 잠깐만 눈을 돌렸다 하면 바로 해이해졌거든요. 하지만 이제 그이는 생각도 나지 않아요. 집을 떠나온 지 벌써 석 달째예요. 다 잊어버렸고, 기억하고 싶지도 않아요. 이제 와서 그이하고 다시 살아봤자 무슨 의미가 있겠어요? 남편과 저는 끝났어요. 남편뿐 아니라 다른 사람들하고도 모두 인연을 끊었어요. 이제는 집도 재산도 전부 쳐다보기도 싫어요! 아무것도 보기 싫어요!"

"이것 보십시오, 어머니." 장로가 말했다. "옛날 위대한 성자 한 분이 수도원에서 당신처럼 울고 있는 어머니를 보았습니다. 그 어머니도 하느님이 데려가신 하나뿐인 자식 생각에 울고 있었지요. 성자는 그 어머니에게 이렇게 말씀하셨습니다. '그대는 하느님의 옥좌 앞에서 이 아이들이 얼마나 대담해지는지 모르는가? 천국에서 아이들만큼 거침없는 이는 없다네. 아이들은 하느님께 '하느님, 하느님은 우리에게 생명을 주셨지만 우리가 제대로 세상을 보기도 전에 생명을 다시 거두어가셨어요'라고 말하며 천사의 지위를 달라고 당당하게 요구한다네. 그러니 그대도 눈물을 거두고 기뻐하게. 아이는 지금 천사들과 함께 있으니.' 이것이 옛 성자가 울고 있는 어머니에게 한 말씀입니다. 위대한 성자이시니 결코 헛된 소리를 하지는 않으셨을 겁니다. 그러니 어머니, 어머니의 아이도 하느님의 옥좌 앞에서 기쁨과 즐거움을 누리면서 당신을 위해 하느님께 기도하고 있을 겁니다. 그러니 울지 말고 기뻐하십시오."

여인은 턱을 괴고 고개를 떨군 채 장로의 말을 들었다. 그러더니 깊이 한숨을 내쉬었다.

"니키투시카도 똑같은 말로 저를 위로했어요. 장로님이 하신 말씀 그대로였죠. '바보같이 왜 울어? 우리 아들은 지금 하느님 곁에서 천사들과 함께 찬양하고 있을 텐데.' 그 말을 하면서 그 사람도 저처럼 울더군요. 전 이렇게 말했어요. '알 아요, 니키투시카. 하느님 곁이 아니면 어디로 갔겠어요. 하 지만 지금 여기 우리 곁에 없잖아요. 전처럼 우리 곁에는 없 잖아요!' 한 번이라도 좋으니 그 애가 보고 싶어요. 한 번 볼 수만 있다면 그 애에게 가까이 가거나 말을 걸지 않아도 좋 아요. 구석에 숨어서라도 좋으니 잠깐이라도 그 애를 바라보 고, 그 목소리를 듣고 싶어요. 마당에서 뛰어 놀다 들어와서 는 '엄마, 어딨어?'라고 말하던 그 귀여운 목소리를요. 그 애 가 조그만 발로 방을 콩콩거리며 지나가는 소리를 한 번만 들을 수 있다면 얼마나 좋을까요. 그렇게 제게 달려와서는 재잘거리며 웃곤 했어요. 발소리만 들어도 그 애인지 아닌지 알 수 있는데! 하지만 그 애는 없어요, 장로님, 제 곁에 없고, 목소리도 평생 듣지 못할 거예요! 여기 그 애의 허리끈은 있 지만 그 애는 없어요. 평생 그 앨 보지도, 목소리를 듣지도 못 해요…!"

여자는 품에서 아이의 조그만 허리끈을 꺼내더니, 그것 을 보자마자 온몸을 떨면서 오열하기 시작했다. 얼굴을 감싸 쥔 손가락 사이로 눈물이 냇물처럼 흘러내렸다.

"이것은," 장로가 말했다. "라헬이 자식들을 잃고 운다. 자식들이 없으니 위로도 마다한다(예레미야 31장 15절—옮긴 이)'라는 옛 말씀과 같군요. 당신 어머니들은 이 지상에서 그런 운명을 피할 수가 없습니다. 그러니 슬픔을 참지 마십시오, 그럴 필요도 없습니다. 참지 말고 우십시오. 하지만 그럴 때마다 하느님의 천사들과 함께 있는 부인의 아이가 부인을 지켜보다가 그 눈물을 보며 기뻐하고, 하느님께 알려주고 있다는 사실을 기억하십시오. 앞으로도 부인은 오랫동안 어머니로서의 슬픔을 느끼겠지만, 결국은 그 슬픔이 당신 안에서 조용한 기쁨으로 화할 것이고, 쓰라린 눈물은 고요한 감동과 죄악에서 구원해주는 참된 정화의 눈물로 바뀔 것입니다. 아이의 명복을 빌어드리지요. 이름이 뭐라고 하셨지요?"

"알렉세이입니다, 신부님."

"좋은 이름이군요. 성자 알렉세이의 이름을 땄습니까?"

"성자의 이름을 땄습니다, 신부님. 성자 알렉세이의 이름을 땄지요."

"참으로 거룩한 아이로군요! 어머니, 아이의 명복과 당신의 슬픔, 남편의 건강을 위해서 기도하지요. 그렇지만 남편을 이렇게 내버려 두는 건 죄입니다. 남편에게 돌아가 잘 보살펴주세요. 아이가 저세상에서 부인이 자기 아버지를 버려둔 걸 보면 왜 아버지의 행복을 망가뜨리느냐며 속상해 울지 않겠습니까. 아이는 살아 있습니다. 영혼은 영생하기 때문입니다. 집에 아이가 없는 것처럼 보여도, 보이지는 않지만 부인 곁에 있습니다. 그런데 부인이 집이 싫어졌다고 하면, 아이가 어떻게 집에 올 수 있겠습니까? 또 부인이 남편과 함께 있지 않다면, 누구를 찾아올 수 있겠습니까? 그래서 아이가 부인 꿈에 나타나 부인이 고통받는 것이지만, 부인이 남편과 함께 있으면 아이는 평온한 꿈을 보내줄 겁니다. 그러니 남편에게 돌아가십시오, 어머니. 오늘 당장 가십시오."

"가겠습니다, 장로님. 장로님 말씀대로 가겠습니다. 장로님은 제 마음을 훤히 꿰뚫어보셨습니다. 니키투시카, 나의 니키투시카, 나를 무척 기다리고 있겠지요!" 여인은 통곡했다. 그러나 장로는 이미 어느 노파를 보고 있었다. 노파는 순례복이 아닌 일상복 차림이었다. 눈빛으로 보아, 무언가 용건이 있고 할 말이 있어서 온 듯했다. 노파는 자기를 위관 장교의 미망인이라고 소개하면서, 먼 곳이 아닌 바로 이 고장에서 왔다고 했다. 노파는 자기에게 바센카라는 아들이 있는데, 위원부에서 근무하다가 시베리아 이르쿠츠크로 떠났다고 했다. 거기서 두 번 편지를 보내왔는데, 지금은 소식이 끊긴 지 1년이 다 되어간다는 것이다. 노파는 아들의 소식을 수소문해보았지만, 사실 어디에 물어보아야 할지도 모르고 있었다.

"그런데 얼마 전 스테파니다 일리니시나 베드랴기나라는 부유한 상인의 부인이 그러더군요. '프로호로브나, 아들 이름을 성당의 추도식 명부에 올리고 명복을 빌어보세요. 그러면 아들의 영혼이 그리움을 느껴 편지를 써 보낼 테니까요.' 그러면서 '여러 번 확인된 일이니 틀림없다'고 하더군요. 하지만 아무래도 마음에 걸려서… 우리의 빛이신 장로님, 그게 사실일까요? 정말 그렇게 하는 게 좋을까요?"

"그런 생각일랑은 하지도 마십시오. 그건 물어보는 것조차 부끄러운 일입니다. 친어머니가 살아 있는 아들의 명복을 빌겠다니, 그게 있을 수 있는 일입니까? 그건 미신과도 같은 커다란 죄이지만, 부인은 아무것도 모르고 한 말이니 용서받는 것입니다. 언제나 우리를 지켜주시고 도와주시는 성모님께 아들의 건강을 빌고, 그릇된 생각을 한 것을 용서해달라고 하십시오. 프로호로브나, 한 가지 더 말해드리지요. 아드님은 조만간 돌아오거나, 편지를 부칠 겁니다. 그러니 그렇게 아시고 안심하고 돌아가십시오. 아드님은 살아 있습니다."

"귀하신 장로님, 하느님의 은총이 있으시길. 장로님은 제 은인이자, 우리 모두와 우리의 죄를 위해 기도해주시는 분이시며…."

그러나 장로는 이미 아직 나이는 젊지만 폐병 환자처럼 초췌해 보이는 한 시골 여인이 불타는 듯한 눈으로 뚫어져라 이쪽을 바라보고 있는 것을 발견했다. 말없이 장로를 보는 여인의 눈은 무언가를 원하고 있는 듯했지만, 가까이 다가오기가 두려운 것 같았다.

"무슨 일로 오셨습니까?"

"제 영혼을 용서해주십시오, 장로님." 여인은 작은 소리로 천천히 말하더니, 무릎을 꿇고 장로의 발치에 엎드렸다. "죄를 지었습니다, 장로님, 제 죄가 두렵습니다."

장로가 맨 아래 계단에 앉자 여자는 무릎을 꿇은 채로 장로에게 다가왔다.

"과부가 된 지 3년이 되었습니다." 여자는 바들바들 떨며 속삭이듯 말했다. "결혼 생활은 괴로웠습니다. 늙은 남편은 저를 호되게 두들겨 패곤 했습니다. 남편이 병에 걸려 자리에 눕게 되자, '만약 회복된다면, 자리를 털고 일어난다면 그땐 어떡하나?' 싶더군요. 그때 갑자기 든 생각이…."

"잠깐만." 장로는 여자의 입에 귀를 바싹 갖다 댔다. 여자가 소곤소곤 귓속말을 하자, 다른 사람에게는 거의 들리지 않았다. 여자는 오래지 않아 말을 끝냈다.

"3년째라고 했습니까?" 장로가 물었다.

"3년째입니다. 처음엔 아무렇지도 않았는데, 지금은 너무 괴로워 병까지 났습니다."

"멀리서 오셨습니까?"

"여기서 500베르스타 떨어진 곳입니다."

"고해 성사 때 그 얘길 했습니까?"

"했습니다. 두 번이나 했습니다."

"영성체는 허락하던가요?"

"네, 허락했습니다. 저는 두렵습니다. 죽는 것이 두렵습니다."

"아무것도 두려워하지 마시고, 절대 두려워하지 마십시오. 괴로워하지도 마십시오. 뉘우치는 마음만 잃지 않는다면 하느님은 모든 것을 용서해주실 것입니다. 진심으로 뉘우치는데도 하느님께서 용서해주지 않으실 만큼 큰 죄는 이 지상에 존재하지 않고, 존재할 수도 없습니다. 인간은 하느님의 무한한 사랑을 마르게 할 만큼 큰 죄는 범할 수가 없는 법입니다. 하느님의 사랑을 초월하는 죄가 어찌 있을 수 있겠습니까? 끊임없이 회개에만 전념하시고, 두려움은 아예 떨쳐버리십시오. 하느님께서는 당신이 헤아리지 못할 만큼 당신을 사랑하고 계시며, 당신이 죄를 지었다고 하더라도 여전히 당신을 사랑하신다는 것을 믿으십시오. 예로부터 하늘에서는 열 명의 의인보다 한 명의 회개하는 사람을 보고 더 기뻐한다고 하지 않았습니까. 두려워하지 말고 돌아가십시오. 사람들 때문에 슬퍼하지 마시고, 모욕을 당하더라도 화내지 마십시오. 죽은 남편에게 받았던 모욕을 모두 가슴으로부터 용서하시고 진심으로 남편과 화해하십시오. 뉘우치는 것은 곧 사랑을 베푸는 것입니다. 그리고 사랑을 베푸는 순간, 당신은 이미 하느님의 사람인 것입니다…. 사랑은 모든 것을 보상할 수 있고, 모든 것을 구원할 수 있습니다. 당신과 똑같은 죄인인 나도 당신이 안타깝고 가여운데, 하느님은 어떻겠습니까. 사랑은 온 세상을 살 수 있고, 자신의 죄뿐 아니라 남의 죄까지 대속할 수 있는 귀한 보물입니다. 그러니 걱정 말고 돌아가십시오."

장로는 여자에게 세 번 성호를 긋고, 목에서 성상을 풀어 여자에게 걸어주었다. 여자는 말없이 이마가 땅에 닿도록 절했다. 장로는 일어서서 젖먹이를 안고 있는 건강한 여자를 즐거운 얼굴로 바라보았다.

"비셰고리예에서 왔습니다, 장로님."

"여기서 6베르스타나 떨어진 곳이니 저 어린애를 안고 오느라 고생했겠군요. 무슨 일로 오셨습니까?"

"장로님을 뵈러 왔어요. 전에도 온 적이 있었는데, 잊으셨는지요? 벌써 저를 잊으셨다면, 장로님께서도 기억력이 좋지는 않으신 거예요. 장로님이 편찮으시다기에, 직접 가서 뵈어야겠다고 생각했어요. 그런데 이렇게 뵈니 편찮으시긴요,

앞으로 20년은 더 사시겠는데요. 정말로요. 장로님께 하느님이 함께하시길! 장로님을 위해 기도하는 사람들이 얼마나 많은데 장로님이 편찮으실 리가 있겠어요?"

"정말 고맙습니다."

"그나저나 작은 청이 하나 있어요. 이 60코페이카를 저보다 가난한 사람에게 전해주세요. 이리로 오면서 생각해보니 장로님께 맡기는 게 낫겠다, 누구한테 줘야 할지 장로님이 잘 아실 테니까, 싶더라고요."

"참으로 고맙습니다, 좋은 일을 하시는군요. 꼭 그렇게 하지요. 안고 있는 아이는 딸입니까?"

"딸입니다, 장로님. 리자베타라고 하지요."

"하느님께서 부인과 리자베타에게 축복을 내리시기를. 당신은 내 마음을 기쁘게 해주었습니다. 잘 가시오, 사랑하는 여러분, 잘 가시오, 소중하고 다정한 여러분."

장로는 모든 사람들에게 축복을 내리고 깊이 허리를 숙여 인사했다.

4. 믿음이 약한 귀부인

타지에서 온 지주 부인은 장로가 서민들과 이야기를 나누고 축복을 내리는 모습을 모두 지켜보면서 조용히 흘러내리는 눈물을 손수건으로 닦았다. 그녀는 여러 면에서 진실로 선량한 감수성이 풍부한 상류층 귀부인이었다. 이윽고 장로가 부인 쪽으로 다가오자 부인은 감격한 얼굴로 그를 맞았다.

"이 감동적인 광경을 지켜보면서 얼마나 가슴이 벅차오르던지….." 부인은 흥분해서 말을 맺지 못했다. "아아, 전 민중이 장로님을 얼마나 사랑하는지 알고 있어요. 저도 민중을 사랑하고 있고, 또 사랑하고 싶답니다. 위대하면서도 순박한 아름다운 러시아 민중을 어떻게 사랑하지 않을 수 있겠어요!"

"따님의 건강은 어떻습니까? 저와 다시 대화를 나누려고 오셨습니까?"

"아아, 얼마나 간청하고 애원했는지 몰라요. 장로님께서 만나주실 때까지 사흘 밤낮이라도 장로님 방 창문 앞에 무릎을 꿇고 앉아 있으려고 했어요. 저희가 장로님을 찾아온 건 위대한 치유자이신 장로님께 벅찬 감사의 마음을 전하기 위해서랍니다. 장로님께서 우리 리자를 씻은 듯이 낫게 해주셨으니까요. 목요일에 리자에게 손을 얹고 기도를 해주심으로써 말이죠! 장로님 손에 입을 맞추고 저희의 마음과 존경의 뜻을 전하려고 이렇게 서둘러 찾아왔답니다!"

"병을 낫게 했다니요? 따님은 아직 의자에 앉아 있지 않습니까?"

"하지만 밤마다 펄펄 끓던 열이 완전히 사라졌어요. 그때 그 목요일부터 벌써 이틀째 말이에요." 부인이 흥분한 듯 다급히 말했다. "게다가 다리도 튼튼해졌답니다. 어젯밤 푹 자더니 오늘 아침엔 기운차게 일어나지 뭐예요. 저 발그레한 뺨과 빛나는 눈 좀 보세요. 예전엔 계속 울기만 했는데 이제는 잘 웃고, 밝고 명랑해졌어요. 오늘은 스스로 일어서보겠다고 조르더니 아무런 도움 없이 혼자서 꼬박 1분이나 서 있지 뭐예요. 2주 후엔 카드리유를 출 거라고 제게 장담을 한답니다. 이곳 의사인 게르첸쉬투베를 불렀더니, 어깨를 으쓱하면서 놀랍다고 어찌 된 영문인지 모르겠다고 하더군요. 그러니 어찌 여기로 달려와 장로님을 붙들고 감사를 드리지 않을 수 있겠어요? 리즈(리자를 프랑스식으로 부른 것—옮긴이), 어서 감사하다고 말씀을 드리렴!"

리자는 웃음을 머금은 사랑스러운 얼굴을 갑자기 진지하게 바꾸더니, 할 수 있는 한 의자에서 몸을 일으켜 장로를 바라보면서 손을 가지런히 모았다. 그러나 그만 참지 못하고 와락 웃음을 터뜨리고 말았다….

"저 사람 때문에 웃는 거예요, 저 사람 때문에!" 리자가 참지 못하고 웃어버린 자기 자신에게 어린애다운 화를 내면서 알료샤를 가리켰다. 누구든 장로 뒤에 한 발짝 떨어져 서 있던 알료샤를 봤다면 그의 얼굴이 순식간에 새빨갛게 물드는 것을 알아차렸을 것이다. 알료샤의 눈이 반짝 빛났지만, 곧 아래로 떨구어졌다.

"알렉세이 표도로비치, 이 앤 당신에게 용건이 있답니다…. 요새 건강은 어떤가요?" 부인은 갑자기 알료샤에게 말하며, 장갑을 낀 예쁜 손을 내밀었다. 장로는 고개를 돌리더니 알료샤를 유심히 바라보았다. 알료샤는 리자에게 다가가더니 어딘가 어색하고 겸연쩍은 웃음을 지으며 손을 내밀었다. 리즈는 엄숙한 얼굴을 했다.

"카테리나 이바노브나가 당신에게 이걸 전해달래요." 리자는 알료샤에게 작은 편지를 건넸다. "그리고 꼭 좀 들러달라고 부탁했어요. 되도록 빨리, 반드시 와달래요."

"나보고 와달라고 했다고요? 나를… 대체 왜요?" 알료샤는 깜짝 놀라 중얼거렸다. 얼굴에 근심의 빛이 가득해졌다.

"아아, 그건 드미트리 표도로비치와… 최근 있었던 여러 가지 일들 때문이에요." 부인이 얼른 설명했다. "카테리나 이바노브나는 지금 한 가지 결정을 내리려는 모양이에요. 그런데 그러려면 꼭 당신을 만나야 한다더군요…. 왜인지는 저도 모르지만, 아무튼 가능한 한 빨리 와달라고 했어요. 당신은 꼭 가줄 거예요. 그리스도를 믿는 사람이라면 그래야겠다는 마음이 들 테니까요."

"전 그분을 딱 한 번 보았을 뿐이에요." 알료샤는 여전히 납득이 되지 않는다는 듯 말했다.

"아아, 그 아가씨는 정말 고결한 사람이랍니다…. 그건 그 아가씨가 겪는 괴로움만 봐도 알 수 있어요…. 그 아가씨가 무슨 일을 겪었는지, 또 무슨 일을 겪고 있고 앞으로 어떤 일을 겪게 될지 생각해봐요…. 정말 끔찍한 일이에요!"

"알겠습니다, 가보지요." 알료샤는 와달라는 완고한 부탁 외엔 아무런 설명도 적혀 있지 않은 수수께끼 같은 쪽지를 슥 훑어보고는 마음을 정했다.

"아아, 정말 자상하고 훌륭한 일을 하는 거예요!" 리자는 갑자기 활기를 띠며 소리쳤다. "사실 엄마한테 그랬거든요. 수도 생활을 하는 분이니 절대 안 갈 거라고요. 당신은 정말 좋은 분이에요! 항상 좋은 분이라고 생각했는데, 지금 이렇게 직접 말하게 되니 기쁘군요!"

"리즈!" 어머니는 나무라듯 리자를 불렀지만, 이내 미소를 지었다.

"알렉세이 표도로비치, 당신은 우리마저도 잊은 모양이에요. 우리 집에 통 오려고 하질 않으니까요. 리즈는 당신하고 있을 때만 즐겁다고 제게 두 번씩이나 말했는데 말이에요." 알료샤는 내리깔았던 눈을 들더니, 갑자기 또 얼굴을 붉히고는 자신도 이유를 모른 채 웃음을 지었다. 한편 장로는 이미 알료샤를 보고 있지 않았다. 그는 앞서 말한 바 있는, 리자의 의자 옆에서 장로가 나오길 기다리던 타지에서 온 수도사와 이야기를 나누고 있었다. 그 수도사는 평범한 수도사인 듯했다. 다시 말해 직급이 낮고, 단순하지만 확고한 세계관을 가졌으며, 신앙이 깊고 나름대로 고집이 있는 사람인 듯했다. 그는 멀리 북부 지역 어딘가에 있는 옵도르스크라는 곳에서 왔다고 했다. 그러면서 수도사가 아홉 명밖에 안 되는 가난한 성 실베스트르 수도원에서 왔다고 말했다. 장로는 그에게 축복을 내리고, 편할 때 암자에 들러 달라고 초대했다.

"장로님은 어떻게 저런 일을 하실 수 있습니까?" 수도사가 갑자기 리자를 가리키며 진지하고 엄숙한 목소리로 물었다. 리자의 '치유'를 두고 하는 말이었다.

"그건 아직 말하기 이릅니다. 상태가 나아졌다고 완전히 치유가 된 것도 아니고, 다른 이유가 있었을 수도 있으니까요. 하지만 정말로 무슨 일이 벌어졌다면, 그건 누구의 힘도 아닌 하느님의 뜻이지요. 모든 것은 다 하느님께 달려 있으니까요. 제 암자에 들러주십시오, 신부님." 장로는 덧붙여 말했다. "언제고 모실 수 있는 건 아닙니다. 병에 걸린 몸이라 끝 날이 다가왔다는 걸 알고 있으니까요."

"오, 아니에요, 그렇지 않아요, 하느님께서는 우리에게서 장로님을 빼앗아 가시지 않을 거예요. 장로님은 앞으로도 오래오래 사실 거예요!" 부인이 외쳤다. "대체 어디가 편찮으시다는 말씀이세요? 얼마나 건강하고 즐겁고 행복해 보이시는데요."

"오늘은 유난히 몸이 가볍습니다만, 그저 잠깐 그러는 것임을 알고 있습니다. 난 이미 내 병을 잘 알고 있습니다. 내가 즐거워 보인다니, 부인이 해주신 말씀 가운데 그 말씀보다 기쁜 것이 없군요. 사람은 행복을 위해 지어졌기 때문이지요. 그러니 행복이 넘치는 사람은 '나는 이 지상에서 하느님의 뜻을 이루었다'라고 말할 자격이 있습니다. 의인, 성인, 순교자들은 모두 행복한 사람이었지요."

"아아, 이 얼마나 훌륭하고 용감하고 고귀한 말씀인지!" 부인은 외쳤다. "장로님의 말씀이 꼭 가슴을 찌르는 것 같습니다. 그런데 행복, 그 행복이란 것은 어디에 있죠? 스스로 행복하다고 말할 수 있는 사람이 누가 있을까요? 오, 장로님께선 오늘 다시 한번 저를 만나주실 만큼 친절하신 분이니, 지난번에 차마 드리지 못한 말씀을 들어주세요. 제가 무엇 때문에 그토록 오래전부터 고통받고 있는지를요! 제가 고통받는 건, 용서하세요, 제가 고통받는 건…" 부인은 뜨거운 격정에 휩싸여 장로 앞에 두 손을 모았다.

"무엇 때문입니까?"

"제가 고통받는 건… 불신 때문이에요…."

"하느님에 대한 불신 말입니까?"

"오 아니에요, 아니에요. 그런 건 생각도 할 수 없지만, 내세란 것이 너무나 엄청난 수수께끼예요! 그리고 아무도 그것에 대한 답을 내놓는 사람이 없어요! 병을 치유하시며, 사람의 영혼에 대해 모르는 게 없으신 장로님, 들어주세요. 물론 장로님께 감히 제 말을 다 믿어달라고 할 수는 없지만, 굳게 맹세하건대 전 결코 경솔한 마음에 이런 말씀을 드리는 게 아니랍니다. 죽음 뒤에 찾아올 삶을 생각하면 고통스러울 만큼, 공포에 질릴 만큼 끔찍하게 불안해져요…. 하지만 지금껏 그 누구에게도 이런 고민을 털어놓을 수가 없었어요…. 지금에서야 용기를 내서 장로님께 말씀드리는 거랍니다…. 아아, 맙소사, 장로님이 이제 나를 어떻게 보실까!" 부인은 이렇게 말하며 손뼉을 쳤다.

"내가 어떻게 생각할지에 대해서는 걱정하지 마십시오." 장로는 대답했다. "부인의 괴로움이 진실하다는 것을 굳게 믿고 있습니다."

"오, 얼마나 감사한 말씀인지! 저는 눈을 감고 '누구나 믿음을 가지고 있다면 그 믿음은 어디서 나왔을까' 생각해보곤 한답니다. 그런데 그런 믿음이 무시무시한 자연 현상에 대한 공포에서 온 것일 뿐 내세 따윈 없다고 주장하는 사람들이 있잖아요. 평생 믿음을 가지고 살았는데, 죽고 나니 웬걸,

아무것도 없고, 어떤 작가가 쓴 것처럼 '무덤 위에 잡초만 무성할 뿐'인 거예요. 정말 끔찍한 일이에요! 어떻게, 어떻게 하면 믿음을 되돌릴 수 있을까요? 사실 전 어렸을 때 아무 생각 없이 기계적으로 믿음을 가진 거랍니다…. 대체 어떻게 하면 내세를 증명할 수 있을지 장로님 앞에 엎드려 여쭈려고 왔어요. 이 기회를 놓친다면 평생 그 누구도 제게 대답해주지 못할 거예요. 어떻게 해야 증명하고, 확신할 수 있을까요? 오, 저는 불행해요! 주위를 둘러보면 아무도, 거의 아무도 이 문제에 대해 신경 쓰지 않는데, 저 혼자 견디질 못하고 있어요. 정말 죽도록 괴로워요, 죽도록요!"

"물론 그러실 겁니다. 증명할 수 있는 건 아무것도 없지만, 확신을 가지는 건 가능합니다."

"어떻게요? 무엇으로요?"

"실천적인 사랑을 경험하시면 됩니다. 주변 사람들을 끊임없이, 실천적으로 사랑하도록 노력하십시오. 사랑을 주면 줄수록 하느님이 존재하시고 부인의 영혼이 영생한다는 확신이 생길 겁니다. 만약 가까운 사람들에 대한 사랑으로 완전한 자기희생에까지 이르신다면 틀림없이 확신을 가지게 될 것이며, 그 어떤 의혹도 감히 부인의 마음속에 깃들지 못할 겁니다. 이것은 이미 확인된 정확한 사실입니다."

"실천적인 사랑이라고요? 그럼 또다시 질문이, 그것도 이런 질문이 생깁니다! 믿으실지 모르겠지만, 저는 인류를 너무나 사랑해 제가 가진 모든 걸 버리고 리자도 남겨둔 채 간호사가 되는 공상을 하곤 한답니다. 눈을 감고 그런 생각에 잠기거나 공상을 할 때면 제 안에 억제할 수 없는 힘을 느껴요. 그 어떤 상처나 곪아 터진 종양도 두렵지 않을 것 같아요. 제 손으로 직접 붕대를 매주고 고름을 닦아주며 고통받는 사람들 곁을 지키는 것이지요. 저는 그 상처에 입을 맞출 수 있어요….”

“부인의 정신이 다름 아닌 바로 그런 것을 꿈꾼다는 건 좋은 일입니다. 자신도 모르게 정말로 선행을 하실 수도 있으니까요.”

“하지만 제가 그런 생활을 오래 버텨낼 수 있을까요?” 부인은 거의 광적으로 흥분하며 말을 이었다. “그게 가장 중요한 문제랍니다! 저를 가장 괴롭히는 문제죠. 눈을 감고 이렇게 자문해본답니다. ‘내가 오랫동안 그런 길을 견뎌낼 수 있을까?’ 만약 내가 상처를 닦아주는 환자가 고마워하기는커녕, 변덕을 부리며 날 괴롭히고, 내 인류애적인 봉사를 몰라주며 고함을 지르고 난폭하게 요구해대고 심지어 상부에다 불평을 늘어놓는다면(심한 고통을 겪는 사람들이 흔히 그렇듯) 어떻게 될까? 그래도 계속 사랑할 수 있을까? 저는 전율하면서 이런 결론을 내렸답니다. 만약 제 ‘실천적인’ 사랑을 곧바로 식게 만들 수 있는 게 있다면, 그건 오직 배은망덕뿐이라고요. 요컨대 저는 대가를 받는 노동자라서 당장 제게 대가를, 즉 칭찬을 해주고 제가 준 사랑에 사랑으로 보답해주길 요구하지요. 그렇지 않으면 누구도 사랑하지 못해요!”

부인은 지극히 진실한 자괴감에 사로잡혀 말을 마치자 도전적인 결의가 서린 눈빛으로 장로를 바라보았다.

"오래전 어떤 의사가 내게 똑같은 말을 했습니다." 장로는 말했다. "이미 나이가 지긋하고 아주 명석한 사람이었지요. 부인처럼 솔직하게, 하지만 슬픈 농담조로 이렇게 말했습니다. 인류를 사랑하고 있지만, 자기 자신에게 놀란다고요. 인류 전체를 사랑하면 할수록 각각의 사람들, 그러니까 개개인에 대한 사랑은 줄어들더라는 겁니다. 상상 속에선 인류에 대한 열정적인 봉사 정신에 사로잡히고, 실제로도 갑자기 그럴 필요가 생긴다면 인류를 대신해 십자가를 질 수 있을 것 같은데, 정작 누구와도 한 방에서 이틀을 지내질 못한다는 걸 경험을 통해 알고 있다고 하더군요. 누가 조금이라도 가까이 있으면 그 사람의 개성이 자기 자존심을 억누르고 자유를 속박한다는 겁니다. 하루만 지나면 그 어떤 호인도 증오하게 된다고 하더군요. 그저 밥을 느릿느릿 먹는다든지, 감기에 걸려 계속 코를 풀어댄다는 이유로 말입니다. 자신은 누군가와 닿기만 하면 곧장 그 사람의 원수가 되어버린다고 했습니다. 하지만 개인에 대한 미움이 커질수록 인류 전체에 대한 사랑은 더욱 뜨겁게 타오른다고 하더군요."

"그럼 어떡하죠? 그럴 경우엔 대체 어떻게 해야 하나요? 절망에 빠져야 하나요?"

"그렇지 않습니다. 부인께서 그 문제로 괴로워하고 계시다는 것만으로도 이미 충분하니까요. 부인이 할 수 있는 일을 하십시오. 그러면 보답을 받으실 겁니다. 자기 자신에 대해 그토록 깊고도 진실한 깨달음을 얻으셨다는 것만으로도 이미 많은 일을 하신 겁니다! 하지만 부인께서 지금 제게 진실하다는 칭찬을 듣고자 그토록 솔직하게 털어놓으신 거라면 사랑을 실천하는 데 있어서 아무런 성과도 이루지 못할 것입니다. 모든 것이 공상으로 끝나버리고, 일생은 환영처럼 잠깐 빛났다 사라질 테니까요. 내세에 관해서도 잊고, 결국 스스로 어떻게든 불안을 떨쳐버리게 되겠지요."

"장로님 앞에 완전히 무너져버린 기분이에요! 지금 막, 장로님께서 말씀하신 바로 그 순간, 제가 배은망덕한 짓을 못 참겠다고 말씀드릴 때 장로님께서 제 진실성을 칭찬해주시기를 바라는 마음뿐이었다는 걸 깨달았어요. 장로님께서는 제가 어떤 사람인지 알려주셨어요. 저를 꿰뚫어보시고 제 마음을 설명해주셨어요!"

"진심으로 하시는 말씀입니까? 그렇게 고백하셨으니, 나도 부인이 진실하고 마음이 선량한 분이라는 걸 믿겠습니다. 만약 행복에 다다르지 못한다 할지라도, 올바른 길로 가고 있다는 걸 항상 기억하시고 그 길에서 벗어나지 않도록 노력하십시오. 중요한 것은 모든 거짓과 특히 자기 자신에 대한 거짓을 멀리하는 것입니다. 자신의 거짓을 관찰하며 매시간 매분 그것을 들여다보십시오. 타인과 자신에 대한 혐오도 버리십시오. 속으로 무언가를 추악하다고 느낀다면, 그것을 깨달았다는 사실 하나만으로도 정화가 되는 법입니다. 공포로부터도 벗어나십시오. 사실 공포는 온갖 거짓의 산물에 지나지 않습니다. 사랑을 추구함에 있어 결코 자신의 심약함을 겁내지 마시고, 그 과정에서 어리석은 행동을 저지르는 것도 너무 겁내지 마십시오. 안타깝게도 실천적인 사랑은 공상적인 사랑보다 냉혹하고 무서운 것이기 때문에 위안이 되는 말은 해드릴 수가 없습니다. 공상적인 사랑은 만족스러운 성과가 금방 나타나길 갈망하며, 모두가 주목해주길 바랍니다. 실제로 그러다 보면 마치 무슨 연극에서처럼 얼른 성과를 얻고, 모두의 시선과 칭찬을 한 몸에 받고자 하는 마음에 목숨까지 내놓기도 합니다. 그러나 실천적인 사랑은 노동이자 인내이며, 사람에 따라서는 하나의 학문이라고도 할 수 있습니다. 미리 말씀드리지만, 부인께서 온 힘을 다해 애쓰시는데도 목표에 다가가기는커녕 오히려 멀어졌다는 사실을 깨닫고 두려움을 느끼는 순간 별안간 뜻하는 바를 이룰 것이며, 언제나 부인을 사랑하시고 보이지 않게 이끌어주신 하느님의 기적적인 권능이 함께하고 있음을 뚜렷이 보게 될 것입니다. 죄송합니다만, 나를 기다리는 사람들이 있어 부인과 더 시간을 보낼 수가 없군요. 안녕히 가십시오."

부인은 울고 있었다.

"리즈, 리즈, 제 딸에게 부디 축복을 내려주세요!" 부인은 별안간 자리에서 벌떡 일어났다.

"이 아가씨는 사랑받을 자격이 없습니다. 보니까 계속 장난만 치던걸요." 장로는 농담조로 말했다. "아가씨는 왜 계속 알렉세이를 놀리는 겁니까?"

리즈는 장로의 말마따나 계속 장난을 치고 있었다. 진즉에, 그러니까 지난번부터 알료샤가 자기를 보면 당황스러워하고 자기 쪽을 보지 않으려 애쓴다는 것을 눈치쳤는데, 그게 재미있어 죽을 지경이었던 것이다. 리즈는 가만히 기다려 알료샤의 시선을 붙잡았다. 알료샤가 집요하게 쏟아지는 시선을 견디다 못해 불가항력적으로 자기도 모르게 리자 쪽으로 눈길을 돌리면, 리자는 그의 눈을 똑바로 쳐다보며 의기양양한 미소를 짓는 것이었다. 그러면 알료샤는 당혹감에 사로잡혔고 더욱 속이 탔다. 결국 그는 리자에게서 완전히 돌아서서 장로 뒤에 숨어버렸다. 그런데 몇 분 뒤 또다시 불가항력적인 힘에 이끌려 리자가 아직도 자기를 보고 있나 하고 고개를 돌렸다가, 리자가 의자에서 몸을 쭉 내밀어 옆쪽에서 자기를 봐주기를 열심히 기다리는 것을 보고 말았다. 그와 눈이 마주친 리자는 장로도 그냥 넘기지 못할 만큼 박장대소를 했다.

"장난꾸러기 아가씨, 왜 그렇게 알렉세이를 놀리는 거지?"

리즈는 뜻밖에도 얼굴을 붉히더니 눈을 빛내면서 표정을 잔뜩 굳혔다. 그러더니 비난조의 열띤 목소리로 조급하게 말하기 시작했다.

"그러면 저분은 왜 다 잊은 거죠? 제가 어렸을 때는 저를 안고 다니고, 함께 놀아주었는데 말이에요. 제게 글을 읽는 법을 가르쳐주러 다녔다는 걸 장로님은 아세요? 2년 전 헤어질 때는 절대 저를 잊지 않겠다며 우리가 영원한, 영원한 친구라고 했어요! 그런데 이제 와서 갑자기 저를 무서워하다니, 제가 잡아먹기라도 한대요? 왜 제 옆에 와서 이야기를 하지 않으려는 거죠? 왜 우리 집에 오지도 않고요? 장로님이 못 나가게 막는 것도 아니잖아요. 어디든 마음대로 외출을 한다는 걸 우리는 다 알고 있단 말이에요. 제가 부르는 건 점 잖지 못한 일이니까, 만약 저를 잊지 않았다면 먼저 저를 기 억해줘야죠. 참, 그건 안 되겠네요, 지금 수도 생활을 하고 있 으니 말이에요! 장로님은 왜 저분에게 저렇게 기다란 수도복 을 입히셨어요…. 달리기라도 하면 넘어질 텐데….”

리자는 별안간 참지 못하고 한 손으로 얼굴을 감싸더니 한참 동안 온몸을 떨면서 소리 없이 웃어댔다.

장로는 미소를 띤 채 리자의 말을 듣고는 다정하게 축복 해주었다. 리자는 장로의 손에 입을 맞추다가 갑자기 그 손 을 자기 눈에 갖다 대고 울음을 터뜨렸다.

“제게 화내지 마세요. 저는 아무런 가치도 없는 바보랍 니다…. 저분이 이런 우스꽝스러운 여자애한테 오고 싶지 않 아 하는 건 정말 당연한 일인지도 몰라요.”

“알렉세이를 꼭 보내주마.” 장로는 말했다.

5. 아멘, 아멘!

장로가 암자를 비운 시간은 25분 정도였다. 벌써 12시 반이 넘었지만, 정작 모든 사람을 모이게 한 드미트리는 여태 나 타날 생각이 없었다. 그러나 그에 관해선 잊어버리기라도 한 듯, 장로가 다시 암자로 돌아왔을 때 방문객들 사이에서는 열띤 대화가 오가고 있었다. 대화를 주도한 사람은 이반과 두 수행 사제였다. 미우소프도 대화에 끼려고 열심인 듯했으나 이번에도 뜻대로 되지 않았다. 대화에서 겉도는 데다 대꾸조차 제대로 돌아오지 않으니, 이런 새로운 상황은 지금껏 쌓이고 쌓인 화를 돋우기만 했다. 사실 미우소프는 전에 이반과 논쟁을 벌일 때도 상대가 조금이라도 깔보는 듯한 태도를 보일라 치면 냉정하게 참아내질 못했다. '나는 적어도 아직까지는 유럽 선진 문물의 정상에 서 있건만, 이 신세대들은 우리를 철저히 무시한단 말이야.' 미우소프는 속으로 이렇게 생각했다. 자리에 앉아 잠자코 있겠다고 말한 표도르는 정말로 한동안 입을 다물고 있었으나, 비웃는 듯한 미소를 지은 채 옆에 앉은 표트르 알렉산드로비치를 주시하며 그가 속을 끓이는 것을 고소해하는 눈치였다. 표도르 파블로비치는 진작부터 미우소프에게 앙갚음을 해주려고 벼르고 있던 터라 이 기회를 놓치고 싶지 않았다. 마침내 참지 못하고, 미우소프의 어깨 쪽으로 몸을 기울이고는 낮은 목소리로 또다시 놀려대기 시작했다.

"왜 그 '정중한 입맞춤' 이후에도 떠나지 않고 이런 저속한 일행과 남아 있는지 맞춰볼까요? 자기가 무시당하고 모욕을 받았다는 생각에 지식을 과시해 되갚아주기 위해서겠죠. 저들에게 지식을 뽐내기 전까진 당신은 자리를 뜨지 않을 겁니다."

"또 시작이오? 아니, 난 지금 돌아갈 거요."

"맨 나중에 돌아갈 겁니다, 맨 나중에!" 표도르는 다시 한번 따끔하게 쏘아붙였다. 그와 거의 동시에 장로가 돌아왔다.

논쟁은 잠시 잠잠해졌지만, 장로는 원래 자리로 가서 앉은 후 계속하라는 듯 부드러운 표정으로 좌중을 둘러보았다. 장로의 표정 하나하나를 살펴온 알료샤에게는 장로가 극도로 지친 상태이며 무리하고 있다는 것이 분명히 보였다. 장로는 최근 병 때문에 기력이 쇠하면 정신을 잃기도 했다. 의식을 잃기 직전처럼 장로의 얼굴이 창백해져갔고, 입술은 파리했다. 하지만 장로는 이 모임을 해산하려는 생각이 없는 듯했으며, 거기엔 어떤 목적이 있는 것 같았다. 도대체 어떤 목적일까? 알료샤는 장로의 일거수일투족을 유심히 지켜보았다.

"이분이 쓴 아주 흥미로운 논문에 대해 얘기하던 중이었습니다." 사서 신부 이오시프가 이반을 가리키며 장로에게 말했다. "여러 가지 새로운 견해가 많이 제시되었지만, 핵심은 양날의 칼과 같다고 봅니다. 이분은 교회의 사회 재판과 그 권한의 범위에 관해서, 같은 주제로 한 권의 책을 쓴 성직자에게 반박하는 논문을 잡지에 발표했지요…."

"유감스럽게도 논문을 읽어보진 못했지만, 그 논문에 대해 들어본 적은 있습니다." 장로는 이반 표도로비치를 주의 깊게 바라보며 대답했다.

"이분은 아주 흥미로운 관점을 견지하고 있습니다." 사서 신부가 계속 말했다. "교회의 사회 재판 문제에 있어서 국가와 교회의 분립을 완전히 부정하는 것 같습니다."

"흥미롭군요. 어떤 의미에서 그렇게 주장하시는 겁니까?" 장로가 이반에게 물었다.

마침내 이반이 장로에게 대답했다. 그러나 알료샤가 전

날 밤까지 걱정했던 것처럼 은근히 상대를 내려다보는 듯한 점잖은 태도가 아니라 조심스러운 기색이 역력한 겸손하고 절제된 태도였으며, 다른 속셈은 없어 보였다.

"저는 교회의 본질과 국가의 본질이라는 개별적인 두 요소를 융합하려는 시도가 영원히 계속될 것이라는 입장에서 출발했습니다. 그러나 그러한 융합은 불가능하며, 정상적인 상태는 고사하고 조금이나마 납득할 수 있는 상태조차 이끌어낼 수 없습니다. 그 밑바탕에 거짓이 깔려 있기 때문이지요. 이를테면 재판 같은 문제에서 국가와 교회의 타협은 본질적으로 불가능하다는 것이 제 생각입니다. 제가 반박한 성직자는 교회가 국가 안에서 명확하고 구체적인 위치를 차지하고 있다고 주장했습니다. 하지만 저는 교회가 국가 안에서 어느 한구석을 차지하는 데 그칠 것이 아니라 국가 전체를 포괄해야 하며, 만약 지금 그것이 어떤 이유로 불가능하다면 앞으로 그리스도교 사회의 발전에 있어 직접적인 핵심 목표가 되어야 한다고 반박했습니다."

"지당한 말씀입니다!" 과묵하고 학구적인 파이시 신부가 흥분해서 힘주어 말했다.

"그야말로 울트라몬타니즘(ultramontanism, 교황권 지상주의. '산 너머'란 뜻으로 로마를 기준으로 할 때 다른 국가들이 알프스 산 너머에 있는 데서 유래했다—옮긴이)이 따로 없군!" 미우소프는 초조한 나머지 다리를 꼰 채 소리쳤다.

"아, 하지만 우리나라에 산 같은 건 없지 않소이까!" 이오시프 신부는 이렇게 외치고는 장로를 보며 말을 이었다.

"아무튼 이분이 반론을 편 그 성직자의 '근본적이고 본질적인' 명제에는 이런 것들이 있습니다. 첫째, '그 어떤 사회 결속체도 그 구성원의 시민권과 정치권을 좌우하는 권력을 가질 수 없으며 가져서도 안 된다.' 둘째, '형법권과 민법권은 교회에 속해서는 안 되며, 두 권력은 신의 기관이자 종교적 목적을 위한 사람들의 단체라는 교회의 본질과 양립할 수 없다.' 끝으로 세 번째는, '교회는 이 세상에 속한 왕국이 아니다'라는 것입니다…."

"성직자로서는 가당치도 않은 말장난입니다!" 파이시 신부는 참지 못하고 또다시 말을 가로챘다. "저도 당신이 반박한 책을 본 적이 있습니다." 그는 이반에게 말했다. "'교회는 이 세상에 속한 왕국이 아니다'라는 말에 놀라지 않을 수 없더군요. 만약 교회가 이 세상에 속하지 않았더라면, 이 지상에 존재하지도 않았을 겁니다. 복음서의 '이 지상에 속하지 않았다'란 말씀은 그런 뜻으로 쓰인 게 아닙니다. 그런 말씀으로 말장난을 해서는 안 됩니다. 우리 주 예수 그리스도께서는 다름 아닌 이 지상에 교회를 세우기 위해 오신 것입니다. 물론 천국은 이 세상에 속하지 않고 하늘에 있습니다만, 그곳에 들어가는 것은 오직 지상에 세워진 교회를 통해서만 가능합니다. 이런 의미에서 속된 말장난은 있어서는 안 될 가당치 않은 것입니다. 교회야말로 진정한 왕국이자 세상을 다스릴 사명을 띠고 있으며, 종국에는 온 지상의 왕국이 될 것입니다. 하느님께서도 그렇게 약속하셨습니다…."

신부는 갑자기 자기 자신을 억제하듯 입을 다물었다. 이반은 정중한 태도로 신부의 말을 듣고는, 침착하면서도 아까와 같은 적극적이고 진솔한 태도로 장로를 보며 말했다.

"제 논문의 골자는 이렇습니다. 고대 그리스도교의 발생 이래 첫 3세기 동안 지상에서 그리스도교는 그저 교회로 존재했을 뿐 그 이상의 의미는 없었습니다. 그런데 이교국이었던 로마가 그리스도교 국가가 되고자 했을 때, 필연적으로 이런 결과가 나타났습니다. 그리스도교 국가가 된 로마는 교회만 받아들였을 뿐, 수많은 부분에서는 여전히 이교국의 면모를 그대로 가지고 있었던 것입니다. 본질적으로 그렇게 될 수밖에 없었으나, 국가로서의 로마에는 지나치게 많은 이교적 문명과 지혜의 산물이 잔재했지요. 이를테면 국가의 목적이나 기반 같은 것이 그랬습니다. 그러나 국가에 포함된 그리스도교는 자신의 토대, 즉 자신이 딛고 서 있는 초석을 조금도 양보할 수 없었으며, 주님이 명확히 제시하고 가리킨 고대 이교국을 비롯하여 온 세계를 교회로 탈바꿈한다는 목적을 추구할 수밖에 없었습니다. 따라서(다시 말해 미래를 위해서는) 교회가 '온갖 사회 결속체'나 '종교적 목적을 위한 사람들의 단체'(제가 반박한 성직자가 교회를 이렇게 표현했지요)처럼 국가 안에서 일정한 위치를 구할 것이 아니라, 반대로 지상의 모든 국가가 교회로 화하고, 교회에 부합하지 않는 목적을 모두 버리고 완전한 교회로 거듭나야 합니다. 그렇게 한다고 해서 국가의 위신이 떨어지거나 위대한 국가로서의 명예와 영광, 또 군주의 영광을 잃는 일은 결코 없을 것이며, 오로지 거짓되고 그릇된 이교국의 길에서 영원한 목표를 향한 유일하고 참된 진리의 길로 올라서는 결과가 될 것입니다. 따라서 '교회의 사회 재판의 근거'의 저자가 그러한 근거를 도출하고 제시하면서, 그것을 죄 많고 완결되지 않은 우리 시대에 불가피한 일시적 타협으로 보았다면 아마 옳은 판단이 되었을 겁니다. 그러나 저자가 이오시프 신부님이 열거하신 것을 비롯한 자신의 근거를 영원불변한 것으로 선언한다면, 그것은 교회와 교회의 성스럽고 영원불변한 소명에 정면으로 배치되는 일이지요. 이것이 제 논문 내용의 전부입니다. 논문 전체의 개요이지요."

"즉 간단히 말하면," 다시 파이시 신부가 한 마디 한 마디 힘주어 말하기 시작했다. "우리 19세기에 들어 명백히 밝혀진 어느 이론에 의하면, 교회가 하등한 것이 고등한 것으로 변하듯 국가로 거듭나 국가 안에서 과학과 시대정신, 문명에 자리를 내주고 사라져야 한다고 하더군요. 만약 교회가 이를 원치 않고 저항한다면 국가 안에서 겨우 구석 자리 하나를 차지할 것이며, 그나마도 감시 아래 놓이게 된다는 것이지요. 이는 현대 유럽 어디에서나 나타나는 현상입니다. 그러나 러시아에서는 교회가 국가로, 하등한 것이 고등한 것으로 변하듯 거듭나는 것이 아니라 반대로 국가가 교회에 동화되어야 한다는 생각과 희망을 가지고 있습니다. 그렇게 될지어다, 아멘!"

"신부님 말씀을 들으니 조금 기운이 나는군요." 미우소프는 다리를 바꾸어 꼬면서 미소 지었다. "제가 이해하는 바론, 아주 먼 훗날 그리스도가 재림하실 때나 이루어질 이상의 실현에 대해 말씀하시는 것 같군요. 아무렴 어떻습니까.

전쟁, 외교관, 은행 따위가 사라지길 바라는 아름다운 유토피아적 몽상이지요. 어찌 보면 사회주의와도 비슷하고요. 전 또 진지하게 받아들여서 교회가 이제 형사범을 심판하고 태형이라든가 유형, 심지어 사형까지도 내릴 줄 알았지 뭡니까."

"만약 지금 존재하는 재판이 교회의 사회 재판뿐이었다고 해도, 교회가 유형이나 사형을 선고하는 일은 없었을 겁니다. 범죄와 범죄에 대한 시각이 틀림없이 변했을 테니까요. 물론 지금 당장 변하지는 않고 차츰차츰 변하겠지만, 그래도 꽤 빨리 그렇게 될 겁니다…" 이반은 눈 한 번 깜빡이지 않고 침착하게 말했다.

"진담이오?" 미우소프는 이반을 지긋이 바라보면서 말했다.

"만약 모든 것이 교회로 변한다면, 교회는 범죄자나 복종하지 않는 자의 목을 베기보다는 파문을 할 것입니다." 이반이 말을 이었다. "한 가지 묻겠습니다. 파문자는 어디로 갈 수 있겠습니까? 지금처럼 사람들한테서만 떠나면 되는 게 아니라 그리스도를 떠나야 하는데 말입니다. 범죄를 저지름으로써 사람들뿐 아니라 그리스도의 교회에 반기를 든 셈이니까요. 그것은 엄밀한 의미에서 보면 지금도 마찬가지지만, 그렇다고 그렇게 공표된 것은 아니므로 오늘날 범죄자는 자기 양심을 놓고 타협하는 경우가 비일비재합니다. '도둑질을 했다고 해서 교회에 맞선다거나 그리스도의 적이 되는 건 아니다.' 이것이 지금 범죄자들이 늘 자기 자신에게 하는 말이지요. 그러나 교회가 국가의 자리에 선다면, 온 지상의 교회를 송두리째 부정하면서 '모두가 틀렸다, 모두가 올바른 길에서 벗어났다, 모두가 거짓 교회고, 살인자이며 강도인 나만이 진정한 그리스도의 교회다'라고 말하기는 어려울 것입니다. 그렇게 말하려면 흔히 있을 수 없는 엄청난 상황적 조건이 갖추어져야 하니까요. 이번엔 반대로 교회가 가진 범죄에 대한 시각을 살펴봅시다. 지금 그 시각이란 사회를 보호하기 위해 기계적이고 거의 이교적인 방식으로 병균에 감염된 구성원을 잘라내는 것이지만, 그것을 사람의 갱생, 부활, 구원에 대한 이상으로 완전하고 참되게 바꾸어야 하지 않을까요….”

“그게 도대체 무슨 말입니까? 또다시 이해가 되질 않는군요.”미우소프가 끼어들었다. “또 꿈같은 이야기를 하고 있군요. 구체적인 형태도 없을 뿐더러 이해도 안 됩니다. 파문이라니, 파문이 대체 뭡니까? 그저 장난을 치고 있는 게 아닌가 하는 의심이 드는군요, 이반 표도로비치.”

“하지만 그건 지금도 그렇습니다.”별안간 장로가 입을 열자, 일동은 일제히 장로를 바라봤다. “만약 지금 그리스도의 교회가 없었더라면 범죄자의 악행을 막을 수 있는 것은 아무것도 없었을 것이며, 진정한 징벌도 뒤따르지 않았을 것입니다. 방금 말씀하셨듯이 대부분의 경우 분노만 일으키고 마는 기계적인 징벌이 아니라 유일하게 효과적이고, 유일하게 두려움과 평안을 줄 수 있는 진정한 벌, 즉 자기 양심을 자각하게 하는 것 말이지요.”

“그건 왜 그렇게 되는지 설명해주시겠습니까?”미우소프는 강한 호기심을 보이며 물었다.

"이렇게 되는 것입니다." 장로는 설명을 시작했다. "유형을 보내는 것으로는 예전에는 그에 더해 매질까지 이루어졌습니다만, 누구도 교화할 수 없으며, 무엇보다 그 어떤 범죄자에게도 두려움을 심어줄 수 없습니다. 따라서 범죄자의 수는 줄어들기는커녕 갈수록 늘어가게만 됩니다. 이 점에는 당신도 동의하실 겁니다. 그런 방식으로는 사회가 결코 보호받지 못한다는 결론이 나옵니다. 왜냐하면 해로운 구성원을 기계적으로 잘라내 눈에 보이지 않는 먼 곳으로 추방해버린다고 해도, 그 자리에 다른 범죄자가, 어쩌면 두 사람이 나타날지도 모르기 때문이지요. 만약 우리 시대에 사회를 보호하고 범죄자를 교화하며 새사람으로 갱생시키는 것이 있다면, 이는 오로지 양심 안에 깃든 그리스도의 율법뿐입니다. 그리스도의 사회, 즉 교회의 자녀로서 자신의 죄를 자각해야만 사회, 즉 교회 앞에 자신의 죄를 깨닫게 되는 것입니다. 이렇듯 오늘날 범죄자는 국가가 아닌 교회에 대해서만 자신의 죄를 깨달을 수 있습니다. 만약 교회와 하나 된 사회가 재판권을 가지고 있었더라면, 파문자 가운데 어떤 이를 다시 불러들여 사회에 합류시켜야 할지 알 수 있었을 겁니다. 실질적 재판권이 전혀 없고 정신적 심판의 가능성만 지닌 지금의 교회는 범죄자의 실질적 징벌로부터 스스로 멀어지고 있습니다. 범죄자를 배척하지 않고, 아버지처럼 훈계를 하는 데 그치지요. 뿐만 아니라 범죄자와 그리스도교 사이의 관계가 끊어지지 않도록 노력하기까지 합니다. 미사나 성찬식에 받아주고, 구휼해주기도 하며, 죄인이라기보다는 일시적으로 악마의 유혹에 사로잡힌 사람처럼 대합니다. 만약 그리스도적 사회, 즉 교회가 속세의 법이 그러하듯 범죄자를 외면하고 추방해버렸다면, 오, 주여! 범죄자는 어떻게 되었겠습니까? 만약 국가의 법이 범죄자를 처벌할 때마다 교회도 즉시 파문이라는 벌을 내렸다면 어떻게 되었겠습니까? 적어도 러시아의 범죄자에게 그보다 더한 절망은 없을 겁니다. 러시아 범죄자들은 아직 신앙을 가지고 있기 때문입니다. 범죄자가 절망에 빠져 신앙을 잃는 무서운 일이 벌어졌을 때 무슨 일이 벌어질지는 아무도 모릅니다. 그러나 교회는 다정하고 자애로운 어머니처럼 실질적 징벌과 스스로 거리를 두고 있습니다. 왜냐하면 교회의 징벌이 아니어도 죄인은 이미 국가 재판에서 너무나 고통스러운 벌을 받았고, 누군가는 그런 죄인을 긍휼히 여겨주어야 하기 때문입니다. 무엇보다 교회가 징벌로부터 멀어지는 이유는 교회 재판이 진리를 내포한 유일한 재판이기에 그 어떤 재판과도 본질적으로나 도덕적으로 결합할 수 없으며, 일시적인 타협도 불가능하기 때문입니다. 여기에는 흥정의 여지가 없습니다. 외국에서는 범죄자가 뉘우치는 일이 드물다고 합니다. 최근의 학설들마저 그들의 범죄는 범죄가 아니며, 부당한 억압에 맞선 저항일 뿐이라는 생각을 굳혀주고 있기 때문이지요. 사회는 보다 우월한 힘을 활용해 철저히 기계적으로 범죄자를 분리시키며, 거기에는 증오의 감정이 수반됩니다(적어도 유럽인들은 유럽의 사정이 그렇다고 주장합니다). 형제나 다름없는 범죄자에 대한 증오와 그의 운명에 대한 철저한 무관심과 망각이 수반되는 것이지요. 이런 식으로 이 모든 것은 교회로부터의 일말의 동정도 없이 벌어지고 있습니다. 교회가 아예 사라져 성직자들과 웅장한 교회 건물만 남은 경우가 태반이고, 교회 자체는 오래전부터 하등한 형태인 교회에서 고등한 형태인 국가로 변해 그 안에서 완전히 소멸하려 노력하고 있기 때문이지요. 적어도 루터파 국가는 그런 것 같습니다. 로마에서는 이미 천 년 전부터 교회 대신 국가가 선포되었지요. 따라서 범죄자는 자신을 교회의 일원으로 느끼지 못하고, 배척되어 절망에 빠집니다. 사회로 돌아오더라도 엄청난 증오를 품고 있는 경우가 많아, 사회가 다시 그를 내쳐버립니다. 이것이 어떤 결과로 이어질지는 당신도 쉽게 판단할 수 있을 것입니다. 어쩌면 우리나라도 많은 경우 같은 상황인 것처럼 보일지 모르겠습니다. 그러나 중요한 것은 우리나라에는 제도적인 재판 외에도, 소중하고 사랑스러운 자식을 대하듯 절대로 범죄자와의 끈을 놓지 않는 교회가 있으며, 뿐만 아니라 의식 속에서나마 교회 재판도 존재해 이어져오고 있다는 것입니다. 비록 지금은 실질적인 힘이 없지만 교회 재판은 공상 속에서나마 미래를 위해 살아 숨 쉬고 있으며, 범죄자 스스로도 마음의 본능에 따라 그것을 분명히 인정하고 있습니다. 만약 정말로 교회 재판이 완전히 실현된다면, 즉 온 사회가 교회로 변한다면 교회 재판이 범죄자의 교화에 지금까지와는 다른 거대한 영향을 미칠 뿐 아니라, 어쩌면 범죄 자체가 믿기 어려울 만큼 줄어들 수 있다고 하신 말씀도 옳은 말씀입니다. 교회도 대부분의 경우 지금까지와는 달리 미래의 범죄와 범죄자를 판별할 수 있게 될 것이며, 분리된 자를 소환하고, 범죄를 계획하는 자에게는 경고를 주고, 타락한 자는 갱생하게 할 것입니다. 사실," 장로는 미소를 지었다. "지금은 그리스도교 사회가 준비되어 있지 않고, 일곱 명의 의인을 기반으로 서 있을 뿐입니다. 그러나 그분들의 힘이 쇠락하지 않으니, 아직도 이교적이기만 한 연합체인 사회가 온 세상에 군림하는 하나 된 교회로 바뀔 것이란 확고한 믿음이 생깁니다. 이것은 반드시 이루어지도록 예정되었으니 먼 훗날이 될지라도 그리 될 것입니다, 아멘! 때와 기간은 조금도 염려할 필요가 없습니다. 때와 기간에 관한 비밀은 하느님의 지혜와 예견, 사랑 속에 있기 때문이지요. 사람이 보기엔 너무나 먼 미래의 일처럼 보여도, 하느님의 예정으로는 실현이 목전에 있을 수도 있습니다. 그렇게 될지어다, 아멘."

"아멘! 아멘!" 파이시 신부가 경건한 태도로 엄숙히 되뇌었다.

"이상하군요, 정말 너무나도 이상합니다!" 미우소프는 격정 때문이라기보다는 속에 쌓인 불만을 터트리듯 말했다.

"뭐가 그렇게 이상합니까?" 이오시프 신부가 조심스럽게 물었다.

"정말이지 그게 도대체 무슨 말입니까?" 미우소프는 갑자기 폭발하듯 소리쳤다. "이 땅 위에 국가가 배척되고 교회가 국가의 지위로 올라간다니요! 이건 교황권 지상주의도 아닌 초 교황권 지상주의군요! 교황 그레고리우스 7세조차 상상할 수 없는 일입니다!"

"완전히 정반대로 이해하고 계시는군요!" 파이시 신부가 엄한 어조로 대꾸했다. "교회가 국가가 되는 게 아닙니다. 그것은 로마이자 로마의 소망이었고, 사탄의 세 번째 유혹이었습니다. 반대로 국가가 교회화 되어 교회만큼 드높아지고 온 지상의 교회로 변하는 것입니다. 이건 교황권 지상주의, 로마 그리고 당신의 해석과 완전히 반대되는 것이며, 이 지상에서 이루어질 정교의 위대한 사명일 뿐입니다. 이 별은 동방에서부터 비춰올 겁니다."

미우소프는 엄숙한 표정으로 입을 다물었다. 그 모습은 이례적인 자긍심을 풍기고 있었다. 측은하다는 듯한 거만한 미소가 입술에 떠올랐다. 이 모든 상황을 지켜보는 알료샤는 심장이 세차게 뛰었다. 모든 대화가 알료샤를 극도로 흥분시켰기 때문이다. 문득 라키틴을 보니, 그는 여전히 문간에 꼼짝 않고 서서 시선을 내리깔긴 했지만 대화를 경청하며 상황을 주시하고 있었다. 알료샤는 라키틴의 볼이 발갛게 상기된 것을 보고, 자기 못지않게 흥분했음을 알아차렸다. 알료샤는 그가 왜 그렇게 흥분했는지 알고 있었다.

"여러분, 짧은 일화를 하나 말씀드려도 되겠습니까." 갑자기 미우소프가 엄숙한 어조로 의미심장하게 말했다. "파리에서 몇 년 전, 그러니까 12월 쿠데타(1851년 12월 2일 프랑스 제2공화국의 대통령 루이 나폴레옹 보나파르트가 일으킨 친위 쿠데타─옮긴이)가 있은 직후에 친분이 있던 고위 관료의 집을 방문했다가 아주 흥미로운 신사 한 사람을 만나게 되었습니다. 그 자신이 수사관은 아니고, 정치수사대를 총지휘하는 사람인 듯했습니다. 나름대로 상당히 영향력 있는 직책이라고 할 수 있겠지요. 저는 강한 호기심을 느껴 기회를 보아 그 사람에게 말을 걸었습니다. 그 사람은 지인으로서가 아니라 부하 관리로서 보고를 하기 위해 온 입장이었고, 제가 상관의 손님으로 왔다는 걸 알고는 어느 정도 열린 태도를 보여주더군요. 뭐, 열린 태도라기보다는 프랑스인은 예의범절이 뛰어난 데다가 제가 외국인인 것을 보고 정중하게 대했다고 하는 편이 옳겠지요. 아무튼 저는 그 사람의 생각을 아주 잘 이해할 수 있었습니다. 화제는 당시 추적을 당하던 사회주의 혁명가들에 관한 것이었습니다. 대화의 요점은 생략하고, 그 신사의 입에서 갑자기 튀어나온 한 가지 아주 흥미로운 의견이 무엇이었는지만 말씀드리지요. '우리는 무정부주의자에 무신론자에 혁명가인 사회주의자들이 하나같이 그렇게 위험한 건 아니라고 생각합니다. 그들을 예의 주시하고 있고, 동정도 다 파악하고 있으니까요. 그런데 그중에는 특이한 인물이 많지는 않지만 가끔 있습니다. 신앙을 하는 그리스도교인이면서도 동시에 사회주의자인 사람들이지요. 우리가 가장 두려워하는 건 바로 그런 자들입니다. 아주 무서운 족속이지요! 그리스도교도인 사회주의자가 무신론자인 사회주의자보다 무섭습니다.' 전 그 말에 큰 충격을 받았습니다. 그런데 여러분과 함께 있다 보니 문득 그 말이 다시 떠오르는군요….

"그러니까 당신은 그 말이 우리에게 해당하고 우리가 사회주의자라는 겁니까?" 파이시 신부가 단도직입적으로 물었다. 하지만 표트르 알렉산드로비치가 미처 대답할 말을 찾아내기 전에 문이 열리더니 지독하게 늦어버린 드미트리가 들어왔다. 일동은 그가 온다는 사실을 정말로 잊어버리기라도 한 듯, 그의 갑작스러운 등장에 한순간 놀라기까지 했다.

6. 저런 인간은 왜 살까!

드미트리 표도로비치는 중간 정도의 키에 준수한 외모의 스물여덟 살 청년이었지만, 실제 나이보다 훨씬 나이 들어 보였다. 몸에는 근육이 잘 잡혀 있어 상당한 완력을 짐작하게 했지만, 얼굴에는 어딘지 모르게 병적인 데가 있었다. 얼굴은 홀쭉하고 두 볼은 움푹 꺼졌으며 안색은 병자처럼 누르스름했다. 약간 튀어나온 크고 짙은 두 눈은 한곳을 뚜렷이 응시할 때도 어딘가 석연치 않은 구석이 있었다. 흥분해서 짜증스럽게 말할 때조차 그의 눈에는 마음과는 달리 상황에 전혀 어울리지 않는 엉뚱한 감정이 나타나곤 했다. "저 사람은 무슨 생각을 하는지 알 수가 없단 말이야." 그와 이야기를 해본 사람들은 이렇게 말하곤 했다. 또 어떤 사람들은 그의 눈에서 생각에 잠긴 듯한 우울한 빛을 보았다가 그가 느닷없이 웃어대는 통에 깜짝 놀라기도 했다. 그렇게 우울한 눈으로 보고 있던 순간에도 실은 즐겁고 익살스러운 생각을 하고 있었다는 뜻이었다. 그런데 지금 드미트리의 얼굴에 다소 병색이 도는 것은 이해가 되는 일이었다. 근래 들어 불안정하고도 '방탕하기' 그지없는 생활에 빠져버린 데다가, 아버지와 돈 문제로 다투느라 유달리 신경이 날카로워져 있다는 것을 누구나 듣거나 알고 있었기 때문이다. 이미 시내에서는 그런 상황과 관련한 몇 가지 일화가 나돌기도 했다. 사실 그는 천성이 화를 잘 내는 데다, 이 고장 판사인 세묜 이바노비치 카찰니코프가 어떤 모임에서 말했듯 '발작적이고 비정상적인 성격'의 사람이었다. 그는 프록코트를 단정하게 단추를 채워 입고 검은 장갑을 낀 손에 실크 모자를 든 흠 잡을 데 없는 멋진 복장으로 승방에 들어섰다. 갓 퇴역한 군인답게 턱수염은 면도하고 콧수염만 기르고 있었다. 짙은 아마색 머리는 짧게 깎았고 관자놀이 부분은 앞쪽으로 빗어놓았다. 걸음은 군인처럼 절도 있고 시원시원했다. 드미트리는 잠시 문간에 서서 좌중을 빙 둘러본 다음 장로가 이곳의 주인이라는 것을 알아차리고 곧장 그 앞으로 갔다. 그리고 장로에게 깊이 허리를 굽혀 인사하고 축복을 청했다. 장로가 자리에서 일어서서 그에게 축복을 내리자 장로의 손에 입을 맞춘 다음 잔뜩 화가 난 듯 짜증스런 목소리로 말했다.

"이렇게 오래 기다리게 하다니 너그러운 마음으로 용서하십시오. 아버지가 보낸 스메르댜코프라는 하인에게 약속 시간을 물으니 두 번이나 1시라고 못을 박지 뭡니까. 그런데 여기 와서 보니…."

"신경 쓰지 마십시오." 장로가 그의 말을 제지했다. "약간 늦어졌을 뿐 큰일은 아니니까요…."

"정말 감사합니다. 인자하신 분이니 그렇게 말씀해주실 거라 생각했습니다."

드미트리는 이렇게 말한 뒤 다시 한번 허리를 굽히고는 갑자기 자신의 '아버지' 쪽을 보고 똑같이 정중하게 깊이 허리를 굽혔다. 미리 이 인사를 놓고 이래저래 고심해본 끝에 이런 식으로 정중함과 선의를 표현하는 것이 자신의 도리라고 생각한 모양이었다. 표도르는 이 뜻밖의 행동에 어리둥절했지만 곧 자기답게 대처했다. 드미트리의 인사에 대한 답례로 의자에서 벌떡 일어나 아들에게 똑같이 깊이 허리를 숙인 것이다. 표도르는 갑자기 근엄하고 의미심장한 얼굴을 했지만, 그로 인해 더욱 심술궂어 보일 뿐이었다. 드미트리는 방 안에 있던 모든 사람들에게 말없이 인사하고 성큼성큼 창가 쪽으로 걸어가더니 파이시 신부 옆 하나 남아 있던 자리에 앉았다. 그러고는 자기 때문에 중단된 대화를 계속 듣겠다는 듯 상체를 앞으로 쭉 내밀었다.

드미트리가 등장하는 데 걸린 시간은 2분도 채 되지 않았으므로, 대화는 재개되지 않을 수 없었다. 하지만 그사이 표트르 알렉산드로비치는 집요하고 끈질긴 파이시 신부의 질문에 대답할 필요가 없다는 생각이 든 모양이었다.

"그 문제는 이제 거론하지 말기로 합시다." 미우소프는 상류층 사람에게서 흔히 볼 수 있는 무심한 태도로 말했다. "민감한 문제이기도 하니까요. 저기 이반 표도로비치가 우리를 보고 웃고 있는 걸 보니 이 문제에 대해 뭔가 재미있는 의견이 있나 봅니다. 저 사람에게 한번 물어보시죠."

"별건 아니지만 사소한 점 하나를 말씀드리자면," 이반은 곧장 말을 받았다. "유럽 자유주의는 물론 우리 러시아의 자유주의적 딜레탕티슴에서도 예전부터 사회주의와 기독교의 최종 결과를 혼동하는 경우가 많습니다. 이런 괴상한 결론은 물론 그들의 특성을 잘 보여주지요. 그런데 사회주의를 기독교와 혼동하는 건 자유주의자나 딜레탕트뿐 아니라, 외국 헌병들도 마찬가지입니다. 표트르 알렉산드로비치, 당신의 파리 일화가 그 사실을 잘 보여주는군요."

"거듭 부탁하지만, 그 이야기는 이제 그만합시다." 표트르 알렉산드로비치는 되풀이했다. "여러분, 대신 이반 표도로비치에 관한 아주 흥미롭고 특징적인 일화를 하나 소개해드리지요. 기껏해야 닷새쯤 전에 이반 표도로비치는 부인들이 대부분이었던 이 고장의 한 모임에서 논쟁을 벌이다가 당당하게 이런 선언을 했습니다. 이 지상에 인간에게 자기와 닮은 존재를 사랑하도록 강요하는 것은 아무것도 없고, 인간이 인류를 사랑해야 한다는 자연 법칙 따위는 존재하지 않으며, 만약 지금껏 지상에 사랑이 존재해왔다면 그것은 자연의 법칙 때문이 아니라 오직 인간의 영생에 대한 믿음 때문이라고 말입니다. 여기에 주석을 달듯 덧붙이기를, 그것이야말로 자연의 법칙이니 만약 인류에게서 영생에 대한 믿음을 파괴해버린다면 사랑뿐 아니라 온 세상의 삶을 유지하는 온갖 생명의 힘이 말라버릴 거라고 했습니다. 뿐만 아니라 부도덕이라는 개념이 사라져 모든 것이, 심지어 식인까지도 허용될 거라고 말했지요. 그것도 모자라 마지막에는 이런 주장을 했습니다. 지금의 우리처럼 신도 영생도 믿지 않는 개인에게 적용되는 자연적 도덕률은 지금까지의 종교 규율과는 정반대가 되어야 하며, 악행에 가까운 이기주의도 당연히 인간에게 허용되어야 할 뿐 아니라 그 사람의 입장에서 볼 때 불가피하고 가장 현명하며 고귀하기까지 한 행위의 결과로 인정되어야 한다고 말입니다. 여러분, 이런 역설적인 발언을 보면 우리의 기인이자 역설가인 이반 표도로비치가 어떤 주장을 펼치고 있고, 앞으로 어떤 주장을 펼칠지 판단할 수 있을 겁니다."

"실례합니다만." 느닷없이 드미트리가 외쳤다. "제가 잘못 듣지 않았나 해서 말입니다. '모든 무신론자의 입장에서 볼 때 악행은 허용되어야 할 뿐 아니라 가장 필요하고 가장 현명한 행위로 인정되어야 한다', 이 말입니까?"

"바로 그렇습니다." 파이시 신부가 대답했다.

"기억해두겠습니다." 드미트리는 이렇게 말한 후 대화에 끼어들었을 때와 마찬가지로 갑자기 입을 다물었다. 모두들 호기심을 가지고 그를 바라보았다.

"정말로 사람이 영혼의 영생에 대한 믿음을 잃으면 그런 결과가 나타날 거라고 확신하고 계십니까?" 장로가 갑자기 이반에게 물었다.

"네, 그렇게 주장했습니다. 영생이 없다면 미덕도 있을 수 없다고요."

"그렇게 믿고 계시다면 당신은 축복받은 사람이거나, 아니면 아주 불행한 사람입니다!"

"어째서 불행하다는 말씀이십니까?" 이반은 미소를 지었다.

"왜냐하면 당신은 필경 자기 영혼의 영생도, 심지어 교회와 교회 문제에 대해 당신 자신이 직접 쓴 것도 믿지 않고 있기 때문이지요."

"어쩌면 장로님의 말씀이 맞을지도 모릅니다…! 하지만 그저 장난삼아 그런 말을 한 건 아닙니다…." 이반은 별안간 얼굴을 붉히며 이런 이상한 고백을 했다.

"그저 장난으로 그러신 게 아니라는 말씀은 사실이겠지요. 당신의 가슴속에서 사상적인 문제가 해결되지 않아 고통을 주고 있습니다. 고통받는 사람은 때로 자신의 절망을 유희거리로 삼으려 합니다. 그 또한 절망 때문이지요. 당신은 내심 자신의 논리를 불신하며 괴로운 마음으로 그 논리를 조소하면서 잡지에 논문을 싣고 세속적인 논쟁을 벌이며 절망을 즐기고 있습니다만… 당신의 내면에서 이 문제는 해결이 되지 않았습니다. 이것이 쓰라린 고통의 원인입니다. 그것이 끈질기게 해결을 요구하기 때문이지요…."

"이 문제가 제 안에서 해결될 수 있을까요? 긍정적인 방향으로 그렇게 될 수 있을까요?" 이반이 여전히 뜻 모를 미소를 지은 채 장로를 보며 이상한 질문을 계속했다.

"긍정적으로 해결되지 않는 이상 부정적으로 해결되는 일도 없을 겁니다. 당신도 당신에게 그런 기질이 있다는 것을 알고 있지요. 바로 이것이 당신이 느끼는 모든 고뇌의 원인입니다. 하지만 그런 고뇌로 번민할 수 있는 고귀한 마음을 주신 조물주께 감사하십시오. '높은 것을 생각하고 높은 것을 구하라, 우리가 살 곳은 하늘에 있나니.' 하느님께서 당신이 이 지상에 머무는 동안 마음의 해답을 구하게 하시고, 당신의 길을 축복하시길!"

장로는 앉은 자리에서 손을 들어 이반에게 성호를 그어주려 했다. 그런데 이반이 자리에서 벌떡 일어나 장로에게 다가가더니 축복을 받고 손에 입을 맞추고는 말없이 자리로 돌아왔다. 그의 태도는 결연하고 진지했다. 이반의 이런 행동과 장로와 나눈 뜻밖의 대화는 신비롭고 엄숙하기까지 했다. 모두 놀라운 마음에 잠시 말을 잃었고, 알료샤의 얼굴에는 두려움 같은 것이 떠올랐다. 그러나 미우소프는 어깨를 으쓱했다. 그와 동시에 표도르가 자리를 박차고 일어섰다.

"숭고하시고 거룩하신 장로님!" 그는 이반을 가리키며 소리쳤다. "이 녀석은 제 아들놈입니다. 제 살에서 떨어져 나온 제가 가장 사랑하는 육친이지요! 가장 존경받을 만한, 말하자면 카를 모어 같은 녀석이고, 지금 막 들어온, 장로님께서 버르장머리를 좀 고쳐주셨으면 하는 드미트리는 공경 따윈 눈곱만치도 모르는 프란츠 모어 같은 놈입니다. 둘다 실러(프리드리히 실러. 독일의 극작가, 시인―옮긴이)가 쓴 《군도》에 나오는 인물이니, 저는 Regierender Graf von Moor(영주인 폰 모어 백작)라고 할 수 있겠군요! 잘 판단하시고 구원해주십시오! 우리에게는 장로님의 기도뿐 아니라 예언도 필요합니다."

"어리석은 말씀은 그만두시고, 자기 식구를 욕하지도 마십시오." 장로는 몹시 지친 듯 힘없는 목소리로 말했다. 시간이 흐를수록 피로를 느끼는 듯했고, 기력이 다한 기색이 역력했다.

"이리로 올 때부터 예상한 눈 뜨고 못 볼 희극이로군!" 드미트리도 분노한 나머지 자리에서 벌떡 일어나며 소리쳤다. "용서하십시오, 훌륭한 신부님." 그는 장로에게 말했다. "저는 못 배운 사람이라 신부님을 어떻게 불러야 할지도 모르겠지만, 신부님은 속으셨습니다. 우리가 이렇게 여기 모이도록 허락하시다니 너무 친절하셨습니다. 아버지가 원하는 건 소동뿐입니다. 무엇 때문인지는 아버지의 계산속에 있겠지요. 아버지에게는 항상 나름의 속셈이 있으니까요. 하지만 이제는 그 속내가 뭔지 알 것 같군요…."

"다들 나만 비난합니다!" 표도르도 지지 않고 소리쳤다. "여기 표트르 알렉산드로비치도 나를 비난했습니다. 비난했어요, 표트르 알렉산드로비치, 비난했다고요!" 그는 미우소프를 홱 돌아보았으나, 사실 미우소프는 말을 가로챌 생각이 없었다. "내가 자식들 돈을 땡전 한 푼도 안 남기고 장화 속에 숨겼다고 비난하지요! 아니, 재판이 없기라도 합니까? 드미트리 표도로비치, 거기 가면 네가 쓴 영수증이며 편지, 계약서를 가지고 네가 얼마를 가지고 있었고 얼마를 탕진했으며 얼마가 남았는지 죄다 계산해줄 거다! 왜 표트르 알렉산드로비치는 재판을 피하고 있을까요? 드미트리 표도로비치가 자기한테 남이 아니기 때문이지요. 그래서 다들 나만 몰아세우는 겁니다. 하지만 전부 계산해보면 드미트리 표도로비치가 오히려 내게 빚이 있어요, 그것도 몇 푼이 아니라 수천 루블이나 되는 빚이 있단 말입니다! 그걸 증명할 서류를 죄다 가지고 있습니다! 저놈의 방탕한 생활에 온 동네가 들썩이고 있지 않습니까! 전에 복무하던 곳에선 정숙한 처녀들을 꼬여내느라 1000루블씩, 2000루블씩 써버리곤 했지요. 드미트리 표도로비치, 나는 아주 세세한 내막까지 알고 있으니 반드시 증명해 보일 테다…. 거룩하신 장로님, 이놈이 지체 높은 양갓집 아가씨에게 청혼해 평판을 떨어뜨린 다음 결국 꼬여냈다면 믿으시겠습니까? 이놈의 전 상관이었고, 공훈을 세워 가슴에 안나 훈장을 달고 다니던 용맹한 대령의 따님이었지요. 지금 그 아가씨는 고아 신세가 되어 여기서 살고 있는데, 이놈은 그 아가씨가 뻔히 보는 앞에서 이 고장에 사는 어느 요녀의 집에 드나든답니다. 그런데 그 요녀는 어느 존경받는 인물과 사실혼 관계에 있기는 하지만, 자립심이 강한 데다 아무도 차지할 수 없는 요새나 다름없는 정식 부인이나 마찬가지인 여자지요. 정숙한 여자거든요! 예, 거룩하신 신부님들! 그 여자는 정숙합니다! 헌데 드미트리 표도로비치가 그 요새를 황금열쇠로 열어보겠다고 제게 행패를 부리고, 제 돈까지 빼앗으려 하고 있습니다. 지금껏 그 요녀한테 뿌린 돈만 해도 수천 루블은 될 겁니다. 그 때문에 끊임없이 돈을 빌려대고 있는데, 대체 그 돈을 누구한테 빌리는지 아십니까? 말을 할까, 말까, 미탸?"

"조용히 하세요!" 드미트리가 외쳤다. "제가 나갈 때까지 기다리세요. 제 앞에서 감히 그 고결한 아가씨의 이름을 더럽히지 말란 말입니다…. 아버지가 그 아가씨 얘기를 입에 올렸다는 그 자체만으로도 그 아가씨에게는 치욕입니다….

전 가만히 있지 않을 겁니다!" 그는 거칠게 숨을 몰아쉬었다.

"미탸! 미탸!" 표도르는 억지로 눈물을 짜내며 히스테릭하게 소리쳤다. "애비의 축복 따윈 필요 없다는 거냐? 내가 저주를 내린다면 어쩔 셈이냐?"

"파렴치한 위선자 같으니!" 드미트리는 광분하여 고래고래 소리를 질렀다.

"저놈이 애비에게, 애비에게! 저러니 다른 사람들에겐 어떻겠습니까? 여러분, 글쎄 말입니다, 가난하지만 존경받는 퇴역 대위가 한 사람 있었습니다. 비록 퇴직을 당하는 불행을 겪었지만, 재판에 회부돼 공개적으로 그리 된 것이 아니어서 명예를 더럽히지는 않았습니다. 혼자서 대가족의 생계를 책임지고 있는 형편이지요. 그런데 3주 전에 저 드미트리 표도로비치가 술집에서 그 사람의 턱수염을 틀어쥐고 밖으로 끌고 나가 사람들이 다 보는 앞에서 흠씬 두들겨 팼답니다. 그 사람이 비밀리에 사소한 일로 제 대리인 노릇을 했다는 이유로 말이지요."

"죄다 거짓말입니다! 겉만 사실이지, 속은 거짓입니다!" 드미트리는 분노한 나머지 온몸을 바들바들 떨었다. "아버지! 제 행동을 변명하진 않겠습니다. 네, 사람들 앞에서 인정하지요. 저는 그 대위에게 짐승처럼 굴었습니다. 지금은 너무나 후회스럽고, 그렇게 짐승처럼 화낸 제 자신이 경멸스럽습니다. 그런데 그 대위, 아버지의 대리인은 아버지가 요녀라 부른 여자를 찾아가, 아버지한테 있는 제 차용증을 받아두라고 아버지의 이름으로 제안하지 않았습니까. 제가 재산 문제로 아버지를 귀찮게 굴면 저를 감옥에 집어넣을 수 있도록 그걸 제출하라면서 말입니다. 아버지는 제가 그 여자한테 사족을 못 쓴다고 비난하지만, 사실 아버지가 그 여자에게 저를 유혹하라고 시킨 게 아닙니까! 그 여자가 제 눈을 똑바로 보면서 아버지를 비웃으며 말했단 말입니다. 아버지가 절 감옥에 보내려는 건 오직 그 여자 때문에 저를 질투하기 때문이지요. 아버지도 그 여자한테 반해 구애를 하고 있으니까요. 전 그것도 다 알고 있습니다. 그 여자가 아버지를 비웃으며 그것도 죄다 말해줬습니다! 아버지를 비웃으면서 몇 번이나 말했단 말입니다. 자, 여러분, 방탕한 아들을 꾸짖는 아버지가 이런 사람입니다! 여러분, 제 분노를 용서하십시오. 그러나 저는 이 간사한 노인이 소동을 벌일 심산으로 이런 자리를 만들었다는 것을 직감했습니다. 저는 만약 아버지가 손을 내밀면 아버지를 용서하고, 또 저도 용서를 구할 생각으로 이곳에 왔습니다! 그런데 아버지가 지금 저뿐만 아니라 이름도 감히 입에 올리지 못할 만큼 존경하는 그 고결한 아가씨를 모욕했으니, 제 부친일지라도 그 농간을 모두 폭로하기로 한 겁니다…!"

드미트리는 더 이상 말을 잇지 못했다. 그는 눈을 번뜩이며 힘겹게 숨을 몰아쉬고 있었다. 암자에 있던 사람들 역시 흥분하기는 마찬가지였다. 장로를 제외한 모두가 동요를 느끼며 자리에서 일어났다. 수행 사제들은 매서운 눈초리로 장로의 뜻을 기다렸다. 장로는 얼굴이 새하얗게 질린 채 앉아 있었으나, 그것은 동요해서가 아니라 병 때문에 기력이 쇠진해 그런 것이었다. 간청하는 듯한 미소가 장로의 입가에 감돌았다. 장로는 광분한 사람들을 말리려는 듯 이따금 손을 들어 올리려고 했다. 실제로 장로의 손짓 하나면 충분히 소동을 제지할 수 있을 터였지만, 장로는 아직 무언가를 기다리는 듯, 아직 분명치 않은 것이 있고 더 알아내야 할 것이 있는 듯 사람들을 찬찬히 들여다보고 있었다. 마침내 표트르 알렉산드로비치 미우소프는 철저한 멸시감과 모멸감을 느끼기에 이르렀다.

"지금 벌어진 이 추태는 우리 모두의 책임입니다!" 그는 격정적인 어조로 말했다. "이리로 오면서 이런 일이 벌어지리라고는 미처 생각지 못했습니다. 제가 누구를 상대하는지 알고 있었으면서도 말입니다…. 이런 일은 지금 당장 끝내야 합니다! 장로님, 믿어주십시오, 저는 지금 여기서 폭로된 세세한 이야기들을 정확하게는 모르고 있었습니다. 믿고 싶지 않던 사실들을 여기서 처음 알게 되는군요…. 아비가 행실이 고약한 여자를 두고 아들을 질투하며, 그런 더러운 계집과 함께 아들을 감옥에 처넣으려고 음모를 꾸미고 있었다니…. 이런 패거리에게 휩쓸려 이곳에 오다니…. 저는 속았습니다. 여러분 모두에게 말씀드립니다만, 저도 누구 못지않게 속은 겁니다…."

"드미트리 표도로비치!" 표도르는 별안간 제 것 같지 않은 목소리로 빽 소리를 질렀다. "네놈이 내 자식만 아니었다면, 지금 당장 네게 결투를 신청했을 거다…. 권총으로, 세 발짝 떨어져서…. 손수건으로 눈을 가리고! 손수건으로 눈을 가리고 말이다!" 그는 이렇게 말하며 발로 바닥을 쾅쾅 굴렀다.

평생 연극을 하며 살아온 늙은 거짓말쟁이에게는 역할에 너무 빠져든 나머지 격정에 휩싸여 실제로 몸이 떨리고 눈물이 흘러나오는 순간이 있었다. 그 순간조차(혹은 잠깐만 지나면) '넌 지금 거짓말을 하고 있어, 늙어빠진 파렴치한, 네 분노와 분노의 순간이 '성스럽다'고 해도 너는 지금도 연기를 하고 있는 거야'라고 자신에게 속삭이지만 말이다.

드미트리는 험악하게 인상을 찌푸리면서 이루 말할 수 없는 경멸을 담아 아버지를 노려보았다.

"저는… 저는," 그는 자기 자신을 억누르듯 나직하게 말했다. "내 영혼의 천사, 내 약혼녀와 함께 고향에 돌아와 아버지의 노년을 기쁘게 해드릴 생각이었는데, 아버지란 사람은 음탕한 호색한에 광대일 뿐이더군요!"

"결투다!" 노인은 숨을 헐떡이면서 말끝마다 침을 튀겨가며 다시 소리를 지르기 시작했다. "그리고 표트르 알렉산드로비치 미우소프, 똑똑히 알아두시지요. 당신네 가문을 통틀어도 당신이 더러운 계집이라고 부른 그 여자보다 숭고하고 순결한 여자는 없을지도 모른다는 것을! 드미트리 표도로비치, 네가 그 '더러운 여자'와 자기 신부를 맞바꿔버린 것을 보면 신부가 그 여자의 신발 밑창만도 못하다고 생각한 모양이지. 더러운 계집이라는 여자가 그런 대단한 여자입니다!"

"참으로 수치스러운 일이군!" 이오시프 신부의 입에서 갑자기 이런 말이 터져 나왔다.

"수치스럽고 치욕스러운 일입니다!" 지금까지 계속 입

을 다물고 있던 칼가노프가 얼굴이 시뻘게진 채 흥분으로 덜덜 떨며 아직 어린 티가 나는 목소리로 외쳤다.

"저런 인간은 왜 살까!" 분노로 정신이 나갈 지경이 된 드미트리가 짐승처럼 울부짖었다. 잔뜩 어깨를 치켜올린 탓에 꼭 곱사등처럼 보였다. "아니, 저런 인간이 대지를 더럽히도록 놔둬도 되는지 말씀해보십시오." 그는 노인을 손으로 가리킨 채 사람들을 둘러보며 천천히 분명하게 말했다.

"들으셨습니까, 들으셨습니까, 수도사님들, 저 애비 죽일 놈의 말을." 표도르는 이오시프 신부에게 달려들었다. "당신의 '수치스럽다'는 말에 대한 대답이 저겁니다! 대체 뭐가 수치스럽다는 겁니까? 그 '더러운 계집', '행실이 고약한 여자'는 당신들보다, 구도 생활을 하는 수도사 여러분보다 거룩할지도 모릅니다! 그 여자가 환경에 잠식되어 어릴 적 타락했을지 몰라도, '사랑을 많이 했단' 말씀입니다. 그리스도께서도 사랑을 많이 한 여자는 용서하지 않았습니까…."

"그리스도께서 용서하신 건 그런 사랑 때문이 아니오…." 성품이 온화한 이오시프 신부도 참지 못하겠다는 듯 이렇게 말했다.

"천만에요, 수도사님들, 바로 그런 사랑 때문입니다! 당신들은 여기서 양배추를 먹고 도를 닦으며 자기들이 의인이라고 생각하지요! 하루에 한 마리씩 꽁치나 드시면서 꽁치로 하느님을 매수할 수 있다고 생각하는 겁니다!"

"어떻게, 어떻게 저런 말을!" 암자 여기저기서 이런 소리가 들려왔다.

그러나 추태로 치달은 이 소동은 전혀 뜻밖의 형태로 중단되었다. 별안간 장로가 자리에서 일어섰다. 알료샤는 장로를 비롯한 모든 사람들이 걱정스러워 제정신이 아니었지만, 그래도 용케 장로의 팔을 부축해냈다. 장로는 드미트리 쪽으로 걸음을 옮기더니 그 앞에 이르러 무릎을 꿇었다. 알료샤는 장로가 힘이 없어 쓰러진 줄 알았으나 그렇지 않았다. 장로는 무릎을 꿇고 드미트리의 발치에 이마가 땅에 닿도록 의식적이고 명백한 절을 했다. 알료샤는 일어서는 장로를 부축하는 것도 잊을 만큼 어안이 벙벙해졌다. 장로의 입가에 희미한 미소가 엷게 빛났다.

"용서하시오, 모두 용서하시오!" 장로는 방문객들에게 인사를 하며 말했다.

드미트리는 충격을 받은 듯 잠시 그대로 서 있었다. 자기 발에 절을 하다니, 이게 대체 무슨 일이란 말인가? 이윽고 그는 "아아, 하느님!" 하고 소리치고는 두 손으로 얼굴을 감싸고 승방을 뛰쳐나갔다. 다른 방문객들도 모두 당혹스러운 나머지 주인에게 미처 인사도 못 하고 우르르 뒤따라 빠져나갔다. 두 수행 사제만 장로에게 축복을 받으려고 다가왔다.

"발치에 절을 하다니, 무슨 상징 같은 것일까?" 어째서인지 갑자기 얌전해진 표도르가 다시 대화를 시작하려고 했으나, 누구 한 사람에게 말을 걸지는 못했다. 이때 일행은 모두 암자 담장을 벗어나고 있었다.

"나는 정신병원이나 정신병자에 대해서는 대답하지 않겠소이다." 미우소프가 가시 돋친 말투로 곧장 대꾸했다. "하지만 표도르 파블로비치, 앞으로 당신네와 엮이는 일은 결코 없을 겁니다. 그런데 아까 그 수도사는 어디 갔지…?"

수도원장의 오찬에 초대한 '그 수도사'는 일행을 오래 기다리게 하지 않았다. 내내 일행이 나오기를 기다린 모양인지 그들이 암자 계단을 내려오자마자 맞이한 것이다.

"부탁입니다, 존경하는 신부님. 수도원장님께 제 깊은 존경의 뜻과 그분의 오찬에 참석하고 싶은 마음이 간절하지만 예기치 못한 사정이 생겨 그럴 영광을 가질 수 없게 되었다는 개인적인 사죄의 말씀을 전해주십시오." 미우소프는 성난 목소리로 수도사에게 말했다.

"그 예기치 못한 사정이란 나를 두고 하는 말이겠지요!" 표도르가 말꼬리를 낚아챘다. "신부님, 표트르 알렉산드로비치 씨는 저하고 같이 있기 싫어서 저러는 겁니다. 제가 없었다면 당장에라도 오찬에 갔겠지요. 가시지요, 표트르 알렉산드로비치, 원장님한테 가서 맛나게 잡수십시오! 사양하는 건 당신이 아니라 이쪽이라는 걸 알아두십시오. 나는 집으로 갈 겁니다. 밥은 집에 가서 먹을 겁니다. 여기서는 영 내키지가 않으니까요, 친애하는 친척 표트르 알렉산드로비치."

"나는 당신 친척이 아닐 뿐더러 친척이었던 적도 없소이다, 비열한 인간 같으니!"

"당신을 긁어주려고 일부러 그렇게 말해본 겁니다. 당신은 나와 친척이라는 걸 통 인정하려 들지 않으니까요. 하지만 아무리 당신이 부정하려고 애써도 그 사실은 변하지 않아요. 교회력으로도 증명이 되니까요. 이반 표도로비치, 이따가 마차를 보내줄 테니 너도 여기 있으려면 그렇게 해라. 표트르 알렉산드로비치, 당신은 예의상으로라도 수도원장 신부님께 가봐야 하지 않겠습니까? 그분에게 우리가 암자에서 부린 추태에 대해 사과해야 할 테니까요….”

“정말로 돌아가려는 거요? 혹시 거짓말하는 것 아니오?”

“표트르 알렉산드로비치, 그런 일이 벌어진 마당에 제가 어떻게 거길 갈 수가 있겠습니까! 너무 흥분해버린 나머지 그렇게 되어버렸습니다, 용서하세요, 여러분! 너무 충격을 받기도 했지요! 나도 부끄럽습니다. 여러분, 이 세상엔 마케도니아의 알렉산더 같은 마음을 가진 사람이 있는가 하면, 피델코의 개 같은 마음을 가진 사람도 있습니다. 제 마음은 피델코의 개나 마찬가집니다. 잔뜩 겁을 집어먹어 버렸지 뭡니까! 그런 소동을 벌여놓고서 어떻게 오찬에 얼굴을 내밀고 수도원 소스를 축낼 수 있겠습니까? 창피해서 그렇게는 못하겠군요. 그럼 이만 실례하겠소!”

‘또 속이려는 건지 아닌지는 악마나 알겠지!’

미우소프는 생각에 잠겨 걸음을 멈추고, 미심쩍은 눈으로 멀어져가는 광대의 뒷모습을 바라보았다. 표도르는 뒤돌아보더니 미우소프가 자기를 보고 있는 것을 보자 손으로 키스를 보냈다.

“자네는 원장에게 갈 텐가?” 미우소프는 이반에게 퉁명스럽게 물었다.

“안 갈 이유가 있겠습니까? 더군다나 저는 어제저녁에 원장님께 특별히 와달라는 부탁을 받았습니다.”

"유감스럽게도 저 광대의 말마따나 나도 그 빌어먹을 오찬에 참석하지 않으면 안 될 것 같군." 미우소프는 수도사가 듣는 것은 아랑곳하지 않고 여전히 짜증이 가득한 목소리로 말을 이었다. "거기서라도 여기서 벌어진 추태에 대해 사과하고, 우리 때문에 벌어진 일이 아니라고 자초지종을 설명해야 할 것 같으니 말이네…. 어떻게 생각하나?"

"맞습니다, 우리 때문이 아니라고 해명해야지요. 게다가 아버지도 안 가시니까요." 이반이 대답했다.

"자네 아버지가 있었다면 또 무슨 일이 벌어졌을지! 저 주스러운 오찬이 되었겠지!"

어쨌거나 그들은 걷고 있었다. 수도사는 말없이 듣고만 있었다. 작은 숲을 지나가면서 딱 한 번 수도원장이 한참 전부터 기다리고 있으며 벌써 30분 넘게 늦어지고 있다고 말했을 뿐이었다. 대꾸하는 사람은 아무도 없었다. 미우소프는 증오에 찬 눈으로 이반을 바라보았다.

'아무 일도 없었다는 듯 태연하게 오찬에 가는군!' 그가 생각했다. '저게 바로 철면피이자 카라마조프다운 양심이라는 거야.'

7. 출세주의자 신학생

알료샤는 장로를 침실로 부축해 가서 침대에 앉혔다. 그곳은 꼭 필요한 가구만 있는 아주 작은 방이었다. 좁다란 철제 침대 위에는 이불 대신 펠트 모포만 놓여 있었다. 성상이 있는 한쪽 구석에는 독경대가 세워져 있고, 그 위에는 십자가와 복음서가 놓여 있었다. 장로는 힘없이 침대에 앉았다. 눈빛은 형형했고, 숨소리는 거칠었다. 장로는 뭔가 생각에 잠긴 듯 유심히 알료샤를 바라보았다.

"그만 가보려무나. 내 옆에는 포르피리만 있어도 되니, 어서. 네가 있어야 할 곳은 그곳이다. 수도원장님께 가서 오찬 베푸는 것을 거들어드려라."

"부디 여기 있게 해주십시오." 알료샤는 간절한 목소리로 애원했다.

"넌 더 필요로 하는 곳은 그곳이란다. 그곳엔 평화가 없으니 말이다. 가서 거들어드리고 도움이 되어드려라. 소란이 벌어지면 기도를 드리도록 해라. 아들아(장로는 그를 이렇게 부르기를 좋아했다), 앞으로도 네가 있을 곳은 이곳이 아니란다. 명심하려무나. 내가 하느님의 부르심을 받으면 너도 수도원을 떠나거라. 영영 떠나야 한다."

알료샤는 몹시 놀랐다.

"왜 그러느냐? 여긴 아직 네가 있을 곳이 아니야. 속세에서의 위대한 수행을 위해 네게 축복을 내려주마. 넌 아직 오랫동안 방랑을 해야 한단다. 결혼도 꼭 해야 하지. 다시 여기로 돌아올 때까지 수많은 고난을 겪게 될 테고, 많은 일을 해야 할 게다. 나는 너를 믿으니 보내는 거란다. 그리스도가 너와 함께하시니, 네가 마음속에 그리스도를 간직하면 그리스도께서도 너를 지켜주실 게다. 커다란 슬픔을 마주하게 되겠지만, 그 고통 속에서 행복을 느끼게 될 게다. 고통 속에서 행복을 찾으라는 것이 내 유언이다. 일해라, 끊임없이 일해야한다. 지금 내 말을 명심하려무나. 너와 또 이야기를 나눌 기회는 있겠지만, 내게는 이제 며칠은커녕 몇 시간밖에 남지 않았으니 하는 말이다."

알료샤의 표정이 흔들리고 입가가 바르르 떨렸다.

"또 왜 그러느냐?" 장로는 가만히 미소를 지었다. "세상 사람들은 눈물로 고인을 보내지만, 여기 우리는 기쁜 마음으로 신부를 떠나보내지 않느냐. 기뻐하며 고인을 위해 기도하면서 말이다. 그만 가보거라. 기도를 드려야겠구나. 어서 서두르거라. 형님들 곁에 있어야 한다. 한 사람이 아니라, 두 형님 모두의 곁에 말이다."

장로는 손을 들어 축복해주었다. 알료샤는 암자에 남고 싶은 마음이 간절했지만, 거역할 수가 없었다. '큰형에게 이마가 바닥에 닿도록 하신 절은 무슨 의미였습니까?'란 질문이 혀끝에 맴돌았지만, 차마 물어볼 엄두는 나지 않았다. 그는 만약 장로가 말해주어도 괜찮겠다고 생각했다면, 자기가 묻지 않아도 장로가 먼저 설명해주었을 것을 알고 있었다. 그렇게 하지 않는다는 것은 장로에게 그럴 뜻이 없다는 의미였다. 알료샤는 장로의 절에 큰 충격을 받았다. 알료샤는 그 절에 신비스럽고 무서운 의미가 있을 거라고 맹목적으로 믿었다. 알료샤는 수도원장의 오찬이 시작되기 전 수도원에 도착하려고(물론 그저 식사 시중을 들기 위해서) 암자 담장을 나서다가 갑자기 가슴이 죄어드는 고통을 느끼고 그 자리에 멈춰 섰다. 임종이 머지않았다고 예언하던 장로의 음성이 또다시 귓전에서 들려오는 것 같았기 때문이다. 장로가 예언했다면, 그것도 그렇게 분명히 예언했다면 반드시 실현될 것임을 알료샤는 믿어 의심치 않았다. 그러나 장로 없이, 그분의 모습을 뵙지도, 말씀을 듣지도 못하고 어떻게 살아가야 한단 말인가? 그리고 어디로 간단 말인가? 눈물도 흘리지 말고 수도원을 떠나라니! 알료샤는 오랫동안 느껴보지 못한 깊은 애수를 느꼈다. 그는 암자와 수도원 사이에 있는 숲을 지나가려고 발걸음을 재촉했지만, 짓눌러오는 상념을 견디지 못하고 숲길 양쪽에 늘어선 수백 년 된 소나무로 눈길을 돌렸다. 숲길은 그리 길지 않아서 오백 걸음이 채 되지 않았다. 알료샤는 이 시간에 누구와 마주치게 되리라고는 생각하지 않았다. 그런데 길의 첫 모퉁이에 라키틴의 모습이 보였다. 누구를 기다리는 모양이었다.

"혹시 날 기다렸니?" 알료샤는 라키틴에게 다가가 물었다.

"그래, 널 기다렸어." 라키틴은 웃었다. "원장 신부님께 급히 가는 길이로군. 오찬을 여신다면서. 대주교님과 파하토프 장군 일행을 대접한 이래 그런 오찬은 아직 없었지. 나는 가지 않겠지만 넌 가서 소스라도 날라드려. 알렉세이, 하나만 말해줘. 그 꿈같은 일은 대체 무슨 의미지? 실은 그게 묻고 싶었어."

"꿈같은 일이라니?"

"네 형 드미트리 표도로비치에게 땅에 대고 절을 한 거

말이야. 이마까지 땅에 박았잖아!"

"조시마 장로님 얘기야?"

"그래, 조시마 장로 말이야."

"이마를 박았다고?"

"아, 말이 불손했군! 뭐, 상관없지. 아무튼 그게 대체 무슨 의미지?"

"모르겠어, 미샤(라키틴의 이름인 미하일의 애칭―옮긴이), 무슨 의미인지."

"그럴 줄 알았어, 장로가 네게 그걸 설명할 리 없지! 거기엔 무슨 현묘한 의미가 있는 건 아냐. 그저 의미심장한 척하는 헛수작일 뿐이지. 장로는 일부러 속임수를 쓴 거야. 이제 온 동네 신자들이 죄다 그 소문을 퍼뜨릴걸. '그 꿈같은 일은 무엇을 의미할까?' 하고 말이야. 장로는 정말 통찰력이 뛰어난 것 같아. 범죄의 냄새를 맡은 거야. 너희 가족에게서 그런 냄새가 나거든."

"범죄라고?"

라키틴은 할 말이 있는 모양이었다.

"너희 집안에 범죄가 일어날 거야. 네 형들과 돈 많은 아버지 사이에서 말이지. 조시마 장로는 앞으로 일어날 모든 일을 염두에 두고 이마를 박은 거야. 나중에 '아, 거룩한 장로님이 예언하신 대로다, 장로님은 이미 다 예언하셨다'란 소리가 나오도록. 이마를 박는 게 무슨 놈의 예언이야? 하지만 그게 상징이다, 비유다 별의별 소리를 떠들어댈걸! 범죄를 예측하고 범죄자를 지목했다고 떠받들고 기억할 거야. 유로디비는 다 그런 식이지. 술집에다가는 성호를 긋고, 사원에는 돌을 던진단 말이야. 네 장로도 마찬가지야. 의인은 몽둥이를 휘둘러 쫓아내면서, 살인자에게는 발에다 대고 절을 하지."

"범죄라니? 살인자는 또 누구고? 무슨 소리를 하는 거야?" 알료샤가 그 자리에 멈춰 서자 라키틴도 멈춰 섰다.

"살인자가 누구냐고? 정말 모르는 거야? 너도 그런 생각을 했을 거라 장담하지. 그러고 보니 궁금하군. 들어봐, 알료샤, 넌 언제나 어중간한 태도를 취하지만 그래도 곧이곧대로 이야기하는 편이잖아. 그런 생각을 했어, 안 했어? 대답해봐."

"생각했어." 알료샤가 조용히 대답하자, 되려 라키틴이 당황했다.

"뭐라고? 정말 그렇게 생각했어?" 그가 소리쳤다.

"난… 생각했다기보다는." 알료샤가 기어들어가는 목소리로 말했다. "네가 지금 그렇게 이상한 투로 말하니까 내가 정말 그랬나 싶은 거야."

"그것 봐(너도 지금 분명히 말했지), 그것 보라고! 오늘 아버지와 미텐카(드미트리의 애칭―옮긴이)를 보면서 범죄를 떠올린 거지? 내 말이 맞지?"

"잠깐 기다려." 알료샤가 불안해하며 말을 끊었다. "왜 그런 일이 생길 거라고 생각하는데? 무엇보다 네가 왜 이 일에 그렇게 관심을 갖는 거야?"

"두 질문은 별개의 질문이지만, 당연히 나올 만한 질문이야. 두 질문에 따로 대답해주지. 왜 그런 일이 벌어질 거라 생각하냐고? 오늘 갑자기 네 형 드미트리 표도로비치의 인간성을 한순간 완전히 파악하지 못했다면 그런 생각은 들지 않았을 거야. 한 가지 면을 보니 그 사람의 나머지 부분 전체를 알겠더군. 정직하지만 호색적인 이런 사람들에게는 넘어서는 안 될 선이 있어. 그걸 넘으면 자기 아버지한테라도 칼을 휘두르지. 그런데 아버지라는 자는 주정뱅이에 절제가 안 되는 방탕한 사람인 데다 도대체 정도라는 걸 몰라. 그러니 둘 다 멈춰 서지 못하고 풍덩 수렁에 빠질 수밖에….”

“그렇지 않아, 미샤. 그게 다라면 안심이야. 그렇게까지 되지는 않을 거야.”

“그런데 왜 그렇게 떨고 있지? 그거 아나? 미텐카는 정직하긴 하지만(어리석긴 하지만 정직하지) 호색가야. 이것이 그 사람의 정의이고 그 사람의 내적인 본질이야. 아버지한테서 추악한 정욕을 물려받았거든. 난 네가 신기할 따름이야. 어떻게 동정일 수가 있지? 너도 똑같은 카라마조프인데 말이야! 네 집에선 욕정이 곪을 대로 곪아 터져버릴 지경인데. 자, 아무튼 이렇게 세 호색가가 장화 속에 칼을 숨긴 채 서로를 주시하고 있어…. 셋은 이미 이마를 맞부딪친 상태고, 어쩌면 네가 네 번째가 될 수도 있겠지.”

“넌 그 여자에 대해 잘못 생각하고 있어. 드미트리는 그 여자를… 경멸해.” 알료샤는 몸서리를 치며 말했다.

“그루셴카 말이야? 아니, 경멸하지 않아. 자기 약혼녀를 대놓고 그 여자와 맞바꾸려 한다면 그건 경멸하는 게 아니야. 여기엔… 여기엔, 네가 아직 이해할 수 없는 부분이 있어. 남자는 어떤 아름다움, 여자의 육체나 그 육체의 어느 한 부분에라도 매혹되면(호색한이라면 다 알지) 여자를 위해 친자식도, 부모도, 러시아도, 조국도 팔아넘기는 법이야. 정직한 사람도 도둑질을 하고, 온순한 사람도 칼부림을 하고, 충실한 사람도 마음을 바꿔먹지. 여자의 다리를 찬양한 푸시킨은 시에서도 다리를 찬미했잖아. 다른 사람들은 찬미하진 않아도 전율을 느끼지 않고는 다리를 쳐다보지 못하지. 게다가 그건 다리에 국한된 얘기가 아니야…. 만약 네 형이 그루셴카를 경멸한다고 해도 그건 아무 소용이 없어. 그래도 그 여자한테서 헤어나질 못할 테니까."

"나도 알아." 알료샤가 갑자기 이렇게 말했다.

"그래? 이 얘기를 꺼내자마자 그렇게 불쑥 내뱉는 걸 보니 정말인가 보군." 라키틴은 악의에 찬 기쁨을 느끼며 말했다. "넌 무심코 그렇게 말했어. 그렇게 한 고백이 더 가치가 있는 법이지. 넌 지금 이 얘기가 네가 이미 알고 있는 주제이고, 성욕에 대해 생각해봤다고 고백한 셈이야. 동정인 주제에! 알료쉬카, 네가 온화하고 성스러운 사람이라는 건 나도 인정해. 하지만 입을 꾹 다물고 있으니, 무슨 생각을 하고 무엇을 알고 있는지는 악마나 알 일이지! 그래, 동정이면서도 그런 생각까지 해봤단 말이지. 난 너를 오래전부터 관찰해왔어. 너도 별수 없는 카라마조프, 그것도 진짜 카라마조프야. 그러고 보면 피는 역시 무시할 수 없는 모양이야. 넌 아버지에게서 호색한의 기질을 물려받았고, 어머니에게서 유로디비의 기질을 물려받은 셈이야. 왜 그렇게 몸을 떠는 거지? 내가 정곡을 찔렀나? 그루셴카가 이런 부탁을 하더군. '그 사람을(그러니까 너를) 데려다줘, 내가 수도복을 홀딱 벗겨버릴 테니.' 너를 데려다달라고 얼마나 부탁을 하던지! 왜 그렇게 네게 관심을 갖나 싶더군. 그 여자도 참 별종이란 말이야!"

"가지 않을 거라고 전해줘." 알료샤는 일그러진 미소를 지었다. "미하일, 아까 하던 말을 마저 해봐. 듣고 난 다음 내 생각도 말할 테니."

"마저 할 이야기가 뭐가 있겠어, 다 뻔한 일인데. 다 구태의연한 소리일 뿐이야. 만약 너한테까지 호색한의 기질이 있다면, 한 배에서 태어난 네 형 이반은 어떨까? 그 사람도 카라마조프가 사람이야. 카라마조프가의 모든 문제는 호색과 탐욕, 광기에 있지! 네 형 이반은 무신론자이면서도 도무지 알 수 없는 어리석은 속셈으로 장난삼아 신학 논문을 발표하고 있어. 그게 비열한 짓이라는 건 자기 스스로도 잘 알지. 네 형 이반은 이런 사람이야. 더군다나 자기 형 미탸의 약혼녀를 넘보고 있는데, 아무래도 그 뜻을 이뤄낼 것 같단 말이야. 더욱 놀라운 건 미텐카도 그걸 묵인하고 있다는 거야. 제 약혼녀에게서 벗어나 빨리 그루셴카에게 달려가려고 약혼녀를 떠넘기려는 심산이거든. 주목할 것은 그러면서도 자기가 고결하고 탐욕이 없는 사람이라고 생각하고 있다는 거야! 파멸의 운명을 타고난 사람들은 바로 그런 사람들이야! 자신의 비열함을 자각하면서도 스스로 비열한 짓에 손을 대니, 도대체 뭐가 뭔지 알 수가 있어야지. 계속 들어봐. 그런 판에 지금 늙은 아버지가 미텐카의 길을 가로막고 나섰어. 별안간 그루셴카에게 홀딱 반해서 보기만 해도 침을 질질 흘리는 지경이거든. 방금 암자에서 추태를 부린 것도 다 그 여자 때문이야. 미우소프가 그 여자를 감히 더러운 계집이라고 했기 때문이지. 발정 난 수고양이보다 더 지독하게 빠져버린 거야. 예전에 그 여자가 돈을 받고 영감이 운영하는 술집과 관련해 암거래를 좀 거들어준 적이 있었는데, 그러다가 어느 날 갑자기 노인 눈에 띈 모양이야. 영감은 그 여자를 찬찬히 뜯어보고는 완전히 넋이 나가서 떳떳치 못한 제안을 해가며 치근덕거리고 있어. 그러니 아버지와 아들이 외길에서 맞부딪칠 수밖에. 그루센카는 양쪽에 다 확답을 주지 않고 살살 꼬리를 치며 놀려대고 있어. 누가 더 자기한테 이익이 될지 간을 보고 있지. 아버지한테서는 돈은 긁어낼 수 있어도 결혼은 할 수 없어. 나중에 점점 더 구두쇠가 되어 지갑을 굳게 닫아버릴지도 모를 일이지. 그렇게 보면 미텐카한테도 장점이 있거든. 비록 가진 돈은 없지만 결혼은 할 수 있으니까. 암, 결혼할 수 있고말고! 돈 많고 귀족 출신에 빼어난 미인인 대령의 딸 카테리나 이바노브나를 버리고 삼소노프라는 늙고 방탕하고 읍내 두목 노릇을 한 장사치의 정부였던 그루센카와 결혼을 하겠다니! 정말이지 범죄로 이어질 만한 충돌이 생길 수도 있는 상황이야. 네 형 이반이 노리는 건 바로 이거야. 그럼 모든 게 그 사람 뜻대로 되거든. 자기 속을 태우는 카테리나 이바노브나도 차지하고, 6만 루블이나 되는 지참금까지 꿀꺽하는 거지. 이반 같은 빈털터리에게는 그런 횡재가 또어디 있겠어. 그리고 또 주목할 건 그렇게 한다고 해서 미탸에게 모욕이 되기는커녕, 죽을 때까지 갚아야 할 은혜를 베푸는 셈이 된다는 거야. 듣자 하니 미텐카는 지난주에 술집에서 집시 계집들과 어울려 술에 취해서는 자기는 카테리나를 신부로 맞을 자격이 없지만, 동생인 이반은 그럴 자격이 있다고 자기 입으로 떠들었다더군. 카테리나 이바노브나도 결국엔 이반처럼 매력적인 남자를 외면하진 못할 거야. 지금도 벌써 두 사람 사이에서 흔들리고 있으니까. 그런데 이반이 대체 너희 식구를 어떻게 구워삶았기에 그렇게 그 사람을 떠받드는 거야? 이반은 너희 식구들을 비웃고 있는데 말이야. 너희들이 하는 꼴을 지켜보며 자기만 재미를 보겠다는 속셈이라고.”

“어떻게 그런 걸 다 알고 있지? 무슨 근거로 그렇게 확신에 차서 말하는 거야?” 알료샤는 인상을 찌푸리며 날카롭게 물었다.

“왜 그렇게 물으면서 내가 무슨 대답을 할지 미리부터 걱정하는 거지? 내 말이 사실이라는 걸 너도 인정하는가 보군.”

“넌 이반 형을 싫어하고 있어. 이반 형은 돈에 현혹되는 사람이 아냐.”

“그래? 그렇다면 카테리나 이바노브나의 미모에는 어떨까? 6만 루블은 혹할 만한 액수이긴 하지만 이 문제에서는 돈이 전부가 아니거든.”

“이반 형은 더 높은 곳을 바라보고 있어. 억만금을 준대도 혹할 사람이 아냐. 이반 형이 찾는 건 돈이나 안락함이 아냐. 어쩌면 형이 찾는 건 고뇌일지도 몰라.”

“그건 또 무슨 꿈같은 소리야? 정말 너희 귀족들이란!”

"아아, 미샤, 이반 형의 마음은 폭풍처럼 요동치고 있고 이성은 고민에 사로잡혀 있어. 위대하지만 완성되지 않은 사상을 품고 있지. 형은 억만금이 아니라 사상의 완성이 필요한 사람이야."

"그건 문학적 표절이야, 알료샤. 네 장로의 말을 슬쩍 바꿔 말하는군. 아무튼 이반이 수수께끼를 하나 던져놓았군그래!" 라키틴은 노골적으로 악의를 드러내며 소리쳤다. 안색이 변했고, 입술은 일그러졌다. "수수께끼라고 해봤자 풀 것도 없는 어리석은 것이지. 조금만 머리를 굴려보면 금방 맞출 수 있을걸. 이반이 쓴 논문은 우스꽝스러운 엉터리야. 아까 '영혼이 영생하지 않으면 미덕도 있을 수 없으며, 따라서 무엇이든 허용된다'는 어리석은 이론을 떠들어대는 걸 들었겠지. (미텐카는 '기억해두겠습니다!'라고 외쳤었지.) 그건 비열한 인간에게나 귀가 솔깃할 이론이야…. 이런, 말이 험했군…. 비열한 인간이라기보다는 '해결되지 않는 심오한 사상'을 가진 아는 체하는 중학생들이나 솔깃할 이론이라고 할까. 허풍을 떨어대고 있지만, 결국 이론의 핵심은 '한편으론 인정하지 않을 수 없고 다른 한편으로도 인정하지 않을 수 없다'는 게 전부야. 이반의 이론은 전부 쓰레기야! 인류는 영혼의 영생을 믿지 않아도 내면에서 선한 삶을 살아갈 힘을 찾아낼 거야! 자유와 평등에 대한 사랑, 형제애 속에서 말이지…."

라키틴은 잔뜩 흥분해 자제력을 잃었다. 그러다 마치 갑자기 뭔가가 떠오른 듯 입을 다물었다.

"뭐, 됐어." 그는 아까보다 더욱 삐딱한 미소를 지었다.

"왜 웃지? 내가 속물 같나?"

"아니, 네가 속물이라는 생각은 결코 해본 적 없어. 넌 영리해, 하지만…. 그만두자, 그냥 실없이 웃은 거야. 미샤, 난 네가 그렇게 흥분하는 게 이해가 돼. 그렇게 흥분하는 걸 보니 카테리나 이바노브나에게 마음이 있다는 걸 알 것 같군. 사실 오래전부터 그럴 거라고 생각했어. 그래서 이반 형을 싫어하는 거야. 형을 질투하는 거지?"

"왜, 카테리나의 돈도 질투한다고 하지 그래?"

"아니, 그런 말은 하지 않을 거야. 널 화나게 할 생각은 없으니까."

"네가 그렇게 말하니 믿기야 하겠지만, 아무튼 네 형 이반이나 네 가족들이나 다 악마한테나 잡혀 가라지! 너흰 꼭 카테리나 이바노브나 때문이 아니더라도 이반이 충분히 싫어할 만한 인간이란 걸 죽었다 깨도 모를 거야. 젠장, 내가 왜 이반을 좋아해야 하지? 그쪽도 내 욕을 하잖아. 나라고 왜 그럴 권리가 없겠어?"

"나는 형이 좋은 말이든 나쁜 말이든 네 얘길 하는 걸 한 번도 들어본 적이 없어. 형은 네 얘기는 전혀 하지 않아."

"내가 듣기론 그저께 카테리나 이바노브나의 집에서 신랄하게 내 험담을 늘어놓았다던데. 너희들의 이 충직한 하인에게 그렇게나 관심이 지대하신 모양이야. 이쯤 되면 누가 누구에게 질투를 하는 건지 모를 일이지! 내가 조만간 수도원장이 되겠다는 생각을 버리고 머리를 깎지 않으면, 당장 페테르부르크에 가서 잡지사 논평부에 들어갈 거라고 했다더군. 거기서 10년쯤 기사를 써주다가 결국 잡지사의 주인이 될 거라나. 그러곤 자유주의적이고 무신론적인 논조에 사회주의적 색채, 사회주의적 광택을 살짝 가미해서 잡지를 펴낼 거래. 내 편 네 편 할 것 없이 경계를 단단히 하고 우매한 사람들의 눈을 속여가면서 말이지. 네 형 생각으론 출세 가도의 마지막엔 사회주의적 색채와는 무관하게 구독료를 예금 계좌에 넣어놓고, 유대인을 한 명 고용해 조언을 구해가며 그 돈을 굴릴 거라더군. 나중엔 페테르부르크에 으리으리한 건물을 지어서 편집부를 거기로 옮기고 나머지 층은 세를 놓을 거라나. 건물 위치까지 이야기하더라는 거야. 페테르부르크에 네바 강을 가로질러 리테이나야 거리와 브이보르그스카야 거리를 연결하는 다리가 놓일 예정인데, 그 다리 옆이 될 거라고⋯."

"미샤, 어쩌면 토씨 하나 안 틀리고 그렇게 될지도 모르지!" 알료샤는 참지 못하고 유쾌하게 웃으며 외쳤다.

"알렉세이 표도로비치, 이젠 너까지 빈정대는군."

"아니, 아니, 농담이야, 미안해. 실은 전혀 그렇게 생각하지 않아. 그런데 누가 그렇게 자세히 말해줬지? 형이 네 얘길 할 때 네가 카테리나 이바노브나의 집에 있었을 리는 없잖아?"

"나는 없었지만 드미트리 표도로비치가 있었지. 그 사람이 그렇게 말하는 걸 내 귀로 똑똑히 들었어. 사실 내게 직접 한 얘기는 아니고, 어쩌다 엿들은 거지만. 그루셴카의 침실에 있다가, 드미트리 표도로비치가 옆방에 있는 동안 갇혀 있었거든."

"아, 그렇지. 깜빡했군. 넌 그루셴카의 친척이었지…."

"친척? 그루셴카가 내 친척이라고?" 별안간 라키틴은 얼굴을 시뻘겋게 붉히고 소리쳤다. "미쳤어? 제정신이 아니군 그래."

"왜 그래? 친척이 아니야? 난 그렇게 들었는데…."

"어디서 그딴 소릴 들은 거야? 너희 카라마조프 집안사람들은 무슨 유서 깊은 대단한 귀족이나 되는 양 굴지만, 사실 네 아버지는 광대처럼 남의 집 식탁을 전전하고 남의 은혜를 입으며 부엌 신세를 졌잖아. 내가 고작 신부의 아들일 뿐이어서 너 같은 귀족에게는 벌레나 다름없이 보일지 모르겠지만, 그렇다고 그렇게 함부로 사람을 모욕하는 게 아니야. 알렉세이 표도로비치, 내게도 명예라는 게 있다고. 나는 그루셴카 같은 창녀와 친척일 수가 없어, 알아두라고!"

라키틴은 몹시 화를 냈다.

"정말 미안해, 난 네가 그렇게 생각하고 있을 줄은 생각도 못 했어. 그런데 그루셴카가 왜 창녀라는 거야? 설마… 정말로 그런 여자일까." 알료샤는 얼굴을 확 붉혔다. "아까도 말했지만, 난 네가 그분의 친척이라고 들었어. 너도 그 집에 자주 찾아가면서도 연인 사이는 아니라고 말하기도 했고…. 그 사람을 그렇게 경멸하고 있을 줄은 생각도 하지 못했어! 그런데 정말로 그런 말을 들어야 할 여자야?"

"그 여자 집에 드나드는 건 나름대로 이유가 있어서니 넌 신경 쓸 것 없어. 친척이라면, 네 형이나 아버지가 내가 아닌 너를 그 여자와 친척 사이로 만들어줄걸. 자, 다 왔군. 바로 주방으로 가는 게 좋을 거야. 아니! 저게 뭐지, 무슨 일이야? 우리가 너무 늦게 왔나? 오찬이 이렇게 빨리 끝났을 리가 없는데? 너희 카라마조프 식구들이 또 소동을 벌인 것 아냐? 틀림없이 그럴 거야. 저기 네 아버지 아냐? 이반도 뒤따라 나오는군. 원장에게서 뛰쳐나오는 거야. 이시도르 신부가 층계 위에서 뭐라고 소리치는걸. 네 아버지도 손을 휘두르며 고함을 치고 있어. 아마 욕을 퍼붓는 모양이지. 저런, 저기 미우소프도 마차를 타고 돌아가는군. 보이지? 저기 막시모프 지주도 달려가는군. 소동이 벌어져서 오찬이 열리지 않은 거야! 설마 원장을 두들겨 팬 거 아냐? 아니면 저 사람들이 두들겨 맞았나? 사실 그래도 싼데…!"

　　라키틴이 소리를 지르는 것도 무리가 아니었다. 아닌 게 아니라 실로 듣도 보도 못 한 뜻밖의 추태가 벌어진 것이다. 모두 '영감靈感' 때문에 일어난 일이었다.

8. 추태

미우소프와 이반이 수도원장의 처소에 들어설 때, 점잖고 섬세한 사람인 미우소프는 갑자기 미묘한 심경의 변화를 느껴아까 화를 냈던 것이 부끄러워졌다. 그는 아까처럼 장로의 암자에서 냉정과 이성을 잃을 게 아니라, 쓰레기나 다름없는 표도르를 아예 무시해버렸어야 했다는 생각이 들었다. '적어도 수도사들에게는 아무 죄도 없지.' 그는 처소 현관 앞 층계를 오르면서 생각했다. '이곳 사람들도 점잖은 사람들이라면 (수도원장인 니콜라이 신부도 귀족 출신이라는 것 같으니), 친근하고 정중하고 예의 바르게 행동하지 않을 이유가 없지 않은가…? 논쟁 따윈 그만두고, 맞장구를 쳐주며 호감을 사서… 마지막엔 내가 이 이솝, 광대, 피에로와 한통속이 아니라 저들처럼 어쩌다 휘말렸을 뿐이라는 사실을 보여줘야겠군….'

미우소프는 소송 중이던 산림 벌목권과 어로권도(그 숲과 하천이 어디 있는지는 자기도 몰랐다) 그다지 값이 나가는 것도 아니니 오늘부로 깨끗이 양보하고, 수도원을 상대로 벌이던 소송을 전부 취하하기로 마음먹었다. 이런 가상한 결심은 수도원장 신부의 식당에 들어서면서 더욱 확고해졌다. 수도원장의 처소는 장로의 암자에 비하면 훨씬 넓고 안락했으나 방은 두 칸뿐이라 식당이 따로 있는 것은 아니었다. 세간도 볼품없었다. 적갈색 나무에 가죽을 씌운 가구는 1820년대풍 구식이었고, 마룻바닥에는 칠도 되어 있지 않았다. 대신 모든 것이 윤기가 날 만큼 깨끗했고, 창가에는 진귀한 꽃이 한아름 놓여 있었다. 하지만 이 순간 가장 사치스럽다고 할 수 있는 것은 이 역시 상대적으로 그렇다는 이야기지만 호화롭게 차려진 식탁이었다. 식탁보는 깨끗했고, 식기는 반짝반짝 윤이 났다. 훌륭한 솜씨로 구워낸 세 종류의 빵에 와인 두 병, 수도원에서 직접 만드는 질 좋은 꿀 두 병과 이 근방에서 유명한 크바스가 담긴 커다란 유리 단지가 놓여 있었다. 하지만 보드카는 한 방울도 없었다. 라키틴이 나중에 말하기를, 그 오찬에는 다섯 가지 음식이 준비되었다고 한다. 철갑 상어 수프와 생선 피로시카, 그다음엔 특별한 조리법으로 맛깔나게 요리한 생선찜과 연어 커틀렛, 아이스크림, 과일을 끓여 만든 음료, 마지막으로 블랑망제와 비슷한 푸딩이었다. 라키틴은 호기심을 참지 못하고 안면이 있었던 처소 주방을 들여다보았다가 이 온갖 산해진미의 냄새를 맡게 되었다. 그는 어디에나 인맥이 있어 쉽게 필요한 정보를 얻어내곤 했다. 사실 그는 몹시 불안정하고 질투가 심한 사람이었다. 자신의 뛰어난 능력을 분명히 자각하고 있었으나 자만심에 빠져 그것을 초조하게 과시하곤 했다. 그는 자신이 어떤 활동가가 되리라는 것을 분명히 알고 있었다. 그러나 라키틴에게 깊은 애착을 느끼고 있는 알료샤는 라키틴이 비겁한 사람이라는 사실에 괴로워했다. 라키틴은 그 점을 깨닫지 못하고 책상에서 돈을 슬쩍하지는 않는다고 해서 자기가 더없이 정직한 사람이라고 믿고 있었다. 이는 알료샤뿐 아니라 누구도 손 쓸 수 없는 문제였다.

라키틴은 지위가 낮아 오찬에 초대받지 못했고, 이오시프 신부와 파이시 신부, 그리고 수행 사제 한 사람이 초대되었다. 미우소프와 칼가노프, 이반이 들어섰을 때 이들은 이미 식당에서 기다리고 이었다. 한쪽 구석에서는 막시모프 지주도 아직까지 남아 기다리고 있었다. 원장이 손님들을 맞으려고 방 한가운데로 걸어 나왔다. 키가 크고 마른 편이지만 아직 정정한 노인이었다. 검은 머리는 희끗희끗하게 세어 있었고, 길고 살집이 없는 얼굴은 근엄해 보였다. 수도원장이 방문객들에게 허리를 숙여 말없이 인사하자, 방문객들은 이번에는 축복을 받으러 다가왔다. 미우소프는 손에 입맞춤까지 하려 했지만, 원장이 마침 손을 거두는 바람에 입맞춤은 이루어지지 않았다. 그러나 이반은 이번에는 순박한 서민처럼 손에 입을 맞추며 제대로 축복을 받았다.

"존경하는 원장님, 원장님께 진심으로 사죄를 드려야겠습니다." 표트르 알렉산드로비치가 정중한 미소를 지으며 말문을 열었다. 그러나 말투는 여전히 오만하고 위엄이 가득했다. "원장님께서 초대하신 우리 일행 중 한 사람인 표도르 파블로비치와 함께 오지 못했습니다. 그 사람은 오찬에 참석할 수 없게 되었는데, 거기엔 그럴 만한 이유가 있었습니다. 훌륭하신 조시마 장로의 암자에서 자기 아들과 불행한 집안싸움에 열중한 나머지 입에 담지 못할… 그러니까 무례하기 그지없는 말을 해버렸기 때문이지요…. 원장님께서도 이미 전해 들으셨을 줄 압니다(그는 수행 사제들을 바라보았다). 그 사람은 자신의 잘못을 깨닫고 진심으로 후회했으며, 수치심을 견디지 못하고 저와 아들 이반 표도로비치에게 자신이 진심으로 후회하고, 상심하고, 뉘우치고 있다는 말을 여러분께 전해달라고 했습니다…. 한마디로 나중에 모든 것을 보상할 수 있기를 바라며, 지금은 여러분께 축복을 구하며 그 일을 잊어주시길 바라고 있습니다…."

미우소프는 입을 다물었다. 이 장광설을 마칠 때쯤엔 조금 전까지 느끼던 분노가 흔적도 없이 사라질 만큼 흡족한 마음이 들었다. 그의 가슴은 다시 진심 어린 인류애로 가득

찼다. 수도원장은 미우소프의 말을 듣고 가볍게 고개를 끄덕이며 대답했다.

"참석하지 못하신 분에 대해서는 정말 유감스럽게 생각합니다. 식사를 하는 동안 우리가 그분을 사랑하듯 그분도 우리를 사랑하게 되었을지도 모르는데 말입니다. 여러분, 그럼 드시지요."

원장은 성상 앞에 서서 기도를 올리기 시작했다. 모두 공손히 머리를 숙였고, 특히 막시모프는 경건한 마음으로 두 손을 모은 채 유난히 앞으로 튀어나와 앉아 있었다.

표도르가 마지막 돌발 행동을 벌인 것은 바로 그때였다. 그가 정말로 돌아가려 했고, 장로의 암자에서 그런 추태를 부려놓고 아무 일도 없었다는 듯 수도원장의 오찬에 참석할 수는 없다고 생각한 것도 사실이었다는 점을 밝혀두어야겠다. 심한 수치심이나 자책감을 느끼지는 않았다. 오히려 그 반대인지도 몰랐다. 그래도 오찬에 가는 것은 도리가 아니라고는 생각했다. 그러나 여관 현관 앞에 자신의 낡아빠진 마차가 도착하자, 그는 그 위에 올라타다 말고 우뚝 멈춰 섰다. 장로의 암자에서 했던 말이 떠오른 것이다. '어딜 가든 내가 제일 비열한 놈이고 모두 날 광대로 본다는 생각이 듭니다. 그렇다면 진짜 광대 노릇을 해주마, 네놈들 모두 나보다 멍청하고 비열하니까, 싶은 거지요.' 문득 자신이 비열한 인간이 된 데 모든 사람에게 복수하고 싶다는 마음이 들었다. 때마침 언젠가 "왜 그렇게 그 사람을 싫어하시오?"란 질문을 받았던 기억도 떠올랐다. 광대의 파렴치함이 발동한 그는 그때 이렇게 대답했다. "그 사람은 나에게 아무 짓도 안 했어요. 오히려 내가 그 사람에게 비양심적이기 이를 데 없는 추잡한 짓을 했지요. 그런데 그런 짓을 하자마자 그 사람이 미워지는 겁니다." 그는 이 말을 떠올리고는 잠시 생각에 잠겨 조용히 음흉한 미소를 지었다. 눈은 번뜩였고, 입술까지 부들부들 떨렸다. '한번 시작한 이상 끝을 봐야지.' 그는 결심했다. 이 순간 그가 느낀 내밀한 감정은 이렇게 표현할 수 있을 것이다. '어차피 명예를 회복하지도 못할 판이라면, 저놈들한테 거칠 것 없이 침이나 또 뱉어주자. 저놈들 앞에선 체면을 차릴 필요도 없다, 암, 그렇고말고!' 그는 마부에게 기다리라고 지시하고는 빠른 걸음으로 수도원으로 돌아와 곧장 원장의 처소로 향했다. 무슨 짓을 벌일지는 스스로도 몰랐지만, 이미 자기 자신을 주체할 수 없으며 작은 계기만 있으면 순식간에 극도로 추잡한 짓을 저지를 것임을 알고 있었다. 그러나 그것은 그저 추잡한 짓일 뿐, 범죄나 재판에서 선고를 받을 만한 행동은 아닐 것이다. 그는 이와 관련해서는 언제나 자제력을 발휘할 줄 알았으며, 때로는 그런 자신의 모습에 스스로도 깜짝깜짝 놀라곤 했다. 표도르가 식당에 나타난 것은 기도가 끝나고 사람들이 식탁으로 자리를 옮기던 때였다. 그는 문턱에 멈춰 서서 좌중을 빙 둘러보고는 한 사람한 사람 호기롭게 눈을 맞추며 뻔뻔하고 심술궂게 한참 동안 웃어댔다.

"내가 돌아간 줄 알았겠지만, 난 여기 있소이다!" 그는 온 방이 떠나가라 소리를 질렀다.

일순간 모두 할 말을 잃고 아연한 얼굴로 그를 바라보다가, 퍼뜩 이제 곧 분명히 추태와 더불어 끔찍하고 황당무계한 일이 벌어질 것임을 직감했다. 표트르 알렉산드로비치가 느끼고 있던 더할 나위 없이 온화한 감정은 순식간에 흉포한 감정으로 바뀌어버렸다. 마음속에서 사그라들고 잠잠해졌던 것들이 단번에 되살아나 고개를 쳐들었다.

"아니, 이건 정말 참을 수가 없소!" 그가 소리 질렀다. "절대로 안 돼… 도저히 안 돼!"

그는 온몸의 피가 머리로 솟구치는 것 같았다. 말까지 더듬거리다가, 뭐라고 말을 할 수도 없는 상태라는 것을 깨닫고는 모자를 집어 들었다.

"대체 뭘 그리 못 참겠답니까?" 표도르가 소리쳤다. "절대 안 되고, 도저히 안 된다니요? 훌륭하신 수도원장님, 이몸이 들어가도 될까요? 식사에 끼워주시겠습니까?"

"진심으로 환영합니다." 수도원장이 대답했다. "여러분, 부디 우연히 벌어진 다툼은 잊고, 사랑과 가정의 화합 속에서 주님께 기도하며 겸허한 마음으로 식사를 하시길 부탁드립니다…"

"아니, 안 됩니다. 그건 불가능한 일입니다." 표트르 알렉산드로비치는 미친 사람처럼 소리쳤다.

"표트르 알렉산드로비치가 불가능하다면 저도 불가능하니, 저도 갈 겁니다. 그럴 생각으로 왔으니까요. 난 이제 어디든지 표트르 알렉산드로비치를 따라 다닐 겁니다. 표트르 알렉산드로비치, 당신이 돌아가면 나도 갈 거고, 여기 남는다면 나도 남을 거요. 원장님, 저 사람은 가정의 화합이란 말에 가슴이 뜨끔했을 겁니다. 저와 친척이라는 사실을 도통 인정하려 들지 않거든요! 안 그래요, 폰 존? 저기 폰 존이 있군. 안녕하시오, 폰 존."

"저 말입니까…?" 막시모프가 어리둥절한 얼굴로 물었다.

"물론 당신이지." 표도르가 소리쳤다. "그럼 누가 있겠소? 수도원장님이 폰 존일 리는 없잖습니까!"

"하지만 저는 폰 존이 아니라 막시모프인데요."

"아니, 당신은 폰 존이오. 원장님, 폰 존이 누군지 아십니까? 이런 사건이 있었지요. 폰 존은 매음굴에서 살해당했답니다. 여기선 그런 곳을 이렇게 부르는 것 같더군요. 아무튼 살해당하고 돈까지 빼앗긴 후에, 나이가 꽤 있는 사람이었는데도 궤짝 속에 처박히고 밀봉당해 번호표를 단 채로 페테르부르크에서 모스크바까지 화물 열차로 운반되었지요. 창녀들은 시체를 궤짝에 넣으면서 노래를 부르고 구슬리(고대 러시아의 현악기—옮긴이)로 춤곡을 연주했답니다. 자, 이런 사람이 바로 폰 존입니다. 그자가 망자들 틈에서 되살아났나 보군요. 안 그렇소, 폰 존?"

"이게 도대체 무슨 일인가? 어떻게 저럴 수가 있지?" 수행 사제들이 수군대는 소리가 들렸다.

"가세!" 표트르 알렉산드로비치가 칼가노프에게 소리쳤다.

"아니, 기다리세요!" 표도르가 방으로 한 발짝 더 들어서서는 쇳소리를 내며 말을 가로막았다.

"나도 할 말을 마저 하게 해주시죠. 암자에서는 꿍치 이 야기를 떠들어댔다고 무례한 짓이라도 한 것마냥 실컷 면 박을 주었죠. 제 친척 표트르 알렉산드로비치 미우소프 씨 는 말 속에 진실보다 고상함이 많았으면 하지만, 나는 반대 로 내 말 속에 고상함보다 진실이 많은 걸 좋아합니다. 고상 함 따윈 엿이나 먹으라지요! 안 그렇소, 폰 존? 수도원장님, 제가 비록 광대이고 광대 짓을 하고 있긴 하지만, 그래도 명 예를 존중할 줄 아는 기사로서 한마디 하려고 합니다. 맞습 니다, 저는 명예를 존중하는 기사이지만, 표트르 알렉산드로 비치에게는 억눌린 자존심 말곤 아무것도 없지요. 제가 여기 온 것도 어쩌면 여기서 뭘 하고 있나 보고 제 생각을 말씀드 리기 위해서인지도 모르지요. 제 아들 알렉세이가 여기서 수 도 생활을 하고 있는데, 저는 아비로서 그 아이의 앞날이 걱 정됩니다. 걱정되는 게 당연하지요. 저는 뭐라고 하는지 듣고 광대 연기를 하며 가만히 지켜보고 있었지만, 이젠 여러분 께 이 공연의 마지막 장을 보여드리고 싶군요. 자, 우리나라 에서는 어떻습니까? 한번 쓰러진 것은 그대로 쓰러져 있습니 다. 한번 쓰러진 건 영원히 일어서지 못한단 말입니다. 그렇 지 않습니까! 저는 다시 일어서고 싶습니다. 거룩하신 신부 님들, 전 여러분께 화가 났습니다. 고해 성사란 제가 경건하 게 생각하고 머리를 숙일 수 있는 위대한 비밀인데, 저기 암 자에서 보니 웬걸, 죄다 무릎을 꿇고 앉아 다른 사람이 다 듣 도록 큰 소리로 고해 성사를 하지 뭡니까. 다른 사람이 듣도록 고해 성사를 해도 되는 겁니까? 성인들이 고해 성사는 귀에다 대고 하라고 옛날부터 정해놓지 않았습니까. 그래야 비밀이 지켜지니까요. 사람들이 다 지켜보는 앞에서 신부님께 제가, 말하자면 이러저러한 사람이라고 어떻게 말할 수가 있겠습니까? 이러저러한 사람이라고 말이에요, 무슨 뜻인지 아시겠습니까? 입 밖에 내기도 창피한 말도 있는 법이 아닙니까. 이건 추탭니다! 안 되겠군, 신부님들, 여기서 당신들하고 있다가는 편신교도(17세기 중반 러시아에서 발생한 이단 종파─옮긴이)가 되고 말 겁니다…. 일단 종무원에 편지를 쓰고, 제 아들 알렉세이를 집으로 데려가겠습니다….”

여기서 주지해둘 사실이 있다. 표도르는 세상의 풍문에 귀를 기울이는 편이었다. 예전에 장로에 대한 존경이 지나쳐 수도원장의 위신이 떨어지고 있으며, 장로들이 비밀스러운 고해 성사를 악용한다는 나쁜 소문이 떠돌아(이 수도원뿐 아니라 장로제를 채택한 다른 수도원에 대해서도 그랬다) 대주교의 귀에까지 들어간 일이 있었다. 이 고장에서뿐 아니라 다른 고장에서도 때가 되자 자연히 수그러든 말도 안 되는 비난이었다. 그러나 표도르에게 들러붙어 그의 신경을 자극하며 수치의 나락으로 이끌던 어리석은 악마가 표도르 자신도 무슨 소린지 모르던 이 해묵은 비난을 떠오르게 했다. 표도르는 이 비난을 그럴듯하게 피력하지 못했다. 게다가 오늘 장로의 암자에서 무릎을 꿇거나 다른 사람이 듣도록 고해 성사를 한 사람이 아무도 없었으므로, 그런 장면을 제 눈으로 직접 본 것도 아니었다. 그저 한참 지난 소문이나 유언비어를 생각나는 대로 내뱉을 뿐이었다. 그런데 어리석은 열변을 쏟아놓고 나서 자신이 헛소리를 지껄였다는 것을 깨달은 순간, 문득 방 안에 있던 사람들과 무엇보다 자기 자신에게 자기 이야기가 헛소리가 아니라는 것을 증명해 보이고 싶다는 생각이 들었다. 말을 하면 할수록 이미 내뱉은 헛소리보다 더 터무니없는 말을 하게 되리라는 것을 뻔히 알았지만, 마치 산꼭대기에서 뛰어내린 것처럼 자기 자신을 통제할 수 없었다.

"정말 추잡스러운 말이군!" 표트르 알렉산드로비치가 소리쳤다.

"실례합니다만," 불쑥 수도원장이 말했다. "예로부터 이런 말씀이 있습니다. '사람들이 내게 온갖 비난을 퍼붓고 지독한 악담까지 늘어놓는다. 내가 이 말을 모두 듣고 자신에게 이르니, 이는 허영심에 들뜬 내 영혼을 치유하기 위해 그리스도께서 내리신 약이니라.' 그러니 우리도 고귀한 손님인 당신께 겸허한 마음으로 감사를 드립니다!"

수도원장은 이렇게 말하고 표도르에게 깊이 허리를 숙였다.

"쯧쯧, 위선과 케케묵은 소리! 케케묵은 소리와 케케묵은 몸짓! 케케묵은 거짓에 상투적인 절이라니. 전 그게 어떤 절인지 알고 있습니다. 실러의 《군도》에 나오는 '입술에는 키스를, 마음에는 칼을'이지 뭡니까. 신부님들, 이 몸은 거짓이 싫소이다. 진실을 원하지요! 진실은 꽁치 속에 있는 게 아니라고 이미 똑똑히 말씀드렸지요! 신부님들, 왜 금식을 하십니까? 왜 그 대가로 하늘의 보상을 바라는 겁니까? 그런 보상을 받을 수야 있다면 저도 금식을 하겠습니다! 아니, 거룩한 수도사님, 수도원에 틀어박혀 남이 만든 빵을 먹으며 하늘의 보상을 기다리지 말고 실생활에서 좋은 일을 실천하고 사회에 보탬이 되는 일을 하십시오. 그게 더 어려운 일이 아니겠습니까. 수도원장 신부님, 저도 말재주가 제법이지 않습니까. 그건 그렇고 여기다가는 뭘 이렇게 차려놓은 거지?" 표도르는 식탁 앞으로 갔다. "오래 묵은 팍토리(포트와인의 상표 중 하나―옮긴이) 포트와인에 옐리세예프 형제 상회에서 만든 벌꿀 술이라, 이것 참 신부님들! 꽁치처럼 보이진 않는데요. 어라, 신부님들께서 술병도 갖다놓았군, 헤헤헤! 누가 이 음식들을 전부 여기다 갖다주었을까요? 러시아 농민이나 노동자가 굳은 살 박힌 손으로 고되게 일해 번 돈을 가족과 나라의 필요를 물리치고 이리로 가져오는 게 아닙니까! 당신들, 성스러운 신부님들은 백성의 고혈을 빨아먹고 있습니다!"

"그건 너무 지나친 말씀이오." 이오시프 신부가 말했다. 파이시 신부는 입을 꾹 다물었다. 미우소프는 방을 뛰쳐나갔고, 칼가노프도 뒤따라나갔다.

"자, 신부님들, 나도 표트르 알렉산드로비치를 따라가겠습니다! 다신 여기에 코빼기도 비치지 않을 겁니다. 무릎 꿇고 빈다고 해도 안 와요. 저번에 1000루블이나 보내줬더니, 또 눈을 뚱그렇게 뜨고 쳐다보는군, 헤헤헤! 아니, 더는 보태주지 않을 겁니다. 이건 내 흘러가버린 청춘과 내가 받은 모든 굴욕에 대한 복수입니다!" 그는 작위적인 감정의 발작 상태에 빠져 주먹으로 식탁을 쾅쾅 내리쳤다. "이 수도원이 내 인생에 어떤 의미를 가지고 있는지! 이 수도원 때문에 쓰라린 눈물을 얼마나 흘려야 했는지 모릅니다! 내 미치광이 아내가 내게 반항한 것도 다 당신들 때문이었습니다. 당신들은 종교 회의에서 나를 저주한 것도 모자라 이 근방에 내 소문을 쫙 퍼뜨렸지요! 됐습니다, 신부님들, 지금은 자유주의의 시대, 기선과 철도의 시대니까. 이젠 내게서 1000루블도, 100루블도, 100코페이카도, 아니, 단 한 푼도 받아내지 못할 줄 아십시오!"

한 가지 더 지적해둘 것이 있다. 이곳 수도원이 표도르의 인생에서 특별한 의미를 지녔던 적은 한 번도 없었으며, 그가 수도원 때문에 쓰라린 눈물을 흘린 일은 더더욱 없었다. 하지만 표도르는 어느 순간 자기가 꾸며낸 이야기에 자기도 믿지 못할 만큼 몰입한 나머지 감정이 북받쳐 정말 눈물이 날 지경이었다. 하지만 그 순간 물러나야 할 때가 되었다는 생각이 들었다. 수도원장은 악랄한 거짓말을 다 듣고 나서 그에게 고개를 숙인 뒤 다시 엄중한 어조로 말했다.

"또 이런 말이 있습니다. '그대가 당한 모욕을 기쁜 마음으로 참아내고, 그대를 모욕하는 자를 증오하지 말며, 분노하지 말지어다.' 우리도 이 말씀을 따를 것입니다."

"쯧쯧쯧, 무슨 소린지! 또 허튼소리를 지껄이는군요! 멋대로들 생각하시오, 신부님들, 저는 가겠습니다. 제 아들 알렉세이는 애비의 권한으로 지금 아주 데려갈 겁니다. 우리 훌륭한 아들 이반, 너도 나와 함께 돌아가겠지! 폰 존, 당신도 여기 있을 이유가 없잖소? 당장 시내에 있는 우리 집으로 갑시다. 그곳은 아주 즐거우니까. 몇 베르스타만 가면 금식 때 쓰는 기름 따위가 아닌 카샤를 곁들인 새끼돼지를 대접해드리지. 식사 후엔 코냑과 리큐어를 내어드리고. 딸기주도 있고 말이야… 이봐요, 폰 존, 이런 행운을 놓치지 말아요!"

그는 고래고래 소리를 지르면서 손짓 발짓을 해가며 밖으로 나갔다. 이때 라키틴이 밖으로 나오는 그를 보고 알료샤에게 알려주었던 것이다.

"알렉세이!" 표도르는 멀찍이서 아들을 보고는 소리쳤다. "오늘 부로 아주 집으로 들어오거라. 베개랑 이불도 몽땅 싸 들고 말이야. 다신 이곳에 얼씬거릴 생각도 마라!"

알료샤는 그 자리에 우두커니 서서 말없이 그 광경을 바라보았다. 그러는 사이 표도르는 마차에 올라탔고, 뒤따라 이반도 알료샤에게 간다는 인사도 하지 않은 채 어두운 표정으로 말없이 마차에 올랐다. 그런데 이때 우스꽝스럽다 못해 믿기지 않는 상황이 벌어져 그날 벌어진 에피소드를 보충해주었다. 어느새 마차 발판 앞에 지주 막시모프가 나타난 것이다. 행여 늦을세라 헐레벌떡 뛰어온 모양이었다. 라키틴과 알료샤는 지주가 뛰어가는 모습을 보았다. 막시모프는 얼마나 급했던지 초조한 마음에 이반이 아직 왼쪽 발을 딛고 있던 발판에 자기 발을 올려놓고는 마차를 붙들고 그 위로 뛰어오르려고 했다.

"나도 같이 갑시다!" 그는 뛰어오르며 소리쳤다. 즐거워 죽겠다는 얼굴로 킥킥댔다. 어떻게 해서든 따라가겠다는 눈치였다. "나도 데려가주시오!"

"그러게 내가 뭐랬어!" 표도르가 의기양양하게 소리쳤다. "이자는 폰 존이라고 했지! 망자들 틈바구니에서 살아난 진짜 폰 존이라고 말이야! 어떻게 거기서 빠져나왔지? 어떤 폰 존다운 짓을 했기에 오찬에서 빠져나온 거야? 어지간한 철면피가 아니고서야 그럴 수 없었을 텐데. 나도 한 낯짝 하지만 당신은 정말 놀랍군! 어서 올라타시오, 어서! 바냐(이반의 애칭—옮긴이), 태워줘라, 재미있을 것 같으니. 바닥에 어떻게든 앉아 가면 되겠지. 잠깐 바닥에 앉아 가겠소, 폰 존? 아니면 마부랑 같이 마부대에 앉겠소? 마부대로 올라가요, 폰 존…!"

그러나 이미 자리를 잡고 앉은 이반이 입을 꾹 다문 채 막시모프의 가슴을 있는 힘껏 밀쳐버리는 바람에 지주는 2미터나 나가떨어지고 말았다. 그가 넘어지지 않은 것은 순전히 우연 덕분이었다.

"갑시다!" 이반이 마부에게 화난 목소리로 소리쳤다.

"아니, 이게 무슨 짓이냐? 이게 무슨 짓이야? 저 사람한테 왜 그러는 거냐?" 표도르가 호통을 쳤으나 마차는 이미 움직이기 시작했다. 이반은 아무 대꾸도 하지 않았다.

"이놈 보게!" 표도르는 2분쯤 잠자코 있더니 아들을 흘겨보며 다시 입을 열었다. "네가 수도원에 오자고 일을 벌인 게 아니냐? 다른 사람을 부추기고 자기도 좋다고 할 땐 언제고 왜 이제 와서 성질을 부리는 거냐?"

"허튼소리는 하실 만큼 하셨으니, 잠깐이라도 좀 가만히 계세요." 이반은 차갑게 잘라 말했다.

표도르는 다시금 2분 정도 말이 없었다.

"이럴 때 코냑 한잔하면 좋으련만." 그는 무슨 잠언이라도 말하듯 엄숙하게 말했다. 그러나 이반은 대꾸하지 않았다.

"도착하면 너도 한잔하거라."

이반은 여전히 묵묵부답이었다.

표도르는 다시 2분 정도 기다렸다.

"당신께는 아주 달갑지 않은 일이겠지만, 어찌 됐건 알료샤는 수도원에서 데려와야겠소이다. 존경해 마지않는 카를 폰 모어."

이반은 진저리가 난다는 듯 어깨를 으쓱하고는 길 쪽으로 얼굴을 돌렸다. 그리고 이들은 집에 도착할 때까지 아무 말도 하지 않았다.

제3편
음탕한 사람들

1. 행랑채에서

표도르 파블로비치 카라마조프의 집은 시내 한복판은 아니었지만, 그렇다고 아주 변두리에 있는 것도 아니었다. 그 집은 꽤 낡긴 했지만 겉보기에는 말끔한 연회색 단층 건물이었다. 다락이 딸려 있었고, 붉은 함석지붕이 덮여 있었다. 아직도 한참은 더 서 있을 법한 널찍하고 쾌적한 집이었다. 집안 곳곳에 창고와 벽장이 있었고, 엉뚱한 곳에 붙어 있는 계단도 많았다. 쥐가 있었지만 표도르는 '밤에 혼자 있을 때 적적하지 않아서 좋다'며 개의치 않았다. 실제로 그는 밤마다 하인들을 행랑채로 내보내고 혼자 집에 틀어박혀 밤을 보내는 버릇이 있었다. 마당에 있는 행랑채는 넓고 튼튼했다. 안채에도 부엌이 있긴 했지만 표도르는 행랑채에다가도 따로 부엌을 만들었다. 부엌 냄새를 싫어해 여름이건 겨울이건 마당을 가로질러 안채로 식사를 가져오도록 했기 때문이다. 이 집은 원래 대가족이 살도록 지어진 집이어서 주인, 하인 할 것 없이 다섯 배는 더 살아도 될 것 같았다. 그러나 지금 이 집에 사는 건 표도르와 이반뿐이었고, 행랑채를 쓰는 하인은 그리고리 영감과 아내 마르파 할멈, 아직 젊은 하인인 스메르댜코프, 이렇게 세 사람뿐이었다. 이 세 하인에 대해서는 좀 더 자세히 말해둘 필요가 있을 것 같다. 그리고리 바실리예비치 쿠투조프 영감에 대해서는 앞서 설명한 적이 있다. 자기 앞에 어떤 이유에서건(그 이유는 황당할 만큼 비논리적일 때가 많았지만) 불변의 진리로서 어떤 방향이 제시되면, 똑바로 그 방향을 따라 부단히 나아가는 강직하고 고집 센 사람이었다. 말하자면 돈으로 매수할 수 없는 정직한 사람이었다. 아내인 마르파 이그나티예브나는 평생 남편의 뜻에 순종적으로 고개를 숙이며 살아왔지만, 이따금 남편을 귀찮게 하곤 했다. 이를테면 농민 해방이 이루어지자마자 표도르의 집을 떠나 모스크바로 가서 아무 장사나 시작하자고(그들의 수중에는 돈이 약간 있었다) 졸라댄 적이 있었다. 그러나 그리고리는 '여자들이란 하나같이 거짓말을 하기 마련이니' 이 여편네도 지금 거짓말을 하고 있다고 단정하고, 주인이 어떤 사람이건 그를 떠나서는 안 되며 '이것이 지금 우리가 지켜야 할 의무'라고 못을 박았다.

"의무가 뭔지 알기는 하오?" 그는 아내에게 말했다.

"영감, 의무가 뭔지는 알지만, 대체 무슨 의무 때문에 우리가 여기 남아 있어야 하는지는 전혀 모르겠어요." 마르파 이그나티예브나가 힘주어 대답했다.

"그럼 그냥 모르고 있도록 하오. 아무튼 그렇게 될 테니까 앞으론 조용히 하고."

정말 그대로 되었다. 이들은 떠나지 않았다. 표도르는 이들에게 푼돈이나마 품삯을 정해 지급해주었다. 더불어 그리고리는 자기가 주인에게 분명한 영향력을 가지고 있다는 것을 알고 있었다. 그는 그 사실을 느끼고 있었고, 그건 당연했다. 교활하고 고집 센 광대 표도르 파블로비치는 그의 표현을 빌자면 '인생의 어떤 문제에 있어서는' 매우 강인했으나, 그 외의 '인생 문제'에 대해서는 자기도 깜짝 놀랄 만큼 나약해지곤 했다. 그것이 어떤 문제인지 잘 알고 있었기 때문에 두려워하는 것도 많았다. 살면서 이따금씩 정신을 바짝 차려야 할 때가 있었고, 그럴 때마다 믿을 만한 사람이 없으면 곤욕을 치렀겠지만, 그리고리는 충직하기 이를 데 없는 사람이었다. 표도르가 살아오면서 얻어맞을 뻔하기도 하고 실제로 얻어맞은 적도 한두 번이 아니었으나, 그때마다 그리고리가 구해주었다. 그런 다음에는 한바탕 설교를 늘어놓긴 했지만 말이다. 하지만 표도르는 그저 맞는 것이 두려운 것이 아니었다. 표도르 자신도 뭐라고 설명할 수는 없지만, 불가사의하게 내면에서 믿을 만한 가까운 사람에 대한 특별한 필요를 느끼는, 몹시 미묘하고 복잡하고 고차원적인 경우가 있었던 것이다. 그것은 거의 병적인 상태였다. 표도르는 방탕하기 그지없는 인간이었으며 욕정에 사로잡혀 사악한 벌레처럼 잔인해질 때도 종종 있었지만, 술에 취하면 가끔 신체적으로도 나타날 만큼 강한 정신적 공포와 도덕적 동요를 느끼곤 했다. "그럴 때면 내 영혼이 목구멍에서 바들바들 떨리는 것 같지." 그는 가끔 이렇게 말하곤 했다. 바로 이런 순간 그는 가까이에, 같은 방은 아니더라도 별채에 충직하고 강인하고 자기와는 달리 음탕하지 않으며, 자신이 벌이는 추태를 전부 지켜보고 온갖 비밀을 알면서도 충성스러운 마음으로 모든 것을 수용하고, 자기에게 맞서지 않고, 무엇보다 현세에서건 내세에서건 싫은 소리는커녕 아무런 위협도 하지 않으며, 필요한 순간 누군가 무시무시하고 위험한 존재로부터 자신을 지켜줄 사람이 필요했다. 말하자면 그런 병적인 순간에 가까이 불러 얼굴을 보고 전혀 상관없는 말이라도 몇 마디 던질 수 있는, 오래 알고 지낸 친근한 '타인'이 있기를 바랐던 것이다. 그런 순간에 그 사람이 화를 내지 않으면 마음이 한결 가벼워질 것이고, 만약 화를 내더라도 조금 더 슬퍼하면 그만이었다. 표도르는 밤중에 별채를 찾아가 그리고리를 깨워 잠시 자기 방으로 불러오는 때도 있었다(아주 드문 일이긴 했지만). 막상 그리고리가 오면 표도르는 쓸데없는 소리를 늘어놓은 다음 곧 되돌려 보냈고, 때로는 조롱과 농담을 지껄이기도 했다. 그러고 나서는 침을 탁 뱉고 잠자리에 들어 의인이라도 된 것마냥 깊은 잠에 빠져드는 것이었다. 알료샤가 돌아왔을 때도 표도르에게 비슷한 일이 벌어졌다. '자기와 함께 살면서 모든 광경을 지켜보면서도 아무런 비난도 하지 않는다'는 점에서 알료샤는 그에게 심장을 찌르는 듯한 감동을 주었다. 게다가 알료샤는 그가 지금까지 한 번도 겪어보지 못한 것을 느끼게 했다. 늙은 아버지를 조금도 경멸하지 않았을 뿐더러 아무런 자격도 없는 그에게 언제나 다정하게 대하고 순수하고 진심 어린 애정을 준 것이다. 이것은 가족의 의미를 모르던 늙은 바람둥이인 데다가 지금껏 '추악한 것'만 탐닉해온 그에게 전혀 뜻밖의 일이었다. 그는 알료샤가 떠난 뒤 지금까지 알려고 하지 않았던 것을 깨달았다고 시인했다.

나는 이미 서두에서 그리고리가 표도르의 첫 번째 부인이자 장남 드미트리의 어머니인 아델라이다를 싫어했으면서도, 두 번째 아내인 클리쿠샤 소피야 이바노브나에 대해서는 주인에게 대들면서까지 감싸주었고, 누구든 소피야에 대해 함부로 말하거나 험담을 지껄이는 사람이 있으면 대거리까지 해가며 감싸주었다고 말한 바 있다. 이 가엾은 여인에 대한 안타까운 마음은 일종의 숭고한 감정으로 변해, 20년이 지난 지금도 누가 그녀를 헐뜯는 듯한 기색이라도 비치면 당장에라도 반박하고 들 것이었다. 그리고리는 겉보기에 차갑고 위엄 있고 과묵한 사람이었으며 신중하고 무게 있는 말만 했다. 따라서 그가 순종적이고 고분고분한 아내를 사랑하고 있는지 어떤지는 언뜻 보아선 알 수 없었다. 그러나 그는 아내를 진심으로 사랑하고 있었고, 아내도 그것을 알고 있었다. 마르파 이그나티예브나는 우둔한 여자가 아니었다. 어쩌면 남편보다 현명한지도 몰랐다. 적어도 실생활에 있어서만큼은 남편보다 사리가 밝았다. 그러나 마르파는 결혼 초기부터 남편에게 불평 한마디 없이 묵묵히 순종했고, 남편의 도덕적 우월성을 인정하며 무조건적인 존경을 바쳤다. 두 사람 모두 평생 동안 꼭 필요하거나 시급한 문제를 빼놓곤 서로 대화를 나누는 일이 극히 드물었다는 사실을 말해두어야겠다. 엄중하고 위엄 있는 그리고리는 자기 문제나 걱정거리를 늘 혼자 고민했기 때문에 마르파 아그나티예브나는 그가 자신의 조언을 전혀 필요로 하지 않는다는 사실을 오래전부터 잘 알고 있었다. 마르파는 남편이 자신의 침묵을 높이 사고 있으며, 그 침묵 때문에 자신을 현명한 여자로 생각한다는 사실을 느끼고 있었다. 그리고리는 아내에게 절대 손찌검을 하지 않았다. 하기야 단 한 번 그런 적이 있기는 하지만, 그것도 아주 살짝 손을 댔을 뿐이었다. 아델라이다와 표도르가 결혼한 첫해, 한번은 마을에서 당시엔 아직 농노였던 시골 처녀들과 아낙들이 노래하고 춤추러 주인의 마당에 모인 적이 있었다. '초원에서'라는 곡이 시작되자 당시 아직 젊었던 마르파 이그나티예브나가 갑자기 합창대 앞으로 뛰어나가더니 시골 아낙들과는 다르게 독특한 방식으로 '루스카야'를 췄다. 부유한 미우소프 집안에서 하녀로 일할 때 모스크바 출신 무용 교사가 배우들을 가르치던 가족 극장에서 추던 방식이었다. 아내가 춤추는 모습을 본 그리고리는 1시간 후 집에서 아내의 머리채를 살짝 잡아당기며 훈계를 했다. 그것이 평생 처음이자 마지막 손찌검이었고, 마르파 이그나티예브나도 그 이후로는 춤을 추지 않기로 마음먹었다.

하느님은 부부에게 아이를 점지해주지 않았다. 딱 한 아이가 있기는 했지만 그 아이마저 죽어버렸다. 그리고리는 아이들을 좋아했고, 그 사실을 감추려 하지도, 즉 아이를 좋아한다고 말하기를 창피해하지도 않았다. 아델라이다가 도망가자 세 살배기 드미트리를 자기 품으로 거두어 손수 빗으로 머리를 빗겨주기도 하고 욕조에서 목욕을 시키기도 하며 거의 1년을 아이와 함께 보냈다. 그다음엔 이반과 알료샤를 보살폈는데, 앞서 말한 바와 같이 그 때문에 따귀를 얻어맞기도 했다. 친자식에게서 느낀 기쁨은 마르파 이그나티예브나가 임신 중이었을 때 느낀 기대감이 전부일 것이다. 아기가 태어나자 그의 가슴은 슬픔과 경악으로 무너져버리고 말았다. 아기가 육손이었기 때문이다. 그것을 본 그리고리는 죽도록 상심한 나머지 세례일이 될 때까지 말을 잃었으며, 다른 사람과 말을 섞지 않으려고 일부러 마당에 나가 있곤 했다. 그때는 봄철이어서 그는 사흘 내내 마당의 텃밭을 갈았다. 사흘째가 되어 세례식을 치를 때가 왔다. 그리고리는 그 무렵 어떤 결심이 선 모양이었다. 신부들과 손님들, 대부 자격으로 표도르까지 와 있는 집에 들어서면서 그는 갑자기 '세례를 치르지 않았으면 한다'라고 선언했다. 장황한 설명 없이 크지 않은 목소리로 간신히 한 마디 한 마디를 천천히 내뱉으면서 신부를 물끄러미 쳐다보는 것이었다.

"어째서 그렇지요?" 신부는 뜻밖이라는 듯 밝은 목소리로 물어보았다.

"왜냐하면 이놈은… 용龍이기 때문입니다…." 그리고리가 말했다.

"용이라니, 그게 무슨 말입니까?"

그리고리는 잠시 말이 없었다.

"자연에 착오가 있었던 겁니다…." 알아듣기는 힘들지만 확고한 어조로 말했는데, 더 이상 설명을 늘어놓을 생각은 없는 듯했다.

사람들은 웃음을 터뜨렸고, 물론 가엾은 아기의 세례식은 그대로 진행되었다. 그리고리는 성수반 앞에서 열심히 기도를 드렸으나, 갓난아이에 대한 생각에는 변함이 없었다. 그리고리는 아무에게도 불편을 끼치지는 않았지만, 병든 아이가 살아 있는 2주 동안 아이를 쳐다보려고도 하지 않았고, 아이가 눈에 띄는 것도 싫어서 대부분 집 밖에 나가 있었다. 그러나 2주 후 아이가 아구창으로 죽자 그는 손수 아이를 작은 관에 뉘이고 깊은 슬픔에 잠겨 그 관을 바라보았으며, 깊지 않은 작은 구덩이 위로 흙이 덮이자 흙바닥에 무릎을 꿇고 무덤에 절을 올렸다. 이후 오랜 세월이 흐르도록 그리고리는 아이 이야기를 일절 꺼내지 않았고, 마르파 이그나티예브나도 남편 앞에서라면 그 이야기를 입 밖에도 내지 않았다. 혹 다른 사람과 자기 '자식' 이야기를 해야 할 때면, 그 자리에 그리고리 바실리예비치가 없어도 목소리를 낮춰 소곤소곤 이야기하곤 했다. 마르파 이그나티예브나는 남편이 아이의 무덤에서 돌아온 후 '신적인 것'에 몰두하는 시간이 많아져 커다랗고 둥근 은테 안경을 쓰고 혼자 조용히 순교자전을 읽는다는 것을 깨달았다. 사순절이 아니면 소리 내어 읽는 일은 드물었다. 욥기를 즐겨 읽었으며, 어디선가 '하느님을 가슴에 품은 우리의 신부 이삭 시린'의 말씀 설교집을 구해 몇 년 동안 끈질기게 읽었다. 내용은 거의 이해하지 못했지만, 어쩌면 그래서 그 책을 가장 아끼고 좋아했는지도 몰랐다. 최근에는 이웃을 통해 우연히 알게 된 편신교에 귀를 기울이고 빠져들기 시작했는데, 상당히 감명을 받은 듯했지만 다른 종파로 개종하는 것은 옳지 않다고 생각했다. '신적인 것'에 몰두하면서 얼굴에는 더욱 근엄한 분위기가 풍겼다.

어쩌면 그에게는 신비주의적 성향이 있었는지도 모르겠다. 그런데 육손이가 태어나고 죽은 시기와 맞물려 누가 일부러 그러기라도 한 듯 전혀 뜻밖의 기묘하고 해괴한 일이 벌어져 그리고리가 나중에 말했듯 그의 가슴속에 '낙인'을 찍어놓았다. 핏덩이나 다름없던 육손이를 묻은 바로 그날, 한밤중에 잠에서 깬 마르타 이그나티예브나는 갓난아이 울음소리 같은 것을 들었다. 마르파는 오싹한 기분이 들어 남편을 깨웠다. 그리고리는 소리에 귀를 기울이더니 '여자인 듯한' 사람의 신음 소리 같다고 말했다. 그는 자리에서 일어나 옷을 걸쳤다. 꽤 포근한 5월 밤이었다. 현관 계단으로 나가 귀를 기울여보니 신음 소리는 분명 정원 쪽에서 나고 있었다. 하지만 정원은 밤 동안 마당 쪽에서 잠겨 있었고, 정원 주위로는 견고하고 높은 담장이 세워져 있어 그 문이 아니고서는 정원으로 들어갈 수가 없었다. 그리고리는 행랑채로 돌아와 등불을 켜고 정원 열쇠를 집어 든 다음, 줄곧 아기의 울음소리가 들린다며 우리 아기가 울면서 자기를 부르는 것이라고 말하는 아내의 히스테릭한 공포에는 아랑곳하지 않고 입을 꾹 다문 채 정원으로 갔다. 그곳에서 신음 소리가 쪽문에서 멀지 않은 정원에 세워진 목욕탕에서 나고 있으며, 분명히 여자의 신음 소리라는 사실을 알아차렸다. 문을 열어젖힌 순간 그는 눈앞에 펼쳐진 광경에 그 자리에 굳어버리고 말았다. 리자베타 스메르댜샤야라 불리는 온 동네에 소문이 파다한 떠돌이 백치 여인이 목욕탕에 숨어들어 지금 막 갓난아이를 낳은 것이다. 아기는 여인 옆에 놓여 있었고, 여인은 그 옆에서 죽어가고 있었다. 여인은 아무 말이 없었는데, 그것은 말을 할 줄 모르기 때문이었다. 그러나 이 모든 일이 어떻게 벌어지게 된 건지 따로 설명이 필요할 것 같다.

2. 리자베타 스메르댜샤야

여기에는 그리고리가 품어온 한 가지 불쾌하고 꺼림칙한 의혹에 결정적인 확신을 줌으로서 그를 깊은 충격에 빠뜨린 한 가지 특별한 사정이 있었다. 리자베타 스메르댜샤야는 키가 아주 작아서 그녀가 죽은 뒤 이 고장의 신앙심이 깊은 노파들이 "2아르신(*1아르신은 약 71㎝)이 겨우 넘었지"라고 쓸쓸하게 회상할 정도였다. 당시 스무 살이었던 스메르댜샤야의 넓적한 얼굴은 건강해 보이고 홍조가 돌았으나 영락없는 백치의 상이었다. 눈빛 역시 온순하기는 했지만 늘 한곳을 뚫어지게 보고 있어 어딘가 꺼림칙한 느낌을 주었다. 그녀는 평생 사시사철 삼베 윗도리 하나만 걸치고 맨발로 길거리를 돌아다녔다. 숱이 엄청난 시커먼 머리칼은 양처럼 북슬북슬해 마치 머리 위에 커다란 모자를 쓴 것처럼 보였다. 게다가 매일 흙바닥이나 진흙탕에서 잠을 잔 탓에 온몸이 흙투성이였고, 그 위엔 나뭇잎이며 나뭇조각이며 대팻밥 따위가 덕지덕지 붙어 있었다. 그녀의 아버지는 일리야라는 사람으로 원래는 장사꾼이었으나 파산해 집을 잃고 병까지 걸려 술을 퍼마시며 벌써 여러 해 동안 같은 상인 계층의 부유한 주인들 밑에서 일꾼으로 사는 처지였다. 어머니는 세상을 떠난 지 오래였다. 고질병 때문에 늘 신경이 곤두서 있던 일리야는 딸이 집에 돌아오면 무자비하게 두들겨 팼다. 그러나 리자베타가 집에 가는 일은 드물었다. 온 시내를 떠돌며 하느님의 유로디비처럼 지냈기 때문이다. 일리야의 주인댁이나 일리야 자신은 물론, 상인 부부가 대부분인 시내의 동정심 많은 사람들은 윗도리 한 벌만 입고 다니는 리자베타를 좀 더 점잖게 입혀보려고 여러 번 애써보았다. 겨울철이 되면 털옷을 입히고, 발에는 부츠를 신겨주기도 했다. 그러나 리자베타는 사람들이 입혀주는 대로 가만히 있다가, 어디론가, 주로 성당 문 앞에 가서 숄, 치마, 털외투, 장화 등 자기가 받은 모든 물건을 내려놓고 전처럼 윗도리 하나만 달랑 입은 채 맨발로 훌쩍 떠나버리곤 했다. 한번은 새로 부임한 현지사가 우리 고장을 시찰하다가 리자베타를 보고 고결한 감정에 큰 상처를 입은 일이 있었다. 보고를 통해 그 처녀가 '유로디비'라는 사실을 알게 되었지만, 젊은 처녀가 윗도리 하나만 입고 시내를 돌아다니면 풍기가 문란해진다며 앞으로는 그런 일이 없게 하라고 주의를 주었다. 그러나 현지사가 떠나자 사람들은 리자베타가 다시 전처럼 다니도록 내버려 두었다. 마침내 리자베타의 아버지가 세상을 떠나자, 시내의 신앙심 깊은 사람들은 고아가 된 리자베타를 더욱 따뜻하게 보살펴주었다. 실제로 리자베타는 모든 사람들의 사랑을 받고 있는 듯했다. 짓궂고 장난기가 심한 어린 학생들조차 리자베타를 놀리거나 골탕 먹이지는 않았다. 리자베타가 낯선 집에 들어가도 쫓아내는 사람은 아무도 없었고, 오히려 그녀를 따뜻하게 보살펴주며 손에 동전을 쥐어주곤 했다. 그러면 리자베타는 받은 동전을 곧장 교회나 감옥의 자선함에 가져가 그 안에 떨구는 것이었다. 시장에서 가락지 빵이나 둥근 빵이라도 받으면 가장 먼저 마주치는 아이에게 주거나 부유한 귀부인을 멈춰 세워 건네주기도 했다. 그러면 그 귀부인도 기꺼이 그것을 받았다. 리자베타는 흑빵과 물로만 끼니를 때웠다. 가끔 리자베타가 고급 상점에 들어가 있을 때도 있었는데, 값비싼 물건이나 돈이 놓여 있더라도 주인은 경계하는 법이 없었다. 리자베타 옆에 1000루블을 놔두고 잊어버리더라도 그녀가 1코페이카도 손대지 않으리란 것을 알고 있었기 때문이다. 리자베타는 성당 안에는 잘 들어가지 않았으며, 성당 입구나 남의 집 울타리(우리 읍에는 지금도 담장 대신 울타리를 쳐두는 경우가 많다)를 넘어가 텃밭에서 잠을 잤다. 집에, 그러니까 죽은 아버지가 머물렀던 주인집에 가는 일은 일주일에 한 번 꼴이었고, 겨울에는 매일 찾아갔지만 밤에만 머물렀으며 잠도 건초더미나 외양간에서 잤다. 사람들은 리자베타가 그런 생활을 버텨내는 것을 놀라워했으나, 리자베타는 키는 작아도 몸은 남달리 튼튼했고 그렇게 사는 데 이미 익숙해져 있었다. 우리 고장의 어느 신사들은 리자베타가 오만한 마음에 저러는 것이라고 주장했지만, 그것은 앞뒤가 안 맞는 말이었다. 말 한마디 할 줄 모르고 가끔 혀를 움직여 우우거리는 게 전부인 처녀가 어떻게 오만할 수가 있단 말인가. 그러던 어느 날(오래전의 일이었다) 이런 일이 벌어졌다. 보름달이 훤하게 밝은 9월의 어느 포근한 밤, 우리 고장 사람들의 관념으로는 매우 늦은 시간에 신사 대여섯 명이 한바탕 놀고 난 후 코가 비뚤어지도록 취해 클럽에서 나와 '뒷길'로 집에 돌아가고 있었다. 길 양쪽으로 울타리가 늘어서 있었고, 그 너머엔 나란히 늘어선 가옥에 딸린 텃밭이 쭉 이어져 있었다. 동네에서 흔히 개울이라고 부르는, 악취 나는 길쭉한 웅덩이 위에 놓인 작은 다리로 연결되는 길이었다. 패거리는 울타리 옆에서 리자베타가 쐐기풀과 우엉에 파묻혀 잠들어 있는 것을 발견했다. 그들은 낄낄거리며 리자베타 옆에 멈춰 서서 온갖 상스러운 소리를 늘어놓았다. 그런데 한 도련님의 머릿속에 가당치도 않은 해괴망측한 생각이 떠올랐다. "누구든 좋으니, 지금 당장 저 짐승을 여자 취급 할 수 있는 사람 있나?" 모두들 거만한 표정으로 혐오스럽다는 듯 불가능한 일이라고 결론지었다. 그런데 그때 무리에 끼어 있던 표도르가 잽싸게 앞으로 튀어나오더니 여자 취급을 할 수 있는 건 물론이거니와, 오히려 특별한 종류의 묘미까지 있을 것이라고 주장했다. 당시 그는 지나칠 만큼 광대 역할에 열을 올리면서 사람들 앞에 나서서 웃기길 좋아했다. 물론 겉으로는 신사들과 동등한 위치에 있는 것처럼 보였지만, 사실 그들에게는 하잘것없는 악당이나 다름없었다. 이것은 표도르가 페테르부르크에서 전처 아델라이다가 죽었다는 소식을 전해 듣고, 모자에 상장喪章을 달고서도 동네 주민들은 물론 내로라하는 난봉꾼들까지도 눈살을 찌푸릴 만큼 술을 마시고 추태를 부리던 무렵의 일이었다. 패거리는 뜻밖의 주장에 배꼽을 잡고 웃어댔다. 그중에는 그럼 한번 해보라고 표도르를 부추기는 사람도 있었으나, 나머지는 흥에 겨워 있으면서도 불쾌하다는 듯 침을 뱉어대더니 결국 제 갈 길을 갔다. 나중에 표도르는 맹세코 자기도 그때 다른 사람들과 함께 자리를 떴다고 주장했다. 어쩌면 그 말은 사실인지도 모른다. 그것은 누구도 알 수 없는 일이었다. 그런데 대여섯 달이 지나자 온 동네에 리자베타가 임신했다는 소문이 퍼졌다. 사람들은 분노에 치를 떨며 누가 그랬을지 캐묻고 알아보았으나 소용이 없었다. 그런데 그때 갑자기 그것이 표도르의 소행이라는 기이한 소문이 온 동네에 퍼진 것이다. 소문의 출처는 대체 어디일까? 그 무렵 패거리 가운데 이 고장에 남아 있던 사람은 한 사람뿐이었다. 다 자란 딸들과 가정을 거느린 5등 문관이었는데, 나이가 지긋한 존경받는 인물로 정말로 무슨 일이 있었다고 해도 쉽사리 발설하지 않을 사람이었다. 나머지 다섯 사람은 다른 지역으로 떠나고 없었다. 그런데도 소문은 똑바로 표도르를 지목했고, 수그러들 줄도 몰랐다. 표도르는 그 소문에 대해 딱히 항의하지 않았다. 별 볼 일 없는 상인이나 상점 주인에게는 말대꾸도 하지 않았다. 그때 그는 몹시 거만해져 있어서 웃겨주느라 열심이던 관리나 귀족들 외에는 말도 섞지 않았다. 이때 그리고리는 팔을 걷어붙이고 주인 편에 서서 온갖 비방에 맞서 열정적으로 주인을 옹호했고, 욕설과 말씨름까지 불사하며 많은 사람들의 생각을 바꿔놓았다. "그 천박한 여자가 잘못이야"라며, 범인은 다름 아닌 '나사못 카르프'(당시 온 동네에 악명을 떨치던 무시무시한 탈옥수의 별명으로, 현립 감옥을 탈출해 우리 고장에 숨어 살고 있었다)라고 힘주어 말했다. 그해 초가을 밤 카르프가 읍내를 배회하며 세 사람에게 강도짓을 한 사건이 아직도 사람들의 기억 속에 남아 있었으므로 그 추측은 그럴듯해 보였다. 그러나 그런 사건이 벌어지고 온갖 소문이 나돌아도 가엾은 유로디비에 대한 동정은 식을 줄 몰랐으며, 그녀는 더욱 따뜻한 보호와 보살핌을 받았다. 재력 있는 상인의 미망인인 콘드라티예바 부인은 리자베타를 해산할 때까지 내보내지 않을 생각으로 4월 말부터 집으로 데려오기도 했다. 밤낮으로 철통감시가 이루어졌으나, 그런 노력에도 불구하고 리자베타는 출산 전날 밤 콘드라티예바 부인의 집을 몰래 빠져나왔고, 표도르의 정원에서 발견되었다. 그 몸으로 어떻게 높고 튼튼한 정원 울타리를 넘었는지는 하나의 수수께끼로 남아 있다. '누군가 옮겨주었다'는 사람도 있었고, '어떤 힘이 옮겨주었다'는 사람도 있었다. 아마 그 일은 기이하기는 해도 지극히 자연스러운 방식으로 이루어졌을 것이다. 즉, 남의 집 텃밭에서 잠을 자느라 울타리를 넘곤 했던 리자베타가 표도르네 울타리를 어떻게든 기어올랐고, 만삭의 몸에 무리가 가는 것은 아랑곳않고 그 위에서 정원으로 뛰어내렸을 것이다. 그리고리는 마르파 이그나티예브나에게 달려가서 리자베타를 돌봐주라고 한 뒤 마침 근처에 살던 상인 출신 산파 할멈을 부르러 갔다. 갓난아이는 살려냈지만, 리자베타는 동이 틀 무렵 죽고 말았다. 그리고리는 아이를 안고 집으로 데려와 아내를 자리에 앉히고는 품 속 깊이 아이를 안겨주었다. "고아는 하느님의 자식이라 누구에게나 친자식이 되는 법인데, 우리 부부에게라면 더욱 그렇지 않겠소. 이 아이는 악마의 자식과 의로운 여자 사이에서 태어났지만, 죽은 우리 아이가 보내준 거요. 그러니 잘 보살펴주고 앞으로는 울지 말구려." 이렇게 해서 마르파 이그나티예브나는 아이를 맡아 기르게 되었다. 아이는 세례식을 치르고 파벨이라는 이름을 얻었으며, 부칭은 누가 말하지도 않았지만 누구나 표도로비치라고 부르기 시작했다. 표도르는 여전히 제 소행이 아니라고 극구 부인했지만 아이를 그렇게 부르는 데에는 전혀 반대하지 않았으며 오히려 재미있는 일이라고 생각했다. 읍내 사람들은 표도르가 버려진 아이를 거두었다는 소식에 기뻐했다. 나중에 표도르는 아이에게 리자베타 스메르댜샤야라는 어머니의 별명을 따 스메르댜코프라는 성도 붙여주었다. 바로 이 스메르댜코프가 이 이야기가 시작될 무렵 요리사 노릇을 하며 그리고리 영감, 마르파 할멈과 함께 별채에서 살고 있었던 표도르의 두 번째 하인이다. 스메르댜코프에 관해서라면 따로 반드시 해두어야 할 이야기가 있으나, 평범한 하인들에게 이렇게 오랫동안 독자의 주의를 붙잡아두는 것은 양심이 허락하지 않으니 소설이 진행됨에 따라 자연스럽게 다시 이야기할 기회가 있을 것으로 믿고 일단 다음 이야기로 넘어가기로 하겠다.

3. 열렬한 마음의 고백, 시의 형태로

알료샤는 아버지가 수도원을 떠나며 외친 명령을 듣고 어안
이 벙벙해져 잠시 그 자리에 서 있었다. 그러나 언제까지나
말뚝처럼 굳어 있던 건 아니었다. 알료샤는 그러는 법이 없
었다. 그는 심란하긴 했지만 곧장 주방에 가서 아버지가 2층
에서 무슨 일을 벌였는지 전해 들었다. 그러고는 시내로 가
는 도중에 그를 괴롭히는 문제가 해결되리라 믿으며 일단 길
을 나섰다. 미리 밝혀두지만, 알료샤는 아버지의 호통이나
'베개와 이불을 싸 들고' 집에 들어오라는 명령은 조금도 두
렵지 않았다. 아버지가 '격정에 빠진 나머지', 심지어 미적 효
과를 위해 남이 듣도록 과시적으로 집에 돌아오라고 소리쳤
다는 사실을 너무나 잘 알고 있었기 때문이다. 얼마 전 같은
동네에 사는 상인이 자신의 영명축일에 손님들이 모인 자리
에서 거나하게 취해서는 보드카를 더 내놓지 않는다고 화를
내며 별안간 식기를 깨트리고 자기 옷과 아내의 옷을 찢고
가구를 때려 부수더니 나중에는 유리창까지 깨부순 일이 있
었는데, 이것도 모두 미적 효과를 내기 위해 그런 것이었다.
방금 아버지에게도 비슷한 일이 벌어진 것이다. 물론 코가
비뚤어지도록 취했던 그 상인은 다음 날 정신을 차리고는 깨
진 찻잔과 접시를 보며 무척 안타까워했다. 아버지도 내일이

면, 혹은 오늘 중에라도 다시 수도원으로 보내줄지도 모른다고 알료샤는 생각했다. 아버지가 다른 사람은 몰라도 자기를 속상하게 할 리는 없다고 굳게 믿었던 것이다. 알료샤는 세상 그 누구도 절대 자신을 모욕하려 하지 않을 것이며, 모욕할 수도 없다고 확신하고 있었다. 그것은 고민할 필요가 없는 불변의 공리公理였으며, 그런 의미에서 그는 조금도 흔들리지 않고 앞으로 나아갈 수 있었다.

하지만 이때 알료샤의 마음속에는 무어라고 정확히 집어낼 수 없어 더욱 고통스럽게 느껴지는 전혀 다른 두려움이 꿈틀거리고 있었다. 그것은 여자에 대한 두려움, 정확히는 아까 호흘라코바 부인 편으로 쪽지를 전달해 할 말이 있으니 와달라고 간청한 카테리나 이바노브나에 대한 두려움이었다. 카테리나의 요청과 가지 않을 수 없다는 생각은 알료샤의 가슴에 당장 괴로움을 심어놓았다. 오전 내내, 수도원과 수도원장의 거처에서 온갖 장면이 연출되고 소동이 벌어지는 와중에도 시간이 흐를수록 그 괴로움은 커져만 갔다. 카테리나가 무슨 말을 꺼낼지, 자신이 어떤 대답을 해야 할지 몰라서 두려운 것이 아니었다. 카테리나가 여자여서 두려운 것도 아니었다. 여자를 잘 아는 것은 아니었지만, 그래도 어릴 적부터 수도원에 들어갈 때까지 여자들 틈에서 지냈기 때문이다. 두려운 것은 바로 그 여자, 카테리나 이바노브나 자체였다. 알료샤는 처음 본 순간부터 그녀가 두려웠다. 한두 번, 기껏해야 세 번 정도 보고 한 번 우연히 몇 마디 나눈 것이 전부였다. 카테리나를 생각하면 아름답고 당당하고 강인한 여자의 모습이 떠올랐다. 하지만 알료샤를 괴롭힌 것은 카테리나의 미모가 아닌 다른 것이었다. 두려움의 원인을 모른다는 사실에 두려움은 더욱 커져만 갔다. 그녀의 목적이 더할 나위 없이 고결하다는 것은 알료샤도 알고 있었다. 그녀는 자신에게 죄를 지은 드미트리를 구하려고 애쓰고 있었고, 그것은 오직 그녀의 관대함에서 비롯된 행위였다. 그러나 그 아름답고 너그러운 마음을 잘 알고 인정하면서도 카테리나의 집이 가까워질수록 점차 등골이 오싹해지는 것이었다.

카테리나와 무척 가까운 사이인 둘째 형 이반은 지금 아버지와 함께 있을 테니 그녀의 집에 없을 것이라고 알료샤는 생각했다. 드미트리 형이 없으리라는 것은 더더욱 확실했고, 그 이유도 알 것 같았다. 그러니 그는 그녀와 단둘이 대화를 나누게 될 것이다. 알료샤는 이 피할 수 없는 운명적인 대화에 앞서 드미트리 형을 보러 가고 싶은 마음이 간절했다. 굳이 편지를 보여주지는 않더라도 아무 말이라도 몇 마디 나누고 싶었다. 하지만 드미트리 형은 멀리 사는 데다 지금 집에 있을 것 같지도 않았다. 알료샤는 잠시 가만히 서 있다가 이윽고 마음을 굳혔다. 익숙한 동작으로 재빨리 성호를 그은 후 까닭 모를 미소를 짓고는 결연한 태도로 무서운 여자의 집을 향해 발걸음을 옮겼다.

그녀의 집은 알고 있었다. 하지만 볼샤야 거리로 나가 광장 등을 거쳐 가자면 가까운 거리는 아니었다. 우리 고장이 크지는 않았지만 집들이 여기저기 흩어져 있어 꽤나 먼 거리를 오가야 하는 경우도 있었다. 그리고 아버지가 기다리고 있을지도 몰랐다. 아직 집으로 돌아오라는 명령을 잊지 않고 있다가 변덕을 부릴 수도 있으니, 제시간에 다녀오려면 서둘러야 했다. 알료샤는 이런저런 고민 끝에 뒷길로 질러가기로 마음먹었다. 알료샤는 시내의 모든 뒷길을 자기 손바닥 보듯 훤하게 알고 있었다. 뒷길로 간다는 것은 인적이 드문 담장을 따라 남의 집 울타리를 넘기도 하고 마당을 지나기도 하며 사실상 길이 없는 곳으로 간다는 것을 의미했다. 그곳에 사는 사람들과는 잘 알고 인사를 나누는 사이인지라 문제 될 것은 없었다. 그 길로 가면 볼샤야 거리까지 가는 거리를 반으로 줄일 수 있었다. 도중에 아버지의 집과 아주 가까운 집, 정확히는 아버지 정원과 맞닿은 이웃집 정원 앞을 지나게 되었다. 창문이 네 개 달리고 지붕이 한쪽으로 기운 작고 허름한 집에 딸린 정원이었다. 알료샤가 알기로 그 집 주인은 딸과 함께 사는 다리가 불편한 노파였다. 딸은 얼마 전까지 페테르부르크에 있는 장군 댁에서 도시 생활을 누리며 하녀로 지내다가 노모가 병에 걸리자 1년 전에 고향으로 돌아왔다. 돌아와서도 늘 화려한 옷을 입고 다니며 멋을 부렸다. 하지만 모녀는 형편이 지독하게 어려워져서 이웃인 표도르네 부엌에 매일같이 빵과 수프를 구걸하러 다녀야 했다. 마르파 이그나티예브나는 모녀가 찾아오면 기꺼이 음식을 퍼주었다. 딸은 매일같이 수프를 얻으러 다니면서도 옷은 한 벌도 팔지 않았다. 그중에는 치맛자락이 기다랗게 늘어지는 것도 있었다. 알료샤는 시내에서 벌어지는 일이라면 모르는 것이 없는 라키틴에게서 우연히 이런 사정을 들었다. 물론 그는 듣고 나서 금방 잊어버렸다. 그런데 지금 이웃집 정원에 이르자 문득 그 기다란 치맛자락 이야기가 떠올랐다. 알료샤는 생각에 잠겨 푹 숙이고 있던 고개를 번쩍 들었다. 그런데 그 순간… 전혀 생각지 못한 사람을 보게 되었다. 드미트리가 이웃집 울타리 너머에서 무언가를 딛고 올라서서 몸을 앞으로 쑥 내민 채 행여나 누가 들을세라 소리를 지르기는커녕 말도 못 하고 이쪽을 보라고 필사적으로 손짓을 하고 있는 것이 아닌가. 알료샤는 당장 울타리로 달려갔다.

"네가 이쪽을 봐서 다행이야. 하마터면 소리를 칠 뻔했거든." 드미트리는 반가운 얼굴로 조급하게 속삭였다. "이리로 넘어와, 어서! 네가 오다니, 정말 잘됐구나. 안 그래도 마침 네 생각을 하고 있었거든…."

알료샤도 무척 반가웠으나 울타리를 어떻게 넘어야 할지 몰라 머뭇거렸다. 그러자 '미탸'가 용사처럼 억센 팔로 알료샤의 팔꿈치를 붙잡아 뛰어넘도록 도와주었다. 알료샤는 수도복 자락을 걷어 올리고 맨발로 동네를 뛰어다니는 꼬마들처럼 날렵하게 울타리를 뛰어넘었다.

"자, 가자, 어서!" 미탸는 들뜬 목소리로 속삭였다.

"어디로?" 알료샤도 덩달아 목소리를 낮춰 물어보며 사방을 둘러보았다. 텅 빈 정원에는 두 사람 말고는 아무도 없었다. 작은 정원이었지만 그들이 있는 곳에서 주인집까지 오십 걸음은 더 되어 보였다. "여기엔 아무도 없는데 왜 목소리를 낮추는 거야?"

"왜 목소리를 낮추느냐고? 이런, 빌어먹을!" 드미트리는 별안간 목소리를 높였다. "그래, 내가 왜 목소리를 낮추고 있었을까? 너도 방금 보았다시피 인간이란 갑자기 이렇게 어처구니없는 행동을 할 때가 있구나. 난 여기 숨어서 비밀을 감시하던 중이야. 설명은 있다가 하겠지만, 아무튼 비밀에 대한 생각을 하다 보니 말도 은밀하게 나오고, 바보처럼 쓸데없이 목소리를 낮췄지 뭐냐. 가자, 저쪽으로! 거기 갈 때까진 아무 말 마라. 네게 키스라도 해주고 싶구나!

이 세상의 드높은 분에게 영광 있으리,
내 안의 드높은 분에게 영광 있으리…!

네가 오기 바로 전까지 여기서 이 구절을 되뇌이고 있었단다…."

정원은 1데샤티나(1092헥타르에 해당―옮긴이)는 넘어 보였지만, 사과나무, 단풍나무, 보리수, 자작나무 따위는 울타리를 따라 가장자리에만 심어져 있었다. 정원 가운데는 텅 빈 풀밭이었는데, 여름이면 이곳에서 수십 킬로그램씩 건초를 베어 들였다. 주인은 봄이면 몇 루블씩 받고 정원을 빌려주었다. 산딸기, 구스베리, 커런트 따위를 심은 밭도 역시 울타리 부근에 몰려 있었다. 집 옆에 있는 채소밭은 최근에 만든 것이었다. 드미트리는 그 집에서 가장 멀리 떨어진 정원 한구석으로 동생을 데려갔다. 그러자 보리수, 커런트, 딱총나무, 까마귀밥나무, 라일락 등의 고목과 덤불 사이로 폐허나 다름없는 낡아빠진 녹색 정자가 나타났다. 색은 거무스름하게 바랬고 형체는 기운 데다가 벽은 뼈대만 남았지만, 그래도 지붕이 있어서 비는 피할 수 있을 것 같았다. 이 정자가 언제 세워졌는지는 아무도 모르지만, 전해오는 이야기로는 약 50년 전에 당시 집주인이던 알렉산드르 카를로비치 폰 슈미트라는 퇴역 중령이 세웠다고 한다. 하지만 이제는 낡을 대로 낡아 바닥은 썩고 널판은 삐걱거렸으며 목재에서는 퀴퀴한 냄새가 풍겼다. 정자 안에는 바닥에 고정된 녹색 나무 탁자가 있었고, 그 둘레에는 아직 앉을 만한 녹색 벤치가 있었다. 알료샤는 형이 들떠 있다는 것을 바로 알아차렸는데, 정자 안에 들어가 보니 탁자에 코냐 반 병과 술잔이 놓여 있었다.

"이건 코냑이야!" 미탸가 껄껄대며 웃었다. "넌 벌써 '또 술인가?' 싶은 표정이구나. 유령을 믿어선 안 돼.

> 허황되고 거짓된 군중을 믿지 말고,
> 자신의 의혹을 버릴지어다….

난 술을 퍼마신 게 아니라 라키틴이라는 네 친구 놈 말마따나 '음미'하고 있었을 뿐이야. 그놈은 5등 문관이 되어서도 끊임없이 '음미한다'는 소리를 지껄이겠지. 앉아라. 너를 으스러지도록 꽉 껴안아주고 싶구나. 왜냐하면, 온 세상에서… 내가 정말로… 정—말—로… (잘 들어라! 잘 들어!) 사랑하는 건 너밖에 없거든!"

마지막 말을 하는 그는 미친 사람처럼 흥분해 있었다.

"너밖에 없고말고. 하긴 '몹쓸 여자'한테 반하긴 했지. 그래서 신세를 망쳐버렸고. 하지만 반했다고 해서 꼭 사랑하는 건 아니야. 증오하면서도 반할 수는 있거든. 그걸 기억해 둬! 아직 기분이 좋을 때 이야기를 해야겠어. 이 탁자 앞에 앉아. 네 옆에 앉아 네 얼굴을 바라보면서 모든 걸 말해줄 테니. 넌 계속 가만히 있고, 난 계속 떠들어댈 거야. 그럴 때가 됐거든…. 그런데 정말 작은 목소리로 말해야 할 것 같구나. 왜냐하면, 여기에는… 여기에는… 생각지도 못한 놈이 듣고 있을지도 모르거든. 아까 나머지는 있다가 말해준다고 했으니 모든 걸 설명하마. 왜 내가 지난 며칠간 내내, 그리고 아까도 목이 빠져라 너를 기다리고 있었는지 아니? (여기서 진을 친 지는 벌써 닷새째란다.) 요 며칠 계속? 왜냐하면 너한테만 모든 걸 말할 생각이고, 또 그래야 하기 때문이야. 내겐 네가 필요하거든. 나는 내일 구름 위에서 뛰어내릴 거고, 내일 인생이 끝났다가 다시 시작될 것이기 때문이야. 꿈에서 산꼭대기 위에서 구덩이 속으로 떨어져본 적 있니? 지금 난 꿈속에서 추락하는 게 아니야. 하지만 무섭지는 않으니 너도 무서워할 것 없어. 아니, 무섭기는 하지만 달콤하지. 아니, 달콤하다기보다는 황홀하다고 해야겠군…. 제기랄, 아무렴 어때. 강한 마음이든 나약한 마음이든 여자 같은 마음이든 아무 상관없어! 자연을 찬미해야겠구나. 어떠냐, 찬란한 햇살과 맑은 하늘, 푸르른 나뭇잎과 아직 한여름 같은 오후 4시의 이 정적이! 그런데 어디로 가던 중이었지?"

"아버지한테 가는 길이었어. 하지만 먼저 카테리나 이바노브나에게 가볼 생각이었어."

"카테리나와 아버지한테? 아아, 이런 우연이 있나! 내가 왜 너를 불렀고, 왜 마음 구석구석, 갈비뼈 하나하나에 이르기까지 널 보길 원하고, 갈망하고, 애태웠는지 아니? 나 대신 너를 아버지와 카테리나에게 보내서 두 사람하고 인연을 끊고 싶었기 때문이야. 천사를 보내서 말이야. 아무나 보낼 수도 있었지만 나는 꼭 천사를 보내야 했거든. 그런데 네가 마침 카테리나와 아버지에게 가는 길이었다니."

"정말 날 보낼 생각이었어?" 알료샤는 괴로운 얼굴로 물었다.

"잠깐, 넌 알고 있었구나. 대번에 다 파악한 거야. 하지만 가만히, 아직은 가만히 있어. 안타까워 할 필요도 없고, 눈물을 흘릴 필요도 없어!"

드미트리는 일어서서 손가락을 이마에 대고 생각에 잠겼다.

"그 여자가 널 불렀구나. 편지를 보냈든지 해서 그 여자한테 가는 거야. 그게 아니면 네가 왜 그 여자를 찾아가겠어."

"여기 쪽지가 있어." 알료샤는 주머니에서 쪽지를 꺼냈다. 미탸는 그것을 쓱 훑어보았다.

"그래서 뒷길로 가기로 한 거냐? 오, 하느님! 이 아이를 뒷길로 보내시어 저와 마주칠 수 있게 해주셔서 감사합니다. 꼭 늙고 어리석은 어부에게 황금빛 물고기가 잡혔다는 옛날 이야기 같구나. 알료샤, 내 동생아, 잘 들어. 난 지금 네게 전부 다 말할 생각이야. 어차피 누군가에게는 해야 할 얘기거든. 천상에 있는 천사에게는 이미 말했지만, 이젠 지상에 있는 천사에게도 말해야겠다. 너는 지상의 천사야. 잘 듣고 판단해서 용서해주렴…. 나는 나보다 나은 사람한테서 용서를 받아야 하거든. 들어봐. 만약에 두 사람이 갑자기 지상의 모든 것과 인연을 끊고 별세계로 날아가버린다고 한다면, 아니면 적어도 둘 중 하나가 날아가거나 죽기 전에 다른 한 사람을 찾아가 임종 때나 할 수 있는 부탁을 한다면, 그 사람이 그런 부탁을 들어주지 않을 수 있겠니…. 만약 그 사람이 친구고, 형제라면 말이야?"

"나라면 들어주겠어. 그러니 어서 무슨 일인지 말해봐." 알료샤가 말했다.

"어서 말하라고…. 흠. 알료샤, 그렇게 서두를 건 없어. 마음이 급하고 불안한 모양이구나. 이제는 서두를 필요가 없단다. 이제는 세계가 새로운 길로 접어들었거든. 네가 황홀경이 뭔지 모르고 있다는 게 유감이구나! 그나저나, 내가 지금 무슨 소리를 하는 거지? 네가 그런 걸 모르고 있다고 하다니, 내가 얼간이 같은 소리를 했구나.

인간이여, 고결할지어다!

"이게 누구 시더라?"

알료샤는 기다리기로 했다. 어쩌면 정말로 자신이 해야 할 일이 여기에 있을지도 모른다는 생각이 들었던 것이다. 미탸는 탁자에 팔꿈치를 대고 턱을 괸 채 잠시 생각에 잠겼다. 두 사람 다 말이 없었다.

"료샤(알료샤의 애칭—옮긴이)." 미탸가 입을 열었다. "너만은 비웃지 않겠지! 나는… 내 고백을… 실러의 〈환희의 송가〉로 시작하고 싶다. An die freude(환희의 송가)로! 사실 난 독일어는 몰라. An die freude라는 말만 알고 있을 뿐이지. 내가 술주정을 한다고는 생각지는 마. 전혀 그렇지 않으니까. 코냑은 코냑이지만, 그래도 난 두 병은 마셔야 취하거든. '벌건 얼굴의 실레노스는 비틀거리는 당나귀를 타고….' 나는 반의 반 병도 채 안 마셨으니 실레노스라고 할 순 없지. 실레노스가 아니라 실론(러시아어로 강한 사람이라는 뜻—옮긴이)이라고 해야겠군. 왜냐하면 완전히 결의를 굳혔으니까. 내 말장난을 용서해라. 오늘 말장난 말고도 많은 걸 용서해야 할 거야. 걱정 마라, 본론으로 들어가면 쓸데없는 소리는 그만두고 바로 요점을 이야기할 테니. 유대인처럼 질질 끌지는 않으마. 가만있자, 뭐였더라…."

드미트리는 고개를 들고 잠시 생각에 잠기더니 갑자기 열띤 목소리로 읊기 시작했다.

> 벌거벗은 야만인은 겁에 질려
> 바위굴 속에 몸을 숨기고,
> 광야를 떠도는 유목의 무리는
> 들판을 황폐하게 했네.
> 창과 활을 든 위협적인 사냥꾼이
> 숲속을 휩쓸었네….
> 슬프도다, 파도에 이리저리 떠밀려

삭막한 바닷가에 버려진 이들이여!

올림포스 산정에서
어머니 케레스가 내려와
납치된 딸 페르세포네를 찾아 헤맬 때
눈앞의 세상은 거칠기만 할 뿐
누구 하나 반겨주는 이 없으니
여신은 그 어디에도 몸 둘 곳이 없도다.
신께 경배하는 신전도
그 어디에서도 볼 수 없더라.

들판의 열매와 달콤한 포도송이의 반짝임은
연회에 보이지 않고,
연기가 피어오르는 육신의 잔해만이
피로 물든 제단 위에 놓여 있도다.
케레스의 슬픔에 찬 눈길이
그 어디를 향해도
치욕의 수렁에서 허덕이는
인간의 모습만 보일 뿐이라!

미탸의 가슴속에서 별안간 흐느낌이 터져 나왔다. 그는
알료샤의 손을 덥석 잡았다.

"동생아, 나는 치욕, 지금도 치욕의 수렁 속에 빠져 있단
다. 인간이란 이 세상을 살아가면서 무시무시할 만큼 많은

것을 인내하고, 무시무시할 만큼 많은 불행을 겪지! 내가 코냑을 마시며 방탕한 생활이나 일삼는 장교 견장을 단 쓰레기라고 생각하지 말아다오. 난 이 치욕의 수렁에 빠진 인간에 대한 생각뿐이란다. 지금 거짓말을 하거나 자기 자랑을 하고 싶지는 않다. 그런 인간에 대해 생각하는 건 바로 나 자신이 그런 인간이기 때문이야.

> 인간이 진창에서
> 영혼의 힘으로 일어서려거든
> 태고 적 어머니인 대지와
> 영원히 결합할지어다.

그런데 문제는 어떻게 대지와 영원히 결합하느냐 하는 거야. 난 대지에 입을 맞추지도 않고 대지의 품을 파헤치지도 않아. 내가 농부나 목동이 될 수는 없는 노릇이니까. 살아가면서도 대체 내가 떨어진 곳이 악취와 치욕 속인지 광명과 환희 속인지 분간이 안 되거든. 바로 이게 문제야. 하긴, 세상만사는 수수께끼지! 방탕한 생활을 하며 아득한 치욕의 수렁 속으로 빠져들 때면(내겐 항상 이런 일만 있었지), 케레스와 인간을 노래한 이 시를 읊곤 했어. 그래서 그 시가 나를 바로잡아주었을까? 천만에! 왜냐하면, 나는 카라마조프니까. 기왕 나락에 떨어질 바에는 머리부터 곤두박질을 치는 거야. 심지어 그런 모욕적인 자세로 추락하는 데 만족을 느끼고 나 같은 사람에겐 아름다운 일이라고 생각하는 거야. 그리고 바로 그런 치욕 속에서 느닷없이 하느님을 찬양하는 노래를 부르기 시작하지. 저는 비록 저주받아 마땅한 더럽고 비열한 놈이지만 하느님의 옷자락에 입 맞추게 해주십시오. 제가 지금 이렇게 악마의 뒤를 따라가고 있지만, 그래도 전 당신의 아들입니다. 주여, 당신을 사랑하며, 세상을 존재하게 하는 환희를 느낍니다.

하느님이 지으신 영혼을
영원한 기쁨이 적시고
신비로운 발효의 힘에
생명의 잔이 타오르도다.
한 포기 풀도 빛을 향하게 하고
혼돈을 태양으로 바꾸어
점성가도 헤아릴 수 없는 공간 속에
흩뿌려 놓았도다.
풍요로운 자연의 품에서
숨 쉬는 모든 것이 기쁨을 마시고
모든 피조물과 만백성이
그 기쁨에 이끌리네.
불행한 날에 우리에겐 벗을,
포도즙과 미의 여신의 화관을,
벌레에겐 욕정을 주었고…
천사는 하느님 앞에 서 있도다.

시는 이쯤 해두자! 내가 눈물을 흘렸구나. 좀 울게 내버려두렴. 다른 사람들에겐 웃음거리일지 몰라도 네겐 아니야. 너도 눈시울이 빨개졌구나. 시는 이제 그만두자. 하느님이 욕정을 주신 '벌레' 이야기를 하고 싶구나.

벌레들에게는 욕정을!

알료샤, 내가 바로 그 벌레란다. 이건 특별히 나를 두고 한 말이야. 우리 카라마조프 집안사람들은 모두 이런 벌레들이지. 천사 같은 네 안에도 이 벌레가 살면서 네 핏속에서 폭풍을 일으키고 있어. 그래, 폭풍이야. 욕정은 곧 폭풍이거든. 아니, 그 이상이지! 아름다움이란 무섭고도 끔찍한 거야. 무서운 이유는 뭐라 규정할 수 없기 때문이고, 규정할 수 없는 이유는 하느님이 이 세상에 수수께끼만 내놓으셨기 때문이지. 이 세상에는 양 극단이 서로 만나고 온갖 모순이 공존하거든. 알료샤, 나는 못 배운 놈이지만 이런 문제에 대해서는 많이 생각해봤어. 이 세상은 비밀투성이야! 너무나 많은 수수께끼가 땅 위의 인간을 짓누르고 있어. 그걸 풀라는 건 몸을 적시지 않고 물속에 들어갔다가 나오라는 거나 마찬가지야. 아름다움이라! 여기서 참을 수 없는 건 고귀한 성품과 뛰어난 지성을 지닌 인간도 성모의 이상으로 출발했다가 소돔의 이상으로 끝나버리고 만다는 거야. 더 무서운 건 이미 마음속에 소돔의 이상을 품은 사람이 성모의 이상 또한 부정하지 못하고, 죄 없는 젊은 날 그랬던 것처럼 성모의 이상에 진정으로 가슴을 불태운다는 거지. 인간이란 너무나 광범위한 존재여서 차라리 좀 좁혔으면 싶어. 뭐가 뭔지 도무지 알 수가 없거든! 이성으로 보면 치욕스러운 것이 감정으로 보면 아주 아름다우니 말이야. 정말 소돔에 아름다움이 있을까? 믿을지 모르겠지만, 대다수의 사람이 보기에 아름다움은 바로 소돔에 있단다. 이 비밀을 알고 있었니? 끔찍한 건 아름다움이 그저 무시무시할 뿐 아니라 신비롭기도 하다는 거야. 악마와 신이 서로 싸우는데, 그 싸움터가 바로 인간의 마음인 거지. 아무튼, 아픈 사람은 자기 아픈 곳 얘기만 하기 마련이군. 자, 그럼 본론으로 들어가자."

4. 열렬한 마음의 고백. 일화의 형태로

"난 거기 있을 때 방탕하게 살았어. 아까 아버지가 내가 여자들을 유혹하느라 수천 루블을 써버렸다고 했지? 그건 돼지 같은 망상이고, 절대 그런 일은 없었어. 혹시 있었다 하더라도, '그런 짓'에 돈이 필요했던 건 아니야. 내게 돈은 장신구이자, 마음의 열기이자, 소품에 지나지 않았거든. 오늘은 어떤 귀부인이 내 여자였다가, 내일이면 웬 길거리 여자가 그 자리를 대신했지. 나는 어느 쪽이건 다 즐겁게 해줬어. 돈을 한 주먹씩 뿌리며 음악이며 집시들을 불러다놓고 떠들썩하게 놀았지. 필요하다면 여자에게도 돈을 줬어. 주면 좋아라 하고 받거든. 그건 인정해야 해. 돈을 주면 기뻐하고, 고마워했지. 귀족 아가씨들도 나를 좋아했어. 전부 그랬다는 건 아니지만, 아무튼 가끔 그런 일도 있었지. 하지만 나는 언제나 광장 뒤쪽 한적하고 컴컴한 뒷골목이 좋더군. 거기엔 모험과 뜻밖의 사건과 진흙에 파묻힌 보석이 있거든. 알료샤, 이건 다 비유적으로 하는 말이야. 내가 살던 동네에 실제로 그런 뒷골목이 있었다는 게 아니야. 무형의 뒷골목이 있었다는 거지. 네가 나 같은 사람이었다면 그 뒷골목이 뭘 말하는지 알았을 거야. 난 방탕한 생활을 좋아했고, 그런 생활에서 느끼는 수치심도 즐겼어. 잔인한 짓도 좋아했지. 내가 빈대나 악랄한 벌레가 아닐까 싶을 정도로. 하긴, 난 카라마조프가의 자손이지! 한번은 읍 전체가 트로이카 일곱 대를 나눠 타고 야유회를 간 적이 있었어. 겨울이었는데, 나는 어두운 썰매 위에서 옆에 앉은 처녀의 손을 만지작거리다가 이 가엾은 관리의 딸에게 입맞춤까지 했어. 사랑스럽게 생긴 온순하고 얌전한 처녀였지. 어둠속에서 내가 온갖 짓을 해도 그냥 내버려두더구나. 불쌍하게도 내일이면 내가 자기를 찾아와 청혼할 줄 알았던 거야(사실 난 괜찮은 신랑감으로 소문나 있었거든). 하지만 나는 그 일이 있은 후로 다섯 달 동안 그 아가씨에게 말 한마디 걸지 않았어. 무도회에서 춤을 출 때면(거기서는 수시로 무도회가 열렸거든) 한쪽 구석에서 나를 집요하게 쳐다보는 게 느껴지더구나. 그 눈동자가 조용한 분노를 담고 이글거리고 있었지. 하지만 그 장난은 내 안에 꿈틀거리는 벌레의 욕정을 채운 것에 불과했던 거야. 다섯 달 후 그 아가씨는 어느 관리와 결혼해 다른 곳으로 떠났어…. 나를 원망하면서도 아마 계속 사랑하고 있었을 거야. 지금은 남편하고 행복하게 산다더군. 내가 아무에게도 이런 이야기를 한 적이 없고 그 아가씨의 명예를 더럽힌 적도 없다는 걸 알아둬. 욕망에 사로잡혀 더러운 짓을 일삼고 다녀도 양심이 없는 인간은 아니거든. 너 얼굴이 빨개졌구나. 눈도 반짝였고? 이런 지저분한 이야기는 이제 그만 하마. 이건 아직 폴 드 콕(프랑스의 소설가—옮긴이)의 서론에 지나지 않긴 하지만 말이야. 그런데 내 마음속에는 이미 잔인한 벌레가 자라나 퍼져버렸지. 알료샤, 그 당시의 추억을 다 모으면 앨범 하나는 만들 수 있을 거야. 하느님께서 그 귀여운 여인들에게 건강을 허락해주시길. 난 싸우지 않고 헤어지는 게 좋았어. 그 여자들의 비밀을 지켜주고, 한 번도 얼굴에 먹칠을 한 적이 없지. 하지만 이 얘긴 됐다. 내가 이런 얘기나 늘어놓으려고 너를 불렀다고 생각하지는 않겠지? 천만에, 좀 더 흥미로운 이야기를 들려줄 생각이야. 하지만 내가 이런 얘기를 하면서도 창피해하기는커녕 즐거워 보인다고 해서 너무 놀라지는 마라."

"내가 얼굴을 붉혀서 그러지?" 알료샤가 불쑥 말했다. "내 얼굴이 빨개진 건 형이 하는 얘기나 형의 행동 때문이 아니야. 나도 형과 똑같다는 생각이 들어서지."

"아니, 네가? 그건 좀 지나친 말인 것 같은데."

"아니, 그렇지 않아." 알료샤는 열을 올리며 말했다(오래 전부터 이런 생각을 한 모양이었다). "똑같은 계단 위에 서 있는 거야. 내가 가장 낮은 계단에 있다면, 형은 열세 번째쯤 되는 계단에 있을 뿐이지. 난 그렇게 생각해. 결국엔 다 마찬가지야. 맨 아래쪽 계단에 발을 내디딘 사람은 언젠가는 가장 높은 계단으로 올라갈 거야."

"그럼 아예 발을 내딛지 말아야 할까?"

"그럴 수 있다면 그래야지."

"넌 그럴 수 있니?"

"아닐 것 같아."

"그만, 알료샤, 그만해라. 손에다 입을 맞춰주고 싶구나. 가슴이 벅차서 말이지…. 저 불여우 같은 그루센카가 사람을 꽤 잘 보는데, 한번은 너를 잡아먹고야 말겠다고 하더군. 그래, 그래, 그만하마. 추잡한 이야기와 파리똥으로 더러워진 무대를 떠나 내 비극으로 넘어가자. 하긴 이쪽도 파리똥이며 온갖 오물이 가득한 건 마찬가지야. 아까 노인네가 나더러 순결한 처녀들을 유혹했다느니 어쩼느니 하고 헛소리를 지껄여댔지만, 사실 내 비극 속에는 실제로 그런 일이 있긴 했어. 딱 한 번뿐이었고 그나마 실제로 성사되지도 않았지만. 영감은 되는대로 지껄여가며 나를 비난했지만, 이런 일이 있었는 줄은 몰라. 이건 아무에게도 말한 적 없고, 네게 처음으로 털어놓는 얘기야. 물론 이반은 제외하고. 이반은 다 알고 있어. 너보다 훨씬 전부터 알고 있지. 하지만 이반은 무덤처럼 입이 무겁거든."

"무덤처럼 입이 무겁다고?"

"그래."

알료샤는 정신을 바짝 차리고 이야기를 들었다.

"그곳 수비대에 있을 때 난 소위보였지만, 무슨 유형수라도 되는 양 감시를 받는 처지였어. 하지만 그 고장 사람들은 내게 무척 잘해주더군. 내가 돈을 뿌려대니까 부자라고 생각한 모양이야. 사실 나도 그렇게 믿고 있었지. 하지만 꼭 돈이 아니더라도 내가 사람들의 마음에 드는 구석이 있긴 했을 거야. 모두들 고개를 절레절레 흔들면서도 실은 나를 좋아했거든. 그런데 나이가 지긋한 우리 대대 중령이 갑자기 나를 못마땅하게 여겼는지 사사건건 트집을 잡기 시작하는 거야. 하지만 나도 든든한 뒷줄이 있는 데다 그곳 사람들 전체를 등에 업고 있으니 내게 무슨 해코지를 할 수 있는 건 아니었지. 하긴 내 잘못도 있었어. 그 사람한테 마땅한 예우를 갖추지 않았거든. 오만했다고나 할까. 사실 그 고집 센 노인은 손님을 극진하게 대접하기 좋아하는 마음씨 좋은 사람이었어. 두 번 장가를 들었지만 두 번 다 부인과 사별을 했지. 첫 번째 부인은 순박한 여자였고, 역시나 순박한 딸을 남겨두고 세상을 떠났어. 내가 그 고장에 있었을 무렵엔 스물네 살의 어엿한 처녀가 되어 아버지와 죽은 어머니의 동생인 이모와 함께 살고 있었지. 이모가 조용하면서 순박했다면, 조카, 그러니까 중령의 맏딸은 활달하면서 순박했어. 난 원래 지난 일을 회상할 때 좋게 얘기하는 편이지만, 그 처녀보다 성격이 좋은 여자는 한 번도 본 적이 없어. 아가피야, 그래, 이름은 아가피야 이바노브나였단다. 게다가 그렇게 못생긴 편도 아니었어. 늘씬한 키와 풍만한 몸매에 얼굴은 조금 투박하지만 눈이 무척 아름다운 러시아적 미인이었지. 두 번 청혼을 받았지만 거절하고서 노처녀로 있었지만, 그래도 명랑함을 잃지 않았지. 나는 그 여자와 가까워졌어. 그렇고 그런 의미에서가 아니라 순수하게 친구로서 말이야. 난 여자들과 순수한 우정을 나눌 때도 자주 있었거든. 가끔은 아차 싶을 정도로 노골적인 이야기를 떠들어대도 그 여자는 그저 웃기만 하더군. 사실 여자들은 그런 노골적인 이야기를 좋아하는 경우가 많아. 그걸 알아두렴. 게다가 그 여자는 처녀이기까지 했으니 나는 더욱 더 신이 날 수밖에. 또 그 여자는 전혀 귀족 아가씨처럼 보이지 않았어. 아버지 집에서 이모와 함께 살면서 스스로 자신을 낮추고 사교계에서도 다른 사람을 이기려 들지 않았지. 누구나 그 여자를 좋아했고 또 필요로 하기도 했어. 바느질 솜씨가 일품이었거든. 정말 재능이 뛰어났지만, 대가를 요구하지 않고 그저 친절한 마음에 바느질을 해줬어. 하지만 상대가 답례를 하겠다고 하면 굳이 사양하지는 않았지. 하지만 중령은 전혀 딴판이었어! 중령은 그 고장 유력 인사 가운데 한 사람이었지. 인맥도 넓어서 온 고장 사람들을 불러다 만찬이나 무도회를 열곤 했어. 내가 그곳에 도착해 부대에 배속되었을 때 미인 중의 미인이라는 중령의 둘째 딸이 페테르부르크에서 어느 귀족 전문학교를 졸업하고 곧 돌아온다는 소문이 자자하더군. 그 둘째 딸이 바로 후처의 소생인 카테리나 이바노브나야. 이미 세상을 떠난 그 후처는 원래 어느 대단한 장군 집안 출신이었는데, 확실한 소문에 따르면, 시집올 때 한 푼도 들고 오지 않았다더군. 친척들에게 어떤 기대를 걸어볼 수 있을지는 몰라도 현금은 한 푼도 안 들고 온 거야. 그런데 그 전문학교 출신 아가씨가 오자(아주 온 것은 아니고 잠깐 머물기 위해 온 거였지) 온 마을이 활기를 띠더군. 장군 부인 두 사람과 대령 부인 한 사람을 비롯해 그 고장 최고의 귀부인들이, 또 그 뒤를 따라온 고장 사람들이 그 여자를 서로 집으로 부르고 무도회와 야유회의 여왕으로 떠받들며 대접하고, 가정교사들을 돕는다는 명목으로 활인화活人畵 전시회를 열기도 했어. 하지만 나는 신경도 쓰지 않고 방탕한 생활에만 빠져 있었고, 그러다가 한번은 온 도시를 떠들썩하게 한 소동을 일으켰지. 그래서인지 어느 날 대대장의 집에서 파티가 있을 때 그 여자가 나를 재듯이 훑어보는 게 느껴지더군. 나는 다가가지 않았어. 인사해야 할 필요를 못 느끼겠다, 그런 태도였지. 그 여자에게 다가간 건 어느 정도 시간이 흐른 후였어. 역시 어느 야회 석상에서였지. 말을 걸었더니 제대로 쳐다보지도 않고 경멸스럽다는 듯 입술을 꽉 다물더군. 나는 '두고 봐라, 되갚아주고 말 테니!' 하고 속으로 다짐했지. 당시 나는 지독하리만큼 난폭한 놈이었고 나도 그걸 잘 알고 있었어.

중요한 건 이 '카텐카'가 그저 순진한 여학생이 아니라 성격이 강하고 자긍심이 높으며 선량한 성품에 지성과 교양까지 겸비한 여성인 데 비해 나는 그런 점을 하나도 갖지 못했다는 사실을 내가 느끼고 있었다는 거야. 내가 그 여자한테 청혼하려 했을 것 같니? 천만에, 그저 내가 얼마나 대단한 사람인지 몰라주는 그 여자에게 복수하고 싶었을 뿐이야. 아무튼 나는 술판을 벌이고 난봉을 피워댔지. 결국 중령은 나를 사흘 동안 영창에 집어넣기까지 했어. 바로 그 무렵 아버지가 내게 6000루블을 보내왔지. 내가 더 이상 아무것도 요구하지 않을 테니 계산을 완전히 끝내자는 공식적인 권리 포기증을 보낸 후였어. 그때 난 아무것도 몰랐어. 여기 오기 전까지, 아니 바로 며칠 전까지, 아니 어쩌면 오늘까지도 아버지와의 금전 문제가 어떻게 돌아가는지 아무것도 몰랐단 말이지. 하지만 아무래도 좋아. 그 얘긴 나중에 하도록 하마. 아무튼 6000루블을 받고 나서 나는 어떤 친구가 보낸 편지를 보고 아주 흥미로운 사실 하나를 알게 되었어. 우리 중령이 군기 문란으로 상부의 불만을 사고 있다는 거야. 중령의 반대파 사람들이 그를 옭아매려고 일을 꾸민 거지. 사단장이 직접 와서 호되게 질책을 했어. 얼마 후엔 퇴역하라는 명령이 떨어졌지. 어떻게 된 일인지 자세한 이야기는 하지 않겠지만, 중령에게 적이 있었던 건 사실이야. 일이 그렇게 되자 중령 일가를 대하는 그 고장 사람들의 태도가 갑자기 냉랭해지기 시작했어. 꼭 썰물이 죽 빠져나가는 것 같았지. 내가 첫 번째 장난을 꾸민 건 바로 그때야. 항상 가깝게 지내던 아가피야 이바노브나를 만나 이렇게 말했지. '당신 아버님께는 공금 4500루블이 없답니다.' '그게 무슨 말씀이세요? 얼마 전에 장군이 오셨을 때만 해도 분명히 있었는데….' '그때는 있었지만 지금은 없어요.' 아가피야의 얼굴이 새파랗게 질리더군. '겁주지 마세요. 대체 누가 그런 말을 하던가요?' '염려 마요. 아무한테도 말하지 않을 테니. 아시다시피 나는 이런 일에 대해서는 무덤처럼 입이 무거우니까요. 하지만 '만일의 경우'를 생각해 덧붙여둘 게 있어요. 4500루블을 반납

하라는 명령이 떨어졌을 때 부친께 그 돈이 없으면 군법회의
에 넘겨져 말년까지 졸병 신세를 면치 못할 겁니다. 차라리
동생분을 남몰래 내게 보내주시죠. 마침 집에서 부쳐온 돈이
있으니 4000루블쯤은 내드릴 테니까요. 비밀은 반드시 보장
하지요.' '아아, 비열한 인간(정말 그렇게 말하더군)! 당신은 정
말 악랄하고 비열하군요! 어떻게 그런 말을 할 수가 있죠!'
그렇게 무섭게 화를 내며 가버리더구나. 나는 그 등 뒤에다
대고 비밀은 꼭 지키겠다고 다시 한번 외쳤지. 미리 얘기해
두자면 그 두 여자, 즉 아가피야와 그 이모는 이 사건이 벌어
지는 내내 천사나 다름없이 행동했으며, 자존심이 강한 카탸
를 진심으로 아끼고 하녀처럼 자신을 낮추었어…. 그저 아가
피야는 그 농담, 그러니까 우리가 나눈 대화를 카탸에게 전
해준 모양이야. 나는 이런 사실을 나중에 자세히 알게 됐지.
아가피야는 그 이야기를 숨길 수 없었어. 내가 노린 게 바로
그거였지.

그러던 중 갑자기 신임 소령이 부대를 인수하러 왔어. 업
무 인계가 시작되었지. 늙은 중령은 갑자기 병이 나 꼼짝할
수가 없다며 이틀간 집에 틀어박힌 채 공금을 내놓지 않았
어. 군의관 크랍첸코도 그가 정말 병을 앓고 있다고 증명해
주었지. 사실 나는 오래전부터 어떻게 된 영문인지 알고 있
었어. 공금은 벌써 4년 전부터 상부의 심사가 끝날 때마다 얼
마간 자취를 감추곤 했어. 중령이 믿음직한 상인에게 그 돈
을 빌려주었거든. 그 고장에 살던 트리포노프라는 사람인데,
금테 안경을 끼고 수염이 덥수룩한 홀아비 영감이었어. 그

사람은 시장에서 돈을 굴린 뒤 꼬박꼬박 그 돈을 돌려주었어. 거기다 장터에서 선물도 사다 주고 이자도 챙겨주었지. 그런데 이번에는(그때 나는 아주 우연한 기회에 트리포노프 영감의 상속인으로 되어 있는 천하의 망나니 아들에게서 이 모든 내막을 알게 되었어) 트리포노프가 장터에 다녀오고 나서도 돈을 돌려주지 않는 거야. 중령이 달려갔더니 '나는 아무것도 받은 적이 없습니다. 그럴 리가 없지 않겠습니까'라고 말했다더군. 그러니 중령은 머리를 싸매고 집에 드러누울 수밖에. 여자들 셋이서 관자놀이에 얼음을 올려주었지. 그런데 전령이 '두 시간 내로 즉각 공금을 반납할 것'이라고 쓰인 명령서와 장부를 들고 들이닥쳤어. 중령은 서명을 했어. 나도 나중에 장부에서 그 서명을 본 적이 있어. 아무튼 그러고는 자리에서 일어나더니 군복을 입겠다면서 침실로 가더니, 2연발 엽총에 군용 탄약을 장전한 뒤 오른쪽 장화를 벗고 총구를 가슴에 조준하고는 발로 방아쇠를 더듬기 시작했어. 하지만 그때 아가피야가 내가 했던 말이 떠올라 혹시나 하는 마음에 쫓아가 보았다가 절묘한 순간에 그 광경을 보게 된 거야. 아가피야는 재빨리 달려들어 뒤에서 아버지를 꽉 껴안았고 총알은 천장으로 날아갔어. 아무도 다치지 않았지. 다른 사람들이 달려와 중령을 붙잡고 엽총을 빼앗은 후 움직이지 못하게 양팔을 붙들었어…. 이건 전부 나중에 알게 된 일이란다. 어느 날 나는 해가 질 무렵 집에 있다가 외출을 하려고 옷을 갈아입고 머리를 빗고 손수건에 향수를 뿌리고 모자를 집어 들었지. 그런데 갑자기 방문이 열리더니 우리 집에 카테리나 이바노브나가 나타난 거야.

희한한 일도 있지. 카테리나가 우리 집에 오는 걸 본 사람은 아무도 없었어. 그래서 이 일은 전혀 알려지지 않았어. 당시 나는 나이가 지긋한 두 관리 부인의 집에 세를 들어 살고 있었는데, 점잖은 부인들은 원래도 내게 아주 잘해주었고, 내 말이라면 무엇이든 들어주었기 때문에 내 부탁에 무쇠처럼 입을 다물었지. 나는 카테리나가 무엇 때문에 왔는지 대번에 알아차렸어. 카테리나는 방 안으로 들어오더니 나를 똑바로 쳐다보더군. 짙은 두 눈동자는 대담하리만치 결연했지만, 입술과 입가는 망설이는 빛이 역력했어.

'만약 내가… 직접 당신을 찾아가면 당신이 4500루블을 줄 거라고 언니가 그러더군요. 이렇게 찾아왔으니… 돈을 주세요…!' 간신히 이렇게 말하고 가쁜 숨을 몰아쉬며 겁에 질린 표정으로 목이 막힌 듯 말을 잇지 못하는 거야. 입술이며 그 언저리가 파르르 떨고 있더군. 알료샤, 듣니, 자니?"

"형, 난 형이 진실을 전부 말해주리라는 걸 알아." 알료샤는 초조하게 말했다.

"그럴 생각이다. 나를 두둔하지 않고 진실을 있는 그대로 말해줄 거야. 먼저 카라마조프적인 생각이 들었어. 한번은 거미한테 물려 2주 동안 고열로 앓아누운 적이 있었지. 그때처럼 그 고약한 거미가 심장을 콱 깨무는 소리가 들리는 거야. 나는 카테리나를 찬찬히 훑어보았어. 그 여자를 본 적 있지? 정말 아름다운 여자지. 그렇지만 그때 그 여자가 아름다워 보인 건 외모 때문이 아니었어. 그 순간 그 여자가 아름다웠던 건, 그 여자가 고결한 존재인 데 반해 나는 비열하기 짝이 없는 놈이고, 그 여자는 아버지를 위해 자신을 희생하겠다는 위대한 관용을 보이고 있는 반면에 나는 빈대나 다름없는 인간이라는 생각 때문이었지. 자, 그런데 이 빈대나 다름없는 비열한 놈의 손에 그 여자의 영혼과 몸이 송두리째 달리게 된 거야. 독 안에 든 쥐처럼. 솔직히 말하면 그 거미의 생각이 내 심장을 얼마나 세게 거머쥐었는지 괴로워서 심장이 녹아버리는 것 같았어. 어떻게 보면 고민할 필요도 없는 일이었어. 동정 따위는 집어치우고 빈대나 독거미처럼 행동하면 되는 거지…. 숨까지 턱턱 막히는 기분이더군. 들어봐. 물론 나는 다음 날 당장 찾아가 청혼을 해서 문제를 고상하게 마무리 짓고, 그 일은 비밀에 부칠 수도 있었어. 나는 비록 욕망에 휘둘리는 저질스러운 인간이긴 해도 양심을 갖다 버린 놈은 아니거든. 그런데 그 순간 누군가 내 귀에 이렇게 속삭이는 거야. '하지만 내일 네가 청혼하러 가면 이 여자는 얼굴도 비치지 않고 마부를 시켜 문밖에서 너를 쫓아낼 게 틀림없어. 그러니 온 동네에 소문을 퍼트려 망신을 줘버려, 너 같은 여자는 하나도 두렵지 않다는 듯이 말이야!' 그 아가씨를 보니 그 목소리가 옳다는 생각이 들더군. 그런 식으로 나올 게 뻔했지. 내 멱살이 잡혀 끌려가리라는 건 그때 그 아가씨의 얼굴만 봐도 알 수 있었어. 그러자 분노가 끓어올라 돼지 같은 장사치나 할 법한 추잡한 장난이 치고 싶어지는 거야. 빈정거리는 얼굴로 그 여자의 면전에 대고 장사꾼이나 쓰는 말투로 뒤통수를 치는 거지.

'아, 그 4000루블 말이군요! 농담으로 던진 그 얘기 말인가요? 아가씨, 너무 순진하셨군요. 200루블 정도라면야 기꺼이 드릴 수 있지만 4000루블은 그렇게 경솔하게 내던질 수 있는 돈이 아니랍니다. 괜히 헛수고만 하셨군요.'

이렇게 말하면 그 여자는 달아나버리고 나는 모든 걸 잃게 되겠지만, 다른 건 죄다 희생해도 좋을 만큼 잔인한 복수를 해준 셈이 되겠지. 평생을 후회하게 되더라도 그 순간에는 그런 장난을 치고 싶은 생각이 간절하더구나! 믿을지 모르겠지만, 그 어떤 여인에게도 그 순간 그 여자를 볼 때처럼 강렬한 증오를 느껴본 적이 없었어. 십자가를 걸고 맹세할 수 있지. 나는 3초에서 5초쯤 지독한 증오를 느끼며 그 여자를 바라보았어. 그 증오는 광적인 사랑과 머리카락 하나 차이였지. 나는 창가로 다가가서 얼어붙은 유리창에 이마를 갖다 댔어. 유리창의 성에가 불덩이처럼 뜨겁던 게 생생히 기억나는구나. 걱정 마라, 오랜 시간을 끌지는 않았으니. 나는 돌아서서 책상 앞으로 간 다음 서랍을 열고 5푼 이자가 딸린 5000루블짜리 무기명 수표를 꺼냈어(프랑스어 사전에 끼워져 있었지). 그러곤 아무 말 없이 그걸 보여주고 반으로 접어 손에 쥐어준 뒤 현관문을 열고 한 걸음 뒤로 물러나 정중히 허리 숙여 인사했어. 믿어주렴! 그 여자는 온몸을 바르르 떨더니 잠시 나를 가만히 바라보더구나. 얼굴이 백지장처럼 창백했어. 그러고는 갑자기 아무 말 없이, 격정에 휩싸여서가 아니라 부드러운 몸짓으로 조용히 내 발치에 이마가 땅에 닿도록 절을 하는 거야. 여학생의 방식이 아니라 순전히 러시아

식으로 말이야! 그러더니 벌떡 일어나 뛰어나가더군. 그때 나는 군도를 차고 있었는데, 그 여자가 나간 뒤 군도를 뽑아 그 자리에서 목숨을 끊으려고 했어. 왜 그랬는지는 나도 모르겠어. 물론 어리석은 짓이었지. 분명 뜨거운 감정이 벅차올라 그랬을 거야. 네가 이해할지는 모르겠다만, 사람은 극도로 감격하면 자살을 할 수도 있는 법이거든. 하지만 나는 자살하지 않았어. 군도에 입을 맞추고 도로 칼집에 꽂아 넣었을 뿐이지. 이런 이야기까지 할 필요는 없었는데. 지금도 내가 속으로 어떤 갈등을 느꼈는지 말하면서 나를 조금 미화시킨 부분이 있는 것 같구나. 아무렴 어떠냐. 인간의 마음을 염탐하는 간첩들은 죄다 귀신에게 끌려가야 해! 이게 바로 카테리나 이바노브나와 있었던 '사건'의 전모야. 이제 이 일을 아는 사람은 이반과 너, 두 사람이야!"

드미트리는 일어서서 잔뜩 흥분한 상태로 두어 발짝 걸어가더니 손수건을 꺼내 이마에 맺힌 땀을 닦았다. 그러고는 다시 자리에 앉았는데 지금까지 앉았던 곳이 아니라 벽 앞에 있는 맞은편 벤치였다. 그래서 알료샤도 형 쪽으로 완전히 돌아앉아야 했다.

5. 뜨거운 마음의 고백, '곤두박질'

"이제." 알료샤가 말했다. "나도 이 사건의 전반부는 알게 되었군."

"그래, 전반부는 알게 된 셈이야. 그건 드라마고, 저쪽에서 일어난 일이지. 하지만 후반부는 비극이고, 바로 여기서 일어날 거야."

"아직 후반부에 대해서는 아무것도 아는 게 없어." 알료샤는 말했다.

"난 어떻고? 난 아는 것 같니?"

"잠깐만, 형. 한 가지 중요한 점이 있어. 형은 약혼했잖아. 지금도 약혼한 상태인 거야?"

"약혼을 한 건 최근이 아니라 그 일이 있고 겨우 석 달이 지나서였어. 그때 그 일이 있고 난 다음 날 나는 이 사건은 완전히 끝났고 속편은 없다고 내 자신에게 말했지. 청혼하러 가는 건 비열한 짓이라는 생각이 들었거든. 그 아가씨도 6주를 더 그 고장에서 살면서도 한 번도 연락을 해오지 않더군. 하긴, 한 번 하기는 했지. 내게 다녀간 다음 날 그 집 하녀가 몰래 찾아와서 아무 말 없이 봉투 하나를 전해줬어. 봉투에는 누구 앞이라고 주소가 적혀 있었지. 뜯어보니 5000루블짜리 수표에서 남은 돈이었어. 필요한 액수는 4500루블이었지만 수표를 바꾸느라 200루블 남짓 손해를 봐서, 내게 보낸 돈은 확실하진 않지만 260루블 정도였어. 보내온 건 돈 뿐이고 쪽지나 메모, 설명 따윈 전혀 없었지. 봉투에 연필 자국이라도 있나 찾아봤지만, 아무것도 없더군! 그 돈으로 한동안 또 흥청거리니 새로 부임한 소령도 내게 견책을 내리더구나. 아무튼, 중령이 공금을 고스란히 내놓자 사람들은 눈이 휘둥그레졌지. 중령에게 그 돈이 그대로 있을 거라고 생각한 사람은 아무도 없었거든. 그런데 중령은 돈을 내놓자마자 몸져눕더니 3주쯤 앓다가 갑자기 뇌연화증을 일으켜 닷새 만에 세상을 떠나버렸어. 퇴역도 하기 전이라 장례식은 군장으로 치러졌지. 카테리나 이바노브나는 언니, 이모와 장례식을 치르고 열흘쯤 후에 모스크바로 가버렸어. 떠나기 직전, 그러니까 출발 당일(난 그들을 만나지도, 전송하지도 않았거든)에 작은 파란색 봉투를 하나 받았는데, 얇은 종이에 연필로 '편지를 보낼 테니 기다려주세요. K'라고 딱 한 줄 씌어 있더군. 그게 전부였어.

　이제부터는 좀 더 간단히 설명하마. 모스크바에서 그들의 상황은 번개처럼 빠르게, 또 아라비아의 설화처럼 예기치 못하게 바뀌어버렸어. 카테리나의 가까운 친척뻘 되는 장군 부인이 가장 유력한 상속자였던 조카딸을 졸지에 둘이나 잃게 된 거야. 둘 다 천연두에 걸려 같은 주에 죽었다는군. 깊은 상심에 빠진 부인은 카탸를 보자 친딸처럼 반가워하며 구세주라도 나타난 듯 달려들더니 카탸에게 유리하도록 유언장을 고쳐 썼어. 뭐 이건 나중 일이고, 우선 8만 루블을 손에 쥐어주며 결혼 지참금이니 마음대로 쓰라고 했어. 나중에 모스크바에서 그 부인을 만나봤는데 히스테리컬한 여자더군. 그 무렵 나는 별안간 4500루블을 송금 받았어. 황당하고 놀라서 입이 떡 벌어졌지. 사흘 후에는 약속했던 편지도 왔어. 난 지금도 그 편지를 지니고 있어. 언제나 지니고 다닐 거고, 죽을 때까지 그럴 생각이야. 보여줄까? 그래, 꼭 한번 읽어봐. 카탸가 먼저 청혼하는 편지야. '당신을 미치도록 사랑합니다. 나를 사랑하지 않아도 상관없으니 제발 제 남편이 되어주세요. 절대 당신을 구속하지 않을 테니 두려워하지 마세요. 당신의 가구가 되고, 당신이 밟고 다니는 카펫이 되겠습니다…. 당신을 영원히 사랑하고 싶고, 당신을 당신 자신으로부터 구해드리고 싶어요….' 알료샤, 난 이 문장들을 내 천한 입술과 천한 말투로 읽을 자격도 없는 놈이야. 내 이 천한 말투는 이제 완전히 굳어져버려 도저히 고칠 수가 없구나! 이 편지는 지금까지도 내 심장을 찌르고 있어. 지금이라고 편할 것 같니? 편할 것 같냐고? 나는 바로 답장을 썼어(도저히 모스크바로 갈 수 있는 처지가 아니었거든). 눈물을 흘리며 편지를 썼지. 한 가지 한없이 창피한 건, 당신은 이제 지참금을 가진 부유한 아가씨지만 나는 가난한 장교일 뿐이라고 편지에 돈 얘기를 했다는 거야! 그런 말은 속에만 담아두었어야 했는데, 쓰다 보니 펜이 저절로 그렇게 나가버렸어. 한편으론 모스크바에 있던 이반에게도 여섯 장이나 되는 긴 편지를 써서 사정을 자세히 설명하고 카탸를 찾아가보라고 부탁했어. 왜 그런 눈으로 보니? 그래, 아무튼 이반은 카탸에게 홀딱 반해버렸지. 지금도 마찬가지고. 난 알아. 세상 사람들이 보기엔 난 바보짓을 한 거지만, 이젠 그 바보짓이 우리 모두를 구원해주게 생겼어! 아아! 카탸가 이반을 얼마나 숭배하고 존경하는지 모르겠니? 우리 둘을 놓고 볼 때, 카탸가 어떻게 나 같은 놈을 좋아할 수 있겠니? 더구나 여기서 그런 불미스러운 일이 있었는데 말이야."

"하지만 그분이 사랑하는 건 형 같은 사람이지 이반 형

같은 사람이 아니야."

"카탸가 사랑하는 건 자기 자신의 선행이지 내가 아니야." 드미트리는 저도 모르게 심술궂은 목소리로 불쑥 이렇게 말했다. 그러고는 큰 소리로 웃어댔으나, 이내 눈을 번득이며 얼굴을 붉히더니 주먹으로 탁자를 힘껏 내리쳤다.

"맹세한다, 알료샤." 그는 자기 자신을 향한 무섭고도 진정한 분노에 휩싸여 외쳤다. "네가 믿어주건 말건 나는 거룩하신 하느님과 주 예수 그리스도 앞에 맹세하겠다. 방금 카탸의 고결한 감정을 비웃었지만, 내 영혼이 그녀의 영혼보다 백만 배는 하찮고, 그 여자의 숭고한 감정이 하늘에 있는 천사처럼 진실하다는 걸 알고 있다. 내가 그걸 잘 알고 있다는 게 바로 비극이지. 좀 연설조로 말하면 어떠냐? 내 말투가 지금 좀 그렇지만, 정말 진심으로 하는 말이야. 이반에게 지금 세상이 얼마나 저주스럽게 보일지 난 잘 알고 있어. 더구나 그렇게 똑똑한 놈이니 더 말할 것도 없겠지! 하지만 선택된 사람은 누구냐? 이미 약혼까지 했으면서 사람들이 다 보는 앞에서, 게다가 제 약혼녀 앞에서, 약혼녀가 버젓이 보는데 추태를 일삼는 이 쓰레기 같은 인간이 아니냐! 나 같은 놈이 선택되고, 이반은 거절당했어. 왠지 아니? 그 여자가 은혜를 갚으려고 자기 삶과 운명을 내던지려 하고 있기 때문이야! 어리석은 짓이지! 이반에게는 한 번도 이런 얘길 한 적이 없고, 이반 역시 이 문제에 대해 일언반구도, 암시조차도 비친 적 없어. 하지만 운명의 바퀴가 굴러가면 자격이 되는 자는 제자리에 올라서고, 자격이 없는 자는 자기에게 어울리는 더러운 뒷골목으로 영영 사라져버리게 되겠지. 진흙탕과 악취 속에서 희열을 느끼며 기꺼이 파멸해가는 거야. 내가 너무 과했구나. 상투적인 소리를 마구잡이로 떠드는 것 같겠지만, 지금 내가 한 말은 꼭 그대로 될 거야. 난 뒷골목으로 사라지고, 카탸는 이반과 결혼할 거야."

"형, 잠깐만." 알료샤는 매우 불안한 표정으로 다시 말을 가로막았다. "아직 한 가지 분명히 말해주지 않은 게 있어. 형은 아직 약혼한 상태인 거지? 약혼녀가 원하지 않는데 어떻게 파혼하려 할 수 있지?"

"물론 나는 정식으로 축복을 받은 약혼자야. 내가 모스크바에 갔을 때 성상을 앞에 두고 성대하게 약혼식을 치렀지. 장군 부인도 축복을 내리고 카탸에게 축하의 말까지 하더구나. '좋은 신랑을 골랐구나. 난 저 사람이 어떤 사람인지 훤히 알 수 있어'라면서 말이야. 믿기지 않겠지만 장군 부인은 이반은 마음에 들지 않았는지, 축하 인사도 건네지 않았어. 모스크바에 있을 때 나는 카탸와 많은 얘기를 나누면서 내가 어떤 사람인지 있는 그대로 솔직하게 털어놓았어. 카탸는 끝까지 열심히 들어주더구나.

사랑스러운 망설임과,
부드러운 말이 있었네….

뭐, 오만한 말도 있었지. 카탸가 내게 행동거지를 고치라는 엄청난 약속을 강요했거든. 나는 그러겠다고 했어. 그런데 지금….”

“지금 어떻다는 거지?”

“지금 이렇게 너를 불러서 여기로 데려왔지. 오늘, 오늘
그랬다는 걸 잘 기억해둬라! 난 너를 오늘 카테리나 이바노
브나에게 보내서….”

“그래서?”

“내가 다신 찾아가지 않을 거라고 전하고, 작별 인사를
고해달라고 할 생각이다.”

“어떻게 그럴 수가 있어?”

“그럴 수가 없으니 너를 대신 보내는 거야. 어떻게 내 입
으로 그런 말을 하겠니?”

“형은 어디로 가려고?”

“뒷골목으로.”

“그루셴카한테 간다는 말이군!” 알료샤는 손뼉을 탁 치
며 비통하게 외쳤다. “그럼 라키틴의 말이 사실이었던 거야?
나는 형이 잠시 드나들다가 발길을 끊은 줄 알았어.”

“약혼한 남자에게 다른 여자의 집에 드나들었냐고 묻는
거냐? 카탸 같은 약혼녀가 있고 세상 사람들 눈이 있는데 어
떻게 그럴 수가 있겠니. 내게도 한 가닥 양심이란 게 있는데.
하지만 그루셴카의 집을 찾아가기 시작한 순간부터 난 약혼
자도 아니고 양심을 느낄 수 있는 인간도 아닌 거야. 난 그걸
잘 알지. 왜 그렇게 보니? 사실 처음 그 여자를 찾아간 건 흠
씬 두들겨 패주기 위해서였어. 아버지의 대리인인 그 2등 대
위가 내 명의로 된 어음을 그루셴카에게 주면서 내가 아버지

에게 굽히고 손을 떼도록 고소를 해달라고 부탁했다는 걸 알게 되었거든. 지금은 사실로 밝혀졌고. 내가 겁을 집어먹길 바랐던 거야. 그래서 그루셴카를 혼내주려고 찾아갔지. 전에도 그 여자를 얼핏 본 적이 있어. 그땐 별 느낌이 없었지. 늙은 상인에 대해서도 알고 있었어. 나이가 많은데 병까지 걸려 자리보전을 하고 있지만 그루셴카에게 상당한 재산을 남겨줄 거라고 하더군. 그루셴카가 돈에 혈안이 되어 비싼 이자놀이로 돈을 긁어모으는 인정머리 없는 교활한 악질이라는 것도 알고 있었어. 그래서 두들겨 패주러 갔는데, 그곳에 그만 눌러앉고 만 거야. 벼락이 내리치고 열병이 덮쳐서 지금도 그 병이 떨어지질 않아. 이젠 만사가 끝장이고 다른 길은 절대 있을 수 없다는 걸 알고 있어. 이젠 돌이킬 수 없어. 이게 내 처지야. 그런데 그때 거지나 다름없던 내 주머니에 갑자기 3000루블이라는 돈이 생긴 거야. 나는 그루셴카를 데리고 여기서 250베르스타쯤 떨어진 모크로예라는 마을로 가서 집시들을 부르고, 샴페인을 시켜 농부며 아낙네들이며 처녀들에게 실컷 먹이면서 수천 루블을 날려버렸지. 사흘 후엔 빈털터리가 됐지만 마음만은 솔개라도 된 것 같았어. 그런데 그 솔개가 뭐라도 얻어냈을 것 같니? 천만에, 아주 꽁꽁 싸매고 있더라니까. 곡선미라는 걸 아니? 그 악녀 그루셴카는 곡선미가 기가 막히거든. 그 곡선미가 발에도 있고 왼쪽 새끼 발가락에도 나타나 있단 말이지. 그걸 보고 입을 맞춘 게 다야, 맹세해. 그 여잔 '당신은 빈털터리지만 원한다면 결혼해줄게요. 날 때리지 않고 내가 원하는 건 뭐든 하게 해주겠다고 말해봐요. 그럼 시집을 가줄 수도 있으니까'라면서 깔깔거렸지. 그리고 지금까지도 그렇게 웃어대고 있어!"

드미트리는 분개하며 자리를 박차고 일어섰다. 그는 별안간 취한 사람처럼 보였다. 두 눈에는 핏발이 서 있었다.

"정말 그 여자와 결혼할 거야?"

"그 여자만 원하면 당장에라도. 하지만 싫다면 이대로 있어야겠지. 그 여자의 집 마당에서 문지기가 되는 수밖에. 너는… 너는, 알료샤." 드미트리는 동생 앞으로 와서 어깨를 붙들고 세차게 흔들어댔다. "너처럼 순진한 소년은 잘 모르겠지만, 이 모든 건 상상도 할 수 없을 만큼 의미 없는 짓이야. 그저 비극일 뿐이라고! 알렉세이, 이 드미트리 카라마조프는 추악한 욕망에 사로잡힌 쓰레기 같은 인간은 될 수 있을지 몰라도, 절대 도둑이나 소매치기는 될 수 없어. 그런데 지금은 소매치기에 도둑놈이 되어버리고 말았지! 내가 그루셴카를 두들겨 패러 가기 전 바로 그날 아침 카테리나 이바노브나가 아주 조심스럽게 나를 불러선 아무에게도 말하지 말고(왜 그랬는지는 모르겠지만 그래야 할 사정이 있었던 모양이야) 현청 소재지에 가서 모스크바에 있는 아가피야 이바노브나에게 3000루블을 송금해달라고 부탁하는 거야. 현청 소재지로 가라고 한 건 이 고장 사람들이 모르게 하기 위해서였지. 그 돈이 그루셴카에게 갔을 때 내 주머니에 들어 있던 3000루블이고, 그 돈으로 모크로예에 다녀온 거야. 나중에 나는 현청 소재지에 다녀온 척을 했지만 영수증은 보여주지 않았어. 돈은 확실히 부쳤으니 영수증은 나중에 갖다주겠다고 말해놓고 아직까지도 못 주고 있지. 그러니 네가 오늘 그 여자를 찾아가면 이렇게 말하는 게 어떻겠니? '형이 작별 인사를 전해달라고 하더군요.' 그러면 카탸가 '그런데 돈은요?'라고 묻겠지. 그럼 너는 이렇게 대답하는 거야. '형님은 비열한 호색한에 감정을 절제하지 못하는 파렴치한 짐승입니다. 형님은 그때 당신이 준 돈을 부치지 않고 모두 써버렸습니다. 짐승처럼 자제심을 잃었기 때문이지요.' 거기다 이렇게 한마디 덧붙여줘도 좋겠다. '그래도 형님이 도둑놈은 아니어서 여기 당신의 3000루블을 전해주라고 했습니다. 그러니 직접 아가피야 이바노브나에게 보내십시오. 그리고 형님은 정중히 인사를 전해달라고 부탁하셨습니다.' 그러면 그 여자는 '그런데 돈은 어디 있죠?'라고 묻겠지."

"형, 형은 분명 불행한 사람이야! 그렇지만 형이 생각하고 있는 것만큼은 아니야. 그러니 절망에 빠져 자학하지 마!"

"왜, 내가 3000루블을 못 구하면 권총으로 자살이라도 할 것 같니? 그럴 리는 없을 거라는 게 문제다. 지금은 그럴 수가 없단다. 나중이라면 혹시 모르지만 지금은 아니야, 지금은 그루셴카에게 가야 하거든… 나 같은 놈은 될 대로 되라지!"

"가서 어쩔 건데?"

"그 여자의 남편이 되는 거야. 배우자가 되는 영광을 누리는 거지. 그 여자의 정부가 찾아오면 옆방으로 자리를 피해주고, 친구들의 지저분한 덧신도 닦아주고 사모바르도 끓여주고 심부름도 해주면서…."

"카테리나 씨는 다 이해해줄 거야." 알료샤는 갑자기 격앙된 목소리로 말했다. "형의 괴로움을 전부 이해하고 받아줄 거야. 총명한 분이니 형이 그 누구보다 괴로워하고 있다는 걸 알아줄 거라고."

"전부 이해해주지는 않을 거야." 미탸는 히죽 웃었다. "여기엔 그 어떤 여자도 이해해줄 수 없는 무언가가 있거든. 어떻게 하는 게 최선인지 아니?"

"뭔데?"

"3000루블을 갚는 거야."

"하지만 그 돈을 대체 어디서 구해? 그렇지, 내게 2000루블이 있으니 이반 형이 1000루블을 주면 3000루블이 되겠군. 그걸로 갚아."

"그 3000루블이 언제 내 손에 들어오겠어? 게다가 넌 아직 성인도 아니잖니. 아무튼 넌 돈을 들고 가든 안 들고 가든 오늘 중으로 반드시 카탸에게 작별 인사를 전해줘야겠다. 더 이상 일을 끌 수 없는 상황이거든. 내일이면 벌써 늦어. 그래서 난 널 아버지한테 보낼 생각이야."

"아버지한테?"

"그래. 카탸에게 가기 전에 먼저 아버지에게 가서 3000루블을 달라고 해봐."

"하지만 형, 아버지는 주시지 않을 거야."

"줄 리가 없지. 나도 안다. 하지만 알렉세이, 넌 절망이 뭔지 아니?"

"알아."

"들어봐. 아버지는 법적으로는 내게 아무런 빚이 없어. 내가 이미 죄다 받아 갔으니까. 그건 나도 알고 있어. 하지만 도의적으로는 빚이 있지 않을까? 어머니가 남겨준 2만 8000루블을 종자돈 삼아 10만 루블을 만든 거잖아. 아버지가 그 2만 8000루블에서 3000루블만 내준다면 내 영혼은 지옥에서 구원받을 거고, 아버지도 지금까지 저지른 수많은 죄를 용서받게 될 거야! 맹세하는데 난 그 3000루블만 받으면 모든 걸 깨끗이 청산하고 다시는 아버지 귀에 내 이야기가 들어가지 않도록 할 작정이다. 그 사람에게 마지막으로 아버지 노릇을 할 기회를 주는 거야. 가서 하느님이 내리신 기회라고 말해보렴."

"형, 아버지는 절대 주시지 않아."

"주지 않을 거라는 건 나도 너무나 잘 알아. 지금이라면 더더욱 그렇겠지. 이런 사정도 알고 있거든. 최근에 바로 며칠 전에, 아니 어쩌면 어제가 되어서야 아버지는 처음으로 그루셴카가 농담이 아니라 정말 나와 결혼할 수도 있다는 사실을 제대로 깨달았어(이 '제대로'라는 말에 주목하렴). 아버지는 그 여자의 암고양이 같은 성격을 알고 있지. 자, 이런데 아버지도 그 여자에게 넋이 나가 있는데 누구 좋으라고 내게 3000루블을 주겠니? 그게 끝이 아니야. 더 엄청난 얘기를 들려주마. 아버지는 닷새쯤 전 3000루블을 꺼내 100루블짜리 지폐로 바꿔서는 커다란 봉투에 넣어 다섯 군데나 봉인을 해 붉은 끈으로 열십자로 묶어놓았어. 정말 자세히 알고 있지? 봉투에는 이렇게 써놓았지. '나의 천사 그루셴카에게, 만약 와준다면.' 조용히 아무도 몰래 끼적거려놓은 거라 하인 스메르댜코프 말고는 아무도 그 돈의 존재를 몰라. 아버지는 그 녀석의 정직성을 자기 자신만큼이나 믿고 있지. 그렇게 벌써 사나흘째 그루셴카가 돈을 받으러 올지 모른다는 희망에 차서 기다리고 있는 중이야. 아버지가 그루셴카에게 봉투 이야기를 했더니, 그루셴카도 '갈 수도 있다'고 했다는군. 그루셴카가 늙은이에게 가면 내가 어떻게 결혼할 수 있겠어? 이젠 알겠니? 내가 왜 여기 숨어 있고, 무엇을 감시하고 있는지?"

"그 여자를 감시하고 있는 거로군?"

"맞아. 포마라는 자가 여기 사는 모녀의 집에서 방을 빌려 쓰고 있거든. 이 고장 사람이고 우리 부대 졸병 출신이야. 이 집에서 밤에는 경비를 서고 낮에는 멧닭 사냥을 하면서 먹고 사는 형편이지. 나는 그 녀석 방에 숨어 지내고 있어. 그 녀석이나 집주인들이나 내 비밀을 몰라. 즉, 내가 여기서 뭘 감시하고 있는지 모르고 있지."

"그럼 스메르댜코프만 아는 거야?"

"그래, 그 녀석만 알아. 그 여자가 늙은이를 찾아오면 내게 알려주기로 했지."

"돈 봉투 얘기를 해준 사람도 스메르댜코프고?"

"그래. 하지만 이건 절대 비밀이야. 이반도 돈 얘기는 전혀 모르니까. 그런데 아버지는 이삼 일 정도 이반을 체르마시냐에 보내려고 하고 있어. 8000루블에 숲의 벌채권을 사겠다는 사람이 있어서 이반에게 '날 좀 도와주는 셈치고 네가 직접 다녀오라'며 설득하고 있지. 그루셴카가 왔을 때 이반이 집에 없었으면 해서 그러는 거야."

"그럼 아버진 오늘도 그루셴카를 기다리고 있겠군?"

"아니, 오늘은 오지 않을 거야. 그럴 만한 징조가 있거든. 오늘은 분명히 안 와!" 드미트리가 별안간 소리쳤다. "스메르댜코프도 같은 생각이지. 아버지는 지금 이반과 식탁에 앉아서 술을 마시고 있어. 그러니 알렉세이, 가서 3000루블을 부탁해보렴…."

"형, 형, 대체 왜 그래!" 알료샤는 자리를 박차고 일어나 광기 어린 드미트리의 얼굴을 바라보며 소리쳤다. 순간 형이 정신이 나간 게 아닌가 하는 생각이 들었던 것이다.

"왜 그래? 난 미치지 않았어." 드미트리는 동생을 심각한 얼굴로 가만히 바라보며 말했다. "난 너를 아버지에게 보내려 하고 있고, 내가 무슨 소릴 하고 있는지도 알아. 난 기적을 믿는 거야."

"기적?"

"하느님의 섭리의 기적 말이야. 하느님은 내 심정을 알고 계시고 내 절망도 보고 계시지. 이 모든 광경을 지켜보고 계셔. 그런데도 무서운 일이 벌어지도록 그냥 내버려 두시겠니? 알료샤, 난 기적을 믿는다. 그러니 가봐!"

"그럼 알겠어. 형은 여기서 기다릴 거야?"

"그래, 그럴 생각이다. 시간이 꽤 걸릴 거라는 건 알아. 가서 다짜고짜 돈 얘기부터 꺼낼 순 없을 테니까. 게다가 아버진 지금 취해 있기도 하고. 3시간, 4시간, 5, 6, 7시간이라도 얼마든지 기다리마. 하지만 기억해라. 돈을 가지고 가든 맨손으로 가든 반드시 오늘 안으로, 한밤중에라도 카테리나 이바노브나를 찾아가 '작별 인사를 고하라고 했습니다'라고 말하는 거야. 꼭 '작별 인사를 고하라고 했습니다' 하고 그대로 말해야 해."

"형! 그런데 그루셴카가 오늘 갑자기 찾아온다면… 오늘이 아니더라도 내일이나 모레 찾아오면 어쩌려고?"

"그루셴카가? 감시하고 있다가 달려들어 훼방을 놓는 수밖에…."

"그런데 만약에…."

"만약에 무슨 일이 있으면 죽여버릴 거다. 절대 못 참아."

"누굴 죽인다는 건데?"

"그 늙은이를. 그루셴카는 죽이지 않아."

"형, 어떻게 그런 말을 할 수가 있어!"

"모르겠다, 나도 모르겠어…. 안 죽일 수도 있고, 죽일 수도 있겠지. 그 순간 아버지의 얼굴 때문에 증오심이 치밀까 봐 그게 두렵구나. 아버지의 그 목, 코, 눈, 그 능글맞은 웃음이 역겨워 견딜 수가 없어. 혐오스러워 죽을 것 같거든. 그게 무서워. 내가 자제하지 못하고…."

"갈게, 형. 그런 무서운 일이 일어나지 않도록 하느님께서 잘 보살펴주실 거야."

"그럼 난 여기 앉아서 기적을 기다리마. 하지만 기적이 일어나지 않으면, 그땐…."

알료샤는 깊이 생각에 잠겨 아버지의 집으로 발걸음을 옮겼다.

6. 스메르댜코프

알료샤가 왔을 때 아버지는 정말로 아직 식탁 앞에 앉아 있었다. 이 집에는 엄연히 식당이 있었지만, 식탁은 여느 때와 같이 응접실에 차려져 있었다. 응접실은 이 집에서 가장 큰 방으로 고풍스러워 보이는 가구들로 꾸며져 있었다. 아주 오래된 하얀 소파엔 붉은 비단이 씌워져 있었다. 창문 사이사이의 벽에는 거울이 걸려 있었는데, 고풍스럽고 화려한 테두리 역시 하얀색이었고 금박 장식이 되어 있었다. 군데군데 벽지가 해진 흰 벽에는 큼지막한 초상화가 두 점 걸려 있었다. 하나는 30년쯤 전에 이 고장의 총독을 지낸 어느 공작의 초상화였고 다른 하나는 역시 오래전에 세상을 떠난 어느 주교의 초상화였다. 방문 맞은편 구석에는 성화 몇 점이 놓여 있었고 밤이면 그 앞에 등불을 켜놓곤 했다…. 그것은 신앙심 때문이라기보다는 방 안을 밝히기 위해서였다. 표도르는 밤에 아주 늦게, 새벽 3, 4시가 되어야 잠자리에 들었고 그때까지는 방을 서성이거나 안락의자에 앉아 사색하는 습관이 있었다. 하인들을 모두 행랑채로 내보내고 혼자 잘 때도 많았지만, 보통은 스메르댜코프가 주인과 함께 남아서 현관에 놓여 있는 궤짝 위에서 자곤 했다. 알료샤가 들어갔을 때 식사는 이미 끝나고 잼과 커피가 나와 있었다. 표도르는 식사 후에 코냑과 함께 단것을 먹기를 좋아했다. 이반도 식탁에 앉아서 커피를 마시고 있었다. 그리고리와 스메르댜코프는 식탁 옆에 서 있었다. 주인이나 하인이나 유난히 기분이 좋아 보였다. 표도르는 큰 소리로 껄껄 웃어댔다. 알료샤는 현관에 들어서면서부터 쇳소리가 섞인 귀에 익은 웃음소리를 듣고 아버지가 아직 만취하지는 않고 취기가 올라 들떠 있을 뿐임을 짐작했다. "왔구나, 알료샤가 왔어!" 표도르가 알료샤를 보고 무척 반가워하며 이렇게 소리쳤다. "이리 와서 커피라도 한잔해라. 커피는 기름기도 없으니까 괜찮겠지. 게다가 따끈하고 맛있기까지 하지! 수도 생활을 하고 있으니 코냑은 권하지 않으마. 그래도 좀 마셔볼래? 아니, 리큐어가 낫겠구나, 아주 좋은 게 있거든! 스메르댜코프, 찬장에 가봐라. 두 번째 선반 오른쪽에 있을 거다. 여기 열쇠 가지고 후다닥 다녀와!"

알료샤는 리큐어도 거절하려 했다. "가져오게 놔둬. 네가 안 마시면 우리가 마실 테니." 표도르는 활짝 웃으며 말했다. "그나저나 식사는 했니?"

"네, 먹었어요." 알료샤는 대답은 이렇게 했지만, 실은 수도원장의 처소 주방에서 빵 한 조각과 크바스 한 잔을 든 것이 전부였다. "따뜻한 커피라면 잘 마실게요."

"귀여운 것, 잘 생각했다! 얘가 커피를 마시겠다는구나. 좀 데워야 하지 않을까? 아니, 지금도 펄펄 끓고 있구나. 스메르댜코프가 만든 일품 커피야. 커피랑 파이에 있어서는 스메르댜코프를 따라올 사람이 없지. 생선 수프도 마찬가지고. 나중에 수프를 먹으러 오렴. 미리 연락을 주고… 아니, 가만있자. 그러고 보니 아까 네게 베개와 이불을 싸서 들어오라고 했지? 그래, 이불은 가져왔니? 헤헤헤…."

"아뇨, 안 가져왔어요." 알료샤는 웃으며 말했다.

"아깐 많이 놀랐지? 아마 놀랐을 거야. 우리 알료샤, 내가 어떻게 너를 속상하게 할 수 있겠니. 애, 이반, 나는 알료샤가 내 눈을 보며 웃으면 견디질 못하겠단다. 뱃속에서부터 웃음이 치밀어 오르거든. 난 저 녀석이 너무 좋아! 알료샤, 아비로서 네게 축복을 내려주마."

알료샤는 그 말에 자리에서 일어났으나 표도르는 그새 마음이 바뀐 모양이었다.

"아니, 됐다, 지금은 그냥 성호만 그어주마. 자, 이렇게. 그만 앉아라. 자, 이제 재미난 이야기를 들려주마. 딱 네게 맞는 주제야. 배꼽이 빠지도록 웃을 거다. 우리 발람의 나귀(주인 발람의 불행을 인간의 말로 경고했다는 당나귀, 민수기 22장―옮긴이)가 입을 열었는데, 어찌나 말을 잘하는지!" 발람의 나귀는 스메르댜코프를 두고 한 말이었다. 스메르댜코프는 아직 스물네 살쯤밖에 안 된 젊은이였지만 지독하게 사교성이 없고 과묵했다. 내성적이거나 수줍음이 많아서 그런 것은 아니었다. 반대로 오만한 성격 탓에 모든 사람을 경멸하는 듯했다. 여기서 스메르댜코프에 관해 간단하게 설명하고 넘어갈 필요가 있을 것 같다. 스메르댜코프는 마르파와 그리고리의 손에서 성장했지만, 그리고리의 표현을 빌자면 '은혜라고는 눈꼽만치도 모르는', 한쪽 구석에 처박혀 세상을 엿보는 거친 소년으로 자랐다. 어렸을 때는 고양이를 목매달아 죽이고 장례식을 치르며 놀기 좋아했다. 상복 대신 침대보를 걸치고 노래를 부르며 향로 비슷한 물건을 고양이 사체 위에다 흔들어댔다. 그런 짓은 아무도 몰래 조용히 하곤 했으나, 한번은 그리고리한 테 들켜 채찍으로 호되게 맞은 적이 있었다. 그러자 스메르댜 코프는 방구석에 틀어박혀 일주일 동안이나 눈을 흘겼다. "저 괴물 같은 놈은 나나 당신을 좋아하지 않아." 그리고리는 마 르파에게 말했다. "우리뿐 아니라 아무도 좋아하지 않지. 넌 정말 사람이 맞긴 한 거냐." 그는 스메르댜코프를 홱 돌아보 며 말했다. "아니, 네놈은 사람이 아니야. 목욕탕 습기에서 튀 어나온 놈이지." 나중에 밝혀진 사실이지만, 스메르댜코프는 그 말을 결코 용서하지 않았다. 그리고리는 그에게 읽고 쓰는 법을 가르쳤고, 열두 살쯤부터는 성경을 가르치기 시작했다. 그러나 그 시도는 얼마 지나지 않아 허사가 되고 말았다. 겨우 두어 번째 시간에 소년이 피식 웃음을 터트린 것이다.

"왜 그러지?" 그리고리는 안경 너머로 스메르댜코프를 노려보며 엄한 얼굴로 물었다.

"아무것도 아니에요. 하느님께서는 첫째 날에 세상을 만 드시고, 해와 달과 별은 넷째 날에 만드셨다고 했잖아요. 그 럼 첫째 날엔 어디서 빛이 비쳤던 거예요?"

그리고리는 어안이 벙벙해졌다. 소년은 비웃는 듯한 얼 굴로 선생을 바라보았다. 그의 눈빛에는 오만한 기색마저 엿 보였다. 그리고리는 참을 수가 없었다. "여기서 비춘 거다!" 라고 소리치며 소년의 뺨을 있는 힘껏 후려갈겼다. 소년은 아 무런 대꾸도 하지 않았지만, 또다시 며칠 동안 방구석에 틀 어박혀버렸다. 그리고 일주일 후 처음으로 간질 증세가 나타 나, 이후 평생토록 그를 따라다녔다. 표도르는 그 사실을 알고 소년을 보는 눈을 바꾼 듯했다. 그는 이전까지 소년에게 무심한 편이었다. 욕을 하지도 않고 마주칠 때마다 1코페이 카짜리 동전을 쥐어주었으며 기분이 좋을 때면 식탁에서 단 것을 보내주기도 했지만 말이다. 그런데 병이 있다는 사실을 알고는 별안간 소년을 열심히 돌보기 시작했다. 의사를 불러 치료해주려고까지 했지만, 소년의 병은 불치로 판명 났다. 발작은 평균 한 달에 한 번 꼴이었으나 시기는 불규칙했다. 발작 정도도 일정하지가 않아서 가볍게 넘어갈 때도 있었고 무척 심할 때도 있었다. 표도르는 그리고리에게 소년을 매질하는 일을 엄격히 금지하고 소년을 2층에 있는 자기 방으로 들여보내기 시작했다. 그리고 당분간은 그에게 아무것도 가르치지 말라고 명령했다. 그런데 소년이 열다섯 살쯤 되었을 무렵, 표도르는 소년이 책장 앞을 기웃거리며 유리 너머로 책 제목을 읽고 있는 것을 발견했다. 표도르에게는 책이 상당히 많았다. 백여 권이 넘는 책이 있었지만, 그가 책을 읽는 모습을 본 사람은 아무도 없었다. 그는 즉시 책장 열쇠를 스메르댜코프에게 건네주었다. "자, 읽어라. 마당을 어슬렁거리기보다는 사서 노릇을 하는 게 낫겠지. 자, 앉아서 읽어라. 우선 이걸 읽어보렴." 표도르는 이렇게 말하며 《지카니카 근교 야화》(고골의 단편집—옮긴이)를 꺼내주었다.

소년은 책을 끝까지 읽긴 했지만 그다지 마음에 들지는 않은 모양이었다. 읽으면서 한 번도 웃지 않았을 뿐더러 책을 덮을 땐 얼굴을 찌푸리기까지 했다.

"왜 그러냐? 웃기지 않니?" 표도르가 물었다.

스메르댜코프는 말이 없었다.

"대답해봐, 이 멍청한 녀석아."

"온통 거짓말만 씌어 있잖아요." 스메르댜코프가 히죽 웃으며 어물거렸다.

"빌어먹을 놈. 하인 근성을 타고 났구나. 가만있자, 그럼 이걸 읽어봐라. 스마라그도프의 《세계사》다. 이 책엔 죄다 사실만 적혀 있으니, 읽어봐."

하지만 스메르댜코프는 지루해 그 책을 10쪽도 읽지 못했다. 그리하여 책장 문은 다시 닫히고 말았다. 얼마 지나지 않아 마르파와 그리고리는 표도르에게 스메르댜코프가 지나치게 까다로워지고 있다고 보고했다. 수프를 앞에 놓고서도 뭔가 있기라도 한 것처럼 숟가락으로 휘젓기도 하고, 한 숟갈 떠서 빛에 비춰보기도 한다는 것이었다.

"바퀴벌레라도 들어간 거냐?" 하고 그리고리가 묻곤 했다.

"파리가 빠졌나 보죠" 하고 마르파가 말을 받았다.

결벽증에 걸린 청년은 아무 대꾸도 하지 않았지만, 빵이건 고기건 음식만 앞에 놓이면 같은 일을 되풀이했다. 포크로 한 조각 집어 불빛 앞으로 가져가서 현미경이라도 들여다보듯 자세히 관찰하며 한참 동안 뜸을 들이다가 비로소 입으로 가져가는 것이었다. "것 참, 귀족 도련님 나셨군." 그리고리는 그런 모습을 보며 이렇게 투덜댔다. 표도르는 스메르댜코프에게 그런 특징이 생겼다는 이야기를 듣고는 당장 그를 요리사로 만들겠다고 마음먹고 모스크바로 보냈다. 몇 년 후 공부를 마치고 돌아왔을 때 스메르댜코프의 얼굴은 완전히 달라져 있었다. 갑자기 폭삭 늙어 보였고, 누렇게 뜬 얼굴에 도무지 나이에 맞지 않는 주름이 잡힌 것이 꼭 거세라도 당한 사람 같았다. 하지만 성격은 모스크바에 가기 전과 똑같았다. 여전히 사교성이 없었고 아무하고도 사귀려 하지 않았다. 나중에 들은 이야기로는 모스크바에서 지낼 때도 전혀 말이 없었다고 한다. 모스크바라는 도시 자체에도 아무 흥미를 느끼지 않아 그곳에 관해 몇 가지만 기억하고 나머지 것들엔 관심도 주지 않았다. 극장에 가본 적도 있었지만, 불만스러운 표정으로 말없이 돌아왔다. 그러나 모스크바에서 우리 고장으로 돌아왔을 때 옷차림만은 훌륭했다. 말끔한 프록코트와 와이셔츠를 입고 하루 두 번씩 꼼꼼하게 옷을 손질했으며, 쇠가죽으로 만든 멋진 구두를 영국제 고급 구두약으로 거울처럼 윤이 나도록 닦는 걸 끔찍이 좋아했다. 요리사로서는 훌륭했다. 표도르가 급료를 주면, 그 돈을 대부분 옷과 포마드 기름, 향수 따위를 사는 데 쓰곤 했다. 하지만 그는 남성에게 그러듯 여성도 멸시하는 듯했으며, 아무도 다가오지 못하게 거리를 두었다. 표도르는 스메르댜코프를 약간 다른 눈으로 보기 시작했다. 스메르댜코프의 간질병 발작이 심한 날에는 마르파 이그나티예브나가 요리를 했는데, 표도르의 입맛에 전혀 맞지 않았던 것이다.

"네놈의 발작은 왜 자꾸만 심해지는 거냐?" 표도르는 새 요리사의 얼굴을 들여다보며 눈을 흘기곤 했다. "장가라도 가면 어떠냐? 신붓감을 찾아주랴…?"

그런 말을 들으면 스메르댜코프는 화가 치미는 듯 얼굴

이 창백해져서는 아무 대꾸도 하지 않았다. 그러면 표도르는 손을 휘 내젓고 물러났다. 중요한 것은 표도르가 이 젊은 이가 절대 무언가를 건드리거나 훔치는 법이 없다고 철석같이 믿고 있었다는 점이다. 한번은 표도르가 술에 취해 마당에 무지갯빛 지폐 석 장을 흘린 적이 있었다. 아차 싶어 주머니를 뒤지려고 보니 지폐는 이미 책상 위에 고스란히 놓여 있는 것이 아닌가. 스메르댜코프가 엊저녁에 주워다 놓은 것이었다. "너 같은 놈은 생전 처음 본다." 표도르는 이렇게 말하며 하인에게 10루블을 주었다. 덧붙여둘 것은 표도르가 이 청년이 정직하다고 굳게 믿었을 뿐 아니라, 어째서인지 그를 아끼기까지 했다는 점이다. 하지만 스메르댜코프는 다른 사람을 대할 때와 마찬가지로 눈을 흘기고 말도 없었다. 먼저 말을 거는 일은 드물었다. 누군가 이 청년의 관심사나 평소에 무슨 생각을 하는지가 궁금해진다고 해도, 그의 얼굴을 보고 알아맞히기란 불가능했다. 스메르댜코프는 집 안에서나 마당에서, 때로는 길거리에서 우뚝 멈춰 서서는 10분씩이나 생각에 잠기곤 했다. 관상학자가 그의 얼굴을 봤다면 생각이나 사고를 하는 것이 아니라 그저 관조하고 있을 뿐이라고 말했을 것이다. 화가 크람스코이의 작품 중에 '관조자'라는 훌륭한 그림이 있다. 겨울 숲길에서 한 농부가 다 떨어진 외투를 걸치고 짚신을 신은 채 깊은 상념에 빠져 있는데, 사실은 생각하는 것이 아니라 '관조'하고 있는 것이다. 그를 툭 건드리면 흠칫 몸을 떨며 자다가 깬 듯한 얼떨떨한 얼굴로 당신을 쳐다볼 것이다. 물론 곧 정신을 차리기야 하겠지만 그렇게 서서 무슨 생각을 하고 있었느냐고 물으면 아무것도 기억해내지 못할 것이다. 하지만 관조하면서 받은 느낌만은 마음속 깊이 감춰둘 것이다. 그런 느낌을 소중히 생각하고 무의식적으로 마음속에 간직해두겠지만, 그 이유는 자신도 모를 것이다. 그러다가 여러 해 동안 그런 느낌들이 마음속에 가득 쌓이면 모든 것을 내팽개치고 예루살렘으로 수도생활을 하러 떠날 수도 있다. 고향 마을에 불을 지를 수도 있고, 두 가지를 한꺼번에 저지를지도 모른다. 민중 가운데 관조자는 상당히 많다. 스메르쟈코프도 그런 관조자 중 한 사람이었으며, 자신도 이유를 모른 채 탐욕스럽게 그런 느낌들을 차곡차곡 모아가고 있는 것이 분명했다.

7. 논쟁

그런데 이 발람의 나귀가 갑자기 입을 연 것이다. 화제도 기묘했다. 그리고리가 아침에 루키야노프의 가게에 물건을 사러 갔다가 가게 주인에게서 어떤 러시아 병사 이야기를 듣게 되었다. 그 병사는 머나먼 아시아 국가에서 포로로 붙잡혀 그리스도교를 버리고 이슬람교로 개종하지 않으면 당장 고통스러운 죽음을 맞게 될 거라는 협박을 받았지만, 자신의 신앙을 버리지 않고 고통을 택했다. 그래서 산 채로 가죽이 벗겨지면서도 그리스도를 찬양하며 죽어갔다는 것이다. 이런 미담이 마침 그날 신문에 실려 있었다. 그리고리가 식사 때 이 이야기를 꺼냈다. 표도르는 원래 식사 후에 디저트를 먹으면서 상대가 비록 그리고리라 할지라도 웃고 떠들기를 좋아했다. 그날은 특히 기분이 좋고 들떠 있었다. 그는 코냑을 홀짝거리며 그 이야기를 듣고는 그런 병사는 당장 성인으로 추대해 가죽을 어느 수도원에 모셔야 한다고 했다. "그럼 사람들이 몰려들어 돈깨나 벌 수 있을걸." 그리고리는 감동을 하기는커녕 언제나 그렇듯 신성 모독적인 말만 지껄이는 표도르를 보며 눈살을 찌푸렸다. 그런데 그때 문 옆에 서 있던 스메르댜코프가 갑자기 피식 웃는 것이 아닌가. 스메르댜코프는 전부터 식사를 마칠 때쯤 시중을 들러 식탁 옆에 서 있곤 했다. 그러던 것이 우리 고장에 이반이 온 뒤로는 거의 식사 때마다 나타나기 시작했다.

"왜 그러냐?" 스메르댜코프가 웃는 것을 눈치채고 표도르가 물었다. 그는 그 웃음이 그리고리를 향한 것임을 알고 있었다.

"그 이야기 말인데요." 스메르댜코프가 갑자기 커다란 목소리로 말문을 열었다. "그 병사의 행동이 칭송받아 마땅한 훌륭한 것이긴 하지만, 제가 보기엔 그런 상황에서 그리스도의 이름과 자기의 세례를 부인한다고 해도 전혀 죄가 되지 않을 것 같은데요. 살아서 좋은 일을 많이 하면 자신이 저지른 비겁한 행동을 보상할 수 있을 테니까요."

"그게 어떻게 죄가 안 된다는 거냐? 헛소리야. 그런 말을 하다간 곧장 지옥에 떨어져 양고기처럼 구워지고 말걸." 표도르가 대꾸했다.

이때 알료샤가 들어왔다. 표도르는 앞서 말했듯 알료샤를 무척 반갑게 맞았다.

"딱 네 주제야!" 그는 알료샤도 이야기를 듣도록 자리에 앉히며 신이 난 듯 낄낄거렸다.

"양고기라뇨. 그런 말 때문에 그렇게 될 리는 없습니다. 공정하게 생각해보면 그런 일은 있을 수 없어요." 스메르댜코프가 단호하게 말했다.

"공정하게 생각해본다니 그건 또 뭔 소리냐?" 표도르가 무릎으로 알료샤를 툭툭 건드리며 더욱 신이 나서 소리쳤다.

"못돼먹은 놈, 저놈은 저런 녀석입니다!" 그리고리가 고함을 쳤다. 그러고는 무서운 얼굴로 스메르댜코프의 눈을 똑바로 노려보았다.

"못돼먹은 놈이라는 말은 삼가주세요, 그리고리 바실리예비치." 스메르댜코프가 동요하지 않고 침착하게 대꾸했다. "그러지 말고 한번 생각해보세요. 만약 내가 그리스도교의 박해자들에게 포로로 붙잡혀 하느님의 이름을 저주하고 성스러운 세례를 부정하라고 강요받는다면 내게는 자신의 판단에 따라 행동할 수 있는 완전한 권리가 있고, 그건 전혀 죄가 되지 않습니다."

"그건 이미 했던 말이 아니냐. 쓸데없이 장황하게 늘어놓지 말고 그걸 증명해봐!" 표도르가 소리쳤다.

"부엌데기 주제에!" 그리고리가 아니꼽다는 듯 중얼거렸다.

"부엌데기라는 말도 삼가주세요. 욕하지 마시고 잘 생각해보세요, 그리고리 바실리예비치. 내가 박해자들에게 '그렇습니다, 나는 그리스도교인이 아니며 내 참된 하느님을 저주합니다'라고 말한다면, 그 즉시 하느님의 재판에 의해 이교도처럼 성스러운 교회에서 파문되어버립니다. 내가 그 말을 입밖에 내는 즉시, 아니 그 말을 머릿속에 떠올린 순간, 4분의 1초도 지나기 전에 이미 파문을 당하는 거죠. 안 그래요, 그리고리 바실리예비치?"

스메르댜코프는 자신의 이야기가 표도르의 질문에 대한 답변이라는 사실을 잘 알고 있으면서도 그리고리가 묻기라도 한 듯 자못 만족스러운 표정으로 그리고리를 바라보았다.

"이반!" 갑자기 표도르가 소리쳤다. "귀 좀 가까이 대봐라. 네 칭찬이 받고 싶어서 저러니 네가 칭찬 좀 해줘라."

이반은 아주 심각한 표정으로 아버지의 흥분에 찬 귓속말을 들었다.

"잠깐, 스메르댜코프, 잠깐 조용히 있어라!" 표도르가 다시 소리쳤다. "이반, 다시 귀 좀 대보렴."

이반은 다시 진지한 얼굴로 몸을 굽혔다.

"나는 알료샤만큼이나 너도 사랑한단다. 내가 널 사랑하지 않는다고 생각하면 안 된다. 코냑 한잔하겠니?"

"그럴게요." 이반은 '벌써 진득이 취했군' 하고 생각하면서 아버지를 바라보았다. 한편으로는 굉장한 호기심을 느끼며 스메르댜코프를 관찰했다.

"네놈은 안 그래도 이미 저주받은 파문자야." 그리고리가 펄펄 뛰었다. "이 못돼먹은 놈, 어떻게 네가 그런 말을 할 수 있단 말이냐. 만약 네가….”

“그만, 그리고리, 욕은 그만 해!” 표도르가 말을 가로챘다.

“그리고리 바실리예비치, 잠깐 기다려보세요. 제 말이 아직 안 끝났으니 마저 들어보시라고요. 제가 하느님의 저주를 받는 순간, 그 거룩한 순간에 나는 이미 이교도나 마찬가지가 되어버리니 세례도 무효가 되고 아무런 책임도 질 필요가 없어집니다. 그건 맞지요?”

“결론을 말해봐, 친구, 어서 결론을 말해보라고.” 표도르가 기분 좋게 술을 들이키며 재촉했다.

“만약 내가 그리스도교인이 아니라면 박해자들이 ‘기독교인이냐 아니냐’고 물었을 때 거짓말을 한 게 아니죠. 그 말을 입 밖으로 내기 전 그런 생각을 한 것만으로도 이미 하느님에게서 그리스교도인으로서의 자격을 박탈당했을 테니까요. 그리스도교인의 자격을 박탈당했다면 저승에서 어떤 명목으로, 무슨 근거로 그리스도교도에게 그러듯 내게 그리스도를 부정했다고 꼬치꼬치 따질 수가 있겠습니까? 파문되기 전 그런 생각을 한 것만으로도 이미 세례가 무효가 되었을 텐데요. 그리스도교인이 아니라면 그리스도를 부정할 수도 없지요. 이미 아무것도 부정할 게 없으니까요. 그리고리 바실리예비치, 이교도인 타타르인이 혹시 천국에 간다고 해도 왜 그리스도교인으로 태어나지 않았냐고 따질 사람이 누가 있겠으며, 소 한 마리에서 가죽 두 장을 얻을 수 없다는 건 자명한 사실인데 어떻게 그 사람을 벌할 수 있겠습니까. 만물의 지배자인 하느님께서도 타타르인이 죽으면 이교도인 부모에게서 이교도로 세상에 태어난 게 죄는 아니라고 생각하시고 가장 가벼운 벌을 내리는 데 그칠 겁니다(아예 벌을 내리지 않을 순 없을 테니까요). 하느님이라도 타타르인을 붙잡고 그 사람이 그리스도교인이라고 우길 수는 없지 않겠습니까? 그럼 만물의 지배자이신 주 하느님이 새빨간 거짓말을 하는 게 되니까요. 하늘과 땅을 주관하시는 하느님이 한마디라도 거짓말을 할 수가 있습니까?"

그리고리는 어안이 벙벙해져 눈을 휘둥그레 뜨고 이 웅변가의 얼굴을 바라보았다. 무슨 말인지 잘은 이해하지 못했지만, 이 잠꼬대 같은 말 중에서 문득 깨달은 바가 있었는지 벽에 이마를 부딪친 사람처럼 그 자리에 우두커니 서 있었다. 표도르는 술잔을 쭉 비우곤 쇳소리를 내며 한바탕 웃었다.

"알료쉬카, 알료쉬카, 저놈 좀 봐라! 궤변가가 따로 없구나. 이반, 저놈이 어디 예수회에 있었나 보다. 이봐, 이 구린내 나는 예수회 놈아, 대체 누구한테서 그런 걸 배웠지? 하지만 네 말은 죄다 헛소리야, 헛소리이고말고. 그리고리, 그렇게 울 것 없다. 지금 당장 저놈의 궤변을 박살 내서 먼지와 연기로 만들어줄 테니. 나귀야, 어디 대답해봐라. 네가 박해자들에게 한 말은 거짓이 아니라고 해도, 속으로는 신앙을 부인한 게 아니냐. 그 순간 저주받은 파문자가 되는 거라고 네 입으로 말했지. 파문자가 된다면 지옥에서 잘했다고 머리를 쓰다듬어주지는 않을 텐데, 이 점은 어떻게 생각하실까, 위대한 예수회 나리?"

"속으로 신앙을 부정했다는 건 분명한 사실이지만, 그렇다고 딱히 죄가 될 건 없습니다. 죄가 된다고 해도 지극히 평범한 죄에 불과하겠지요."

"그게 어떻게 평범한 죄란 말이냐?"

"헛소리 집어치워라, 이 저주받을 놈아!" 그리고리가 씩씩거렸다.

"잘 생각해보세요, 그리고리 바실리예비치." 자신의 승리를 의식하면서, 참패한 적에게 아량을 베푸는 듯한 태도로 스메르댜코프가 침착하게 차근차근 말을 이었다. "잘 생각해보시라고요, 그리고리 바실리예비치. 성경에도 너희가 만일 겨자씨만큼만 믿음이 있으면 이 산을 명하여 바다로 들어가라 하여도 말이 떨어지기 무섭게 지체 없이 들어갈 것이라는 말씀이 있지 않습니까. 그렇다면 그리고리 바실리예비치, 나는 믿음이 없고 당신은 끊임없이 나를 욕할 만큼 신앙이 깊은 사람인데 어디 한번 직접 저 산을 향해 바다는 그만두고서라도(여기서 바다까지는 머니까요) 이 집 정원 뒤에 있는 냄새 나는 개천에라도 들어가라고 해보십시오. 당신이 아무리 소리쳐봐야 무엇 하나 꼼짝도 않고 제자리에 그대로 서 있는 걸 보게 될 겁니다. 이건 당신도 제대로 된 신앙을 하고 있지 않으면서 다른 사람들에게 신앙이 없다고 욕할 생각만 하고 있다는 사실을 증명하는 겁니다. 하지만 그런 사람은 당신뿐만이 아닙니다. 우리 시대 가장 지체 높은 사람들부터 가장 비천한 농부에 이르기까지 산을 바다에 옮겨놓을 수 있는 사람은 아무도 없습니다. 혹시 있더라도 세상에 한 사람이나 기껏해야 두 사람 정도가 고작일 테고, 그것도 이집트의 어느 사막에서 수도 생활을 하고 있을 테니 절대 찾아낼 수 없겠지요. 만약 그렇다면, 나머지는 모두 불신자들이라면, 그토록 자비로우신 주님께서 그 두 명의 은둔자를 제외한 온 세상 모든 사람들을 저주하고 한 사람도 용서하지 않는다는 말입니까? 그러니 한번쯤 의심을 품더라도 회개의 눈물을 흘리면 용서받을 수 있을 거라고 생각한 겁니다."

"잠깐만!" 표도르가 잔뜩 신이 나 찢어지는 듯한 소리로 외쳤다. "그러니까 너는 산을 옮길 수 있는 사람이 둘 정도는 있을 거라는 말이지? 이반, 잘 기억해두었다가 어디다 적어둬라. 정말 러시아인다운 생각이구나!"

"옳은 말씀입니다. 이건 신앙에 대한 민중 특유의 사고 방식입니다."

이반이 인정하는 듯한 미소를 지으며 동의했다.

"너도 동의하는구나! 네가 동의한다면 확실하지. 알료쉬카, 너도 그렇게 생각하지? 이건 정말 러시아적인 신앙이지?"

"아니요, 스메르댜코프는 전혀 러시아적인 신앙을 하고 있지 않습니다." 알료샤가 진지한 얼굴로 단호하게 말했다.

"나는 저 녀석의 신앙이 아니라 사막에 은둔자가 있다는 그 점을 놓고 말하는 거다. 그건 분명히 러시아적이지? 그렇지?"

"네, 그건 온전히 러시아적입니다." 알료샤가 미소를 지었다.

"나귀야, 네가 지금 한 말은 금화 한 닢 정도의 가치가 있으니 오늘 당장 보내주마. 하지만 나머지는 죄다 헛소리야.

멍청한 놈아, 잘 알아둬라. 이 지상에서 우리가 신앙을 못 하는 건 워낙 바빠서 정신이 없기 때문이야. 그 이유는 첫째, 할 일이 산더미고, 둘째는 하느님이 시간을 너무 조금 주셨거든. 하루를 겨우 24시간으로 정해놓으시니 회개는 고사하고 푹 잘 시간도 없단 말이지. 하지만 네놈이 박해자들에게 신앙을 부인한 건 신앙에 대한 생각밖에 할 수 없을 때였고, 자신의 신앙을 당당하게 드러내야 할 때였단 말이다. 이 말에도 일리가 있는 것 같은데, 어떠냐?"

"일리야 있지만, 잘 생각해보세요, 그리고리 바실리예비치, 그 말씀이 일리가 있으면 있을수록 제 마음은 가벼워지거든요. 만약 내가 참된 신앙을 하고 진리를 믿고 있으면서도 고난을 피하려고 더러운 마호메트의 종교로 개종한다면 그건 분명히 죄가 되었을 겁니다. 하지만 사실은 고통을 받을 일 자체가 생기지 않았어야 합니다. 산을 보고 박해자들을 뭉개버리라고 한마디만 하면 산이 곧장 움직여 박해자들을 바퀴벌레마냥 짓이겨버릴 테니, 나는 아무 일도 없었던 양 하느님을 찬양하면서 그곳을 떠나면 되니까요. 그런데 그 순간 이런저런 방법을 다 써보고 박해자들을 뭉개달라고 암만 소리를 쳐봐도 산이 꿈쩍도 안 한다면 어떻게 의심을 품지 않을 수가 있겠습니까? 더구나 목숨이 왔다 갔다 하는 그런 공포스러운 순간에 말입니다. 그렇지 않아도 천국을 완전히 구할 수는 없다는 것을 알고 있는데(내 말에 산이 움직이지 않는다는 건 저곳에서 내 신앙을 제대로 믿어주지 않는다는 것이니, 저세상에서 나를 기다릴 보상도 대단치는 않을 테지요) 아무런 이

익도 없는 일에 왜 내가 가죽을 벗기도록 내주어야 합니까? 등가죽이 반쯤 벗겨졌다고 해도 내 말이나 고함에 저 산이 움직여줄 리는 없을 겁니다. 그런 순간이라면 의혹이 드는 건 물론이고, 겁에 질려 분별력을 잃어버려 제대로 된 판단을 내릴 수 없게 될지도 모릅니다. 그렇다면 이승에서나 저승에서나 아무런 이익이나 보상도 없다는 걸 아는 판에 가죽이라도 온전히 보전하겠다는 게 어떻게 죄가 되겠습니까? 그러니 저는 하느님의 자비를 믿고 깨끗이 용서해주시리라는 희망을 품고 있는 것입니다…."

8. 코냑을 마시며

논쟁은 끝났다. 하지만 이상하게도 그렇게 즐거워하던 표도르가 논쟁이 끝날 쯤엔 얼굴을 찌푸리고 있었다. 그러면서 코냑이 든 술잔을 쭉 들이켰는데, 그것은 이미 과한 잔이었다.

"이 예수회 놈들, 썩 꺼져." 그가 하인들을 보고 소리쳤다. "스메르댜코프, 어서 나가. 약속했던 돈은 오늘 보내줄 테니 어서 꺼지라고. 그리고리, 자네도 울지 말고 마르파에게 가봐. 마르파가 위로해주고 잠도 재워줄 테니. 몹쓸 놈들 같으니. 식사 후에 조용히 좀 있게 놔두질 않는군." 명령이 떨어지기가 무섭게 하인들이 자리를 뜨자 그는 화가 치민다는 듯 이렇게 말했다. "스메르댜코프가 식사 때만 되면 나타나는 게 네게 관심이 지대해서 그런 모양이야. 대체 저놈을 어떻게 구워삶았지?"그가 이반에게 물었다.

"전 아무것도 한 게 없습니다."이반이 대답했다."갑자기 날 존경하고 싶은 마음이 들었나 보죠. 저놈은 파렴치한 하인에 불과합니다. 하지만 때가 되면 선두에 설 수도 있는 인물이죠."

"선두에 서다니?"

"좀 더 훌륭한 인물들도 나타나겠지만, 저런 놈도 있을 겁니다. 먼저 저런 놈들이 나온 다음에 더 나은 사람들이 나오기 마련이거든요."

"그때가 언제 온다는 거냐?"

"봉화가 타오를 때인데, 끝까지 타지 못하고 꺼질지도 모릅니다. 아직 민중은 저런 부엌데기의 말을 그다지 들으려 하지 않으니까요."

"그건 그렇겠지. 이 발람의 나귀가 골똘히 생각에만 잠겨 있는데 속으로 무슨 생각까지 하고 있는 건지 알 수가 있어야지."

"사상을 쌓아가는 중이겠죠."이반이 웃으며 말했다.

"나는 저놈이 누구나 싫어하듯이 나를 싫어한다는 걸 알고 있어. 네가 보기에 저 녀석이 널 '존경하려고 마음먹은' 것 같아도 너도 싫어하는 건 마찬가지야. 알료쉬카는 더욱 그렇지. 저놈은 알료쉬카를 경멸하고 있어. 하지만 손버릇이 나쁜 건 아니고, 입이 무거워서 집안 사정을 밖에다 떠벌리지도 않아. 게다가 파이 굽는 솜씨는 일품이거든. 빌어먹을, 그건 그렇고 사실 그 녀석 얘길 이렇게 해야 할 필요가 있나?"

"물론 없지요."

"그런데 저놈이 무슨 생각을 하고 있는가 하면 말이야, 러시아 농민은 두들겨 패줘야 한다는 생각이야. 나도 항상 그렇게 주장하거든. 러시아 농민은 사기꾼 같은 놈들이라 동정할 필요가 없어. 요즘도 가끔 때리는 주인들이 있는 건 참 다행한 일이야. 러시아 땅이 튼튼한 건 자작나무가 있기 때문이지. 숲을 죄다 베어버리고 나면 땅도 황폐해지고 말걸. 나는 현명한 사람들 편이야. 우리는 현명하게 판단해서 농민들을 때리지 않기로 했지만, 그놈들은 저희들끼리 매질을 해대고 있지. 하긴 그건 잘하는 일이긴 해. 너희가 비판하는 그 비판으로 너희가 비판을 받을 것이라고 했나, 뭐랬나⋯. 한마디로 인과응보라는 거지. 아무튼 러시아는 난장판이야. 얘야, 내가 러시아를 얼마나 싫어하는지 넌 모를 거다⋯. 아니, 러시아가 아니라 러시아에서 벌어지는 악행들을⋯. 아니, 어쩌면 러시아 자체를 증오하고 있는지도 모르지. Tout cela c'est de la cochonnerie(전부 개판이야). 내가 뭘 좋아하는지 아니? 나는 익살을 좋아해."

"또 한 잔 드셨군요. 이제 그만 드세요."

"기다려라, 한 잔, 딱 한 잔만 더 하고 끝내마. 잠깐, 너 때문에 말이 끊겼군. 모크로예 마을을 지나는 길에 그곳 노인에게 물어봤더니 그 노인이 이러더군. '우리는 판결에 따라 계집애들을 때려주는 일이 제일 재밌습니다. 매질은 청년들에게 맡기지요. 오늘 매 맞은 처녀를 다음 날 신부로 데려가곤 하니, 처녀들도 매질을 당연하게 생각한답니다." 완전히 사드 후작(사디즘의 어원이 된 프랑스 작가—옮긴이)이 따로 없지? 어때, 익살스러운 일이 아니냐? 구경이나 하러 가볼까? 알료쉬카, 얼굴이 빨개진 거냐? 부끄러워할 것 없단다. 아까 수도원장한테 갔을 때 식탁에도 못 앉아보고 수도사들에게 모크로예 마을의 계집애들 이야기를 못 해준 게 아쉽구나. 알료쉬카, 아까 네 장로에게 모욕적인 말을 퍼부었다고 너무 화내진 말아라. 악에 받쳐서 그래버렸다. 하느님이 정말 존재한다면 당연히 내가 죄인이고 책임을 져야겠지만, 하느님이 아예 존재하지 않는다면 그놈들, 네 신부 놈들에게 혼쭐을 내줘야 하지 않겠냐? 목을 베는 걸로는 부족하지. 그놈들은 발전을 가로막고 있으니까. 이반, 이 문제가 내 마음을 지독하게 괴롭히고 있다면 믿겠니? 아니, 넌 믿지 않아. 네 눈을 보면 알 수 있지. 넌 내가 광대에 지나지 않는다고 떠들어대는 사람들의 말을 믿고 있어. 알료샤, 넌 내가 광대에 불과하지 않다는 걸 믿어주겠니?"

"그럼요, 믿어요."

"나도 네가 그렇게 믿고 있고 진심으로 말한다는 걸 믿는다. 네 눈빛과 목소리에 진심이 담겨 있으니까. 하지만 이반은 아니야. 이반은 오만하지…. 아무튼 네 수도원하고는 끝장을 냈으면 좋겠구나. 러시아 땅 전체에 퍼져 있는 신비주의를 모조리 없애 어리석은 자들을 일깨워줘야 해. 그러면 얼마나 많은 금과 은이 조폐국으로 들어가게 될까!"

"어째서 없애버려야 한다는 겁니까?" 이반이 물었다.

"진리가 좀 더 빨리 빛을 발하게 하기 위해서지."

"하지만 그 진리가 빛을 발한다면 먼저 아버지가 알거지가 된 후에야… 없어질 텐데요."

"이런, 한 방 먹었군! 어쩌면 네 말이 맞을지도 모르지. 아, 나도 나귀로구나!" 표도르가 자신의 이마를 살짝 치면서 소리쳤다. "알료쉬카, 그렇다면 네 수도원은 그냥 놔두자. 우리처럼 현명한 사람들은 뜨신 곳에 앉아서 코냑이나 마시는 거야. 이반, 하느님이 일부러 이렇게 만들어놓았다는 걸 아느냐? 이반, 말해봐라. 하느님은 있는 거냐, 없는 거냐? 잠깐, 확실하게 말해라. 진지하게 말하란 말이다! 왜 또 웃는 거냐?"

"산을 움직일 수 있는 장로가 두 명은 있을 거라는 스메르댜코프의 믿음에 대해서 아버지가 좀 전에 익살스럽게 비판하신 게 생각나서 웃었습니다."

"지금 내 말도 그것과 비슷하다는 거냐?"

"아주 비슷합니다."

"그렇다면 나도 결국 러시아인이고, 내게도 러시아적인 특징이 있는 셈이군. 하지만 너 같은 철학자에게도 비슷한 면을 찾아낼 수 있어. 원한다면 찾아내주마. 내일 당장이라도 찾아낼 수 있다고 장담하지. 아무튼 말해봐라. 하느님은 있는 거냐, 없는 거냐? 단, 진지하게 대답해야 한다! 난 지금 진지하게 묻는 거니까."

"없습니다. 하느님은 존재하지 않아요."

"알료샤, 하느님은 있니?"

"하느님은 계십니다."

"이반, 그러면 불멸은? 아주 자그맣고 사소한 거라도 좋으니 말이다."

"불멸도 없습니다."

"전혀?"

"전혀요."

"그러니까 완전히 아무것도 없다는 거야, 아니면 뭔가 있기는 하다는 거냐? 그래도 뭔가 있긴 하지 않을까? 아무것도 없을 수는 없을 테니까!"

"완전히 아무것도 없습니다."

"알료쉬카, 불멸이 있냐?"

"있어요."

"하느님도 불멸도 다 있다는 말이지?"

"하느님도 계시고, 불멸도 존재합니다. 하느님 안에 불멸이 있으니까요."

"흠, 아무래도 이반 말이 맞는 것 같군. 아아, 이런 공상에 인간이 얼마나 많은 믿음을 바쳤고 얼마나 많은 힘을 허비했는지 생각만 해도 끔찍하구나! 그것도 벌써 수천 년 동안 그래온 것이 아니냐! 누가 이렇게 인간을 우롱하는 걸까? 이반? 마지막으로 분명히 말해다오. 하느님은 있냐, 없냐? 마지막으로 묻는다!"

"마지막으로 대답해도 하느님은 없습니다."

"그럼 누가 이렇게 인간들을 가지고 노는 거냐, 이반?"

"악마겠죠." 이반이 미소를 지었다.

"그럼 악마는 있다는 말이냐?"

"아니, 악마도 없습니다."

"그것 참 유감이군. 제기랄, 맨 처음 하느님을 지어낸 놈을 어떻게 해줘야 속이 시원할까! 사시나무에 목을 매달아도 모자랄 놈이야."

"하느님을 생각해내지 않았다면 문명 자체가 없었을 겁니다."

"문명이 없었을 거라고? 하느님이 없으면?"

"네. 그리고 코냑도 없었겠죠. 그건 그렇고 이제는 아버지에게서 코냑을 치워야 되겠는데요."

"잠깐, 잠깐, 얘야, 한 잔만 더 하마. 내가 알료샤의 기분을 상하게 했구나. 화난 건 아니지, 알렉세이? 우리 귀여운 알렉세이!"

"아니요, 화나지 않았어요. 아버지의 마음을 잘 알고 있으니까요. 아버지는 머리보다 마음이 더 좋으신 분인걸요."

"내가 머리보다 마음이 더 좋다고? 세상에, 네가 아니면 누가 내게 이런 말을 해줄까? 이반, 알료쉬카를 사랑하니?"

"그럼요."

"그래, 그래야지. (표도르는 몹시 취해 있었다.) 얘야, 알료샤, 내가 아까 네 장로에게 너무 무례하게 굴었구나. 하지만 너무 흥분한 탓에 그런 거란다. 그나저나, 그 장로는 꽤 익살스러운 구석이 있지? 어떻게 생각하냐, 이반?"

"그럴지도 모르죠."

"있어, 있어. il y a du Piron là-dedans(피롱(프랑스의 극작가―옮긴이) 같은 데가 있다니까). 그자는 예수회, 러시아적 예수회야. 고상한 존재가 으레 그렇듯 그 사람은 연기를 해야 한다는 것… 그러니까 성자 시늉을 해야 한다는 것 때문에 속에선 화가 끓고 있을 거야….”

“하지만 장로님은 하느님을 믿고 계세요.”

“전혀 안 그래. 몰랐니? 그자가 자기 입으로 누구에게나, 아니지, 자신을 찾아오는 현명한 사람들에게 하는 얘기야. 현지사 슐츠에겐 credo(믿는다), 하지만 뭘 믿는지는 나도 모르겠다고 딱 잘라 말했다니까.”

“정말요?”

“정말이고말고. 하지만 나는 그 사람을 존경해. 어딘가 메피스토펠레스적인 데가 있거든. 아니, 그보다는《우리 시대의 영웅》에 나오는 아르베닌 같은 데가 있달까…. 아무튼, 그 사람은 호색한이야. 만약 내 아내나 딸이 그 사람에게 고해 성사를 하러 간다면 불안에 떨 만큼 호색한이지. 말재간은 또 어떻고…. 재작년에 장로가 차와 리큐어(귀족 부인들이 그자에게 선물로 보내주거든)를 마시러 오라고 우리를 부른 적이 있었어. 그 자리에서 옛날이야기를 꺼내는데 배꼽이 빠지는 줄 알았다니까…. 특히 어떤 병약한 여자를 고쳐주었다는 이야기가 압권이었어. ‘내가 다리만 불편하지 않았다면, 부인에게 춤을 하나 춰드렸을 텐데요’라고 했다는 거야. 그래, 어떠냐? 그러면서 ‘한때는 나도 꽤 놀았거든요’라고 했다는 군. 그자는 데미도프라는 상인에게서 6000루블을 가로채기도 했어.”

“훔쳤다는 말씀이세요?”

“그 상인은 그를 좋은 사람이라 생각하고 그 돈을 가져와선 '이걸 좀 맡아주십시오. 내일 가택 수사를 받게 생겨서 그렇습니다.'라고 했지. 그래서 장로는 그 돈을 맡아주었어. 그래놓고는 나중에 '교회에 헌금한 게 아니었나요?' 하며 잡아뗐다는군. 내가 비열한 사람이라고 했더니, 자기는 비열한 게 아니라 호방한 거라나⋯. 그러고 보니, 그건 장로가 아니었지. 다른 사람이랑 헷갈렸군⋯. 그러면서도 몰랐다니. 자, 이제 한 잔만 더 하고 그만하마. 이반, 술병을 치우렴. 난 거짓말을 했어. 그런데 왜 그냥 보고 있었던 거냐, 이반⋯ 왜 내가 거짓말을 하고 있다고 말하지 않았지?"

"아버지가 스스로 그만두실 줄 알았으니까요."

"거짓말, 내가 싫어서 그런 거야. 그저 싫어서 그런 거라고. 넌 나를 경멸하고 있어. 나를 찾아와놓고 내 집에서 나를 경멸하고 있다고."

"안 그래도 갈 참입니다. 코냑 때문에 많이 취하셨어요."

"하루나 이틀 정도 체르마시냐에 다녀오라고 그렇게 부탁했는데 갈 생각도 않으니."

"정 그러시면 내일 가겠습니다."

"아니, 넌 안 가. 여기서 날 감시할 심산이니까. 그게 네 녀석이 원하는 거야. 고얀 놈. 대체 왜 안 간다는 거냐?"

노인은 진정할 줄 몰랐다. 얌전히 마시던 사람이라도 버럭 화를 내지 않고는 못 배길 지경까지 취해버린 것이다.

"왜 그렇게 쳐다보냐? 왜 그런 눈초리로 보는 거지? 네 눈이 나를 보고 '저 술에 찌든 낯짝하고는'이라고 말하고 있군. 의심과 경멸이 가득 찬 눈초리야⋯. 넌 분명히 속셈이 있어서 온 거야. 자, 알료쉬카도 나를 보고 있지만, 눈이 밝게 빛나고 있잖니. 알료샤는 나를 경멸하지 않아. 알렉세이, 이반을 사랑하면 안 된다…."

"형한테 화내지 마세요. 더 이상 형을 모욕하지 마세요!" 갑자기 알료샤가 강경한 목소리로 외쳤다.

"뭐, 그러마. 아아, 머리가 지끈거리는구나. 이반, 코냑을 치워라. 벌써 세 번째 말하지 않았니." 그는 잠시 생각에 잠기더니 천천히 교활해 보이는 미소를 지었다. "이반, 이 힘없는 늙은이에게 화내지 마라. 네가 날 좋아하지 않는다는 건 알지만, 그래도 화를 내선 안 된다. 나는 원래가 좋아할 만한 구석이라곤 없는 놈이니까. 아무튼 체르마시냐에 좀 다녀오렴. 나도 선물을 들고 따라갈 테니. 거기서 계집애 하나를 보여주마. 내가 오랫동안 눈여겨본 애야. 아직 맨발로 뛰어다니지만, 그런 계집애들을 겁내거나 경멸해선 안 된다. 그야말로 진주나 다름없거든!"

그는 이렇게 말하며 자기 손에 쪽하고 입을 맞췄다.

"난 말이지." 그는 자신이 좋아하는 화제로 넘어가자 대번에 술이 깬 듯 활기를 띠고 말했다. "난 말이다… 이 애송이 같은 녀석들아, 나한테는… 내 인생을 통틀어 못생긴 여자는 한 사람도 없었어. 그게 내 원칙이다! 너희가 이 말을 이해나 할까? 하긴 어떻게 이해하겠어. 아직 피 대신 젖이 흐르고, 머리에 피도 안 마른 놈들인데! 그 어떤 여자에게서나 다른 여자에게선 찾을 수 없는 아주 재미난 면을 찾을 수 있다는 게 내 원칙이야. 다만 그걸 찾아내는 능력을 가지는 게 관건이지. 그건 재능이야! 나에게 못생긴 여자란 존재하지 않아. 여자라는 사실 하나만으로도 이미 절반은 갖춘 거거든…. 어떻게 해야 이걸 이해할까! 노처녀에게서도, 그런 여자에게서도 남자들이 얼마나 멍청하기에 저런 여자를 몰라보고 그냥 늙도록 내버려 뒀을까 기가 찰만큼 멋진 구석을 찾을 수 있는 법이야. 맨발로 돌아다니는 계집이나 못생긴 계집은 말이다, 아예 처음부터 깜짝 놀라게 해줘야 해. 그건 몰랐지? 저런 귀한 분이 나같이 하찮은 여자를 사랑하다니, 하고 황홀하고 짜릿하고 부끄러운 마음이 들도록 혼을 쏙 빼놓아야 하는 거야. 세상엔 언제나 주인과 하인이 있을 테고, 바닥을 닦는 계집이 있으면 그 주인도 있게 마련이라는 건 정말 멋진 일이 아니냐. 인생의 행복을 위해 필요한 건 그것뿐이야! 가만있자… 알료쉬카, 나는 죽은 네 어미도 언제나 깜짝 놀라게 해주곤 했단다. 방식이 좀 다르긴 했지만. 평소엔 전혀 다정하게 굴지 않다가 갑자기 찬사를 쏟아놓는 거야. 무릎을 꿇고 기어다니고 발에다 입을 맞추기도 하면서 언제나 웃도록 만들었던 게 지금도 선하구나. 툭툭 끊어지고 날카로우면서 또 소리는 크지 않은, 초조함이 느껴지는 특이한 웃음이었어. 네 어미는 항상 그렇게만 웃었지. 그렇게 웃은 뒤엔 발작이 시작되어 다음 날이면 미친 여자처럼 소리를 질러대기 시작한다는 것과, 지금 짓는 이 작은 웃음이 기쁨의 표현이 아니라는 건 알고 있었어. 뭐, 꾸며낸 거라고 해도 기쁨이라면 기쁨이지만. 어떤 여자에게서나 그 나름의 매력을 발견하는 능력은 바로 이런 걸 두고 말하는 거야!

한번은 벨랍스키라고 하는 잘생긴 부자 놈이 네 어미 꽁무니를 쫓아다니며 우리 집을 들락거리다가 어느 날 다짜고짜 네 어미가 보는 앞에서 내 따귀를 철썩 후려갈긴 적이 있었어. 그러자 순한 양 같던 네 어미가 나를 잡아먹을 것처럼 달려들면서 '당신, 지금 얻어맞았죠, 얻어맞았어요, 저 사람에게 뺨을 얻어맞은 거예요! 당신은 나를 저 사람에 팔아넘겼어요…. 어떻게 저 사람이 내 앞에서 당신을 때리게 할 수 있죠? 앞으로 절대 내 옆에 오지 마세요! 지금 당장 달려가서 그 사람에게 결투를 신청하세요…'라고 악을 쓰는 거야. 난 네 어미를 진정시키려고 수도원에 데려갔고 신부들이 네 어미에게 기도를 해주었지. 하지만 알료샤, 맹세코 내 클리쿠샤를 모욕한 적은 없단다! 있다면 결혼 첫해에 한 번 그랬던 게 전부야. 그때 네 어미는 기도에 아주 열심이어서, 특히 성모 축일 같은 때는 날 서재로 내쫓곤 했어. 그래서 이 여자의 미신을 박살 내버려야겠다고 생각했지! '봐, 여기 당신의 성상이 있어. 지금 그걸 꺼내 들 거야. 당신은 이 물건이 기적을 일으킨다고 생각하지만, 당신이 보는 앞에서 여기다 침을 뱉을 테니 똑똑히 보라고. 그래도 내겐 아무 탈이 없을걸…!' 네 어미가 날 보는 눈이 당장이라도 날 죽이려 달려들겠구나 싶었는데, 자리에서 벌떡 일어서서 손뼉을 탁 치더니 갑자기 손으로 얼굴을 가리고 온몸에 경련을 일으키면서 바닥에 쓰러져버리지 뭐냐…. 그대로 기절하고 말았어…. 알료샤, 알료샤, 왜 그래, 무슨 일이야!"

노인이 깜짝 놀라 자리에서 벌떡 일어섰다. 알료샤는 아버지가 어머니 얘기를 꺼냈을 때부터 조금씩 안색이 변하고 있었다. 얼굴이 상기되고 눈동자가 번뜩였으며 입술이 부들부들 떨렸던 것이다…. 만취한 노인은 침을 튀겨가며 떠들어 대느라 알료샤에게 기이한 일이 벌어질 때까지 아무것도 눈치채지 못했다. 표도르가 지금 막 이야기한 '클리쿠샤'와 똑같은 일이 알료샤에게 똑같이 재현된 것이다. 알료샤는 갑자기 식탁에서 벌떡 일어나더니 어머니와 마찬가지로 손뼉을 탁 치고는 얼굴을 감싸고 밑동이 잘린 짚단처럼 의자에 풀썩 쓰러졌다. 그리고 갑자기 소리 없이 눈물을 흘리며 발작적으로 온몸에 경련을 일으키는 것이 아닌가. 그 모습이 어머니와 너무나 흡사해 늙은이는 큰 충격을 받고 말았다.

"이반, 이반! 어서 물을 떠 오거라. 제 어미와 똑같구나. 그때 제 어미도 꼭 저랬어! 입에 물을 머금었다가 뿜어줘라. 나도 늘 그렇게 해줬으니. 제 어미 때문에, 제 어미 때문에…." 그가 이반에게 중얼거렸다.

"알료샤의 어머니는 제 어머니이기도 한 것 같은데, 아닙니까?" 이반은 분노와 경멸을 억누르지 못하고 불쑥 이렇게 말했다. 노인은 이반의 번뜩이는 눈초리에 오싹 소름이 돋았다. 그런데 이때 비록 잠깐이긴 했으나 아주 기묘한 일이 벌어졌다. 알료샤의 어머니가 이반의 어머니라는 생각이 정말로 노인의 머릿속에서 지워져버린 것이다.

"네 어머니라니?" 그가 무슨 말인지 모르겠다는 듯 우물우물 말했다. "그게 무슨 소리냐? 누구 어머니 말이야…? 그 여자가 설마… 이런, 젠장! 그래, 네 어미가 되기도 하는구나! 이런, 빌어먹을! 머릿속이 이렇게 깜깜해진 적은 없었는데, 이반, 미안하다, 내가 그만… 헤헤헤!"그는 입을 다물었다. 주정뱅이 특유의 의미 없는 웃음이 그의 얼굴에 길게 퍼져나갔다. 바로 이때 현관에서 우당탕하는 소리와 함께 사나운 고함 소리가 들리더니 문이 확 열리면서 드미트리가 들이닥쳤다. 노인은 겁을 집어먹고 이반에게 달려들었다.

"날 죽일 거야, 죽일 거라고! 살려다오, 날 지켜다오!"노인은 이반의 프록코트 자락에 매달리며 비명을 질렀다.

9. 호색한들

드미트리의 뒤를 이어 그리고리와 스메르댜코프가 응접실로 뛰어들었다. 현관에서 드미트리를 제지하려고(표도르가 벌써 며칠 전에 내린 지시에 따라) 한바탕 몸싸움을 벌인 후였다. 응접실에 들어선 드미트리가 잠시 두리번거리는 틈을 타 그리고리는 식탁을 빙 돌아가 현관 맞은편에 있는 안쪽으로 통하는 문 두 짝을 걸어 잠갔다. 그런 다음 최후의 피 한 방울을 흘리는 순간까지 입구를 사수하겠다는 태도로 두 팔을 십자가처럼 척 벌리고 그 앞에 버티고 섰다. 드미트리는 그 모습을 보고 고함이라기보다는 비명에 가까운 소리를 지르며 그리고리에게 달려들었다.

"그 여자가 저기 있구나! 저기다 숨겨두었어! 비켜, 이썩을 놈!"드미트리는 그리고리를 밀쳐내려 했으나, 그리고리에게 오히려 나가 떨어졌다. 분노로 이성을 잃은 드미트리는 손을 번쩍 쳐들어 있는 힘껏 그리고리를 내리쳤다. 나이든 하인이 힘없이 쓰러지자 드미트리는 그 위를 뛰어넘어 방문을 박차고 안으로 들어갔다. 스메르댜코프는 맞은편 구석에서 표도르 옆에 바싹 붙은 채 하얗게 질린 얼굴로 떨고 있었다.

"그 여자가 여기 있어!" 드미트리가 고함을 질렀다.

"그 여자가 방금 이 집 쪽으로 모퉁이를 도는 걸 내가 직접 봤단 말이다. 따라잡지 못했을 뿐이라고. 어디 있어? 어디 있냐고?"

'그 여자가 여기 있어!'라는 외침은 표도르에게 알 수 없는 감정을 불러일으켰다. 조금 전까지 느끼던 공포도 싹 달아났다.

"저놈 잡아라!" 표도르가 이렇게 소리치며 드미트리를 쫓아 달려갔다. 그러는 사이 그리고리는 몸을 일으켰지만, 아직 제정신이 아닌 것 같았다. 이반과 알료샤도 아버지를 쫓아 달려갔다. 세 번째 방에서 무엇인가가 바닥에 떨어져 와장창 깨지는 소리가 났다. 드미트리가 뛰어가다가 대리석 받침 위에 있던 큼지막한 유리 꽃병(비싼 것은 아니었다)을 건드려 떨어뜨린 것이다.

"저기 있다!" 노인이 소리쳤다. "빨리 저놈 잡아라!"

겨우 쫓아온 이반과 알료샤가 노인을 억지로 응접실로 끌고 왔다.

"어쩌려고 쫓아가셨어요! 형은 정말 아버지를 죽일 거라고요!"이반이 무섭게 화를 내며 소리쳤다.

"이반, 알료샤! 그 여자가 여기 와 있다. 그루셴카가 여기 와 있어. 이리로 뛰어오는 걸 직접 봤다지 않느냐….″

그는 숨이 가빠 말도 제대로 잇지 못했다. 그날은 그루셴카를 기다리고 있지 않았지만, 그녀가 이곳에 있다는 말에 순간 정신이 나가버린 것이다. 그는 실성한 사람처럼 온몸을 부들부들 떨었다.

"그 여자가 오지 않았다는 건 아버지가 더 잘 아시잖아요!"이반이 소리쳤다.

"혹시 저 문으로 들어온 게 아닐까?"

"저 문은 잠겨 있어요. 열쇠는 아버지에게 있고요.″

이때 갑자기 드미트리가 다시 응접실에 나타났다. 뒷문이 잠겨 있는 걸 보고 온 것이다. 열쇠는 실제로 표도르에게 있었다. 창문도 방마다 닫혀 있었다. 그러니 그루셴카는 들어올 수도, 나갈 수도 없었다.

"저놈 잡아라!"표도르가 드미트리를 보자마자 다시 소리를 질렀다. "저놈은 내 침실에서 돈을 훔쳤어!"이렇게 소리치면서 이반을 뿌리치고 또다시 드미트리에게 달려들었다. 그러나 드미트리가 두 손을 들어 노인의 관자놀이 부근에 겨우 남아 있던 머리카락을 움켜잡더니 그대로 들어 올려서는 우당탕 소리가 나도록 바닥에 패대기쳤다. 그것도 모자라 바닥에 쓰러진 아버지의 얼굴을 구둣발로 두어 번 걷어찼다. 노인은 새된 비명을 질러댔다. 이반은 드미트리처럼 힘이 세지는 않았지만 두 팔로 형을 끌어안아 힘껏 노인에게서 떼어냈다. 알료샤도 제 힘을 보태 앞쪽에서 큰형을 붙들었다.

"미쳤어? 정말 아버지를 죽일 참이야?" 이반이 고함을 질렀다.

"이 늙은이는 그래도 싸!" 드미트리가 거칠게 숨을 몰아쉬며 외쳤다. "이번에 못 죽였으니 다음에 다시 죽이러 오지. 그땐 말리지 못할걸!"

"형! 당장 여기서 나가!" 알료샤가 위압적으로 말했다.

"알렉세이! 한 가지만 말해다오. 내가 믿을 사람은 너밖에 없다. 좀 전에 그 여자가 왔었니, 안 왔었니? 골목길에서 울타리 옆을 지나 이쪽으로 슬그머니 들어가는 걸 내 눈으로 똑똑히 봤단 말이다. 내가 소리를 질렀더니 달아나버렸어."

"맹세코 오지 않았어. 그 여자가 올 거라고 생각한 사람도 없었고!"

"하지만 분명히 봤는데…. 분명히 그 여자였어…. 어디로 갔는지 알아내야겠군…. 가겠다, 알렉세이! 이 이솝 영감에게 돈 이야기는 꺼낼 필요가 없겠구나. 지금 당장 카테리나 이바노브나에게 가서 '작별 인사를 고하라고 했습니다, 꼭 작별 인사를 고하라고 했습니다'라고 전해라. 지금 여기서 있었던 일도 자세히 말해주고."

그러는 사이에 이반과 그리고리는 노인을 부축해 안락의자에 앉혔다. 표도르는 얼굴이 피투성이가 되었으나 정신을 놓지 않고 드미트리가 지르는 소리에 열심히 귀를 기울이고 있었다. 아직도 그루셴카가 집 어딘가에 있을 것 같은 생각이 들었다. 드미트리는 방을 나서면서 증오에 찬 시선으로 아버지를 흘끗 바라보았다.

"당신이 피를 흘렸다고 내가 후회할 줄 알고!" 그가 소리쳤다. "몸조심하라고, 영감, 꿈도 잘 간직하시고. 꿈은 나도 꾸고 있으니까! 당신을 저주하고 영원히 인연을 끊는 바야…."

그가 뛰쳐나갔다.

"그 여자가 여기 있어, 분명히 여기 있다고! 스메르댜코프, 스메르댜코프!" 노인이 겨우 들릴 듯한 쉰 목소리로 말하며 손가락으로 스메르댜코프를 불렀다.

"그 여잔 여기 없어요, 없다고요! 아버진 미쳤어요!" 이반이 그에게 쏘아붙였다. "이런, 기절해버렸잖아! 물하고 수건! 스메르댜코프, 빨리 가져와!"

스메르댜코프가 물을 가지러 뛰어나갔다. 마침내 노인의 옷을 벗기고 침실로 옮겨 침대에 뉘였다. 이마는 물수건으로 동여맸다. 코냑과 격한 흥분, 구타로 기진맥진한 노인은 베개에 머리가 닿기 무섭게 눈을 감고 기절하듯 깊은 잠에 빠져들었다. 이반과 알료샤는 응접실로 돌아왔다. 스메르댜코프는 깨진 꽃병 조각을 치우고 있었고, 그리고리는 침울한 얼굴로 시선을 아래로 떨군 채 식탁 옆에 서 있었다.

"할아범도 물수건으로 찜질도 하고 누워서 좀 쉬는 게 어때요." 알료샤가 그리고리에게 말했다. "아버지는 우리가 여기서 간호할게요. 형한테 호되게 맞았잖아요… 머리를."

"내게 그런 짓을 하다니!" 그리고리가 침통한 목소리로 한 마디 한 마디 힘주어 말했다.

"'그런 짓'이라면 자네뿐 아니라 아버지에게도 했지!" 이반이 입가를 일그러뜨리며 한마디 했다.

"어릴 때 목욕도 시켜준 내게… 이런 짓을 하다니!" 그리고리가 되풀이했다.

"빌어먹을, 내가 떼어놓지 않았다면 아마 죽어버렸을 거야. 이숍 영감이 어디 한 줌 거리나 되겠어?" 이반이 알료샤에게 낮은 목소리로 말했다.

"어떻게 그런 말을 할 수가 있어!" 알료샤가 소리쳤다.

"'그런 말'이라니?" 이반이 험악하게 얼굴을 구기며 여전히 낮은 목소리로 말을 이었다. "한 독사가 다른 독사를 집어삼킬 거야. 두 사람은 그렇게 될 운명이야!"

알료샤는 몸서리를 쳤다.

"물론 나는 살인이 일어나도록 내버려 두지는 않을 거야. 지금 그랬던 것처럼 말이지. 알료샤, 넌 여기 있어. 난 마당에 바람 좀 쐬러 나가야겠다. 머리가 아파오는구나."

알료샤는 침실로 가서 가림막을 사이에 두고 아버지의 머리맡에 앉았다. 1시간쯤 지났을까, 노인이 눈을 번쩍 뜨더니 한참 동안 말없이 알료샤를 바라보았다. 무슨 일이 있었는지 기억을 더듬는 모양이었다. 별안간 그의 얼굴에 불안한 기색이 떠올랐다.

"알료샤." 노인이 조심스럽게 속삭였다. "이반은 어디 있니?"

"머리가 아파서 뜰에 나갔어요. 거기서 우릴 위해 망을 봐주고 있을 거예요."

"거울 좀 갖다주렴. 저기 놓여 있단다."

알료샤는 장롱 위에 있는 작고 동그란 거울을 갖다주었다. 노인은 거울을 들여다보았다. 코가 심하게 부어오르고 왼쪽 눈썹 위 이마에도 큼지막하게 뻘건 멍이 들어 있었다.

"이반이 뭐라고 하더냐? 알료샤, 내 하나뿐인 아들아, 난 이반이 무섭다. 그놈보다 이반이 더 무서워. 무섭지 않은 건 너 하나 뿐이야…."

"이반 형도 무서워할 것 없어요. 화가 나 있긴 하지만, 아버지를 지켜드릴 거예요."

"알료샤, 그놈은? 그루셴카에게 달려갔겠지! 내 천사야, 사실대로 말해주렴. 아까 그루셴카가 왔었니, 안 왔었니?"

"그 여자를 본 사람은 아무도 없어요. 왔다는 건 거짓말이에요. 안 왔어요!"

"미탸는 그 여자와 결혼하려 해, 결혼을 하려 한단 말이야!"

"그 여자는 큰형과 결혼하지 않을 거예요."

"안 해, 안 해, 안 해, 안 해, 절대 결혼할 리 없어…!"

그 순간 그보다 반가운 말은 있을 수 없다는 듯 노인이 기쁨으로 온몸을 떨었다. 그는 감격에 겨워 알료샤의 손을 잡더니 자신의 심장에 꼭 갖다 댔다. 눈에는 눈물까지 그렁거렸다.

"아까 말한 성모상을 가져가거라. 수도원에 돌아가는 것도 허락하마…. 아까는 농담을 한 것뿐이니 화내지 마라. 머리가 아프구나, 알료샤… 내 마음이 진정되도록 사실을 말해다오!"

"또 그 여자가 왔는지 묻고 계신 건가요?" 알료샤가 슬픈 목소리로 말했다.

"아니, 아니야, 난 널 믿는다. 내 말은 그러니까, 네가 직접 그루셴카에게 가보든지 해서 어떻게든 만나보라는 거야. 그 여자에게 물어서 가능한 한 빨리 누구와 결혼할 생각인지, 나인지 그놈인지 알아봐주렴. 어때, 할 수 있겠니?"

"혹시 만나면 물어볼게요." 알료샤가 곤혹스러운 표정으로 중얼거렸다.

"아니, 그 여잔 네게 말해주지 않을 거야." 노인이 말을 가로챘다. "그 여잔 갈대야. 네게 입을 맞추고 너와 결혼하겠다고 달려들겠지. 그 여잔 거짓말쟁이에다 수치가 뭔지도 몰라. 안 되겠다, 넌 그 여자에게 가면 안 돼, 절 대 안 돼!"

"맞아요, 제가 가봤자 좋을 것도 없을 거예요, 아버지. 결코 좋을 게 없어요."

"그놈이 아까 가면서 '다녀오라'고 소리친 건 어디로 가라는 말이었지?"

"카테리나 이바노브나에게요."

"돈 때문에? 돈을 달라더냐?"

"아니요, 돈 때문은 아니에요."

"그놈 수중엔 돈이 없어. 한 푼도 없지. 얘야, 알료샤, 밤동안 누워서 생각해볼 게 있으니 그만 가보렴. 그 여자와 마주치게 될지도 모르니…. 단, 내일 아침에 꼭 내게 들러라, 꼭 와야 해. 내일 네게 할 말이 있으니. 그래 주겠니?"

"그럴게요."

"내일 올 때는 네가 스스로 나를 보러 오는 것처럼 해야 한다. 내가 불렀다고는 아무에게도 말하지 마라. 특히 이반에 겐 절대 말하면 안 돼."

"알겠어요."

"그만 가보거라, 내 천사야. 아까 내 편을 들어준 건 평생 잊지 않겠다. 내일 네게 한 가지 얘길 해주마…. 하지만 아직 좀 더 생각을 해봐야 해…."

"몸은 어떤 것 같으세요?"

"내일이면 벌떡 일어나 돌아다닐 수 있을 것 같다. 아주 멀쩡하게, 멀쩡하게 말이야…!"

알료샤는 뜰을 지나가다가 대문 옆 벤치에 앉아 있는 이반을 보았다. 그는 거기 앉아 연필로 수첩에 뭔가를 적고 있었다. 알료샤는 이반에게 아버지가 의식을 회복했으며, 수도 원에 돌아가도 좋다고 허락했다고 말했다.

"알료샤, 내일 아침에 너를 볼 수 있으면 참 좋겠구나." 이 반이 의자에서 일어나면서 다정하게 말했다. 알료샤로서는 너무나 뜻밖의 태도였다.

"내일은 호흘라코바 부인에게 가보려고." 알료샤가 대답했다. "카테리나 이바노브나에게 다녀와야 할 수도 있을 것 같아. 혹시 오늘 못 만나면…."

"아무튼 지금은 카테리나 이바노브나에게 가는 거구나! '작별 인사를 고하러' 가는 거냐?" 이반이 씩 미소를 지었다. 알료샤는 당혹스러워졌다.

"아까 오가던 고함 소리와 지난 일을 몇 가지 생각해보니 다 알 것 같던데. 형이 네게 그 여자에게 가서 자기가…음… 한마디로, '작별 인사'를 전하라고 한 거지?"

"형! 아버지와 큰형 사이의 이 끔찍한 일이 어떻게 끝날 것 같아?" 알료샤가 소리쳤다.

"정확하게야 모르지. 어쩌면 그냥 흐지부지 될지도 몰라. 그 여잔 짐승이야. 어찌 됐건 노인은 집에 꼭 붙들어놓고, 드미트리 형은 집에 못 들어오게 해야 해."

"형, 한 가지 더 물어보고 싶은 게 있어. 다른 사람을 놓고 누구는 살 자격이 있고 누구는 그럴 자격이 없다고 판단할 권리가 누구에게나 있는 걸까?"

"왜 여기서 자격 운운하는 거냐? 그 문제는 자격이 아닌 훨씬 자연스러운 다른 이유로 마음속에서 결정되는 법이야. 권리에 대해서라면, 무언가를 바랄 권리가 없는 사람이 어디 있겠니?"

"다른 사람의 죽음을 바랄 권리는 아니지?"

"죽음이라 해도 마찬가지 아니겠어? 누구나 그렇게 살고, 다른 방식으론 살지 못하는데 자신에게 거짓말을 할 필요가 있을까? 아까 내가 두 독사가 서로를 잡아먹을 거라고 한 것 때문에 그러지? 그럼 나도 하나 묻자. 나도 드미트리 형처럼 이숍 영감의 피를 볼 수 있는, 그러니까 죽일 수 있는 사람이라고 생각하니?"

"무슨 말이야, 형! 그런 건 생각해본 적도 없어! 큰형도 그런 사람이라고 생각 안 해…."

270

"말만이라도 고맙구나." 이반이 미소를 지었다. "알아둬라. 난 항상 아버지를 보호할 거야. 하지만 내가 속으로 뭘 바랄지는 전적으로 내 자유야. 내일 보자. 나를 욕하거나 악당이라고 생각하지 마라." 그가 미소를 지으며 덧붙였다.

이들은 전에 없이 굳게 손을 맞잡았다. 알료샤는 이반 형이 먼저 자신에게 한 발짝 다가왔으며, 여기에는 필시 어떤 목적이나 의도가 반드시 있을 거라는 느낌이 들었다.

10. 두 여자가 한자리에

알료샤는 아버지의 집에 들어갈 때보다 더욱 참담하고 암울한 심정으로 그곳을 나섰다. 이성도 산산이 조각나 흩어져버린 것 같았다. 한편으로는 흩어진 것을 이어 붙여 오늘 겪었던 고통스러운 모순 속에서 하나의 통일된 결론을 이끌어내는 것이 두렵다는 생각이 들었다. 알료샤의 가슴에 절망에 가까운 느낌이 들었다. 이제껏 한 번도 느껴보지 못한 감정이었다. 중요하고 숙명적이면서 해결할 수 없는 문제가 모든 것 위에 산처럼 우뚝 서 있었다. 그것은 그 무서운 여자를 앞에 두고 아버지와 드미트리 형이 어떻게 될 것인가 하는 문제였다. 이제는 자신도 목격자였다. 직접 그 자리에서 그들이 마주한 모습을 본 것이다. 사실 정말로 지독히 불행해지는 건 드미트리 형 하나일지도 몰랐다. 무서운 재앙이 그를 기다리고 있는 것이 분명했기 때문이다. 알료샤가 지금까지 생각했던 것보다 이 일에 훨씬 깊이 연관된 다른 이들도 나타났다. 무슨 수수께끼 같기도 했다. 이반 형이 오랫동안 바라던 대로 자신에게 한 발짝 다가왔지만, 지금은 그 접근이 오히려 두렵게 느껴졌다. 그 여자들은 어떤가? 아까 카테리나 이바노브나의 집으로 갈 때는 난처하고 곤혹스러운 심정이었으나, 지금은 아무렇지도 않았다. 오히려 어떤 조언을 얻길 바라는 것처럼 그녀의 집으로 발걸음을 재촉했다. 하지만 부탁받은 말을 전하는 일은 아까보다 어려워진 듯했다. 3000루블 문제가 끝장났기 때문에, 자신을 부정직한 인간이라 생각하고 모든 희망을 잃어버린 드미트리 형은 어떤 타락의 수렁 앞에서도 멈추려 하지 않을 터였다. 게다가 카테리나 이바노브나에게 아버지의 집에서 있었던 일도 말해주라고 부탁하지 않았는가.

알료샤가 볼샤야 거리에 있는 넓고 안락한 카테리나의 집으로 향한 것은 이미 7시가 넘어 어둑어둑해질 무렵이었다. 알료샤는 그녀가 두 이모와 함께 살고 있다는 것을 알고 있었다. 사실 그중 한 사람은 언니인 아가피야 이바노브나의 이모였는데, 카테리나가 전문학교를 졸업하고 아버지 집으로 돌아왔을 때 언니와 함께 그녀를 돌봐주었던 말 없는 부인이었다. 다른 이모는 가난한 집안 출신이긴 하지만 고상한 말투를 쓰고 위엄 있게 행동하는 모스크바 부인이었다. 들려오는 말로는, 두 부인 모두 카테리나에게 전적으로 복종했으며 그저 예의를 지키는 차원에서 그녀가 있는 곳을 지키곤 했다고 한다. 카테리나가 복종하는 사람은 은인인 장군 부인

뿐이었다. 장군 부인은 병 때문에 모스크바에 남아 있었고, 카테리나는 매주 두 통씩 편지를 써서 자신의 근황을 상세히 알리도록 되어 있었다.

알료샤가 현관에 들어서서 문을 열어준 하녀에게 자신이 온 것을 전해달라고 부탁했을 때 응접실에서는 이미 그가 온 것을 알고 있었던 눈치였으나(창문으로 그를 보았는지), 여자들이 뛰어가는 소리와 옷자락이 스치는 소리가 들려왔다. 아마 두세 명쯤 되는 여자들이 방에서 뛰어나간 것 같았다. 알료샤는 자신의 방문으로 이런 소동이 벌어지다니 이상하다고 생각했다. 그는 곧 응접실로 안내되었다. 촌티라곤 찾아볼 수 없는 세련된 가구들로 가득 찬 커다란 방이었다. 침대의자와 크고 작은 소파며 탁자들이 여러 개 놓여 있었고, 벽에는 여러 점의 그림이 걸려 있었다. 탁자 위에는 꽃병과 등잔이 놓여 있었고 꽃도 풍성했다. 창가에는 큼지막한 어항까지 놓여 있었다. 해질 무렵이어서 방 안은 약간 침침했다. 방금 전까지 누군가 앉아 있던 듯한 소파에는 실크 망토가 내던져져 있었고, 그 앞의 탁자에는 마시다 만 코코아 두 잔과 비스킷, 푸른 건포도가 담긴 유리 접시와 과일 접시 따위가 놓여 있었다. 누군가를 대접하고 있었던 것이 분명했다. 알료샤는 손님이 와 있을 때 찾아왔다는 사실을 깨닫고 얼굴을 찌푸렸다. 하지만 그 순간 커튼이 올라가더니 카테리나가 종종걸음으로 들어와 기쁨이 가득한 미소로 알료샤에게 두 손을 내밀었다. 동시에 하녀가 불 켜진 촛대 두 개를 들고 와 탁자 위에 올려놓았다.

"드디어 당신도 와주다니, 정말 다행이에요! 오늘 하루 종일 하느님께 당신만을 위해 기도했답니다. 이리 앉으세요."

3주쯤 전에 드미트리가 카테리나의 간곡한 부탁으로 알료샤를 그녀에게 데려와 처음으로 소개시키고 인사를 나눈 적이 있었는데, 그때도 카테리나의 미모는 알료샤에게 강렬한 인상을 주었다. 그때 두 사람은 대화를 나누지 않았다. 알료샤가 무척 수줍어한다는 것을 눈치챈 카테리나가 그를 배려하는 차원에서 줄곧 드미트리하고만 이야기를 했기 때문이다. 알료샤는 말없이 앉아 있기만 했지만 여러 가지를 자세히 살펴볼 수 있었다. 이 오만한 아가씨의 위압감과 당당하고 격식 없는 태도, 자신감은 알료샤에게 깊은 충격을 주었다. 그것은 착각이 아니었다. 알료샤는 자신이 받은 인상이 과장되지 않았음을 알고 있었다. 알료샤는 그녀의 불타오르는 듯한 커다랗고 까만 눈이 무척 아름다우며, 약간 노르스름한 창백하고 갸름한 얼굴과 특히 잘 어울린다는 사실을 발견했다. 하지만 그 눈에는 아름다운 입매와 마찬가지로 자신의 형이 열렬히 사랑에 빠질 수는 있어도 그 감정을 오래 붙들어놓지는 못할 무언가가 있었다. 드미트리가 약혼녀의 인상이 어땠는지 가감 없이 말해달라고 부탁했을 때, 알료샤는 자신의 생각을 거의 있는 그대로 털어놓았다.

"형이 그분과 함께한다면 행복하기는 하겠지만… 평온한 행복은 아닐 것 같아."

"맞아, 바로 그거야. 저런 여자들은 변하지 않아. 운명에 순응하질 않지. 그러니까 내가 그 여자를 평생 사랑하지는 않을 거라는 말이냐?"

"아니. 평생 사랑할 수는 있지만, 항상 행복하지는 않을 것 같아…."

알료샤는 얼굴을 붉히며 그렇게 대답했고, 형의 부탁에 못 이겨 그런 '어리석은' 생각을 입 밖으로 꺼낸 자신을 원망했다. 입 밖에 내뱉는 순간 아주 어리석은 의견이라는 생각이 들었기 때문이다. 주제넘게 여자에 대한 생각을 이러쿵저러쿵 말한 것이 부끄럽기도 했다. 그런 일이 있었기 때문에 자신에게 달려 나온 카테리나를 본 순간 무척 놀랐다. 그때 자신의 생각이 크게 틀렸을지도 모른다는 느낌이 들었기 때문이다. 지금 카테리나의 얼굴은 꾸밈없고 소박한 선량함과 솔직하고 열정적인 진실성으로 빛나고 있었다. 예전에 알료샤에게 깊은 인상을 주었던 '당당함과 오만함'이 지금은 용감하고 고결한 힘과 뚜렷하고 강인한 자신감처럼 느껴졌다. 알료샤는 그녀를 본 순간, 그리고 그녀가 입을 연 순간 사랑하는 사람 때문에 처한 비극적인 처지는 그녀에게 전혀 비밀이 아니며, 어쩌면 그녀가 모든 사정을 이미 속속들이 알고 있을 수도 있다는 사실을 깨달았다. 그런데도 카테리나의 얼굴은 미래에 대한 믿음으로 환하게 빛나고 있었다. 알료샤는 그녀에게 고의로 큰 죄를 저지른 것 같은 생각이 들었다. 한순간에 압도되고 매혹되어버린 것이다. 알료샤는 또한 카테리나가 말을 꺼낸 순간 그녀가 굉장히 흥분해 있다는 것을 알았다. 그녀로서는 좀처럼 보기 힘든 황홀함에 가까운 흥분이었다.

"제가 당신을 이토록 기다린 건 진실을 모두 털어놓을 수 있는 사람은 당신밖에 없기 때문이에요. 정말 당신 한 사람뿐이랍니다!"

"제가 온 건…." 알료샤가 더듬거리며 기어들어가는 목소리로 말했다. "전… 형이 절 보내서…."

"아, 그분이 당신을 보냈군요. 그럴 것 같았어요. 이젠 다 알겠어요. 전부 다요!" 카테리나가 갑자기 눈을 빛내며 외쳤다. "잠깐만요, 알렉세이 표도로비치, 제가 왜 그렇게 당신을 기다렸는지부터 말할게요. 저는 당신이 아는 것보다 훨씬 많은 걸 알고 있을지도 몰라요. 그러니 제게 무슨 소식을 들려줄 필요는 없답니다. 전 당신이 요즘 그이에게서 개인적으로 어떤 느낌을 받았는지 알고 싶어요. 무례하다 싶을 만큼(오, 얼마든지 그렇게 말해도 괜찮아요!) 가감 없이 솔직하게 그이를 만났을 때 그이의 상태가 어땠는지 말해줘요. 그 사람이 제게 오려고 하지 않으니 제가 직접 그 사람에게서 설명을 듣는 것보다 이렇게 하는 게 나을 거예요. 제가 뭘 원하는지 아셨나요? 그럼 그이가 당신을 왜 보냈는지(그이가 당신을 보낼 줄 알고 있었어요!) 간단히 말해주세요."

"형은 제게… 작별 인사를 고해달라고 했어요. 다시는 여기 오지 않을 테니… 인사를 전해달라고요."

"작별 인사를 고하라고요? 그이가 정말 그렇게 말했나요? 그 표현을 써서요?"

"네."

"어쩌면 실수로 잘못 나온 말이 아닐까요? 적절한 말이 생각나지 않아서요."

"아닙니다. 형은 제게 꼭 '작별 인사를 고하라'는 말을 전해달라고 부탁했습니다. 잊지 말고 전해달라고 세 번씩이나 부탁했어요."

카테리나의 얼굴이 확 달아올랐다.

"그럼 저 좀 도와줘요, 알렉세이 표도로비치, 이제 당신의 도움이 필요해요. 제가 생각하고 있는 걸 말할 테니, 그게 맞는지 틀린지만 말해줘요. 만약 그이가 표현을 굳이 강조하지 않고 지나가는 말로 작별 인사를 고하라고 했다면, 모든 게 끝장이었을 거예요. 하지만 꼭 그 표현을 쓰라고 했다면, 그 인사를 꼭 잊지 말고 전해달라고 당신에게 특별히 부탁했다면, 어쩌면 흥분해 이성을 잃었던 게 아닐까요? 결심을 했지만 그 결심이 두려워진 거예요! 단호한 걸음으로 제게서 멀어진 것이 아니라 비탈 아래로 굴러 떨어진 거예요. 그 말을 강조한 건 어쩌면 단순한 허세일지도 몰라요…."

"그래요, 그렇습니다!" 알료샤가 열심히 맞장구를 쳤다. "지금 보니 그런 것 같군요."

"그렇다는 건 그이에게 아직 희망이 있다는 거예요. 그저 절망에 빠져 있을 뿐이고, 제가 구해낼 수 있을 거예요. 그러고 보니 그이가 돈 이야기는 하지 않았나요? 3000루블에 대해서요."

"하기만 한 것이 아니라 그 돈 때문에 가장 괴로운 것 같았어요. 형은 이젠 명예를 잃었으니 어떻게 되든 상관없다고 하더군요." 어쩌면 정말 형을 구할 길이 있을지도 모른다는 생각에 희망이 다시 샘솟는 것을 온 가슴으로 느끼며 알료샤가 열띤 어조로 대답했다. "그러면… 이 돈에 대해서 벌써 알고 계셨던 건가요?" 알료샤는 이렇게 말하고 입을 다물었다.

"진작부터 잘 알고 있었어요. 모스크바에 있을 때 전보로 물어봐서 돈을 받지 못했다는 걸 알았거든요. 그이는 돈을 보내지 않았어요. 하지만 전 아무 말 하지 않았어요. 지난주에 전 그이가 아직도 돈 때문에 괴로워하고 있다는 사실을 알았답니다…. 그래서 이런 목표를 세웠어요. 그이가 누구에게 돌아가게 될 것인지, 누가 자신의 가장 믿음직한 벗인지 알게 하자고 말이에요. 하지만 그이는 제가 자신의 가장 충실한 벗이라는 사실을 믿으려 하지 않아요. 제가 어떤 사람인지 알아보려 하지 않고 한낱 여자로만 보고 있죠. 지난 일주일 내내 어떻게 하면 그이가 3000루블을 써버렸다는 데 제게 수치심을 느끼지 않을까 괴로운 마음으로 고민했어요. 다른 사람들이나 자기 자신에 대해서는 수치심을 느낀다 하더라도, 제게는 그러지 않았으면 하거든요. 그이도 하느님에게라면 부끄러워하지 않고 무슨 말이든 할 수 있잖아요. 어째서 아직까지도 제가 자신을 위해 모든 것을 감내할 수 있다는 사실을 몰라주는 걸까요? 왜, 왜 저를 몰라줄까요? 어떻게 이 모든 일을 겪어오면서도 절 제대로 몰라줄 수가 있죠? 그이를 영원히 구해주고 싶어요. 제가 약혼녀라는 사실 따위는 잊어버려도 좋아요! 그런데도 제 앞에서 자신의 명예를 걱정하고 있다니! 알렉세이 표도로비치, 그이는 당신에게는 두려워하지 않고 모든 걸 있는 그대로 털어놓았잖아요? 어째서 제겐 그러지 않는 거죠?"

마지막 말을 하는 카테리나는 눈물을 글썽이고 있었다. 이내 눈에서 눈물이 흘러내렸다.

"이 얘길 전해드려야 할 것 같아요." 알료샤도 떨리는 목소리로 말했다. "조금 전에 형과 아버지 사이에 있었던 일입니다." 알료샤는 오늘 벌어진 소동을 전부 얘기해주었다. 돈 때문에 형이 자신을 아버지에게 보냈고, 형이 집에 들이닥쳐 아버지를 때렸으며, 그런 후에 알료샤에게 '작별 인사를 고하러' 가라고 다시 한번 특별히 강조해서 말했던 일을 모두 들려주었다…. "형은 그 여자에게 갔습니다…." 알료샤가 작은 목소리로 덧붙였다.

"제가 그 아가씨를 못 견뎌할 것 같죠? 그이도 그렇게 생각할 거예요. 하지만 그이는 그 아가씨와 결혼하지 않아요." 카테리나는 갑자기 신경질적인 웃음을 터트렸다. "카라마조프 집안사람이 그런 열정을 평생 불태울 수 있을 것 같아요? 그건 열정이지, 사랑이 아니에요. 그이는 그 아가씨와 결혼하지 못해요. 그 여자가 그이와 결혼하려 하지 않을 테니까요…." 카테리나는 또다시 묘한 웃음을 지었다.

"어쩌면 형은 정말 결혼할지도 몰라요." 알료샤는 시선을 아래로 떨구고 슬픈 목소리로 말했다.

"그이는 결혼 못 해요, 확실해요! 그 아가씨는 천사 같은 사람이에요. 알고 있었나요? 알고 있었냐고요!" 카테리나가 갑자기 열띤 목소리로 외쳤다. "그 아가씨는 환상적인 존재 중에서도 가장 환상적인 존재예요! 나는 그 아가씨가 얼마나 매혹적인지 알고 있지만, 동시에 선량하고 의지가 강하며 고결한 사람이라는 것도 알고 있어요. 왜 저를 그렇게 보죠, 알렉세이 표도로비치? 제 말에 놀랐나요? 아니면 제 말이 믿기지 않아요? 아그라페나 알렉산드로브나!" 카테리나가 갑자기 다른 방을 바라보며 누군가에게 소리쳤다. "이리로 와요. 이분은 알료샤예요. 우리 일을 모두 알고 계시니 나와서 인사하세요!"

"커튼 뒤에서 당신이 불러주기만을 기다리고 있었답니다." 부드럽고 달콤하기까지 한 여자의 목소리가 들려왔다.

커튼이 열리고… 바로 그 그루셴카가 즐거운 듯 웃으면서 탁자로 다가왔다. 알료샤는 속이 뒤틀리는 듯한 느낌을 받았다. 알료샤의 시선은 그루셴카에게 못 박혀 떨어질 줄 몰랐다. 반 시간 전에 이반 형이 말한 '짐승'이 바로 이 여자, 이 무서운 여자가 아닌가. 하지만 눈앞의 여자는 언뜻 보기엔 지극히 평범하고 소박해 보였다. 다정하고 사랑스러워 보이기까지 했다. 아름답기는 하지만 다른 미인들과 다를 바 없는, '평범한' 여자였던 것이다. 그루셴카가 무척 아름다운 것은 사실이었다. 많은 남자들이 목맬 러시아적 아름다움이었다. 키가 꽤 큰 편이었으나, 카테리나보다는 약간 작았다(카테리나는 키가 아주 컸다). 몸매가 풍만하고, 소리 없는 몸놀림은 목소리만큼이나 감미롭게 느껴질 정도로 부드럽고 나긋나긋했다. 그루셴카는 당당하고 힘차게 들어온 카테리나와는 달리 사뿐사뿐 들어왔다. 발소리는 전혀 나지 않았다. 그녀는 화려한 검은 비단 드레스를 사락거리며 사뿐히 안락의자에 앉더니 값비싼 검은색 모직 숄로 거품처럼 희고 풍만한 목과 흰한 어깨를 살포시 감쌌다. 그루셴카는 스물두 살이었고, 꼭 그 나이처럼 보였다. 얼굴은 매우 흰 편이었고 뺨에는 연분홍빛 홍조가 돌았다. 얼굴형은 좀 넓은 것 같기도 했고, 턱은 살짝 앞으로 튀어나와 있었다. 윗입술은 얄팍했지만, 약간 튀어나온 아랫입술은 그보다 두 배는 도톰해 꼭 부은 것처럼 보였다. 그러나 풍성한 암갈색 머리칼과 담비처럼 짙은 눈썹, 긴 속눈썹과 아름다운 청회색 눈동자는 혼잡한 인파에 섞인 무심하고 부주의한 사람이라도 가던 길을 멈추고 바라볼 만큼, 그리고 오랫동안 잊지 못할 만큼 아름답기 그지없었다. 무엇보다 알료샤를 놀라게 한 것은 그루셴카의 만면에 가득한 어린아이 같은 천진한 표정이었다. 그녀는 아이 같은 눈으로 바라보았으며, 아이처럼 즐거워했고, 아이다운 조급한 호기심에 가득 차 무언가 재미있는 일이 벌어지기를 기대하는 듯한 모습으로 '즐거워하며' 탁자로 다가왔다. 그 눈빛에는 사람의 마음을 들뜨게 하는 데가 있다고 알료샤는 생각했다. 그루셴카에게는 그것 말고도 뭐라 정확히 설명할 순 없지만 무의식적으로 다가오는 무언가가 있었다. 그것은 고양이처럼 소리 없는 부드럽고 나긋나긋한 몸짓이었다. 하지만 그녀의 몸은 풍만하고 힘이 넘쳤다. 숄 밑으로 넓고 통통한 어깨와 아직 처녀다운 봉긋한 가슴이 드러났다. 그 몸은 시간이 흐를수록 밀로의 비너스를 닮아갈 것 같았다. 지금도 비율이 조금 과하기는 했지만 그러리라는 예감이 들었다. 러시아 여성의 아름다움을 잘 알고 있는 사람이라면 그루셴카를 보고 이 앳되고 싱그러운 아름다움도 서른쯤 되면 조화를 잃고 무너지기 시작할 것이며, 얼굴은 축 늘어지고, 눈가와 이마에는 순식간에 주름이 잡히고, 얼굴빛은 윤기를 잃고 불그죽죽해질 것이라고 예언할지도 모르겠다. 한마디로 그루셴카의 아름다움은 러시아 여자에게서 쉽게 볼 수 있는 순간적이고 스쳐 지나가는 아름다움이었다. 알료샤는 물론 이런 생각을 하지는 않았지만, 그루셴카의 매력을 느끼면서도 한편으로는 왜 자연스럽게 말하지 않고 저렇게 말꼬리를 끌까, 하는 거북하고도 안타까운 마음이 들었다. 그루셴카는 이렇게 단어를 끌어 말하고 음절이며 소리마다 강세를 주는 것이 매력적이라고 생각한 모양이었다. 물론 이것은 그녀의 교육 수준이 낮고 어린 시절 잘못된 예의범절을 익혔다는 것을 보여주는 나쁜 언어 습관일 뿐이었다. 하지만 알료샤에게는 즐겁고 천진난만한 표정이나 아이처럼 잔잔하고 행복해 보이는 반짝이는 눈을 한 그녀가 이런 말투나 억양을 쓴다는 것이 있을 수 없는 모순처럼 보였다. 카테리나는 그루셴카를 얼른 알료샤 앞의 안락의자에 앉히고 환희에 찬 채 웃음기 가득한 입술에 여러 차례 입을 맞췄다. 꼭 반해 있는 것 같았다.

"우리는 처음 만난 거랍니다, 알렉세이 표도로비치." 카테리나가 흥분한 어조로 말했다. "이분이 어떤 사람인지 궁금하고 만나보고 싶어서 찾아가보려 했는데, 제 뜻을 비치자마자 먼저 이렇게 찾아와줬어요. 전 이분과 모든 문제를 해결하게 될 줄 알고 있었어요, 모든 문제를요! 그런 예감이 들었거든요…. 주변에선 나를 말렸지만, 저는 이렇게 될 거라 예감했고 제 생각이 옳았어요. 이분은 자신의 생각을 모두 말해줬어요. 착한 천사처럼 제게 날아와 평안과 기쁨을 가져다준 거예요….”

“저 같은 여자도 경멸하지 않으셨어요, 훌륭하신 아가씨예요.” 그루센카는 여전히 기쁨으로 가득 찬 사랑스러운 미소를 띠고 노래를 부르듯 말했다.

“그런 말 말아요. 아름답고 매혹적인 당신을 어떻게 경멸할 수가 있겠어요? 당신의 아랫입술에 다시 한번 입을 맞출게요. 살짝 부어 있는 것처럼 보이니, 더 부어오르도록 해야겠어요. 한 번 더, 다시 한번 더… 알렉세이 표도로비치, 이분이 웃는 것 좀 보세요. 이렇게 천사 같은 아가씨를 보니 마음이 즐거워지네요….” 알료샤는 얼굴을 붉히고 눈에 띄지 않을 만큼 몸을 떨었다.

“아가씨, 제게 이렇게 다정하게 대해주시지만 어쩌면 전 그럴 자격이 없을지도 몰라요.”

“자격이 없다니요! 당신 같은 분이 자격이 없다고요?” 카테리나가 다시 열을 올리며 소리쳤다. “알렉세이 표도로비치, 이분은 환상을 꿈꾸고 자유분방하지만, 드높은 긍지를 지닌 분이에요! 알렉세이 표도로비치, 이분이 얼마나 고결하고 너그러운지 아시나요? 그저 한때 불행을 겪었을 뿐이에요. 보잘것없고 경박한 사람을 위해 너무 일찍 모든 희생을 감수할 결심을 한 거죠. 한 남자가 있었는데, 그 사람도 장교였어요. 이분은 그 남자를 사랑해 모든 걸 바쳤어요. 벌써 오래전,

5년 전 일이었죠. 그런데 그 사람은 이분을 잊고 다른 여자와 결혼했답니다. 그런데 최근에 상처를 하고 이리로 오겠다고 편지를 보내왔어요. 이분은 평생 그 사람을 사랑했고 지금도 그 사람만을 사랑하고 있어요. 지난 5년간 불행 속에 살았지만, 그 사람이 오면 이제 행복을 찾는 거예요. 그런데 지금 이분을 꾸짖거나 관대한 마음을 칭찬할 수 있는 사람이 누굴까요? 다리를 못 쓰는 늙은 상인뿐이에요. 이분의 아버지나 친구, 보호자라고 할 수 있는 사람이죠. 그렇게도 사랑한 사람에게 버림받고 고통과 정말에 빠져 있을 때 이분을 발견했어요…. 이분은 그때 물에 빠져 죽을 생각이었는데, 그 노인이 구해준 거예요!"

"저를 너무 두둔해주시는군요, 사랑스러운 아가씨. 너무 서두르세요." 그루셴카가 또다시 말꼬리를 늘이며 말했다.

"두둔한다고요? 제가 어떻게 감히 당신을 두둔할 수가 있겠어요? 천사 같은 그루셴카, 손 좀 줘봐요. 알렉세이 표도로비치, 이 작고 보드라운 예쁜 손 좀 보세요! 이 손이 제게 행복을 가져다주고 다시 살아나게 했어요. 이 손에, 손바닥과 손등에 입을 맞춰야겠어요. 이렇게, 이렇게, 이렇게!" 카테리나는 흥분한 듯 예쁜장하고 어쩌면 지나치게 통통한 그루셴카의 손에 세 번 입을 맞췄다. 그루셴카는 손을 내민 채 신경질적이면서도 낭랑한 예쁜 웃음소리를 내면서 '사랑스러운 아가씨'를 바라보았다. 그렇게 손에 입을 맞추는 게 기분이 좋은 모양이었다. '너무 흥분한 것 같군.' 알료샤의 머릿속에서 이런 생각이 스쳤다. 그는 얼굴을 붉혔다. 어쩐지 계속 불안한 마음이 들었다.

"사랑스러운 아가씨, 알렉세이 표도로비치가 보는 앞에서 그렇게 손에 입을 맞추시니 부끄러워요."

"제가 당신을 부끄럽게 하려고 이러는 줄 아세요?" 카테리나는 다소 놀란 얼굴로 말했다. "아아, 제 마음을 너무도 몰라주는군요!"

"어쩌면 아가씨도 저를 잘못 보고 계시는지도 몰라요. 전 당신이 생각하는 것보다 훨씬 나쁜 여자일 수도 있거든요. 전 마음씨도 고약하고 제멋대로랍니다. 그 불쌍한 드미트리도 그저 장난삼아 유혹한 거예요…."

"하지만 지금은 그이를 구하려 하고 있잖아요. 저와 약속했고요. 오래전부터 다른 사람을 사랑하고 있는데, 그 사람이 구혼을 하고 있다고 그이에게 말해 정신을 차리게 하겠다고…."

"아아, 아니에요. 전 당신에게 그런 약속을 한 적 없어요. 그건 당신이 한 말이지 제가 약속한 게 아니에요."

"그럼 제가 잘못 이해한 건가요?" 카테리나는 약간 창백해진 채 작은 목소리로 말했다. "제게 약속을…."

"아아, 그렇지 않아요, 천사 같은 아가씨, 저는 당신에게 아무 약속도 하지 않았어요." 그루셴카는 여전히 밝고 천진한 표정으로 또박또박 차분하게 말을 받았다. "훌륭한 아가씨, 당신에 비해 제가 얼마나 비열하고 제멋대로인지 이제 아시겠지요. 전 마음 내키는 대로 행동해요. 아까 당신에게 정말로 무슨 약속을 했을지도 모르지만, 지금 생각해보니 갑

자기 미탸가 좋아질 것 같네요. 그이를 굉장히 좋아했던 적
도 있었거든요. 그것도 거의 1시간 동안이나 말이에요. 그러
니 당장 그 사람에게 가서 오늘부터 우리 집에서 살라고 할
지도 모르죠…. 전 원래 이렇게 변덕이 심한 여자예요….”

“하지만 조금 전과는… 전혀 말이 다르잖아요….” 카테
리나는 간신히 말을 이었다.

“또 조금 전 타령이시군요! 전 마음이 여린 바보예요. 그
사람이 저 때문에 얼마나 마음고생을 했을지 생각만 해도 괴
로워요! 집에 돌아갔는데 갑자기 그 사람이 불쌍해지면 그땐
어쩌죠?”

“이럴 줄은 몰랐어요….”

“어휴, 아가씨, 아가씨는 제게 비하면 너무나 선량하고
고결하군요. 이젠 이런 고약하고 성격 나쁜 여자는 꼴 보기
도 싫어졌겠죠. 그 고운 손 좀 줘보세요, 천사 같은 아가씨.”
그루셴카는 부드럽게 청하고는 정중하게 카테리나의 손을
움켜잡았다. “사랑스런 아가씨, 아까 당신이 한 것처럼 저도
당신의 손을 잡고 입을 맞추겠어요. 제게 세 번 입을 맞추셨
으니, 그걸 보상하자면 삼백 번은 입을 맞춰야겠네요. 당연히
그래야지요. 그러고 나선 하느님의 뜻에 따르도록 해요. 어
쩌면 당신의 종이 되어 무슨 일이든 당신이 원하는 대로 할
지도 모르지요. 합의나 약속 따윈 버려두고 하느님의 뜻대로
이루어지도록 내버려 두자고요. 손이 정말 고우시군요! 아가
씬 정말 말이 안 되게 아름다우세요!”

그루셴카는 입맞춤으로 ‘보상하겠다’는 이상한 목적으

286

로 그 손을 가만히 자기 입술로 가져갔다. 카테리나는 손을 빼지 않았다. '종처럼' 자신이 원하는 대로 할지도 모른다는 그루셴카의 이상한 마지막 말에 실낱같은 희망을 걸었기 때문이다. 카테리나는 긴장한 얼굴로 그루셴카의 눈을 바라보았다. 그 눈은 여전히 천진난만하고 명랑했다…. '어쩌면 너무 순진해서 그러는 걸지도 몰라!' 카테리나의 마음속에 이런 희망이 스쳐 지나갔다. 그러는 동안 그루셴카는 '고운 손'에 감동이라도 한 듯 천천히 자신의 입술로 가져갔다. 그러나 입술에 막 닿으려는 순간 갑자기 생각에 잠긴 듯 2~3초 동안 그 손을 잡고만 있는 게 아닌가.

"있잖아요, 천사 같은 아가씨." 그루셴카가 부드럽고 달콤하기 그지없는 목소리로 말꼬리를 끌며 말했다. "나는 아가씨의 손을 잡긴 했지만 입을 맞추진 않을 거예요." 그러고는 즐겁다는 듯이 작은 웃음을 터트렸다.

"좋으실 대로 해요…. 그런데 왜 그러는 거죠?" 카테리나는 흠칫 몸을 떨었다.

"당신은 내 손에 입을 맞추었지만, 나는 그러지 않았다는 걸 기억하라고요." 그루셴카가 갑자기 눈을 번뜩이더니, 카테리나를 똑바로 노려보았다.

"뻔뻔한 것!" 카테리나가 순간 무언가 깨달은 듯 소리를 지르고는 얼굴이 시뻘게진 채 자리를 박차고 일어섰다. 그루셴카도 천천히 일어났다.

"미탸에게도 가서 전해야겠네요. 당신은 내 손에 입을 맞추었지만, 나는 그러지 않았다고요. 얼마나 배를 잡고 웃어

델까요!"

"추잡한 계집 같으니! 당장 나가!"

"어휴, 부끄러워라. 그런 상스런 말을 하시다니요, 사랑스런 아가씨."

"당장 꺼져, 이 창녀 같은 년!" 카테리나는 악을 썼다. 얼굴 전체가 일그러질 대로 일그러진 채 바들바들 떨리고 있었다.

"뭐, 창녀라고 치죠. 하지만 그러는 당신도 처녀의 몸으로 컴컴할 때 젊은 남자를 찾아갔잖아요. 자신의 미모를 팔려고요. 다 알고 있어요."

카테리나는 비명을 지르며 그루셴카에게 달려들려 했지만, 알료샤가 있는 힘을 다해 그녀를 붙잡았다.

"그만두세요! 아무 말 마시고 대답하지 마세요, 이분은 가실 겁니다, 지금 가실 거예요!"

이때 카테리나의 고함 소리를 듣고 두 이모와 하녀가 방으로 뛰어 들어와 카테리나에게 몰려들었다.

"그렇다면 가지요." 그루셴카가 소파에서 케이프를 집어들며 말했다. "알료샤, 나 좀 데려다주세요!"

"가세요, 어서 가세요." 알료샤가 애원하듯 그녀를 향해 두 손을 모았다.

"알료샤, 그러지 말고 데려다줘요! 가면서 좋은 얘길 들려줄 테니. 내가 이런 장면을 연출한 건 다 당신을 위해서예요. 데려다줘요, 알료샤. 나중엔 잘했다 싶을걸요."

알료샤는 두 주먹을 불끈 쥐고 뒤돌아섰다. 그루셴카는

깔깔거리며 밖으로 뛰어나갔다.

　카테리나는 발작을 일으켰다. 경련으로 숨을 헐떡이며 목 놓아 울었다. 다들 그 옆에서 어찌 할 바를 모르고 부산을 떨었다.

　"그러게 내가 말했잖니." 큰 이모가 말했다. "그러지 말라고 말렸잖아. 넌 너무 성미가 불 같아서 탈이야…. 어떻게 그런 결심을 할 수가 있는지. 넌 저런 여자들을 잘 몰라서 그래. 그 여잔 그중에서도 제일 악질이라고 하더라…. 네가 너무 제멋대로 굴었어!"

　"그 여잔 호랑이에요!" 카테리나가 소리쳤다. "알렉세이 표도로비치, 왜 날 말렸어요? 그런 여잔 실컷 두들겨 패줬어야 했는데!"

　그녀는 알료샤 앞에서 자신을 억누르지 않았다. 어쩌면 억누르기 싫은 것일지도 몰랐다.

　"그런 년은 교수대에 매달아놓고 망나니를 시켜서 채찍으로 갈겨줘야 해! 사람들이 다 보는 앞에서…!"

　알료샤는 문 쪽으로 뒷걸음질쳤다.

　"그런데 세상에!" 카테리나가 손바닥을 치며 소리쳤다. "그이가, 그이가 그렇게 뻔뻔하고 잔인할 수가 있다니! 그년에게 영원히 저주받을 숙명적인 그날 무슨 일이 있었는지 말한 거예요! '미모를 팔러 갔잖아요, 사랑스러운 아가씨'라니! 그 여자가 아는 거라고요! 당신 형은 비열한 인간이에요, 알렉세이 표도로비치!"

　알료샤는 무슨 말이든 하고 싶었으나 아무 말도 떠오르

지 않았다. 고통으로 가슴이 죄어드는 것 같았다.

"가요, 알렉세이 표도로비치! 난 지금 부끄럽고, 너무 괴로워요. 내일… 무릎 꿇고 부탁드리니, 내일 다시 와줘요. 날 욕하지 말고, 용서해줘요. 난 이제 어떻게 해야 할지 모르겠어요!"

알료샤는 비틀거리듯 밖으로 나왔다. 카테리나처럼 울어버리고 싶은 심정이었다. 갑자기 하녀가 그를 뒤쫓아왔다.

"아가씨가 이 편지를 전해드리는 걸 잊으셨대요. 호흘라코바 부인의 편지인데, 점심때부터 맡겨두신 거예요."

알료샤는 기계적으로 작은 분홍색 봉투를 받아 무의식적으로 호주머니에 집어넣었다.

11. 짓밟힌 또 하나의 명예

시에서 수도원까지는 1베르스타가 약간 넘었다. 알료샤는 늦은 시간이라 인적이 드문 길을 따라 서둘러 걸음을 옮겼다. 이미 땅거미가 내려앉아 서른 걸음 앞도 분간하기 어려웠다. 중간쯤 되는 곳에 네거리가 하나 나왔다. 그곳에 덩그러니 서 있는 버드나무 밑에 웬 형체가 눈에 띄었다. 알료샤가 갈림길에 들어서자 별안간 그 형체가 달려들더니 쩌렁쩌렁한 목소리로 외쳤다.

"목숨이 아까우면 지갑을 내놔!"

"아니, 형이었군!" 기겁한 알료샤는 놀라워하며 말했다.

"하하하! 놀랐니? 널 어디서 기다려야 할까 생각했지. 그 여자네 집에서 기다릴까도 했는데, 그 앞은 세 갈래 길이니 널 놓칠 수도 있잖아. 그래서 결국 여기서 기다리기로 했지. 수도원에 가려면 여길 꼭 지나쳐야 하니까. 자, 이젠 사실을 얘기해다오. 날 바퀴벌레처럼 납작 짓눌러봐… 아니, 왜 그러 냐?"

"아니, 형… 너무 놀라서 그래. 아아, 형! 아까 아버지가 흘린 피가…." 알료샤는 울음을 터트렸다. 한참 전부터 울고 싶은 마음이었는데, 지금 막 가슴속에서 무언가가 터져 나온 것이다. "형은 아버지를 죽일 뻔했어…. 아버지에게 저주를 퍼부었다고…. 그런데 이젠… 지금은… '목숨이 아까우면 지 갑을 내놓으라'며 장난을 치다니…."

"그래서? 주책을 부렸다는 거냐? 상황에 맞지 않았다는 말이냐?"

"아니… 난 그저…."

"잠깐만. 이 밤을 좀 봐라. 구름이 끼고 바람이 일어서 정 말 스산하지 않니! 저기 버드나무 아래 숨어서 너를 기다리 는데 문득 더 이상 버둥거리고 기다려봐야 무슨 소용일까 싶 은 생각이 들더구나. 여기 버드나무가 있고 손수건과 셔츠도 있으니 끈이야 당장이라도 꼬아 만들 수 있고, 게다가 멜빵 까지 있으니 더 이상 내 한심스러운 존재로 이 땅을 더럽히 고, 이 땅의 짐이 되지 말아야겠다 싶었지! 그런데 그때 네 발 소리가 들리는 게 아니냐. 맙소사, 순간 벼락이 내리친 것처 럼 이런 생각이 들더구나. 내게도 사랑하는 사람이 있지 않은가. 바로 저기 저 사람, 세상에서 제일 사랑하고 유일하게 사랑하는 내 소중한 동생이! 그 순간 너에 대한 사랑이 벅차 올라 당장 달려가 목을 꽉 끌어안아줘야지 싶더구나. 그런데 그러자마자 '깜짝 놀라게 해서 재미있게 해주자'는 멍청한 생각이 든 거야. 그래서 얼간이처럼 지갑을 내놓으라고 소리친 거란다. 실없는 짓을 해서 미안하구나. 그건 그냥 장난이었다. 하지만 내 마음은… 여전히 진지해…. 뭐, 아무튼, 거기선 어땠지? 그 여자가 뭐라던? 내 사정 봐주지 말고 나를 짓뭉개버리렴! 미친 듯이 화를 냈지?"

"아니, 그러지 않았어…. 그런 일은 전혀 없었어. 형… 아까 거기서 두 여자를 다 만났어."

"두 여자라니?"

"그루셴카가 카테리나 이바노브나의 집에 와 있었어."

드미트리는 한 대 얻어맞은 표정이었다.

"그럴 리가!" 그는 소리쳤다. "무슨 잠꼬대 같은 소리냐! 그루셴카가 그 집에 와 있었다고?"

알료샤는 카테리나의 집에 들어간 순간부터 있었던 일을 전부 이야기했다. 이야기는 10분쯤 이어졌다. 유창하고 조리 있는 설명은 아니었으나, 가장 중요한 말과 동작은 빼놓지 않았고, 한편으론 자신이 느낀 감정도 섞어가며 정확하게 전달한 듯했다. 드미트리는 꼼짝도 하지 않고 묵묵히 듣고만 있었지만, 알료샤는 형이 전부 이해하고 파악했다고 확신했다. 그러나 이야기가 진행될수록 드미트리의 얼굴은 우울함을 넘어서서 점차 험악해져갔다. 눈썹을 찌푸리고 이를 악물었으며, 안 그래도 한곳에 못 박혀 있곤 하는 시선은 뚫어질 듯 집요하고 무시무시해졌다…. 그런데 뜻밖에도 지금껏 분노에 가득 차 있던 광포한 얼굴이 한순간 변하고 굳게 다물었던 입술이 열리더니 그가 배꼽을 잡고 웃어대는 게 아닌가. 말 그대로 포복절도를 하느라 한참 동안 말도 하지 못했다.

"결국 손에 입을 맞추지 않았단 말이지! 결국 입을 맞추지 않고 달아나버렸어!" 그가 병적인 쾌감에 젖어 소리쳤다. 그 환희가 그토록 꾸밈없는 것이 아니었다면 뻔뻔하다 할 수도 있었을 것이다. "그래서 카테리나가 호랑이라고 소리쳤다고? 그래, 그 여잔 호랑이야! 교수대로 끌고 가야 한다고? 맞아, 그래야 해. 나도 진작 그랬어야 했다는 생각이야. 하지만 알료샤, 교수대에 올리더라도 일단 병부터 고쳐놓는 게 우선이야. 그 오만함의 여왕이 왜 그렇게 굴었는지 알겠어. 그루셴카가 어떤 여잔지 그 손 이야기에 다 나타나 있는 거야. 정말이지 지독한 악녀야! 이 세상에 있을 수 있는 모든 악녀의 여왕이야. 그것도 어찌 보면 황홀한 일이지. 그래서 집으로 돌아갔다고? 나는… 아아… 얼른 그루셴카한테 가봐야겠다! 알료쉬카, 나를 욕하지 마라. 목 졸라 죽여도 시원찮은 여자라는 건 나도 동감이니까…."

"그럼 카테리나 이바노브나는!" 알료샤가 슬프게 소리쳤다.

"그 여자 마음도 훤히 보여. 그 어느 때보다도 잘 알겠어! 이건 4대주의 발견이나 다름없는 일이야! 아니, 5대주였지. 아무튼 그만한 발전이랄까! 그게 바로 카텐카야. 아버지를 구하겠다는 고귀한 생각으로 끔찍한 치욕을 무릅쓰고 난폭한 얼간이 장교에게 달려온 바로 그 전문학교 학생이라고. 그 자존심, 모험에 대한 갈망, 운명에 대한 도전, 끝없는 도전! 그 여자의 이모가 말렸다고 했지? 이모도 원래 고집이 대단한 사람이야. 모스크바에 있는 장군 부인의 친동생인데, 원래는 언니보다도 더 콧대가 높았지만 남편이 공금을 유용한 죄로 토지며 재산을 모조리 빼앗긴 후로는 완전히 기가 죽어 저자세가 됐다. 아무튼 이모가 말렸는데도 듣지 않았군. '난 무엇이든 굴복시킬 수 있다, 다 내 발아래다, 마음만 먹으면 그루셴카에게도 요술을 부릴 수 있다'란 생각으로 자신감에 차서 거만을 떨었으니 누구를 탓하겠어? 그 여자가 일부러, 약은 속셈이 있어서 그루셴카의 손에 입을 맞췄을 것 같니? 아니야. 그루셴카에게, 아니, 자신의 꿈과 허상에 진심으로 푹 빠져서 그런 거야. 사실 그건 내 꿈이고 내 허상이니까. 우리 알료샤, 그런 여자들에게서 어떻게 빠져나온 거냐? 수도복을 걷어 올리고 줄달음질을 쳤니? 하하하!"

"형, 그루셴카에게 그날 일을 말해버리는 바람에 카테리나 이바노브나에게 모욕을 준 건 신경 쓰지 않는 것 같군. 카테리나의 눈을 똑바로 바라보며 '젊은 남자에게 미모를 팔러 몰래 다녀온 건 당신'이라고 덤벼들었다고. 형, 그보다 더한 모욕이 어디 있어?" 알료샤를 무엇보다 괴롭힌 것은, 물론 그럴 리는 없겠지만, 형이 카테리나 이바노브나가 비참해진 것을 기뻐하고 있다는 듯한 생각이었다.

"아아!" 드미트리는 인상을 쓰더니 손바닥으로 이마를 탁 쳤다. 알료샤가 아까 말한 카테리나가 당한 수모와 '당신 형은 비열한 인간이에요!'라고 소리쳤다는 이야기가 이제야 귀에 들어온 것이다. "그래, 어쩌면 카탸가 말한 것처럼 정말로 그루셴카에게 그 '숙명의 날' 얘길 한 것 같기도 해. 그래, 그랬어. 기억이 나는군! 그것도 모크로예 마을에서 있었던 일이야. 난 취해 있었고, 집시들은 노래를 부르고 있었지…. 하지만 난 울면서 말했어. 흐느껴 울면서 무릎을 꿇고 카탸를 위해 기도했단 말이다. 그루셴카는 이해해줬어. 그땐 전부 이해해줬다고. 그래, 기억 나, 그 여자도 울고 있었어…. 에잇, 빌어먹을! 이제 와서 그런 게 다 무슨 소용이야? 그땐 울어놓고, 지금은… 지금은 '심장에 비수'를 꽂다니! 하긴, 그게 여자들이지."

그는 시선을 떨구고 잠시 생각에 잠겼다.

"맞아, 난 비열한 놈이야! 어떻게 보나 비열한 쓰레기지!" 그가 갑자기 우울한 목소리로 이렇게 소리쳤다. "내가 울었든 울지 않았든 비열한 놈인 건 매한가지야. 거기 가면 전해주렴. 내가 그 명칭을 받아들여서 위로가 된다면 기꺼이 그러겠다고. 뭐 됐다, 이만 헤어지자. 이렇게 떠들어봐야 뭐 하겠니! 즐거울 것도 없는데. 넌 네 길을 가고 난 내 길을 가는 거야. 최후의 순간이 닥칠 때까지는 안 봤으면 좋겠구나. 잘 가라, 알렉세이!" 그는 동생의 손을 힘주어 잡고는, 그대로 아래를 보고 고개를 숙인 채 마을 쪽으로 서둘러 걸음을 옮겼다. 알료샤는 그가 그렇게 갑자기 가버릴 줄은 몰랐는지 우두커니 형의 뒷모습을 바라보았다.

"잠깐, 알렉세이, 한 가지 더 네게만 고백하고 싶은 게 있다." 드미트리는 갑자기 되돌아오더니 이렇게 말했다. "나를 봐라. 자세히 한번 보렴. 이곳, 바로 이곳에 무시무시한 파렴치가 벌어지려 하고 있단다. (드미트리는 '바로 이곳'이라고 말하면서, 실제로 파렴치가 가슴 위에, 안주머니 같은 데 들어 있거나 목에 걸려 있기라도 한 것처럼 이상한 태도로 가슴을 주먹으로 쳤다.) 너도 이미 알고 있겠지만, 난 비열한 놈, 그것도 자타가 공인한 비열한 놈이야. 그렇지만 내가 예전에 무슨 짓을 했건, 또 지금이나 앞으로 무슨 짓을 하건 간에 내가 지금 가슴에, 여기 이 자리에 품고 있는 파렴치에 비하면 아무것도 아니라는 것을 명심해라. 그 파렴치는 지금 여기서 벌어지려 하고 있어. 그걸 멈추느냐 실행에 옮기느냐 하는 것은 전적으로 내 손에 달려 있지! 하지만 내가 멈추지 않고, 실행에 옮기리라는 것도 알아둬라. 아까 네게 모든 것을 고백했지만, 이 얘기는 하지 않았단다. 아무리 나라도 그렇게까지 철면피가 될 수는 없었거든! 아직은 멈출 수 있어. 멈추면 내일 당장이라도 잃어버린 명예의 절반은 되찾을 수 있겠지만, 난 멈추지 않고 이 파렴치한 계획을 실행할 거야. 나중에 내가 미리 그런 것을 알고 이렇게 말하더라고 증언해주렴! 파멸과 암흑이라! 때가 되면 다 알게 될 테니 아무 설명도 하지 않으마. 악취 나는 뒷골목과 악녀라! 그만 가봐라. 날 위해 기도해줄 필요는 없단다. 난 그만한 자격도 없는 놈인 데다 그럴 필요도 없으니까…. 난 그런 건 조금도 필요치 않아! 자, 그럼 가봐라!"

드미트리는 휙 돌아서서 이번에는 정말로 가버렸다. 알료샤는 수도원으로 발길을 돌렸다. '형을 다시 볼 수 없을 거라니, 그게 대체 무슨 말일까?' 그는 도무지 이해할 수가 없었다. '내일 반드시 형을 만나서 왜 그런 말을 했는지 물어봐야겠다…!'

알료샤는 수도원을 돌아서 솔밭을 가로질러 곧장 암자로 갔다. 이 시간에는 아무도 암자에 출입할 수 없었으나, 그에게는 문을 열어주었다. 장로의 암자로 들어서자 가슴이 떨려왔다. '왜, 왜 난 이곳을 나갔을까, 장로님은 왜 나를 '속세'로 내보내신 걸까? 이곳은 고요하고 성스럽지만 저곳에는 혼돈과 암흑만 가득해서 금방 길을 잃고 헤매게 되는데….'

암자에는 견습 수도사 포르피리와 하루 종일 매 시간마다 조시마 장로의 상태를 살피기 위해 이곳에 드나든 수행 사제인 파이시 신부가 와 있었다. 알료샤는 장로의 상태가 악화되고 있다는 것을 알고 가슴이 철렁 내려앉았다. 저녁마다 열렸던 수도사들과의 담화도 이날은 열리지 않았다. 보통 저녁마다 미사가 끝나면, 매일 취침 전에 수도사들이 암자에 모여 저마다 그날 저지른 죄과며 죄스러운 공상, 생각, 유혹, 혹시 서로 다툼이 있었다면 그것도 소리 내어 고백하곤 했다. 무릎을 꿇고 고백하는 수도사도 있었다. 그러면 장로는 그것을 해결하고, 화해시키고, 훈계하고, 회개하라 타이른 후 축복을 내려주고 돌려보냈다. 장로제를 반대하는 사람들은 이 수도사들의 '고해'가 비밀스러운 의식인 고해 성사를 속화하고 모독한다며 비난했다. 실상은 전혀 그렇지 않았는데 말이다. 심지어 이런 고해 성사가 좋은 목적을 이루기는커녕 고의로 사람들을 죄악과 유혹으로 이끌고 있다고 교구청에 고하기도 했다. 사실 많은 수도사들이 암자에 다니는 것을 부담스러워했지만, 다른 사람들이 다 가니 오만하다거나 반항적인 사람으로 비칠까봐 마지못해 가곤 했다. 어떤 수도사들은 저녁 고해에 갈 때 아무 말이나 하고 때우려고 "오늘 아침에 자네에게 화를 냈다고 할 테니, 자네는 맞장구를 쳐줘"라는 식으로 미리 짠다는 이야기도 있었다. 알료샤는 그런 일이 실제로 일어난다는 것을 알고 있었다. 암자 생활을 하는 수도사가 친지에게서 편지를 받으면 장로가 먼저 뜯어보도록 가져오는 것이 불만인 수도사가 있다는 사실도 알고 있었다. 이 모든 것이 자발적인 복종과 구도의 가르침이라는 전제 하에 자유롭고 성실하게 행해져야 했으나, 때로는 매우 불성실할 뿐더러 가식적이고 위선적으로 이루어졌다. 그러나 나이가 있고 경험이 많은 수도사들은 '진심으로 구원을 얻기 위해 이 벽 안으로 들어온 사람이라면 이 모든 순종과 고행이 반드시 구원의 길을 열어줄 것이며 큰 도움이 될 것이다. 반대로 고통으로 여기고 불평하는 자들은 수도사라고 할 수 없으며 속세에 있어야 할 사람이 헛되이 수도원에 들어온 것이다. 속세뿐 아니라 수도원에서도 죄와 악마를 멀리하기는 어려우니 죄에 대해 관대할 이유가 없다'고 생각하며 자신들의 주장을 내세웠다.

　"쇠약해지셔서 혼수상태에 빠지셨다." 파이시 신부가 알료샤에게 축복을 내린 후 귓속말로 말했다. "깨우기도 어려운 상황이야. 하긴 그래야 하는 건 아니지만. 아까 5분 정도 정신이 드셨는데 수도사들에게 축복을 전하시고, 당신을 위해 밤 기도를 올려달라고 부탁하시더군. 내일 다시 한번 성찬을 받으실 생각이셔. 네 이야기도 하셨어, 알렉세이. 수도원을 떠났냐고 물으시기에 읍에 가 있다고 말씀드렸지. '내가 그러라고 축복을 내려주었네. 아직 그 애가 있어야 할 곳은 거기지, 여기가 아니야'라고 하시더군. 사랑과 염려가 가득한 말투로 네 이야기를 하셨어. 그게 얼마나 큰 영광인지 알고 있니? 그런데 장로님께선 대체 왜 네게 당분간 속세로 나가라고 하신 걸까? 네 앞날을 예견하셨기 때문일 거야. 알렉세이, 속세에 돌아가더라도 장로님이 네게 내리신 복종의 의무를 다하러 가는 것이지 경박한 행동을 하거나 속세의 유희를 즐기러 가는 것이 아니라는 것을 알아둬라…."

파이시 신부가 자리를 떴다. 장로가 하루 이틀 더 산다고 해도 결국 세상을 떠나리라는 것은 분명했다. 알료샤는 아버지, 호흘라코바 모녀, 형, 카테리나와 만나기로 약속해두었지만, 내일 수도원을 나가지 않고 장로가 세상을 뜰 때까지 그 옆을 지키겠다고 굳게 다짐했다. 가슴이 사랑으로 불타올랐다. 읍내에 나가 있으면서 잠시나마 세상에서 가장 존경하는 분을 임종 직전에 수도원에 남겨두었다는 사실을 잊었던 자신을 한없이 책망했다. 알료샤는 장로의 침실에 들어가 무릎을 꿇고 잠든 이에게 큰절을 올렸다. 장로는 거의 들리지 않을 만큼 조용히 고른 숨을 내쉬며 미동도 없이 자고 있었다.

그의 얼굴은 평온했다.

알료샤는 아침에 장로가 손님들을 맞았던 방으로 돌아와 신발만 벗고 옷도 벗지 않은 채 딱딱하고 비좁은 가죽 소파에 몸을 뉘였다. 오래전부터 밤마다 베개 하나만 들고 와 자던 곳이었다. 아까 아버지가 가져오라고 소리쳤던 이불은 쓰지 않은 지 오래였다. 알료샤는 수도복 하나만 벗어 이불 대신 덮고 잤다. 그는 자기 전 무릎을 꿇고 오랫동안 기도를 드렸다. 알료샤는 잠들기 전 뜨거운 기도를 올리며 어지러운 마음을 해결해달라고 하지 않고 오로지 하느님의 영광을 찬미하며, 그 후에 찾아오는 기쁨으로 가득한 잔잔한 감동을 갈구했다. 그런 기쁨은 편안하고 깊은 잠을 가져다주었다. 지금도 그렇게 기도를 드리는데, 문득 주머니에서 카테리나의 하녀가 쫓아와 전해주었던 자그마한 분홍 봉투가 느껴졌다. 부끄럽고 당황스러운 마음이 들었지만 우선 기도를 마쳤다. 그리고 잠깐 망설이다가 봉투를 뜯었다. 그 안에는 리즈라는 서명이 쓰인 편지가 들어 있었다. 아침에 장로 앞에서 그를 그렇게나 놀려대던 호흘라코바 부인의 어린 딸이었다.

"알렉세이 표도로비치, 저는 아무도 모르게, 엄마도 모르게 편지를 쓰고 있어요. 이게 나쁜 일이라는 건 알고 있지만, 마음속에 생겨난 것을 당신에게 말하지 않고는 못 살 것 같아요. 이건 우리 둘 말고는 때가 될 때까지 아무도 알아선 안 돼요. 너무나 하고 싶은 이 말을 어떻게 전하면 좋을까요? 종이는 얼굴을 붉히지 않는다고 하지만 그건 거짓말이에요. 종이도 지금 저처럼 새빨개졌으니까요. 사랑스러운 알료샤,

당신을 사랑해요. 어릴 적 모스크바에 있었을 때부터, 당신이 지금과는 전혀 달랐던 그때부터 사랑했고, 앞으로도 평생 사랑할 거예요. 당신과 하나가 되어 늙어서 함께 생의 끝을 맞으려고, 가슴이 시키는 대로 당신을 선택했어요. 물론 당신이 수도원에서 나온다는 조건으로요. 나이에 관한 문제라면, 법률로 정해진 나이까지 기다려요. 그 무렵엔 저도 분명히 건강해져서 걷거나 춤도 출 수 있을 거예요. 그건 두말할 여지가 없는 일이죠.

제가 모든 점을 다 꼼꼼히 생각해봤다는 게 보이시죠? 하지만 당신이 이 편지를 보고 저에 대해 어떻게 생각할지, 그것만큼은 상상이 안 돼요. 맨날 웃거나 장난만 치고, 아까는 당신을 화나게 했지만 믿어줘요, 지금은 펜을 들기 전에 성모상 앞에 기도를 드렸답니다. 지금도 울 것 같은 심정으로 기도하고 있어요.

제 비밀은 이제 당신 손에 있어요. 내일 당신이 오시면 당신을 어떻게 봐야 할지 모르겠어요. 아아, 알렉세이 표도로비치, 제가 또 아까처럼 바보같이 당신을 보고 웃어버리면 어쩌죠? 그럼 남을 놀리기 좋아하는 고약한 여자라고 생각하고 이 편지도 믿지 않을 것 아니에요. 그러니 부탁이에요, 사랑스러운 알료샤. 절 동정한다면 내일 왔을 때 제 눈을 너무 똑바로 보지 말아줘요. 당신과 눈이 마주치면 전 웃음이 터져버리고 말 테니까요. 게다가 당신은 그 기다란 옷을 입고 올 테고…. 그런 생각을 하면 벌써부터 등골이 서늘해져요. 그러니 집에 들어오면 한동안은 절 아예 보지 말고, 엄마나 창문 쪽을 보셔야 해요….

　이렇게 당신께 연애편지를 쓰고 말았군요. 세상에, 이게 무슨 짓인지! 알료샤, 절 경멸하면 안 돼요. 만약 제가 당신께 바보 같은 짓을 해서 괴로웠던 적이 있었다면 용서해줘요. 이제 영영 땅에 떨어졌을지 모르는 제 명예의 비밀은 이제 당신 손에 있어요.

　난 오늘 꼭 울어버릴 것 같아요. 그럼 끔찍한 재회의 순간까지 안녕히. 리즈.

　추신. 알료샤, 다만 꼭, 꼭, 꼭 와야 해요! 리즈."

　알료샤는 놀라워하며 편지를 읽고, 다시 한번 읽어보고는 잠시 생각에 잠겼다가 갑자기 조용히 웃음을 지었다. 그 웃음이 죄스럽게 느껴져 흠칫 몸이 떨려왔다. 하지만 잠시 후 또다시 조용하고도 행복한 웃음을 짓는 것이었다. 알료샤는 천천히 편지를 작은 봉투에 넣고 성호를 그은 뒤 자리에 누웠다. 마음의 동요가 일순간 사라졌다. "주님, 조금 전에 만난 이들을 불쌍히 여기시고, 불행하고 혼란에 빠진 그들을 인도해주소서. 당신께 길이 있으니, 저들을 그 길로 인도하여 구원해주소서. 당신은 사랑이시니, 모든 이들에게 기쁨을 내려주소서!" 알료샤는 이렇게 중얼거린 후 성호를 긋고 평온한 잠에 빠져들었다.

제2부

제4편
격발

1. 페라폰트 신부

알료샤는 이른 아침, 동이 트기도 전에 자리에서 일어났다. 장로가 잠에서 깼기 때문이다. 장로는 힘이 하나도 없었지만, 침대에서 일어나 안락의자에 앉고 싶다고 말했다. 의식은 또렷했으며, 얼굴은 지친 기색이 역력했으나 표정은 맑았고 기쁜 것처럼 보이기도 했다. 눈빛도 즐겁고 상냥하고 다정했다. "어쩌면 오늘을 넘기지 못할지도 모르겠구나." 장로가 알료샤에게 말했다. 그러고는 어서 고해 성사를 하고 성찬을 받고 싶다고 했다. 장로의 고해 신부는 언제나 파이시 신부가 맡았다. 두 가지 의식이 끝나자 병자 성사가 시작되었다. 수행 사제들이 모여들면서 암자는 점차 수도사들로 가득 찼다. 그러는 사이 낮이 되었다. 수도원에서도 사람들이 모여들기 시작했다. 장로는 식이 끝나자 모두에게 작별 인사를 하고 싶다면서 한 사람 한 사람 입을 맞췄다. 암자가 비좁아 먼저 온 사람들은 나중에 온 사람들에게 자리를 양보하려고 밖으로 나갔다. 알료샤는 다시 안락의자에 앉은 장로 옆에 서 있었다. 장로는 힘닿는 데까지 설교를 했다. 목소리는 가늘었으나, 아직 힘이 느껴졌다. "얼마나 오랜 세월 동안 설교를 하고 말을 했는지 말하는 게 습관이 되고, 말을 시작하면 설교를 하는 게 습관이 되어버려서 지금도 몸은 이렇게 약해졌지만 말하는 것보다 입을 다물고 있는 것이 힘들 지경입니다." 장로는 주위에 몰려든 사람들을 온화한 눈길로 바라보며 이렇게 농담을 던졌다. 그날 장로가 한 이야기 가운데 어떤 것은 훗날에도 알료샤의 기억에 남았다. 그러나 발음도 분명하고 음성에도 힘이 실려 있었지만, 말 자체는 그다지 조리가 없었다. 장로는 많은 이야기를 했다. 임종을 앞두고 생전에 미처 못다 한 이야기를 전부 해주고 싶은 모양이었다. 그저 가르침을 위해서가 아니라 자신이 느끼는 기쁨과 환희를 모든 이들과 나누고, 살아 있는 동안 다시 한번 자신의 마음을 토로하고자 갈망하는 듯했다….

"신부님들, 서로 사랑하십시오." 장로가 설교했다. (알료샤가 훗날 기억한 바에 따르면) "하느님의 백성을 사랑하십시오. 우리가 여기에 와 이 울타리 안에 은거한다고 해서 속세 사람들보다 거룩한 것은 아닙니다. 오히려 이곳에 왔다는 건 자신이 그 어떤 속인이나 이 땅 위의 그 누구, 그 무엇보다도 못하다는 사실을 깨달았다는 겁니다…. 수도사는 이 울타리 안에서 머물면 머물수록 그 사실을 더욱 뼈저리게 자각해야 합니다…. 그렇지 않다면 이곳에 올 필요도 없었을 테니까요. 속세의 그 누구보다도 못할 뿐 아니라, 모든 사람 앞에 인간의 죄, 세상의 죄, 개인의 죄 등 모든 것에 대해 책임이 있다는 것을 자각할 때 비로소 우리가 은둔하는 목적이 이루어지는 것입니다. 왜냐하면 우리 한 사람 한 사람이 이 땅 위의 모든 사람과 만물에 대해 죄가 있기 때문이라는 것을 알아둬야 합니다. 세상 전체의 죄 때문이 아니라 각자가 이 땅의 만인과 개인에 대해 죄가 있는 것입니다. 그러한 자각은 수도자뿐 아니라 지상의 모든 사람들이 이르러야 할 월계관입니다. 수도사는 본질적으로 남들과 다른 것이 아니라, 세상 모든 사람들이 되어야 할 그런 모습에 지나지 않습니다. 그때 비로소 우리의 가슴이 무한하고 우주적이며 끝을 모르는 사랑으로 충만해질 것입니다. 그러면 여러분 모두가 사랑으로 온 세상을 얻고, 눈물로 세상의 죄악을 씻어버릴 수 있게 될 것입니다. 여러분 모두 자신의 마음 가까이에 머물면서 쉼 없이 참회를 하십시오. 자신의 죄를 두려워하지 마십시오. 죄를 깨닫는다면 참회를 하시되, 하느님 앞에 조건을 내걸지는 마십시오. 다시 말씀드리지만 자만하지 마십시오. 작은 사람 앞에서도 자만하지 마시고, 큰 사람 앞에서도 자만하지 마십시오. 여러분을 부정하고, 멸시하고, 비방하고, 헐뜯는 사람들을 미워하지 마십시오. 무신론자, 악의 교사자, 유물론자도 미워해서는 안 됩니다. 그 가운데 선한 사람뿐 아니라 악한 사람도 마찬가지입니다. 우리 시대에는 그런 사람들 중에도 선한 이들이 많이 있기 때문입니다. 그들을 위해 이렇게 기도하십시오. 주여, 아무도 기도해주지 않는 모든 이들을 구원해주시옵소서. 주께 기도하기를 원치 않는 이들도 구원하시옵소서. 그리고 이렇게 덧붙이십시오. 주여, 제가 이렇게 기도드리는 것은 자만해서가 아닙니다. 저는 그 누구보다, 그 무엇보다 못한 사람입니다…. 하느님의 백성을 사랑하시어, 외인에게 양떼를 빼앗기지 마십시오. 나태와 깐깐한 오만과 탐욕에 빠져 잠들어버리면 사방에서 외인이 몰려와 양떼를 빼앗아 갈 것입니다. 백성들에게 쉼 없이 복음을 전하십시오…. 그리고 그들의 재물을 취하지 마십시오…. 금은보화를 사랑해서도, 가져서도 안 됩니다…. 하느님을 믿고 깃발을 잡으십시오. 그것을 높이 치켜 올리십시오…."

장로는 여기에 쓴 것, 즉 알료샤가 나중에 기록한 것보다 띄엄띄엄 말했다. 때때로 힘을 모으려는 듯 말을 멈추고 가쁜 숨을 내쉬었으나, 그래도 환희에 가득 차 보였다. 사람들은 감동하며 귀를 기울였지만, 장로의 말에서 어두운 기색을 느끼고 놀라워하는 이들도 많았다…. 이날 장로의 설교는 훗날에도 사람들의 기억 속에 남았다. 알료샤는 잠시 밖으로 나왔다가 암자 주변에 모여든 수도사들이 흥분과 기대로 가득한 것을 보고 깜짝 놀랐다. 어떤 이들은 불안한 마음으로, 또 어떤 이들은 경건한 마음으로 장로의 죽음을 기다리고 있었다. 그들 모두 장로가 눈을 감는 순간 어떤 위대한 일이 벌어지리라 기대했다. 그런 기대는 어찌 보면 경망스러운 것이었으나, 가장 엄숙한 신부들조차도 그런 기대를 버리지 못했다. 그중에서도 가장 엄숙한 얼굴을 하고 있는 사람

은 수행 사제 파이시 신부였다. 알료샤가 암자를 나온 이유
는 라키틴이 어느 수도사를 통해 은밀히 불러냈기 때문이었
다. 라키틴이 호흘라코바 부인이 알료샤에게 보낸 이상한 편
지를 가지고 읍내에서 돌아온 것이다. 호흘라코바 부인은 알
료샤에게 지금 상황에 꼭 맞는 흥미로운 소식 하나를 전해주
었다. 어제 장로에게 절을 하고 축복을 받으러 왔던 평민 여
자들 가운데 프로호로브나라는 읍내에 사는 하사관 미망인
이 있었다. 부인은 장로에게 아들 바센카가 군복무차 멀리
시베리아의 이르쿠츠크로 갔다가 1년째 아무런 소식이 없는
데 죽은 것으로 간주하고 성당에서 명복을 빌어줘도 될지 물
어보았다. 이에 대해 장로는 그런 추모 미사를 올리는 것은
미신이나 마찬가지라며 엄한 목소리로 안 된다고 답했다. 하
지만 그런 다음엔 부인이 모르고 그런 것이라며 용서를 해주
고 '마치 미래의 책을 읽듯이'(호흘라코바 부인은 편지에 이런
표현을 썼다) '부인의 아들 바샤는 분명히 살아 있으며 곧 부
인에게 찾아오거나 편지를 보내올 테니 집에 가서 기다리라'
고 위로해주었다. '그런데 어떻게 되었는지 아세요?' 호흘라
코바 부인은 감격에 겨운 듯 이렇게 썼다. '예언이 말 그대로,
아니 그 이상으로 실현되었지 뭐예요.' 노파가 집에 돌아가
자마자 시베리아에서 날아와 기다리고 있던 편지를 전해 받
았다는 것이다. 그뿐만이 아니었다. 바샤는 여행 중에 예카체
린부르크에서 이 편지를 쓴 것인데, 어떤 관리와 함께 집으
로 돌아가고 있으니 편지를 받고 3주 후면 '어머니를 껴안아
드릴 수 있을 거예요'라고 전해왔다는 것이다. 호흘라코바 부

인은 알료샤에게 또다시 실현된 이 '예언의 기적'을 수도원장과 모든 수도사들에게 즉시 전해달라고 간곡히 부탁했다. '모두가, 모두가 이 일을 알아야 해요!' 부인은 이러한 외침으로 편지를 마쳤다. 편지는 급히 서둘러 쓴 것이었으며 문장마다 쓴 사람의 흥분이 배어 있었다. 하지만 알료샤는 수도사들에게 알릴 필요가 없었다. 다들 이미 알고 있었기 때문이다. 라키틴은 수도사에게 알료샤를 불러내달라고 부탁하면서 이런 청도 했다. '존경하는 파이시 신부님께 용무가 있다고 정중히 전해주십시오. 아주 중요한 일이기 때문에 한시도 지체해서는 안 됩니다. 제 이런 무례에 대해서는 용서를 빈다고 전해주십시오.' 수도사가 알료샤보다 파이시 신부에게 먼저 라키틴의 부탁을 전했기 때문에, 제자리로 돌아온 알료샤가 할 일은 편지를 읽고 파이시 신부에게 문서 형태로 그 내용을 전하는 것뿐이었다. 엄격하고 남의 말을 믿지 않는 파이시 신부도 인상을 쓴 채 '기적'에 관한 소식을 읽고는 가슴속에서 벅차오르는 감정을 억누를 수가 없었다. 그의 눈이 번쩍 빛나고 입가에는 엄숙하고도 감격적인 미소가 어렸다.

"우리가 볼 기적이 이것뿐일까요?" 그는 불쑥 이렇게 말했다.

"우리는 더 위대한 기적도 보게 될 것입니다!" 주위의 수도사들이 이렇게 맞장구를 쳤다. 하지만 파이시 신부는 다시 미간을 찌푸리고 때가 될 때까진 이 일을 아무에게도 알리지 말라고 부탁하며 '좀 더 확실해질 때까지는 기다려야 합니다. 속세에는 경솔한 사람이 많고 이 일도 그저 자연스럽게 일어난 것일 수도 있기 때문입니다'라고 덧붙였다. 이는 만에 하나를 대비한 말이었지만 자신도 그럴 거라곤 생각하지 않았으며, 듣는 사람도 이것을 분명히 느낄 수 있었다. 물론 '기적'은 삽시간에 온 수도원에 퍼졌고 미사를 드리려고 수도원에 온 많은 세상 사람들에게도 알려졌다. 이 기적에 누구보다도 충격을 받은 사람은 어제 머나먼 북쪽 옵도르스크의 작은 '성 실베스트르 수도원'에서 온 수도사인 듯했다. 어제 호흘라코바 부인 옆에서 장로에게 인사를 하고, 부인의 '치유된' 딸을 가리키며 엄숙한 목소리로 '어떻게 저런 일을 행하시는 겁니까?'라고 물었던 사람이었다.

그는 지금 혼란스럽고 무엇을 믿어야 할지 알 수 없는 심정이었다. 어제저녁 양봉장 뒤에 외따로 떨어진 페라폰트 신부의 암자에 갔다가 그 만남에서 강렬한 충격과 무시무시한 인상을 받았기 때문이다. 페라폰트 신부는 수도사들 중 가장 나이가 지긋한 대단한 금욕과 묵언의 수행자였다. 앞서 말했듯 조시마 장로의 반대파였으며, 해롭고 경망스러운 신제도라 여기며 장로제 자체에 반대했다. 그는 묵언 수행자라 누군가와 말을 섞는 일은 거의 없었지만, 그럼에도 굉장히 위험한 인물이었다. 많은 수도사가 그의 생각에 따랐으며, 수도원에 드나드는 속세 사람들 중에서도 많은 이들이 그에게 유로디비적인 면이 있다는 것을 알면서도 위대한 의인이자 고행자라 여기며 존경했기 때문이다. 사실 사람들의 마음을 사로잡은 것은 바로 이 유로디비적인 면이었다. 페라폰트 신부는 조시마 장로를 찾아가는 일이 없었다. 암자에서 지내면서도, 유로디비처럼 행동했기 때문에 암자의 규칙에 구애받지는 않았다. 그는 적어도 일흔다섯 정도는 되어 보였으며, 암자의 양봉장 뒤 담장 한구석에 있는 다 무너져가는 낡은 목조 승방에서 살았다. 그 승방은 먼 옛날, 지난 세기에 백다섯 살까지 살았다는, 역시 위대한 금욕과 금언의 수행자인 이오나 신부를 위해 지어진 곳이었다. 아직까지도 수도원과 근방에서는 그 신부의 공적에 대한 흥미로운 일화가 많이 전해지고 있다. 페라폰트 신부는 7년 전쯤 이 가장 외진 승방에서 지내고 싶다는 자신의 뜻을 관철해냈다. 그곳은 오두막이나 다름없었지만, 꼭 예배당 같은 오두막이었다. 신도들이 희사한 성상이 빼곡히 놓여 있고, 그 앞에도 신도들이 바친 등불들이 불을 밝히고 있었기 때문이다. 페라폰트 신부는 마치 그것들을 관리하고 불을 붙이려고 그곳에 있는 것 같았다. 들려오는 얘기로는(사실이기도 했다) 그는 사흘에 빵 2푼트(1푼트는 0.41킬로그램)밖에 먹지 않았다. 양봉장에 사는 꿀벌지기가 사흘에 한 번씩 빵을 가져다주었지만, 페라폰트 신부는 그런 시중을 들어주는 꿀벌지기에게도 말을 거는 일이 드물었다. 이 4푼트의 빵과 일요일 저녁 미사가 끝나고 수도원장이 신부에게 꼬박꼬박 보내주는 성찬식 빵이 일주일치 음식의 전부였다. 하지만 물잔의 물만은 매일 갈아주어야 했다. 신부가 미사에 모습을 드러내는 일은 드물었다. 그러나 방문객들은 그가 하루 종일 무릎을 꿇고 주위를 살피는 일도 없이 기도를 드리는 모습을 가끔 보곤 했다. 어쩌다 방문객에게 말을 하게 되어도 기묘하고 단편적인 데다 무례한 말을 던질 뿐이었다. 하지만 아주 드물기는 했어도 방문객들과 대화를 나눌 때도 있었다. 그럴 때면 아리송하기 짝이 없는 묘한 말을 해놓고 상대가 아무리 간청해도 의미를 설명해주지 않았다. 그는 직위가 없는 평범한 수도사일 뿐이었다. 무식한 사람들 사이에선 이상한 소문이 떠돌기도 했다. 페라폰트 신부가 천상의 영과 소통할 수 있고, 그들하고 대화하느라 사람과는 말을 섞지 않는다는 것이었다. 옵도르스크에서 온 수도사는 양봉장에 도착해 역시 말이 없고 음울한 꿀벌지기 수도사가 일러준 대로 페라폰트 신부의 승방이 있는 구석진 곳으로 향했다. "타지에서 오신 분이니 입을 여실 수도 있지만, 아무 말씀도 못 들으실 수도 있습니다." 꿀벌지기는 이렇게 일러주었다. 나중에 본인이 직접 말한 바에 따르면, 그는 잔뜩 겁을 먹은 채 승방으로 다가갔다. 이미 꽤 늦은 시각이었다. 페라폰트 신부는 승방 문 앞에 놓인 나지막한 긴 의자에 앉아 있었다. 머리 위로는 거대한 느릅나무 고목이 가볍게 흔들리고 있었다. 저녁 냉기가 감돌았다. 옵도르스크의 수도사는 고행자 앞에 엎드려 축복을 청했다.

"나도 자네 앞에 엎드리길 바라는가?" 페라폰트 신부가 말했다. "일어나게!"

수도사는 일어났다.

"축복을 해주기도 하고 받기도 했으니, 옆에 앉게. 어디서 왔는가?"

가엾은 수도사가 무엇보다 놀란 것은 페라폰트 신부가 혹독한 금식 수행과 고령의 나이에도 불구하고 건장하고, 허리도 꼿꼿했으며, 얼굴은 약간 여위긴 했어도 활기가 돌고 건강해 보인다는 사실이었다. 그 육체에 강인한 힘이 깃들어 있으리란 것은 분명해 보였다. 체격도 마치 장사 같았다. 지긋한 나이가 무색하게 머리도 완전히 세지 않았으며, 젊을 적 까맣던 머리와 턱수염이 아직도 풍성하게 남아 있었다. 커다란 잿빛 눈에는 광채가 번뜩였으며, 놀라울 정도로 툭 튀어나와 있었다. 말할 때는 모음 O에 강세를 주었다. 옛날에 죄수 옷감이라고 불리던 거친 나사 천으로 지은 불그스름하고 기다란 두루마기를 걸치고 허리에는 새끼줄을 동여맸다. 목과 가슴은 훤히 드러나 있었다. 몇 달씩 갈아입지 않아 시커메진 두터운 삼베 내의가 두루마기 사이로 보였다. 두루마기 아래 30푼트나 되는 쇠사슬을 차고 다닌다는 소문도 있었다. 맨발에는 해질 대로 해진 낡은 신발을 신고 있었다.

"옵도르스크에 있는 성 셸리베스트르(실베스트르 수도원의 다른 이름―옮긴이)라는 작은 수도원에서 왔습니다."

수도사는 약간 겁먹기는 했지만 호기심 어린 눈을 재빨리 굴려 은자의 모습을 관찰하면서 공손히 대답했다.

"셸리베스트르라면 나도 가본 적 있지. 살기도 했고. 셸리베스트르는 잘 있나?"

수도사는 머뭇거렸다.

"말귀가 어둡군! 재계齋戒는 어떻게들 지키고 있냐는 말이야."

"우리 수도원의 식사는 암자의 오랜 관습을 따르고 있습니다. 사순절에는 월요일, 수요일, 금요일에 식사를 하지 않습니다. 화요일과 목요일에는 흰 빵과 꿀을 넣은 과일 조림, 산딸기나 양배추 절임, 귀리죽이 나옵니다. 토요일에는 맑은 양배추국, 콩으로 만든 국수, 죽이 나오는데 모두 기름이 들어 있습니다. 주일에는 양배추국에 말린 생선과 죽을 먹습니다. 수난 주간에는 월요일부터 토요일 저녁까지 엿새 동안 물과 빵, 생 채소만 먹습니다. 그나마도 절제하며, 가능하면 아까 첫째 주에 대해 말씀드린 것처럼 매일 먹지 않으려고 합니다. 성 금요일에는 아무것도 먹지 않고, 성 토요일에는 삼시경(성무 일과 중 하나로 오전 9시를 의미함—옮긴이) 때까지 금식을 한 후 약간의 빵과 물을 먹고 포도주를 한 잔씩 마십니다. 성 목요일에는 기름이 안 들어간 잼을 먹고, 포도주와 함께 빵이나 말린 채소를 먹습니다. 라오디게아 교회에서 성 목요일에 대해 '사순절 마지막 목요일을 지키지 않으면 사순절 전체를 욕되게 하는 것과 마찬가지다'라고 했기 때문입니다. 우리는 이렇게 재계를 지키고 있습니다. 하지만 위대하신 신부님에 비하면 아무것도 아니지요." 수도사가 활기를 띠며 이렇게 덧붙였다. "1년 내내, 심지어 부활절에도 빵과 물만 드시며, 우리가 이틀 동안 먹을 빵을 일주일 동안 드시니 말입니다. 신부님의 위대한 고행은 정말 놀랍습니다."

"그러면 그루즈지는(식용 버섯의 일종—옮긴이)?" 페라폰트 신부가 '그'를 '흐'처럼 발음하면서 느닷없이 물었다.

"그루즈지요?" 놀란 수도사가 되물었다.

"그래. 나는 이놈들의 빵을 버리고 떠날 거야. 그런 건 전혀 필요 없거든. 숲속에 들어가서 그루즈지나 산딸기로 연명하는 한이 있더라도 말이지. 그런데 이자들은 빵을 버리질 못한다니까. 악마에게서 벗어나질 못하는 거야. 요즘은 저열한 놈들이 나타나 그렇게 금식할 필요도 없다고 떠들더군. 오만하고 저열한 생각이야."

"오, 옳으신 말씀입니다." 수도사가 탄식하듯 말했다.

"이자들에게서 악마는 보았나?" 페라폰트 신부가 물었다.

"이자들이라니 누구 말씀인지요?" 수도사가 조심스럽게 물었다.

"작년 오순절에 수도원장에게 다녀온 후론 다신 그곳에 가지 않았네. 가슴팍에 붙어서 수도복 자락 속에 숨어 뿔만 내밀고 있는 놈이 있는가 하면 주머니 속에서 내가 무서운지 눈알만 굴리고 있는 놈도 있더군. 뱃속에, 가장 더러운 뱃속에 들어앉아 있는 놈도 있고, 목을 꽉 붙들고 매달려 있는 놈도 있었어. 그렇게 달고 다니면서도 모르는 거야."

"신부님은… 보이신다는 겁니까?" 수도사가 물었다.

"보인다고 하지 않나. 그놈들 속까지 훤히 보이네. 수도원장실에서 나오는데 한 놈이 나를 피해 문 뒤로 숨는 게 보이는 거야. 키가 1미터도 더 되어 보였지. 굵고 기다란 갈색 꼬리를 달고 있었는데 꼬리 끝이 문틈으로 삐져나와 있더군. 나도 바보는 아닌지라 문을 쾅 닫아서 그놈의 꼬리를 끼게 해버렸지. 비명을 지르고 몸부림을 치기에 그놈을 향해 세 번 성호를 그었어. 그랬더니 짓눌린 거미처럼 그 자리에서 뒈져버리더군. 지금쯤 한쪽 구석에서 썩어 악취를 풍기고 있을 텐데 그자들은 그걸 보지도, 냄새를 맡지도 못 해. 그곳에 발길을 끊은 지가 1년이야. 자네가 외지에서 왔다니 이런 얘기를 하는 거야….”

“무서운 말씀이로군요! 그런데 위대하시고 거룩하신 신부님.” 수도승은 점점 더 자신감이 생겼다. “성령과 계속 소통하신다는 소문이 먼 곳까지 자자한데, 그게 사실입니까?”

“가끔 날아올 때가 있지.”

“어떻게, 어떤 모습으로 날아옵니까?”

“새의 모습으로.”

“비둘기 모습을 한 성령인 겁니까?”

“성령일 때도 있고 신령일 때도 있네. 신령은 달라. 다른 새의 모양을 하고 내려올 수도 있지. 때로는 제비처럼, 때로는 방울새처럼, 때로는 박새처럼 말이야.”

“그 박새가 신령인 건 어떻게 아십니까?”

“말을 하니까.”

“말을 하다니, 어떤 말을 하는 겁니까?”

“사람의 말이지.”

“그럼 신부님께 무슨 이야기를 합니까?”

“오늘은 어느 바보가 찾아와 쓸데없는 질문을 할 거라고 알려주었지. 자네는 많은 걸 알려고 하는군.”

“거룩하고 성스러우신 신부님, 너무나 무서운 말씀입니다.” 수도사가 고개를 흔들었다. 그의 겁먹은 듯한 두 눈에는 불신의 빛도 비쳤다.

“이 나무가 보이나?” 페라폰트 신부가 잠시 입을 다물었다가 말했다.

"보입니다, 거룩하신 신부님."

"자네에게는 느릅나무로 보이겠지만 내게는 다른 것으로 보이네."

"무엇으로 말입니까?" 수도사는 헛된 희망을 가지고 입을 다물었다.

"밤이면 그러곤 하지. 저기 나뭇가지 두 개가 보이나? 밤이 되면 저 나뭇가지가 그리스도께서 나를 향해 벌리신 팔처럼 보이네. 저 손으로 나를 찾고 있는 모습이 또렷이 보여서 온몸이 떨려와. 무서워, 너무 무서워!"

"그리스도의 모습이라면 어째서 무섭다는 겁니까?"

"나를 붙잡아 데리고 올라가실 테니까."

"산 채로 말입니까?"

"엘리야의 심령과 능력으로(누가복음 1장 17절―옮긴이)란 말 못 들어봤나? 나를 품에 안아 데려가실 거야…."

옵도르스크의 수도사는 이런 이야기를 나눈 후 자신에게 배정된 한 수도사의 승방으로 돌아왔다. 상당한 의혹을 느끼면서도 분명히 마음은 조시마 장로보다 페라폰트 신부에게 더 끌리고 있었다. 우선 재계를 지지하는 입장이었으며, 페라폰트 신부처럼 위대한 고행자가 '기적을 보는 눈'을 지녔다고 해서 이상할 것은 없다고 여겼기 때문이다. 신부의 말은 터무니없어 보이기도 했지만 그 말에 어떤 의미가 담겨 있을지는 아무도 모르는 일이었고, 그의 언행은 다른 유로디비들과는 달랐다. 수도사는 꼬리가 끼인 악마 이야기를 비유적으로가 아니라 있는 그대로 믿을 생각이었다. 그뿐 아니라 그는 이 수도원에 오기 전부터 장로제에 대해 커다란 편견을 가지고 있었다. 다른 사람들의 말만 듣고 그들의 생각을 좇아 장로제를 해로운 신제도로 단정한 것이다. 이 수도원에서 하룻밤을 보내면서 그는 경솔한 일부 수도사들이 장로제에 불만을 품고 수군거리고 있다는 사실도 눈치챘다. 그는 천성이 호기심이 많아 여기저기 들쑤시고 다니며 참견하기 좋아하는 성미였다. 그래서 조시마 장로가 새로운 '기적'을 행했다는 놀라운 이야기를 듣자 커다란 혼란에 빠졌다. 나중에 알료샤는 옵도르스크의 수도사가 장로와 암자 주변에 몰려든 수도사들 틈을 헤집고 다니며 사람들의 이야기를 엿듣고 질문을 던지기도 하던 모습이 여러 차례 눈에 띄었던 것을 기억했다. 하지만 당시에는 그 수도사에게 별로 주의를 기울이지 않았다. 그저 나중이 되어서야 떠올린 일이었다…. 사실 수도사를 신경 쓸 겨를도 없었다. 조시마 장로가 다시 피로를 느끼고 자리에 누워 눈을 감으려던 찰나 갑자기 알료샤를 떠올리고는 불러달라고 했기 때문이다. 알료샤는 바로 뛰어왔다. 그때 장로 옆에 있던 사람은 파이시 신부, 수행 사제 이오시프 신부, 견습 수도사인 포르피리가 전부였다. 장로는 지칠 대로 지친 눈꺼풀을 밀어올리고 알료샤를 가만히 바라보다가 불쑥 질문을 던졌다.

"아들아, 가족들이 너를 기다리고 있지는 않느냐?"

알료샤는 머뭇거렸다.

"그 사람들에게 네가 필요한 게 아니냐? 오늘 만나기로 어제 약속한 사람도 있겠지?"

"약속했습니다…. 아버지와… 형들과… 다른 사람들에게도…."

"그것 봐라. 어서 가보거라. 슬퍼하지 말고. 네게 이 지상에서의 마지막 말을 하기 전에는 죽지 않겠다. 아들아, 네게 그 말을, 그 유언을 해주마. 너에게 말이다, 사랑하는 아들아. 네가 나를 이토록 사랑해주니까. 지금은 일단 약속한 사람들에게 가보거라."

알료샤는 즉시 장로의 말에 복종했지만, 떠나는 마음이 너무나 무거웠다. 그러나 지상에서의 마지막 말, 그것도 자신에게 유언을 들려주겠다는 그 약속은 가슴속에 벅찬 환희로 다가왔다. 알료샤는 조금이라도 빨리 읍내에서 일을 마치고 돌아오기 위해 서둘렀다. 그때 파이시 신부가 작별의 인사를 해주었는데, 그 말이 뜻밖에 강렬한 인상을 심어주었다. 두 사람이 장로의 승방에서 나왔을 때 일어난 일이었다.

"알료샤, 항상 명심해라." 파이시 신부가 아무런 서론도 없이 불쑥 말을 꺼냈다. "속세의 과학은 커다란 세력으로 결집되었고, 특히 최근에는 성서에 기록된 천상의 약속을 전부 규명했다. 그 냉혹한 분석 이후 속세의 학자들에겐 지난날 신성시되던 것들이 전부 사라져버리고 말았지. 그러나 그들은 각 부분을 규명하느라 전체는 간과해버렸다. 어떻게 그렇게 눈이 멀 수가 있는지 놀라울 정도야. 전체가 그들의 눈앞에 전처럼 버젓이 서 있고, 지옥문도 그것을 정복할 수 없는데 말이야. 그 전체가 지난 19세기 동안 존재해오지 않았겠니? 지금도 개인의 영혼의 움직임과 대중의 움직임 속에 살아 있지 않느냐는 말이야. 모든 것을 파괴하는 무신론자의 영혼의 움직임 속에서도 그것은 예전이나 다를 바 없이 버젓이 살아 있어! 그리스도교를 부정하고 반기를 든 사람일지라도 본질적으로는 그리스도의 모습을 담고 있기 때문이지. 그러니 그들의 지혜나 열정이 오래전 그리스도가 제시한 것을 뛰어넘는 인간의 모습과 존엄을 창조해내지 못하는 거야. 그런 시도가 있긴 했어도 모두 기형적인 모습이 되고 말았지. 알료샤, 이 점을 잘 명심해둬라. 곧 세상을 떠나실 장로님의 분부에 따라 속세로 나가야 할 테니까. 이 위대한 날을 떠올릴 때마다 너를 위한 이 진심 어린 작별의 말도 기억하리라 믿는다. 넌 아직 어린데 세상의 유혹은 너무나 강해 네 힘만으로는 감당하기 벅찰 거거든. 자, 그럼 가보거라, 부모 잃은 아이야."

파이시 신부는 이렇게 말하고 그를 축복해주었다. 알료샤는 수도원을 나서면서 이 뜻밖의 말에 대해 곰곰이 생각해보다가 문득 지금까지 자신에게 엄격하고 냉혹하기만 했던 파이시 신부가 사실은 뜻하지 않은 새로운 친구, 자신을 뜨겁게 사랑해주는 새로운 스승이라는 사실을 깨달았다. 마치 조시마 장로가 떠나면서 파이시 신부를 남겨준 것 같았다. '어쩌면 두 분 사이에 정말 그런 이야기가 오갔는지도 모르지.' 알료샤는 이런 생각이 들었다. 방금 들려준 그 학문적 견해야말로 파이시 신부의 뜨거운 열정을 증명하는 것이었다. 알료샤의 어린 지성이 유혹과 맞서 싸울 수 있도록 무장시키고, 자신에게 맡겨진 어린 영혼을 위해 상상할 수 없을 만큼 견고한 울타리를 쳐주려고 서둘렀던 것이다.

2. 아버지의 집에서

알료샤는 우선 아버지의 집으로 갔다. 집 근처에 다다르자 아버지가 어제 이반 형이 보지 못하게 몰래 들어오라고 신신당부한 것이 생각났다. '왜 그러셨을까?' 알료샤는 문득 이런 의문이 들었다. '아버지가 내게만 조용히 하실 말씀이 있다고 해도, 몰래 들어가야 할 필요는 없지 않을까? 어제 흥분한 나머지 다른 말을 하시려다가 미처 그 말을 못 하신 거야.' 알료샤는 이렇게 단정했다. 그래도 쪽문을 열어준 마르파 이그나티예브나가(그리고리는 몸이 안 좋아 별채에 누워 있었다) 그의 물음에 이반이 2시간 전에 외출했다고 말했을 때는 무척 기뻤다.

　"아버지는요?"

　"일어나서 커피를 드시고 계세요." 마르파는 어쩐지 무뚝뚝하게 대답했다.

　알료샤는 안으로 들어갔다. 노인은 슬리퍼를 신고 낡은 외투를 걸친 채 혼자 식탁에 앉아 심심풀이로 장부 같은 것을 훑어보고 있었다. 그는 이 넓은 집에 완전히 혼자였다(스메르댜코프도 장을 보러 나가고 없었다). 장부에는 정신이 팔려 있지 않았다. 아침 일찍 자리에서 일어나 기운을 내보려고 했지만 지치고 쇠약한 기색이 역력했다. 밤새 커다란 피멍이 든 이마에는 붉은 천을 동여매놓았다. 코도 하룻밤 사이에 크게 부어올라 심각할 정도는 아니었지만 군데군데 멍이 들어 있었다. 그 때문에 얼굴 전체가 표독스럽고 짜증스러워 보였다. 그 사실을 잘 알고 있던 노인은 방으로 들어오는 알료샤를 못마땅한 눈으로 힐끗 바라보았다.

"커피가 식었어." 그가 날카롭게 소리쳤다. "그러니 권하지는 않으마. 나는 오늘 재계용 생선 수프 한 가지만 먹고 아무도 식사에 부르지 않을 생각이야. 그런데 무슨 일로 온 거냐?"

"몸이 어떠신지 보러 왔어요." 알료샤가 말했다.

"그래, 그리고 내가 어제 너한테 들러달라는 말도 했지. 쓸데없는 소리였어. 괜히 널 귀찮게 했구나. 하긴 나도 네가 곧 올 거라고 생각하고는 있었다…."

그는 잔뜩 불쾌한 티를 내며 이렇게 말했다. 그러면서 자리에서 일어나 거울 앞으로 가더니 걱정스러운 얼굴로 자기 코를 들여다보았다(아침부터 벌써 마른 번은 들여다보았을 것이다). 이마에 동여맨 붉은 천도 보기 좋게 바로잡았다.

"빨간 게 나아. 하얀 건 병원 같으니까." 꼭 자명한 이치를 말하는 듯한 투였다. "그래, 거긴 어떻든? 네 장로는 어떻더냐?"

"매우 위독하세요. 어쩌면 오늘을 못 넘기실지도 모르겠어요." 알료샤가 대답했지만 아버지는 흘려들었고, 자기가 질문을 했다는 사실조차 곧 잊어버리고 말았다.

"이반은 나가고 없다." 그가 불쑥 말했다. "그 녀석은 미티카의 약혼녀를 빼앗으려고 용을 쓰고 있지. 여기서 지내는 것도 그 때문이야."그가 심술궂은 말투로 이렇게 덧붙이고는 입가를 일그러뜨리며 알료샤를 바라보았다.

"이반 형이 직접 아버지에게 그렇게 말하던가요?"알료샤가 물었다.

"그래, 그것도 벌써 옛날에 그랬지. 그런 말을 한 지 3주는 되었어. 저 녀석도 날 몰래 죽이려고 온 건 아닐 것 아니냐? 무슨 목적이 있었으니 여기 온 게 아니겠니?"

"아버지! 무슨 말씀을 그렇게 하세요?"알료샤는 몹시 당혹스러워했다.

"저 녀석은 돈을 달라고 하진 않아. 하긴 그래 봤자 내게서 땡전 한 푼 못 얻어내겠지만. 난 말이다, 알렉세이 표도로비치, 가능한 한 이 세상에서 오래오래 살고 싶다. 너도 그걸 알아두렴. 그래서 내겐 한 푼 한 푼이 소중한 거야. 오래 살면 살수록 돈은 더욱 필요해지겠지."표도르가 누런 삼베로 지은 꾀죄죄하고 헐렁한 외투의 주머니에 손을 찔러 넣고 방을 이리저리 서성이며 말했다. "아직은 쉰다섯밖에 안 됐으니 제대로 사내구실을 할 수 있지만, 앞으로 20년은 더 그러고 싶다. 늙어서 추해지면 계집들이 제 발로 달라붙지는 않을 테니까, 그럴 때 돈이 필요한 거지. 그래서 가능한 한 많이 돈을 모으는 거야. 다 나 한 사람을 위한 거지. 알렉세이 표도로비치, 너도 그걸 알아두었으면 한다. 나는 평생 이렇게 추잡하게 살 테니, 그것도 알아둬라. 추잡하게 사는 게 더 달콤하거든. 다들 추잡한 걸 욕하면서도 그 안에서 살고 있지. 남들이 몰래 그런 짓을 한다면, 나는 드러내놓고 한다는 게 차이일 뿐이야. 그 솔직한 태도를 가지고 추잡한 놈들이 내게 달려드는 거야. 알렉세이 표도로비치, 난 너의 그 천국엔 가기 싫다. 이 점을 알아둬라. 설령 저곳에 정말로 천국이 있다 할지라도 점잖은 사람이 그런 데 가는 건 볼썽사나운 일이야. 내 생각엔 잠들면 깨어나지 못하고 그냥 그걸로 끝이야. 내 명복을 빌어주고 싶으면 그래도 되지만 빌어주기 싫대도 상관은 없다. 이게 내 철학이야. 어제는 이반이 여기서 뻔지르르하게 말을 하더구나. 우리 모두 취해 있긴 했지만. 하지만 이반은 이렇다 할 학식도 없는 허풍쟁이일 뿐이야… 무슨 대단한 교육을 받은 것도 아니고. 말없이 상대를 바라보며 빙긋이 웃는 게 그놈이 늘 쓰는 수법이지."

알료샤는 가만히 듣고만 있었다.

"왜 그 녀석은 나와 말을 하려 하지 않는 거야? 어쩌다 말을 해도 비꼬는 소리뿐이니, 네 형 이반은 못된 놈이야! 나는 마음만 먹으면 당장 그루셴카와 결혼할 수 있어. 돈만 있으면 원하는 건 뭐든 가질 수가 있거든. 이반은 그게 무서워서 내가 결혼하지 못하게 감시하고, 미티카에게 그루셴카와 결혼하도록 부추기는 거야. 그렇게 그루쉬카(그루셴카의 애칭―옮긴이)가 내게 오는 걸 막고(내가 그루쉬카와 결혼하지 않으면 자기한테 돈을 남겨줄 줄 아는가 보지!), 한편으론 미티카가 그루쉬카와 결혼하면 제 형의 돈 많은 약혼녀를 차지하려는 거지. 이게 그놈의 속셈이야! 네 형 이반은 정말 못돼먹은 놈이야!"

"너무 흥분하셨어요. 어제 일 때문에 그러신 거예요. 가서 좀 누우시는 게 좋겠어요." 알료샤가 말했다.

"네가 그런 말을 하면," 노인이 처음으로 이런 생각이 떠오른 듯 이렇게 말했다. "네게는 화가 나지 않는데, 아마 이반이 똑같은 말을 했다면 분통이 터졌을 거다. 너와 있을 때만 내 마음이 너그러워지거든. 안 그러면 난 그냥 못된 인간이야."

"아버지는 못된 사람이 아니라 조금 비뚤어지신 것뿐이에요." 알료샤가 미소를 지었다.

"얘야, 나는 그 강도 같은 미탸 놈을 오늘 감옥에 처넣겠다고 생각했고, 지금도 사실 내가 어떻게 할지 모르겠다. 아무리 요즘 세상에서 부모가 편견만 가득한 퇴물 취급을 받는다지만, 그래도 늙은 아비의 머리끄덩이를 잡아당기고 바닥에 내동댕이쳐 구둣발로 얼굴을 걷어차도 된다는 법은 없지 않느냐? 그것도 제 아비의 집에서, 게다가 사람들이 다 보는 앞에서 다시 돌아와 죽여버리겠다고 엄포를 놓았지. 내키기만 하면 어제 일로 이놈을 꼼짝없이 잡아넣을 수도 있어."

"하지만 고소하실 생각은 없으신 거죠?"

"이반이 말리더구나. 사실 이반 녀석이 뭐라고 하던 신경도 쓰지 않지만, 난 이런 걸 알고 있거든…."

그는 알료샤에게 몸을 굽히더니 비밀이라도 말하는 듯 속삭였다.

"내가 그 후레자식을 감옥에 처넣었다는 이야기를 들으면 그 여자는 바로 그놈에게 달려갈 거다. 하지만 만약 그놈이 나를, 허약한 노인네를 반죽음이 되도록 두들겨 팼다는 말을 오늘 들으면 그놈을 버리고 나를 보러 오겠지…. 사람에게는 이렇게 뭐든 반대로만 하려는 성질이 있거든. 난 그 여자 속이 훤히 보여! 코냑 좀 마시지 않겠니? 차가운 커피에 코냑을 4분의 1잔쯤 타서 마시면 맛이 좋거든."

"아니, 고맙지만 괜찮습니다. 괜찮으시다면 이 빵만 좀 가져갈게요." 알료샤는 이렇게 말하고 3코페이카짜리 프랑스빵을 집어 수도복 주머니에 넣었다. "코냑은 아버지도 그만 하시는 게 좋겠어요." 그는 아버지의 얼굴을 들여다보며 조심스럽게 충고했다.

"네 말이 맞다. 술은 속만 긁지 마음을 가라앉혀주지는 않아. 하지만 딱 한 잔만 하자…. 찬장에서 꺼내서…."

표도르는 열쇠로 찬장을 열어 한 잔 따라 쭉 들이키곤 찬장을 잠근 후 열쇠는 다시 주머니에 넣었다.

"이제 됐다. 술 한잔했다고 죽지는 않아."

"보세요, 지금은 좀 더 상냥해지셨잖아요." 알료샤가 미소를 지었다.

"흠! 난 코냑을 마시지 않아도 너는 좋아하지만, 악당하고 있을 땐 악당이 되지. 이반은 체르마시냐에 안 가. 왠 줄 아니? 그루셴카가 왔을 때 내가 돈을 퍼주진 않는지 염탐을 해야 되거든. 다 악당 같은 놈들뿐이야! 난 이반을 전혀 인정할 수 없어. 어디서 그런 놈이 나왔을까? 그 녀석은 우리랑 영혼 자체가 달라. 내가 그놈에게 뭐라도 남겨줄 것 같니? 그놈에겐 유언 한마디도 남기지 않을 테니, 알아둬라. 미티카는 바퀴벌레처럼 짓밟아버릴 거야. 밤에 시커먼 바퀴벌레들을 슬리퍼로 밟아 죽이는데 발을 갖다 대면 찍 하고 찌부러지지. 네 미티카도 찍 소리를 내게 될 거다. 네 미티카라고 말한 건 네가 그놈을 사랑하기 때문이야. 그래, 넌 그놈을 사랑하지만, 그렇다고 두렵지는 않다. 만약 이반이 그놈을 사랑했다면 나 자신 때문에 걱정이 되었을지도 모르지. 하지만 이반은 아무도 사랑하지 않아. 이반은 우리 같은 사람이 아니야. 이반 같은 놈들은 말이다, 우리 같은 사람이 아니라 허공에 떠오른 먼지야…. 바람이 불면 먼지는 날아가버리지…. 어제 네게 오늘 와달라고 말할 땐 멍청한 생각이 들었단다. 널 통해 알아볼까 했거든. 미티카에게 당장 1000루블이나 2000루블쯤 던져주면 그 파렴치한 거지 놈이 여기서 5년, 아니 35년쯤 싹 사라져버리겠다고 할지 말이야. 대신 그루셴카는 깨끗이 포기하고 두고 가야 해. 어떠냐?"

"제가… 제가 형에게 물어볼게요…." 알료샤가 머뭇거리며 대답했다. "3000루블이라면 어쩌면 형이…."

"쓸데없는 소리! 이제 물어보고 자시고 할 것 없다! 생각이 바뀌었다. 어제 잠깐 내 머리통에 그런 어리석은 생각이 들어왔던 것뿐이야. 아무것도 안 줄 테다. 단 한 푼도. 내 돈이 필요한 사람은 바로 나란 말이다." 노인이 손을 내저었다. "굳이 그럴 필요도 없이 그놈을 바퀴벌레처럼 짓밟아버릴 거야. 그놈에겐 아무 말 마라, 혹시나 하고 희망만 품을 테니까. 너도 여기서 할 일이 없으니 가보도록 해라. 그놈이 내게 꼭꼭 숨기기만 하는 그 카테리나 이바노브나라는 약혼녀 말이다, 그놈에게 시집을 가려는 걸까, 아닌 걸까? 어제 그 여자 집에 다녀왔지?"

"그분은 형을 절대로 그냥 내버려 두지 않을 거예요."

"원래 상냥한 아가씨들은 그런 난봉꾼이나 악당 같은 놈들을 좋아하는 법이야! 말해두는데 그런 창백한 아가씨들은 다 쓰레기야. 하물며… 아무튼! 내가 그놈만큼 젊었다면, 그 나이 대 내 얼굴만 같았으면(내가 스물여덟 살 땐 그놈보다 나았거든) 나도 그놈 못지않게 여자들을 후리고 다녔을 텐데. 불한당 같은 놈! 그래도 그루셴카는 가지지 못할 거다. 암, 그렇고말고… 진흙탕에 처박아줄 테니!"

마지막 말을 할 때쯤 그는 또다시 흥분해 있었다.

"너도 가보거라. 오늘은 네가 여기서 할 일이 없으니." 노인이 딱 잘라 말했다.

알료샤는 작별 인사를 하러 다가서서 아버지의 어깨에 입을 맞추었다.

"왜 이러는 거냐?" 노인은 조금 놀란 모양이었다. "우린 어차피 또 볼 게 아니냐. 왜, 다시 못 볼 것 같으니?"

"그럴 리가요. 그냥 별 뜻 없이 한 거예요."

"나도 마찬가지다. 나도 그냥 해본 소리야…." 노인이 알료샤를 바라보았다. "얘야, 얘야." 그가 알료샤의 등에 대고 소리쳤다. "언제 한번 들르렴. 되도록 빨리 말이야. 생선 수프를 끓여놓을 테니 먹으러 오렴. 오늘 것과는 다르게 특별하게 해놓을 테니까. 그래, 내일, 내일 오거라!"

노인은 알료샤가 문을 나서자마자 다시 찬장 앞으로 가

반 잔 정도를 들이켰다.

"이젠 안 마셔!" 그는 이렇게 중얼거리며 꺼억 트림을 한 뒤 다시 찬장을 잠그고 열쇠를 주머니에 넣었다. 그러곤 침실로 가서 침대에 풀썩 쓰러져서는 순식간에 잠이 들었다.

3. 초등학생들과의 만남

'그루셴카 이야기는 물어보지 않으셔서 다행이야.' 알료샤는 아버지의 집에서 나와 호흘라코바 부인의 집으로 가면서 이렇게 생각했다. '만약 물어보셨으면 어제 그루셴카와 만났다는 얘기를 해야 했을 거야.' 알료샤는 두 적수가 밤새 원기는 충전했지만 새로운 하루가 시작되었어도 그들의 마음이 돌처럼 딱딱하게 굳어버렸다는 사실이 가슴 아팠다. '아버지는 흥분한 데다 악에 받쳐 있고, 뭔가 계획을 세우곤 그 생각에 빠져 있어. 드미트리 형은 어떨까? 마찬가지로 밤새 기력을 되찾고 흥분하며 악에 받친 채 뭔가 계획을 짰겠지…. 아아, 무슨 수를 써서라도 오늘 형을 꼭 찾아내야 해….'

그러나 알료샤는 오래 생각에 빠져 있을 수가 없었다. 도중에 겉보기엔 대수로워 보이지 않지만 커다란 충격을 준 한 가지 사건이 일어났기 때문이었다. 개천(우리 읍에는 개천이 사방으로 뻗어 있었다) 하나를 사이에 두고 볼쇼이 거리와 나란히 놓여 있는 미하일롭스카야 거리로 나가려고 광장을 지나 골목길로 접어들었을 때였다. 조그만 다리 앞에 기껏해야 아홉 살에서 열두 살쯤 되어 보이는 초등학생들 몇 명이 무리 지어 있는 모습이 보였다. 학교에서 집으로 돌아가는 길이었는지 책가방을 멘 아이도 있었고 끈이 달린 가죽 주머니를 대각선으로 멘 아이도 있었다. 재킷을 입은 아이도 있고, 코트를 입고 있는 아이도 있었으며, 돈 많은 부모 밑에서 응석받이로 자란 꼬맹이들이 멋을 부리느라 신는, 발목에 주름이 잡힌 부츠를 신은 아이도 있었다. 아이들은 무슨 의논을 하고 있는지 열심히 떠들고 있었다. 알료샤는 절대 아이들을 그냥 지나치지 못했다. 그건 모스크바에 있을 때도 마찬가지였다. 세 살 남짓한 아이들을 가장 좋아하긴 했지만 열 살, 열한 살쯤 되는 초등학생들도 아주 좋아했다. 그래서 걱정스러운 일은 많았지만, 갑자기 아이들이 있는 곳으로 다가가 대화에 끼고 싶다는 생각이 들었다. 아이들에게로 다가가면서 생기 어린 발그레한 얼굴들을 바라보던 알료샤의 눈에 문득 아이들이 돌멩이 한두 개씩을 들고 있는 모습이 들어왔다. 이들이 있는 곳에서 서른 걸음 정도 떨어진 개천 건너편 담장 앞에는 또 다른 아이가 서 있었다. 역시나 가죽 가방을 비스듬히 멘 초등학생이었는데, 키를 보니 많아야 열 살쯤 돼보였다. 얼굴은 창백하고 병색이 돌았으며 새카만 눈이 빛나고 있었다. 그 아이는 이쪽에 있는 여섯 명의 소년을 주의 깊게 살피고 있었다. 맞은편의 아이와 무리를 지은 아이들은 모두 수업을 마치고 나온 같은 학교 학생들인 듯했지만, 서로 사이가 안 좋아 보였다. 알료샤는 그중 검은 재킷을 입고 있는, 곱슬거리는 금발에 얼굴이 빨갛게 상기된 소년에게 다가가 말을 걸었다.

"내가 너처럼 이런 가방을 메고 다닐 땐 오른손으로 얼른 물건을 꺼낼 수 있도록 다들 왼쪽으로 가방을 맸는데, 넌 오른쪽에 맸구나. 불편하지 않니?"

알료샤는 아무런 잔꾀도 부리지 않고 이런 실용적인 지적으로 말을 걸었다. 어른이 아이의 신뢰를 얻으려면, 특히 이렇게 무리 지어 있는 아이들의 신뢰를 얻으려면 이렇게 말을 거는 수밖에 없었다. 진지하고 실질적인 이야기부터 시작하고 서로 대등한 입장이 되도록 해야 하는 것이다. 알료샤는 본능적으로 그것을 알고 있었다.

"앤 왼손잡이거든요." 체격이 좋고 건강해 보이는 열한 살쯤 돼 보이는 다른 소년이 얼른 대답했다. 나머지 다섯 아이는 알료샤를 뚫어지게 바라보았다.

"앤 돌도 왼손으로 던져요." 또 다른 아이가 말했다. 그 순간 아이들이 모여 있는 곳으로 돌멩이 하나가 날아와 왼손잡이 소년을 살짝 스치고 지나갔다. 빗나가긴 했지만 꽤 힘 있고 능숙한 솜씨였다. 개천 건너편에 있는 소년이 던진 것이었다.

"스무로프, 본때를 보여줘, 맞춰버리란 말이야!" 아이들이 일제히 외쳤다. 스무로프(왼손잡이)는 안 그래도 복수를 해줄 요량으로 곧바로 건너편 소년을 향에 돌을 던졌다. 그러나 돌멩이는 빗나가 땅에 떨어지고 말았다. 건너편 소년도 곧장 이쪽을 향해 또다시 돌을 던졌다. 알료샤를 향해 똑바로 날아온 그 돌은 꽤 세게 어깨에 명중했다. 건너편에 있는 소년의 주머니는 미리 준비한 돌멩이로 가득했다. 서른 걸음 떨어진 곳에서도 외투 주머니가 불룩한 것으로 보아 알 수 있었다.

"저 자식은 아저씨를 겨눈 거예요. 일부러 아저씨한테 던진 거라고요. 아저씨가 카라마조프, 카라마조프니까요!" 아이들이 깔깔거리며 소리쳤다. "자, 저놈에게 한꺼번에 던지자, 던져!"

이쪽에서 여섯 개의 돌멩이가 일제히 날아갔다. 그중 하나가 아이의 머리에 명중했다. 아이는 넘어졌으나 곧장 벌떡 일어서더니 맹렬한 기세로 응전하기 시작했다. 양쪽에서 쉴 새 없이 돌멩이가 오갔다. 무리 중에도 돌을 모아둔 아이들이 꽤 있었다.

"이게 무슨 짓이야! 부끄럽지도 않니! 여섯이 하나를 상대로, 저 애를 죽일 작정이야?" 알료샤가 고함쳤다. 그는 서 있던 자리를 박차고 뛰어나가 날아오는 돌을 막아섰다. 건너편에 있는 소년을 몸으로 보호해주기 위해서였다. 서너 명의 아이들이 잠시 돌 던지기를 멈췄다.

"저 자식이 먼저 시작했어요!" 빨간 셔츠를 입은 소년이 앳된 목소리로 분하다는 듯 소리쳤다. "저 자식은 아주 나쁜 놈이에요. 아까 교실에서 크라솟킨을 주머니칼로 찔러 피가 나게 했단 말이에요. 크라솟킨은 고자질하기는 싫다고 했지만, 아무튼 저 자식은 패줘야 해요…."

"저 애가 왜 그랬는데? 너희들이 저 앨 놀렸구나."

"저놈이 또 아저씨의 등에 돌을 던지잖아요. 아저씨가 누군지 아는 거예요." 아이들이 소리쳤다. "쟨 지금 우리가 아니라 아저씨에게 돌을 던지고 있어요. 자, 다시 일제히 공격이다, 스무로프, 제대로 맞춰!"

또다시 투석전이 시작되었다. 이번에는 아주 지독했다. 돌 하나가 건너편에 있는 아이의 가슴에 맞았다. 아이는 비명을 지르고 울음을 터트리더니 미하일롭스키 거리로 이어진 언덕길로 도망쳤다. "아하, 겁이 나서 도망치는구나, 수세미 같은 자식!" 아이들은 이렇게 소리쳤다.

"카라마조프 아저씨, 저 녀석이 얼마나 못된 녀석인지 모르실 거예요. 죽여버려도 시원찮은 놈이에요." 그중 가장 나이가 많아 보이는 재킷을 입은 소년이 이글거리는 눈으로 말했다.

"어떤 앤데 그래?" 알료샤가 물었다. "고자질이라도 했니?"

아이들은 비웃는 듯한 얼굴로 서로를 쳐다보았다.

"아저씨도 미하일롭스카야 거리로 가는 길이죠?" 그 소년이 계속했다. "그럼 그 애를 따라가보세요… 저기 봐요, 저기 또 멈춰 서서 아저씨가 오길 기다리며 보고 있잖아요."

"아저씨를 보는 거예요, 아저씨를 보는 거예요!" 다른 아이들도 맞장구를 쳤다.

"저 녀석에게 다 떨어진 목욕탕 수세미를 좋아하냐고 물어보세요. 꼭 그렇게 물어보셔야 해요."

아이들이 일제히 웃음을 터트렸다. 알료샤는 아이들을 바라보았고, 아이들도 알료샤를 바라보았다.

"가지 마세요, 다치실 거예요." 스무로프가 경고하듯 소리쳤다.

"얘들아, 나는 저 애에게 수세미 이야기는 물어보지 않을 생각이야. 너희들이 그걸로 저 애를 놀리고 있는 게 분명하니까. 대신 너희가 왜 그렇게 저 애를 미워하는지 알아봐야겠다."

"알아보세요, 알아보세요." 아이들은 깔깔거리며 이렇게 말했다.

알료샤는 다리를 건너 담장 옆 언덕길을 따라 외톨이가 된 아이가 있는 곳으로 향했다.

"조심하세요!" 아이들이 등 뒤에서 경고하듯 소리쳤다. "저 녀석은 아저씨를 겁내지 않을 거예요. 칼을 숨기고 있다가 홱 달려들어 찌를지도 모른다고요… 크라숏킨한테 그랬던 것처럼."

소년은 그 자리에서 움직이지 않고 알료샤가 오길 기다렸다. 알료샤가 가까이 다가가서 보니 아이는 기껏해야 아홉 살쯤 되어 보였으며 허약하고 키가 작았다. 갸름한 얼굴은 창백하고 여위었으며, 커다랗고 까만 눈에 적개심을 담은 채 알료샤를 노려보고 있었다. 낡고 오래된 외투를 입고 있었는데, 외투가 너무 작아져 기형적인 느낌이 들었다. 소매 밖으로 맨 팔이 삐죽이 튀어나와 있었다. 바지 오른쪽 무릎에는 커다란 헝겊 조각을 덧대놓았다. 오른쪽 장화 코끝 엄지발가락이 있는 부분에는 큼지막한 구멍이 뚫려 있었고, 그것을 감추려 잉크로 열심히 칠해둔 흔적이 보였다. 불룩한 양쪽 외투 주머니는 돌멩이들이 가득했다. 알료샤는 아이에게서 두 발짝 떨어진 거리에 멈춰 서서 질문을 던지는 듯한 얼굴로 아이를 바라보았다. 소년은 알료샤의 눈빛을 보고 자기를 때릴 생각이 없다는 것을 곧바로 알아채고는 자기도 한풀 기세를 꺾고 먼저 말을 걸어왔다.

"나는 혼자고, 쟤들은 여섯이에요… 하지만 난 혼자서 저놈들을 다 해치워버릴 거예요." 아이는 눈을 번뜩이며 이렇게 말했다.

"돌멩이 하나에 아주 세게 맞은 것 같던데." 알료샤가 말했다.

"하지만 난 스무로프의 머리통을 맞췄다고요!" 소년이 소리쳤다.

"저 애들은 네가 날 알고 있고 무슨 이유가 있어서 내게 돌을 던졌다던데?" 알료샤가 물었다.

소년은 어두운 표정으로 알료샤를 바라보았다.

"난 너를 모르는데, 넌 나를 아니?" 알료샤가 재차 물어보았다.

"귀찮게 하지 마세요!" 소년이 별안간 짜증을 내며 소리쳤다. 그러나 뭔가를 기다리는 듯 여전히 자리를 떠나지 않고 다시 번뜩이는 눈으로 노려볼 뿐이었다.

"그래, 그럼 난 갈게." 알료샤가 말했다. "하지만 난 네가 누군지 모르고 널 놀리는 것도 아니야. 저 애들이 널 어떻게 놀리고 있는지 말했지만, 난 그럴 생각이 없어. 그럼 잘 가라."

"비단 바지를 입은 수도사라니!" 소년이 여전히 적개심 어린 도전적인 눈으로 알료샤를 바라보며 소리쳤다. 그러고는 알료샤가 이번에는 분명히 달려들 거라 생각했는지 방어 자세를 취했다. 알료샤는 고개를 돌려 아이를 한 번 바라보고는 그대로 발길을 돌렸다. 그러나 세 걸음도 채 못 가 아이의 주머니에 있던 돌 중에 가장 큰 돌이 날아와 알료샤의 등을 세게 때렸다.

"지금 뒤에서 그런 거니? 저 애들이 네가 뒤에서 달려든다고 하더니, 그 말이 사실이구나?" 알료샤가 이렇게 말하며 다시 소년을 바라보자, 소년은 미친 사람처럼 흥분해 이번엔 알료샤의 얼굴을 향해 돌을 던졌다. 알료샤가 재빨리 몸을 피해 돌은 팔꿈치에 맞고 떨어졌다.

"부끄럽지도 않니! 내가 너한테 무슨 짓을 했다고 이러는 거냐!" 알료샤가 소리쳤다. 소년은 알료샤가 이번에는 분명히 달려들 거라 생각하고 기다렸으나, 알료샤가 이번에도 가만히 있는 것을 보고는 새끼 짐승처럼 악에 받쳐 자기 쪽에서 먼저 달려들었다. 독이 오른 소년은 알료샤가 미처 피할 겨를도 없이 두 손으로 알료샤의 손을 붙잡고 고개를 숙여 가운뎃손가락을 콱 깨물었다. 그렇게 이를 박은 채 10초 정도나 놓아주지 않았다. 알료샤는 너무 아파 비명을 지르며 손가락을 빼려고 안간힘을 썼다. 마침내 소년은 손가락을 놓아주고 재빨리 아까 있던 자리로 되돌아갔다. 손톱 바로 아래를 심하게 물린 손가락은 뼈가 드러나고 피가 줄줄 흘렀다. 알료샤는 손수건을 꺼내 꼬박 1분 동안 다친 손을 꽉 동여맸다. 소년은 그러는 내내 그 자리에 가만히 서서 기다렸다. 이윽고 알료샤가 고개를 들어 평온한 눈으로 아이를 바라보았다.

"자, 이제 됐다." 그가 말했다. "봐봐, 네가 얼마나 아프게 깨물었는지. 이만하면 됐지? 이젠 내가 너에게 무슨 잘못을 했는지 말해주겠니?"

소년은 놀란 눈으로 쳐다보았다.

"난 널 전혀 모르고 오늘 처음 봤지만." 알료샤가 침착한 목소리로 말을 이었다. "분명히 네게 무슨 잘못을 했을 거야. 이유도 없이 나를 이렇게 괴롭히진 않았을 테니까. 그러니 내가 무슨 짓을 했고 무슨 잘못을 했는지 말해주겠니?"

소년은 대답 대신 와락 울음을 터트리더니 갑자기 알료샤에게서 달아나기 시작했다. 알료샤는 가만히 소년의 뒤를 쫓아 미하일롭스카야 거리로 걸음을 옮기며 소년이 뛰어가는 모습을 멀리서 오랫동안 지켜보았다. 뒤도 안 돌아보고 뛰어가는 소년은 여전히 엉엉 울고 있는 듯했다. 알료샤는 시간이 나는 대로 꼭 소년을 찾아내 이 놀라운 수수께끼를 풀어야겠다고 결심했다. 지금은 그럴 겨를이 없었다.

4. 호흘라코바 부인의 집에서

알료샤는 곧 호흘라코바 부인의 집에 다다랐다. 부인의 소유인 그 집은 우리 읍에서 가장 좋은 축에 드는 아름다운 2층짜리 석조 건물이었다. 호흘라코바 부인은 영지가 있는 다른 현이나 자택이 있는 모스크바에서 지낼 때가 많았지만, 우리 읍에도 대대로 내려오는 자택이 있었다. 특히 우리 읍에 있는 영지가 부인 소유의 세 영지 가운데 가장 컸다. 하지만 부인은 지금까지는 우리 현에 오는 일이 매우 드물었다. 부인은 알료샤를 맞으러 현관까지 뛰어나왔다.

"받았나요? 새로운 기적에 대해 쓴 편지, 받은 거죠?" 부인이 빠른 어조로 조급하게 말했다.

"네, 받았습니다."

"모든 사람들에게 알렸나요? 보여줬어요? 그분이 아들을 어머니에게 돌려보내주셨어요!"

"장로님께서는 오늘 돌아가실 겁니다." 알료샤가 말했다.

"들어서 알고 있어요. 오, 얼마나 당신과 얘기하고 싶었는지 몰라요! 당신이나 누군가에게 이 모든 일을 얘기하고 싶었어요. 아니, 당신과, 꼭 당신과 말하고 싶었어요! 도무지 장로님을 뵐 수 없으니 너무나 유감이에요. 읍 전체가 흥분에 들뜨고 기대감에 차 있어요. 그런데 지금… 카테리나 이바노브나가 우리 집에 와 있다는 거 알고 있나요?"

"아, 잘됐군요!" 알료샤가 소리쳤다. "부인 댁에서 그분을 뵙게 되겠군요. 제게 오늘 꼭 와달라고 어제 당부하셨거든요."

"알고 있어요, 모두 다요. 어제 그 집에서 무슨 일이 있었는지…. 그 몹쓸 여자와 무슨 일이 있었는지 자세히 전해 들었거든요…. C'est tragique(그건 비극이에요)…. 내가 만약 아가씨였다면 무슨 짓을 했을지 모르겠어요! 하지만 당신 형님 드미트리 표도로비치도 어떻게 그럴 수가 있나요? 오 맙소

340

사! 알렉세이 표도로비치, 내가 정신이 없었군요. 저 방에 당신 형님이 와 있어요. 하지만 어제 그 끔찍한 사람이 아닌 다른 분, 이반 씨가 지금 그 아가씨와 이야기를 나누고 있어요. 심각한 대화를 나누고 있지요…. 지금 두 사람 사이에 무슨 일이 벌어지고 있는지 당신은 절대로 못 믿을 거예요. 정말 무서운 일이에요. 두 사람의 내밀한 감정이 폭발해버린, 도저히 믿을 수 없는 끔찍한 이야기라고요. 두 사람 다 무슨 영문에서인지 자기 자신을 망치려 하고 있어요. 본인들도 알면서 그걸 즐기고 있죠. 당신을 기다렸어요! 당신을 기다렸다고요! 이런 일은 견딜 수가 없으니까요. 지금 당장 모두 말하겠지만, 우선 가장 중요한 다른 이야기부터 해야겠군요. 아아, 무엇이 가장 중요한지도 잊어버렸지 뭐예요. 알렉세이 표도로비치, 리즈가 왜 히스테리를 부리는 거죠? 당신이 거의 다 왔다는 말을 듣자마자 히스테리를 부리지 뭐예요!"

"Maman(엄마), 히스테리를 부리는 건 제가 아니라 엄마예요." 갑자기 옆방 문틈 사이로 리즈의 종달새 같은 목소리가 들려왔다. 문틈은 아주 조금밖에 열려 있지 않았지만, 목소리는 터져 나오려는 웃음을 억지로 참을 때처럼 떨리고 있었다. 알료샤는 바로 그 문틈을 발견했다. 리즈가 자기 안락의자에 앉아 그 문틈으로 자신을 보고 있는 것이 분명했지만 그것까지는 보이지 않았다.

"당연하지, 리즈, 당연하고말고…. 네가 그렇게 변덕을 부려대니 내가 히스테리를 일으킬 수밖에. 알렉세이 표도로비치, 얘는 지금 무척 아파요. 어젯밤 내내 열이 올라 끙끙 앓지 뭐예요! 빨리 아침이 되어 게르첸쉬투베 선생이 오시기까지 겨우 기다렸답니다. 그런데 선생은 어찌 된 영문인지 모르겠으니 좀 더 두고 봐야 한다지 뭐예요. 그 선생은 올 때마다 영문을 모르겠다는 말뿐이에요. 저 앤 당신이 우리 집에 다 왔다는 얘길 듣자마자 소리를 지르고 발작을 일으켰어요. 그러더니 옛날 자기 방이었던 저 방으로 데려다달라고 하지 뭐예요….”

“엄마, 난 저분이 오시는 줄 전혀 모르고 있었어요. 그리고 이 방으로 옮겨달라고 한 건 절대 저분 때문이 아니에요.”

“거짓말을 하는구나, 리즈. 율리야가 내내 망을 보고 있다가 네게 달려가서 알렉세이 표도로비치가 온다고 말해주지 않았니.”

“사랑하는 엄마, 어떻게 그렇게 예리하지 못한 말을 할 수가 있어요. 아주 예리한 말을 해서 체면을 살리고 싶다면 저기 계신 알렉세이 표도로비치 씨께 이렇게 말하세요. 어제 그런 일이 있었고, 또 다 자기를 비웃는데도 오늘 우리 집에 올 생각을 하다니, 그 한 가지 사실만으로도 예리하지 못한 분이란 걸 증명한 셈이라고요.”

“리즈, 말이 너무 지나치구나. 계속 이러면 혼낼 수밖에 없어. 대체 누가 이분을 비웃는다는 거니? 이분이 오셔서 얼마나 기쁜데. 이분은 내게 꼭 필요하고 없어선 안 될 분이야. 오, 알렉세이 표도로비치, 전 너무 불행해요!”

“엄마, 뭐가 그렇게 불행하다는 건데요?”

“아아, 네 변덕 말이야, 리즈, 넌 도대체 종잡을 수가 없지, 몸은 아프지, 열이 나던 그 밤엔 얼마나 무서웠는지, 저 끔찍한 게르첸쉬투베 선생은 계속 불러야 하지, 중요한 건 도무지 끝이 없다는 거야! 다른 것도 다 마찬가지야… 심지어 그 기적까지도! 오, 알렉세이 표도로비치, 그 기적에 얼마나 놀라고 가슴이 뒤흔들렸는지 몰라요! 게다가 저기 거실에선 도무지 견딜 수 없는 비극이 일어나고 있어요. 당신에게 말해두지만, 난 견딜 수가 없어요. 어쩌면 비극이 아니라 희극인지도 몰라요. 알렉세이 표도로비치, 조시마 장로님이 내일까지 사실까요? 그러실 수 있을까요? 오 하느님! 내가 왜 이러는 걸까요. 눈을 감을 때마다 모든 게 무의미하다는 사실이 느껴져요."

"부탁 하나 드려도 될까요." 알료샤가 갑자기 말을 가로막았다. "손가락을 싸맬 깨끗한 헝겊 좀 주십시오. 심하게 다쳤는데 너무 아프군요."

알료샤는 깨물린 손가락에서 손수건을 풀었다. 손수건에는 피가 흥건했다. 호흘라코바 부인은 비명을 지르며 눈살을 찌푸렸다.

"세상에, 정말 끔찍한 상처군요!"

리즈는 문틈으로 알료샤의 손가락을 보고 문을 홱 열어젖혔다.

"들어와요, 이리 들어오세요." 리즈가 명령조로 소리쳤다. "바보짓은 여기까지 해요. 아아, 세상에! 왜 여태 아무 말 않고 있었던 거예요? 엄마, 피가 엄청 날 뻔했잖아요. 대체 어디서 어쩌다 이렇게 된 거예요? 먼저 물을, 물을 갖다줘요! 상처를 씻어야 해요. 그냥 통증이 가시도록 차가운 물에 담그고 그대로 있어야겠어요…. 엄마, 빨리, 빨리 물 좀 갖다줘요. 양치질하는 컵에 말이에요. 빨리요!"리즈가 초조하게 소리쳤다. 알료샤의 상처에 큰 충격을 받고 겁에 질린 것이다.

"게르첸쉬투베 선생을 불러 오라고 할까요?"호흘라코바 부인이 소리쳤다.

"엄마, 날 죽일 참이에요? 엄마의 그 게르첸쉬투베 선생이 와봤자 영문을 모르겠다는 소리만 할 거라고요! 물, 물! 엄마, 제발 직접 가서 율리야 좀 다그치세요. 그 앤 맨날 어디서 꾸물대느라 후다닥 달려오는 법이 없단 말이에요! 엄마, 빨리요, 안 그러면 난 죽어요…."

"별거 아닙니다!"모녀가 놀란 걸 보고 되레 놀란 알료샤가 소리쳤다.

율리야가 물을 들고 뛰어 들어왔다. 알료샤는 손가락을 물에 담갔다.

"엄마, 제발 붕대 좀 갖다주세요. 그리고 상처에 바르는 그 따갑고 걸쭉한 물약도요, 뭐라고 부르더라! 아무튼 집에 있어요…. 엄마, 엄마도 아시죠? 엄마 침실에 있는 찬장 오른쪽에 커다란 유리병과 붕대가 있는 거…."

"리즈, 지금 다 가져올 테니 소리 지르지 말고 너무 걱정하지 마. 봐라, 알렉세이 표도로비치는 저렇게 다쳤는데도 꿋꿋이 참고 있잖니. 알렉세이 표도로비치, 어디서 그렇게 심하게 다친 거예요?"

호흘라코바 부인이 서둘러 방을 나갔다. 리즈는 그 순간만을 기다리고 있었다.

"우선 대답해줘요." 리즈가 다급히 알료샤에게 말했다. "어디서 이렇게 다친 거예요? 그걸 듣고 나서 전혀 다른 얘길 할 거예요. 어서요!"

알료샤는 부인이 돌아올 때까지의 그 시간이 리즈에게 얼마나 소중한지 본능적으로 느끼고 자세한 내용은 생략해가면서 초등학생들과 만났던 이야기를 간단명료하게 해주었다. 리즈는 이야기를 다 듣고 손바닥을 탁 쳤다.

"어떻게, 어떻게 그런 옷을 입고 아이들과 어울릴 수가 있어요!" 리즈는 알료샤에 대해 마치 무슨 권리라도 있는 것처럼 화를 내며 소리쳤다. "그런 일을 하다니 당신도 꼬마, 그것도 가장 철없는 꼬마로군요! 하지만 어떻게든 그 패씸한 꼬맹이에 대해 알아내서 내게 모두 말해줘요. 분명 무슨 비밀이 있을 테니까요. 그럼 이제 다른 얘기를 할 텐데, 먼저 묻고 싶은 게 있어요. 알렉세이 표도로비치, 손가락이 많이 아프겠지만 아주 하찮은 이야기를, 하지만 진지하게 잘 생각해서 할 수 있나요?

"물론입니다. 게다가 이젠 별로 아프지도 않아요."

"손가락을 물에 담그고 있어서 그래요. 금방 미지근해질 테니 지금 물을 갈아야겠어요. 율리야, 지하실에서 얼른 얼음을 가져와, 양치 컵에 물도 새로 떠오고! 자, 이젠 저 애도 갔으니 본론을 얘기할게요. 알렉세이 표도로비치, 어제 내가 보낸 편지를 빨리 돌려줘요. 엄마가 금방이라도 돌아올지도 모르니 빨리요. 나는…."

"지금은 편지가 없어요."

"거짓말 말아요. 가지고 있잖아요. 당신이 그렇게 대답할 줄 알았어요. 편지는 여기 이 호주머니에 들어 있어요. 그런 바보 같은 장난을 한 걸 밤새 얼마나 후회했는지 몰라요. 당장 돌려줘요, 빨리요!"

"편지는 두고 왔습니다."

"그런 바보 같은 장난 편지를 보냈다고 해서 나를 철부지 꼬맹이라고 생각하면 안 돼요! 그런 장난을 친 건 사과할 테니, 혹시 정말 편지를 가지고 있지 않다면 꼭 가져다주세요. 오늘 당장, 꼭, 꼭요!"

"오늘은 도저히 안 될 것 같습니다. 수도원으로 돌아가면 이삼 일, 어쩌면 나흘은 여기 올 수 없거든요. 왜냐하면 조시마 장로님께서….

"사흘이라니, 그게 무슨 소리예요! 당신, 편지를 읽고 많이 비웃었나요?"

"조금도 그러지 않았습니다."

"어째서요?"

"당신이 쓴 말을 모두 믿었으니까요."

"나를 모욕하는군요!"

"전혀 아닙니다. 난 편지를 읽자마자 모두 그대로 될 거라고 생각했습니다. 조시마 장로님이 돌아가시면 곧 수도원에서 나와야 하거든요. 그러면 공부를 계속해서 시험을 치를 생각입니다. 그러다 법적 연령이 되면 우린 결혼하는 겁니다. 나는 당신을 사랑할 겁니다. 아직까지는 그런 생각을 해보지 못했지만, 당신보다 좋은 아내는 찾지 못할 거라는 생각이 들었습니다. 장로님께서도 결혼을 하라고 분부하셨고….”

“하지만 난 의자에 실려 끌려 다니는 불구의 몸이라고요!”리자가 볼을 빨갛게 물들이며 웃었다.

“내가 직접 의자를 밀어줄게요. 하지만 그때쯤이면 당신은 분명히 완쾌되어 있을 겁니다.”

“당신 미쳤어요.”리자가 신경질적으로 말했다.“장난 좀 친 것 가지고 그런 헛소리를 하다니…! 아, 저기 때마침 엄마가 오네요. 엄마, 왜 항상 이렇게 늦장이에요, 어쩜 그렇게 오래 걸릴 수가 있죠! 저기 율리야도 벌써 얼음을 가져오는데!”

“아아, 리즈, 소리 좀 그만 질러라, 제발 소리는 지르지 마. 네가 소리를 질러대는 통에 나는… 네가 딴 곳에 붕대를 놔뒀는데 내가 뭘 어쩌겠니…. 그걸 얼마나 찾았는지…. 네가 일부러 그런 게 아닌가 싶구나.”

“이분이 손가락을 깨물려서 올 줄 내가 어떻게 알았겠어요. 미리 알았다면 일부러 그랬을지 몰라도. 천사 같은 우리 엄마, 이젠 아주 예리한 말을 하시네요.”

“그래, 예리한 말이었다고 치자. 그런데 리즈, 알렉세이 표도로비치의 손가락에 대해서도 그렇고 왜 그렇게 흥분하며 난리를 치는 거니! 오, 알렉세이 표도로비치, 제가 괴로운 건 게르첸쉬투베 선생이니 뭐니 하는 어떤 개별적인 문제 때문이 아니에요. 모든 게 다 합쳐져 견딜 수 없을 만큼 괴로운 거라고요.”

“그만해요, 엄마, 게르첸쉬투베 선생님 이야기는 이제

그만하세요." 리자가 까르르 웃었다. "빨리 붕대랑 물을 주세요. 알렉세이 표도로비치, 지금 생각이 났는데, 이건 그냥 초산연수예요. 하지만 아주 좋은 약이에요. 엄마, 이분은 글쎄 여기 오는 길에 길거리에서 꼬맹이들과 싸움질을 하다가 그중 한 녀석한테 깨물렸다지 뭐예요. 그러니 이분도 똑같이 어린애가 아니고 뭐겠어요. 엄마, 그러고서도 이분이 결혼을 할 수 있을까요? 글쎄, 이분은 결혼을 하실 생각이래요. 이분이 결혼한 모습을 상상해봐요. 우습지 않아요? 끔찍하지 않냐고요?"

리즈는 능청스러운 눈으로 알료샤를 바라보며 특유의 초조한 듯한 얕은 웃음을 터트렸다.

"결혼이라니, 리즈, 무슨 근거로 그런 소릴 하는 거니⋯. 그리고 그런 식으로 말해선 안 돼, 그 아이가 공수병에 걸렸을 수도 있으니까."

"어휴 엄마, 공수병에 걸리는 아이들이 어디 있어요?"

"없긴 왜 없어, 리즈, 내가 엉뚱한 소리를 했다는 말투로구나. 그 애는 미친개한테 물려 공수병이 걸린 거고, 자기도 주변에 있는 사람을 닥치는 대로 물려고 하는 거야. 알렉세이 표도로비치, 저 애가 붕대를 잘 감아주었군요. 나도 그렇게 솜씨 좋게 감지는 못할 것 같네요. 아직도 아픈가요?"

"지금은 아주 조금밖에 안 아픕니다."

"물이 무서워요?" 리즈가 물었다.

"그만해, 리즈. 어쩌면 내가 경솔하게 광견병 얘길 꺼냈을지도 모르지만, 넌 그걸 가지고 또 엉뚱한 소리를 하는구

나. 알렉세이 표도로비치, 카테리나 이바노브나가 당신이 왔다는 소릴 듣자마자 제게 달려왔어요. 지금 당신을 애타게 기다리고 있어요."

"어휴 참, 엄마! 가시려면 혼자 가세요. 이분은 지금 너무 아파서 갈 수가 없어요."

"전혀 아프지 않습니다. 충분히 갈 수 있어요…." 알료샤가 말했다.

"세상에! 가겠다고요? 이대로 간다고요? 그냥 이대로?"

"그러면 저기서 용무를 마치고 다시 돌아오겠습니다. 갔다 와서 당신이 원하는 만큼 실컷 이야기를 나눌 수 있을 거예요. 지금은 어서 카테리나 이바노브나를 만나야겠어요. 어떻게 해서든 오늘 안에 수도원으로 빨리 돌아가고 싶거든요."

"엄마, 빨리 이분을 데려가세요. 알렉세이 표도로비치, 카테리나 이바노브나를 만난 다음 다시 제게 오려고 애쓰지 말고 곧장 수도원으로 돌아가세요. 당신이 갈 길은 그쪽이니까요! 난 좀 자야겠어요. 밤새 한숨도 못 잤거든요."

"리즈, 또 장난을 치는구나. 하긴 네가 정말 좀 잤으면 좋기는 하겠다만!" 호흘라코바 부인이 외쳤다.

"제가 어떻게 해야 할지… 원하시면 3분, 아니 5분이라도 더 남아 있겠습니다." 알료샤가 어물거렸다.

"5분씩이나요! 엄마, 어서 이분을 데려가세요. 이분은 괴물이에요!"

"리즈, 너 미쳤구나. 가요, 알렉세이 표도로비치, 얘가 오늘 유난히 변덕이 심해서 성질을 건드릴까봐 겁이 나네요.

오오, 알렉세이 표도로비치, 신경질적인 여자랑 함께 있는 건 괴로운 일이에요! 하지만 어쩌면 얘가 당신과 함께 있다가 정말로 잠이 왔는지도 모르죠. 어떻게 그렇게 빨리 이 애를 졸리게 해주셨는지, 아무튼 참 다행한 일이에요!"

"아아, 엄마, 그렇게 다정스럽게 말해주시다니, 뽀뽀를 해드릴게요."

"나도, 리즈. 있잖아요, 알렉세이 표도로비치." 호흘라코바 부인은 알료샤와 함께 방을 나오면서 중요한 비밀이라도 말하듯 목소리를 낮춰 빠르게 말했다. "당신에게 제 생각을 강요하거나 장막을 들추지 않을 테니, 들어가서 무슨 일이 벌어지고 있는지 직접 한번 봐요. 이건 끔찍하고, 말도 안 되는 희극이에요. 그 아가씬 당신의 형 이반 표도로비치를 사랑하면서도 드미트리 표도로비치를 사랑한다 생각하려고 필사적으로 애쓰고 있어요. 너무 끔찍한 일이에요! 나도 당신과 함께 들어가서, 만약 쫓아내지 않는다면 끝까지 남아 있을게요."

5. 응접실에서의 격발

하지만 응접실에서의 대화는 이미 끝나가고 있었다. 카테리나는 단호한 표정을 짓고 있었지만 매우 흥분해 있었다. 알료샤와 호흘라코바 부인이 들어갔을 때 이반은 돌아가려고 막 자리에서 일어나던 참이었다. 알료샤는 약간 창백해진 형의 얼굴을 걱정스럽게 바라보았다. 의혹 하나가, 얼마 전부터 괴롭히던 수수께끼 하나가 풀리려 하고 있었기 때문이다. 벌써 한 달 전부터 알료샤는 이반 형이 카테리나를 사랑하며, 실제로 그녀를 '가로챌' 작정이라는 얘기를 여러 사람에게서 수차례나 들었다. 바로 얼마 전까지만 해도 이 이야기는 그저 괴상망측하게 보였지만, 그래도 불안감에 마음이 죄어왔다. 알료샤는 두 형을 모두 사랑했기 때문에 두 사람의 그런 경쟁이 몹시 두려웠다. 그런데 어제 드미트리 형이 갑자기 자신은 이반이 연적이 된 것이 기쁘며 그것이 여러 가지 면에서 도움이 될 거라고 당당히 말한 것이다. 무슨 도움이 된다는 걸까? 그루셴카와 결혼하는 데? 알료샤는 그것이 절망에 찬 최후의 행동이라고 생각했다. 알료샤는 또한 엊저녁까지만 해도 카테리나 쪽에서도 드미트리 형을 열렬하고 끈질기게 사랑하고 있다고 굳게 믿고 있었다. 하긴 엊저녁까지만 그랬을 뿐이지만. 게다가 왠지 그녀가 이반 형 같은 사람을 사랑할 리 없고, 아무리 해괴한 사랑일지언정 드미트리 형을 있는 그대로 사랑하고 있다는 생각이 들었던 것이다. 하지만 어제 그루셴카와의 장면을 보면서 불현듯 다른 생각이 떠올랐다. 방금 호흘라코바 부인의 입에서 나온 '격발'이라는 말에 알료샤는 흠칫 몸을 떨고 말았다. 바로 오늘 새벽에 반쯤 잠이 깬 상태로 '격발이다, 격발이야!' 하고 외쳤기 때문이었다. 아마 꿈결에 한 대답이었을 것이다. 밤새 어제 카테리나의 집에서 벌어졌던 장면을 꿈에서 보았기 때문이다. 카테리나가 이반 형을 사랑하고 있으며, 어떤 놀이 때문에, '감정의 격발' 때문에 자신을 기만하고, 드미트리 형에 대한 감사를 빙자한 억지 사랑으로 스스로를 괴롭히고 있다는 호흘라코바 부인의 갑작스럽고 단정적인 말은 알료샤에게 큰 충격을 주었다. '그래, 어쩌면 그 말이 진실일지도 몰라!' 하지만 그렇다면 이반 형의 입장은 어떻게 되는가? 알료샤는 본능적으로 카테리나 같은 성격은 누군가를 지배해야만 하는데, 그럴 수 있는 사람은 결코 이반 같은 사람이 아니라 드미트리 같은 사람이라고 느꼈다. 드미트리는(비록 오랜 시간이 걸릴지언정) 결국 그녀에게 굴복해 '행복을 찾게' 되겠지만(이것은 알료샤가 바라는 바이기도 했다), 이반은 굴복할 수도 없을뿐더러 굴복한다고 해도 행복해질 리 없었기 때문이다. 알료샤는 무의식중에 이반 형에 대해 그런 인식을 갖고 있었다. 그래서 응접실로 들어서는 순간 그 모든 의혹과 생각이 머릿속을 스치고 지나갔다. 문득 이런 생각도 들었다. '만약 카테리나가 두 형 모두 사랑하고 있지 않다면?' 지적해두지만, 알료샤는 이런 생각을 부끄럽게 여기고 지난 한 달간 이런 생각이 들 때마다 자신을 책망해왔다. '내가 여자나 사랑에 대해 뭘 안다고 그런 결론을 내린단 말인가?' 알료샤는 그런 생각이나 추측이 떠오를 때마다 이렇게 자책하곤 했다. 하지만 생각을 안 할 수는 없었다. 본능적으로 이제 두 형의 운명에서 이 연적 관계가 많은 것을 좌우하는 중차대한 문제가 되었다는 사실을 깨달았기 때문이다. 어제 이반 형도 아버지와 드미트리 형을 두고 '독사 하나가 다른 독사를 집어삼킬 것'이라고 분노하며 말하지 않았는가. 그렇다는 건 이반의 눈에는 드미트리가 독사로 보인다는 뜻이었다. 어쩌면 오래전부터 그랬을지도 몰랐다. 혹시 카테리나를 처음 만났을 때부터 그렇게 생각한 건 아닐까? 물론 그 말은 어제 이반의 입에서 홧김에 튀어나온 것이었지만, 그래서 더 의미심장했다. 만약 그렇다면 대체 무슨 평화가 있을 수 있단 말인가? 오히려 한집안에 증오와 반목을 일으킬 새로운 계기가 나타난 것이 아니겠는가? 무엇보다 알료샤는 누구를 동정해야 하는가? 그리고 두 형에게 무엇을 기원해주어야 하는가? 두 형 모두를 사랑하지만, 그런 무서운 모순 속에서 무엇을 기원해줄 수 있단 말인가? 완전히 길을 잃을 수 있는 혼란스러운 상황이었고, 알료샤의 가슴은 그런 모호함을 견딜 수 없었다. 그의 사랑은 언제나 실천적인 성격을 띠고 있었기 때문이다. 알료샤는 수동적인 사랑을 할 줄 몰랐다. 일단 사랑을 하면, 곧바로 도움을 주러 나섰다. 이를 위해선 목표를 세우고, 각자에게 무엇이 좋고 필요한지 분명히 알아야 했다. 그리고 목표가 옳다는 확신이 선 다음에는 자연히 그들을 도와야 했다. 그러나 지금은 분명한 목표 대신 온통 모호함과 혼란뿐이었다. '격발'이라는 말까지 나오지 않았는가! 하지만 그 격발이라는 말도 무엇을 어떻게 이해해야 하는가? 이런 혼란 속에서는 아무 말도 이해할 수 없었!

카테리나는 알료샤를 보고 이미 자리를 뜨려 일어선 이반에게 기쁜 목소리로 얼른 말했다.

"잠시만요! 잠시만 더 있어줘요. 내가 진심으로 신뢰하는 이분의 의견을 듣고 싶어요. 카테리나 오시포브나, 부인도

가지 마세요." 카테리나가 호흘라코바 부인을 보고 덧붙이며, 알료샤를 자기 옆자리에 앉혔다. 호흘라코바 부인은 맞은편 이반의 옆에 앉았다.

"여기 계신 분들은 다 내 친구들이에요. 이 세상의 소중한 친구들이지요." 카테리나는 격앙된 어조로 말을 시작했다. 그 목소리에는 진정 고통스러운 눈물의 떨림이 느껴졌다. 알료샤의 마음은 다시 한순간 그녀에게로 돌아섰다. "알렉세이 표도로비치, 당신은 어제 그… 끔찍한 일을 직접 목격했고 내가 어떻게 행동했는지도 봤어요. 이반 표도로비치, 당신은 못 봤지만 이분은 봤지요. 이분이 나에 대해 무슨 생각을 했을지는 모르겠지만, 한 가지 분명한 건 만약 오늘 똑같은 일이 반복된다 해도 어제와 같은 감정을 내보였을 거란 사실이에요. 똑같은 감정과 똑같은 말과 똑같은 행동을요. 내가 어떤 행동을 했는지 기억하겠죠, 알렉세이 표도로비치, 그중 하나는 당신이 직접 막아줬잖아요…(카테리나는 이렇게 말하며 얼굴을 붉히고 눈을 빛냈다.) 알렉세이 표도로비치, 당신에게 말하는데 난 그 무엇과도 타협할 수 없어요. 알렉세이 표도로비치, 지금 그이를 사랑하는지 어떤지도 모르겠어요. 그이가 **불쌍하게** 느껴지는데, 이건 사랑의 증거로서는 좋지 못해요. 내가 만약 그이를 사랑한다면, 지금도 계속 그이를 사랑한다면 지금 그이를 불쌍하게 생각하기보다는 반대로 증오했을 테니까요…."

카테리나는 목소리가 떨렸고, 속눈썹 사이로 눈물이 반짝였다. 알료샤는 가슴이 흠칫 떨려왔다. '이 아가씬 정직하고

354

진실해. 그리고… 더는 드미트리 형을 사랑하지 않는 거야!'

"맞아요! 맞아요!" 호흘라코바 부인이 소리쳤다.

"잠시만요, 카테리나 오시포브나. 아직 중요한 것을, 어젯밤 내린 최후의 결정을 말하지 않았어요. 이 결심이 나에겐 아주 무서운 것이 될 수도 있지만, 앞으로 평생 무슨 일이 있어도 절대, 절대 그 결심을 바꾸지 않을 거란 예감이 들고, 또 그렇게 될 거예요. 소중하고 다정한, 언제나 관대한 조언자이자 사람의 마음을 깊이 헤아려주는 이 세상 유일한 친구인 이반 표도로비치도 나를 지지하고 그 결심을 칭찬해줬어요…. 이분은 내가 어떤 결심을 했는지 알고 있어요."

"그래요, 저는 찬성입니다." 이반이 나지막하지만 확고한 목소리로 말했다.

"하지만 전 알료샤도(어머, 용서해요, 알렉세이 표도로비치, 그냥 알료샤라고 불러버렸군요), 알렉세이 표도로비치도 나의 두 친구 앞에서 내가 옳은지 아닌지 말해줬으면 해요. 내 본능적인 예감은 사랑스러운 동생인(당신은 나의 사랑스러운 동생이에요) 당신, 알료샤가," 카테리나가 자신의 뜨거운 손으로 알료샤의 차가운 손을 잡고 감격에 찬 목소리로 말했다. "나는 이토록 고통스럽지만, 당신의 결정과 인정이 내게 평안을 줄 거라는 예감이 들어요. 당신의 말을 들으면 마음이 가라앉고 평온해질 것 같거든요!"

"제게 무엇을 물으실지 모르겠습니다만," 알료샤가 얼굴을 붉히며 말했다. "제가 알고 있는 것은 제가 당신을 사랑하며, 지금 이 순간 당신이 저보다도 행복해졌으면 한다는 것뿐입니다…! 하지만 전 무슨 일인지 전혀 모릅니다….” 알료 샤는 어째서인지 서둘러 이렇게 덧붙였다.

"이 일에서, 알렉세이 표도로비치, 이 일에서 지금 가장 중요한 건 명예와 의무예요. 그리고 뭐라고 해야 할지는 모르겠지만 뭔가 더 높은 것, 어쩌면 의무보다도 높은 그 무언가가 있어요. 가슴이 내게 그 억제할 수 없는 감정을 이야기하고, 그 감정은 억제할 수 없는 힘으로 나를 끌어당기고 있어요. 한마디로 말하죠. 난 이미 결심했어요. 만약 그이가 그… 더러운 년, 내가 절대, 절대 용서할 수 없는 그 여자와 결혼한다고 해도," 카테리나가 엄숙하게 말했다. "그래도 난 그 사람을 내버려 두지 않을 거예요! 지금 이 순간부터 나는 절대, 절대 그 사람을 내버려 두지 않아요!" 카테리나가 억지로 쥐어짜낸 듯한 맥없는 환희에서 비롯된 격앙된 어조로 이렇게 말했다. "그 사람 뒤를 쫓아다니겠다거나 끊임없이 눈앞에 얼쩡거려 괴롭히겠다는 말이 아니에요. 아니, 어디든 그이가 원하는 대로 다른 도시로 떠나겠어요. 하지만 평생, 내 평생 언제나 그 사람을 지켜볼 거예요. 그이가 그 여자와 불행해지면, 분명히 곧 그렇게 될 텐데, 그러면 나를 찾아와 친구를, 누이동생을 마주하게 되는 거예요…. 물론 평생 누이동생일 뿐이겠지만, 마침내 자신을 사랑하고 평생을 자신에게 바친 진정한 누이동생이라는 사실을 깨닫게 되는 거지요. 난 꼭 그렇게 되도록 할 거예요. 그이가 결국엔 나를 알아보고 아무런 수치심 없이 내게 모든 걸 다 털어놓을 수 있도록 만들겠어요!" 카테리나가 미친 사람처럼 흥분해 소리쳤다.

"나는 그이가 기도를 드리는 신이 될 거예요. 그건 그이의 배신과 그 사람 때문에 어제 겪어야 했던 수모에 대한 최소한의 대가예요. 그이가 믿음을 저버리고 나를 배신했지만, 나는 그 사람에게 믿음과 약속을 지키는 모습을 평생토록 지켜보라지요. 나는… 나는 그이의 행복을 위한 수단이 되겠어요 (아니면 뭐라고 말해야 할까요). 도구가 되고, 기계가 될 거예요. 평생토록, 평생토록 말이에요! 그이가 평생 그걸 지켜보도록 할 거예요! 이게 내 결심이에요. 이반 표도로비치는 내 결정에 전적으로 찬성해줬어요."

카테리나는 숨을 거칠게 몰아쉬었다. 아마 자신의 생각을 훨씬 더 품위 있고 유려하고 자연스럽게 표현하고 싶었겠지만, 너무 성급하고 적나라한 이야기가 되고 말았다. 젊은 혈기를 억누르지 못한 부분도 많았고, 어제의 분노와 자존심을 지키려는 마음이 그대로 묻어난 곳도 많았다. 그녀 자신도 그것을 느끼고 있었다. 갑자기 카테리나의 얼굴이 어두워지고 눈빛도 가라앉았다. 알료샤는 바로 그것을 눈치채고 가슴속에 연민이 이는 것을 느꼈다. 그때 이반이 한마디 덧붙였다.

"나는 내 생각을 말했을 뿐입니다." 그가 말했다. "다른 여성이 그랬다면 의기소침하고 고통스러워 보였을 뿐이겠지만 당신은 아닙니다. 다른 여성이라면 틀렸겠지만, 당신은 옳습니다. 그걸 어떻게 설명해야 할지는 모르겠지만, 당신이 정말로 진실하다는 것이 보이니 옳다고 말한 겁니다…."

"하지만 지금 이 순간에만 해당되는 얘기잖아요…. 이 순간이란 게 뭔데요? 어제 당했던 수모, 그게 다가 아니고 뭔가요!"호흘라코바 부인이 갑자기 참지 못하고 이렇게 말했다. 대화에 끼어들고 싶지 않은 눈치였으나, 참지 못하고 이렇게 너무나 옳은 말을 한 것이다.

"그래요, 맞습니다." 이반이 갑자기 흥분하며 말을 가로챘다. 자신의 말이 끊긴 데 화가 난 모양이었다. "맞습니다. 하지만 다른 여자라면 이 순간이 그저 어제 받은 느낌의 연속일 뿐이고, 그저 순간에 지나지 않겠지만, 카테리나와 같은 성격을 가진 여성에게는 이 순간이 평생 동안 계속되는 겁니다. 다른 이들에겐 그저 약속에 불과한 것이 이분께는 영원하고, 무겁고, 고통스러워도 쉼 없이 지켜나가야 할 의무가 되니까요. 이분은 의무를 다했다는 느낌을 자양분 삼아 살아갈 겁니다! 카테리나 이바노브나, 이제 당신에겐 자신의 감정, 헌신, 슬픔을 고통스럽게 지켜보는 삶이 시작되겠지만, 결국 그 고통은 줄어들고, 확고하고 당당한 계획을 영원히 이루었다는 사실을 달콤히 의식하는 삶으로 바뀔 겁니다. 사실 그 계획은 오만한 것이기도 하고 절망적인 것이기도 하지만, 당신이 그 계획을 정복했다는 의식은 마침내 당신께 완전한 만족을 가져다주고 다른 사실도 모두 받아들일 수 있도록 할 것입니다…."

이반은 분명한 악의를 담아 이렇게 말했다. 일부러 그러는 듯했고, 조롱과 야유를 보내려는 자신의 의도를 숨길 생각도 없는 것 같았다.

"오 맙소사, 절대 그렇지 않아요!"호흘라코바 부인이 또다시 소리쳤다.

"알렉세이 표도로비치, 당신 의견을 들려줘요! 당신이 무슨 말을 할지 괴로울 만큼 알고 싶어요!" 카테리나가 이렇게 소리치면서 갑자기 눈물을 흘렸다. 알료샤가 소파에서 벌떡 일어났다.

"이건 아무것도 아니에요!" 카테리나가 울먹이면서 말을 이었다. "간밤의 일 때문에 마음이 복잡해서 그런 거예요. 하지만 당신과 당신 형님 같은 좋은 친구들이 곁에 있으니 마음이 든든하군요…. 두 분은 절대 날 내버려 두지 않을 테니까요…."

"유감스럽지만 나는 내일 당장 모스크바로 떠나 오랫동안 당신을 혼자 두어야 할 것 같습니다…. 유감스럽지만 변경할 수 없는 일입니다…." 이반이 갑자기 이렇게 말했다.

"내일, 모스크바라고요!" 카테리나의 얼굴이 완전히 일그러졌다. "하지만… 하지만, 정말 잘됐군요!" 그녀가 순식간에 싹 바뀐 목소리로 이렇게 외쳤다. 눈물도 어느새 흔적도 없이 사라지고 없었다. 그야말로 순식간에 일어난 이런 놀라운 변화에 알료샤는 몹시 놀라고 말았다. 조금 전까지만 해도 격앙된 감정에 눈물을 흘리던 모욕당한 가련한 아가씨가 갑자기 자신을 완전히 통제하는, 기쁜 일이라도 생긴 듯 만족스러워하는 여성으로 바뀐 것이다.

"오, 당신과 헤어지는 게 잘됐다는 건 아니에요. 물론 그런 건 아니에요." 카테리나가 갑자기 사교계 여성들이 짓는 다정한 미소를 띠우며 말을 바로잡았다. "당신 같은 친구가 그렇게 생각하지는 않겠지요. 반대로 당신을 잃게 되어 너무 불행하답니다(그녀는 갑자기 이반에게 달려들어 그의 두 손을 뜨겁게 붙잡았다). 내가 행복하다고 말한 건 당신이 모스크바에 가면 직접 이모와 언니에게 내 처지와 지금 겪고 있는 이 끔찍한 일을 전해줄 수 있게 되기 때문이었어요. 언니에게는 있는 그대로 다 말해도 좋지만, 이모에게는 적당히 봐가면서 말해줘요. 이 끔찍한 편지를 어떻게 써서 보내야 할지 몰라 어제오늘 얼마나 괴로웠는지 당신은 상상도 못 할 거예요…. 이런 일은 도저히 편지로 전할 수가 없으니까요…. 이제는 당신이 그곳에서 직접 설명해줄 테니 편지 쓰기가 훨씬 수월하겠네요. 오, 얼마나 다행인지! 하지만 내가 기뻐하는 건 오로지 이런 이유 때문이에요. 당신은 물론 내게 누구와도 바꿀 수 없는 사람이에요…. 지금 당장 가서 편지를 써야겠어요.”그녀는 갑자기 이런 결론을 내리고 방을 나가려고 걸음을 옮겼다.

　“알료샤는요? 당신이 꼭 듣고 싶다던 알렉세이 표도로비치의 의견은 어쩌고요?”호흘라코바 부인이 소리쳤다. 그 말에는 가시가 돋쳐 있었다.

　“저는 그걸 잊은 게 아니에요.”카테리나가 걸음을 멈췄다.“그런데 카테리나 오시포브나, 왜 제게 지금 그렇게 날카롭게 말씀하시는 거죠?”그녀가 따끔하게 쏘아붙였다.“제가 한 말은 그대로 지킬 거예요. 난 이분의 의견은 물론, 이분의 결정이 필요해요! 이분의 말씀대로 할 거라고요. 알렉세이 표도로비치, 난 이렇게나 당신의 말을 갈망하고 있어요…. 아니, 왜 그래요?”

"저는 생각도 해본 적 없었습니다. 제겐 상상도 할 수 없는 일입니다!" 알료샤가 갑자기 비통한 목소리로 외쳤다.

"아니, 뭐를요?"

"형이 모스크바로 간다고 하니 당신은 잘됐다고 말했습니다. 그건 일부러 그러는 겁니다! 그리고 나서 바로 형이 가서 잘된 게 아니라 친구를 잃어 유감이라고 해명했는데, 그것도 일부러 그렇게 해 보인 겁니다…. 극장에서 희극을 연기하듯 말이에요…!"

"극장이라니? 어째서요? 그게 대체 무슨 말이에요?" 카테리나가 새빨간 얼굴로 눈살을 찌푸리며 몹시 놀란 듯 이렇게 소리쳤다.

"형 같은 친구를 잃어서 안타깝다고 주장하시면서도, 형이 떠나서 다행이라고 말하고 있지 않습니까…." 알료샤가 어째서인지 숨을 헐떡이며 이렇게 말했다. 그는 앉지 않고 탁자 앞에 서 있었다.

"무슨 말인지 모르겠군요…."

"저도 모르겠습니다만… 갑자기 깨달음이 온 것 같습니다…. 이런 말을 하는 게 안 좋다는 건 알고 있지만, 그래도 전부 말해야겠습니다." 알료샤가 여전히 떨리는 목소리로 더듬더듬 말을 이었다. "제가 깨달은 건 당신이 드미트리 형을 어쩌면 처음부터 전혀 사랑하지 않았을 수도 있다는 사실입니다…. 실은 드미트리 형도 당신을 전혀 사랑하지 않고… 처음부터 그저 존경하고 있을 뿐이지요…. 제가 지금 어떻게 감히 이런 말을 하고 있는지 모르겠지만, 누군가는 진실을 말해야 하지 않겠습니까…. 여기선 누구도 진실을 말하려 하지 않으니까요….”

“진실이라뇨?” 이렇게 외치는 카테리나의 목소리는 히스테릭하게 떨리고 있었다.

“이런 겁니다.” 알료샤는 될 대로 되라는 심정으로 이렇게 말했다. “지금 드미트리 형을 불러주세요. 아니, 제가 찾아오겠습니다. 형이 이곳에 와서 당신의 손을 잡으면, 그다음엔 이반 형의 손을 잡아 두 사람의 손을 맞잡게 하는 겁니다. 당신은 이반 형을 사랑하면서도 고통을 주고 있으니까요…. 그렇게 고통을 주는 건 드미트리 형을 발작적인 감정으로 사랑하고 있기 때문입니다…. 거짓으로 사랑하고 있기 때문이고… 사랑하고 있다고 자신을 설득하고 있기 때문입니다….”

알료샤는 갑자기 입을 다물었다.

“당신은… 당신은… 풋내기 유로디비로군요!” 카테리나가 얼굴이 새하얘진 채 분노로 입술을 일그러트리며 이렇게 내뱉었다. 갑자기 이반이 큰 소리로 웃더니 자리에서 일어났다. 손에는 모자가 들려 있었다.

“우리 알료샤, 네가 잘못 생각한 거야.” 이반은 알료샤가 지금껏 한 번도 보지 못한 표정으로 이렇게 말했다. 젊은이다운 솔직함과 억누를 수 없는 강렬한 감정이 담긴 표정이었다. “카테리나 이바노브나는 결코 나를 사랑한 적이 없어! 내가 자기를 사랑한다는 건 줄곧 알고 있었지. 내가 한 번도 사랑한다는 얘길 꺼낸 적은 없었지만 말이야. 알면서도 날 사랑해주지 않았어. 나는 이분에게 친구였던 적도 없어. 단 한

순간도, 단 하루도. 자긍심 높은 여성에게 내 우정 따윈 필요 없거든. 이분이 나를 곁에 둔 건 끊임없는 복수를 위해서야. 드미트리 형과 처음 만난 순간부터 지금까지 계속 받아온 모욕에 대한 앙갚음을 내게 했던 거야. 형과의 첫 만남부터가 가슴속에 모욕으로 남았거든. 이분은 이런 마음을 지닌 사람이라고! 난 지금껏 이분이 형을 얼마나 사랑하는지 듣는 것 말곤 한 게 없었어. 이제 나는 떠나겠습니다. 하지만 카테리나 이바노브나, 당신이 정말로 사랑하는 사람은 드미트리 형뿐입니다. 형이 모욕을 줄수록 더욱 사랑하겠죠. 그건 당신의 감정의 격발입니다. 당신은 지금 그대로의 형을, 당신에게 모욕을 주는 형을 사랑하는 겁니다. 만약 형이 반듯한 사람이 된다면 당신은 당장에 형을 버릴 것이고, 사랑도 차갑게 식어버리겠지요. 당신에게 형이 필요한 건 헌신적으로 신의를 지키는 자신을 자각하고 신의를 지키지 못하는 형을 비난하기 위해서입니다. 다 당신의 오만함 때문이지요. 오, 당신이 겪는 모욕과 굴욕도 다 당신의 오만함 때문입니다…. 저는 너무 젊었고 당신을 너무 열렬히 사랑했습니다. 이런 말도 필요 없이 그냥 당신을 떠나는 것이 제 품위를 지키는 길이고 당신에게도 모욕적인 일은 아니라는 것을 알고 있습니다. 하지만 전 멀리 떠나 다시는 돌아오지 않습니다…. 영영 말이지요…. 이젠 그런 감정의 격발을 옆에서 지켜보고 싶지 않습니다…. 자, 이젠 더 말할 수가 없군요. 할 말은 다 했으니까요… 안녕히 계십시오, 카테리나 이바노브나, 전 당신보다 백배는 가혹한 벌을 받았으니 제게 화를 내지는 마십시오. 다시는 당신을 볼 수 없다는 것만으로도 제겐 형벌이나 다름없으니까요. 안녕히 계십시오, 손을 내밀 필욘 없습니다. 지금 당신을 용서하기엔 당신은 너무 의식적으로 절 괴롭혔습니다. 나중엔 용서하겠지만, 지금은 손을 주지 마십시오.

Den dank dame, begehr ich nicht(부인이여, 당신의 감사는 바라지 않노라)."

이반이 일그러진 미소를 지으며 덧붙였다. 뜻밖에도 알료샤가 그전까지는 말도 안 된다고 생각한, 실러를 달달 외울 만큼 읽는 것이 가능하다는 사실을 보여주는 말이었다. 이반은 집주인인 호흘라코바 부인에게 작별 인사도 하지 않고 방을 나갔다. 알료샤가 두 손을 탁 마주쳤다.

"형!" 알료샤가 어쩔 줄을 몰라 하며 이반의 등 뒤에 대고 소리쳤다. "돌아와, 형! 아니, 아니야, 형은 이제 절대 돌아오지 않을 거야!" 그가 다시 가슴 아픈 깨달음을 얻고 소리쳤다. "이건 내 잘못이야, 내가 시작한 거야! 이반 형은 화가 나서 그런 소릴 한 거야. 부당하고 심술궂은 말을…." 알료샤는 반쯤 미친 사람처럼 소리쳤다.

카테리나는 갑자기 옆방으로 나가버렸다.

"당신은 아무 잘못도 안 했어요. 당신은 천사처럼 멋지게 행동했어요." 호흘라코바 부인이 알료샤에게 감동한 목소리로 재빨리 속삭였다. "이반 표도로비치가 떠나지 않도록 최선을 다해볼게요…."

기쁨으로 빛나는 부인의 얼굴을 보며 알료샤는 더더욱 슬퍼졌다. 그런데 카테리나가 갑자기 되돌아왔다. 손에는

100루블짜리 무지갯빛 지폐 두 장이 들려 있었다.

"알렉세이 표도로비치, 한 가지 중요한 부탁이 있어요." 카테리나가 방금 아무 일도 없었던 것처럼 침착하고 고른 어조로 알료샤를 똑바로 바라보며 말했다. "일주일, 그래요, 일주일 전에 드미트리 표도로비치는 홧김에 해서는 안 될 아주 몹쓸 짓을 했답니다. 이 고장엔 질이 나쁜 장소가 있어요. 어떤 선술집이지요. 그이는 거기서 당신 아버지가 사적인 일로 고용한 퇴역 장교를 만났어요. 그런데 무슨 이유에서인지 그 2등 대위에게 화가 나서 그 사람의 턱수염을 잡고 그런 굴욕스러운 모습으로 사람들이 보는 앞에서 거리로 끌고 나가 오랫동안 질질 끌고 다녔다고 하더군요. 읍내 학교에 다니는 2등 대위의 어린 아들이 그 광경을 보고 옆에서 발을 동동 구르고 엉엉 울면서 아버지 대신 빌기도 하고 아버지를 구해 달라고 사람들에게 매달려 애원하는데 사람들은 그저 웃기만 했대요. 죄송하지만 알렉세이 표도로비치, 난 그이의 그 수치스러운 행동을 생각할 때마다 치가 떨려요…. 분노에 찬 드미트리 표도로비치만이 저지를 수 있는 행동이죠…! 이야기를 하기도 힘드네요, 그럴 상태가 아닌가봐요…. 자꾸 말이 뒤죽박죽이 되어버리네요. 수모를 당한 사람에 대해 알아보니 무척 가난한 사람이더군요…. 그 사람의 성은 스네기료프예요. 군대에서 무슨 잘못을 저질러 해임된 모양인데, 그 이야기는 해줄 수가 없어요. 지금은 불행한 가족과, 병든 아이들과 실성한 듯한 부인과 함께 지독한 가난 속에서 허덕이고 있어요. 옛날부터 이 고장에 살면서 어디서 서기 일도 했다는데, 지금은 갑자기 수입이 뚝 끊겨버렸다는군요. 난 당신에게 눈을 돌렸어요…. 그러니까, 당신을 생각했어요. 왜 이렇게 말이 잘못 나올까요? 내가 부탁하고 싶은 건 알렉세이 표도로비치, 친절한 알렉세이 표도로비치, 그 사람을 찾아가 적당한 구실을 만들어 그 집에, 그러니까 그 2등 대위의 집에 들어가는 거예요. 아아 정말, 왜 이렇게 횡설수설하게 될까요? 그래서 오직 당신만이 할 수 있는(알료샤는 얼굴을 붉혔다) 정중하고 조심스러운 태도로 이 200루블을 전해주세요. 아마 받아줄 거예요… 그러니까, 설득을 하면요. 그러지 않을까요? 어떻게 생각해요? 이건 그 사람이 고소하지 않도록(그 사람은 고소할 생각인 것 같더라고요) 주는 합의금이 아니에요. 그저 안타깝고 도와주고 싶은 마음을 내가, 드미트리 표도로비치 본인이 아닌 그 약혼녀가 전하는 것뿐이에요…. 아무튼 당신이라면 잘 해낼 거예요…. 내가 직접 가도 되지만, 당신이 나보다 훨씬 잘 해줄 것 같아서…. 그 사람은 오제르나야 거리에 있는 칼므이코바라는 평민 여자의 집에 살고 있어요…. 알렉세이 표도로비치, 부디 날 위해 그렇게 해줘요. 그럼… 지금 약간… 피곤하군요. 그럼 조심히 가세요…."

카테리나는 알료샤가 뭐라고 말할 겨를도 없이 순식간에 뒤돌아 다시 커튼 뒤로 사라져버렸다. 사실 알료샤에겐 하고 싶은 말이 있었다. 가슴이 터질 것 같아서 용서를 빌든 자책하든 무슨 말이라도 하고 싶었고, 그러기 전에는 절대 이 방을 나가고 싶지 않았던 것이다. 그러나 호흘라코바 부인이 그의 손을 잡고 데리고 나왔다. 부인은 아까처럼 현관에서 그를 멈춰 세웠다.

"자존심이 강해서 자기 자신과 싸우고 있지만 선하고, 아름답고, 마음이 넓은 아가씨에요!" 호흘라코바 부인은 낮은 목소리로 탄성을 질렀다. "난 저 아가씨가 너무 좋아요! 가끔씩은 특히 더 그렇고요! 다시 모든 게 기쁘게 느껴지네요. 알렉세이 표도로비치, 몰랐겠지만 우리 모두, 나와 저 아가씨의 두 이모, 심지어 리즈까지 합세해 벌써 한 달 내내 그 아가씨가 자신을 알아주지 않을 뿐 아니라 손톱만큼도 사랑하지 않는 당신의 드미트리 표도로비치와 헤어지고 세상 그 누구보다 자기를 사랑해주는 교양 있고 훌륭한 청년인 이반 표도로비치와 결혼하기만을 간절히 바라며 기도하고 있답니다. 그걸 위해서 여러 가지 계략도 짰어요. 내가 이곳을 떠나지 않는 이유도 다 그것 때문일지도 몰라요…."

"하지만 그분은 또다시 모욕을 느끼고 우셨잖아요!" 알료샤가 소리쳤다.

"알렉세이 표도로비치, 여자의 눈물을 믿지 말아요. 나는 눈물에 관해서라면 언제나 여자가 아닌 남자들 편이랍니다."

"엄마, 저분께 나쁜 것을 가르쳐 망쳐놓을 생각이군요!" 문 뒤에서 리즈의 목소리가 가느다랗게 들려왔다.

"아닙니다, 이건 다 제 탓이에요, 제가 엄청난 잘못을 저질렀습니다!" 위안을 얻지 못한 알료샤가 자신의 행동에 대해 괴로운 수치심에 휩싸여 두 손으로 얼굴을 감싸며 또다시 이렇게 말했다.

"그 반대예요. 당신은 천사처럼, 꼭 천사처럼 행동했어요. 수천 번이라도 그 말을 되풀이해드릴 수 있어요."

"엄마, 어째서 천사처럼 행동했다는 건데요?" 또다시 리즈의 목소리가 들려왔다.

"그 모습을 보고 있는데 갑자기 그런 생각이 드는 겁니다." 알료샤가 리자의 말을 못 들은 듯 말을 이었다. "그분이 이반 형을 사랑하고 있다고요. 그래서 그런 어리석은 말을 해버렸으니… 이젠 어떻게 될까요!"

"누가요? 누구 얘긴데요?" 리즈가 소리쳤다. "엄마, 엄만 날 죽일 작정이군요. 이렇게 묻는데 대답도 안 해주고."

이때 하녀가 뛰어 들어왔다.

"카테리나 아가씨가 상태가 안 좋으세요…. 우시면서… 히스테리를 부리고 몸부림을 치고 계세요."

"어떻게 된 거예요!" 리즈가 이제는 걱정스러운 목소리로 소리쳤다. "엄마, 히스테리는 오히려 제가 일으키겠어요!"

"리즈, 제발 그렇게 소리 좀 지르지 마라, 엄마 좀 살려다오. 넌 아직 어른들이 아는 걸 다 알아선 안 될 나이야. 지금 곧 달려가서 네게 말해줄 수 있을 만한 건 다 말해줄게. 어휴, 정말! 간다, 가…. 알렉세이 표도로비치, 히스테리를 부린다는 건 좋은 징조예요. 그 아가씨가 히스테리를 부린다니 아주 잘됐어요. 일어나야 할 일이 일어나는 거예요. 난 히스테리니 여자의 눈물이니 하는 문제에 있어선 언제나 여자들의 적이랍니다. 율리야, 어서 가서 내가 곧 간다고 전해주렴. 이반 표도로비치가 그렇게 나가버린 건 그 아가씨 탓이에요. 하지만 그분은 떠나지 않을 거예요. 리즈, 제발 소

368

리 좀 그만 질러라! 아아, 그래, 네가 아니라 내가 소리를 지르고 있구나, 엄마가 미안하다, 너무 기뻐서 그랬어! 알렉세이 표도로비치, 아까 이반 표도로비치가 모든 이야길 털어놓고 방을 나갈 때 그 젊은이다운 모습을 봤어요? 박식한 학자인줄만 알았는데, 그렇게 열정적이고, 솔직하고, 미숙한 젊은이다운 모습이라니 너무나 훌륭해요, 꼭 당신처럼… 그 독일 시구를 읊던 것도 꼭 당신 같았어요! 빨리 가봐야겠어요. 알렉세이 표도로비치, 당신도 어서 그 일을 마치고 이리 돌아와요. 리즈, 너도 뭔가 할 일이 있지 않니? 알렉세이 표도로비치를 잠깐이라도 붙잡아둬선 안 된다. 금방 네게 돌아올 테니까…."

마침내 호흘라코바 부인이 달려 나갔다. 알료샤는 떠나기 전에 리즈의 방문을 열려고 해다.

"안 돼요!" 리즈가 외쳤다. "지금은 절대로 안 돼요! 그냥 문 밖에서 말해요. 어쩌다 당신이 천사가 된 거죠? 내가 알고 싶은 건 그뿐이에요."

"한심하기 짝이 없는 짓을 했기 때문이죠, 리즈! 그럼 가보겠습니다."

"어떻게 그냥 그렇게 갈 수가 있어요!" 리즈가 소리쳤다.

"리즈, 전 지금 너무나 괴롭습니다! 곧 돌아오기는 하겠지만, 너무, 너무 괴로워요!"

알료샤는 이렇게 말하고 방에서 뛰어나갔다.

6. 오두막에서의 격발

알료샤는 정말로 지금껏 거의 느껴본 적 없는 커다란 슬픔에 젖어 있었다. 공연히 나서서 '어리석은 짓'을 저질러버렸다. 그것도 사랑의 감정에 관한 일이 아니었던가! '내가 그런 문제에 대해 뭘 이해한단 말인가? 그런 일에 대해 대체 뭘 안단 말인가?' 알료샤는 얼굴을 붉히며 수백 번 이렇게 속으로 되뇌었다. '아아, 부끄러운 건 아무것도 아니야, 부끄러운 건 내가 당연히 받아야 할 벌이니까. 문제는 이제 나 때문에 새로운 불행이 시작되리라는 거야. 장로님이 날 보내신 건 화해와 결합을 위해서였지. 그런데 이래선 무슨 결합이 되겠어?' 여기서 문득 '손을 맞잡게 하라'던 말이 떠오르자 다시금 부끄러워 죽을 지경이었다. '모두 진심으로 한 행동이긴 하지만, 앞으론 좀 더 현명하게 굴어야겠다.' 그는 문득 이런 결론을 내렸으나, 그 결론에 미소를 지을 수는 없었다.

카테리나가 가달라고 부탁한 곳은 오제르나야 거리였는데, 드미트리는 마침 그 거리에서 멀지 않은 골목길에 살고 있었다. 알료샤는 2등 대위에게 찾아가기 전 먼저 형에게 가보기로 마음먹었다. 하지만 형이 그곳에 없을 거라는 예감이 들었다. 그가 이제 일부러 자신을 피해 숨어버릴지도 모르겠다는 생각도 들었으나, 어떻게 해서든 찾아내야만 했다. 시간은 계속 흐르고 있었다. 임종을 앞둔 장로에 대한 생각은 수도원을 나섰을 때부터 일분일초도 그의 머릿속을 떠나지 않았다.

카테리나의 부탁을 듣던 중 무척 흥미를 끄는 부분이 있었다. 2등 대위의 아들인 어린 학생이 아버지 옆에서 엉엉 울며 뛰어다녔다고 했을 때, 문득 아까 무슨 잘못을 했냐는 질문에 자신의 손가락을 깨물었던 초등학생이 바로 그 소년이 아닌가 하는 생각이 스쳤던 것이다. 알료샤는 이유는 몰랐지만 그럴 거라고 거의 확신이 선 상태였다. 이렇게 다른 생각에 빠져 있다 보니 마음이 한결 가벼워졌고, 지금 막 자신이 저지른 '잘못'을 '생각'하며 후회하고 괴로워할 것이 아니라 자신이 해야 할 일을 하고 나머지는 자연스럽게 흘러가도록 지켜봐야겠다는 생각이 들었다. 그렇게 생각하자 완전히 기운이 났다. 드미트리가 사는 골목길로 들어서자 배가 고파져 아버지의 집에서 가져온 빵을 주머니에서 꺼내 먹으면서 걸어갔다. 그러자 더욱 힘이 났다.

드미트리는 집에 없었다. 집주인인 목수 노인과 아들, 그 부인인 할멈이 알료샤를 미심쩍은 눈으로 바라보았다. "안 들어오신 지 벌써 사흘쩬데, 어디론가 떠나신 모양이오." 알료샤의 끈질긴 물음에 노인이 이렇게 대답했다. 알료샤는 노인이 드미트리 형이 시킨 대로 대답하고 있다는 사실을 눈치챘다. "그루셴카의 집에 가거나, 다시 포마의 집에 숨어 있는 건 아닐까요?"(알료샤는 일부러 이렇게 노골적으로 물었다) 하고 묻자 이들은 겁이 난 얼굴로 그를 바라보았다. '형이 좋아서 편을 들어주고 있군.' 알료샤는 이렇게 생각했다. '그건 좋은 일이야.'

마침내 알료샤는 오제르나야 거리에서 칼므이코바라는

평민 여자의 집을 찾아냈다. 한쪽으로 심하게 기운 낡은 집이었다. 길 쪽으로 난 창문은 세 개뿐이었고, 지저분한 마당 한가운데 암소 한 마리가 덩그러니 서 있었다. 입구는 마당에서 현관으로 연결되었다. 현관에서 왼편으로는 주인 노파가 딸과 함께 살고 있었으며, 둘 다 귀가 먹은 듯했다. 2등 대위를 찾는다고 수차례 묻자, 마침내 그중 하나가 세 들어 사는 사람을 찾는 것을 깨닫고는 현관 너머 오두막 같은 집 문을 손가락으로 가리켰다. 2등 대위의 집은 정말로 오두막이나 다름없었다. 알료샤는 문을 열려고 철로 된 손잡이를 잡으려다가 문 안쪽이 유난히 조용하다는 것을 깨닫고 놀랐다. 카테리나로부터 2등 대위에게 가족이 있다고 들었기 때문이다. '모두 자고 있거나, 아니면 내가 온 기척을 듣고 문을 열기를 기다리고 있을지도 몰라. 다시 문을 두드려보는 게 좋겠다.' 알료샤는 문을 두드렸다. 대답이 들려오긴 했으나, 금방이 아니라 10초쯤은 지나서였다.

"누구요?" 누군가 잔뜩 화가 난 목소리로 고함을 질렀다.

알료샤는 문을 열고 문지방 안으로 발을 내디뎠다. 막상 들어가보니 상당히 넓었지만 사람들과 온갖 집기들로 발디딜 틈이 없었다. 왼편에는 커다란 러시아식 난로가 있었다. 갖가지 누더기를 널어놓은 빨랫줄이 난로에서 왼쪽 창문까지 방 전체를 가로지르고 있었다. 왼쪽 벽과 오른쪽 벽에는 털실로 짠 담요가 덮인 침대가 하나씩 놓여 있었다. 그중 왼쪽에 있는 침대에는 옥양목 베개 네 개가 크기순으로 쌓여 있었다. 오른쪽에 있는 다른 침대에는 아주 작은 베개 하나만 보일 뿐이었다. 맞은편 구석에도 모서리를 마주보도록 줄을 매달고 커튼인지 홑이불인지를 쳐서 작은 공간을 만들어놓았다. 이 칸막이 뒤에도 긴 의자에 의자를 붙여 만든 침대가 한쪽으로 살짝 튀어나와 있었다. 투박하고 네모난 나무 식탁은 정면 구석에서 가운데 창문 앞으로 옮겨져 있었다. 곰팡이가 슨 것처럼 푸르스름한 작은 유리가 네 장씩 끼워진 창문은 셋 다 뿌옇게 흐려진 데다 꽉 닫혀 있어서 방 안은 상당히 답답하고 침침했다. 식탁 위에는 계란 프라이 찌꺼기가 담긴 프라이팬이며 윗부분을 베어 먹은 빵 조각이 널려 있었고, 지상의 행복이 바닥에 조금 남은 술병도 놓여 있었다. 왼쪽 침대 옆에 놓인 의자에는 귀부인 같은 여인이 옥양목 원피스를 입고 앉아 있었다. 바싹 여윈 얼굴은 누르스름했고, 움푹 팬 두 볼은 한눈에 병이 있다는 사실을 짐작하게 했다. 하지만 무엇보다 알료샤를 놀라게 한 것은 이 가련한 여인의 눈빛, 의혹이 가득하면서도 지독하리만치 오만한 눈빛이었다. 부인은 알료샤가 집 주인과 이야기를 하는 내내 먼저 입을 열지 않고, 거만하고도 의혹에 찬 커다란 갈색 눈으로 두 사람을 번갈아 쳐다보았다. 부인 옆 왼쪽 창문 앞에는 상당히 못생긴 아가씨가 서 있었다. 붉은 머리털은 듬성했고, 옷차림은 제법 단정하긴 했지만 초라했다. 그녀는 방으로 들어온 알료샤를 미심쩍다는 눈으로 훑어보았다. 오른쪽 침대 옆에도 한 여자가 앉아 있었다. 스무 살쯤 되는 젊은 아가씨였으나, 꼽추에 앉은뱅이인 불쌍한 존재였다. 나중에 알료샤가 듣기로 다리는 마비된 것이라고 했다. 그녀의 목발이 가까이에, 침대와 벽 사이 구석에 세워져 있었다. 가엾은 아가씨의 너무나 아름답고 선량한 눈이 평온하고 유순한 빛을 띠고 알료샤를 바라보았다. 식탁에서는 마흔다섯쯤 된 남자가 남은 계란 프라이를 먹고 있었다. 크지 않은 키에 마르고 체격이 부실했으며, 머리카락과 다 해진 수세미 같은 듬성듬성한 턱수염은 불그스름했다(알료샤는 그를 보자마자 어째서인지 그 비유, 특히 '수세미'라는 말을 떠올렸다는 사실을 나중에 기억했다). 방에 다른 남자는 없으니 문 너머에서 '누구요' 하고 소리친 건 그 사내가 분명했다. 그런데 알료샤가 방으로 들어오자 그가 앉았던 의자에서 벌떡 일어나더니 너덜너덜한 냅킨으로 입가를 닦으며 알료샤에게 달려 나오는 것이었다.

"웬 수도사가 모금을 해달라고 왔네요, 우리 집이 제격인 건 어떻게 알고!" 왼쪽 구석에 서 있던 처녀가 큰 소리로 말했다. 그러나 알료샤에게 뛰어온 사내는 딸에게 홱 몸을 돌려 흥분한 목소리로 대꾸했다.

"아니올시다, 바르바라 니콜라예브나, 그렇지가 않아요. 네가 잘못 짚은 거야! 제가 한마디 여쭙겠습니다만." 그가 알료샤 쪽으로 몸을 돌렸다. "무슨 일로 오셨는지요…. 이 누추한 곳에?"

알료샤는 주의 깊게 남자를 살펴보았다. 처음으로 보게 된 사람이었다. 그에게는 어딘가 모나고 성급하고 신경질적인 면이 있었다. 방금 한잔 걸친 건 분명했지만 취기는 없었다. 얼굴에는 지독히 뻔뻔스러우면서도 동시에(이상하게도) 겁먹은 듯한 기색이 비쳤다. 오랫동안 복종하며 참을 대로 참고 살아오다가 갑자기 자리를 박차고 일어나 자신의 존재를 드러내려는 사람 같았다. 혹은 상대를 패주고 싶어 안달이 났지만 그러다 자기가 맞을까봐 겁이 나 어쩔 줄 모르는 사람 같았다. 말투와 상당히 날카로운 목소리의 억양에서는 심술궂기도 하고 겁을 먹은 것 같기도 한, 같은 톤을 유지하지 못하는 미치광이 같은 유머가 튀어나왔다. '누추한 곳' 어쩌고 물어봤을 때도 온몸을 떨며 눈을 부릅뜨고 알료샤에게 달려드는 바람에 알료샤는 저도 모르게 한 걸음 물러서버렸다. 사내는 짙은 색 무명으로 만든 싸구려 외투를 입고 있었는데, 여기저기 기운 데다 얼룩투성이였다. 바지는 옛날부터 아무도 입지 않는 심하게 밝은색 얇은 체크무늬 천으로 되어 있었고, 아랫단이 구겨져 위로 올라간 바람에 꼭 옷이 작아진 어린애 같았다.

"저는… 알렉세이 카라마조프라고 합니다…" 알료샤는 이렇게 대답했다.

"잘 알고 있습니다요." 사내가 소개하지 않아도 누군지 안다는 듯 얼른 말을 가로챘다. "제가 2등 대위 스네기료프입니다만, 대체 무슨 일이신지…"

"그냥 들른 것뿐입니다. 실은 한 가지 말씀드릴 게 있는데… 괜찮으시다면…"

"그렇다면 여기 의자가 있으니 착석해주시기 바랍니다. '착석해주시기 바랍니다'란 말은 옛날 희극에서 쓰던 말이지요…." 2등 대위는 재빨리 빈 의자를(아무것도 씌우지 않은 투박한 나무의자였다) 집어다 거의 방 한가운데에 갖다놓았다.

그러고는 자기 의자도 가져와 알료샤와 마주앉았는데, 아까처럼 바싹 붙어 앉아 무릎이 닿을 정도였다.

"러시아 보병 2등 대위 니콜라이 일리치 스네기료프입니다. 잘못을 저질러 이름에 먹칠을 했지만, 그래도 2등 대위인 것만은 분명합니다. 스네기료프보다는 슬로보예르소프 2등 대위라고 하는 편이 낫겠군요. 인생 후반부터는 슬로보예르스(러시아어에서 말끝에 s를 붙여 경의를 표현하는 방법―옮긴이)를 쓰기 시작했으니까요. 굴욕 속에서는 슬로보예르스가 입에 붙기 마련이지요."

"맞습니다." 알료샤가 미소를 지었다. "그런데 저절로 그렇게 되는 겁니까, 아니면 일부러 그렇게 하시는 겁니까?"

"분명히 저절로 그렇게 되는 겁니다. 여태껏 한평생 슬로보예르스라곤 모르고 살아왔는데, 갑자기 곤두박질쳤다 일어나 보니 어느새 슬로보예르스를 쓰고 있더군요. 초월적인 힘이 그렇게 만드는 겁니다. 현대의 문제들에 관심이 많으신 것 같군요. 그런데 손님 접대라고는 할 수 없는 처지인 제게 왜 그런 호기심을 보이시는 겁니까?"

"저는… 다름 아닌 그 일 때문에 왔습니다…."

"그 일이라니요?" 2등 대위는 성급히 말을 가로챘다.

"제 형 드미트리 표도로비치와 당신이 만났던 일 말입니다." 알료샤가 겸연쩍게 말했다.

"무슨 만남 말씀이신지? 혹시 그 일 말인가요? 수세미, 목욕탕 수세미 일 말씀이십니까?" 그가 몸을 확 앞으로 내미는 바람에 이번엔 정말로 알료샤와 무릎이 부딪혔다. 그의 입술이 실처럼 꽉 다물어졌다.

"수세미라뇨?" 알료샤가 중얼거렸다.

"아빠, 저 사람은 아빠한테 나를 고자질하려고 온 거예요!" 칸막이 뒤 구석에서 아까 만났던 소년의 귀에 익은 목소리가 들려왔다. "내가 아까 저 사람의 손가락을 깨물었거든요!"

커튼이 걷히자 알료샤는 방구석 성상 아래, 긴 의자와 의자를 붙여 만든 침대 위에서 아까 달려들던 소년을 보았다. 소년은 제 외투와 헌 솜이불을 덮고 누워 있었다. 몸이 아픈 듯했으며, 눈에 핏발이 선 것이 고열이 나는 듯했다. 아까와는 달리 '우리 집이니 별 도리가 없을 것'이라는 양 두려운 기색도 없이 알료샤를 노려보았다.

"손가락을 물다니?" 2등 대위가 의자에서 살짝 엉덩이를 떼었다. "이 애가 당신 손가락을 깨물었다는 겁니까?"

"네, 그렇습니다. 좀 전에 이 아이가 길에서 다른 아이들과 서로 돌을 던지고 있더군요. 그 애들은 여섯인데, 이 아인 혼자였습니다. 제가 가까이 다가갔더니 아이가 제게 돌을 던졌고, 그다음엔 제 머리를 맞췄습니다. 제가 무슨 잘못을 했냐고 물어보았더니 무슨 영문인지 갑자기 달려들어 제 손가락을 세게 깨물더군요."

"당장 혼쭐을 내줘야겠군요! 지금 당장 혼내주겠습니다." 2등 대위는 의자에서 아예 벌떡 일어섰다.

"이 아일 탓하려는 게 아니라 그냥 그런 일이 있었다고 말씀드린 것뿐입니다…. 전 결코 저 애가 혼나길 바라지 않습니다. 게다가 지금 아픈 것 같은데….”

“그럼 제가 정말 혼낼 줄 알았습니까? 내가 일류셰치카를 잡아다 당신 좋으라고 혼쭐을 낼 거라 생각했냐고요? 당장 그래야 한다는 겁니까?” 2등 대위가 알료샤에게 금방이라도 달려들 기세로 그를 향해 몸을 홱 돌렸다. “나리, 손가락이 그리 된 건 유감이지만 일류셰치카를 혼내주기 전에 이 칼로 당신 눈앞에서 당신이 만족하도록 저의 네 손가락을 잘라버리면 어떻겠습니까? 손가락 네 개 정도면 분풀이로 충분할 것 같은데, 나머지 하나도 마저 자를까요?”

그는 입을 다물고 숨을 몰아쉬었다. 얼굴 구석구석이 덜덜 떨렸으며 알료샤를 노려보는 눈에는 적개심이 가득했다. 꼭 미친 사람 같았다.

“이제 전부 이해가 가는군요.” 알료샤가 여전히 자리에 앉은 채 슬픈 목소리로 조용히 말했다. “저 아인 착한 아이로군요. 아버지를 사랑하는 마음에 아버지를 모욕한 형 대신 제게 달려든 겁니다…. 이제 알겠습니다.” 알료샤가 생각에 잠기며 다시 이렇게 말했다. “하지만 제 형 드미트리 표도로비치는 자신이 저지른 행동을 후회하고 있습니다. 전 그걸 알고 있습니다. 만약 형이 당신을 찾아올 수 있다면, 아니, 차라리 그 장소에서 당신을 다시 만날 수 있다면, 형은 모두가 지켜보는 앞에서 당신께 용서를 빌 겁니다…. 당신이 원하신다면 말입니다.”

“그러니까 턱수염을 잡아 뜯고도 사과만 하면 끝이다, 상대도 만족할 거다, 이 말입니까?

"오, 아닙니다, 오히려 형은 당신이 원하시는 건 무엇이든 할 겁니다!"

"그럼 그 술집, '수도首都'라는 그 술집이나 광장에서 제 앞에 무릎을 꿇으라면 그렇게 할까요?"

"네, 형은 무릎도 꿇을 겁니다."

"감동했습니다. 눈물이 날 만큼 감동했습니다. 제가 워낙 감동을 잘해서 말이죠. 그나저나 제 식구를 제대로 소개해드리지요. 딸 둘과 아들 하나, 다 제 자식들입니다. 제가 죽으면 누가 이 아이들을 사랑해주겠습니까? 또 제가 살아 있는 동안 저 애들이 아니면 누가 저처럼 비천한 인간을 사랑해주겠습니까? 이건 저 같은 인간을 위한 주님의 위대한 은총입니다. 저 같은 사람도 누군가에게는 사랑을 받고 살아야 하니까요…."

"아아, 정말 그렇습니다!" 알료샤가 소리쳤다.

"광대 노릇 좀 집어치워요. 어디서 멍청한 사람만 찾아오면 저렇게 창피한 짓을 한다니까!" 느닷없이 창가에 서 있던 아가씨가 혐오와 경멸이 어린 표정으로 아버지를 바라보며 소리쳤다.

"잠깐만, 바르바라 니콜라예브나, 일단 시작한 말은 계속해야지." 아버지가 소리쳤다. 명령조이긴 했으나 딸의 말을 완전히 수긍하는 눈으로 딸을 바라보았다. "저 앤 원래 성격이 저렇답니다." 그가 다시 알료샤를 보았다.

자연 속 그 무엇도

그는 축복하려 하지 않았다.

(푸시킨의 시 〈악마〉 중에서―옮긴이)

"이 시구에서 주어를 여자로 바꿔 '그녀는 축복하려 하지 않았다'고 해야겠군요. 이번엔 집사람을 소개하지요. 여기는 아리나 페트로브나, 다리를 못 쓰고 나이는 마흔넷입니다. 뭐, 걷기는 하지만 조금밖에 못 걷지요. 평민 출신이고요. 아리나 페트로브나, 얼굴 좀 펴요. 이분은 알렉세이 표도로비치 카라마조프. 알렉세이 표도로비치, 일어나세요." 그가 알료샤의 팔을 잡더니 뜻밖의 거센 완력으로 그를 일으켜 세웠다. "부인에게 소개를 하려면 일어나셔야지요. 여보, 이분은 그 카라마조프, 그러니까 그… 음, 아무튼 그 사람이 아니라 동생 되는 분인데, 아주 마음이 고운 분이셔. 여보, 아리나 페트로브나, 우선 당신 손에 입 맞추게 해줘요."

그는 그렇게 말하고는 정중하고 부드럽게 아내의 손에 입을 맞췄다. 창가에 서 있던 처녀는 화가 나서 등을 돌려버렸고, 오만하고 의혹에 차 있던 부인의 얼굴엔 돌연 상냥한 빛이 떠올랐다.

"안녕하세요, 앉으세요, 체르노마조프 씨." 부인이 말했다.

"카라마조프, 여보, 카라마조프(우린 평민 출신입지요)." 2등 대위가 다시 목소리를 낮춰 말했다.

"카라마조프든 뭐든 난 체르노마조프라고 부를 거예요…. 앉으세요, 저 양반은 뭣하러 당신을 일으켜 세웠대요?

다리를 못 쓰는 부인이라고 했지만, 다리가 없는 건 아니에요. 다만 다리가 양동이처럼 퉁퉁 붓고 몸은 비쩍 말랐을 뿐이죠. 옛날엔 훨씬 뚱뚱했는데, 지금은 꼭 바늘이라도 집어삼킨 것처럼…."

"우린 평민 출신입니다요, 평민 출신이에요." 대위가 다시 한 번 귀띔하듯 말했다.

"아빠, 제발 좀, 아빠!" 여태 가만히 의자에 앉아 입을 다물고 있던 꼽추 처녀가 불쑥 이렇게 말하며 손수건으로 눈을 가렸다.

"완전 광대야!" 창가에 서 있던 처녀가 내뱉었다.

"우리 집 얘기 좀 들려드릴게요." 부인이 두 팔을 벌려 딸들을 가리켰다. "꼭 구름이 떠가는 것 같다니까요. 구름이 지나가면 또 우리 집 음악이 시작되죠. 옛날에 저이가 군인일 때는 훌륭한 손님이 많이들 찾아오셨어요. 그걸 실생활로 끌고 들어가자는 건 아니에요. 누가 누굴 좋아하든 그 사람 마음이니까요. 그런데 그때 보제의 부인이 찾아와 이러는 거예요. '알렉산드르 알렉산드로비치는 아주 마음씨가 좋은 분인데, 나스타시야 페트로브나는 쳐다만 봐도 끔찍하다니까.' 그래서 내가 이랬죠. '누가 누굴 좋아하든 그 사람 마음이지만 당신도 악취 나는 오물더미잖아.' 그랬더니 '당신 같은 여잔 고분고분해지게 손을 봐줘야 해'라고 하지 뭐예요. 그래서 '이 시커먼 칼 같은 년, 누굴 가르치려 들어?'라고 했더니 '난 깨끗한 공기를 마시지만, 넌 더러운 공기를 마시잖아'라는 거예요. '그럼 장교들을 하나하나 붙잡고 물어봐, 내 몸 속 공기가 더러운지 어떤지!' 하고 대꾸했죠. 그런데 그때부터 그 생각이 마음속에서 떠나질 않는 거예요. 얼마 전 지금처럼 여기 이렇게 앉아 있는데 부활절에 오시곤 하던 장군님께서 들어오시지 뭐예요. 그래서 '각하, 이 어엿한 귀부인이 마음대로 숨 좀 들이마셔도 될까요?'라고 말했죠. 그랬더니 '그렇군, 그리고 보니 집에 창이나 문 좀 열어놔야겠소, 방 공기가 퀴퀴하니까'라고 하시지 뭐예요. 다 똑같은 말만 해요! 제 숨이 어때서요? 시체 냄새는 더하다고요. '당신네 공기를 더럽히기 싫으니 신발을 맞춰 신고 떠나버리겠다'고 말하기도 했죠. 얘들아, 이 어미를 탓하지 마라! 니콜라이 일리치, 여보, 내가 싫죠? 제겐 학교에서 돌아와 재롱을 부리는 우리 일류셰치카밖에 없어요. 어제는 사과를 갖다주더군요. 용서해라, 얘들아, 이 외로운 어미를 용서해주렴, 그런데 왜 다들 내 숨을 그렇게 역겨워하게 된 걸까!"

가엾은 부인은 눈물을 뚝뚝 흘리며 목 놓아 울기 시작했다. 2등 대위가 부랴부랴 아내 곁으로 달려갔다.

"여보, 여보, 그만, 그만해요! 당신은 혼자가 아니야. 모두 당신을 얼마나 사랑하는데!" 그는 다시 아내의 양손에 입을 맞추고 자기 손으로 아내의 얼굴을 부드럽게 어루만졌다. 그러곤 냅킨을 집어 눈물을 닦아주었다. 알료샤의 눈에는 대위도 눈물을 글썽이는 것처럼 보였다. "자, 보셨지요? 들으셨지요?" 그는 실성한 가엾은 여인을 가리키며 갑자기 분노에 찬 표정으로 알료샤에게 돌아섰다.

"다 보고 들었습니다." 알료샤가 말했다.

"아빠, 아빠! 설마 저런 사람이랑… 저런 사람은 상대도 하지 마요, 아빠!" 침대에서 몸을 일으킨 소년이 불타는 듯한 눈으로 아버지를 바라보며 소리쳤다.

"제발 광대 짓 좀, 그 쓸데없는 멍청한 장난 좀 그만해요…!" 여전히 그 구석에 서 있던 바르바라 니콜라예브나가 머리끝까지 화가 나 발까지 쾅쾅 구르며 소리쳤다.

"바르바라, 네가 지금 그렇게 화를 내는 건 아주 당연한 일이니 얼른 네 말을 듣도록 하마. 알렉세이 표도로비치, 모자를 쓰시지요. 나도 모자를 챙길 테니 나가십시다. 당신께 중요한 할 말이 있는데 이 안에선 어렵겠군요. 그러고 보니 소개하는 걸 잊었습니다, 저기 앉아 있는 아가씨는 제 딸 니나 니콜라예브나입니다. 육신을 쓴 채 지상에 내려온 하느님의 천사죠… 무슨 말인지 아실지…."

"경련이라도 났나, 부들부들 떨어대는 꼴이라니." 바르바라 니콜라예브나가 여전히 분을 삭이지 못하고 이렇게 말했다.

"지금 발을 구르며 절 광대라 부른 저 애도 육신을 쓴 하느님의 천사입니다. 그리고 전 그렇게 불려 마땅한 놈이죠. 가십시다, 알렉세이 표도로비치, 마무리를 지어야 하니까…."

7. 그리고 맑은 공기 속에서

"공기가 맑군요. 우리 집 공기는 모든 의미에서 퀴퀴하니까요. 나리, 좀 걸읍시다. 아주 흥미로운 얘기를 들려드리고 싶어 안달이 나는군요."

"저도 당신께 중요한 용건이 하나 있습니다만…." 알료샤가 말했다. "그런데 어떻게 말을 시작해야 할지 모르겠습니다."

"제게 용건이 있다는 걸 어떻게 모를 수가 있겠습니까? 용건이 없다면 우리 집 같은 덴 들여다보지도 않았을 텐데. 아니면 정말 우리 애 일을 따지러 오셨습니까? 그건 아닐 것 같은데요. 그러고 보니 그 애 말입니다. 저기선 말할 수 없었지만, 여기서 그때 그 상황을 자세히 말해드리지요. 일주일 전만 해도 이 수세미는 좀 더 풍성했습니다. 제 턱수염 말입니다. 이걸 수세미라고들 부르거든요. 주로 꼬맹이들이 그러지만요. 그런데 그때 당신 형 드미트리 표도로비치가 제 수염을 잡고 술집에서 광장으로 끌어냈는데, 때마침 초등학생들이 학교에서 나오는 길이었고 그중에 일류샤도 있었던 겁니다. 일류샤가 그런 제 꼴을 보고 달려와서는 '아빠, 아빠!' 하고 소리치더군요. 저를 붙들고, 껴안고, 떼어내려 안간힘을 쓰면서 그 사람에게 '놓아주세요, 놓아주세요, 이 사람은 우리 아빠예요, 아빠를 용서해주세요'라고 외치더이다. 그렇습니다, '용서해주세요'라고 소리쳤어요. 그러더니 그 조그만 손으로 그 사람의 손을 붙잡고 입을 맞추지 않겠습니까…. 그때 그 애가 어떤 얼굴을 하고 있었는지 생생히 기억합니다. 잊을 수가 없고, 앞으로도 잊지 못할 겁니다…!"

"맹세합니다." 알료샤가 외쳤다. "형은 진심을 다해 당신께 후회의 뜻을 전할 겁니다. 그 광장에서 무릎을 꿇어서라도 말입니다…. 제가 그렇게 하도록 만들겠습니다. 그렇게 하지 않는다면 더는 제 형도 아닙니다!"

"아하, 그러니까 그건 아직 계획일 뿐이군요. 그 사람이 아닌 당신의 고귀한 마음에서 나온 생각이로군요. 그럼 그렇다고 말해주실 것이지. 아니, 그렇다면 당신 형님이 그때 발휘했던 훌륭한 기사도 정신과 장교의 덕성에 대해서도 마저 말씀을 드려야겠습니다. 제 수세미를 잡고 한참을 끌고 다니다 놓아주면서 이러더군요. '너도 장교고 나도 장교니 결투 입회인으로 적당한 사람을 찾으면 보내라. 넌 쓰레기 같은 놈이지만 응해줄 테니!' 그렇게 말했지요. 이거야말로 진정한 기사도 정신이지 뭡니까! 전 일류샤를 데리고 그 자리를 떠났지만, 족보에 길이 남을 그 광경은 아이의 가슴속에 영원히 새겨졌을 겁니다. 사실 귀족 노릇을 할 처지도 못 되지요. 생각해보십시오, 방금 저희 집에서 무엇을 보셨습니까? 여자가 셋 있는데 하나는 다리를 못 쓰는 정신 이상자요, 하나는 다리를 못 쓰는 곱사등이요, 나머지 하나는 다리야 쓸 수 있지만 머리가 너무 좋은 여학생이라 또다시 페테르부르크에 가겠다고 난리입니다. 네바 강변에서 러시아 여성의 권리를 찾겠답니다. 일류샤 얘기는 않겠습니다. 이제 겨우 아홉 살밖에 안 된 외톨이 녀석이니까요. 만약 제가 죽으면 저희 집 식구들은 대체 어떻게 되겠습니까? 그것 하나만 물어보겠습니다. 제가 당신 형님에게 결투 신청을 했다가 그 자리에서 죽어버리면 그땐 어떡합니까? 우리 식구들은 다 어떻게 되냔 말입니다. 더 나쁜 건 죽지 못하고 불구가 되는 겁니다. 일은 못 해도 밥은 계속 축내야 할 텐데 누가 제 입에다 밥을 떠먹여줄 것이며, 제 처자식은 또 누가 먹여 살리겠습니까? 일류샤에게 학교 대신 동냥을 다니라고 할까요? 당신 형님에게 결투 신청을 한다는 건 제겐 그런 뜻입니다. 말도 안 되는 소리일 뿐이지요."

"형은 당신께 용서를 빌 겁니다. 광장 한복판에서 당신의 발에 절을 할 겁니다!" 알료샤가 불타는 듯한 눈으로 다시 소리쳤다.

"고소를 할까도 생각했습니다." 2등 대위가 말을 이었다. "하지만 우리나라 법전을 한번 펴보십시오. 제가 당한 개인적인 모욕에 대해 가해자에게 얼마나 보상을 받을 수 있을 것 같습니까? 게다가 아그라페나 알렉산드로브나(그루셴카—옮긴이)가 갑자기 절 부르더니 이렇게 호통을 치는 겁니다. '꿈도 꾸지 마, 고소만 해봐, 당신이 사기를 쳐서 얻어맞은 거라고 만천하에 폭로할 테니. 그럼 되레 당신이 재판받는 신세가 될걸!' 그 사기란 것을 누가 꾸민 건지, 제가 누구 명령을 받고 하수인 노릇을 했는지 하느님은 아십니다. 바로 그 여자와 표도르가 시킨 게 아닙니까? 또 이런 말도 하더군요. '그리고 당신을 영영 쫓아내고 다신 일거리를 주지 않을 거야. 우리 상인에게도 말해서(그 여잔 그 노인을 우리 상인이라고 부르지요) 당신을 내쫓게 할 거야.' 그러니 이런 생각이 들더군요. 그 상인까지 절 쫓아내면, 누구 밑에서 밥벌이를 해야 하나. 제겐 그 두 사람이 전부거든요. 당신의 아버지 표도르는 다른 이유가 있어 이제 저를 믿지 않는 데다, 제 서명이 된 영수증을 손에 넣고서는 절 재판소로 끌고 가려고 하고 있거든요. 결국 저는 조용히 있기로 했습니다. 아까 우리 집 사정도 보셨지요. 그럼, 하나 여쭙겠습니다. 그 애, 일류샤가 손가락을 심하게 깨물었나요? 집에선 그 애가 있어서 자세하게 물어보진 못하겠더군요."

"네, 아주 세게 물었고, 화가 많이 나 있었습니다. 제가 카라마조프라서 아버지의 복수를 했다는 걸 이젠 잘 알겠습니다. 그런데 그 애가 아이들과 서로 돌을 던지던 모습을 보셨어야 합니다. 정말 위험하더군요. 그 애들에게 맞아 죽을 수도 있었습니다. 아직 뭘 모르는 어린애들이 아닙니까. 돌에 머리가 깨질 수도 있는 일이고요."

"안 그래도 한 대 맞았습니다. 머리는 아니지만 가슴을, 심장 위쪽을 오늘 돌에 맞아 멍이 들어가지고 집에 왔지요. 씩씩거리며 울더니 저래 병이 났습니다."

"그런데 그 애가 다른 애들에게 먼저 덤벼드는 모양입니다. 당신 일로 화가 난 겁니다. 아이들이 그러는데 아까는 크라솟킨이라는 아이의 옆구리를 칼로 찔렀다는군요…."

"그 얘기도 들었습니다. 위험한 일입니다. 크라솟킨의 아버지는 이곳 관리라 성가신 일이 생길지도 모르겠군요…."

"제 생각엔." 알료샤가 흥분한 어조로 말을 이었다. "당분간 학교에 안 보내는 게 좋을 것 같습니다…. 그 애의 마음이 진정되고 분노가 사라질 때까지…."

"분노라고요!" 2등 대위가 말을 받았다. "맞습니다, 바로 분노지요. 그 조그만 몸에 엄청난 분노를 담고 있습니다. 당신은 어찌 된 사정인지 모를 겁니다. 그 이야기를 자세히 해드리지요. 그 일이 있은 후 학교 동무들이 전부 그 애를 수세미라고 놀려대기 시작했습니다. 학교 아이들은 잔인한 무리입니다. 따로 있을 땐 천사 같지만, 뭉쳐 있으면, 특히 학교 같은 데선 굉장히 잔인해지기 십상이지요. 그렇게 놀림을 받기 시작하자, 일류샤 안에서 고귀한 정신이 고개를 쳐들었습니다. 마음 약한 평범한 아이들 같았으면 기가 죽어 아버지를 부끄럽게 여겼을 텐데, 그 애는 아버지를 위해 혼자서 모두에게 맞서 일어선 겁니다. 아버지와 진리, 진실을 위해서요. 그 애가 당신 형님의 손에 입을 맞추며 '아빠를 용서해주세요, 아빠를 용서해주세요'라고 소리칠 때 어떤 심정을 느꼈을지 아는 건 하느님과 저밖에 없을 겁니다. 그래서 우리 아이들, 그러니까 당신네 아이들이 아닌 우리네, 천대받지만 고결한 가난뱅이 아이들은 아홉 살에 벌써 세상의 이치를 깨닫는 겁니다. 부자들은 평생을 살아도 그런 깊은 곳을 헤아릴 도리가 없지만 우리 일류시카는 그 광장에서 당신 형님의 손에 입을 맞추는 순간 모든 진리를 깨달았습니다. 그 진리란 것이 그 애 속에 파고들어 그 마음을 영영 치유될 수 없도록 짓밟아놓았단 말입니다." 2등 대위가 또다시 광분한 사람처럼 격앙된 목소리로 말하면서 '진실'이 일류샤의 가슴을 어떻게 짓밟아놓았는지 생생히 보여주려는 듯 오른손 주먹으로 왼손 손바닥을 힘껏 내리쳤다. "그날 그 아인 열이 펄펄 끓고 밤새 헛소리를 했어요. 온종일 저와 말도 별로 하지 않고, 아예 입을 다물어버렸지요. 그저 구석에서 계속 저를 바라보는 것만 느껴지더군요. 그러더니 창문 쪽으로 몸을 기대 공부하는 척을 하는데, 공부는 눈에 안 들어오는 게 뻔히 보였습니다. 다음 날은 술을 마셔서 별로 기억나는 것이 없습니다. 죄 많은 놈이지요, 괴로워서 그랬습니다. 애 엄마도 울기 시작하더군요. 전 마누라를 정말 사랑합니다만, 괴로움에 마지막 남은 돈을 털어 술을 마셔버렸습니다. 나리, 절 경멸하지 마십시오. 러시아에선 취한 사람들이 가장 착한 사람들입니다. 가장 착한 사람들은 코가 떨어지도록 취한 사람들이고요. 그렇게 뻗어 있느라 그날 일류샤가 어땠는지 별로 기억이 나지 않지만, 학교 아이들이 아침부터 일류샤를 놀림거리로 만든 게 바로 그날이었습니다. '야, 수세미, 네 아빠가 수세미를 붙잡혀 술집에서 끌려 나오고 넌 그 옆을 뛰어다니며 용서해달라고 빌었다며?'라고 소리쳤답니다. 사흘째 되는 날 아이가 학교에서 돌아왔는데 얼굴이 하얗게 질린 게 말이 아닌 겁니다. 왜 그러냐고 물어도 대답이 없더군요. 하기야 집에선 아무 말도 못 합니다. 마누라랑 딸들이 당장에 참견을 하고 나서니까요. 게다가 딸들은 첫날부터 이미 다 알고 있었습니다. 바르바라 니콜라예브나는 '광대, 피에로, 제발 제정신 박힌 짓 좀 할 수 없어요?'라고 투덜거리기 시작했죠. 전 '맞다, 바르바라 니콜라예브나, 우리 집에 제정신 박힌 일이 있을 수 있겠니?'라고 말하며 얼버무렸지요. 저녁에 그 애를 데리고 산책을 나갔습니다. 원래 저녁마다 그 애와 산책을 하거든요. 지금 당신과 걷고 있는 이 길을 따라 저희 집 쪽문에서부터 저기 울타리 옆에 덩그러니 놓여 있는 커다란 바위까지 요. 저기서부터는 목장이 시작되는데 한적하고 아름다운 곳입니다. 여느 때와 같이 일류샤의 손을 잡고 걸어가는데, 그 고사리 같은 손과 가느다란 손가락이 차갑게 얼어 있더군요. 그 조그만 가슴에 속병이 나서 그러는 겁니다. 그 애가 '아빠, 아빠!' 하고 부르더군요. '응?' 하고 대답하면서 보니 눈이 번뜩이더군요. '아빠, 그 사람은 어떻게 아빠한테 그런 짓을 할 수가 있어요?' 하고 묻기에 '어쩌겠니, 일류샤'라고 했어요. '아빠, 그 사람과 화해하지 마세요, 그러면 안 돼요. 학교 애들이 그러는데 아빠가 그 일로 그 사람한테 10루블을 받았다는 거예요.' '아니야, 일류샤, 난 이제 무슨 일이 있어도 그자에게서 돈을 받지 않을 거야.' 그 애는 온몸을 부르르 떨며 두 손으로 제 손을 움켜잡고는 다시 입을 맞추더군요. '아빠, 아빠, 그 사람한테 결투 신청을 해버려요. 학교에서는 아빠가 겁쟁이라 결투도 신청 못 하고 그 사람한테서 10루블을 받았다고 놀려댄단 말이에요.' '일류샤, 아빤 결투를 신청할 수가 없단다.' 저는 이렇게 대답하고 지금 당신께 말한 사정을 간단하게 설명해주었습니다. 그 애는 끝까지 듣고 나서 '아빠, 아빠, 어쨌든 그 사람과 화해하면 안 돼요. 내가 크면 직접 그 사람에게 결투를 신청해 죽여버릴 테니까!' 그 애의 두 눈이 번뜩거리며 불타고 있지 뭡니까. 어쨌거나 저는 아비 된 입장으로서 올바른 말을 해줘야 했습니다. '아무리 결투라고 해도 사람을 죽이는 건 죄란다.' 그랬더니 이러더군요. '아빠, 아빠, 전 커서 그 사람을 때려눕힐 거예요. 제 칼로 그 사람의 칼을 쳐서 떨어트린 다음 달려들어 넘어트려서 눈앞에다 칼을 한 번 휘둘러주고 '당장 네놈을 죽일 수도 있지만, 용서해주는 것이니 그리 알아라!' 하고 말해줄 거라고요.' 아시겠습니까, 나리, 이놈의 작은 머리통 속에서 그 이틀간 무슨 일이 벌어지고 있었는지. 밤낮으로 그렇게 칼로 복수할 생각만 했고, 밤에도 그 때문에 헛소리를 한 모양입니다. 그 애가 학교에서 얻어맞고 돌아온다는 사실은 그저께가 되어서야 알았습니다. 나리 말씀이 옳습니다. 더 이상은 그 애를 학교에 보내지 않겠습니다. 그 애가 반 전체를 상대로 아무에게나 싸움을 걸고 화를 내며 속에 불이 타고 있다는 말을 들으니 선득하더군요. 아무튼 우리는 다시 산책을 계속했습니다. '아빠, 세상에서 가장 힘이 센 건 부자들이죠?' 하고 묻기에 '그래, 일류샤, 세상에서 부자보다 힘 센 사람은 아무도 없단다'라고 대답했지요. '아빠, 그럼 난 부자가 될 거예요. 장교가 돼서 적을 모조리 쳐부순 다음 폐하의 상을 받아 돌아올 거예요. 그러면 감히 그 누구도…' 그러고는 잠시 입을 다물고 있다가 다시 말을 하는데, 조그만 입술이 여전히 떨리고 있었습니다. '아빠, 우리 읍은 정말 나쁜 곳이에요!' '맞아, 일류셰치카, 좋은 곳은 못 되지.' '아빠, 우리 다른 곳으로 이사 가요, 아무도 우리를 모르는 좋은 곳으로요!' '그래, 이사 가자, 일류샤. 돈만 좀 모이면 바로 가는 거야.' 전 그 애에게서 어두운 생각을 떨쳐낼 거리가 생긴 데 기뻐하며 그 애와 함께 말과 마차를 사서 다른 곳으로 이사 가는 모습을 상상하기 시작했습니다. '엄마와 누나들은 마차에 태우고, 덮개를 씌워주자. 우리는 옆에서 걸어가는 거야. 넌 가끔 태워줄게. 하지만 아빠는 걸어갈 거야. 우리 말을 아껴줘야 하니까 식구들이 다 탈 수는 없거든. 그렇게 이사를 가는 거야.' 그 애는 이말을 듣고 뛸 듯이 좋아하더군요. 특히 우리 말이 생기고 자기가 그걸 타고 간다는 게 기뻤던 모양이에요. 러시아 남자아이가 말과 함께 세상에 태어난다는 건 잘 알려진 얘기니까요. 우린 그렇게 오랫동안 수다를 떨었습니다. 그 애의 마음을 풀어주고 달래줄 수 있어서 참 다행스러웠지요. 하지만이건 그저께 저녁의 일이었고, 어제저녁부턴 상황이 바뀌어버렸습니다. 아침에 학교에 갔던 일류샤가 잔뜩 풀이 죽어서돌아온 겁니다. 저녁에 그 애 손을 잡고 산책을 데리고 나왔지만 입을 꾹 다문 채 말이 없더군요. 바람이 불기 시작하고해도 뉘엿뉘엿 기울어 가을 느낌이 물씬 났고, 주위엔 땅거미가 내려앉기 시작했습니다. 우리는 우울한 마음으로 함께걸었습니다. '자, 일류샤, 이사 갈 준비는 어떻게 할까?' 저는전날 했던 얘기를 다시 꺼내려고 이렇게 말했습니다. 하지만그 애는 아무 말이 없더군요. 제 손 안에 있던 그 애의 손가락만 흠칫 떨리는 게 느껴졌습니다. '이런, 또 새로운 일이 있었나 보군' 싶더군요. 우리는 지금처럼 이 바위까지 왔고, 저는 이 위에 걸터앉았습니다. 하늘에는 연이 가득 띄워져 펄럭거리더군요. 서른 개는 되어 보였지요. 지금이 한창 연을날리는 철이니까요. '자, 일류샤, 우리도 작년에 쓰던 연을 날릴 때가 됐구나. 아빠가 고쳐줄게. 그 연은 지금 어디에 숨겨놓았니?' 그래도 아무 말 없이 딴 곳만 보며 제게서 등을 돌리고 서 있는 겁니다. 그때 바람이 확 불면서 모래가 날렸습니다…. 그러자 그 애가 갑자기 제게 달려들어 조그만 손으로 제 목을 감고 저를 꽉 끌어안지 뭡니까. 말이 없고 자존심이 강한 아이들은 오랫동안 눈물을 꾹꾹 참지만, 그러다 커다란 슬픔이 찾아와 한 번 터지게 되면 그때는 눈물이 그냥 흐르는 것이 아니라 냇물처럼 철철 흘러내리는 법입니다. 그 애의 뜨거운 눈물에 제 얼굴은 흠뻑 젖고 말았습니다. 그 애는 목 놓아 울면서, 경련하듯 몸을 떨며 바위에 앉아 있는 저를 꽉 끌어안았습니다. '아빠, 아빠, 사랑하는 우리 아빠, 어떻게 아빠를 그렇게 모욕할 수가 있죠!' 하고 울부짖었습니다. 저도 눈물이 쏟아져 나왔습니다. 우리는 돌 위에 앉아 꼭 껴안은 채 온몸을 떨었습니다. '아빠, 아빠!', '일류샤, 일류샤!' 하고 외치면서. 그때 우리를 본 사람은 아무도 없지만 하느님만은 지켜보시고 제 기록부에 적어두셨을 겁니다. 알렉세이 표도로비치, 당신 형님께 감사하다고 전해주십시오. 하지만 당신의 만족을 위해 우리 아들놈을 혼내는 일은 절대 없을 겁니다!"

그가 또다시 아까처럼 악의에 찬 미치광이 같은 모습으로 말을 마쳤다. 그러나 알료샤는 그가 자신을 신뢰하고 있으며, 만약 자기가 아닌 다른 사람이 있었다면 이렇게 오래 '대화'를 하거나 지금 들려준 이야기를 털어놓지 않았을 거라는 생각이 들었다. 그 생각은 온 가슴이 눈물로 떨리던 알료샤에게 힘이 되었다.

"아아, 전 정말 그 애와 화해하고 싶습니다!" 알료샤가 소리쳤다. "만약 당신이 기회를 만들어주신다면…."

"예, 그래야지요." 2등 대위는 중얼거렸다.

"그런데 지금은 다른 얘기를, 전혀 다른 얘기를 해야겠습니다." 알료샤가 여전히 고양된 목소리로 말을 이었다. "잘 들어주십시오. 저는 부탁을 받고 당신을 찾아온 겁니다. 제 형 드미트리는 자신의 약혼녀에게도 모욕을 주었습니다. 당신도 아마 알고 있을 아주 고결한 아가씨입니다. 저는 당신께 그분이 받은 모욕을 말씀드릴 권리가, 아니 의무가 있습니다. 왜냐하면 그분께서 당신이 당한 수모와 당신의 불행한 처지를 아시고 지금… 조금 전에… 당신에게 이 돈을 전해달라고 부탁했기 때문이지요…. 하지만 이건 그분 혼자서 드리는 겁니다. 그분을 버린 드미트리 형이 드리는 게 절대 아니고, 동생인 제가 드리는 것도 아닙니다. 그 누구도 아닌 바로 그분 혼자서 결정하신 겁니다! 그분은 당신께서 도움을 받아들이길 간절히 바라고 있습니다…. 두 분 다 한 사람에게서 모욕을 받았습니다…. 그분이 당신을 떠올린 것도 자신이 똑같은 수모를(수모의 정도에 있어서) 당한 후였지요! 그러니 이건 누이동생이 오빠를 돕는 것이나 똑같습니다…. 그분도 당신이 이 200루블을 마치 누이동생이 주는 것처럼 받아들이도록 잘 설득해달라고 제게 부탁했습니다. 이 일은 아무도 모를 것이고 그 어떤 부당한 소문도 떠돌지 않을 겁니다…. 여기 그 200루블입니다. 꼭 받아주셔야 합니다. 그렇지 않으면… 그렇지 않으면 온 세상 사람들이 서로 원수지간인 셈이 될 테니까요! 이 세상엔 형제지간도 존재하는 법이 아닙니까…. 당신은 고결한 마음을 지니신 분이니… 그걸 이해해주실 겁니다, 반드시…!"

알료샤는 이렇게 말하고 무지갯빛 100루블짜리 새 지폐 두 장을 그에게 내밀었다. 그때 두 사람은 울타리 근처 바위 옆에 서 있었고 주위엔 아무도 없었다. 2등 대위는 지폐를 보고 극심한 동요를 느낀 모양이었다. 그는 흠칫 몸을 떨었으나 일단은 그저 놀랐기 때문이었다. 이런 일은 생각도 해본 적 없었고, 그런 결과가 올 줄은 전혀 기대하지 않았던 것이다. 누군가로부터 도움을 받을 줄은, 그것도 그렇게 거액의 돈을 받을 줄은 꿈에도 모르던 일이었다. 2등 대위는 지폐를 받아 들고 잠시 대답조차 하지 못했다. 뭔가 전혀 새로운 표정이 그의 얼굴에 떠올랐다.

"이렇게 큰돈을, 200루블을 저한테, 저한테 주시는 겁니까? 세상에! 이만한 돈은 벌써 4년 동안 구경도 못 했습니다! 게다가 누이동생이 주는 거라고요…. 그게 정말입니까, 정말입니까?"

"맹세코 제 말은 모두 사실입니다!" 알료샤가 외쳤다. 2등 대위의 얼굴이 붉어졌다.

"들어보십시오, 제가 이걸 받으면 비열한 놈이 되진 않을까요? 알렉세이 표도로비치, 당신 눈에 제가 비열한 놈으로 보이진 않겠습니까? 아니, 알렉세이 표도로비치, 제 말을 잘 들어보십시오." 그는 두 손으로 연신 알료샤의 몸을 건드리면서 다급히 말했다. "'누이동생'이 주는 것이니 받으라고 설득하셨지만, 제가 이걸 받으면 속으로 저를 경멸하시지 않겠습니까?"

"절대 아닙니다! 하느님께 맹세코 절대 그렇지 않습니다! 그리고 이 일은 우리 외엔 아무도 모를 겁니다. 나와 당신, 그분, 그리고 그분과 절친한 한 부인을 빼고는…."

"부인이 문제가 아닙니다! 들어보세요, 알렉세이 표도로비치, 잘 들어보십시오. 이제는 제 이야기를 끝까지 들어주셔야 할 때가 왔습니다. 이 200루블이 제게 어떤 의미인지 당신은 전혀 모르기 때문입니다." 불쌍한 사내는 점차 비이성적이고 야만에 가까운 희열을 느끼며 말을 이었다. 극심한 혼란에 빠진 듯했으며, 할 말을 다 못 할까봐 두려운 사람처럼 몹시 서둘렀다. "이 돈이 존경스럽고 거룩한 '누이동생'에게서 받은 정직한 돈이라는 것 외에, 당장 이 돈으로 마누라와 등이 곱은 제 천사 같은 딸 니노치카를 치료해줄 수 있다는 사실을 아십니까? 게르첸쉬투베 선생이 친절하게도 우리 집에 오신 적이 있는데, 두 사람을 1시간 내내 진찰하시고 나서는 '도통 영문을 모르겠다'고 하시더군요. 하지만 이곳 약국에 있는 광천수(그렇게 처방해주셨죠)가 마누라에게 꼭 효과가 있을 거라고 하셨고, 발 찜질을 하는 약도 처방해주었습니다. 광천수는 30코페이카인데, 마흔 병은 마셔야 할 겁니다. 처방전은 성상 아래 선반으로 가서, 지금까지 그냥 그대로 놓여 있습니다. 니노치카에게는 무슨 약을 푼 뜨거운 물에 아침저녁으로 매일 목욕을 하라고 했는데, 우리 형편에 어떻게 그런 치료를 할 수 있겠습니까? 하인도, 도와줄 사람도, 목욕통도 물도 없는 오두막에서. 아직 말씀 안 드렸지만,

니노치카는 끔찍한 류머티즘을 앓고 있습니다. 밤마다 오른쪽 몸 전체가 쑤셔서 고생하지요. 그런데 그 천사 같은 아이는 식구들이 걱정할까봐 그걸 꾹 참고, 저희가 깰까봐 신음소리도 내지 않습니다. 식사 때도 우리 집 식구들은 손에 잡히는 대로 마구 먹어대는데, 그 앤 개한테나 던져줄 법한 마지막 남은 조각에만 손을 댑니다. '난 그런 걸 먹을 자격이 없어요. 안 그래도 식구들 몫을 축내고, 짐이 되고 있으니까요.' 그 애의 천사 같은 눈은 꼭 그렇게 말하는 것 같습니다. 그 애는 식구들이 시중을 들어주는 걸 부담스러워합니다. '난 자격이 없어요, 아무런 도움도 안 되는 쓸모없는 병신이니까요.' 천사처럼 고운 마음으로 하느님께 저희를 위해 기도해주고 있는데 쓸모가 없다니요. 그 애가 없으면, 그 애의 온화한 말이 없었다면 저희 집은 지옥이나 다름없었을 겁니다. 그 애는 바랴(바르바라―옮긴이)의 마음까지 누그러뜨렸으니까요. 하지만 바르바라 니콜라예브나도 욕하지는 말아주십시오. 그 애 역시 천사고, 그 애 역시 상처를 받았습니다. 그 애는 여름에 집에 왔는데, 가정교사를 해서 번 16루블을 가지고 있었습니다. 9월에, 그러니까 지금쯤 페테르부르크에 돌아가려고 따로 떼놓은 돈이었지요. 그런데 식구들이 그 돈을 생활비로 써버리는 바람에 돌아갈 여비가 없어지고 말았습니다. 안 그래도 돌아갈 수 없는 것이, 우리를 위해 죄수처럼 일해야 하는 형편이기 때문이지요. 식구들이 지친 말에 마구와 안장을 얹어놓은 꼴이랄까요. 식구들을 쫓아다니며 물건을 고치고 걸레질을 하고 바닥을 쓸고 엄마를 자리에 뉘이곤

하는데, 그 엄마는 변덕이 심한 데다 툭하면 우는 정신병자란 말입니다…! 그런데 이제는 이 200루블로 하녀를 고용할 수 있습니다. 알렉세이 표도로비치, 사랑하는 가족을 치료해 줄 수도 있고, 우리 여학생을 페테르부르크에 보낼 수도 있고, 소고기도 사고, 새로운 음식으로 밥상을 차릴 수도 있습니다. 아아, 이게 정말 꿈은 아니겠지요!"

알료샤는 2등 대위에게 그런 행복을 줄 수 있었다는 사실과, 그가 그 행복을 받아들이기로 한 것이 이루 말할 수 없이 기뻤다.

"잠깐만요, 알렉세이 표도로비치, 잠깐만요." 2등 대위가 문득 떠오른 새로운 생각을 붙잡고 몹시 흥분해 속사포처럼 말을 쏟아냈다. "게다가 저와 일류샤의 꿈이 지금 당장 현실이 될지도 모르겠습니다. 말과 마차를 사 가지고, 말은 검은 말이어야 합니다, 그 애가 꼭 검은 말을 사자고 했거든요, 그러곤 그저께 우리가 상상한 대로 이곳을 떠나는 겁니다. K현에 어릴 적 친구인 아는 변호사가 한 명 있는데, 제가 오면 자기 사무실에서 서기로 써주겠다고 믿을 만한 사람을 통해 전해왔었거든요. 정말로 써줄지도 모르는 일 아닙니까…. 그러니 마누라랑 니노치카는 마차에 태우고, 일류셰치카는 마부석에 앉히고 저는 걸어서, 식구들을 모두 데리고 가는 겁니다…. 아아, 만약 제가 여기서 잃어버린 돈만 되돌려 받아도 그럴 수 있을 텐데!"

"그럴 수 있습니다, 있고말고요!" 알료샤가 소리쳤다. "카테리나 이바노브나가 얼마든지 필요한 만큼 또 보내줄 겁

니다. 그리고 제게도 돈이 좀 있으니 동생이다, 친구다 생각
하시고 필요한 만큼 가져가셨다가 나중에 돌려주십시오….
(당신은 부자가 될 거예요!) 그리고 다른 현으로 이사 가겠다는
생각보다 더 좋은 생각은 없습니다! 당신에게도 좋고, 무엇
보다 당신의 아이에게 좋을 테니까요. 겨울이 되기 전에, 추
위가 닥치기 전에 떠나십시오. 그리고 그곳에서 편지를 보내
주시면 우리는 형제로 남을 겁니다… 이건 꿈이 아닙니다!"

알료샤는 너무나 뿌듯한 마음에 그를 껴안으려 했다. 그
러나 상대를 본 순간 멈칫하고 말았다. 그가 목을 쭉 빼고 입
술을 내민 채 광기 어린 창백한 얼굴로 무언가 할 말이 있는
듯 중얼거리고 있었기 때문이었다. 소리 없이 입술만 계속
달싹거리는 모습이 어쩐지 심상치 않았다.

"왜 그러십니까!" 알료샤는 저도 모르게 몸을 흠칫 떨었
다.

"알렉세이 표도로비치… 저는… 당신은…." 2등 대위가
작은 목소리로 더듬거렸다. 절벽에서 뛰어내리려는 사람처
럼 기이하고 야만적인 눈으로 알료샤를 뚫어지게 바라보았
고, 입술은 마치 웃고 있는 것 같았다. "나는… 당신은… 그나
저나, 지금 마술을 하나 보여드릴까요?" 그는 더 이상 더듬지
않고 빠르고 확고한 어조로 속삭이듯 말했다.

"마술이라뇨?"

"간단한 요술 말입니다." 2등 대위는 여전히 속삭이는 듯
한 투로 말했다. 입은 왼쪽으로 일그러뜨리고 왼쪽 눈은 찡
그린 채 못 박힌 듯이 알료샤를 뚫어져라 바라보았다.

"대체 왜 그러십니까! 무슨 마술을 하겠다는 겁니까?" 겁이 난 알료샤가 소리쳤다.

"이런 겁니다, 보십시오!" 2등 대위가 갑자기 날카롭게 소리를 질렀다.

그러고 나서 이야기하는 내내 오른손 엄지손가락과 집게손가락으로 한쪽 귀퉁이를 잡고 있던 무지갯빛 지폐 두 장을 보여주더니 별안간 난폭한 기세로 마구 구겨서는 오른손 주먹으로 움켜쥐었다.

"보셨습니까? 보셨냐고요!" 그는 광기 어린 창백한 얼굴로 알료샤에게 이렇게 소리치고는 갑자기 주먹을 높게 쳐들어 구겨진 지폐 두 장을 있는 힘껏 땅바닥에 내동댕이쳤다. "보셨습니까?" 대위가 지폐를 손가락으로 가리키며 또다시 외쳤다. "자, 바로 이겁니다…!"

그러더니 돌연 오른발을 들어 사나운 표정으로 지폐를 구두 뒤축으로 짓밟기 시작했다. 짓밟을 때마다 숨을 헐떡이며 이렇게 소리를 질렀다.

"이게 당신네 돈입니다! 당신네 돈! 당신네 돈! 당신네 돈!" 그러다가 갑자기 한 발 물러나 알료샤 앞에 버티고 섰다. 그 모습에는 뭐라고 설명할 수 없는 자긍심이 넘쳐흐르고 있었다.

"당신을 보낸 사람한테 가서 수세미는 자기 명예를 팔지 않는다고 전해주시지요!" 그는 허공에 팔을 쳐들며 소리쳤다. 그러고는 홱 몸을 돌려 달려가기 시작했다. 하지만 다섯 걸음도 채 가지 않아 다시 돌아보고는 알료샤에게 손을 흔들었다. 그리고 또다시 다섯 걸음을 채 못 가서 마지막으로 돌아보았는데, 일그러진 웃음은 사라지고 얼굴이 온통 눈물범벅이 되어 떨리고 있었다. 울먹이고, 끊어지고, 목이 꽉 막힌 목소리로 그는 재빨리 이렇게 소리쳤다.

"우리가 받은 모욕의 대가로 당신들에게서 돈을 받는다면, 아들놈에게 무슨 말을 할 수 있겠습니까?" 이렇게 중얼거리고서는 이번에는 뒤도 돌아보지 않고 달려가버렸다. 알료샤는 이루 말할 수 없는 슬픔을 느끼며 그 뒷모습을 바라보았다. 오, 알료샤는 2등 대위도 자신이 마지막 순간까지 돈을 구겨서 던져버릴 줄 전혀 몰랐으리란 사실을 잘 알고 있었다. 2등 대위는 달려가면서 한 번도 뒤돌아보지 않았고, 알료샤도 그러리란 것을 알고 있었다. 그의 뒤를 쫓아가서 불러 세우고 싶지는 않았다. 알료샤는 그 이유를 알고 있었다. 대위가 시야에서 사라지자 알료샤는 두 장의 지폐를 주워 들었다. 지폐는 심하게 구겨진 채 흙 속에 묻혀 있을 뿐 멀쩡했으며, 알료샤가 그것을 펴서 문지르자 다시 새것처럼 바스락거리는 소리까지 났다. 알료샤는 그것을 잘 펴서 곱게 접은 후 주머니에 넣고 부탁받은 일의 결과를 보고하기 위해 카테리나의 집으로 걸음을 옮겼다.

제5편

Pro와 Contra(찬성과 반대)

1. 언약

이번에도 호흘라코바 부인이 알료샤를 가장 먼저 맞아주었다. 부인이 수선을 피우는 걸 보니 뭔가 중대한 일이 벌어진 듯했다. 카테리나가 실신하면서 히스테리는 멎었지만, 이후 끔찍하고 무서운 쇠약증이 찾아왔다. "자리에 누워 눈을 감고 헛소리를 하는 거예요. 지금은 열까지 나 게르첸쉬투베 선생과 이모님들을 모시고 오라고 사람을 보냈어요. 이모님들은 벌써 여기 와 있고, 게르첸쉬투베 선생은 아직이에요. 모두 아가씨 방에서 선생을 기다리고 있답니다. 무슨 일이 생길 것만 같은데, 아가씨는 아직 의식이 없어요. 이러다가 열병이기라도 하면 어쩌죠!"

이렇게 소리치는 호흘라코바 부인의 얼굴은 잔뜩 겁에 질려 있었다. "정말 심각해요, 심각해!" 그러면서 마치 지금

402

까지 있었던 일은 심각하지 않았다는 듯 말끝마다 이렇게 덧붙였다. 알료샤는 괴로운 마음으로 부인의 말을 들었다. 자신이 무슨 일을 겪었는지 설명하려 했으나, 부인은 입을 열기가 무섭게 말을 가로막았다. 지금은 경황이 없으니 리즈의 방에 가서 자신을 기다려달라는 것이었다.

"리즈 말이에요, 알렉세이 표도로비치." 부인이 거의 귀에 닿을 듯 가까이서 속삭였다. "아까 이상한 짓을 해서 깜짝 놀랐지만, 그러고 나선 애틋하게 굴더군요. 그래서 다 용서해주려고요. 글쎄, 당신이 나가자마자 어제 오늘 당신을 놀린 일을 진심으로 후회하지 뭐예요. 사실 놀려준 게 아니라 장난을 친 것뿐이잖아요. 그런데 눈물까지 흘릴 만큼 진심으로 뉘우치니 나도 깜짝 놀랐어요. 나를 놀릴 땐 한 번도 그렇게 진심으로 반성한 적이 없고, 늘 장난스럽게 넘어갔거든요. 아시다시피 그 애는 끊임없이 날 놀려댄답니다. 그런데 이번엔 진심이에요. 모든 면에서 진심이지요. 알렉세이 표도로비치, 그 애는 당신의 생각을 아주 중요하게 여겨요. 그러니 부디 화를 내거나 나쁘게 생각하지 말아줘요. 난 언제나 그 애를 너그러운 마음으로 대하고 있답니다. 사실 아주 영리한 아이니까요. 안 그런가요? 그 애가 아까 그러더군요. 당신이 소꿉친구, 그것도 '어릴 적 가장 중요한 친구'라고요. 당신은 그렇게 자기에게 가장 중요한 친구인데, 자기는 뭐냐는 거예요. 리즈는 그 점에 있어서 아주 진지한 감정과 추억을 가지고 있어요. 그런데 무엇보다 중요한 건 그런 추억에 대한 전혀 뜻밖의 말들이 불쑥불쑥 그 애 입에서 튀어나온다는 거예요. 얼마 전에 소나무 얘기만 해도 그래요. 그 애가 아주 어렸을 때 우리 집 정원에 소나무가 한 그루 있었어요. 아니, 지금도 있을지 모르니 과거형으로 말할 필요가 없겠군요. 소나무는 사람이 아니어서 오랫동안 변하지 않으니까요, 알렉세이 표도로비치. 그 애가 그러는 거예요. '엄마, 그 소나무가 꿈에서처럼 생각나요.' 즉 '소나무를 꿈에서처럼(소나무와 꿈에서는 둘 다 러시아어로 '소스나'이다—옮긴이)'이라고 말했죠. 아니, 좀 다른 식으로 표현했던 것 같아요. 복잡한 표현이었지요. '소나무'라는 말은 별 볼 일 없는 단어지만 그 애가 그 말을 가지고 기발한 말을 얼마나 많이 했는지 얘기할 엄두도 안 날 지경이에요. 다 잊어버리기도 했고요. 자, 그럼 가볼게요. 너무 놀라서 정신이 나갈 것 같아요. 아아, 알렉세이 표도로비치, 난 살면서 두 번이나 정신병에 걸려 치료를 받았답니다. 리즈에게 가봐요. 그리고 그 애의 기운을 북돋아줘요. 당신이라면 언제나 거뜬히 그렇게 해줄 수 있을 테니까요. 리즈!" 부인이 방문 앞으로 다가가면서 소리쳤다. "자, 여기 네가 그렇게 모욕을 준 알렉세이 표도로비치를 모셔왔다. 하지만 네게 화를 내기는커녕 네가 그런 생각을 했다는 데 놀라고 계셔!"

"Mersi, maman(고마워요, 엄마) 들어오세요, 알렉세이 표도로비치."

알료샤는 들어갔다. 리즈는 어쩐지 당혹스러운 얼굴로 바라보다가 얼굴을 확 붉혔다. 무언가 부끄러워하는 눈치였다. 그리고 이런 경우 언제나 그렇듯 전혀 상관없는 이야기를 마구 쏟아놓기 시작했다. 그 이야기가 이 순간 자신의 유일한 관심거리라는 태도였다.

"알렉세이 표도로비치, 엄마가 방금 그 200루블 이야기랑 당신이 그 불쌍한 장교에게 다녀오라는 부탁을 받았다는 이야기를 해주셨어요…. 장교가 어떻게 모욕을 받았는지 그 끔찍한 이야기도요. 엄마는 두서없이… 뒤죽박죽 이야기를 하지만… 그래도 저는 그 이야길 듣다가 울어버렸어요. 그래서 어떻게, 그 돈은 전해줬나요? 그 불쌍한 사람은 지금 어떤가요?"

"전하지 못했습니다. 얘기하자면 깁니다." 알료샤도 짐짓 돈을 주지 못한 것이 무엇보다 마음에 걸린다는 듯 이렇게 대답했다. 하지만 리즈는 알료샤도 눈길을 돌린 채 상관없는 얘기를 하려고 애쓰고 있다는 것을 분명히 알아차렸다. 알료샤는 탁자 앞에 앉아 이야기를 하기 시작했다. 그런데 막상 말을 시작하자 당혹감은 싹 가셨고, 리즈도 이야기에 흠뻑 빠져들었다. 격한 감정과 조금 전의 강렬한 느낌이 채 가시지 않은 상태였기 때문에 이야기는 매끄럽고 조리 있게 이어졌다. 알료샤는 예전에 모스크바에 살 때도 아직 어렸던 리즈를 찾아와 금방 자신에게 일어난 일이나 책에서 읽은 것, 어릴 적 추억 따위를 이야기해주는 것을 좋아했다. 때로는 둘이서 상상의 나래를 펼쳐 소설을 지어내기도 했는데 대부분 유쾌하고 우스운 내용이었다. 지금 이 두 사람은 갑자기 2년 전 모스크바 시절로 되돌아간 듯한 기분이 들었다. 리즈는 알료샤의 이야기에 굉장히 감동했다. 알료샤가 뜨거운 감정을 가득 담아 리즈에게 '일류셰치카'의 모습을 그려주었기 때문이다. 그 불쌍한 사람이 돈을 짓밟는 광경을 자세하게 설명하자 리즈는 감정을 억누르지 못하고 손뼉을 탁 치며 소리쳤다.

"그래서 돈을 주지 못하고 그 사람이 달려가도록 내버려 뒀군요! 저런, 직접 쫓아가서 붙잡지 그랬어요….."

"아니에요, 리즈, 쫓아가지 않는 편이 나았어요." 알료샤는 이렇게 말하고 의자에서 일어나 걱정스러운 표정으로 방 안을 서성거렸다.

"쫓아가지 않는 게 낫다니, 어째서요? 그 사람들은 빵이 없어서 당장 죽게 될 텐데!"

"그렇지 않아요. 그 사람들은 어쨌든 그 200루블을 받게 될 테니까요. 내일은 그 돈을 받을 겁니다. 내일은 꼭 받을 거예요." 알료샤가 생각에 잠긴 채 걸음을 옮기며 말했다. "그런데, 리즈." 그러다가 리즈 앞에 우뚝 멈춰 서서 이렇게 말했다. "내가 아까 실수를 하나 했는데, 그게 오히려 잘됐어요."

"무슨 실수를 했고, 어째서 잘됐다는 거죠?"

"그 사람이 겁이 많고 마음이 약한 사람이기 때문이에요. 너무나 고생을 많이 한 아주 착한 사람이지요. 그 사람이 왜 갑자기 화가 나 돈을 짓밟았을까 계속 생각해봤어요. 그 사람은 분명히 마지막 순간까지 자기가 돈을 짓밟을 줄 모르고 있었거든요. 지금 보니, 그 사람은 여러 이유로 화가 났던 겁니다…. 그 사람의 입장에서는 그러지 않을 수 없었지요…. 우선 내 앞에서 돈을 보고 너무 기뻐했고, 그런 기색을 숨기지 않은 데 화가 났습니다. 기뻤더라도 그런 기색을 내비치지 않고, 다른 사람들처럼 돈을 받을 때 점잖은 척 얼굴을 찌푸렸다면 그대로 참고 받을 수 있었을 텐데, 너무 대놓고 기뻐했다는 데 화가 난 겁니다. 아아, 리즈, 그 사람은 정말 솔직하고 착한 사람이에요. 이 경우엔 그 점이 모든 문제의 원인입니다! 그 사람은 말하는 내내 목소리에 힘이 없었고, 또 말이 굉장히 빠르더군요. 키득키득 웃는가 하면 어느새 울고 있었지요…. 정말 울었어요, 그만큼 기뻤던 거예요…. 딸 얘기도 하고, 다른 고장에서 일자리를 얻을 수 있을 거라는 얘기도 하고…. 그렇게 자기 속을 다 털어놓고 나니 갑자기 내게 그렇게 자기 마음을 몽땅 보여줬다는 게 부끄러워진 거예요. 그래서 당장에 날 증오하게 된 거고요. 그 사람은 가난한 사람 중에서도 수치심이 많은 사람이었어요. 나를 너무 빨리 친구로 받아들이고 너무 빨리 항복했다는 데 무엇보다 화가 났겠지요. 처음엔 내게 달려들고 겁을 주다가 돈을 보자마자 날 껴안았으니까요. 날 껴안고 계속 저를 어루만졌으니까요. 그런 모습에서 자신의 굴욕을 뼈저리게 느꼈을 겁니다. 게다가 그때 하필 내가 중대한 큰 실수를 저질러버렸습니다. 만약 다른 고장으로 이사 갈 돈이 부족하면 돈을 더 줄 수도 있고, 내 돈이라도 얼마든지 필요한 만큼 드리겠다고 말해버린 거지요. 그 말에 별안간 충격을 받은 겁니다. 왜 너까지 날 돕겠다고 나서는 거냐? 하는 생각이 들었던 거죠. 리즈, 모욕받은 사람에게는 다른 사람들이 무슨 은인이라도 되는 양 자신을 쳐다보는 게 끔찍할 만큼 괴로운 일이랍니다…. 장로님이 그렇게 말씀하셨어요…. 어떻게 설명해야 할지는 모르겠지만 직접 그런 상황을 본 적도 많아요. 또 내 자신이 직접 그런 감정을 느끼기도 하고요. 중요한 건 그 사람이 마지막 순간까지 지폐를 짓밟으리라는 걸 몰랐다고는 하지만, 한편으로는 그럴 거라는 사실을 예감하고 있었다는 점이에요. 그런 예감이 들었기 때문에 그렇게까지 기뻐한 겁니다…. 일이 이렇게 찜찜하게 되어버리긴 했지만, 그래도 오히려 잘됐습니다. 이게 최선이라는, 이 이상 잘될 수는 없다는 생각까지 들 정도입니다…."

"어째서, 어째서 이 이상 잘될 수 없다는 거죠?" 리즈가 놀라움이 가득한 얼굴로 알료샤를 바라보며 소리쳤다.

"왜냐하면, 리즈, 만약 그 사람이 돈을 짓밟지 않고 가져갔다면, 집에 돌아가서 1시간도 못 돼 자신의 굴욕을 깨닫고 울음을 터뜨렸을 테니까요. 분명해요. 그렇게 울고 나서, 내일 동 트기 무섭게 찾아와 아까처럼 내 앞에서 지폐를 짓밟아버렸겠지요. 하지만 오늘은 '인생을 망쳤다'는 걸 알면서도, 대단한 자부심을 느끼며 의기양양하게 돌아갔어요. 그러니 내일이라도 이 돈을 받게 하는 건 이젠 식은 죽 먹기예요. 그 사람은 이미 돈을 내던지고 짓밟아 자신의 명예를 입증했으니까…. 돈을 짓밟을 때, 내가 내일 다시 돈을 가져다줄 거라는 생각은 전혀 없었을 겁니다. 그렇지만 이 돈은 그 사람에게 너무나 필요한 돈입니다. 지금은 자부심엔 차 있어도, 오늘부터 당장 커다란 도움의 손길을 놓쳐버렸다는 생각이 들 겁니다. 밤에는 그 생각이 더 간절해져 꿈까지 꾸겠지요. 내일 아침엔 내게 달려와 용서를 빌고 싶은 마음이 간절할 겁니다. 그때 내가 나타나 '당신은 자부심이 강한 분이시군요. 그걸 충분히 보여주셨습니다. 이제는 우리를 용서하시고 이 돈을 받으십시오'라고 하는 겁니다. 그러면 받을 겁니다!"

'그러면 받을 겁니다!'라고 말하는 알료샤의 목소리는 도취되어 있었다. 리즈는 손뼉을 탁 쳤다.

"아아, 맞아요, 아아, 이제야 갑자기 깨달았어요! 정말이지, 알료샤, 어떻게 그런 걸 다 아는 거죠? 아직 젊은데 벌써 사람 마음속을 훤히 알다니… 나라면 절대 그런 생각을 못했을 거예요…."

"중요한 건 그 사람이 우리에게서 돈을 받아도 우리와 대등하다는 확신을 주는 겁니다." 알료샤가 여전히 도취된 어조로 말을 이었다. "아니, 대등할 뿐 아니라 오히려 우리보다 더 높은 입장에 있다는 확신을…."

"'더 높은 입장'이라니 멋져요, 알렉세이 표도로비치, 어서 계속해요!"

"더 높은 입장이라는 말은 표현이 잘못 나왔네요…. 하지만 상관없습니다, 왜냐하면…."

"아아, 상관없어요, 물론 상관없고말고요! 용서해요, 알료샤… 사실 당신을 지금까지 거의 존경하지 않았어요…. 그러니까, 존경하긴 했지만 대등한 입장에서 존경했어요. 하지만 이제부터는 더 높은 입장에 있는 사람으로 당신을 존경할 거예요…. 내가 '언어유희'를 한다고 화내면 안 돼요." 리즈가 홍분해서 얼른 말을 받았다. "난 이렇게 우스꽝스럽고 어린데 당신은, 당신은… 알렉세이 표도로비치, 우리가, 아니 당신이… 아니, 역시 우리라고 하는 게 좋겠네요…. 우리가 이런 판단을 하면서 그 사람, 그 불행한 사람을 멸시하고 있지는 않을까요…? 꼭 위에서 내려다보듯이 그 사람의 마음을 분석하고 있잖아요. 그 사람이 돈을 받을 거라고 단정했고요, 네?"

"아니요, 리즈, 멸시하지 않습니다." 알료샤는 그 질문에 이미 준비된 사람처럼 단호히 대답했다. "나 역시 이리로 오면서 그 점을 생각해봤습니다. 보세요, 우리도 그 사람과 다를 바가 없고 다른 모든 사람들도 마찬가진데, 어떻게 멸시할 수 있겠어요? 우리도 그 사람과 똑같지, 나을 게 없습니다. 설령 더 낫다 해도, 그 사람의 입장이 된다면 결국 다 같아질 겁니다…. 리즈, 당신은 어떨지 모르겠지만, 전 여러 면에서 제가 졸렬한 사람이라고 생각합니다…. 하지만 그 사람은 졸렬하기는커녕, 아주 섬세한 마음을 지니고 있어요…. 아니요, 리즈, 그 사람을 멸시하는 마음은 없습니다! 한번은 장로님이 이런 말씀을 하셨어요. 사람들은 아이들처럼 늘 돌봐주어야 하며, 어떤 사람은 병원의 환자처럼 돌봐주어야 한다고…."

"아아, 알렉세이 표도로비치, 우리 사람들을 그렇게 돌봐줘요!"

"그래요, 리즈. 나도 그럴 생각입니다. 다만 아직 완전히 준비가 되어 있지 않아서 참을성을 잃을 때도 있고, 판단력이 흐려질 때도 있어요. 하지만 당신은 달라요."

"아아, 설마요! 알렉세이 표도로비치, 정말 행복하네요!"

"당신이 그렇게 말하니 참 좋군요, 리즈."

"알렉세이 표도로비치, 당신은 너무나도 좋은 분이에요. 가끔 현학자처럼 구는 것 같아도, 잘 보면 전혀 그렇지가 않아요. 문으로 가서 가만히 문을 열고 엄마가 엿듣고 있지 않나 좀 봐줘요." 알료샤는 가서 문을 열어보고는 아무도 듣고 있지 않다고 말했다.

"이리로 와요, 알렉세이 표도로비치." 리즈가 점점 더 얼굴을 붉히며 말을 이었다. "손을 이리 줘봐요. 이렇게요. 당신께 중요한 고백을 해야겠어요. 어제 편지는 장난이 아니라 진심으로 쓴 거예요…."

리즈는 이렇게 말하고 손으로 눈을 가렸다. 그런 고백을 하는 것이 무척 부끄러운 모양이었다. 그러더니 갑자기 알료샤의 손을 잡고 뜨겁게 세 번 입을 맞췄다.

"아아, 리즈, 잘됐군요!" 알료샤가 기쁜 목소리로 외쳤다. "나도 당신이 진심으로 썼다고 확신하고 있었답니다."

"확신이라니, 세상에!" 리즈는 알료샤의 손을 입에서 떼었으나, 완전히 놓지는 않은 채 얼굴을 새빨갛게 붉히고 행복한 듯 작게 웃었다. "손에 입을 맞추니 한다는 말이 '잘됐군요'라니." 하지만 리즈의 비난은 정당하지 않았다. 알료샤도 굉장히 당황하고 말았다.

"리즈, 난 항상 당신 마음에 들고 싶은데, 어떻게 해야 할지 모르겠어요." 알료샤도 얼굴을 붉히며 겨우 이렇게 중얼거렸다.

"알료샤, 당신은 냉정하고 뻔뻔한 사람이에요. 봐요, 날

자기 신붓감으로 골라놓고 이제 됐다며 안심하고 있잖아요. 게다가 내가 진심으로 썼다고 확신하고 있었다니, 세상에! 그게 뻔뻔한 거지 뭐예요?"

"확신했다는 게 나쁜 일인가요?" 알료샤가 웃음을 터트렸다.

"아아, 알료샤, 오히려 무척 좋은 일이에요." 리즈가 행복에 겨운 부드러운 눈으로 알료샤를 바라보았다. 알료샤는 여전히 리즈에게 손을 내맡긴 채 서 있었다. 갑자기 그가 허리를 굽혀 리즈의 입술에 입을 맞추었다.

"뭐예요, 왜 이래요?" 리즈가 소리쳤다.

알료샤는 어찌할 줄을 몰랐다.

"잘못했다면 용서해요…. 정말 바보 같은 짓을 한 것 같군요…. 냉정하다는 말에 그만 입을 맞춰버렸는데… 바보 같은 짓을 한 것 같군요…."

리즈는 웃음을 터뜨리며 두 손으로 얼굴을 가렸다.

"그런 옷을 입고!" 리즈는 깔깔 웃으면서 이렇게 내뱉었다. 그러다 갑자기 웃음을 멈추고 엄격하다 싶을 만큼 진지한 표정을 지었다.

"알료샤, 우리 키스는 좀 더 기다리기로 해요. 우리 둘 다 아직 그런 걸 할 줄 모르고, 아직 한참 기다려야 하니까요." 리즈는 그렇게 못을 박았다. "그보다 당신처럼 똑똑하고 사려 깊고 세심한 사람이 어째서 나 같은 바보를, 병에 걸린 바보를 신붓감으로 골랐는지나 말해줘요. 아아, 난 정말 행복해요, 당신은 내게 너무 과분한 사람이거든요!"

412

"그런 말 말아요, 리즈. 난 조만간 수도원에서 아예 나올 겁니다. 속세로 나오면 결혼을 해야 하지요. 이건 나도 알고 있습니다. 그분도 그렇게 하라고 분부하셨고요. 내가 당신보다 좋은 사람을 어떻게 찾겠습니까…. 또 당신이 아니면 누가 날 데려가고요? 이미 다 생각을 해봤습니다. 첫째, 당신은 날 어릴 적부터 알고 있고, 둘째, 당신에게는 내게는 전혀 없는 장점이 많이 있습니다. 나보다 명랑하고, 무엇보다 나보다 순수하니까요. 난 이미 너무나 많은 일을 겪었거든요…. 아아, 당신은 모르겠지만 나 역시 카라마조프가 아닙니까! 당신이 웃고 장난치는 게, 내게도 그러는 게 뭐 어때서요. 오히려 그렇게 웃어줘요, 난 그게 좋으니까요…. 당신은 어린 소녀처럼 웃으면서도, 속으로는 순교자 같은 생각을 하고 있어요…."

"순교자라뇨? 어째서요?"

"그래요, 리즈. 아까 이렇게 물었죠. 우리가 그 불쌍한 사람의 마음을 해부하면서 그 사람을 멸시하고 있는 건 아니냐고요…. 제대로 설명할 순 없지만, 그런 의문이 든다는 건 스스로도 고통을 느낄 줄 안다는 거예요. 의자에 앉아서, 당신은 분명 지금도 많은 생각을 했을 겁니다…."

"알료샤, 손을 이리 줘요. 왜 손을 빼는 건가요." 리즈가 행복에 젖어 힘이 빠진, 어딘가 가라앉은 목소리로 말했다. "있잖아요, 알료샤, 수도원에서 나오면 무슨 옷을 입을 거예요? 웃지 말고 화내지도 말아요. 내겐 정말, 정말 중요한 문제예요."

"리즈, 옷은 아직 생각해보지 않았지만, 당신이 원하는 대로 입을게요."

"남색 벨벳 자켓과 하얀 피케 조끼, 부드러운 회색 중절모를 쓰면 좋겠어요…. 그런데 내가 어제 보낸 편지가 거짓말이었다고 했을 때, 내가 정말 당신을 사랑하지 않는다고 생각했나요?"

"아니요, 그렇게 생각하지 않았습니다."

"오, 당신은 정말 못 말릴 사람이군요!"

"사실 당신이 날… 사랑하고 있다는 사실을 알고 있었지만, 사랑하지 않는다는 당신의 말을 믿는 척했습니다. 그래야 당신이… 편할 것 같아서요…."

"그건 더 나빠요! 더 나쁘지만 가장 좋기도 해요. 알료샤, 당신을 너무너무 사랑해요. 사실 아까 당신이 왔을 때 점을 쳐보았답니다. 어제 편지를 달라고 해서 당신이 태연히 꺼내서 내놓는다면(당신이라면 충분히 그럴 수 있으니까요) 그건 날 전혀 사랑하지 않고, 아무런 감정이 없을 뿐더러 어리석고 모자란 어린애에 불과하다는 뜻이니까 끝장난 거라고요. 하지만 당신이 암자에 편지를 두고 와서 다행이라고 생각했어요. 내가 편지를 달라고 할 줄 알고 일부러 암자에 두고 온 거죠? 돌려주지 않으려고요, 그렇죠? 맞죠?"

"오, 리즈, 전혀 그렇지 않아요. 편지는 아까도 가지고 있었고, 지금도 가지고 있거든요. 여기 이 주머니에 있어요. 자, 봐요."

알료샤는 웃으며 편지를 꺼내 멀찍이서 보여주었다.

"하지만 돌려주진 않을 테니 내 손에 들린 걸 보기만 해요."

"어쩜! 그럼 아까 거짓말을 한 거예요? 수도사면서 거짓말을 했어요?"

"그래요." 알료샤도 웃었다. "편지를 돌려주지 않으려고 거짓말을 했어요. 내겐 굉장히 소중한 물건이니까요." 알료샤는 다시 얼굴을 붉히며 격정적인 목소리로 이렇게 덧붙였다. "평생 그럴 테니까, 그 누구에게도 내주지 않을 거예요."

리즈는 감격한 얼굴로 알료샤를 바라보았다.

"알료샤." 그녀가 다시 목소리를 낮춰 말했다. "문 앞에서 엄마가 엿듣고 있지 않나 봐줘요."

"알았어요, 리즈, 보고 올게요. 하지만 안 그러는 게 좋지 않을까요? 설마 어머님이 그런 점잖지 못한 행동을 하시겠어요?"

"점잖지 못하다뇨? 어째서 점잖지 못하다는 거예요? 문밖에서 엿듣는 건 엄마의 권리지, 점잖지 못한 행동이 아니에요." 리즈가 발끈했다. "알렉세이 표도로비치, 잘 알아둬요. 내가 엄마가 되어서 나 같은 딸이 생기면 나도 꼭 딸이 하는 얘길 엿들을 거예요."

"정말요, 리즈? 그건 좋지 못한 일이에요."

"아아, 세상에, 그게 왜 점잖지 못한 행동이라는 거죠? 평범한 사교적인 이야기를 엿들었다면 점잖지 못한 일이겠지만, 지금은 친딸이 젊은 남자와 방 안에 틀어박혀 있는 거잖아요…. 봐요, 알료샤, 나는 결혼식을 올리자마자 당신을 감시할 거예요. 당신의 편지도 다 뜯어서 읽어볼 테니… 미리 알아둬요."

"그렇다면 물론 그렇게 해요…." 알료샤가 중얼거렸다. "하지만 그건 좋은 일이 아니에요…."

"어휴, 그렇게 경멸하다니! 알료샤, 우리 처음부터 싸우지는 말아요. 그보다 솔직하게 다 말할게요. 물론 엿듣는 건 나쁜 일이고, 내가 틀리고 당신이 옳다는 것도 당연하지만, 그래도 난 엿들을 거예요."

"그래요. 그래 봤자 내게서 알아낼 만한 건 아무것도 없을 거예요." 알료샤가 웃었다.

"알료샤, 내 말에 따를 건가요? 이것도 미리 정해놔야 해요."

"기꺼이 그럴게요, 리즈. 반드시. 다만 가장 중요한 문제는 제외하고요. 만약 그런 문제에서 당신이 동의하지 않더라도 나는 의무가 명령하는 대로 행동할 겁니다."

"그래야지요. 난 가장 중요한 문제에 있어서뿐 아니라, 다른 모든 일에 있어서도 당신의 뜻에 따를 거예요. 지금 여기서 맹세할게요. 모든 일에서 평생 동안 그렇게 할게요!" 리즈가 열정적으로 소리쳤다. "그것도 기쁘게, 기쁘게 말이에요! 그뿐 아니라 절대 당신의 말을 엿듣지 않고, 당신 편지도 절대 뜯어보지 않겠어요. 당신은 옳고, 난 그렇지 않으니까요. 당신의 말을 엿듣고 싶어 안달이 나겠지만, 당신이 좋지 않게 생각하니 그러지 않을게요. 당신은 이제 나의 인도자예요…. 그런데 알렉세이 표도로비치, 요즘, 어제오늘 왜 그렇게 우울해요? 여러 가지로 걱정거리와 불행한 일이 있다는 건 알지만, 그것 말고도 특별히 말 못 할 슬픔이 있는 것 같은데, 맞죠?"

"맞아요, 리즈, 말 못 할 슬픔도 있어요." 알료샤가 우울한 목소리로 말했다. "그걸 맞히다니 정말 날 사랑하나 보군요."

"대체 어떤 슬픔이죠? 무슨 일인데요? 말해줄 수 없어요?" 리즈가 조심스럽게 애원했다.

"나중에 말해줄게요, 리즈… 나중에…." 알료샤는 곤혹스러워했다. "지금은 어차피 이해가 안 될 거예요. 저도 제대로 설명할 수 없을 거고…."

"아버지와 형님들 때문에 괴로운 거죠?"

"맞아요, 형님들 일도 그래요." 알료샤가 생각에 잠긴 듯 이렇게 말했다.

"알료샤, 난 당신 형님 이반 표도로비치가 싫어요." 리즈가 불쑥 이렇게 말했다.

알료샤는 그 말에 약간 놀랐지만 내색하지 않았다.

"형들은 자신을 망치고 있어요." 알료샤가 말을 이었다. "아버지도 그렇고요. 그러면서 자신 뿐 아니라 다른 사람들까지 파멸의 길로 이끌고 있어요. 얼마 전 파이시 신부님이 말씀하신 것처럼 '카라마조프적인 대지의 힘' 때문이지요. 대지와 같은 사납고 다듬어지지 않은 힘이에요…. 하느님의 정기가 그 힘 위에 있는지도 알 수 없습니다. 내가 아는 건, 저도 카라마조프라는 사실뿐이에요…. 나는 수도사, 수도사죠?

수도사가 맞나요, 리즈? 방금 내게 수도사라고 말했죠?"

"네, 그랬어요."

"그런데 어쩌면 난 하느님을 믿지 않고 있는지도 몰라요."

"당신이 믿지 않는다고요? 무슨 말이에요?" 리즈가 작은 목소리로 조심스럽게 물어보았다. 하지만 알료샤는 그 말에 대답하지 않았다. 너무나 뜻밖인 알료샤의 말에는 알료샤 자신도 명확히 알 수 없지만, 분명히 그를 괴롭혀온 너무나 현묘하고, 너무나 주관적인 무언가가 담겨 있었다.

"게다가 벗이, 세상에서 가장 훌륭하신 분이 세상을 떠나려 하고 있습니다. 내가 그분에게 얼마나 의지하는지, 정신적으로 얼마나 하나 되어 있는지 당신은 모를 겁니다! 그런데 이제는 혼자 남는 겁니다…. 당신께 오겠습니다, 리즈… 앞으로는 함께합시다…."

"그래요, 함께해요, 함께해요! 이제부터는 평생 언제나 함께해요. 저기, 내게 입 맞춰줘요, 허락할 테니."

알료샤는 입을 맞추었다.

"자, 그럼 가보세요, 그리스도께서 함께하시길! (리즈는 그렇게 말하고 알료샤에게 성호를 그어주었다.) 그분이 아직 살아 계실 때 얼른 가요. 잔인하게 당신을 너무 오래 붙잡고 있었네요. 오늘 그분과 당신을 위해 기도할게요. 알료샤, 우린 행복할 거예요! 행복해지겠죠, 그렇죠?"

"그럴 것 같아요, 리즈."

알료샤는 리즈의 방에서 나오면서 호흘라코바 부인에게

들르지 않는 편이 낫다고 생각해 작별 인사 없이 집에서 나가려 했다. 그러나 문을 열고 계단으로 나오자 어디서 나타난 건지 호흘라코바 부인이 그 앞에 서 있는 것이 아닌가. 알료샤는 호흘라코바 부인의 첫 마디를 듣는 순간 일부러 이곳에서 자기를 기다리고 있었다는 사실을 알았다.

"알렉세이 표도로비치, 정말 끔찍한 일이에요. 철없는 장난 같은 말도 안 되는 소리라고요. 허튼 꿈을 꾸진 않겠죠…. 이건 어리석은 짓이에요, 어리석고 또 어리석은 짓이라고요!" 부인이 그에게 달려들었다.

"리즈에게만은 그런 말씀을 말아주십시오." 알료샤가 말했다. "몹시 흥분할 테니까요. 지금 리즈에겐 해롭습니다."

"분별 있는 젊은이의 분별 있는 말이로군요. 당신이 그 애 말에 동의한 건 그 애의 상태를 염려해 화를 돋우지 않으려 그런 거라고 생각해도 될까요?"

"아닙니다, 절대 아닙니다. 전 분명히 진심으로 리즈와 이야기한 겁니다." 알료샤가 단호하게 말했다.

"이 문제에서 진심 같은 건 있을 수도 없고, 생각할 수도 없어요. 그리고 첫째, 앞으론 절대 당신을 집에 들이지 않을 것이고 둘째, 그 애를 데리고 떠나버릴 테니 그렇게 알아둬요."

"왜 그러시죠?" 알료샤가 말했다. "금방 벌어질 일도 아니잖습니까. 앞으로 1년 반은 있어야 할지도 몰라요."

"아아, 알렉세이 표도로비치, 물론 그렇지요. 그 1년 반 동안 당신은 그 애와 천 번은 싸우고 헤어질 거예요. 하지만 난 너무 불행해요, 불행하다고요! 이게 별일이 아니라고 해도, 한 대 얻어맞은 기분이에요. 난 지금 마지막 장면의 파무소프고 당신은 차츠키, 그애는 소피야(그리보예도프의 《지혜의 슬픔》의 등장인물―옮긴이)예요. 당신을 만나려고 일부러 이 계단으로 달려 나왔는데, 그 연극에서도 운명적인 일은 모두 계단에서 벌어졌거든요. 당신이 그 애와 나누는 얘기를 다 듣고 쓰러지는 줄 알았어요. 어젯밤 그 무서운 고열이며 지금까지 히스테리를 부린 이유가 다 여기 있었군요! 딸의 사랑은 어머니의 죽음이라더니. 관에 들어가야 할 지경이네요. 이제 두 번째, 가장 중요한 문젠데, 그 애가 대체 무슨 편지를 쓴 거죠? 지금 당장 보여줘요, 당장!"

"아니, 안 됩니다. 그보다 카테리나의 상태가 어떤지 말씀해주십시오. 꼭 알아야겠군요."

"여전히 헛소리를 하며 누워 있고, 정신을 차리지 못했어요. 이모님들이 와 계신데 한숨만 푹푹 내쉬면서 제 앞에서 거드름을 피울 뿐이에요. 게르첸쉬투베 선생도 오긴 했지만 어찌나 겁을 먹었는지, 그 사람을 어찌 해야 할지, 어떻게 도와야 할지 몰라서 의사를 불러올까도 생각했다니까요. 결국 제 마차로 돌려보냈어요. 그런데 설상가상으로 그런 편지 소동이라니. 1년 반 후의 일이라는 말은 옳아요. 하지만 모든 위대하고 성스러운 것의 이름으로, 임종을 앞두고 계신 장로님의 이름으로 그 편지를 내게, 엄마에게 보여줘요! 원하면 손가락으로 편지를 잡고 있어요. 난 읽기만 할 테니."

"안 됩니다, 보여드릴 수 없습니다. 카테리나 오시포브나, 리즈가 허락한다 해도, 저는 보여드리지 않을 겁니다. 내일 올 테니 원하신다면 그때 여러 이야기를 나누기로 하고, 오늘은 이만 가보겠습니다."

알료샤는 이렇게 말하고 계단에서 밖으로 뛰어나갔다.

2. 기타를 든 스메르댜코프

사실 그에게는 시간이 없었다. 리즈와 작별 인사를 할 때부터 한 가지 생각이 머릿속에 떠올랐던 것이다. 그것은 자신을 피하는 것이 분명한 드미트리 형을 어떤 교묘한 수를 써야 붙잡을 수 있을까 하는 생각이었다. 이미 이른 시각은 아니어서 오후 2시가 지나고 있었다. 알료샤의 마음은 온통 임종을 앞둔 '위대한 분'이 계신 수도원으로 향하고 있었으나 드미트리 형을 만나야 한다는 생각이 모든 것을 압도했다. 알료샤의 머릿속에서는 피할 수 없는 끔찍한 재앙이 곧 벌어질 거라는 확신이 시시각각 커지고 있었다. 그 재앙이 구체적으로 어떤 것인지, 자신이 지금 형에게 무슨 말을 하고 싶은 건지는 스스로도 알 수 없었다. '내가 없는 사이에 내 은인이 돌아가신다고 해도, 적어도 내가 구할 수 있었던 사람을 구하지 않고 그냥 지나쳐 집으로 서둘렀다고 한평생 자책하는 일은 없을 것이다. 이렇게 하는 게 그분의 위대한 말씀을 따르는 길이다….'

알료샤의 계획은 불시에 드미트리 형을 붙잡는 것이었

다. 즉 어제처럼 그 담장을 넘어가 정원으로 가서 정자에서 잠복하는 것이다. '만약 형이 거기 없다면.' 알료샤는 생각했다. '포마나 집주인에게 말하지 말고 저녁까지라도 숨어 기다리자. 형이 아직 그루셴카가 오는지 감시하고 있다면 정자로 올 가능성이 크니까…' 알료샤는 계획의 상세한 부분까지 꼼꼼히 고려해보지는 않았지만, 오늘 중으로 수도원에 못 돌아가는 한이 있더라도 계획을 실행에 옮기기로 했다….

모든 것이 순조로웠다. 어제와 거의 같은 지점에서 울타리를 넘어 정자로 숨어들었다. 그는 다른 사람의 눈에 띄지 않기를 바랐다. 집주인이나 포마가(만약 여기 있다면) 형의 편에 서서 형의 지시에 따를 수도 있었기 때문이다. 그러면 알료샤를 정원에 들여보내지 않거나, 그를 찾고 있더라고 미리 귀띔해줄 수도 있었다. 정자에는 아무도 없었다. 알료샤는 어제 앉았던 자리에 앉아 기다리기 시작했다. 정자를 둘러보니 어쩐지 어제보다 훨씬 허름하고 낡아 보였다. 하지만 날은 어제처럼 화창했다. 녹색 탁자에는 어제 코냑 잔에서 엎질러진 것이 분명한 동그란 얼룩이 생겨 있었다.

지루하게 기다릴 때면 늘 그렇듯 무의미하고 쓸데없는 상념들이 머릿속에 떠올랐다. 예를 들면 왜 정자로 들어와 다른 자리가 아닌 어제와 똑같은 자리에 앉았을까? 따위의 생각이었다. 결국 그는 앞일을 모른다는 불안감에 아주 슬픈 기분이 들었다. 그런데 15분도 채 지나지 않아 갑자기 지척에서 기타 소리가 들려왔다. 알료샤가 있는 곳에서 멀어야 스무 걸음쯤 떨어진 수풀 속에 누가 와 있었거나 지금 막 자리를 잡은 듯했다. 문득 어제 형과 헤어져 정자를 떠나면서 왼쪽 담장 옆 덤불 사이에 나지막한 녹색 낡은 벤치를 언뜻 본 것이 기억났다. 지금 그곳에 누군가 자리를 잡은 모양이었다. 누굴까? 갑자기 기타 반주에 맞춰 남자의 목소리가 감미로운 가성으로 노래를 부르기 시작했다.

> 억누를 수 없는 힘으로
> 내 님을 섬기네.
> 주여, 긍휼히 여기소서.
> 그녀와 나를!
> 그녀와 나를!
> 그녀와 나를!

목소리가 멋었다. 하인스러운 천박한 테너였고, 기교도 역시 천박했다. 그런데 갑자기 수줍고 상냥하면서 아양이 가득한 여자의 목소리가 다시 들려왔다.

"왜 우리 집에 오랫동안 오시지 않으셨어요, 파벨 표도로비치, 우리를 경멸하시나요?"

"그럴 리가요." 남자의 목소리가 대답했다. 정중하긴 하지만 단호하고 강한 위엄이 더 느껴지는 목소리였다. 아무래도 남자가 우위에 있고, 여자가 아양을 떠는 모양이었다. '남자는 스메르댜코프인 것 같군.' 알료샤는 생각했다. '적어도 목소리는 그래. 여자는 모스크바에서 와서 치렁치렁한 옷을 입고 마르파 할멈에게 수프를 얻으러 다닌다는 이 집 주인의

딸이겠지….'

"전 유려한 시라면 껌뻑 죽는답니다." 여자의 목소리가
이어졌다. "왜 마저 부르지 않으세요?"

목소리가 다시 노래했다.

> 나에게 왕관은
> 내 님이 건강한 것
> 주여, 긍휼히 여기소서.
> 그녀와 나를!
> 그녀와 나를!
> 그녀와 나를!

"저번이 더 좋았어요." 여자의 목소리가 말했다. "왕관에
대해 '내 고운님이 건강한 것'이라고 하셨잖아요. 그게 더 다
정하게 느껴졌는데, 오늘은 잊으셨나 보군요."

"시는 다 쓸데없는 겁니다." 스메르댜코프가 딱 잘라 말
했다.

"어머, 그렇지 않아요, 제가 시를 얼마나 좋아하는데요."

"시라는 건 사실은 전혀 쓸 데가 없어요. 생각해보세요.
세상에 운율을 붙여 말하는 사람이 어디 있습니까? 우리가
운율을 붙여 말한다면, 그게 아무리 나라의 명령이라고 한대
도 하고 싶은 말을 다 할 수 있었겠어요? 시는 실용적이지 못
해요, 마리야 콘드라티예브나."

"어떻게 그렇게 매사에 똑똑할 수가 있죠? 어떻게 그런

걸 다 알 수 있어요?" 여자의 목소리가 점점 더 교태스러워졌다.

"만약 제 태생이 달랐다면 더 많은 걸 하고, 더 많은 걸 알았을 겁니다. 제가 아버지 없이 스메르댜샤야의 뱃속에서 태어났다고 저를 더러운 놈이라고 욕하는 자식들에겐 결투를 신청해 총으로 쏴버렸을 거예요. 모스크바에서도 제 눈을 똑바로 보며 그런 소릴 지껄이는 놈들이 있었습니다. 그리고리 바실리예비치 덕분에 거기까지 소문이 퍼졌거든요. 그리고리 바실리예비치는 '네놈은 그 여자의 자궁을 찢어놓았다'면서 제가 제 출생을 혐오한다고 욕하지요. 자궁이든 뭐든, 아예 세상에 나오지 않게 뱃속에 있을 때 죽여버리지 그랬나 싶어요. 시장에서도 수군거리고, 당신 어머니도 무례하게 제게 제 어머니가 머리를 까치집처럼 하고 다녔다느니, 키가 2아르신이 '겨어우 넘었다'느니 하는 소리를 지껄여대시더군요. 다른 사람들처럼 그냥 '겨우 넘었다'고 하면 될 것을 왜 굳이 '겨어우 넘었다'고 하는 겁니까? 눈물을 짜내고 싶었나 본데, 그건 촌사람의 눈물, 촌사람의 감상에 지나지 않아요. 러시아 촌놈이 교육받은 사람에게 악감정을 품을 수 있을까요? 무식해서 아무런 감정도 못 품습니다. 어릴 때부터 '겨어우'란 소리를 들을 때면 벽에 머리를 박고 싶은 심정이었어요. 나는 온 러시아를 증오합니다, 마리야 콘드라티예브나."

"만약 당신이 사관후보생이었거나 젊은 경기병이었다면 그런 말을 하지 않았을 거예요. 칼을 뽑아 들고 온 러시아를 지켰겠지요."

"마리야 콘드라티예브나, 전 사관후보생이 될 생각은 눈 곱만치도 없을 뿐더러 오히려 군인을 모조리 없애버리고 싶 은 마음이에요."

"그럼 적이 쳐들어오면 누가 우릴 지켜주나요?"

"지킬 필요도 없습니다. 1812년에 지금 프랑스 황제의 부친인 나폴레옹 1세가 대군을 이끌고 러시아에 쳐들어왔지 요. 그때 프랑스인들이 우리를 정복했어야 했습니다. 똑똑한 민족이 우매한 민족을 정복해 병합해버렸어야 하는 겁니다. 그럼 사는 게 딴판이 되었을 텐데."

"그 사람들이 우리보다 낫다는 말씀인가요? 저라면 영 국 청년 셋을 준다 해도 우리나라 멋쟁이 한 사람과 바꾸지 않을 거예요." 마리야 콘드라티예브나가 애련한 눈빛으로 부 드럽게 말했다.

"누가 누굴 좋아하는 거야 그 사람 마음이니까요."

"하지만 당신도 꼭 외국인 같아요. 고상한 외국인 말이 에요. 이건 부끄러움을 무릅쓰고 말하는 거예요."

"원하신다면 말해드리죠. 방탕함에 있어서라면 저들이 나 우리나 매한가집니다. 다 똑같은 악당이지만, 저들이 광나 는 구두를 신고 다닌다면 우리나라 악당은 가난에 찌들어 악 취를 풍기면서도 그게 나쁜 줄 모르고 있다는 게 차이죠. 어 제 표도르 파블로비치가 말한 것처럼, 러시아 놈들은 매를 맞 아야 해요. 그 사람이나 자식들이나 제정신은 아니지만…."

"당신은 이반 표도로비치를 무척 존경한다고 하셨잖아 요."

"그 사람은 저를 냄새 나는 하인 취급합니다. 제가 반란이라도 일으킬 사람이라고 생각하지만, 그건 잘못된 생각이에요. 제 주머니에 돈만 조금 있었다면, 진작 여길 떴을 테니까요. 드미트리 표도로비치는 행실로나 지성으로나 돈 한 푼 없는 신세로 보나 그 어떤 하인보다 못하고 할 줄 아는 거라곤 아무것도 없는 인간이지만 누구에게나 존경을 받습니다. 전 부엌데기에 불과하지만 운만 좋으면 모스크바 페트로브카 거리에 카페 겸 레스토랑을 열 수도 있는 사람이지요. 제 요리는 특별하니까요. 모스크바에서는 외국인 말고는 특별한 요리를 낼 수 있는 사람이 아무도 없어요. 드미트리 표도로비치는 빈털터리지만 그 사람이 만약 내로라하는 백작 아들에게 결투 신청을 한다고 해도 승낙이 떨어질 겁니다. 대체 그자가 저보다 어디가 낫다는 겁니까? 그자는 저와는 비교도 안 될 만큼 멍청해요. 쓸데없이 낭비한 돈이 대체 얼마인지."

"결투라는 건 굉장히 멋진 것 같아요." 마리야 콘드라티예브나가 불쑥 이런 말을 했다.

"어째서 그렇죠?"

"무섭고 또 용감하잖아요. 특히 젊은 장교들이 어떤 여자 때문에 손에 권총을 들고 서로를 겨눈다고 해봐요. 그야말로 한 폭의 그림 같을 거예요. 아아, 여자들에게도 구경할 수 있게 해줬다면 꼭 가봤을 텐데."

"자기가 겨눌 때야 좋겠지만 상대가 자기 얼굴에 총을 겨누고 있다면 기분이 더럽겠지요. 당신도 그 자리에서 도망칠걸요, 마리야 콘드라티예브나."

"당신이라면 도망칠 건가요?"

그러나 스메르댜코프는 대답해주지 않았다. 잠시 침묵이 흐른 뒤 다시 기타 소리가 나더니 남자가 가성으로 마지막 소절을 부르기 시작했다.

아무리 애써도
나는 떠나리다.
인생을 즐기고
수도에서 살기 위해!
슬퍼하지 않으리.
절대 슬퍼하지 않으리.
슬퍼할 생각조차 없으니!

이때 예기치 못한 일이 벌어졌다. 알료샤가 갑자기 재채기를 한 것이다. 벤치는 순간 조용해졌다. 알료샤는 자리에서 일어나 그들 쪽으로 갔다. 남자는 역시나 스메르댜코프였다. 멋지게 빼입고 머리에는 포마드 기름을 잔뜩 발랐으며 광나는 구두를 신고 있었다. 기타는 벤치 위에 놓여 있었다. 여자도 여주인의 딸인 마리야 콘드라티예브나가 맞았다. 옷자락이 1미터 반은 늘어진 하늘색 원피스를 입고 있었다. 아직 젊고 못생긴 편은 아니었지만, 얼굴이 너무 둥글고 주근깨투성이었다.

"드미트리 형이 곧 돌아올까?" 알료샤가 최대한 태연하게 말했다.

스메르쟈코프는 천천히 벤치에서 일어섰고, 마리야 콘드라티예브나도 따라 일어났다.

"제가 드미트리 표도로비치의 일을 어떻게 알겠습니까? 그분의 보초를 서고 있다면 또 모를까." 스메르쟈코프가 경멸이 섞인 낮은 목소리로 또박또박 대답했다.

"그냥 혹시나 해서 물어봤어." 알료샤가 변명했다.

"그분이 어디 계신지는 전혀 아는 바가 없고, 알고 싶지도 않습니다."

"하지만 형은 네가 집에서 일어나는 일을 모두 형에게 알려주고, 또 아그라페나 알렉산드로브나가 와도 알려주기로 약속했다던데."

스메르쟈코프는 당황하는 기색 없이 천천히 시선을 들어 알료샤를 바라보았다.

"그런데 대문은 벌써 1시간 전에 빗장으로 잠가두었는데 여긴 어떻게 들어오셨죠?" 그가 알료샤를 뚫어질 듯 바라보며 물었다.

"골목길에서 담장을 넘어 바로 정자로 왔어. 그 점은 용서해줘." 알료샤가 마리야 콘드라티예브나를 보며 말했다. "형을 빨리 만나봐야 했거든."

"아아, 저희가 어떻게 당신에게 화를 낼 수가 있겠어요." 알료샤의 사과에 기분이 좋아진 마리야 콘드라티예브나가 말을 길게 늘이며 말했다. "드미트리 표도로비치도 자주 그렇게 정자에 오셔서 저희도 모르는 새 그곳에 앉아 계시곤 하는걸요."

"전 지금 형을 꼭 찾아야 합니다. 형을 보게 되거나, 여러분이 형이 지금 어디 계신지 알려주시면 정말 좋겠군요. 형에게도 아주 중요한 일 때문에 그럽니다."

"그분은 저희에게는 아무 말씀도 하지 않으세요." 마리야 콘드라티예브나가 중얼거리듯 말했다.

"저는 이 집과 아는 사이라 가끔 이곳에 오곤 합니다만." 스메르쟈코프가 다시 말했다. "그분은 여기에서까지 쉴 새 없이 주인 나리에 대한 질문을 쏟아부어 저를 못살게 굽니다. 집에 무슨 일은 없느냐, 왔다 간 사람은 없느냐, 혹시 더 알려줄 건 없느냐 하면서 말이에요. 심지어 저를 죽여버리겠다고 두 번이나 협박까지 했다니까요."

"죽여버리겠다고 했다고?" 알료샤가 놀랐다.

"그분 성격이면 그러고도 남습니다. 도련님도 어제 보셨잖아요. 제가 아그라페나 알렉산드로브나를 들여보내 그곳에서 밤을 보내게 하는 날엔 제가 맨 먼저 송장이 될 거라는 군요. 전 그분이 무서워 죽겠습니다. 더 무서운 일을 당하지 않으려면 관청에 고발하는 수밖에 없어요. 그분이 무슨 짓을 저지를지는 아무도 모르니까요."

"얼마 전엔 이분께 그러더군요. 네놈을 절구에 넣고 갈아버리겠다고…." 마리야 콘드라티예브나가 한마디 거들었다.

"그건 그냥 말만 그렇게 한 걸 테고…." 알료샤가 말했다. "지금 형을 만날 수 있으면 그 얘기도 할 수 있을 텐데…."

"한 가지 말씀드릴 수 있는 건…." 스메르쟈코프가 갑자기 무슨 생각을 굳힌 모양이었다. "전 친한 이웃이라 여기 오곤 합니다. 제가 오지 말아야 할 이유는 없으니까요. 그건 그렇고, 이반 표도로비치가 오늘 날이 밝자마자 저를 오제르나야 거리에 있는 드미트리 표도로비치의 댁에 보냈습니다. 편지는 따로 없었고, 함께 식사를 하고 싶으니 광장에 있는 술집으로 와달라고 말로 전해달라고 하시더군요. 그래서 가보니, 드미트리 표도로비치는 집에 안 계셨습니다. 그때가 벌써 8시였지요. 집주인은 '계셨는데 방금 나가셨습니다'라고 하더군요. 아무래도 두 분이 미리 말을 맞춘 모양입니다. 그분은 지금 이반 표도로비치와 함께 그 술집에 있을지도 모르겠습니다. 이반 표도로비치가 식사하러 집에 들어오지 않으셨거든요. 주인 나리는 1시간 전에 혼자 식사를 하시고 지금은 주무시고 계십니다. 하지만 제발 그분께 제 얘기나, 제가 이런 말을 했다는 말은 하지 말아주세요. 아무것도 아닌 일로도 사람을 죽일 분이니까요."

"그러니까 오늘 이반 형이 드미트리 형을 술집으로 불렀단 말이지?" 알료샤가 얼른 되물었다.

"그렇습니다."

"광장에 있는 '수도'라는 술집으로?"

"바로 거깁니다."

"정말 그럴 수도 있겠구나!" 알료샤가 몹시 흥분해 소리쳤다. "고마워, 스메르댜코프, 이건 중요한 정보야. 당장 그리로 가볼게."

"제 얘긴 하지 마세요." 스메르댜코프가 알료샤의 뒷모습에 대고 이렇게 소리쳤다.

"아, 술집엔 우연히 들른 것처럼 할 테니 염려 마."

"아니, 어디로 가세요? 제가 문을 열어드릴게요." 마리야 콘드라티예브나가 소리쳤다.

"괜찮아요, 이쪽이 더 가까워요. 다시 울타리로 넘어 갈 게요."

알료샤는 그 소식에 몹시 흥분했다. 그는 술집으로 달리기 시작했다. 수도복 차림으로 술집에 들어가는 건 점잖지 못한 일이었지만, 현관에서 부탁해 형들을 불러내면 될 것 같았다. 그런데 알료샤가 술집에 다다르자, 창문 하나가 벌컥 열리더니 바로 그 이반 형이 아래를 내려다보고 소리쳤다.

"알료샤, 지금 이리로 들어올 수 있겠니? 꼭 부탁이다."

"그럼, 다만 차림이 이래서 난처하네."

"마침 별실에 있으니 그냥 현관으로 들어오렴. 내가 얼른 데리러 갈 테니…."

잠시 후 알료샤는 이반 형 옆에 앉아 있었다. 이반은 혼자 식사를 하고 있었다.

3. 형제가 서로 알아가다

그런데 이반이 있는 곳은 별실이 아니었다. 창가 자리를 칸막이로 가려놓은 곳일 뿐이었다. 그래도 다른 손님들에게는 칸막이 안쪽에 앉은 사람이 보이지 않았다. 그 방은 입구로 들어서면 가장 먼저 나오는 방으로, 한쪽 벽에 그릇장이 붙어 있었다. 급사들이 쉴 새 없이 그곳을 오갔다. 손님이라고는 한쪽 구석에서 차를 마시고 있는 퇴역 군인처럼 보이는 노인뿐이었다. 하지만 다른 방들은 여느 술집과 마찬가지로 급사를 부르는 소리, 맥주 병 따는 소리, 당구 치는 소리, 오르간 소리 따위로 시끌벅적했다. 알료샤는 이반이 이 술집에 거의 온 적이 없을 뿐더러 술집 자체를 좋아하지 않는다는 것을 알고 있었다. 그런데도 이곳에 있는 건 드미트리 형과의 약속 때문이겠지, 하고 알료샤는 생각했다. 하지만 드미트리는 그곳에 없었다.

"생선 수프든 뭐든 시켜주마. 너라고 차만 마시고 사는 건 아닐 테니." 이반이 호탕하게 말했다. 알료샤를 만나서 굉장히 흡족한 모양이었다. 자신은 이미 식사를 끝내고 차를 마시고 있었다.

"생선 수프 시켜줘. 그리고 차도 한잔 마실게. 마침 배가 고팠거든." 알료샤가 유쾌하게 말했다.

"버찌 잼은 어때? 이 집에 있거든. 기억나니? 어릴 때 폴레노프 집에 살 때 네가 버찌 잼을 얼마나 좋아했는지."

"그런 것도 기억해? 그럼 잼도 시켜줘. 지금도 좋아하거든."

이반은 급사를 불러 생선 수프와 차, 잼을 주문했다.

"나는 다 기억해, 알료샤. 네가 열한 살이 되었을 때까지는 전부 기억하지. 그때 난 열다섯 살이었어. 열다섯 살과 열한 살이란 터울은, 그 나이 형제들은 절대 친구가 될 수 없는 터울이야. 내가 널 좋아하긴 했는지도 모르겠다. 모스크바로 와서 처음 몇 해 동안은 아예 네 생각도 나지 않았어. 나중에 네가 모스크바에 와서도 어디선가 한 번 마주친 게 다였지. 여기서 지낸 지도 벌써 넉 달쨴데, 너와 한 번도 제대로 얘기 해본 적이 없구나. 내일이면 여길 떠날 테니, 지금 여기서 어떻게 해야 널 만나 작별 인사를 할 수 있을까 생각하던 참이 었는데 때마침 네가 이 앞을 지나가는 게 아니냐."

"날 많이 만나고 싶었어?"

"그래. 이번에 너를 제대로 알아놓고, 네게도 나란 사람 을 알려주고 싶었어. 그런 다음에 헤어지고 싶었지. 난 사람 이 서로 사귀기 가장 좋은 시기는 헤어지기 직전이라고 생 각하거든. 지난 석 달간 네가 어떤 눈으로 나를 봤는지 알아. 네 눈에는 언제나 기대 같은 게 어려 있었지. 난 그걸 참을 수 없어서 네게 다가가지 않은 거야. 하지만 결국엔 널 존경하 게 됐어. 젊은 놈이 참 꿋꿋하구나, 하는 생각이 들었거든. 지 금 내가 웃고 있긴 하지만 이건 진지하게 하는 말이란다. 넌 정말 꿋꿋한 사람이잖아, 안 그래? 나는 어떤 지론을 갖고 있 든, 너 같은 코흘리개 꼬마든 아니든 간에 그렇게 꿋꿋하고 확고한 사람이 좋아. 나중엔 네 기대감에 찬 눈빛도 전혀 싫 지 않더구나. 오히려 좋아지기까지 했지…. 너도 이유는 모르 겠지만 날 좋아하고 있는 것 같은데, 그렇지, 알료샤?"

"그럼, 형. 드미트리 형은 형이 무덤이래. 나는 형이 수수 께끼라고 말해. 지금도 형은 내게 수수께끼 같은 사람이지만, 바로 오늘 아침부터 뭔가 이해하게 된 것 같아!"

"그게 뭔데?" 이반이 웃음을 터뜨렸다.

"화내지 않을 거야?" 알료샤도 따라 웃었다.

"그래, 뭔데?"

"형도 다른 스물세 살 청년과 조금도 다르지 않다는 거. 형도 역시 젊고 어리고 싱그럽고 멋진 소년, 풋내기 소년일 뿐이야! 기분이 많이 상한 건 아니지?"

"천만에, 오히려 이런 우연이 있나 싶은걸!" 이반이 고양된 목소리로 유쾌하게 외쳤다. "믿을지 모르겠지만, 아까 그 여자의 집에 갔다 온 후에 나도 꼭 그 생각을 하고 있었어. 내가 스물세 살 먹은 풋내기 소년일 뿐이라고 말이야. 그런데 네가 정확히 그걸 알아맞히고 대뜸 그런 말을 하는구나. 지금 여기 이렇게 앉아서 무슨 생각을 하고 있었는지 아니? 비록 삶과 소중한 여인, 사물의 질서에 대한 믿음을 잃어버리고, 심지어 모든 게 무질서하고 저주받은, 악마의 혼돈이라는 믿음이 생겨 인간이 느낄 수 있는 온갖 끔찍한 환멸에 시달린다 할지라도 나는 살기를 원할 것이며, 일단 잔에 입술을 댄 이상 깨끗이 비워버리기 전까지는 입을 떼지 않을 거라는 생각이야! 하긴 서른쯤 되면 다 비우지 않았더라도 잔을 내던지고 떠나겠지…. 어디로 갈지는 몰라도 말이야…. 하지만 분명한 건 서른이 되기 전에는 내 젊음이 삶에 대한 온갖 환멸과 혐오를 극복할 수 있을 거라는 사실이야. 여러 번 자문해봤어. 내 안의 광적이고 어쩌면 저속할지도 모를 삶에 대한 갈망을 누를 만한 절망이 이 세상에 존재할까 하고. 그런 건 없을 거라는 결론을 내렸지. 하긴 이것도 역시 서른 전까지의 얘기지만. 그땐 내 자신부터 그런 갈망을 잃을 것 같거든. 폐병쟁이 같은 코흘리개 도덕주의자들, 특히 시인들은 삶에 대한 갈망이 비열한 것이라고들 하지. 그게 어떻게 보면 카라마조프적인 특성인 건 사실이고, 그 삶에 대한 갈망이란 것은 어쨌거나 네 안에도 분명히 들어 있어. 그런데 그게 왜 비열하다는 걸까? 알료샤, 우리가 사는 이 행성에는 아직도 엄청난 구심력이 작용하고 있어. 난 살고 싶고, 논리에 거역해서라도 살아갈 거야. 사물의 질서는 믿지 않아도 봄이면 싹을 틔우는 녹진한 잎사귀가 소중하고, 푸르른 하늘이 소중하고, 가끔 아무 이유 없이 좋아지는 사람도 소중하고, 믿지 않게 된 지는 한참이어도 오랜 기억에 따라 마음속으론 존경하는, 인간이 이룬 업적도 소중해. 자, 생선 수프가 나왔구나. 어서 먹으렴. 맛이 좋단다. 이 집은 음식 맛이 꽤 괜찮거든. 알료샤, 난 유럽에 다녀오고 싶다. 여기서 바로 출발할 거야. 내가 가는 곳이 그저 묘지에 지나지 않는다는 건 알아. 그렇지만 세상에서 가장 고귀한 묘지지! 그곳엔 귀한 사람들이 잠들어 있고, 그 위에 서 있는 묘비 하나하나는 그토록 파란만장했던 지난 생애와 자신의 공적, 자신의 진리, 자신의 투쟁, 자신의 학문에 대한 열정적인 믿음에 대해 말해주고 있어. 난 땅바닥에 엎드려 그 묘비에 입을 맞추고 눈물을 흘리게 될 거야. 그러면서도 그곳이 오래전부터 그저 묘지일 뿐 그 이상은 아니라는 걸 온 가슴으로 느끼고 있겠지. 내가 우는 것도 절망 때문이 아니라 그저 눈물을 흘림으로써 행복감을 느끼기 위해서일 거야. 자신의 감동에 도취되는 거라고나

436

할까. 난 봄철의 녹진한 잎사귀와 파란 하늘을 사랑해! 이건 지성이나 논리의 문제가 아니야. 마음속에서, 내면 깊숙한 곳에서부터 사랑하는 거야. 자기 안에 처음 싹텄던 젊음의 힘을 사랑하는 거지…. 알료샤, 내 헛소리 중에 뭐라도 좀 알아듣겠니?"이반이 갑자기 웃음을 터뜨렸다.

"이해하고말고, 형. 마음속에서, 내면 깊숙한 곳에서부터 사랑하고 싶다는 건 정말 좋은 말이야. 형이 그처럼 삶을 원한다니 정말 기뻐!"알료샤는 소리쳤다. "모든 사람은 이 세상에서 삶을 그 무엇보다 사랑해야 한다고 생각해."

"삶의 의미보다는 삶 자체를 더 사랑해야 한다는 말이니?"

"그럼. 형의 말처럼 논리에 앞서, 꼭 논리에 앞서 사랑해야 해. 그래야만 삶의 의미도 깨달을 수 있으니까. 이건 옛날부터 내 머릿속을 맴돌던 생각이야. 형이 삶을 사랑한다면 이미 형이 할 일의 절반은 이룬 거야. 이젠 나머지 절반을 위해 노력해야 해. 그러면 구원을 받을 수 있을 거야."

"벌써 날 구원하겠다고 나서는데, 내가 죽어가는 게 아닐 수도 있잖아? 아무튼 그 나머지 절반이란 뭐지?"

"어쩌면 결코 죽은 적이 없을지 모르는 형의 고인들을 부활시키는 일이지. 자, 차를 들어. 이렇게 이야기를 할 수 있어서 너무 좋아, 형."

"넌 무슨 영감에 사로잡혀 있는 것 같구나. 난 너 같은… 수도사들에게서 듣는 professions de foi(신앙 고백)를 무척 좋아하지…. 알렉세이, 넌 참 견실한 사람이야. 그런데 수도원에서 나오려고 한다는 게 정말이냐?"

"정말이야. 장로님께서 날 속세로 보내려 하시거든."

"그럼 속세에서 또 보게 되겠구나. 내가 잔에서 입을 뗄 나이인 서른이 되기 전에 보기로 하자. 아버지는 일흔이 되어서도 잔에서 입을 떼려 하지 않고, 심지어 여든까지도 그러고 싶다고 직접 말씀하셨어. 아버진 광대일 뿐이지만, 이건 아버지에게 아주 심각한 문제지. 아버진 꼭 반석을 딛고 선 것처럼 욕정을 밟고 올라서 있어…. 하긴, 서른이 넘으면 그것 말곤 딛고 설 게 없긴 하지만…. 그래도 일흔까지는 추하고, 서른까지나 그러는 게 나아. 자신을 속이면서 '고상함의 흔적' 정도는 간직할 수 있을 테니까. 그런데 오늘 드미트리 형 봤니?"

"아니, 못 봤어. 하지만 스메르댜코프는 봤지." 알료샤는 스메르댜코프와 만났던 일을 재빨리 자세히 이야기했다. 이반은 갑자기 매우 심각한 얼굴이 되어 귀를 기울이고, 어떤 부분은 되물어보기까지 했다.

"드미트리 형에게 자기가 형 얘기를 했다는 건 절대 말하지 말라고 부탁하더군." 알료샤는 이렇게 덧붙였다.

이반은 인상을 찌푸린 채 생각에 잠겼다.

"스메르댜코프 때문에 인상을 쓰는 거야?" 알료샤가 물었다.

"그래, 그놈 때문이야. 빌어먹을 놈, 드미트리 형은 정말 만나고 싶었지만, 이젠 됐다…." 이반은 마지못해 이렇게 말했다.

"형, 정말 그렇게 빨리 떠날 생각이야?"

"그래."

"드미트리 형과 아버지는 어떡하고? 두 사람 일은 어떻게 될까?" 알료샤가 불안해하며 말했다.

"또 그 지긋지긋한 소리! 그 일에 내가 무슨 상관이냐? 내가 드미트리 형의 파수꾼이라도 되냐?" 이반이 짜증스럽다는 듯 이렇게 잘라 말했으나 이내 쓴웃음을 지었다. "카인이 동생을 죽이고 하느님께 한 대답 그대로지? 지금 그런 생각을 하고 있는 게 아니냐? 젠장, 내가 정말 그 사람들을 감시하려고 이곳에 남아 있을 수는 없잖니? 볼일도 끝냈으니 떠날 거야. 설마 내가 드미트리 형을 질투해 지난 석 달 내내 형의 아름다운 카테리나 이바노브나를 가로채려 했다고 생각하는 건 아니겠지. 제길, 내겐 내 볼일이 있었어. 일을 끝냈으니 가는 거라고. 일은 아까 끝났어, 너도 그 증인이지."

"아까 카테리나 이바노브나의 집에서 있었던 일을 말하는 거야?"

"그래, 맞아. 그리고 완전히 손을 뗐지. 그래서 뭐가 어떻다는 거냐? 드미트리 형이 나와 무슨 상관이야? 드미트리 형은 아무 상관없어. 난 카테리나 이바노브나에게 개인적으로 용무가 있었던 것뿐이야. 하지만 너도 알다시피 드미트리 형은 나와 무슨 말이라도 맞춘 것처럼 굴었지. 난 형에게 아무 부탁도 한 적 없는데, 형이 멋대로 엄숙하게 약혼녀를 넘겨주고 축복까지 해준 거야. 웃긴 일이지. 아니야, 알료샤, 그런 게 아니라고. 내가 지금 얼마나 홀가분한지 넌 모를 거야! 여기서 식사를 하면서 내 첫 자유의 순간을 축하하기 위해 샴페인이라도 주문할까 싶었을 정도니까. 퉤, 거의 반년을 끌어왔는데, 단숨에, 죄다 한 번에 벗어던졌어. 마음만 먹으면 이렇게 쉽게 끝낼 수 있다는 걸 어제까지만 해도 생각이나 했겠어?"

"형, 그건 형의 사랑에 대한 얘기인 거야?"

"원한다면 사랑이라고 해두자. 그래, 난 그 아가씨에게, 여학생에게 반했었어. 그래서 같이 괴로워했고, 그 여자가 날 괴롭히기도 했지. 그렇게 목을 맸는데… 갑자기 싹 날아가버린 거야. 아까는 열을 올리며 지껄여댔지만, 밖으로 나와서는 한바탕 웃어버렸다면 믿겠니? 난 있는 그대로 말하는 거야."

"지금도 아주 즐겁게 말하고 있군." 정말로 즐거워진 형의 얼굴을 바라보며 알료샤가 말했다.

"내가 그 여자를 전혀 사랑하고 있지 않다는 걸 예전엔 어떻게 알았겠니! 헤헤! 그런데 알고 보니 아니었던 거야. 그래도 그 여자를 얼마나 좋아했는지! 아까 한바탕 연설을 늘어놓을 때도 그 아가씨가 정말 좋았어. 사실은 지금도 무척 좋아하지만, 그런데도 그 여잘 떠나는 마음이 이렇게나 홀가분하단 말이지! 내가 허세를 부리는 것 같니?"

"아니. 다만 그건 사랑이 아니었을지도 몰라."

"알료시카." 이반이 웃음을 터뜨렸다. "사랑에 대해 논하려 들지 마라! 네겐 어울리지 않으니까. 아까도 갑자기 끼어들었지! 고맙다고 키스해주는 것도 잊었구나…. 아무튼 그 아가씨 때문에 얼마나 괴로웠는지 몰라! 정말로 생생한 감정의 격발 옆에 있는 거나 마찬가지였지. 아아, 그 아가씨 내가 자신을 사랑한다는 걸 알고 있었어! 그 여자가 사랑한 사람도 나지, 드미트리 형이 아니야." 이반은 유쾌한 목소리로 이렇게 주장했다. "드미트리 형에게는 감정의 격발에 사로잡혀 그러는 것뿐이야. 내가 아까 그 아가씨에게 말한 건 모두 있는 그대로의 사실이야. 하지만 가장 중요한 문제는 그 아가씨가 드미트리 형을 전혀 사랑하지 않을 뿐 아니라 오히려 자신이 괴롭히고 있는 나를 사랑한다는 걸 스스로 깨닫기까지 15년, 20년이 걸릴지도 모른다는 거야. 아니, 어쩌면 오늘 그런 교훈을 얻고서도 영영 깨닫지 못할 수도 있지…. 그러니 자리에서 일어나 영원히 떠나버리는 게 낫겠지. 참, 그 아가씨는 지금 어때? 내가 나오고 나서 어떻게 됐어?"

알료샤는 카테리나가 히스테리를 일으켰으며 지금은 혼수상태에서 헛소리를 하고 있을 거라고 말했다.

"호흘라코바 부인이 거짓말을 하는 건 아닐까?"

"그런 것 같진 않아."

"알아봐야겠군. 하지만 사실 히스테리로 사람이 죽어나간 일은 한 번도 없었지. 히스테리 좀 일으킨다고 큰 문제는 아니야. 히스테리는 하느님이 사랑의 마음으로 여자에게 내려주신 거니까. 아무튼 난 다신 그 집에 가지 않을 거야. 이제 와서 얼굴을 들이밀 필요가 어디 있겠어?"

"하지만 형은 아까 그분에게 그분이 형을 한 번도 사랑한 적 없다고 했잖아."

"그건 일부러 그런 거야. 알료샤, 샴페인을 주문할 테니,

내 자유를 위해 마시도록 하자. 내가 지금 얼마나 기쁜지 넌 모를 거야!"

"아니, 형, 마시지 않는 게 좋겠어." 알료샤가 갑자기 이렇게 말했다. "기분도 어쩐지 우울해."

"그래, 넌 아까부터 우울해 보였어. 나도 아까부터 그걸 눈치챘지."

"그럼 내일 아침에 기어코 여길 떠나는 거야?"

"아침? 아침이라고는 안 했는데…. 뭐, 아침에 갈 수도 있겠지. 실은 말이다, 내가 오늘 여기서 식사를 한 건 오로지 영감과 같이 밥 먹기 싫어서였어. 그만큼 그 영감이 역겨워졌거든. 그 영감이 싫어서라도 진작 떠나버렸어야 했어. 그런데 내가 떠난다고 왜 그렇게 걱정하는 거니? 떠날 때까지 너와 함께할 수 있는 시간이 얼마나 많은데. 그야말로 영원, 영생의 시간이!"

"내일 출발하는데 영원이라니?"

"우리한테 그런 게 무슨 상관이니?" 이반이 웃었다. "우리 자신의 이야기는 할 수 있어. 우리 자신의 이야기 말이야. 우리가 뭣 때문에 여기 왔니? 왜 그렇게 놀란 얼굴로 보지? 대답해봐, 우리가 왜 여기 모였니? 카테리나 이바노브나에 대한 사랑이나 영감이나 드미트리 형 얘기를 하려고? 외국에 대한 얘기를 하려고? 아니면 러시아의 숙명적인 상황에 대한 얘기를 하려고? 그것도 아니면 나폴레옹 황제 얘기 때문에? 그래? 그런 것 때문이야?"

"아니, 그런 것 때문이 아니야."

"그럼 너도 뭣 때문에 왔는지 알고 있겠구나. 다른 사람들에겐 그들만의 문제가 있을 것이고, 우리 같은 풋내기는 우선 영원의 문제를 해결해야 해. 그게 우리의 관심사니까. 지금 러시아의 젊은이들은 죄다 영원의 문제만 논의하고 있어. 노인들이 모두 실질적인 문제에 매달리기 시작한 것도 바로 지금이지. 지난 석 달간 네가 왜 나를 기다리는 듯한 눈으로 바라봤지? '어떤 믿음을 가지고 있느냐, 아니면 아예 믿음이 없느냐?' 하고 캐묻기 위해서였겠지. 지난 석 달간의 네 눈빛은 결국 그런 뜻이었어, 알렉세이 표도로비치, 그렇지?"

"그럴지도 몰라." 알료샤가 미소를 지었다. "지금 날 비웃고 있는 건 아니지?"

"내가 비웃는다고? 지난 석 달간 그렇게 기대에 찬 눈으로 날 바라본 동생을 슬프게 할 생각은 없어. 알료샤, 나를 똑바로 봐. 난 견습 수사가 아닐 뿐이지 너랑 똑같은 풋내기야. 러시아 풋내기들이 지금까지 해온 일이 뭐지? 그러니까 그중 일부 말이야. 예를 들어 그들이 이 냄새 나는 술집에 와서 한 구석에 자리를 잡고 앉았다고 하자. 여태 서로 모르는 사이였고, 술집에서 나가면 40년은 또 모르는 사이로 살아갈 거야. 그런데도 술집에 있는 그 짧은 시간 동안 무슨 문제를 논하는지 아니? 신은 있느냐, 영생은 있느냐 하는 세계적인 문제에 대해서야. 신을 믿지 않는 친구들은 사회주의니 무정부주의니 인류 전체를 새롭게 개편해야 하느니 하는 이야기를 꺼내겠지만, 어차피 같은 선상에 있는 얘기고, 다른 쪽 끝에서 시작했다 뿐이지 결국 똑같은 문제들이야. 오늘날 러시아에서 기발하다 하는 수많은 청년들은 언제나 영원의 문제만 토론하고 있지. 안 그래?"

"맞아. 진정한 러시아인에게는 신이 있는가, 불멸이 있는가 하는 문제와 형이 말한 다른 쪽 끝에서 시작된 문제들이 가장 중요하고 우선시 되는 문제들이지. 또 당연히 그래야 하고." 알료샤가 여전히 형의 마음을 살피려는 듯한 조용한 미소를 띤 채 그를 찬찬히 바라보며 이렇게 말했다.

"그러니까 말이야, 알료샤. 러시아 사람으로 산다는 건 때로는 전혀 현명한 일은 못 되지만, 지금 러시아 어린애들이 하는 짓보다 어리석은 짓은 상상도 못 해. 하지만 나는 알료샤라는 러시아 풋내기 하나만은 끔찍이 좋아하지."

"기가 막힌 연결이네." 알료샤가 웃음을 터뜨렸다.

"자, 어떤 얘기부터 시작할지 네가 직접 말해보렴. 하느님? 하느님은 존재하는가 하는 문제?"

"형이 원하는 것부터 시작해. '반대쪽 끝'에서 시작해도 상관없고. 어제 아버지 댁에서 하느님은 없다고 선언했잖아." 알료샤는 형을 살피는 듯한 눈으로 바라보았다.

"어제 아버지 집에서 식사할 땐 일부러 널 놀려주려고 그래봤는데, 아니나 다를까 네 눈빛이 활활 타오르더구나. 하지만 지금은 너와의 토론을 피할 생각이 전혀 없어. 이건 진심이야. 알료샤, 난 너와 친해지고 싶다. 내겐 친구가 없으니 한번 그래보고 싶어. 어쩌면 내가 하느님을 인정하고 있을지도 모르잖니." 이반이 웃었다. "네겐 너무 뜻밖이겠지?"

"물론이야. 형이 지금 농담을 하고 있는 게 아니라면."

"농담이라. 어제 장로의 암자에서도 나보고 농담을 한다고 그랬지. 얘야, 18세기에 어느 죄 많은 노인이 s'il n'existait pas Dieu il faudrait l'inventer, 만약 신이 없다면 만들어내야 한다고 말했어. 그래서 인간은 정말로 신을 만들어냈지. 하지만 이상하고도 놀라운 사실은 신이 실제로 존재한다는 것이 아니라 그런 생각, 신이 필요하다는 생각이 인간처럼 야만적이고 사악한 동물의 머릿속에 떠올랐다는 거야. 그만큼 그 생각은 성스럽고 감동적이고 현명하고 인간의 위신을 살려주는 생각이거든. 하지만 나는 인간이 신을 창조했느냐, 신이 인간을 창조했느냐 하는 문제는 진작 덮어두기로 했어. 그러니 그 문제에 관한 요즘 러시아 젊은이들의 공리는 일일이 늘어놓지 않을 생각이야. 그 공리들은 죄다 유럽의 가설에서 가져온 거야. 저쪽에선 가설에 지나지 않는 것이 러시아 젊은이들에겐 곧 공리가 되어버리거든. 젊은이들뿐 아니라 그들을 가르치는 교수들도 마찬가지야. 러시아 교수들도 젊은이나 다를 바 없는 경우가 허다하니까. 그러니 가설은 거론하지 말자. 지금 우리가 해야 할 게 뭐지? 내가 나란 사람의 본질, 즉 내가 어떤 사람이고, 무엇을 믿고, 어떤 희망을 가지고 있는가를 최대한 빨리 네게 설명하는 게 아니겠니? 그래서 솔직 담백하게 신을 인정한다고 선언한 거야. 하지만 봐라. 만약 신이 존재하고 정말로 신이 이 땅을 창조했다면 우리가 이미 잘 알고 있듯 유클리드 기하학에 따라 이 지구를 창조했고, 인간의 머리는 3차원의 공간만 이해할 수 있도록 창조한 거야. 그런데 기하학자들과 철학자들, 내로라하는 학자들 중에서도 전 우주가, 아니 더 광범위하게는 모든 존재가 유클리드 기하학에 의해서만 창조되었다는 걸 의심하고, 심지어 유클리드에 따르면 이 지상에서 절대 만날 수 없는 두 개의 평행선이 무한 속 어딘가에선 만날 수 있다는 대범한 공상을 하는 사람들이 지금도 계속 나오고 있어. 난 말이야, 그런 것도 알 수 없는 내가 어떻게 신에 대해 알 수 있겠냐고 생각해. 내겐 그런 문제를 풀 수 있는 아무 능력이 없다고 겸허히 인정하는 거지. 내 지성은 유클리드식이고 지상적인데 어떻게 이 세상 것이 아닌 문제를 풀 수 있겠어? 알료샤, 네게도 충고하는데 그런 문제는 아예 생각하지 않는 게 좋아. 신에 관한 문제, 신이 있는가 없는가 하는 문제는 더욱 그렇고. 그런 문제들은 3차원만 이해할 수 있도록 창조된 두뇌로는 결코 풀 수 없어. 그래서 난 신을 인정해. 기꺼이 인정할 뿐 아니라 우리가 전혀 알 수 없는 신의 지혜와 목적까지도 인정해. 삶의 질서와 의미를 믿고, 우리 모두가 하나 될 영원의 조화도 믿어. 또 우주가 추구하고 '신과 함께 있으며' 신그 자체이기도 한 말씀, 그리고 그 밖의 무한한 것들을 믿지. 여기에 대해서는 여러 이야기가 있었지. 난 바른 길에 올라서 있는 것 같은데, 어때? 잘 들어. 난 결국엔 그 신의 세계란 것을 인정하지 않아. 그것이 존재한다는 건 알아도 절대 받아들일 수는 없어. 신을 인정하지 않는다는 게 아니야. 신이 창조한 세계, 신의 세계를 받아들이는 데 동의할 수 없다는 거야. 말해두지만 나는 고통은 아물어 사라지고 인간의 모순이 빚어내는 굴욕적인 희극도 초라한 신기루처럼, 또 원자처럼 무력하고 보잘것없는 인간의 유클리드적 두뇌에서 나온 추악한 생각처럼 사라져버릴 거라고 어린애처럼 믿고 있어. 세상의 종국에 이르러 영원한 조화의 순간이 찾아오면 모든 사람의 가슴을 채워주고, 분노를 잠재우고, 인간의 모든 악행과 그들로 인해 흐른 피를 보상하고, 인간에게 일어났던 모든 일을 용서해줄 뿐 아니라 해명해줄 수 있는 고귀한 일이 일어날 거라고 믿고 있는 거야. 하지만 그런 일이 정말 일어난다고 해도 난 그것을 받아들일 수 없고 받아들이고 싶지도 않을 거야! 평행선이 서로 만나 그것을 내 눈으로 직접 보게 되고 내 입으로 말하게 될지라도 받아들이지는 않을 거야. 이게 나의 본질이야, 알료샤. 이게 나의 명제란 말이다. 이 이 야긴 모두 진심이야. 일부러 너와의 대화를 어리석기 짝이 없게 시작했지만 결국 내 고백까지 털어놓은 건 네가 원하는 게 오직 이것이었기 때문이야. 넌 신에 관한 게 아니라 네가 사랑하는 형이 무엇으로 살고 있는지 알고 싶었을 뿐이니까. 그래서 그 얘길 해준 거야."

이반은 뜻밖의 특별한 감정이 불쑥 솟아오르는 것을 느끼며 장황한 이야기를 마쳤다.

"그런데 어째서 '어리석기 짝이 없게' 대화를 시작한 거지?" 알료샤가 생각에 잠긴 얼굴로 형을 바라보며 물었다.

"그건 첫째, 러시아식을 따르기 위해서야. 러시아에서 이런 주제의 대화는 보통 어리석기 짝이 없는 방식으로 이루어지거든. 둘째는 어리석으면 어리석을수록 핵심에 더 가까워지기 때문이지. 어리석을수록 명료하거든. 어리석음은 간결하고 간사하지 않지만, 영리함은 살살 피해 다니며 숨어버리기 마련이야. 영리함은 비열하지만 어리석음은 올곧고 정직해. 난 일을 절망적인 상태까지 몰고 갔으니, 어리석게 표현했을수록 내겐 유리한 거지."

"왜 '세계를 받아들이지 않는다'고 했는지 설명해주겠어?" 알료샤가 말했다.

"물론 설명해줄 수 있지. 비밀도 아니고 이런 이야기를 한 것도 실은 그것 때문이니까. 알료샤, 난 널 타락시키거나 네가 서 있는 곳에서 끌어내리려는 게 아니라, 어쩌면 널 통해 날 치유하고 싶은 걸지도 몰라." 이반이 갑자기 유순한 어린 소년처럼 미소를 지었다. 알료샤는 그가 그런 미소를 짓는 것을 지금껏 한 번도 본 적이 없었다.

4. 반역

"네게 한 가지 고백할 게 있다." 이반이 말문을 열었다. "나는 자기 가까이에 있는 사람을 어떻게 사랑할 수 있는지 도저히 모르겠어. 멀리 있는 사람이라면 몰라도 가까이 있는 사람은 절대 사랑할 수 없다는 게 내 생각이야. 어쩌다 어디서 '자비로운 요한'이라는 성인의 이야기를 읽은 적이 있어. 굶주리고 추위에 떨던 나그네가 찾아와 몸을 녹이게 해달라고 부탁하자 그 성인은 나그네와 함께 침대에 누워 그를 꼭 껴안고 무서운 병으로 썩어 문드러져 악취를 풍기는 입에 입김을 불어

넣어주기 시작했다는 거야. 난 그 성인의 행동이 거짓된 감정의 발작에서 비롯된 것이라 생각해. 의무적인 사랑과 자신이 짊어진 고행의 징벌 때문에 그런 행동을 한 거지. 사람을 사랑하려면 그 상대가 숨어 있어야 해. 그 사람이 얼굴을 조금이라도 내미는 순간 사랑 따윈 사라져버리고 마는 거야."

"조시마 장로님도 여러 번 그런 말씀을 하셨어." 알료샤가 말했다. "사람의 얼굴이 사랑에 서툰 많은 사람들에게 있어 사랑하는 데 방해가 된다고도 말씀하셨지. 하지만 인류는 많은 사랑을 품고 있어. 그중에는 그리스도의 사랑과 비슷한 것도 있어. 그건 내 자신이 잘 알고 있어, 형."

"난 아직 그걸 모르겠고, 이해도 못 하겠다. 수많은 사람들도 나와 똑같을 거야. 문제는 그게 사람의 못된 성격 때문이냐, 아니면 타고난 본성이 그래서냐 하는 점이야. 내 생각에 인간에 대한 그리스도의 사랑은 지상에서는 있을 수 없는 일종의 기적이야. 하긴 그리스도는 신이었지. 하지만 우리는 신이 아니잖아. 가령 내가 굉장히 괴로워하고 있어도 다른 사람은 내가 얼마나 괴로워하고 있는지 절대로 알 수 없어. 타인은 타인일 뿐 내가 아니거든. 게다가 사람은 다른 사람의 고통을 좀처럼 인정하려 들지 않지(그게 꼭 무슨 벼슬이라도 되는 것처럼). 왜 인정하려 하지 않는 것 같니? 그건 내게서 고약한 냄새가 난다거나 내 얼굴이 얼간이처럼 생겼다거나 언젠가 내가 그 사람의 발을 밟았다는 이유 때문이야. 게다가 고통에도 여러 가지가 있어. 나를 비참하게 하는 굴욕적인 고통, 예를 들어 굶주림 같은 고통이라면 내 은인께서도 인정해주실지 모르지만, 그보다 좀 더 고귀한 고통, 예를 들어 이념을 위한 고통 같은 건 아주 드문 경우가 아니면 인정하려 들지 않을 거야. 내 얼굴을 봤는데 자기가 상상해본 이념 때문에 고통받고 있는 사람의 얼굴과는 영 다른 거지. 그 순간 내게 품었던 호의를 싹 거둬들이게 돼. 그렇다고 못된 마음에서 그러는 것도 아니란 말이지. 거지들, 특히 고귀한 거지들은 절대 모습을 드러내지 말고 신문을 통해 구걸해야 해. 추상적으로는 가까운 사람을 사랑할 수 있고, 심지어 멀리서도 사랑할 수 있지만, 바로 옆에 있는 사람을 사랑하는 건 사실상 불가능한 일이야. 연극에서나 발레에서처럼 거지들이 너덜너덜한 레이스가 달린 다 떨어진 비단옷을 입고 우아하게 춤을 추며 구걸을 한다면 그 모습을 즐겁게 감상할 수는 있겠지. 하지만 그건 감상일 뿐 사랑하는 게 아냐. 아무튼 이 얘긴 이제 됐다. 그저 네게 내 관점을 보여주고 싶었을 뿐이야. 원래는 인류 전체의 고통에 대해 말할 생각이었지만, 아이들의 고통에 대해서만 이야기하는 편이 낫겠다. 내 논증거리가 10분의 1로 줄겠지만 그래도 그게 좋겠어. 물론 내가 더 불리해지겠지. 그래도 아이들 이야기만 하려는 건 첫째, 아이들은 가까이 있어도, 지저분해도, 얼굴이 못생겨도(하긴 못생긴 아이는 하나도 없다고 생각하지만) 사랑할 수 있거든. 둘째, 어른들 이야긴 그들이 역겹고 사랑받을 가치가 없을 뿐 아니라, 천벌을 받고 있기 때문에라도 하지 않을 거야. 어른들은 선악과를 따 먹어 선악을 알게 되었고, '하느님처럼' 되었지. 지금도 그걸 계속 따 먹고 있어. 하지만 어린애들은 아직 아무것도 따 먹지 않았고, 아무 죄도 없지. 알료샤, 아이들을 좋아하니? 좋아한다는 건 나도 잘 알고 있지. 그러니 내가 왜 아이들 이야기만 하려고 하는지 이해가 될 거야. 아이들이 이 땅에서 끔찍이 고통받고 있다면 그건 아버지, 선악과를 따 먹은 아버지를 대신해 벌을 받고 있는 거야. 하지만 이건 다른 세상에 속한 논의고, 여기 이 지상에 사는 인간의 마음으론 헤아릴 수 없는 것이지. 죄 없는 존재가, 그것도 그렇게 아무 죄 없는 존재가 다른 이 때문에 고통받아선 안 될 일이야! 알료샤, 놀랍겠지만 나도 아이들을 정말 좋아해. 잔인하고 호색적이고 음탕한 카라마조프적인 사람들 중에서도 아이라면 끔뻑 죽는 사람들이 종종 있단다. 아이들이 아직 어릴 때는, 가령 일곱 살 때까지는 사람들과는 너무나 달라. 본성 자체가 다른 별개의 존재 같지. 난 감옥에 수감된 강도 한 사람을 알고 있어. 강도짓을 하면서 밤마다 물건을 훔치러 들어간 집에서 일가족을 몰살하고, 그러면서 어린아이도 여러 명 베어 죽였지. 그런데 감옥살이를 하면서 아이들을 이상하리만치 사랑하게 된 거야. 철창 밖으로 감옥 마당에서 뛰어노는 아이들만 하염없이 바라볼 정도로. 어떤 어린 소년은 자기가 있는 창문 아래로 불러서 아주 친하게 지냈지⋯. 내가 왜 이런 얘길 하는지 모르겠니? 어쩐지 머리가 아프고 마음이 울적하구나."

"형, 말하는 모습이 이상해." 알료샤가 걱정스럽게 말했다. "마치 광기에 사로잡힌 사람 같아."

"그러고 보니 얼마 전 모스크바에서 어떤 불가리아 사

람이 이런 이야길 했지." 이반은 동생의 말이 들리지 않는다는 듯 말을 계속했다. "불가리아 전역에서 터키인과 체르케스인이 슬라브인들의 대대적인 폭동을 두려워해서 잔악무도한 짓을 저지르고 있다는 거야. 불을 지르고, 사람을 베고, 여자와 아이들을 폭행하고, 사로잡은 사람의 귀를 담장에 못 박은 채로 아침까지 내버려 두었다가 아침이 되면 목을 매다는 등 상상도 못 한다는구나. 가끔 인간의 잔인성을 두고 '짐승' 같다는 표현을 쓰지만, 짐승에게는 정말 억울할 일이야. 짐승은 결코 인간만큼 잔인하지 않거든. 그렇게 능란하고 예술적으로 잔인할 수가 없단 말이지. 호랑이가 할 수 있는 거라곤 물어뜯는 것 정도야. 사람의 귀를 밤새도록 담장에 못 박는 건 설령 호랑이에게 그럴 능력이 있더라도 생각도 못 할 일이지. 그나저나 그 터키 사람들은 쾌감을 느끼며 아이들도 괴롭혔다는군. 칼로 어머니의 배를 갈라 아이를 끄집어내기도 하고 어머니가 보는 앞에서 젖먹이를 위로 던졌다가 그대로 총검에 꽂기도 하면서 말이야. 어머니의 눈앞에서 그런다는 게 가장 쾌감이 컸지. 자, 그런데 굉장히 흥미로웠던 장면이 하나 있어. 상상해봐. 터키인들에게 둘러싸여 바들바들 떨고 있는 어머니의 품에 갓난아이가 안겨 있어. 터키인들은 재미난 장난을 치기 시작했지. 아이가 웃도록 어르고 웃어주는 거야. 마침내 아이가 웃음을 터뜨렸어. 이때 한 터키인이 아이의 얼굴에서 4베르쇼크(1베르쇼크는 약 4.4센티미터—옮긴이) 떨어진 곳에서 총을 겨눴어. 아이가 까르르 웃으면서 총을 잡으려고 조그만 손을 뻗는 순간 예술가가 아이의 얼굴에 대고 방아쇠를 당겨 머리통을 박살 내버렸지…. 정말 예술적이지 않니? 참, 터키인들은 단 것을 무척 좋아한다는군."

"형, 어째서 이런 이야기를 하는 거지?"알료샤가 물었다.

"만약 악마가 존재하지 않아 인간이 만들어낸 거라면, 자기 모습과 형상을 본떠 만들었을 거야."

"그렇다면 신도 마찬가지겠지."

"《햄릿》의 폴로니어스처럼 기가 막히게 묻어가는구나." 이반은 웃었다. "네가 내 말꼬리를 잡기는 했지만 그래도 좋다. 인간이 자기 모습대로 하느님을 창조했다면 네 하느님은 아주 훌륭할 거야. 방금 왜 이런 이야기를 하느냐고 물었지. 사실 난 여러 가지 사실을 수집하는 걸 좋아해서 신문이든 이야기든 닥치는 대로 일화들을 기록해두곤 하는데, 그렇게 모아둔 게 벌써 꽤 되지. 터키인 이야기도 물론 그중 하나지만, 어쨌거나 그건 외국인 이야기야. 내겐 우리나라 이야기도 있는데, 그중엔 터키인 이야기보다 더한 것도 있어. 우리나라에선 때리는 게 심하잖니. 특히 매질이나 채찍질이 심하고, 이건 다분히 민족적인 특성이지. 그래도 우리는 유럽인이라 귀에다 못을 박는 건 생각도 못 하지만, 매질과 채찍질은 완전히 러시아적인 것이 되어서 우리와 떼놓을 수 없게 되었거든. 외국에서는 풍속이 깨끗해진 건지 사람이 사람을 때리면 안 된다는 법이 제정된 건지 요즘에는 매질이 아예 사라진 모양이더라. 대신 우리와 마찬가지로 순전히 민족적인 다른 방법을 쓰고 있지. 그건 우리나라에서라면 불가능하게 여겨질 정도로 극히 민족적인 방법이야. 하긴 우리나라에서도,

특히 상류사회에서 종교 운동이 시작된 이후로 퍼져나가고 있는 것 같지만 말이야. 프랑스에서 번역된 아주 재미난 소책자를 하나 가지고 있는데, 바로 얼마 전, 5년 전쯤에 제네바에서 리샤르라는 살인범을 처형한 이야기야. 스물두 살짜리 청년인데 단두대에 오르기 직전에 회개하고 그리스도교에 입교했다는군. 리샤르는 원래 사생아였는데, 겨우 여섯 살쯤 되었을 때 부모가 스위스 산의 양치기들에게 선물해버렸어. 양치기들은 부려먹을 생각으로 그를 키웠지. 아이는 양치기들 틈에서 짐승처럼 자랐어. 양치기들은 아이에게 뭐라도 가르치기는커녕 일곱 살 때부터는 비가 오건 날이 춥건 양치는 일을 시켰지. 옷도 제대로 입히지 않고 밥도 제대로 주지 않으면서 말이야. 물론 그러면서도 누구 하나 곰곰이 생각해보거나 뉘우치는 사람이 없었고 오히려 자기들에게 충분히 그럴 권리가 있다고 여겼어. 리샤르는 물건처럼 선물받은 것이니 밥을 줄 필요도 없다고 생각한 거야. 리샤르 자신이 증언하기를 그땐 성서에 나오는 탕자처럼 돼지 먹이라도 먹어보았으면 하는 생각이 간절했다는군. 하지만 그것조차 주지 않았고, 돼지 먹이를 훔쳐 먹었다고 두들겨 팼다는 거야. 리샤르는 그렇게 소년 시절과 청년 시절을 보내고 어른이 되어 힘이 생기자 도둑질을 하러 나섰지. 이 야만인은 제네바에서 날품팔이로 번 돈으로 술을 퍼 마시며 불한당처럼 살다가, 어떤 노인을 죽이고 강도질을 하기에 이르렀어. 그 일로 체포되어 재판에서 사형 선고를 받았지. 그쪽 사람들은 감상적인 데라곤 없으니까 말이야. 그런데 감옥에 들어가자 목사며 이런저런 그리스도교 단체 회원들이며 자선가 귀부인들이 순식간에 리샤르를 에워싸는 거야. 그들이 감옥에서 읽고 쓰는 법과 성경을 가르치고 훈계하고 설득하고 강요하고 압력을 가하자 리샤르도 결국 감격스러운 마음으로 자신의 죄를 인정하게 되었지. 리샤르는 개종한 후 직접 재판소에 편지를 보내 자기는 쓰레기 같은 인간이었지만 주님께서 광명을 비춰주시고 은총을 내려주셨다고 했어. 그러자 제네바 시 전체가, 제네바의 모든 자선가와 신앙인들이 술렁거렸어. 지체 높은 사람들, 교양 있는 사람들이 모두 그를 보기 위해 감옥으로 몰려들었지. 리샤르를 껴안고 입맞추며 '당신은 우리의 형제다, 당신은 은총을 받았다!'고 외쳤어. 그러면 리샤르는 그저 감격에 겨워 눈물만 흘릴 뿐이었어. '맞습니다, 저는 은총을 받았습니다! 저는 소년 시절과 청년 시절 내내 돼지 먹이만 얻어도 기뻐했습니다. 하지만 이제 주님의 은총이 내려 주님의 품 안에서 죽게 되었습니다!' '그래, 그래, 리샤르, 주님의 품 안에서 죽도록 해. 너는 남의 피를 흘리게 했으니 주님의 품 안에서 죽어야 해. 돼지 먹이를 탐내 그것을 훔쳐 먹고 매를 맞았을 때(그건 아주 나쁜 짓이야. 도둑질은 하면 안 되니까) 하느님을 전혀 몰랐다는 건 네 잘못이 아니지만, 그래도 어쨌든 남의 피를 흘리게 했으니 죽어 마땅해.' 마침내 최후의 날이 왔어. 기진맥진한 리샤르는 눈물을 흘리며 '오늘은 제 생애 최고의 날입니다. 나는 주님께 갑니다!'라는 말만 끊임없이 되뇌었어. 그러면 목사며 재판관이며 자선가 귀부인들은 '그럼, 네 생애 가장 행복한 날이고말고, 넌 주님께 가는 거니까!'라고 외치는 거야. 그들은 모두 리샤르를 태운 죄수 마차를 따라 걷거나 마차를 타고 처형장까지 갔어. 이윽고 처형장에 다다르자 '죽어라, 형제여!'라고 외쳤지. '주님의 품에서 죽어라, 네겐 은총이 내렸으니!' 형제들은 리샤르에게 입맞춤을 쏟아붓고 처형장으로 끌고 가 단두대에 목을 대고 은총을 받았다는 이유로 지극히 형제답게 목을 댕강 잘라 버렸지. 이건 서구의 특징을 잘 보여주는 이야기야. 이 소책자는 러시아 상류층 루터파 자선가들이 러시아어로 번역해서 민중 계몽을 위해 신문이나 다른 출판물의 부록으로 무료로 배포한 거야. 이 리샤르 이야기가 흥미로운 건 민족성을 잘 보여주기 때문이야. 우리나라에서는 누군가가 우리의 형제가 되고 은총을 받았다고 목을 친다는 건 말도 안 될 일이거든. 그러나 거듭 말하지만 우리나라에도 그에 뒤지지 않는 우리만의 것이 있지. 우리나라에는 남을 때려 괴로워하는 모습을 옆에서 보며 즐겨온 역사가 있거든. 네크라소프의 시를 보면 농부가 말의 눈에, 그 '순한 눈'에 채찍질을 하는 장면이 나와. 그런 광경을 못 본 사람은 아마 없을 거야. 이거야말로 러시아적인 것이니까. 네크라소프는 힘없는 말이 과하게 짐을 실은 수레를 끌다가 진창에 빠져 버둥거리는 모습을 묘사했어. 농부는 미친 듯이 말을 때리고 또 때리다가 마침내 때린다는 그 행동에 취해 무아지경으로 채찍을 휘두르지. '힘에 부쳐도 끌어, 죽어도 끌란 말이야!' 비쩍 마른 말이 버둥거리면 울고 있는 무방비한 그 '순한' 눈에 채찍을 휘두르는 거야. 말은 미친 듯이 몸부림을 쳐 결국 수레를 끌어내고, 온몸을 떨면서 숨도 제대로 못 쉬며 폴짝폴짝 뛰는 것처럼 부자연스럽고 비참한 모습으로 옆으로 걷듯 나아가기 시작하지. 네크라소프의 시에서 보면 이 장면은 정말 끔찍하단다. 하지만 이건 어디까지나 말 이야기야. 말은 때리라고 하느님이 주셨다고 타타르인들이 우리에게 설명해주었고, 그걸 기억하라고 채찍을 주었지. 하지만 사람에게도 매질은 할 수 있어. 교양 있는 지식인 신사와 부인이 일곱 살짜리 친딸을 회초리로 때린 일이 있는데, 그 이야기도 자세히 적어두었지. 아버지란 사람은 회초리에 옹이가 있는 걸 보고 '더 효과가 좋겠다'고 좋아하며 자신의 친딸을 '혼쭐내기' 시작하지. 내가 확실히 알고 있는 사실인데 매를 휘두를 때마다 말 그대로 성적 쾌감을 느낄 만큼 흥분하는 사람들이 있어. 매를 내리치는 횟수가 늘어날수록 더 큰 흥분을 느끼지. 1분을 때리려던 것이 5분, 10분으로 늘어나고, 더 오래, 많이, 빠르게, 가혹하게 때리게 되는 거야. 아이는 비명을 지르다가 나중엔 그러지도 못 하고 '아빠, 아빠, 아빠, 아빠!' 하면서 숨만 헐떡이지. 이 추악한 사건은 결국 재판에 회부되었어. 변호사가 고용되었지. 러시아 민중은 옛날부터 변호사를 '돈으로 고용된 양심'이라고 불러. 아무튼 변호사는 의뢰인을 변호하려고 목청 높여 말했지. '본 건은 가정 내에서 일어난 단순하고 평범한 사건입니다. 아버지가 딸을 혼낸 것뿐이죠. 이 일이 재판까지 오게 되다니 이건 우리 시대의 수치입니다!' 그 말에 감동한 배심원들은 잠시 물러갔다가 무죄를 선고했어. 방청인들은 가해자가 무죄 선고를 받았다고 환호성을 질렀지. 아아, 내가 그 자리에 없었다는 게 유감이야. 그 가해자의 이름을 딴 장학금을 제정하자고 제안했을 텐데…! 참으로 대단한 광경이 아니냐. 하지만 아이들에 대해서라면 그보다 더한 이야기도 있어. 나는 러시아 아이들 이야기를 꽤 많이 모아뒀거든. 다섯 살짜리 여자아이가 '존경받고 직책도 높은, 교양 있는' 부모의 미움을 샀어. 거듭 분명히 말해두는데 많은 사람들에겐 유아 학대를 즐기는 특이한 성질이 있어. 하지만 그 대상은 아이들에게만 한정되지. 이들은 다른 사람들에게는 교양 있고 인도적인 유럽인처럼 겸손하고 온순한 태도를 보이지만, 그러면서도 아이를 괴롭히는 걸 너무나 즐겨서 그런 의미에서는 아이들 자체를 좋아한다고도 할 수 있지. 학대자의 마음을 끄는 건 바로 아이들의 무방비한 면이야. 아무 데로도 갈 수 없고 누구에게도 의지할 수 없는 아이들의 천사 같은 순진함에 학대자의 더러운 피가 끓는 거지. 물론 어떤 사람의 마음속에나 짐승이 숨어 있어. 툭하면 화를 내는 짐승, 고통받는 희생자의 비명 소리에 쾌락에 가까운 흥분을 느끼는 짐승, 사슬에서 풀려나 날뛰는 짐승, 음탕한 생활로 통풍이나 간장병을 앓고 있는 짐승 등. 그 교양 있다는 부모란 사람들은 가엾은 다섯 살 소녀를 온갖 방법으로 학대했어. 무엇 때문인지는 그들 자신도 모르면서 아이에게 주먹질을 하고, 회초리로 때리고, 발길질을 해서 온몸을 멍투성이로 만들었지. 그러다 나중엔 아주 교묘한 방법을 쓰기 시작했어. 엄동설한에 아이를 밤새 화장실에 가둬놓는 거야. 그것도 아이가 밤에 화장실에 가고 싶다고 하지 않았다는 이유로 말이지(천사처럼 곤히 잠든 다섯 살 난 아이가 어떻게 그런 말을 할 수 있겠어). 그랬다고 아이의 얼굴에 대변을 바르고 대변을 억지로 먹이기까지 했어. 그것도 어머니, 어머니라는 사람이 말이야! 그러고 나서 그 어머니는 변소에 갇힌 가엾은 아이의 신음 소리를 들으며 태평하게 잠을 잤다는 거야. 자기가 무슨 일을 당하는지도 잘 모르는 조그마한 존재가 춥고 어두운 화장실에서 조그만 주먹으로 찢어질 것 같은 가슴을 두드리며 '하느님 아버지'께 자신을 지켜달라고 아무런 미움도 없는 순진한 눈물을 흘리는 이 광경이 이해가 되니? 이 기막힌 상황이 이해가 되느냔 말이야. 넌 내 친구이자 동생, 하느님의 겸손한 수도사잖아. 대체 무슨 필요가 있어서 그런 불합리한 일이 벌어지는 건지 이해가 되냐! 그런 일이 벌어지지 않는다면 인간은 선악을 인식하지 못했을 테니 지상에서 살아갈 수 없었을 거라고 하지. 그런 대가를 치르면서까지 그 빌어먹을 선악을 인식할 필요가 뭐냔 말이야? 인식의 세계를 전부 합쳐도 '하느님'께 흘리는 아이의 눈물만 못한데. 나는 어른의 고통에 대해 말하는 게 아니야. 어른들은 선악과를 따먹었으니 어찌 되든 상관없어. 죄다 악마한테나 잡혀가라지. 하지만 아이들은, 이 아이들은! 알료샤, 내가 널 괴롭히고 있는 것 같구나. 굉장히 심란해 보여. 네가 원한다면 그만두마."

"괜찮아, 나도 괴로움을 느끼고 싶어." 알료샤가 중얼거렸다.

"한 가지, 딱 한 가지 장면만 더 말하마. 그것도 호기심에 모아둔 건데, 아주 특징적인 이야기지. 우리나라 고대 총서에

서 읽은 건데, '고문서'였는지 '고사록'이었는지 기억이 안 나
는구나. 나중에 확인해봐야겠다. 19세기 초 농노제의 폐해가
절정에 달했던 암울한 시기의 일이었어. 우린 민중의 해방자
(알렉산드르 2세―옮긴이)에게 만세를 불러야 해! 19세기 초
에 한 장군이 있었지. 화려한 인맥을 둔 부유한 지주였는데,
은퇴할 때쯤이면 하인을 죽이고 살리고 할 만한 자격은 된다
고 믿는 족속 중 하나였어(그 당시에도 이미 그런 사람은 많지 않
았던 듯하지만). 그 시절엔 그런 사람들이 있었거든. 그 장군은
농노가 이천 명이나 되는 자기 영지에서 떵떵거리고 살면서
보잘것없는 이웃들은 자기 집 식객이나 광대처럼 여겼지. 개
집에는 사냥개가 수백 마리나 있었고, 개를 기르는 하인들만
도 백 명 가까이 됐는데, 모두 제복 차림으로 말을 타고 다녔
어. 그런데 어느 날 여덟 살 먹은 하인의 아들이 장난을 치다
가 돌을 던지는 바람에 그만 장군이 아끼던 사냥개의 다리를
다치게 하고 만 거야. '왜 내가 아끼는 저 개가 다리를 저는
거지?' 하고 장군이 묻자 저 아이가 돌을 던져 개의 다리에
상처가 난 거라고 고해 올렸지. '네놈이 그랬구나.' 장군은 아
이를 돌아보고는 '저놈 잡아라!' 하고 외쳤어. 하인들은 아이
를 어머니 품에서 빼앗아 밤새 가두어두었어. 다음 날 동이
트기도 전에 장군은 사냥 채비를 하고 말을 타고 나왔어. 식
객들, 사냥개들, 개 돌보는 하인들, 몰이꾼들이 모두 말을 타
고 장군을 둘러싸고 있었지. 본보기를 보여주려고 모이게 한
하인들이 둘러서 있었고, 맨 앞에는 잘못을 저지른 아이의
어머니가 있었지. 아이가 끌려 나왔어. 안개 긴 을씨년스럽

고 싸늘한 가을날이어서 사냥하기엔 제격이었지. 장군은 아이의 옷을 벗기라고 명령했어. 벌거숭이가 된 아이는 공포에 질려 아무 말 못 하고 떨고만 있었어…. '저놈 쫓아라!' 장군이 명령했지. '뛰어, 뛰어!' 하고 몰이꾼들이 아이에게 소리치자 아이는 달음박질치기 시작했지…. 장군은 '저놈 쫓아라!' 하고 외치며 사냥개들을 전부 풀어버렸어. 어머니가 보는 앞에서 사냥개들은 아이에게 덤벼들어 갈기갈기 찢어놓고 말았지…! 그 장군은 금고형을 선고받았다는 것 같더군. 자… 그자를 어떻게 해야 할까? 총으로 쏴 죽여야 할까? 도덕적 감정을 만족시키기 위해 총살해야 할까? 말해봐, 알료시카!"

"총살해야지!" 알료샤가 나직이 중얼거리며 창백한 얼굴에 일그러진 미소를 띤 채 눈을 들어 형을 보았다.

"브라보!" 이반은 환호성을 질렀다. "네가 그렇게 말할 정도라면… 수도사인 네가! 네 심장에도 악마의 새끼가 들어앉아 있는 거야, 알료시카 카라마조프!"

"내가 어리석은 소릴 했군, 하지만…."

"그 '하지만'이라는 말이 문제야…." 이반이 소리쳤다. "견습 수도사 나리, 이 땅엔 너무나 많은 어리석음이 필요하다는 걸 알아둬. 이 세상은 어리석음 위에 서 있고, 어리석음이 없다면 아무 일도 일어나지 않았을 거야. 우리는 우리가 알고 있는 것밖에 모르니까!"

"형이 아는 건 뭔데?"

"난 아무것도 이해하지 못해." 이반이 마치 헛소리를 하듯 말을 이었다. "그리고 이젠 아무것도 이해하고 싶지 않아.

난 사실에만 머물고 싶거든. 오래전부터 이해하지 않기로 결심했지. 무언가를 이해하려 하는 순간 사실을 왜곡하게 돼. 그러니 사실에 머물기로 결심한 거야…."

"왜 날 시험하는 거야?" 알료샤는 감정이 북받쳐 오르는 듯 괴로운 목소리로 외쳤다. "이젠 말해주겠어?"

"물론 말해주지. 그걸 말해주려고 여기까지 온 거니까. 난 네가 소중해. 너를 놓칠 생각도, 조시마 장로에게 양보할 생각도 없어."

이반은 잠시 말을 멈췄다. 별안간 그의 얼굴에 침통한 빛이 떠올랐다.

"내 말을 들어봐. 나는 문제를 보다 명료하게 하려고 아이들의 예만 든 거야. 지표에서 중심부까지 온 지구를 적시고 있는 나머지 인간의 눈물에 대해서는 한마디도 하지 않을 거야. 일부러 주제를 좁힌 거지. 나는 빈대에 불과한 존재라서 어째서 세상만사가 이런 모습을 하고 있는 건지 아무것도 이해할 수 없다는 것을 깊은 굴욕을 느끼며 인정하는 바야. 결국은 인간 자신의 잘못이지. 낙원이 주어졌지만, 불행해질 걸 알면서도 자유를 위해 하늘에서 불을 훔쳐냈으니 그들을 동정할 필요는 없어. 오, 내 보잘것없고 지상적이고 유클리드적인 지성으로 알 수 있는 건 고통은 있으나 죄인은 없으며, 모든 것은 하나가 다른 하나의 직접적이고 단순한 원인이 되고 그 모든 것이 흘러 평형을 유지한다는 것뿐이야. 하지만 이것도 유클리드적 헛소리일 뿐이야. 나도 그걸 알고 있고, 그런 사고방식대로 살아간다는 건 납득할 수가 없어!

미리 단언컨대, 세상 모든 진리를 다 합쳐도 그만한 가치는 없어. 나는 더 나아가 개를 풀어 아이를 찢어 죽인 박해자를 그 어머니가 껴안지 않았으면 좋겠어! 어머니는 감히 박해자를 용서할 수 없어! 원한다면 자기 몫을, 어머니로서의 한없는 고통을 용서하라고 해. 하지만 갈기갈기 찢긴 아이의 고통을 용서해줄 권리는 없어. 설령 아이가 가해자를 용서한다 해도 어머니는 감히 그래선 안 되는 거야! 그런데 만약 그렇다면, 만약 이들이 용서해선 안 된다면 조화는 어디에 있을 수 있을까? 온 세상을 통틀어 용서할 권리를 가진 존재가 있기는 할까? 나는 조화를 원치 않아. 인류에 대한 사랑 때문에 원치 않는 거야. 차라리 복수할 수 없는 고통 속에 남아 있겠어. 비록 내가 틀렸다 할지라도 복수하지 못한 내 고통과 잠재울 수 없는 분노를 품고 있는 게 나아. 게다가 조화란 것의 가격이 너무나 비싸서, 우리 주머니 사정으론 도저히 입장료를 낼 수 없단 말이지. 그러니 내 입장권을 서둘러 반납하려는 거야. 내가 정직한 사람이라면 하루바삐 그것을 반납해야 할 의무가 있거든. 그러니 그렇게 할 거야. 알료샤, 나는 하느님을 받아들이지 않는 게 아니야. 그저 입장권을 공손히 돌려드리는 것뿐이지."

"그건 반역이야." 알료샤가 시선을 떨군 채 나직이 말했다.

"반역이라고? 네게서 그런 말을 듣고 싶진 않았는데." 이반이 진정성 어린 목소리로 말했다. "반역을 하며 살아갈 순 없을 텐데, 난 살고 싶단 말이지. 솔직히 대답해다오. 네가 끝날에 사람들을 행복하게 하고 평화와 안녕을 안겨줄 목적으로 인류의 운명의 건물을 짓고 있는데, 그러려면 딱 하나의 조그마한 존재, 손으로 자기 가슴을 쳤던 그 아이에게 고통을 주고 아이의 보상받을 수 없는 눈물 위에 그 건물을 세워야만 해. 너라면 이런 조건에서 건축가가 될 수 있겠니? 솔직히 말해봐!"

"아니, 그럴 수 없을 거야." 알료샤가 조용히 말했다.

"그럼 네가 건물을 짓는 이유인 사람들이 작은 희생자가 부당하게 흘린 피 위에 세워진 행복을 받아들이고 영원히 행복을 누리는 데 동의한다는 생각을 용납할 수 있겠니?"

"아니, 용납할 수 없어, 형." 알료샤가 갑자기 눈을 빛내며 말했다. "지금 온 세상을 통틀어 용서할 수 있는 권리를 가진 존재가 있느냐고 물었지? 그런 존재는 있어. 그분은 모든 것을, 모든 이에게 모든 것을 용서할 수 있어. 당신 스스로가 모든 사람과 모든 것을 대신해 무고한 피를 흘리셨기 때문이야. 형은 그분에 대해 잊었어. 그분 위에 건물이 지어지는 것이고, 그분을 향해 '주여, 당신이 옳았습니다, 당신의 길이 열렸기 때문입니다'라고 부르짖는 거야."

"아, '유일하게 죄가 없는 분'과 그분의 피 말이구나! 천만에, 나는 그분을 잊은 게 아니야. 오히려 네가 왜 그분 이야기를 꺼내지 않는지 계속 이상하다고 생각했어. 너희들은 논쟁을 할 때 그분을 가장 먼저 내세우는 게 보통이니까. 있잖아, 알료샤, 웃지 마라, 1년 전쯤에 서사시를 하나 지은 게 있다. 나와 10분 정도만 더 있어줄 수 있다면 네게도 들려주고 싶은데, 어떠니?"

"형이 서사시를 썼다고?"

"아니, 썼다는 건 아니야." 이반이 웃었다. "살면서 시라고는 단 두 줄도 써본 적 없어. 하지만 이 서사시는 머릿속으로 지어서 기억하고 있지. 정말이지 열의를 다해 지었어. 네가 내 첫 번째 독자, 아니 청자가 되는 셈이야. 작가로서 한 사람의 청자라도 놓쳐서야 되겠어?" 이반이 웃었다. "어때, 들어볼래?"

"꼭 듣고 싶어." 알료샤가 말했다.

"서사시의 제목은 〈대심문관〉이야. 엉터리 같은 작품이지만, 네게 들려주고 싶구나."

5. 대심문관

"그런데 여기서도 서문을, 그러니까 문학적인 서문을 빼놓을 수는 없단 말이지, 쳇!" 이반이 웃었다. "내가 꼭 대단한 작가라도 된 것 같구나! 내 서사시의 무대는 16세기야. 너도 학교에서 배워서 알겠지만 그 당시엔 시 속에서 천상의 인물들을 지상으로 끌어내리는 게 유행이었어. 단테에 대해서라면 말할 것도 없겠지. 프랑스에서는 재판소 서기나 수도원의 수도사들이 여러 가지 연극을 펼치며 마돈나, 천사, 성인, 그리스도, 심지어 신까지도 무대에 올렸어. 당시엔 그 모든 게 아주 소박한 마음으로 이루어졌지. 빅토르 위고의 《노트르담의 꼽추》라는 작품을 보면 루이 11세 때 왕자 탄생을 축하하기 위해 파리 시청에서 '지극히 성스럽고 자비로우신 동정녀 마리아의 공정한 재판'이라는 교훈극을 민중에게 무료로 공연했다는 내용이 나오는데, 그 극에선 마리아가 직접 무대에 나타나 공정한 판결을 내리지. 우리나라에서도 표트르 대제 이전의 러시아에 그런 연극들, 특히 구약을 소재로 한 연극들이 종종 상연되곤 했어. 하지만 연극 말고도 당시엔 성인이며 천사며 온갖 천상의 인물들이 필요할 때마다 활약하는 소설과 '시'가 널리 유포되고 있었지. 러시아 수도원에서도 그런 서사시들이 번역되고, 필사되고, 창작되기까지 했어. 그것도 타타르 침략 시대에 말이야. 예를 들면 수도원에서 만들어진 〈성모의 지옥 순례〉라는(물론 그리스어를 번역한 것이지만) 서사시가 있는데, 그 생생한 장면들이며 대담성이 단테의 작품에 버금갈 정도야. 성모가 지옥을 돌아보고, 대천사 미카엘이 '고난'이 있는 곳을 따라 그분을 인도한다는 내용이지. 성모는 죄인들과 그들의 고통을 보게 돼. 그곳에서 특히 눈길을 끄는 건 불바다에 떨어진 죄인의 무리야. 그중에는 다시는 헤어나지 못할 만큼 바다 깊이 가라앉은 자들이 있는데, '하느님께서도 이미 잊어버리신' 이들이었지. 정말 심오하고 강렬한 표현이 아닐 수 없어. 충격을 받은 성모는 눈물을 흘리며 하느님의 보좌 앞에 엎드려 자신이 지옥에서 본 모든 이들에게 차별 없이 자비를 베풀어달라고 간청하지. 여기서 성모가 하느님과 나누는 대화가 굉장히 흥미로워. 성모가 물러나지 않고 계속 애원하자 하느님은 아들 그리스도의 못 박힌 손과 발을 가리키며 '저런 짓을 한 자들을 어찌 용서할 수 있겠는가?' 하고 묻지. 그러자 성모는 모든 성인들, 순교자들, 천사들과 대천사들에게 자신과 함께 하느님 앞에 엎드려 모든 죄인에게 차별 없는 자비를 구하자고 부탁해. 결국 성모는 하느님께 성^聖 금요일에서부터 성령강림제까지 모든 고통을 중지한다는 허락을 얻어냈고, 지옥에 있던 죄인들은 주님께 감사하며 '주여, 당신의 심판은 옳았나이다'라고 외쳤지. 만약 내 서사시도 그 당시에 나타났다면 비슷한 것이 되었을 거야. 내 서사시의 무대에는 그리스도가 등장해. 그저 아무 말 없이 나타났다가 사라지긴 하지만. 그리스도가 자신의 왕국에 임하겠다고 약속한 지 이미 15세기가 지났을 때야. 그의 예언자가 '내가 속히 오리라'라고 기록한 지 15세기가 지났을 때지. '그날 그 시간은 아들도 모르고 오직 하늘에 계신 아버지만 아신다(마태복음 24장 36절 참조—옮긴이)'고 그리스도가 지상에 있을 때 직접 말했지. 하지만 인류는 변함없는 믿음과 변함없는 감동으로 그리스도를 기다리고 있어. 오, 심지어 믿음은 더 커졌어. 하늘이 인간에게 내려주던 보증이 끊어진 지 벌써 15세기가 지났기 때문이야.

> 가슴이 하는 말을 믿어라,
> 하늘의 보증은 없을지니.
> (실러의 시 〈소망〉 중에서—옮긴이)

그러니 가슴이 하는 말을 믿는 도리밖에 없는 거야! 물론 그 당시엔 기적도 많이 일어났지. 치유의 기적을 행한 성인들도 있었고, 전기에 따르면 성모의 방문을 받은 의인도 있었어. 하지만 악마도 졸고만 있는 건 아니어서 이런 기적의 진실성에 대한 의혹이 인류 속에 생겨나기 시작했지. 이때 독일 북부에 무서운 이단이 새로 나타났어. '횃불(즉 교회)'처럼 타는 큰 별이 '물샘에 떨어져 물이 쓰게 되었다'(요한 계시록 8장 10, 11절—옮긴이)고 할 수 있겠지. 이들은 신성 모독적으로 기적을 부정하기 시작했어. 하지만 그럴수록 다른 신앙인들의 믿음은 더욱 뜨거워졌지. 인류의 눈물은 변함없이 그리스도를 향해 하늘로 올라가고, 그를 기다리고, 그를 사랑하고, 그에게 희망을 걸고, 그를 위해 고통받고 목숨을 바치기를 갈망하고 있어… 이렇듯 인류가 수 세기 동안 믿음과 열망을 가지고 '주여, 우리에게 나타나소서' 하고 기도하고 부르짖자 그리스도는 헤아릴 수 없는 연민을 느끼고 기도하는 자들에게 내려오기로 한 거야. '성자전'에 따르면 예전에도 그는 이 땅에 내려와 의인이며 순교자며 성스러운 은자를 방문한 적이 있었어. 러시아에서는 츄체프(러시아의 서정시인으로 범신론적인 철학시를 많이 씀—옮긴이)가 자신의 말이 옳다는 깊은 신념을 가지고 이렇게 노래한 바 있지.

> 십자가의 짐을 짊어지시고
> 어머니 대지여, 네 전부를
> 하늘의 왕이 노예의 모습으로
> 축복을 내리며 누비시도다.

실제로 그랬다는 이야길 네게 해줄 거야. 그리스도는 잠깐이나마 민중 앞에 모습을 나타내기로 했어. 괴로워하고 고통스러워하고 죄악의 구렁텅이 속에 허덕이면서도 아이처럼 자기를 사랑하는 민중에게 말이지. 내 서사시는 스페인의 세비야, 하느님의 영광을 위해 날마다 장작더미가 불타오르던 혹독한 종교 재판 시대가 배경이야.

> 웅장한 화형장에서
> 사악한 이단자를 불태웠도다.

오, 하지만 그리스도는 예전에 약속한 것처럼 끝 날에 하늘의 영광에 휩싸여 '동쪽에서 서쪽으로 번쩍이는 번개처럼' 돌연히 강림한 게 아니었어. 그저 잠깐이나마 자식들을 만나려고 이단자들의 장작더미가 불타오르던 그곳을 택하신 거지. 그리스도는 무한히 자비로운 마음으로 15세기 전 3년간 사람들 사이를 편력했을 때와 똑같은 인간의 모습으로 다시한번 사람들 사이를 지나가지. 그는 남부 도시의 '뜨거운 광장'에 내려왔는데, 마침 '웅장한 화형장'에서 국왕, 대신, 기사, 추기경, 아름다운 궁정 부인들과 세비야의 수많은 시민이 지켜보는 가운데 대심문관인 추기경이 백 명에 이르는 이단자를 ad majorem gloriam Dei(주님의 크나큰 영광을 위해) 한꺼번에 불태운 그다음 날이었어. 그리스도는 눈에 띄지 않게 조용히 나타나지만, 사람들은 신기하게도 대번에 그를 알아보지. 사람들이 어떻게 그리스도를 알아보는가 하는 대목이 내 서사시에서 최고의 장면이라고 할 수도 있을 거야. 민중은 저항할 수 없는 힘에 이끌려 그리스도에게 몰려들어 그를 에워싸고 그 뒤를 따르게 돼. 그리스도는 끝없는 연민이 어린 잔잔한 미소를 띠고 말없이 사람들 틈을 지나가지. 사랑의 태양이 그의 가슴속에 타오르고, 광명과 감화와 힘의 빛이 눈에서 흘러나와 사람들 위에 넘실거리면서 화답의 사랑으로 그들의 가슴을 뒤흔드는 거야. 그리스도는 손을 뻗어 사람들을 축복하는데, 그의 몸에, 아니 옷자락에만 닿아도 치유의 힘이 솟아나지. 무리 가운데 어려서 장님이 된 한 노인이 '주님, 제 병을 고쳐주시면 저도 주님을 뵐 수 있겠나이다' 하고 외치자 마치 눈에서 비늘이 떨어져 나간 듯 장님은 그리스도를 보게 돼. 민중은 눈물을 흘리며 그가 내딛는 땅에 입을 맞추지. 아이들은 그리스도 앞에 꽃을 던지고 노래하며 '호산나!'라고 외치고, 사람들은 '그분이다, 그분이야'라는 말을 되풀이하지. '그분이 분명해, 그분이 아닐 리 없어.' 그리스도는 세비야 성당 입구 앞에서 걸음을 멈추는데, 마침 뚜껑이 열린 어린아이의 하얀 관이 통곡 소리와 함께 성당 안으로 옮겨지고 있었어. 관 속에는 어느 명망 있는 시민의 일곱 살 난 외동딸이 누워 있었지. 아이의 시신은 온통 꽃 속에 파묻혀 있었어. '이분이 당신의 아이를 되살려주실 거예요.' 통곡하는 어머니에게 외치는 소리가 군중 속에서 들려왔어. 관을 맞으러 나온 성당 신부는 영문을 모르겠다는 듯 인상을 찌푸렸지. 그런데 이때 죽은 아이의 어머니의 절규가 울려 퍼지는 거야. 여인은 그리스도의 발밑에 엎드려 '당신이

470

그분이라면 제 아이를 살려주십시오!'라고 부르짖으며 두 팔을 뻗었어. 장례 행렬이 멈춰 서고, 관은 성당 문 앞 그리스도의 발아래 내려졌지. 그리스도는 연민의 눈으로 바라보면서 다시 한번 조용히 '탈리타 쿰', 즉 '소녀여, 일어나거라'라고 말했어. 그러자 소녀가 관에서 일어나 앉더니 놀란 눈을 동그랗게 뜨고는 방긋이 웃으며 주위를 둘러보는 거야. 손에는 관 속에 누워 있을 때 가지고 있던 백장미 꽃다발이 그대로 들려 있었지. 민중 속에서 소란과 비명, 울음소리가 터져나왔어. 그런데 바로 그때 대심문관인 추기경이 성당 옆 광장을 지나가고 있었어. 거의 아흔이 다 되었지만 키가 크고 허리가 곧으며 얼굴은 여위고 눈은 움푹 패었지만 아직도 그 눈에서 불꽃같은 광채가 이는 노인이었지. 오, 심문관은 어제 로마 신앙의 적을 불태울 때 민중 앞에 입고 나왔던 화려한 추기경 복장이 아니라 낡고 허름한 법의를 입고 있었어. 일정한 거리를 두고 음침한 얼굴의 보좌관들과 노예들, '신성한' 호위대가 뒤따르고 있었지. 대심문관은 군중 앞에서 걸음을 멈추고 멀리서 지켜보았어. 그는 전부 보았어. 관을 그리스도의 발아래 내려놓는 것도 보았고, 소녀가 되살아난 것도 보았지. 대심문관의 얼굴이 어두워졌어. 허옇게 센 숱 많은 눈썹이 찌푸려지고, 눈빛은 불꽃을 일으키며 험악하게 빛났지. 그는 손가락을 뻗어 호위대에게 그리스도를 체포하라고 명령했어. 그의 권력이 너무나 막강해 민중은 그에게 벌벌 떨며 순종하도록 길들여져 있었기에 군중은 즉시 호위대에게 길을 터주었지. 호위대는 갑자기 엄습한 무덤 같은 침묵

속에 그리스도를 붙잡아 끌고 갔어. 사람들은 마치 한 몸처럼 심문관 앞에 머리가 땅에 닿도록 절을 했고, 심문관은 말없이 그들을 축복한 후 자리를 떴지. 호위대는 죄수를 신성재판소의 낡은 건물에 있는 좁고 음침한 돔형 감옥으로 데려가 그 안에 가뒀어. 날이 저물고 칠흑처럼 어둡고 '숨 막히게' 뜨거운 세비야의 밤이 찾아왔지. 공기 중엔 '월계수와 레몬향이 풍겼어'. 짙은 암흑 속에서 갑자기 감옥 철문이 열리더니 대심문관이 손에 등불을 들고 천천히 감옥 안으로 들어왔어. 그는 혼자였고, 그가 들어오자마자 감옥 문은 닫혔지. 심문관은 문가에 멈춰 선 채 한참 동안, 1~2분 동안 그리스도의 얼굴을 찬찬히 바라보았어. 마침내 조용히 다가와 등불을 탁자위에 올려놓고 '당신이 그리스도요? 당신이?' 하고 물어보았어. 하지만 대답도 채 듣기 전에 얼른 이렇게 말했지. '대답하지 말고 가만히 있으시오. 하긴 당신이 무슨 말을 할 수 있겠소? 당신이 할 말은 너무나 잘 알고 있소. 당신은 당신이 이미 말한 것에 아무것도 덧붙일 권리가 없소. 왜 우리를 방해하러 온 거요? 우리를 방해하러 왔다는 건 스스로도 잘 알지 않소. 그런데 내일 무슨 일이 벌어질지는 알고 있소? 난 당신이 누군지 모르고, 알고 싶지도 않소. 당신이 그리스도이든 그리스도의 닮은꼴이든 내일 당장 당신을 심판해 가장 악랄한 이단자로서 장작더미 위에 불사를 생각이오. 오늘 당신의 발에 입 맞춘 민중은 내일이면 내 손짓 하나에 앞다퉈 당신의 화형대에 장작을 쌓을 거요. 그걸 알고 있소? 그래, 아마알고 있겠지.' 심문관은 깊이 생각에 잠겨 한시도 포로에게서 눈을 떼지 않고 이렇게 말했어."

"어떻게 된 건지 전혀 모르겠어." 내내 말없이 듣고만 있던 알료샤가 미소를 지었다. "터무니없는 망상인가, 노인이라서 착각을 한 건가? 그것도 아니면 있을 수 없는 qui pro quo(오해)인 거야?"

"맨 후자라고 해두자." 이반이 웃음을 터트렸다. "현대의 현실주의가 네 버릇을 망쳐놔서 환상적인 요소라곤 참을 수가 없다면, 그래서 qui pro quo라고 생각하고 싶다면 그래도 좋아. 그건 사실이기도 하니까." 이반이 또 웃었다. "노인은 아흔 살이야. 벌써 옛날에 자기 이념 때문에 정신이 나갔을 수도 있는 일이지. 포로의 생김새에 충격을 받았을 수도 있어. 그것도 아니면 죽을 날이 가까운 데다 어제 백 명의 이단자를 화형시킨 데서 온 흥분이 채 가시지 않은 아흔 살 노인의 망상이거나 헛소리일 수도 있지. 하지만 우리에겐 qui pro quo이건 터무니없는 망상이건 아니건 상관없지 않겠니? 여기서 중요한 건 그저 이 노인이 속에 있던 말을 털어놓아야 한다는 것, 90년 내내 입을 다물고 있던 것을 마침내 꺼내놓고 있다는 사실이야."

"그럼 죄수도 입을 다물고 있는 거야? 대심문관을 바라보면서 한마디도 않고?"

"그래. 심지어 그래야만 하지." 이반이 또 웃기 시작했다. "노인 스스로도 그리스도가 자신이 옛날에 한 말에 아무것도 덧붙일 권리가 없다고 말하잖아. 바로 이것이 로마 가톨릭의 가장 근본적인 특성이라고 할 수도 있을 거야. 적어도 내 생각에는 그래. '당신은 이미 모든 것을 교황에게 전해 주었고, 이제는 교황의 손에 모든 것이 있으니 당신은 아예 안 와도 좋다, 적어도 때가 될 때까지는 방해하지 말라'는 거야. 이들은 이런 생각을 말로만 하는 것이 아니라 글로도 쓰고 있어. 적어도 예수회에서는 그렇지. 내가 직접 그쪽 신학자들이 쓴 걸 봤거든. '당신이 있던 세계의 비밀 중 단 하나라도 우리에게 알려줄 권리가 있소?' 대심문관은 그리스도에게 이렇게 묻고는 자기가 대신 대답하지. '아니, 그럴 권리는 없소. 이미 했던 말에 아무것도 덧붙여선 안 되고, 당신이 지상에 있을 때 그토록 옹호했던 자유를 사람들로부터 빼앗아선 안 되니 말이오. 당신이 새로 전하는 모든 말은 기적으로 나타나 사람들의 신앙의 자유를 위협할 거요. 사람들의 신앙의 자유는 이미 1500년 전부터 당신이 가장 귀하게 여기던 것이 아니었소? '너희를 자유롭게 하고 싶다'고 누구이 말한 건 바로 당신이 아니었느냔 말이오. 당신은 지금 이 '자유로운' 사람들을 보게 된 거요.' 노인은 생각에 잠긴 듯한 미소를 띠며 갑자기 이렇게 말했어. '그래, 우리는 그 일에 비싼 대가를 치렀소.' 대심문관은 엄숙한 표정으로 그리스도를 바라보며 말을 이었어. '하지만 우리는 당신의 이름으로 끝내 그 일을 완수했소. 15세기 동안 그 자유란 것을 위해 고통받았지만, 이제는 완전히 끝난 일이란 말이오. 완전히 끝났다는 말이 믿기지 않소? 그렇게 온화한 표정으로 나를 보면서 내게 화조차 내지 않는 거요? 하지만 알아두시오. 사람들은 바로 지금 그 어느 때보다 완전한 자유를 누리고 있다고 믿고 있지만,

474

우리에게 그들의 자유를 자진해서 가져와 공손히 우리 발밑에 갖다놓았다는 것을. 하지만 그렇게 해낸 건 우리요. 당신이 원한 게 이런 자유였소?'"

"또 잘 모르겠군." 알료샤가 말을 끊었다. "대심문관이 비꼬고 조롱하고 있는 건가?"

"전혀. 노인은 사람들의 행복을 위해 마침내 자유를 쟁취한 것이 자기와 동료의 공적이라고 생각하고 있어. '왜냐하면 이제야 비로소(물론 그는 심문에 대한 얘기를 하는 거지) 사람들의 행복에 대해 생각할 수 있게 되었기 때문이오. 인간은 원래 반역자로 태어났지만, 과연 반역자가 행복할 수 있겠소? 당신은 수차례 경고를 받았소.' 대심문관은 그리스도에게 이렇게 말했지. '당신은 충분한 경고와 주의를 받았으면서도 그 경고를 듣지 않고 인간을 행복하게 할 수 있는 유일한 길을 거부했소. 하지만 다행히도 당신은 떠나면서 우리에게 과업을 넘겨주었지. 당신은 분명히 그렇게 약속했고 우리에게 맺고 풀 권리를 주었으니 이제 와서 우리에게서 그 권리를 빼앗아 갈 수는 없을 거요. 그런데 왜 우리를 방해하러 온 거요?'"

"충분한 경고와 주의를 받았다는 건 무슨 말이야?" 알료샤가 물었다.

"바로 그게 대심문관이 하려는 말의 핵심이야. '무섭고도 지혜로운 자멸과 허무의 영이' 하고 노인은 말을 잇지. '위대한 영이 광야에서 당신과 이야기를 나눈 적 있소. 성서에 전해오는 바로는 그 영이 당신을 '시험'했다고 하는데, 맞소? 그 영이 당신에게 세 가지 물음으로 전한 것, 당신이 거부했던 것, 성서에서 '시험'이라고 불린 것보다 참된 말이 있을 수 있을 것 같소? 만약 지상에서 정말로 위대한 기적이 일어난 적이 있다면 그건 그 세 가지 시험이 있었던 날일 거요. 바로 그 세 가지 질문에 기적이 깃들어 있었던 것이오. 무서운 영의 이 세 질문이 성서에서 흔적도 없이 사라져 그것을 써 넣기 위해 궁리하고 지어내야 한다고 가정해봅시다. 이를 위해 정치가, 성직자, 학자, 철학자, 시인 등 지상의 모든 현자를 모아놓고 '세 가지 질문을 생각해내라, 사건의 규모에 상응할 뿐 아니라 단 세 마디, 인간의 세 문장으로 세계와 인류의 미래사를 망라해 표현할 수 있는 것이라야 한다'는 과제를 주었다고 해보시오. 지상의 지성이 모두 한데 뭉친다 한들 강하고 지혜로운 영이 광야에서 실제로 제시한 세 가지 질문의 힘이나 깊이에 견줄 만한 것을 생각해낼 수 있을 것 같소? 이 질문만 보아도, 그런 질문이 나타났다는 기적만 보아도 당대 인간의 지혜가 아닌 영원하고 절대적인 지혜가 개입되어 있다는 걸 알 수 있소. 왜냐하면 그 세 가지 질문에 미래의 인류 역사 전체가 하나로 집약되어 예언되어 있으며, 전 세계적으로 나타나는 인간 본성의 해결할 수 없는 유구한 모순을 아우르는 세 가지 형태가 드러나 있기 때문이오. 그 당시에는 이것을 분명히 알 수는 없었을 것이오. 미래를 몰랐으니 말이오. 하지만 15세기가 지난 지금 우리는 이 세 가지 질문에 아무것도 더하고 뺄 수 없을 만큼 모든 것이 정확하게 예언되고 들어맞았다는 사실을 알고 있소.

누가 옳았는지 직접 판단해보시오. 당신이오, 아니면 그때 당신에게 질문했던 그 영이오? 첫 번째 질문을 생각해보시오. 그 말 그대로는 아니더라도 뜻은 이랬소. '너는 자유에 대한 약속만 지닌 채 맨손으로 세상에 나가려 하는구나. 하지만 단순하고 천성이 비천한 인간들은 그 약속의 의미를 헤아리지 못하고 겁내고 두려워하지. 인간이나 인간 사회에 자유보다 견디기 힘든 건 아무것도 없거든! 뜨겁게 달아오른 이 벌거벗은 황야의 돌들이 보이는가? 저 돌들을 빵으로 바꿔보아라. 그러면 인간들은 네가 손을 거두어 빵 주기를 멈추면 어쩌나 끝없이 불안에 떨면서도 감사한 마음으로 온순한 양떼처럼 네 뒤를 따를 테니.' 그러나 당신은 인간에게서 자유를 빼앗고 싶지 않았기에 그 제안을 거부했소. 빵으로 순종을 산다면 그게 무슨 자유냐고 생각했기 때문이오. 당신은 사람이 빵만으로 사는 것이 아니라고 반박했소. 하지만 바로 그 지상의 빵을 위해 지상의 악마가 당신에게 반기를 들고 당신과 싸워 승리할 것이며, 모든 이가 '이 짐승을 닮은 자가 하늘에서 우리에게 불을 가져다준 자다!' 하고 부르짖으며 그 뒤를 따르리란 걸 알고 있소? 수 세기가 지나면 인류가 최고의 지성과 과학의 입을 빌어 범죄가 없고 죄악도 없으며 그저 굶주린 이만 있을 뿐이라고 선포하리란 것을 아느냔 말이오? '먹을 것을 달라, 그러고 나서 선행을 요구하라!'라고 쓰인 깃발이 높이 솟아 당신의 성전을 파괴할 것이오. 당신의 사원이 있던 자리에는 새로운 건물이, 또다시 그 무시무시한 바벨탑이 세워질 것이오. 그 탑도 먼젓번 것과 마찬가지로 완성되지는 않겠지만, 그렇다고 해도 당신은 그 새

탑의 건설을 막아 인간의 고통을 천 년은 줄여줄 수 있었소. 그들은 천 년간 탑을 세우며 고통 속에 허덕이다가 결국 우리에게 돌아올 테니까! 그때가 되면 그들은 다시 땅 밑 카타콤에 숨어 있는 우리를 찾아(우리는 또다시 박해와 고통을 받게 될 테니까) '먹을 것을 주십시오, 하늘에서 불을 가져다주기로 약속한 자들이 약속을 지키지 않았습니다'라고 부르짖겠지. 그때 우리가 비로소 그들의 탑을 완성시켜주는 거요. 먹을 것을 주는 자만이 탑을 완성할 수 있는데, 당신의 이름으로 먹을 것을 줄 수 있는 건 우리뿐이니 말이오. 당신의 이름으로 준다는 건 거짓말이오. 오, 우리가 아니면 그들은 결코 먹을 것을 얻을 수 없소! 그들이 자유를 누리는 한 그 어떤 과학도 그들에게 빵을 줄 수 없을 것이오. 결국 그들은 자기들의 자유를 우리 발밑에 갖다 바치며 '우리를 노예로 삼아도 좋으니 먹을 것을 주십시오'라고 애원할 거요. 자유와 누구에게나 충분한 지상의 빵은 양립할 수 없다는 걸 그들 스스로 깨닫는 거요. 그들은 절대 자기들끼리 공정히 분배할 줄 모르니까! 자기들이 무력하고 죄 많고 하잘것없는 반역자이기 때문에 결코 자유로워질 수 없다는 사실도 깨닫게 될 거요. 당신은 그들에게 하늘의 빵을 약속했소. 하지만 거듭 말하는데, 미약하고 죄 많고 비천하기만 한 인간이라는 족속이 보기에 하늘의 빵이 지상의 것만 하겠소? 하늘의 빵을 위해 수천수만이 당신 뒤를 따른다 해도, 하늘의 빵을 위해 지상의 빵을 무시할 수 없는 수백만 수천만의 사람들은 어찌 되는 것이오? 아니면 당신에게는 위대하고 강한 수만 명의 사람들만 소중하고, 약하지만 당신을 사랑하는 수백만의 사람들은, 바닷가 모래알처럼 수많은 사람들은 위대하고 강한 자들을 위한 재료가 되어야 한다는 거요? 아니오, 우리에겐 약한 자들도 소중하오. 그들은 죄 많은 반역자들이지만 마지막에 순종하는 건 바로 그자들이오. 그들은 우리를 신으로 여기며 경외감 어린 눈으로 바라볼 것이오. 우리가 그들의 선두에 서서 자유를 견뎌내고 그들 위에 군림하는 데 동의했기 때문이오. 끝 날엔 자유로워진다는 것이 그만큼 그들에게 끔찍한 일이 되는 거요. 그러나 우리는 그들에게 우리가 당신에게 순종하고 있으며 당신의 이름으로 그들 위에 군림하는 것이라고 말할 거요. 우리는 그렇게 다시 그들을 속이겠지만, 절대 당신이 우리 곁에 오지 못하도록 할 테니 상관없을 것이오. 그러나 그 기만 속에 우리의 고통이 존재할 것이오. 우리는 거짓말을 할 수밖에 없기 때문이오. 광야에서의 첫 번째 물음의 뜻과 무엇보다 소중히 여긴 자유를 위해 당신이 거부한 것은 바로 이런 것이오. 그런데 이 질문에는 이 세계의 위대한 비밀이 담겨 있소. 만약 당신이 '빵'을 받아들였다면, 개인은 물론 인류 전체의 영원하고도 공통된 고뇌인 '누구를 숭배할 것인가?' 하는 문제에 답을 줄 수 있었을 거요. 자유를 얻게 된 인간에게 한시 바삐 숭배할 대상을 찾는 것보다 지속적이고 괴로운 근심거리는 없소. 그런데 인간은 숭배할 대상으로 만인이 경배할 수 있을 만큼 반박의 여지가 없는 존재를 찾고 있소. 이 가련한 창조물들은 자기나 다른 누가 숭배할 대상이 아니라, 만인이 다 같이 믿고 숭배할 수 있는 존재를 찾아야 하는 것이오. 이 공동 숭배의 요구야말로 태초부터 개인과 인류가 겪어온 가장 큰 고통이었소. 공동 숭배 때문에 인간은 칼로 서로를 죽였소. 자기 신을 창조해 '너희의 신을 버리고 우리의 신 앞에 경배해라, 그러지 않으면 너희와 너희의 신에게는 죽음뿐이다!'라고 외쳐댄 거요. 이런 상태는 세상이 끝날 때까지, 심지어 세상에서 신들이 모두 사라진다 해도 계속될 것이오. 신이 없다면 우상 앞에라도 엎드릴 테니까. 당신이 이런 인간 본성의 근본적인 비밀을 몰랐을 리는 없소. 그런데도 만민을 당신 앞에 무릎 꿇게 할 지상의 빵이라는 유일하고 절대적인 깃발을 하늘의 빵과 자유의 이름으로 거부해버린 거요. 그리고 나서 당신이 무슨 일을 했는지 보시오. 또 그 자유라는 이름을 내걸었지! 분명히 말해두는데, 인간이라는 이 불행한 존재에겐 태어날 때 주어진 자유라는 선물을 한시 바삐 넘겨줄 대상을 찾는 것보다 더한 근심거리는 없소. 그러나 사람들의 자유를 장악할 수 있는 건 그들의 양심을 편안하게 해주는 자뿐이오. 당신에게는 빵이라는 확실한 깃발이 주어졌소. 빵을 주면 인간은 몸을 굽힐 것이오. 빵보다 더 확실한 것은 없으니까. 그러나 그때 당신이 아닌 누군가가 그 사람의 양심을 장악한다면, 그 사람은 당신의 빵을 버리고서라도 자신의 양심을 사로잡은 자를 따라 나설 것이오. 이 점에서는 당신이 옳았소. 인간 존재의 비밀은 그저 살아가는 데 있는 것이 아니라 무엇을 위해 살아가느냐 하는 데 있기 때문이오. 무엇을 위해 사는가에 관한 확고한 인식이 없다면, 인간은 주변이 온통 빵 천지라고 해도 살려고 하지 않을 것이며, 지상에 남느니 차라리 자살을 택할 것이오. 자, 그런데 실제로는 어떻소? 당신은 사람들의 자유를 지배하는 대신 그들에게 더 큰 자유를 안겨주었소! 선악을 인식하는 데 있어서의 자유로운 선택보다는 안녕, 심지어 죽음이 인간에게 더 소중하다는 것을 잊은 거요? 인간에게 양심의 자유보다 매혹적인 건 없지만, 그보다 고통스러운 것도 없소. 당신은 인간의 양심을 영원히 편안하게 할 확고한 토대가 아닌 이상하고 애매모호한, 인간이 감당할 수 없는 것만 가져와 인간을 전혀 사랑하지 않는 것처럼 행동한 꼴이 되어버렸소. 그것도 인류를 위해 자신의 생명을 바치러 온 당신이 말이오! 당신은 인간의 자유를 지배하기는커녕 더 큰 자유를 안겨줌으로써 인간의 영혼의 왕국에 영원한 고통의 짐을 지워버렸소. 당신은 당신에게 이끌려 사로잡힌 인간이 자유 의지로 당신을 따를 수 있도록 인간의 자유로운 사랑을 바랐소. 인간은 엄격한 고대의 율법 대신 당신의 형상 하나에만 의지해 자유 의지로 무엇이 선이고 무엇이 악인지 판단해야 했던 거요. 하지만 선택의 자유 같은 무서운 짐이 인간을 짓누른다면 그들은 결국 당신의 모습과 당신의 진리를 부정하고 반박할 것이라는 생각을 해본 적 없소? 그들은 결국 진리는 당신 안에 있지 않다고 외칠 것이오. 왜냐하면 당신은 그들에게 그토록 많은 근심거리와 풀 수 없는 과제를 남김으로써 비할 수 없는 혼란과 고통에 빠트렸기 때문이오. 이처럼 당신 스스로 당신의 왕국을 파괴할 토대를 마련했으니 그 누구도 탓할 수 없소. 그런데 당신이 제안받

왔던 것이 정말 그것이었소? 이 지상에는 힘없는 반란자들의 행복을 위해 그들의 양심을 정복하고 사로잡을 수 있는 세 가지 힘이, 유일한 세 가지 힘이 있소. 그건 바로 기적, 신비, 권위요. 당신은 세 가지를 모두 거부하고 스스로 모범이 되었소. 무섭고도 지혜로운 영이 당신을 성전 꼭대기에 세워놓고 '네가 하느님의 아들인지 아닌지 알고 싶다면 아래로 뛰어내리려라. 천사들이 받쳐줘 떨어지거나 다치지 않을 것이라고 성서에 나와 있으니 말이다. 네가 하느님의 아들인지 아닌지 알게 되고 아버지에 대한 네 믿음도 증명할 수 있을 것이다'라고 했을 때 당신은 그 말을 듣고 뛰어내리지 않고 제안을 거부했소. 오, 물론 당신은 그때 신처럼 당당하고 훌륭하게 행동했지만, 인간은, 이 무력한 반역의 족속은 신이 아니잖소? 오, 그때 한 발짝만 내디뎠어도, 뛰어내릴 태세만 취했어도 주님을 시험한 것이 되어 주님에 대한 모든 믿음을 잃고 당신이 구하려고 온 대지에 부딪쳐 당신을 시험한 그 영리한 악마를 기쁘게 해주었으리라는 것을 당신은 알았던 거요. 하지만 재차 말하는데 당신 같은 사람이 얼마나 되겠소? 인간들도 그런 시험을 이겨낼 수 있을 거라고 한순간이라도 생각해본 적 있소? 인간의 본성이 삶의 기로에 선 그런 무서운 순간에, 가장 무섭고 근본적이고 괴로운 영혼의 문제를 마주한 순간에 기적을 외면하고 가슴이 시키는 자유로운 결정을 따를 수 있도록 창조되었느냐는 말이오? 오, 당신은 당신의 위대한 언행이 성서에 남겨져 장구한 시간을 뛰어넘어 땅끝까지 전해지리라는 걸 알고, 인간도 당신을 본받아

기적을 구하지 않고 하느님과 함께하기를 바랐던 거요. 그러나 당신은 인간이 기적을 외면하는 순간 하느님도 외면할 것이라는 사실을 몰랐소. 인간은 하느님보다는 오히려 기적을 더 구하고 있기 때문이오. 인간은 기적 없이는 살 수 없어서 자기들이 직접 새로운 기적을 만들어내고 마법사의 기적과 노파의 요술에 무릎을 꿇는 거요. 자신이 아무리 반역자에 이단자에 불신자였다고 해도 말이오. 당신은 사람들이 '십자가에서 내려와봐라, 그럼 당신이 진짜라는 걸 믿겠다'고 조롱하며 소리쳤을 때도 십자가에서 내려오지 않았소. 그것 역시 기적으로 인간을 노예로 만들기를 원치 않았고 기적에 의한 믿음이 아닌 자유로운 믿음을 갈망했기 때문이었소. 당신이 갈망한 건 자유 의지에서 우러나온 사랑이었지, 공포스럽고 강력한 힘을 마주한 인간이 느끼는 노예적인 환희가 아니었던 거요. 하지만 이 점에서도 당신은 인간을 과대평가했소. 그들은 반역자로 태어나긴 하지만 그래도 역시 노예이기 때문이오. 잘 보고 판단해보시오. 15세기가 흘렀으니, 당신이 당신 수준으로 끌어올린 사람들이 어떤 자들인지 가서 보란 말이오. 단언하건대, 인간은 당신이 생각하는 것보다 약하고 천하게 창조되었소! 대체, 대체 어떻게 그들이 당신이 한 것과 똑같은 일을 해낼 수가 있단 말이오? 당신은 인간을 너무나 존중한 나머지 인간에게 너무 많은 것을 요구하며 그들을 전혀 동정하지 않는 것처럼 행동해버렸소. 그것도 인간을 자기 자신보다 사랑한 당신이 말이오! 인간을 덜 존중했더라면 인간에 대한 요구도 적었을 것이고, 그러면 인간의 부담이 줄어들었을 테니 그것이 오히려 사랑에 가까웠을 것이오. 인간은 약하고 비열한 존재요. 그들은 지금 도처에서 우리의 권위에 맞서 반란을 일으키고 그 사실에 자부심을 느끼고 있지만 상관없소. 그건 어린아이나 초등학생의 자부심에 지나지 않소. 교실에서 들고 일어나 선생을 쫓아내는 어린애일 뿐인 것이오. 하지만 결국 아이들의 기쁨에 끝이 올 것이고, 비싼 대가를 치르게 될 거요. 그들은 성전을 뒤엎고 대지를 피로 물들일 것이오. 하지만 결국 이 어리석은 아이들은 자신들이 비록 반역자이긴 하나 반역을 끝까지 감당해낼 수 없는 무력한 반역자라는 사실을 알게 될 거요. 자기들을 반역자로 만든 존재는 자기들을 우롱하려 한 것이 틀림없다는 사실을 어리석은 눈물을 흘리며 깨닫게 되는 거요. 사람들은 절망적인 마음에서 그런 말을 할 테지만, 그 말은 신성 모독이 되어 그들을 더욱 불행하게 할 것이오. 왜냐하면 인간의 본성이 신성 모독을 견뎌내지 못하게 되어 있으므로 결국 그 본성이 자기 자신에게 복수를 하기 때문이오. 이렇듯 불안과 혼란과 불행이, 당신이 그들의 자유를 위해 그토록 고난을 겪고 난 후에 남겨진 인간의 운명인 것이오! 당신의 위대한 예언자는 환상과 비유로 이루어진 계시록에서 첫 부활에 참여한 자들을 모두 보았으며 지파당 1만 2000명이었다고 했소. 하지만 그 정도 숫자라면 그들은 사람이 아니라 신이라고 해야 할 것이오. 그들은 당신의 십자가를 감내하고 아무 것도 없는 헐벗은 광야에서 메뚜기와 풀뿌리로 연명하며 수십 년을 인내하였소. 그러니 당신은 이 자유의 자식, 자유로운 사랑의 자식, 당신의 이름으로 자진해서 위대한 희생을 감수한 자식들을 자랑스레 가리킬 수도 있을 것이오. 하지만 그들이 수천 명밖에 안 되며, 그나마도 신이나 다름없는 사람들이었다는 사실을 기억하시오. 그럼 나머지 사람들은 어찌 되는 거요? 강인한 자들이 견뎌낸 것을 견뎌낼 수 없었던 약한 인간들이 무슨 죄란 말이오? 그 무서운 선물을 감당할 수 없었던 약한 영혼은 무슨 죄냐는 말이오. 설마 정말로 선택받은 자들을 위해 선택받은 자들에게만 강림한 것이오? 만약 정말 그렇다면 그건 우리가 이해할 수 없는 신비요. 그리고 그것이 신비라면 우리에게는 신비를 전파하며 '중요한 것은 가슴이 내리는 자유로운 결정이나 사랑이 아니라 양심에 거리끼는 한이 있어도 맹목적으로 따라야 할 신비'라고 가르칠 권리가 있었을 것이오. 우리는 실제로 그렇게 해왔소. 당신의 위업을 고쳐 기적과 신비와 권위 위에 올려놓은 거요. 그러자 사람들은 자신들을 다시 양떼처럼 인도해주고, 자기들에게 엄청난 고통을 안겨주던 무서운 선물을 가슴속에서 없애주었다며 기뻐했소. 그렇게 가르치고 행한 우리가 옳았는지 아닌지 말해보시오. 인류의 무력함을 겸허히 인정해 사랑으로 그들의 짐을 덜어주었으며, 나약한 본성을 감안하여 우리의 허락만 있으면 죄도 사해준 우리가 인류를 사랑하지 않았다고 할 수 있냐는 말이오? 왜 지금 우리를 방해하러 온 거요? 그리고 왜 말없이 그런 온화한 눈으로 나를 꿰뚫어보듯이 바라보는 거요? 화를 내시오. 나는 당신의 사랑을 바라지 않소. 나 역시 당신을 사랑하지 않기 때문이오. 내가 당신에게 무엇을 숨기겠소? 내가 지금 누구와 이야기하는지 모를 줄 아시오? 당신이 내가 할 말을 전부 알고 있다는 것은 당신의 눈에서 읽을 수 있소. 그런데도 내가 당신에게서 우리의 비밀을 숨기려 하겠소? 어쩌면 당신은 내 입을 통해 그 비밀이 듣고 싶은 건지도 모르오. 그렇다면 들려드리지. 우리가 함께하고 있는 건 당신이 아니라 그요. 이것이 우리의 비밀이오! 우리는 벌써 오래전부터, 8세기 전부터 당신이 아닌 그와 함께하고 있는 거요. 우리는 정확히 8세기 전 당신이 분노하며 거부한 그것을, 그가 지상의 왕국 전체를 보여주며 당신에게 권한 마지막 선물을 그에게서 받았소. 로마와 카이사르의 검을 받아, 우리만이 지상의 유일한 왕이라고 선포한 거요. 비록 우리의 과업을 완수하지는 못했지만 말이오. 하지만 누구 탓이겠소? 오, 그 과업은 아직 초기 단계에 있긴 하지만 그래도 시작되었소. 그것이 완성되려면 오랜 시간을 기다려야 하고 대지는 많은 수난을 겪어야 하겠지만, 우리는 결국 이뤄내 카이사르가 될 것이며, 그때 비로소 인류의 전 세계적 행복에 대해 생각해볼 수 있을 것이오. 그런데 당신은 그때 벌써 카이사르의 검을 받아 쥘 수도 있었소. 어째서 그 마지막 선물을 거부한 거요? 강력한 악마의 그 세 번째 조언을 받아들였다면 당신은 인간이 지상에서 찾는 모든 것, 즉 누구를 숭배할 것인가, 누구에게 양심을 맡길 것인가, 어떻게 모두가 분쟁 없는 공동의 개미집처럼 하나 될 수 있을까 하는 문제를 해결해줄 수 있었을 것이오. 전 세계적 통합을 이루어내야 한다는 것은 인간의 세 번째이자 마지막 고민

거리이기 때문이오. 인류는 언제나 세계적인 통합을 이루기 위해 노력해왔소. 위대한 역사를 지닌 위대한 민족은 많았지만, 그 민족들은 위상이 높아질수록 더욱 불행해졌소. 다른 이보다 강한 자일수록 세계적 인류 단합의 필요성을 더욱 절실히 느꼈기 때문이오. 티무르족이나 칭기즈칸 같은 위대한 정복자들이 세계를 정복하려 질풍처럼 대지를 휩쓸었지만, 그들 역시 무의식적으로나마 세계적이고 보편적인 통합이라는 인류의 위대한 요구를 표현했던 것이오. 카이사르의 세계와 왕의權を 받아들였다면, 세계적 왕국을 건설하고 세계적 평안을 줄 수 있었을 것이오. 인간의 양심을 지배하고 그들의 빵을 손에 든 자가 아니면 누구도 인간을 지배할 수 없기 때문이오. 우리는 카이사르의 검을 받아들고, 당신을 버리고 그를 따라나섰소. 오, 자유로운 지성, 그 과학과 식인의 행악이 몇 세기는 더 계속될 거요. 우리의 힘을 빌리지 않고 바벨탑을 지어 올리기 시작한 이상 식인으로 끝날 수밖에 없기 때문이오. 하지만 그날엔 짐승이 우리에게 기어와 우리의 발을 핥으며 눈에서 피눈물을 흘릴 것이오. 우리는 그 짐승을 타고 앉아 잔을 치켜들 것이며, 그 잔에는 '신비!'라고 씌어 있을 것이오. 그러나 그때야 비로소 인간은 평화와 행복의 왕국을 맞게 되는 것이오. 당신은 선택받은 자들을 가지고 자랑스러워하지만, 당신에겐 오직 그 선택받은 자들뿐이오. 우리는 모두에게 안식을 줄 수 있소. 그뿐이오? 그 선택받은 자들, 선택받은 자가 될 수 있었던 강인한 자들 가운데 수많은 이가 당신을 기다리다 지쳐 자신의 정신력과 열정을 다른

곳에 바쳤고, 앞으로도 그럴 거요. 그리고 결국 당신에게 맞서 자유의 깃발을 치켜들 거란 말이오. 하지만 그 깃발은 당신이 스스로 들어 올린 거요. 우리 쪽에서는 모두가 행복해질 것이며, 당신의 자유 속에서와는 달리 그 어디에서도 더 이상 반란이나 살육이 일어나지 않을 것이오. 오, 우리는 그들이 자신의 자유를 버리고 우리에게 복종할 때 비로소 자유로워질 거라고 설복할 거요. 그때 우리의 말이 옳은 것이 되겠소, 아니면 거짓이 되겠소? 그들은 스스로 옳다고 믿을 것이오. 당신의 그 자유가 얼마나 끔찍한 노예 상태와 혼란으로 이끌었는지 떠올릴 테니 말이오. 자유니 자유로운 지성이니 과학이니 하는 것은 그들을 깊은 밀림으로 끌고 와 엄청난 기적과 풀 수 없는 신비 앞에 세울 것이니 그들 중 반항적이고 사나운 자들은 자결할 것이고, 반항적이지만 나약한 자들은 서로를 죽일 것이며, 나머지 힘없고 가련한 자들은 우리의 발밑으로 기어와 '그렇습니다, 당신들이 옳았고 당신들만이 그분의 신비를 지배하고 있습니다. 그래서 당신들에게 돌아왔으니 우리를 우리 자신으로부터 구해주십시오'라고 부르짖을 것이오. 그들은 우리에게서 빵을 받으며, 우리가 아무런 기적 없이 그들이 자기 손으로 획득한 빵을 그대로 나눠주기 위해 거둬간다는 사실을 분명히 알게 될 것이며, 우리가 돌을 빵으로 변하게 하지 않았다는 것도 알게 되겠지만, 빵 자체보다는 우리 손에서 빵을 받는다는 데 더 기쁨을 느낄 것이오! 예전에 우리가 없었을 때는 그들이 획득한 빵이 그들의 손에서 돌로 변해버렸지만, 우리에게로 돌아오자 그 돌이 그들의 손에서 다시 빵으로 변한 것을 분명히 기억할 것이기 때문이오. 영원히 복종한다는 것이 어떤 의미를 지니는지 절절이 깨닫게 되는 거요! 그것을 깨닫지 못하는 한, 그들은 불행할 수밖에 없소. 그런데 그런 몰이해를 조장한 게 누구였소? 말해보시오. 양떼를 갈라놓아 미지의 길로 흩어지게 한 사람이 누구였냐는 말이오. 그러나 양떼는 다시 한데 모여 다시 복종하게 될 것이며, 이번에는 영원히 그럴 것이오. 그때 우리는 그들에게 잔잔하고 겸허한 행복을, 나약한 존재로 지어진 그들에게 어울리는 행복을 줄 것이오. 오, 마침내 우리는 그들에게 오만하지 말라고 설복할 것이오. 당신이 그들을 당신의 자리까지 끌어올려 오만하게 만들었기 때문이오. 우리는 그들이 나약하고 가련한 어린아이에 불과하지만, 어린아이의 행복이야말로 그 무엇보다 달콤하다는 것을 그들에게 증명해 보일 거요. 그들은 겁쟁이가 되어 우리를 우러러볼 것이며 어미를 찾는 아기 새처럼 겁을 먹은 채 우리의 품으로 파고들 것이오. 그들은 우리에게 경이와 공포를 느끼면서 우리가 그처럼 날뛰던 수억의 양떼를 잠잠하게 할 만큼 강하고 지혜롭다는 사실을 자랑스럽게 생각할 것이오. 우리가 화를 내면 그들은 다리가 풀리고 머릿속이 아득해진 채 아이나 여자들처럼 눈물을 흘리겠지만, 우리가 손만 까딱하면 금방 기쁨과 웃음 속에서 희희낙락하며 어린아이의 노래를 부를 것이오. 우리는 그들에게 노동을 시키겠지만, 노동을 하지 않는 시간에는 어린아이의 노래와 합창과 순진무구한 춤으로 가득한 어린아이의 놀이 같은 삶을 제공

할 것이오. 오, 우리는 그들에게 죄악까지 허용할 거요. 그들은 나약하고 힘없는 자들이므로 죄 짓는 것을 허용하면 어린아이처럼 우리를 사랑할 것이오. 그들에게 우리의 허락만 받으면 어떤 죄든 사해질 수 있다고 말할 것이오. 죄 짓는 것을 허락하는 이유는 우리가 그들을 사랑하기 때문이며, 그 죄에 대한 벌은 우리가 받겠다고 말하는 것이오. 그러면 그들은 하느님 앞에서 그들의 죄를 대신 떠안은 은인이라며 우리를 우러러볼 것이며, 우리에게 아무것도 숨기려 하지 않을 것이오. 처첩을 거느리는 문제나 자식을 갖는 문제도 그들이 얼마나 복종하느냐에 따라 허가하기도 하고 금지하기도 할 거요. 그러면 그들은 기쁘고 즐거운 마음으로 우리에게 복종할 것이오. 가장 괴로운 양심의 비밀도 남김없이 우리에게 털어놓을 것이고, 우리가 모든 것을 해결해주면 기쁜 마음으로 우리의 결정을 따를 것이오. 모든 것을 스스로 자유로이 결정해야 한다는 지금의 엄청난 고통과 커다란 부담에서 해방될 것이기 때문이오. 그러면 모두가 행복해질 것이오. 그들을 통치하는 수십만 명의 사람을 제외한 수백만의 사람들이 행복해지는 것이오. 왜냐하면 우리만이, 비밀을 지키고 있는 우리만이 불행해질 테니까. 수십억의 행복한 어린아이들과 선악을 판별하는 저주를 떠안은 수십만의 수난자가 있게 될 것이오. 그들은 당신의 이름으로 조용히 죽어갈 것이며 무덤 너머에서 보게 되는 것은 죽음뿐일 것이오. 그래도 우리는 비밀을 지키고 그들의 행복을 위해 천상의 영원한 보상을 미끼로 그들을 유혹할 것이오. 설령 저세상에 뭔가 있다고 하더라도 그들 같은 존재를 위한 게 아닐 테니 말이오. 당신이 이 땅에 와 다시 승리할 것이며, 당당하고 강한 선택받은 자들을 거느리고 올 거라고 사람들은 말하고 또 예언하오. 하지만 우리는 이렇게 말할 거요. 그들은 자기 자신을 구했을 뿐이지만, 우리는 만인을 구원했노라고. 짐승을 타고 앉아 신비를 쥐고 있는 음녀는 치욕을 당할 것이며 약한 자들이 다시 들고 일어나 음녀의 왕의를 찢어 '더러운' 몸뚱이를 발가벗길 것이라고도 했소. 그렇다면 내가 일어나 당신에게 죄악을 모르는 수십억의 행복한 아기들을 당신에게 가리켜 보일 거요. 그들의 행복을 위해 그들의 행복을 떠맡은 우리가 당신 앞에 서서 '감히 우리를 심판할 수 있거든 어디 해보시오'라고 말할 거요. 알아두시오. 나는 당신이 두렵지 않소. 나도 광야에서 메뚜기와 풀뿌리로 연명해보았고, 당신이 사람들에게 축복해준 자유를 축복했으며, '수를 채우기를' 열망하며 당신의 선택받은 자의 하나가, 위대하고 강한 자의 하나가 되기를 바랐소. 그러나 정신을 차려 광기에 봉사하기 싫어진 거요. 나는 되돌아와 당신의 위업을 고친 사람들의 무리에 섞여들었소. 오만한 자들을 떠나 겸허한 사람들의 행복을 위해 겸허한 사람들에게 돌아온 것이오. 내가 당신에게 말한 것은 이루어질 것이며 우리의 왕국은 건설될 것이오. 다시 말하는데, 당신은 내일 당장 그 순종적인 양떼를 보게 될 것이오. 그들은 내가 손만 까딱해도 우리를 방해하러 왔다는 이유로 당신을 불태울 장작더미에 뜨거운 숯덩어리를 던져넣기 위해 앞다투어 몰려나올 것이오. 우리가 화형에 처해야

할 사람이 있다면, 그건 바로 당신이기 때문이오. 내일 당신
을 화형에 처하겠소. Dixi(내가 할 말은 끝났소).'"

이반은 말을 멈추었다. 말을 하면서 흥분했고 몰입해서
이야기를 했지만, 다 마치고 나서는 갑자기 미소를 지었다.

알료샤는 내내 말없이 듣고 있었으나 이야기가 끝날 무
렵에는 몹시 흥분해 여러 차례 형의 말을 끊으려다가 겨우
참고 있는 듯했다. 그러다 마침내 고삐가 풀린 것처럼 입을
열었다.

"하지만… 이건 말도 안 돼!" 알료샤가 얼굴을 붉히며 소
리쳤다. "형의 서사시는 예수님에 대한 찬양이지, 형이 원한
모독이 아니야. 그리고 형이 말하는 자유를 믿을 사람이 어
디 있어? 자유를 정말 그렇게, 그렇게 이해해야 한다는 거야?
그게 정교의 해석이란 말이야…? 이건 로마의 해석, 아니, 로
마 전체의 해석도 아니야. 이건 거짓이라고. 가톨릭의 최악질
이나 심문관, 예수회 교도의 해석인 거야…! 게다가 형의 심
문관 같은 그런 환상적인 인물은 절대 있을 수가 없어. 자신
이 떠맡았다는 사람들의 죄란 대체 뭐지? 사람들의 행복을
위해 저주를 떠맡은, 비밀을 가진 자는 누구란 말이야? 대체
언제 그런 사람들이 있었지? 우리도 예수회에 대해 알고 있
어. 예수회 사람들에 대해선 안 좋은 이야기가 많지만, 그렇
다고 형이 생각하는 그런 사람들일까? 전혀 달라, 전혀 다르
고말고…. 그들은 그저 로마 교황을 황제로 받들고 장차 온
세상에 지상의 왕국을 건설하려는 로마의 군대일 뿐이야….
이것이 그들의 이상이며, 그 어떤 비밀도, 고귀한 슬픔도 없

어…. 권력과 더러운 지상의 영화, 자신들이 지주가 될 미래의 농노제와 비슷한 노예화에 대한 가장 단순한 욕망… 이것이 그들이 가진 전부라고. 어쩌면 그들은 하느님도 믿고 있지 않는지도 몰라. 형의 고통받는 심문관은 그저 환상일 뿐이야…."

"잠깐, 잠깐." 이반이 웃었다. "굉장히 흥분했구나. 네가 환상이라면 환상이라고 해두자! 물론 환상이고말고. 하지만 말이다, 정말 지난 몇 세기 동안 있었던 가톨릭 운동이 더러운 영화 하나를 위한 권력욕에 불과하다고 생각하니? 파이시 신부가 너를 그렇게 가르친 거야?"

"아니, 그렇지 않아. 오히려 파이시 신부님은 형과 비슷한 말을 하신 적이 있어…. 하지만 물론 다른 이야기였어. 전혀 다른 이야기였지." 알료샤가 얼른 고쳐 말했다.

"너는 '전혀 그런 이야기가 아니었다'라고 말하지만, 그래도 역시 귀한 정보구나. 내가 묻는 것도 바로 그거다. 어째서 너는 예수회 교도들과 심문관들이 추악한 물질적 영화만을 위해 뭉쳤다는 거지? 어째서 그들 가운데 위대한 비애로 괴로워하면서도 인류를 사랑하는 수난자가 한 사람도 나올 수 없다는 거냐? 물질적이고 추악한 영화를 바라는 사람들 가운데 한 사람이라도 좋으니 나의 늙은 심문관 같은 사람이 있었다고 상상해보렴. 직접 광야에서 풀뿌리로 연명하며 자기 자신을 자유롭고 완전하게 하려고 육체를 정복하고자 몸부림치면서도 인류에 대한 사랑만큼은 변함이 없었지. 그러다 문득 의지의 완성이 안겨줄 정신적 기쁨이 대단치 않으리라는 것을 깨닫게 된 거야. 수백만의 나머지 사람들은 그저 비웃음의 대상으로 지어졌으며, 그들은 절대 자신의 자유를 감당하지 못할 것이며, 가련한 반역자들 가운데서 탑을 완성할 거인이 나올 리가 없으며, 위대한 이상가가 조화를 꿈꾼 것은 저런 거위 떼를 위한 것이 아니라는 사실을 분명히 인정할 수밖에 없을 테니까. 그는 이 모든 걸 깨닫고 광야에서 돌아와 현명한 사람들 편에 서게 되었어. 이게 정말 있을 수 없는 일일까?"

"누구 편에 섰다는 거야? 현명한 사람들은 또 누구고?" 알료샤가 격정적으로 외쳤다. "그들에겐 그런 지혜도, 신비도, 비밀도 없어…. 오직 무신론만이 그들이 가진 비밀의 전부라고. 형이 말하는 심문관은 하느님을 믿지 않아. 이게 그 사람이 가진 비밀의 전부야!"

"그렇다고 해두자! 드디어 너도 깨달았구나. 정말로 그래. 정말로 그게 비밀의 전부지. 하지만 광야에서의 위업을 위해 평생을 허비하고서도 인류에 대한 사랑이라는 병을 고칠 수 없었던 사람에게 그건 고통이 아니었을까? 그는 인생의 황혼기에 접어들어서야 위대하고 무서운 영의 조언만이 '조롱받도록 지어진 미완성의 시험용 존재'인 저 나약한 반역자들 사이에 그래도 참아줄 만한 질서를 세울 수 있다고 확신하게 됐어. 그러자 현명한 영, 죽음과 파괴의 무서운 영의 지시대로 따라야 한다는 사실을 깨달았지. 이를 위해서는 거짓과 기만을 받아들이고 의식적으로 인간들을 죽음과 파괴로 이끌어야 하며, 그들이 어디로 인도되고 있는지 알아채지 못하도록 속이면서 이 가련한 장님들이 그동안만이라도 행복하다고 느낄 수 있도록 해야 한다는 것을 알게 된 거야. 여기서 주목할 건 그런 기만이 노인이 한평생 그토록 열렬하게 믿었던 이상을 제시한 그리스도의 이름으로 이루어진다는 거야! 이게 불행이 아니겠니? '더러운 영화만을 위해 권력을 갈망하는' 군대의 수장 가운데 이런 인물이 한 사람이라도 나타난다면 충분히 비극이 벌어질 수 있지 않을까? 그뿐 아니라 지도자 가운데 그런 인물이 한 사람이라도 있다면 로마의 과업 전체와 군대와 예수회 교도를 이끌 진정한 이념, 그 과업의 최고의 이념이 충분히 나타날 수 있지 않겠느냐는 말이야. 솔직히 나는 운동의 선두에 선 사람들 가운데 언제나 '유일한 인물'이 있었을 거라고 생각해. 로마 교황 중에도 그런 인물이 있었을지도 모르지. 그토록 완고하고 나름의 방식으로 인류를 사랑했던 그 저주받을 노인이 그런 유일한 노인의 무리 속에 존재하고 있을지, 그것도 전혀 우연이 아니라 비밀을 지키기 위해, 불행하고 나약한 인간들로부터 비밀을 지켜 그들을 행복하게 하기 위해 오래전에 결성된 동맹이나 비밀 결사의 형태로 존재하고 있을지 어떻게 알겠어. 반드시 그럴 거야, 아니, 그래야만 해. 프리메이슨도 그 근본엔 그런 비밀과 비슷한 무언가가 있는 것 같아. 그래서 가톨릭교도들이 프리메이슨을 경쟁자나 이상의 단일성을 파괴하는 존재로 보고 그들을 그토록 싫어하는 거야. 양떼도 하나, 목자도 하나여야 하니까…. 그나저나 내 생각을 이렇게 변호하다니, 꼭 네 비평을 참지 못한 작가 같구나. 이 이야긴 그만하자."

"어쩌면 형 자신이 프리메이슨일지도 모르겠군!" 알료샤가 불쑥 이렇게 말했다. "형은 하느님을 믿지 않아." 이렇게 말하는 알료샤의 목소리는 비통했다. 형이 자신을 조롱 섞인 눈으로 보고 있다는 생각이 들었다. "형의 서사시는 어떻게 끝나?" 알료샤가 바닥을 보며 이렇게 물었다. "아니면 그게 끝이야?"

"나는 이렇게 끝낼 생각이었어. 심문관은 말을 마치고 얼마간 죄수의 대답을 기다렸지. 그는 상대의 침묵이 괴로웠어. 죄수가 그의 눈을 똑바로 바라보며 아무것도 반박할 마음이 없다는 듯, 그의 마음속을 들여다보듯이 조용히 듣고만 있는 것을 보고 있었지. 노인은 괴롭거나 무서운 말이라도 좋으니 아무 말이라도 해주기를 바랐어. 그런데 죄수가 갑자기 말없이 노인에게 다가오더니 아흔 살이나 먹어 핏기 없는 입술에 가만히 입을 맞추는 거야. 그게 대답의 전부였어. 노인은 전율했어. 양쪽 입가가 파르르 떨렸지. 그는 문 쪽으로 걸어가 문을 열고 이렇게 말했어. '가시오. 그리고 다시는 오지 마시오… 무슨 일이 있어도 두 번 다시 오지 말란 말이오!' 심문관은 그를 '도시의 어두운 광장'으로 내보냈어. 죄수는 떠나가지."

"그럼 노인은?"

"입맞춤이 노인의 가슴속에서 뜨겁게 타올랐지만, 그래도 노인은 원래 이념을 고수하지."

"형도 역시 그 노인 편이지?" 알료샤는 괴로운 목소리로 외쳤다. 이반은 웃음을 터뜨렸다.

"알료샤, 이건 다 헛소리야. 시라고는 두 줄도 써본 적 없는 엉터리 학생의 엉터리 서사시에 불과하다고. 왜 그렇게 심각하게 구는 거냐? 설마 내가 이 길로 당장 그 예수회 교도들을 찾아가 그리스도의 위업을 수정하는 사람들과 한패가 될 거라고 생각하는 거냐? 맙소사, 그건 나와는 관계없는 일이야! 말했잖아, 서른 살까지만 이렇게 살다가 서른 살이 되면 잔을 바닥에 내던질 거라고!"

"그럼 녹진한 잎사귀는, 소중한 무덤은, 파란 하늘은, 사랑하는 여자는! 앞으로 어떻게 살아갈 것이며, 어떻게 그런 것들을 사랑할 건데?" 알료샤가 슬픈 목소리로 외쳤다. "가슴과 머리에 그런 지옥을 품고서 그게 되겠어? 아니, 형은 분명히 그들과 한패가 되기 위해 여길 떠나는 거야…. 그게 아니라면 견뎌내지 못하고 자살을 하겠지!"

"모든 것을 견딜 수 있는 힘이 있어!" 이렇게 말하는 이반의 얼굴에는 이미 냉소가 어려 있었다.

"무슨 힘인데?"

"카라마조프의 힘… 카라마조프의 저열함의 힘이지."

"색욕에 빠져 죽는 것, 타락 속에 영혼을 목 졸라 죽이는 것 말이야?"

"그럴지도 모르지…. 서른까지는 피할 수 있을지도 모르지만, 그 이후엔…."

"어떻게 피한다는 건데? 무엇으로? 형 같은 사상으로는 불가능해."

"역시나 카라마조프적인 방법으로."

"'모든 것이 허용된다'는 그 말이야? 모든 것이 허용된다니, 정말 그렇게 생각해?"

이반의 얼굴이 찌푸려지더니 갑자기 이상하리만치 창백해졌다.

"아, 미우소프를 화나게 했던 어제 그 말 얘기로군. 드미트리 형이 순진하게 자리에서 벌떡 일어나 되풀이했던 그 말 얘기냐?" 이반이 일그러진 미소를 지었다. "그래, '모든 것은 허용된다'. 일단 그렇게 말한 이상 부정하지 않으마. 그리고 드미트리 형의 수정안도 나쁘진 않았어."

알료샤는 말없이 형을 바라보았다.

"나는 말이다, 알료샤, 이곳을 떠나겠다고 마음먹고, 그래도 이 세상에 너 하나는 내 옆에 있다고 생각했어." 갑자기 예기치 못한 감정에 휩싸여 이반이 말했다. "하지만 네 가슴속에 내가 설 자리는 없다는 걸 알겠구나, 내 사랑스러운 은자야. 난 '모든 것은 허용된다'는 공식을 부정하지 않을 거야. 그래서 나와 인연을 끊을 생각이냐? 응?"

알료샤는 자리에서 일어나 형에게 다가가서 말없이 그 입술에 가만히 입을 맞췄다.

"이건 표절이야!" 이반이 갑자기 기쁨에 휩싸여 이렇게 소리쳤다. "내 서사시에서 베꼈군! 그래도 고맙다. 일어나자, 알료샤, 너나 나나 가봐야 할 시간이야."

그들은 밖으로 나와 현관 앞에서 멈춰 섰다.

"이봐, 알료샤." 이반은 결연한 목소리로 말했다. "내가 정말 녹진한 잎사귀를 사랑한다면, 그건 오직 널 떠올렸기 때문일 거야. 어딘가에 네가 있다는 그 생각만으로도 사는 게 싫어지지는 않을 거야. 그 정도면 되겠니? 내 사랑 고백이라고 생각해도 좋아. 자, 이제 너는 왼쪽으로, 나는 오른쪽으로 가는 거야. 이젠 됐다, 다 됐어. 그러니까 혹시 내가 내일 떠나지 않아서(분명히 떠날 것 같기는 하지만) 우리가 다시 만나게 되더라도 이.주제에 대해서는 한마디도 꺼내지 않는 거다. 꼭 부탁이다. 그리고 드미트리 형에 대해서도 부디 아무 말 하지 말아다오." 그는 별안간 짜증스러운 목소리로 이렇게 덧붙였다. "전부 다 털어놓았고, 전부 다 이야기했지. 안 그러냐? 나도 네게 한 가지 약속을 하마. 서른 살이 되어 '잔을 바닥에 내던지고' 싶어지면 네가 어디에 있건 다시 한번 너와 이야기를 나누러 찾아오지. 미국에서라도 찾아올 테니 그렇게 알아둬. 일부러라도 찾아오마. 네가 어떤 녀석이 되어 있을지 보는 것도 굉장히 재미있겠지. 제법 엄숙한 약속이 아니냐. 어쩌면 정말로 7년이나 10년쯤 못 만나게 될지도 몰라. 자, 그럼 네 Pater Seraphicus(세라피쿠스 신부)에게 가보렴. 지금 죽어가고 있으니. 너 없이 죽으면 내가 너를 붙잡아뒀다고 내게 화를 낼지도 모르잖니. 잘 가거라, 다시 한번 입을 맞추어주렴. 그래, 그럼 가봐라…."

이반은 몸을 홱 돌려 뒤도 돌아보지 않고 걸어갔다. 어제와는 다른 종류의 이별이긴 했지만 드미트리가 알료샤를 떠나가던 때와 비슷했다. 그 기묘한 느낌이 슬픔에 잠긴 알료샤의 머릿속을 화살처럼 스치고 지나갔다. 알료샤는 형의 뒷모습을 바라보며 잠시 그대로 서 있었다. 불현듯 이반의 비틀거리는 걸음걸이와 뒤에서 보니 오른쪽 어깨가 왼쪽 어깨보다 쳐진 것이 눈에 들어왔다. 전에는 전혀 몰랐던 사실이었다. 알료샤도 몸을 돌려 수도원을 향해 거의 뛰다시피 걷기 시작했다. 벌써 어둠이 짙게 내려앉아 무서운 생각이 들 정도였다. 그의 가슴속에서 뭐라 답을 내릴 수 없는 새로운 무언가가 점점 커지고 있었다. 암자 부근의 작은 숲으로 들어서자, 어제처럼 바람이 일어 수백 년 묵은 소나무들이 음산하게 흔들렸다. 알료샤는 뛰다시피 걸었다. 'Pater Seraphicus, 형은 그 이름을 어디선가 인용한 것 같은데, 어디서일까?' 하는 의문이 머릿속에 스쳤다. '이반 형, 불쌍한 이반 형, 언제 형을 다시 볼 수 있을까… 저기 암자로군! 그래, 그분이다. 그분이 Pater Seraphicus다. 그분이 나를 구해주실 거다… 악마로부터 영원히!'

　　나중에 알료샤는 살면서 몇 번이나, 어떻게 이반 형과 헤어진 후에 드미트리 형에 대해 그렇게 까맣게 잊을 수 있었는지 의아한 마음이 들곤 했다. 겨우 몇 시간 전 아침까지만 해도 그를 반드시 찾아내야 한다고, 그러지 못하면 그날 밤 수도원에 돌아가지 못하는 한이 있어도 결코 시내를 떠나지 않겠다고 다짐했지 않았는가.

6. 아직은 매우 모호하다

이반은 알료샤와 헤어지고 나서 아버지의 집으로 향했다. 그런데 이상하게도 갑자기 견딜 수 없는 애수가 밀려왔다. 게 다가 집이 점점 가까워질수록 애수는 더욱 커져만 갔다. 이 상한 것은 애수 자체가 아니라 이반 자신도 그 애수의 정체 를 파악할 수 없다는 점이었다. 예전에도 그런 애수를 느낀 적은 종종 있었으니, 내일 당장 자신을 이곳으로 이끈 모든 것과 인연을 끊고 크게 방향을 틀어 전처럼 혼자서 새로운 미지의 길로 접어들려는 지금 그런 기분이 드는 것은 이상한 일은 아니었다. 많은 것을 바라고 있었으나, 그게 무엇인지는 자신도 몰랐고, 삶에서 너무나 많은 것을 기대하고 있었으나 그 대상이 무엇인지, 자신이 원하는 것이 무엇인지도 짚어낼 수 없었기 때문이었다. 새롭고 낯선 것에 대한 애수가 마음 속에 자리하고 있었던 것은 사실이었지만, 그를 괴롭히는 건 다른 것이었다. '아버지의 집에 대한 혐오감은 아닐까?' 그는 생각했다. '아무래도 그런 것 같다. 그만큼 역겨워진 모양이 군. 그 끔찍한 문지방을 넘는 것도 오늘이 마지막이겠지만, 그래도 불쾌하기는 마찬가지야….' 그러나 그것도 아니었다. 혹시 알료샤와의 이별과 아까 나눴던 대화 때문은 아닐까? '벌써 오랫동안 세상을 상대로 침묵을 지키고 입을 열 가치 조차 없다고 생각했는데, 갑자기 그런 헛소리를 지껄여댔으 니.' 실제로 그것은 젊은이의 미숙함과 허영심에서 오는 젊은 이의 울분인지도 몰랐다. 마음속으로 높은 기대를 걸고 있던 알료샤 같은 존재에게 하고 싶은 말을 제대로 못 했기 때문 이다. 물론 이것, 즉 그 울분도 느끼고 있는 것은 분명했지만, 그것 역시 애수의 원인은 아니었다. '구토가 치밀 만큼 가슴

이 답답한데, 내가 뭘 원하는지는 모르겠군. 차라리 아무 생각도 하지 말자….'

이반은 '아무 생각도 하지 않으려' 해보았지만, 역시 소용이 없었다. 무엇보다 그 애수가 불쾌하고 짜증스럽게 느껴지는 이유는 그것이 뭔가 우발적이면서도 완전한 외형을 갖추고 있었기 때문이었다. 그는 그것을 느꼈다. 어떤 존재나 사물이 어딘가에 우뚝 서 있거나 비죽 튀어나와 있는 느낌이었다. 눈에 뭔가가 거슬리는데 일에 몰두하거나 열띤 대화에 빠져 그것을 알아채지 못하다가, 결국 괴로울 만큼 짜증이 나서 그 쓸데없는 물건을 치워야겠다 싶어서 보면 아무것도 아닌 우스꽝스러운 것, 엉뚱한 곳에 놓고 잊어버린 물건이라거나 바닥에 떨어진 스카프라거나 책장에 꽂아놓지 않은 책 따위인 때가 많다. 이반은 마침내 더없이 불쾌하고 짜증스러운 기분으로 아버지의 집에 도착했다. 그는 대문에서 열다섯 걸음쯤 떨어진 곳에서 문 쪽을 흘끗 바라보았다가, 무엇 때문에 그토록 괴롭고 불안했는지 대번에 깨달았다. 대문 옆 벤치에 하인 스메르댜코프가 선선한 저녁 바람을 쐬며 앉아 있었다. 이반은 그를 본 순간 자신의 마음속에 하인 스메르댜코프가 들어앉아 있으며 마음이 이자를 견뎌낼 수가 없었다는 사실을 깨달았다. 순간 모든 것이 환해지고 분명해졌다. 아까 알료샤에게서 스메르댜코프와 만났다는 이야기를 들었을 때부터 뭔가 음침하고 혐오스러운 것이 그의 가슴을 푹 찔러 반사적으로 증오심을 불러 일으켰다. 이야기를 하는 동안에는 스메르댜코프에 대한 생각을 잠시 잊었으나, 여전히 가슴속에 남아 있다가 알료샤와 헤어져 혼자서 집 쪽으로 발걸음을 돌리자마자 잊고 있었던 그 감각이 다시금 고개를 쳐든 것이다. '저런 잡놈 때문에 내가 이렇게 불안해하다니!' 그는 참을 수 없는 증오를 느끼며 이렇게 생각했다.

사실 이반은 최근에, 특히 요 며칠 새 스메르댜코프에게 지독한 미움을 느꼈다. 스스로도 스메르댜코프라는 존재에 대한 증오에 가까운 감정이 점점 커지는 것이 느껴질 정도였다. 어쩌면 증오가 이렇게까지 격화된 것은 처음 이반이 이곳에 돌아왔을 때는 사정이 전혀 달랐기 때문인지도 몰랐다. 그때 이반은 스메르댜코프에게 특별한 관심을 가졌고, 굉장히 독창적인 인물이라고까지 생각했다. 이반은 자기가 먼저 하인이 자신과 이야기를 나누도록 이끌면서도, 번번이 그의 부조리함에, 정확하게는 불안정한 정신 상태에 놀라곤 했으며 무엇이 '이 관조자'의 마음을 이토록 끊임없이 뒤흔드는지 알 수가 없었다. 이들은 철학에 대해서도 이야기를 나누었고 해와 달과 별들은 나흘째가 되어서야 만들어졌는데 어떻게 첫날에 빛이 있을 수 있었으며 이것을 어떻게 이해해야 하는가 하는 문제도 이야기했다. 그러나 이반은 얼마 지나지 않아 문제는 해나 달이나 별들에 있는 것이 아니며, 그것들이 흥미로운 대상인 것은 사실이지만 스메르댜코프에게는 어디까지나 삼차적인 문제일 뿐 그에게 필요한 것은 전혀 다른 데 있다는 사실을 깨달았다. 아무튼 이 하인은 끝없는 자존심, 그것도 짓밟힌 자존심을 서서히 드러내기 시작했다. 이반은 그 점이 몹시 마음에 들지 않았다. 이반의 혐오감도 거기서부터 시작되었다. 그 뒤 집에 소란이 벌어져 그루셴카가 나타나고 드미트리 형 문제가 불거지기도 하면서 골치 아픈 일들이 연이어 생겼을 때 두 사람은 그런 문제에 대해서도 이야기한 적이 있었다. 스메르댜코프는 그런 대화를 할 때마다 몹시 흥분했지만, 그가 무엇을 원하고 있는지는 도무지 알 수가 없었다. 자기도 모르게 겉으로 내비치는 바람은 한결같이 모호한 것들이었고, 그 비논리성과 부조리함은 놀라울 정도였다. 스메르댜코프는 항상 무언가를 캐물으면서 미리 생각해둔 듯한 우회적인 질문을 던졌지만, 무엇을 위해서 그러는지는 설명하려 들지 않았다. 그러면서 질문 공세가 한창 절정에 달해갈 때쯤 갑자기 입을 다물어버리거나 말을 돌리는 것이었다. 하지만 이반을 결정적으로 화나게 하고 혐오감을 불러일으킨 것은 스메르댜코프가 최근 그에게 보이기 시작한 역겹고도 특별한 친근한 태도였다. 시간이 갈수록 그 정도는 더욱 심해져갔다. 그렇다고 그가 예의 없이 구는 것은 아니었다. 오히려 말투는 지극히 공손했다. 그런데 대체 무슨 영문에서인지 자신이 이반과 어떤 연대성이라도 있는 것처럼 여기는 듯했다. 두 사람이 합의하에 무슨 밀약 같은 것을 맺었으며, 그걸 아는 것은 두 사람뿐이고, 주위에 바글거리는 다른 평범한 사람들은 아무것도 모른다는 듯한 어조로 말하는 것이었다. 하지만 이반은 오랫동안 자꾸만 커져가는 혐오감의 진정한 이유를 오랫동안 깨닫지 못하다가, 최근에서야 그 이유를 겨우 알아차렸다. 이반은 꺼림칙한 불쾌감을 느끼며 스메르댜코프에게 눈길도 주지 않고 말없이 지나쳐 대문으로 들어가려 했으나, 스메르댜코프는 벤치에서 일어났다. 이반은 그 모습에 그가 자신에게 따로 할 말이 있다는 것을 즉시 알아차렸다. 이반은 하인을 바라보며 걸음을 멈췄다. 방금 전 생각한 것처럼 그냥 지나치지 못하고 갑자기 멈춰 서고 말았다는 사실에 치가 떨리도록 화가 났다. 이반은 스메르댜코프의 거세당한 사람처럼 비쩍 마른 얼굴과 빗으로 빗어놓은 구레나룻과 닭 벼슬처럼 둥글게 말린 앞머리를 분노와 혐오를 느끼며 바라보았다. 살짝 찡그려진 그의 왼쪽 눈이 윙크하고는 '어딜 가다가도 그냥 지나치지는 못하는 걸 보니 우리 같은 현명한 사람들에게는 서로 얘기할 거리가 있나 봅니다' 하고 말하는 듯 웃음 지었다. 이반은 몸을 파르르 떨었다.

'꺼져, 이 쓰레기 같은 자식, 너 같은 멍청한 놈을 상대할 줄 알고!' 이반의 입에서 이런 말이 튀어나오려 했으나, 정작 나온 말은 전혀 다른 것이라 스스로도 경악을 금치 못했다.

"아버지는 주무시니, 아니면 일어나셨니?" 이반은 뜻밖에도 조용하고 부드럽게 이렇게 말하고는 역시나 뜻밖이게도 벤치에 앉았다. 이반은 나중에 그 순간 잠깐 공포에 가까운 기분을 느꼈다는 것을 떠올렸다. 스메르댜코프는 뒷짐을 지고 그를 마주보고 선 채 엄숙하리만치 자신감에 넘치는 눈으로 그를 바라보았다.

"아직 주무십니다." 그는 서두르지 않고 이렇게 말했다. ('먼저 말을 건넨 건 당신이지 내가 아닙니다'라는 투였다) "전 도련님께 놀랐습니다." 그는 잠시 뜸을 들였다가 이렇게 덧붙인 뒤 가식적으로 눈을 내리깔고는 오른쪽 발을 앞으로 내밀고 광이 나는 구두코를 까딱거리며 발장난을 쳤다.

"어째서 놀랐다는 거지?" 이반은 자제심을 발휘하려고 안간힘을 쓰며 무뚝뚝하게 툭 던졌지만, 문득 자신이 강한 호기심을 느끼고 있으며, 그것이 풀리기 전까지는 절대 그 자리를 뜨지 않을 것이라는 사실을 깨닫고 끔찍한 기분이 들었다.

"왜 체르마시냐에 안 가십니까?" 스메르쟈코프는 갑자기 눈을 들어 올리더니 친근한 태도로 미소 지었다. '당신이 현명한 분이라면 내가 왜 웃는지 분명히 아실 겁니다.' 살짝 찡그린 왼쪽 눈이 이렇게 말하는 듯했다.

"내가 왜 체르마시냐에 가야 하지?" 이반은 놀랐다.

스메르쟈코프는 다시 뜸을 들였다.

"주인 나리가 그렇게까지 부탁하시지 않습니까." 이내 천천히 이렇게 말했으나, 그 자신도 그 대답을 별로 대수롭지 않게 여기는 듯했다. 무슨 말이든 해야 하니 이런 삼차적인 이유를 들어 얼버무리고 있다는 투였다.

"제기랄, 똑바로 말해, 원하는 게 뭐야?" 온화한 태도로 일관하던 이반은 결국 거칠게 화를 내며 소리쳤다.

스메르쟈코프는 오른발을 왼발에 갖다 붙이고 몸을 곧게 폈으나, 여전히 여유로운 얼굴로 미소를 띤 채 이반을 바라보았다.

"정말 아무것도 아닙니다요…. 그저 말이 나온 김에…."

다시 침묵이 찾아왔다. 두 사람은 거의 1분간 아무 말이 없었다. 이반은 자신이 자리를 박차고 일어나 화를 내야 한다는 걸 알고 있었고, 스메르댜코프는 그 앞에 선 채 그것을 기다리는 눈치였다. '당신이 화를 내는지 안 내는지 두고 봅시다.' 적어도 이반에게는 그렇게 보였다. 마침내 이반은 몸을 일으켰다. 스메르댜코프는 정확히 그 순간을 포착했다.

"도련님, 제 처지가 아주 곤란하게 되었습니다. 무엇을 어찌해야 할지도 모르겠어요." 스메르댜코프는 한 마디 한 마디 또박또박 말하고는 마지막 말을 하면서 한숨을 내쉬었다. 이반은 다시 자리에 앉았다.

"두 분 다 어찌나 고집을 부리는지, 꼭 어린애가 된 것 같다니까요." 스메르댜코프는 말을 이었다. "도련님의 아버님과 형님 말입니다. 지금이라도 주인 나리가 일어난다면, 당장 저를 붙들고 '그래, 그 여자는 안 왔니? 왜 안 왔을까?'라고 물으며 저를 귀찮게 하실 겁니다. 그것도 자정까지, 심지어 자정이 넘어서도 그럴 거란 말입니다. 아그라페나 알렉산드로브나가 오지 않으면(그분은 절대 올 생각이 없으니까요) 아침 바람부터 제게 달려들어 '왜 안 왔지? 뭣 때문에 안 온 거야? 대체 언제 온다는 거냐?' 하고 마치 그게 제 잘못이기라도 되는 양 구실 겁니다. 한편으론 날이 저물기 무섭게, 아니, 그러기도 전에 도련님의 형님이 손에 흉기를 들고 이웃집에 나타나 '이것 봐, 이 비열한 부엌데기 놈아, 그 여자가 온 걸 눈감아주고 내게 알리지 않으면 네놈의 숨통을 가장 먼저 끊어놓을 테다'라고 으름장을 놓을 겁니다. 날이 새고 아침이 밝으면 그분도 주인 나리와 마찬가지로 '왜 안 왔느냐, 곧 올 것 같으냐' 하면서 저를 들볶겠지요. 역시나 그 아가씨가 안

오는 게 제 잘못인 것처럼 말입니다. 이렇게 날이 가고 시간이 갈수록 두 분의 역정이 심해져만 가니 어떤 때는 너무 무서워 자살이라도 해버릴까 싶다니까요. 저는 그분들께 희망이 없습니다."

"넌 왜 끼어든 거냐? 어째서 형에게 고해바치기 시작한 거지?"이반은 화난 음성으로 물었다.

"어떻게 끼어들지 않을 수 있었겠습니까? 그리고 정확히 하자면 절대 제가 끼어든 게 아닙니다. 처음부터 아무런 대꾸도 못 하고 가만히 있던 저를 그분이 멋대로 리차르드 같은 하인으로 삼으신 거죠. 그 후론 오직 '이 비열한 놈아, 만약 놓치면 네놈의 숨통을 끊어놓겠다!'는 말밖에 모르십니다. 도련님, 저는 내일 오랫동안 간질병을 앓을 것 같습니다."

"오랫동안 간질병을 앓다니?"

"오랫동안, 굉장히 오랫동안 발작을 일으키는 것이죠. 몇 시간, 아니 하루나 이틀 동안 계속될지도 모릅니다. 한번은 사흘간 계속된 적도 있었는데, 다락에서 떨어지기도 했지요. 이제 멈췄나 싶으면 또다시 시작되어서 그 사흘 내내 정신을 차릴 수가 없는 겁니다. 그때 나리께선 게르첸쉬투베 선생을 불러주셨고, 그분은 제 정수리에 얼음찜질을 해주고 약도 하나 지어주셨지요. 정말 죽을 뻔했습니다."

"하지만 간질 발작은 언제 일어날지 미리 알 수 없다고 하던데. 어째서 내일 발작이 일어난다는 거냐?"이반은 화가 났지만 각별한 호기심을 느끼며 물어보았다.

"미리 알 수 없는 건 맞습니다."

"게다가 그땐 다락에서 떨어지기도 했다며?"

"다락이야 매일 오르내리니 내일이라도 떨어질 수야 있는 거지요. 다락에서가 아니라 지하실로 떨어질지도 모릅니다. 지하실에도 볼일이 있어 매일 드나드니까요."

이반은 오랫동안 하인을 바라보았다.

"헛소리를 지껄이는군. 네 의도를 모르겠다." 나직하고도 위협적인 목소리로 그가 말했다. "내일부터 사흘간 발작이 일어난 척을 하겠다는 거냐, 응?"

스메르쟈코프는 땅바닥을 쳐다보며 다시 오른발 발끝을 놀리고 있다가 오른발을 제자리에 갖다놓고 대신 왼발을 앞으로 내밀고는 고개를 들고 미소를 지으며 말했다.

"노련한 사람이 그런 척을 하는 것은 전혀 어려운 일이 아니니 제가 만약 그렇게 한다고 해도, 그러니까 그런 척을 한다고 해도 제겐 목숨을 구하기 위해 그런 방법을 쓸 충분한 권리가 있습니다. 제가 앓아누워 있으면 아그라페나 알렉산드로브나가 주인 나리께 찾아온다고 해도 아픈 사람을 붙잡고 왜 알려주지 않았느냐고 따질 수는 없을 테니까요. 스스로도 창피한 줄 아실 겁니다."

"에잇, 젠장할!" 이반은 분노로 얼굴을 일그러뜨린 채 버럭 소리를 질렀다. "왜 자꾸 목숨 가지고 벌벌 떠는 거냐! 드미트리 형의 협박은 홧김에 한 소리일 뿐, 그 이상도 이하도 아니야. 형은 널 죽이지 않아. 설령 누굴 죽인다 해도 네놈은 아니라고!"

"파리 잡듯 죽일 겁니다. 맨 먼저 저를 말이죠. 하지만 더 무서운 건 따로 있습니다. 그분이 주인 나리께 어리석은 짓을 저질렀을 때 제가 공범으로 몰리는 것이죠."

"어째서 네가 공범으로 몰린다는 거지?"

"제가 극히 비밀리에 신호를 주었으니까요."

"무슨 신호? 누구에게 줬다는 거야? 빌어먹을 놈, 알아듣기 쉽게 말하지 못해!"

"전부 털어놓지 않을 수 없군요." 스메르댜코프는 여유로운 태도로 말을 끌었다. "저와 주인 나리 사이에는 비밀이 하나 있습니다. 도련님도 아시다시피(알고 계실 거라 생각합니다만) 주인 나리는 지난 며칠 동안 밤만 되면, 아니, 초저녁부터 안쪽에서 문을 걸어 잠그고 있습니다. 하긴 도련님은 요즘 일찍 도련님 방으로 올라가시고, 어제는 아무 데도 나가지 않으셨으니 주인 나리가 밤새 얼마나 문단속을 단단히 하는지 모르실 수도 있겠군요. 그리고리 영감이 와도 목소리를 듣고 확인을 한 후에야 문을 열어줍니다. 하지만 그리고리 영감도 거의 드나들지 않아서 지금 방에서 시중을 드는 건 저뿐입니다. 아그라페나 알렉산드로브나와의 일이 시작된 이후로 주인 나리가 직접 그러라고 하셨지요. 밤에는 주인 나리의 지시에 따라 행랑채로 가서 잡니다만, 자정이 될 때까지는 잠도 자지 못하고 마당을 돌며 아그라페나 알렉산드로브나가 오는지 망을 봐야 합니다. 주인 나리는 벌써 며칠째 미친 사람처럼 그분을 기다리고 있거든요. 주인어른은 그분이 드미트리 님(주인어른께서는 미티카라고 부르지요)이 무서워 밤늦게 뒷문으로 찾아올 거라고 생각하고 있습니다. '그러니 네가 자정이나 더 늦게까지 망을 보거라. 그 여자가 오거든 냉큼 달려와 문을 두드리거나 아니면 정원에서 창문을 두드려라. 처음 두 번은 천천히 두드리고, 나머지 세 번은 똑똑똑 하고 빨리 두드리는 거다. 그러면 그 여자가 온 걸 알고 살짝 문을 열어주마.' 그리고 비상시를 대비해 다른 신호도 알려주셨습니다. 처음 두 번은 빠르게 똑똑 두드리고, 잠깐 기다렸다가 한 번 세게 두드리는 겁니다. 그러면 뭔가 급한 일이 벌어져 제가 주인어른을 급히 뵈어야 한다는 걸로 아시고, 제가 들어와 보고하도록 문을 열어주실 겁니다. 이건 아그라페나 알렉산드로브나가 직접 올 수 없어 무슨 소식을 전할 때나, 드미트리 님이 오실 수도 있으니 그분이 가까이 있다는 걸 알려드려야 할 때를 대비한 겁니다. 주인 나리는 드미트리 님을 굉장히 두려워하고 있어서, 만약 아그라페나 알렉산드로브나가 찾아와 주인 나리 방에 있다고 해도, 드미트리 님이 근처에 나타나면 저는 문을 세 번 두드려 알려드려야 합니다. 처음 다섯 번 두드리는 것은 '아그라페나 알렉산드로브나가 오셨습니다'라는 뜻이고, 그다음 세 번 두드리는 것은 '아주 급한 일입니다'라는 뜻입니다. 주인 나리께서 몇 번씩이나 직접 보여주시며 알려주셨지요. 세상에 이 신호를 알고 있는 건 저와 주인 나리 둘뿐이니 주인 나리는 아무런 의심 없이, 또 소리 내어 불러 확인하지도 않고(주인 나리는 소리 내어 부르시는 걸 아주 두려워하십니다) 문을 열어주실 겁니다. 그런데 이 신호를 이제 드미트리 님도 아시게 된 겁니다."

"어떻게 안 거지? 네가 알려줬나? 어떻게 그런 짓을 할 수가 있지?"

"그분이 너무 무서워서 그랬습니다. 그분한테 제가 어떻게 입을 다물 수 있겠습니까? 드미트리 님은 매일같이 '네놈은 날 속이고 있어. 대체 뭘 숨기는 거지? 네 두 다리를 부러뜨려버리겠다!'며 저를 협박했습니다. 그래서 제가 충실한 종이라는 사실을 알고 제가 속이는 것이 아니라 무엇이든 고해바치고 있다는 확신을 갖도록 그 신호들을 알려드린 거지요."

"형이 그 신호를 이용해 안으로 들어가려 한다면, 들여보내선 안 돼."

"드미트리 님은 절망적인 심정일 테니 막고는 싶어도, 제가 발작을 일으켜 누워 있다면 어떻게 그럴 수 있겠습니까."

"제기랄! 악마가 물어갈 놈 같으니, 내일 발작이 일어날 거라고 왜 그렇게 확신하는 거냐? 지금 날 놀리는 거냐?"

"제가 어떻게 도련님을 놀릴 수가 있겠습니까? 그리고 이렇게 겁이 나 죽겠는데 농담이라뇨. 그저 발작이 일어날 거라는 예감이 드는 겁니다. 두려움 때문에라도 일어날 겁니다."

"망할 놈! 네놈이 앓아누우면 그리고리 영감이 망을 보면 된다. 그리고리 영감에게 미리 말을 해둬라. 그럼 절대 형을 들여보내지 않을 테니."

"주인 나리의 명령 없이는 절대 그리고리 영감에게 신호를 알려드릴 수 없습니다. 그리고리 영감이 드미트리 님의 기척을 듣고 들여보내지 않을 거라고 말씀하시지만, 영감은 하필 어제저녁부터 몸이 안 좋아 내일 마르파 할멈이 치료를 하기로 했습니다. 아까 전에 그렇게 하기로 결정했지요. 그런데 그 치료법이라는 게 꽤나 흥미롭습니다. 마르파 할멈은 무슨 풀로 만든 독한 약술을 하나 알고 있어서 늘 집에 보관해두고 있습니다. 그런 비법을 알고 있는 것이죠. 그리고 일 년에 세 번씩 그 약술로 그리고리 영감을 치료합니다. 영감은 일 년에 세 번씩 마비가 온 것처럼 허리가 말을 듣지 않거든요. 그러면 마르파 할멈은 수건에 그 약술을 적셔 영감의 등을 반 시간 정도 문지릅니다. 수건이 마르고 등가죽이 벌겋게 부어오를 때까지 말입니다. 그러고는 무슨 기도문 같은 것을 외며 병에 남은 약술을 영감에게 마시게 합니다. 다는 아니고요. 이런 경우 자기 몫도 조금 남겨서 자기도 마시거든요. 두 분 다 평소에 술을 안 하다 보니 그 자리에 쓰러져 오랫동안 깊이 잠들어버립니다. 잠이 깨면 그리고리 영감의 허리는 나아 있지만, 마르파 할멈은 두통을 앓지요. 그러니 마르파 할멈이 내일 이 계획을 실행에 옮긴다면 그리고리 영감이 무슨 기척을 듣거나 드미트리 님을 막기란 불가능할 겁니다. 자고 있을 테니까요."

"그게 무슨 말도 안 되는 소리냐! 일부러 짜기라도 한 것처럼 네놈은 간질 발작을 일으키고 영감과 할멈은 인사불성이 될 거라니!" 이반은 고함을 질렀다. "네놈이 그렇게 맞아떨어지도록 수를 쓰는 건 아니냐?" 이반은 이렇게 말하고 험상궂게 미간을 찌푸렸다.

"수를 쓰다니요…. 그리고 제가 무엇 때문에 그러겠습니까. 모든 것이 드미트리 님 한 사람에게, 그분의 생각에 달려 있는데요…. 그분이 일을 내겠다 마음먹으면 그렇게 하는 것이고, 아니라면 제가 일부러 그분을 아버님 방에 밀어 넣기야 하겠습니까."

"그런데 네 말처럼 아그라페나 알렉산드로브나가 여기 올 생각이 없다면, 어째서 형은 아버지를 몰래 찾아오는 거지?" 이반이 분노로 창백하게 질린 채 말을 이었다. "너도 그렇게 말했지만, 나도 이곳에서 지내면서 노인이 그저 망상을 하는 것일 뿐 그 더러운 계집이 아버지를 찾아오는 일은 없을 거라는 확신이 들었다. 그 여자가 안 온다면 형은 왜 노인을 찾아오는 거지? 말해봐! 네놈의 생각을 알아야겠다."

"어째서 오시는지는 도련님도 잘 아실 텐데, 제 생각은 들어서 뭐하시려고요? 그냥 분통이 터져서일 수도 있고, 제가 앓아눕거나 하면 의심스러운 마음에 어제처럼 참지 못하고 방마다 뒤지러 찾아올 수도 있죠. 자기 눈을 피해 몰래 들어온 건 아닌가 하고요. 드미트리 님은 주인 나리가 큼직한 봉투를 준비해놓은 것도 알고 있습니다. 그 봉투에는 3000루블이 들어 있고, 세 번 봉인해 리본으로 묶어놓았지요. 봉투에는 주인 나리가 손수 '나의 천사 그루셴카에게, 만약 와준다면'이라고 써두었고, 사흘 후엔 '사랑스러운 병아리에게'라고 덧쓰셨답니다. 이것도 미심쩍지요."

"헛소리!" 이반은 거의 광분하여 소리쳤다. "형은 돈을 훔치러 올 사람이 아니고, 아버지를 죽이면서까지 그럴 사람은 더더욱 아니야. 어제는 그루셴카 때문에 광분해서 눈에 뵈는 것 없이 아버지를 거의 죽일 뻔했지만, 강도질을 하러

514

올 리는 없어!"

"하지만 도련님, 드미트리 님에겐 지금 돈이 절실히 필요합니다. 얼마나 필요한지 도련님은 아마 모르실 거예요." 스메르댜코프는 굉장히 침착하게 또박또박 말했다. "게다가 드미트리 님은 그 3000루블이 자기 돈이라 생각하고 있어요. 제게도 아버지가 자기한테 정확히 3000루블을 더 줘야 한다고 말씀하셨죠. 그리고 도련님, 한 가지 분명한 사실을 생각해보세요. 거의 사실이라고도 할 수 있는데, 아그라페나 알렉산드로브나는 원하기만 하면 그분을, 그러니까 주인 나리를 자기와 결혼하도록 할 수 있어요. 원하기만 하면요. 어쩌면 실제로 그렇게 될지도 모르지요. 저야 그분이 안 올 거라고 말하고 있긴 합니다만, 어쩌면 그분이 더 큰 것을, 그러니까 주인마님 자리를 바라게 될지도 모르니까요. 그분의 상인이라는 삼소노프 노인이 그분에게 그렇게 하는 게 멍청한 일은 아닐 거라고 대놓고 말하면서 웃어댔다는 건 저도 알고 있거든요. 그분도 결코 아둔한 편은 아니지요. 그러니 드미트리 님 같은 빈털터리와는 결혼하지 않을 겁니다. 자, 도련님, 이런 점을 고려하면 주인 나리가 돌아가신 후에 드미트리 님이나 도련님이나 알렉세이 님에겐 아무것도, 단 1루블도 돌아가지 않을 거라는 걸 알게 되실 겁니다. 아그라페나 알렉산드로브나가 주인 나리와 결혼하는 건 모든 걸 자기 명의로 바꿔 재산이란 재산은 몽땅 자기 것으로 만들기 위해서일 테니까요. 하지만 그런 일이 벌어지기 전에 지금 주인 나리가 돌아가신다면, 도련님들에겐 각각 4만 루블이 고스란히 돌아갈 겁니다. 주인 나리가 그토록 미워하는 드미트리 님께도 마찬가지지요. 아직 유언장을 써놓지 않으셨으니까요…. 드미트리 님도 그걸 잘 알고 계실 겁니다…."

이반의 얼굴이 일그러지고 경련을 일으키는 듯했다. 그는 확 얼굴을 붉혔다.

"네놈은 왜."그가 스메르댜코프의 말을 끊었다. "이런 상황에서 날더러 체르마시냐에 가라는 거냐? 무슨 의도로 그런 말을 한 거지? 내가 떠나면 그런 일이 벌어질 게 아니냐." 이반은 숨을 몰아쉬었다.

"정확합니다."스메르댜코프는 이반을 주의 깊게 살피며 나직한 목소리로 생각에 잠긴 듯 말했다.

"정확하다니?"이반이 간신히 자제심을 발휘하며 험악한 눈초리로 되물었다.

"저는 도련님이 안타까워서 그런 말씀을 드린 겁니다. 제가 도련님이라면 당장 다 버리고 떠나겠습니다…. 뭐 하러 이런 일에 엮인단 말입니까…."스메르댜코프는 이반의 번득이는 눈을 바라보며 솔직한 태도로 말했다. 두 사람은 잠시 말이 없었다.

"네놈은 천하의 백치인 데다… 영락없이 지독한 악당이구나!"이반은 벌떡 벤치에서 일어났다. 그러고는 곧장 대문 안으로 들어가려다가 우뚝 멈춰 서더니 스메르댜코프를 향해 돌아섰다. 그런데 이상한 일이 벌어졌다. 이반이 갑자기 경련이라도 일으키듯 입술을 깨물고 주먹을 움켜쥔 것이다. 당장이라도 스메르댜코프에게 달려들 듯한 기세였다. 스메르댜코프도 순간 그것을 느꼈는지 흠칫 몸을 떨며 뒤로 물러섰다. 하지만 그 순간은 스메르댜코프에게 다행스럽게 지나갔고, 이반은 말없이, 하지만 뭔가 납득이 되지 않는다는 표정으로 대문 쪽으로 돌아섰다.

"나는 내일 모스크바로 떠난다. 내일 아침 일찍. 그뿐이다!" 이반은 증오 어린 커다란 목소리로 한 마디 한 마디 힘주어 말했다. 나중에 그는 자신이 이때 왜 그런 말을 했는지 의아해했다.

"그게 최선의 방법입니다." 스메르댜코프는 그 말을 기다리기라도 한 듯 바로 말을 낚아챘다. "하지만 이러저러한 일이 생기면 전보를 쳐서 모스크바에서 돌아오시라고 할지도 모르겠습니다."

이반은 다시 걸음을 멈춰 스메르댜코프 쪽으로 홱 돌아섰다. 그런데 이번에는 스메르댜코프에게 무슨 일이 벌어진 듯했다. 친근하고 스스럼없는 태도는 순식간에 사라지고 얼굴 전체에 소심하고 비굴해 보이는 극도의 관심과 기대가 나타나 있었다. '더 하실 말씀은 없습니까, 덧붙일 말씀은 없으신가요?' 이반에게 단단히 고정된 그의 시선에서는 이런 물음이 읽혀졌다.

"체르마시냐에 갔으면 안 불렀겠나…? 이러저러한 일이 생겼을 때 말이야!" 이반이 어째서인지 한껏 목소리를 높여 소리쳤다.

"체르마시냐에 가 계셨더라도… 불렀겠지요…." 스메르댜코프는 어찌할 바를 모르는 사람처럼 기어들어가는 목소리로 이렇게 중얼거렸다. 하지만 여전히 이반의 눈을 빤히 쳐다보고 있었다.

"모스크바는 멀고 체르마시냐는 가까우니, 네가 자꾸 체르마시냐로 가라고 하는 건 여비가 아까워서인가 보군. 아니면 내가 먼 길을 돌아가는 게 안쓰러운 거냐?"

"바로 그렇습니다…." 스메르댜코프는 역겨운 미소를 지으며 뚝뚝 끊어지는 목소리로 웅얼거리고는 또다시 얼른 뒤로 물러설 태세를 취했다. 하지만 이반은 별안간 웃음을 터뜨려 스메르댜코프를 놀라게 하고는, 그대로 웃으며 대문 안으로 들어갔다. 누군가 이반의 얼굴을 들여다보았다면, 그가 결코 즐거워서 웃는 것이 아니라는 사실을 알았으리라. 이반 스스로도 그때 자신에게 무슨 일이 벌어지고 있는지 결코 설명하지 못했을 것이다. 그의 몸짓과 걸음걸이는 마치 경련이라도 일어난 사람 같았다.

7. '현명한 사람과는 잠깐 이야기하는 것도 흥미롭다'

말투도 마찬가지였다. 거실에 들어서자마자 표도르와 마주친 그는 갑자기 손을 내저으며 "나는 아버지한테 가는 게 아니라 내 방으로 올라가는 겁니다. 그럼!" 하고 소리치고는 아버지에게 눈길도 주지 않고 지나쳐버렸다. 그 순간 노인이 못 견디게 증오스럽기야 했겠지만 그렇게 노골적으로 적의를 드러내는 것은 표도르로서도 생각지 못한 일이었다. 게다가 노인은 이반에게 급히 할 말이 있어서 그를 보려고 일부러 거실에 나온 모양이었다. 표도르는 그런 정중한 인사를 듣고는 말없이 자리에 멈춰서 조롱하는 듯한 눈으로 아들이 계단 위로 사라질 때까지 그 뒷모습을 바라보았다.

"저놈 왜 저래?" 노인은 뒤따라 들어온 스메르댜코프에게 얼른 물어보았다.

"무엇 때문인지 화가 나신 모양인데, 저분 속을 누가 알겠습니까?" 하인은 얼버무리는 듯한 말투로 중얼거렸다.

"빌어먹을 놈! 마음대로 하라지! 네놈도 사모바르를 갖다놓고 냉큼 나가봐. 뭔가 새 소식은 없느냐?"

그러고는 스메르댜코프가 방금 이반에게 하소연했던 질문들, 즉 노인이 기다리고 있는 여자에 관한 질문 공세가 시작되었으니 여기서는 그 질문들을 생략하기로 하겠다. 30분 후 집 문은 모두 잠겼다. 광기 어린 노인은 혼자서 방을 서성이며 약속된 다섯 번의 노크 소리가 금방이라도 울리지 않을까 초조한 마음으로 기다렸다. 이따금씩 어두운 창밖을 내다보곤 했지만, 새카만 밤 말고는 아무것도 보이지 않았다.

아주 늦은 시간이었지만 이반은 자지 않고 생각에 잠겨 있었다. 그는 그날 밤 늦게, 새벽 2시쯤 잠자리에 들었다. 하지만 그의 생각의 흐름을 일일이 전하지는 않겠다. 아직은 그의 영혼을 들여다볼 때가 아니기 때문이다. 그의 영혼에 대해서는 앞으로 이야기할 때가 있을 것이다. 그리고 만약 전달하려고 해도 그것은 매우 어려운 일이 되었을 것이다. 왜냐하면 생각이라고 할 수 없는 모호하고도 지나치게 흥분된 무언가가 뒤엉켜 있었기 때문이다. 그 스스로도 자신이 갈피를 잡을 수 없다는 것을 느끼고 있었다. 전혀 뜻밖의 갖가지 이상한 욕망도 그를 괴롭혔다. 이를테면 이미 자정이 지난 시간에 아래층으로 내려가 문을 열고 행랑채로 가서 스메르댜코프를 흠씬 패주고 싶다는 참을 수 없는 강렬한 충동이 밀려왔다. 하지만 누군가 이유를 묻는다면 그 하인이 세상에서 가장 큰 모욕을 준 사람처럼 증오스럽다는 것 말고는 정확한 이유를 들 수가 없었을 것이다. 한편으로는 몸에 힘이 빠지는 것이 느껴질 만큼 뭐라 설명할 수 없는 굴욕적인 두려움이 그날 밤 수차례나 그의 마음을 엄습했다. 머리가 아프고 현기증이 났다. 누군가에게 복수를 하려는 것처럼 알 수 없는 증오심이 그의 마음을 죄어왔다. 아까 전 알료샤와 나눈 대화를 떠올리자 동생까지도 미워졌고, 때로는 자기 자신도 미워 견딜 수가 없었다. 카테리나 이바노브나에 대해서는 생각조차 나지 않았는데, 후에 그 사실은 굉장히 의아하게 느껴졌다. 그날 낮에 카테리나의 집에서 내일 모스크바로 떠나겠다고 큰소리를 칠 때만 해도 마음속으로는 '헛소리, 가긴 어딜 가, 지금 허세를 부리는 것처럼 쉽게 떠날 수는 없을걸' 하고 마음속으로 속삭였던 것을 분명히 기억하고 있었기 때문이다. 오랜 시간이 흘러 그 밤을 회상할 때 이반에게 특히 혐오스럽게 느껴지는 기억이 하나 있었다. 자신이 때때로 갑자기 소파에서 벌떡 일어나 누군가 몰래 엿보지는 않을까 몹시 두려운 것처럼 살그머니 문을 열고 층계로 나가 아래층에서 아버지가 움직이고 돌아다니는 소리에 귀를 기울였다는 사실이었다. 그는 오랫동안, 거의 5분 정도나 알 수 없는 기묘한 호기심에 사로잡혀 숨을 죽인 채 두근거리는 가슴으로 귀를 기울였다. 어째서 그랬는지, 무엇 때문에 귀를 기울였는지는 자기 자신도 알 수 없었다. 이반은 이후 평생토록 그 '행동'을 '비열한' 짓으로 일컬었으며, 마음속 깊은 곳에서 그것이 자기 인생에서 가장 추잡한 행동이라고 여겼다. 그때 아버지에게 무슨 증오를 느낀 것은 아니었다. 그저 아버지가 저 밑에서 어떤 모습으로 돌아다니고 있을까, 무엇을 하고 있을까 강렬한 호기심이 발동했을 뿐이었다. 아버지가 어두운 창문을 내다보다가 방 한가운데 우뚝 멈춰 서서는 누군가 노크하지는 않을까 기다리고 있을 거라고 상상해보기도 했다. 이반은 두 번 계단에 나와 그런 행동을 했다. 2시쯤 되어 집안이 조용해지고 표도르도 잠자리에 들자 이반도 지칠 대로 지쳐서 빨리 잠들길 바라며 잠자리에 누웠다. 그는 곧 깊은 잠에 빠져들어 꿈도 꾸지 않고 잤다. 하지만 7시쯤 날이 밝아오자 일찍 잠이 깼다. 그런데 눈을 뜨자 놀랍게도 활력이 밀려오는 것을 느꼈다. 그는 재빨리 일어나 옷을 입고 트렁크를 꺼내 서둘러 짐을 싸기 시작했다. 마침 속옷도 어제 아침에 세탁소에서 찾아다 둔 것이 있었다. 만사가 딱딱 맞아떨어져 갑작스러운 출발에 걸림돌이 되는 것이 아무것도 없다고 생각하니 웃음이 절로 날 정도였다. 사실 이 출발은 이반에게도 갑작스러운 것이었다. 어제(카테리나와 알료샤에게, 그리고 나중엔 스메르댜코프에게) 내일 떠날 거라고 말하긴 했지만 어젯밤 잠자리에 들 때까지만 해도 떠날 생각이 없었다는 것을 분명히 기억하고 있었기 때문이다. 적어도 아침에 일어나기가 무섭게 당장 짐을 꾸릴 줄은 생각도 못 했다. 이윽고 트렁크와 배낭이 준비되었다. 마르파 할멈이 여느 때처럼 "어디서 차를 드실 건가요? 방에서 드실 건가요, 아니면 아래층으로 내려오실 건가요?"라고 물으러 올라왔을 때는 이미 9시가 되어 있었다. 이반은 아래층으로 내려왔다. 그의 말이며 행동에는 산만하고 서두르는 듯한 기색이 엿보였지만 그래도 겉보기에는 꽤 즐거워 보였다. 이반은 아버지에게 상냥하게 인사를 건네고 평소와는 달리 건강에 대해서도 물은 다음, 대답이 다 끝나기도 전에 1시간 후에 모스크바로 아주 떠나겠으니 마차를 불러달라고 부탁했다. 노인은 조금도 놀라는 기색 없이 아들의 이야기를 들었다. 자식이 떠난다는 데 아쉬워하기는커녕 오히려 한 가지 개인적으로 중요한 용건을 생각해내고 몹시 수선을 피우기 시작했다.

"녀석도 참! 어제는 아무 말 않더니… 하지만 지금이라도 괜찮다. 이 아비에게 선심 쓴다 생각하고 체르마시냐에 좀 들러다오. 볼로비야 역에서 왼쪽으로 12베르스타 정도만 가면 체르마시냐가 아니냐."

"죄송하지만 안 되겠습니다. 기차역까지 거리가 80베르스타인데, 모스크바로 가는 기차가 역에서 저녁 7시에 떠나니 시간이 촉박하거든요."

"그럼 내일이나 모레 가도록 하고 오늘은 체르마시냐에 좀 들러다오. 아비의 근심을 더는 일인데 그것도 못 해주겠니! 급하고 중요한 일이라 이곳 일이 없었으면 내가 진작 다녀왔겠지만 지금은 그럴 형편이 못 되거든…. 그곳엔 두 지역에 걸쳐 내 숲이 있다. 베기체프랑 댜치키노라는 곳인데, 불모지나 다름없는 곳이지. 마슬로프라는 상인 부자가 그 숲의 벌채권을 사겠다며 8000루블을 주겠다는데, 작년만 해도 1만 2000루블에 사겠다는 사람이 있었단 말이지. 하긴 이 지역 사람이 아니라서 가능한 일이었지만. 이곳 사람들 중에는 사겠다는 사람이 없어. 백만장자인 마슬로프 부자는 눈독을 들인 건 언제나 원하는 값으로 사가야 직성이 풀리는 사람들인데, 이 지역 사람들은 아무도 그 부자에게 맞서려 하지 않거든. 그런데 일린스키 신부가 지난 목요일에 고르스트킨이라는, 나와도 안면이 있는 상인이 왔다고 편지를 했지 뭐냐. 중요한 건 그자가 이곳 사람이 아니라는 점이야. 이 지역이 아닌 포그레보프 출신이라 마슬로프 부자를 무서워하지 않을 거란 말이지. 그 상인은 숲을 1만 1000루블에 사겠다는구나. 신부의 말로는 그자가 앞으로 일주일밖에 이곳에 머물지 않을 거라니 네가 가서 그 사람과 협상 좀 해주렴….”

“신부님한테 편지를 써서 협상해달라고 하면 되잖아요.”

“그 신부는 못 해. 그게 문제지. 통 안목이라곤 없거든. 사람은 워낙 좋아서 당장에라도 2만 루블쯤 영수증 없이 맡길 수 있지만, 워낙 안목이 없어서 사람이 아니라 까마귀한테라도 속아 넘어갈 인물이야. 그것도 배운 사람이 말이야. 고르스트킨은 겉보기엔 파란 외투를 걸치고 다니는 농사꾼 같지만 성격은 영락없는 악당이야. 이게 문제지. 거짓말을 밥 먹듯 하는 게 그 친구의 특징이야. 가끔은 뭐 하러 저러나 싶을 만큼 거짓말을 늘어놓는다니까. 재작년에는 자기 마누라가 죽어서 후처를 맞았다고 했는데 그것도 새빨간 거짓말이었지 뭐냐. 마누라가 죽기는커녕 지금도 시퍼렇게 살아서 사흘에 한 번씩 그자를 두들겨 팬다더군. 그러니 그자가 하는 말이 정말인지 거짓말인지, 정말로 숲을 사고 1만 1000루블을 내놓으려는 건지 알아봐야 해."

"그럼 저도 가봐야 소용없을 겁니다. 저도 안목은 없으니까요."

"잠깐, 잠깐, 소용이 있을 거야. 내가 고르스트킨이란 자의 특징을 죄다 말해줄 테니까. 난 그자와 벌써 오랫동안 거래를 해오고 있거든. 자, 그자의 턱수염을 잘 봐야 해. 불그죽죽하고 지저분하고 얄팍한 턱수염이지. 만약 수염을 떨고 말할 때 화를 내면, 그자가 진심이고 거래를 할 생각이 있다는 뜻이야. 하지만 왼손으로 수염을 쓰다듬으며 히죽히죽 웃는다면, 상대를 속이려고 거짓말을 하고 있는 거야. 눈은 절대 보면 안 돼. 눈으론 아무것도 알아낼 수 없거든. 속이 시커먼 구정물 같은 사기꾼이니 수염만 보도록 해. 그자 앞으로 쪽지를 써줄 테니 가져가서 보여주렴. 그자의 이름은 고르스트킨이지만, 사실은 고르스트킨이 아니라 랴가비(사냥개―옮긴이)야. 하지만 그자를 랴가비라고 불러선 안 돼. 화를 낼 테니까. 그자와 협상을 끝내고 일이 잘될 것 같으면 바로 이쪽으로 편지를 해주렴. '거짓말이 아님'이라고만 쓰면 돼. 1만 1000루블로 버텨보고, 1000루블 정도는 깎아줘도 되지만 그 이상은 안 돼. 생각해봐라, 8000루블과 1만 1000 루블이면

3000루블 차이가 아니냐. 나는 그 3000루블을 거저 얻는 거야. 사실 산다는 사람은 없고 돈은 급해 죽겠단 말이지. 그자가 진심이라는 걸 알려주면 어떻게든 시간을 짜내서 내가 직접 그리로 달려가 마무리를 지으마. 그저 신부가 착각한 걸지도 모르는데 내가 거기로 달려갈 필요는 없잖니? 그래, 가주겠니?"

"정말 시간이 없습니다. 죄송해요."

"거참, 아비 좀 도와다오, 이 은혜는 잊지 않을 테니! 정말 너희들은 인정머리라곤 없구나! 하루 이틀이 뭐 대수라고? 어디, 베니스라도 가니? 네 베니스가 하루 이틀 새 무너지지는 않아. 알료시카를 보내고 싶어도, 알료시카가 어디 그런 일을 할 수 있겠니? 널 보내려는 건 네가 똑똑한 녀석인 걸 알기 때문이야. 숲을 사고 팔 줄은 몰라도 안목은 있거든. 그자가 진심인지 아닌지만 보면 돼. 수염을 보면 된다니까. 수염이 떨리면 진심인 거야."

"저를 그 빌어먹을 체르마시냐로 떠미시냐는 겁니까? 예?" 이반이 독기 어린 미소를 지으며 소리쳤다.

독기는 알아보지 못한 건지, 아니면 알아보기 싫은 건지, 표도르에게는 미소만 눈에 들어왔다.

"그럼 가는 거지? 응? 얼른 쪽지를 써주마."

"모르겠어요, 갈지 어쩔지. 가면서 결정할게요."

"가면서라니, 지금 결정하렴. 애야, 결정하란 말이다! 홍정이 끝나면 두어 줄 써서 신부에게 맡기렴. 그럼 당장 내게 그 편지를 부쳐줄 거야. 그런 다음엔 너를 붙잡지 않을 테니,

베니스든 어디든 마음대로 가려무나. 신부가 자기 마차로 볼로비야 역까지 데려다줄 거야…"

노인은 몹시 기뻐하며 쪽지를 쓰고 마차를 부르고 안주와 코냑을 내오게 했다. 노인은 기쁠 때면 수다스러워지곤 했지만 이번에는 자제하고 있는 듯했다. 예를 들어 드미트리 얘기는 한마디도 꺼내지 않았다. 이별에 아쉬워하는 기색은 전혀 없었으며, 무슨 말을 해야 하는지조차 모르는 것 같았다. 이반도 그것을 분명히 눈치챘다. '내가 지겹기도 했겠지.' 그는 속으로 생각했다. 노인은 현관에서 아들을 배웅할 때가 되어서야 약간 허둥대며 입맞춤을 하려고 했다. 그러나 이반은 입맞춤을 피하려는 듯 얼른 손을 내밀었다. 노인도 즉각 눈치를 채고 금세 몸을 사렸다.

"그럼, 하느님이 함께하시길, 하느님이 함께하시길!" 노인이 현관에서 되풀이해 말했다. "내가 살아 있는 동안에 또 오겠지? 그래, 오거라, 언제든 환영이니. 그럼 잘 가거라!"

이반은 여행 마차에 올라탔다.

"잘 가라, 이반, 아비를 너무 욕하지는 말아다오!" 아버지는 마지막으로 이렇게 소리쳤다.

스메르댜코프, 마르파, 그리고리 등 온 집안 식구들이 배웅하러 나왔다. 이반은 모두에게 10루블씩 선물해주었다. 이반이 마차 안에 자리 잡고 앉았을 때, 스메르댜코프가 깔개를 바로잡아주려고 뛰어왔다.

"보다시피… 체르마시냐로 가게 됐구나…." 이반은 불쑥 이런 말을 내뱉었다. 어제처럼 저절로 튀어 나온 말이었고,

초조한 웃음까지 터져 나왔다. 이반은 이후 오래도록 이 일을 기억했다.

"현명한 사람하고는 잠깐 이야기를 나누는 것도 흥미롭다는 사람들의 말이 사실이군요." 스메르댜코프는 이반을 꿰뚫어보듯 바라보며 힘 있는 어조로 이렇게 말했다.

마차가 움직이더니 이내 질주하기 시작했다. 여행자의 마음은 뿌옇게 흐려 있었다. 하지만 그는 주위의 들판이며 언덕이며 나무와 청명한 하늘을 높이 날아가는 기러기 떼를 놓치지 않겠다는 듯 열심히 바라보았다. 그러자 갑자기 기분이 좋아졌다. 그는 마부에게 말을 걸었다. 마부의 대답 중에 굉장히 흥미로운 것이 있었지만, 잠시 후에 생각해보니 마부의 이야기는 전부 귓가를 스치고 지나갔을 뿐 자신이 알아들은 건 하나도 없다는 사실을 깨달았다. 그는 입을 다물었다. 공기는 맑고 상쾌하고 선선했으며 하늘도 맑아서 그래도 기분이 좋았다. 머릿속에 알료샤와 카테리나의 모습이 떠올랐다. 하지만 이반은 조용히 미소 지으며 사랑스러운 환영에 바람을 불어 날려 보냈다. '다시 볼 날이 있겠지.' 이반은 생각했다.

마차는 금방 역참에 도착했다. 그곳에서 말을 바꾼 후 다시 볼로비야를 향해 달렸다. '현명한 사람과는 잠깐 얘기하는 것도 흥미롭다니, 왜 그런 말을 했을까?' 문득 이런 생각이 떠오르자 숨이 턱 막혀왔다. '그리고 나는 왜 그 녀석에게 체르마시냐에 간다고 말한 걸까?' 이윽고 볼로비야 역에 도착했다. 이반이 마차에서 내리자 마부들이 그를 에워쌌다. 그는 체르마시냐까지 12베르스타의 시골길을 사설 마차를 타고 가기로 결정하고, 말을 매라고 일렀다. 그는 역참 안으로 들어가 주위를 둘러보고 역참지기의 아내를 흘끗 바라보는가 싶더니 갑자기 현관으로 되돌아 나왔다.

"체르마시냐에는 갈 필요가 없겠군. 대신 7시까지 기차역에 갈 수 있겠나?"

"가고말고요. 말을 맬까요?"

"얼른 그래 주게. 혹시 내일 시내로 가는 사람은 없나?"

"없을 리가 있나요. 여기 미트리가 갈 겁니다."

"미트리, 부탁 하나만 들어주겠나? 우리 아버지 표도르 파블로비치에게 가서 내가 체르마시냐에 가지 않았다고 전해주게. 그래 줄 수 있겠나?"

"그럼요, 들르다마다요. 표도르 파블로비치라면 오래전부터 알고 있거든요."

"이건 수고비네. 아버지가 주실 리는 없을 테니까…." 이반은 유쾌하게 웃었다.

"물론 주실 리가 없죠." 미트리도 따라 웃었다. "고맙습니다, 나리, 꼭 전해드리겠습니다…."

저녁 7시에 이반은 기차에 올라 모스크바로 떠났다. '지난 일은 모두 지워버리자. 지난 세계와는 영원히 인연을 끊고 아무런 소식이나 연락도 들려오지 않도록 하자. 뒤돌아보지 말고 새로운 세계, 새로운 장소로 가는 거다!' 그러나 그의 마음엔 환희가 아닌 깊은 어둠이 엄습했고, 가슴은 지금껏 한 번도 느껴본 적 없는 슬픔에 젖어들었다. 그는 밤새도록 생각에 잠겼다. 기차는 계속 달렸고, 새벽에 모스크바로 들어섰다. 그때서야 그는 퍼뜩 정신을 차렸다.

'나는 비열한 놈이다!' 그는 속으로 이렇게 외쳤다.

한편 아들을 떠나보낸 표도르는 매우 흡족한 기분이었다. 2시간 동안이나 자신을 행복한 사람이라고 생각하며 코냑을 홀짝거리고 있었다. 그런데 갑자기 온 집안 식구에게 굉장히 안타깝고 불행한 사건이 일어나 표도르의 마음을 순식간에 커다란 혼란에 빠뜨렸다. 스메르쟈코프가 무엇 때문인지 지하실에 갔다가 계단 꼭대기에서 바닥으로 굴러 떨어진 것이다. 다행히 때마침 마르파 이그나티예브나가 마당에 있다가 그 소리를 들었다. 마르파는 그가 떨어지는 것은 보지 못했지만, 비명 소리는 들었다. 그것은 오래전부터 잘 알고 있는, 간질병 환자가 발작을 일으킬 때 내는 특이하고도 기괴한 비명이었다. 계단 아래로 내려가다가 발작이 일어났다면 물론 의식을 잃고 굴러 떨어졌을 것이다. 아니면 그와 반대로 추락에서 받은 충격 때문에 간질병 환자인 스메르쟈코프에게서 발작이 일어났을 수도 있다. 어느 쪽인지는 알 도리가 없었지만, 아무튼 스메르쟈코프를 발견했을 때 그는 지하실 바닥에서 입에 거품을 물고 온몸을 비틀며 경련을 일으키고 있었다. 집안사람들은 처음에 팔다리나 어딘가가 부러졌거나 타박상을 입었을 거라고 생각했지만, 마르파의 표현에 따르면 '주님이 지켜주신 덕에' 무사했다. 다만 지하실에서 하느님의 빛이 있는 곳으로 끌어내는 것이 쉽지 않았다. 그래도 이웃의 도움을 빌어 어찌어찌 끌어낼 수 있었다. 표도르도 소동이 벌어지는 자리에 나와 놀라 어찌할 바를 모르는 얼굴로 손수 거들기도 했다. 그러나 환자는 의식을 차리지 못했다. 발작은 잠깐 멈추는가 싶었다가 또다시 재발하곤 했다. 사람들은 작년에 그가 실수로 다락에서 떨어졌을 때와 똑같은 일이 벌어질 것이라고 판단했다. 그때 정수리에 얼음을 대줬던 것을 떠올렸다. 지하실에서 얼음을 찾아왔고, 마르파 이그나티예브나가 그 일을 맡았다. 표도르는 저녁 무렵 게르첸쉬투베 선생을 부르러 사람을 보냈고, 의사는 즉각 달려왔다. 환자를 꼼꼼히 살펴본 게르첸쉬투베는(그는 현에서 가장 꼼꼼하고 세심한 의사였으며 나이가 지긋한 점잖은 노인이었다) 발작이 매우 심해 '위험할 수도 있다'고 진단했으며, 지금으로서는 자기도 확실한 판단을 내릴 수 없지만 내일 아침까지 지금 쓴 약이 듣지 않으면 다른 약을 써보겠다고 했다. 환자는 그리고리와 마르파가 쓰는 방의 옆방에 눕혔다. 그 후로도 표도르에게는 온종일 불행이 잇따랐다. 마르파가 식사를 차렸는데, 수프는 스메르댜코프의 솜씨에 비하면 '구정물'이나 다름없었고 닭고기는 얼마나 질긴지 도저히 씹을 수가 없었다. 마르파는 정당하지만 신랄한 주인의 꾸지람에 그 닭은 원래가 늙은 놈이었고 자기는 요리 공부를 해본 적이 없다고 항의했다. 저녁 무렵에는 또 다른 문제가 생겼다. 엊그제부터 몸이 안 좋던 그리고리가 허리가 말을 듣지 않아 결국 드러누웠다는 보고를 받은 것이다. 표도르는 되도록 빨리 차를 마시고 홀로 집에 틀어박혔다. 그는 두렵고도 초조한 기대에 차 있었다. 그날 저녁엔 꼭 그루셴카가 올 거라고 거의 확신을 가지고 기다리고 있었기 때문이다. 아침 일찍 스메르댜코프에게서 '그분이 꼭 오겠다고 약속하셨습니다'라는 확언에 가까운 말을 들었기 때문이다. 성마른 노인은 초조하게 가슴이 쿵쾅거리는 것을 느끼며 빈 방마다 돌아다니며 귀를 기울였다. 귀를 바짝 세우고 있어야 했다. 어디선가 드미트리가 망을 보고 있을지도 모르니, 그 여자가 창문을 두드리면(스메르댜코프는 그저께 이미 그 여자에게 어디를 어떻게 두드려야 하는지 전해주었다고 했다) 최대한 빨리 문을 열어주어야 했기 때문이다. 행여라도 겁을 먹고 도망가지 않도록, 잠깐이라도 밖에 세워두어선 안 됐다. 표도르는 몹시 초조했지만, 이렇게 달콤한 희망에 가슴이 젖어본 적은 없었다. 이번에는 분명히 찾아올 것이라고 거의 단언할 수 있었기 때문이다…!

제6편

러시아의 수도사

1. 조시마 장로와 그의 손님들

알료샤는 불안하고 괴로운 가슴을 안고 장로의 암자에 들어섰다가 깜짝 놀라 그 자리에 멈춰 서고 말았다. 의식을 잃고 사경을 헤매고 있을까봐 걱정했던 장로가 의자에 앉아 있었기 때문이다. 장로는 쇠약한 몸 때문에 몹시 지쳐 있기는 했지만 손님들에게 둘러싸여 제법 밝고 활기를 띤 얼굴로 조용히 담소를 나누고 있었다. 장로가 자리에서 일어난 것은 알료샤가 오기 불과 15분 전의 일이었다. 손님들은 그전부터 이미 암자에 모여 장로가 깨어나기를 기다리고 있었다. 파이시 신부가 '스승님께서는 아침에 말씀하시고 약속하신 대로 가슴속 깊이 사랑하는 사람들과 다시 한번 이야기를 나누기 위해 틀림없이 자리에서 일어나실 겁니다'라고 장담했기 때문이다. 파이시 신부는 이 약속은 물론 장로가 임종을 앞두고 남긴 말을 모두 굳게 믿고 있었다. 장로가 일단 약속한 이상, 의식이 없고 숨이 멎은 것을 두 눈으로 보게 되더라도 죽음을 받아들이지 않고, 다시 일어나 약속을 지킬 것이라고 기다릴 정도였다. 그날 아침 조시마 장로가 잠들기 전에 파이시 신부에게 "가슴속 깊이 사랑하는 여러분과 이야기를 나누고, 여러분의 정다운 얼굴을 보고 다시 한번 내 심정을 털어놓기 전에는 죽지 않겠다"고 했기 때문이다. 마지막이 될지도 모르는 장로와의 담화를 위해 모인 사람들은 장로의 가장 충실한 오랜 벗들이었다. 그들은 모두 네 사람이었다. 먼저 수행 사제인 이오시프 신부와 파이시 신부, 수행 사제이자 암자 책임자인 미하일 신부가 있었다. 평민 출신인 미하일 신부는 나이가 많거나 학식이 뛰어나지는 않았으나, 강인한 정신력과 군건하고 소박한 신앙을 지닌 사람이었다. 겉으로는 엄격해 보여도 가슴속에는 깊은 연민과 온유를 품고 있었다. 하지만 그것이 창피하기라도 한 듯 감추려 하는 기색이었다. 네 번째 손님은 순박하고 나이가 지긋한 가난한 농부 출신인 안핌 신부였다. 그는 문맹이나 다름없었으며, 과묵하고 조용해 다른 사람과 말을 섞는 일이 드물었다. 겸허한 사람 중에 겸허한 사람으로, 자신의 지성으로는 헤아릴 수 없는 위대하고 무서운 그 무언가를 두려워하고 있는 듯했다. 조시마 장로는 이 겁에 질린 수도사를 무척 사랑하여 평생 각별한 존경심으로 그를 대했다. 그렇지만 평생 이 수도사만큼 대화를 적게 나눈 사람도 없었을 터였다. 한때 오랫동안 그와 함께 성스러운 러시아 방방곡곡을 순례한 적이 있었는데도 말이다. 그것은 40년이나 된 먼 옛날, 조시마 장로가 코스트로마의 이름 없는 수도원에서 수도 생활을 시작하고 얼마 지나지 않아 안핌 신부와 함께 가난한 수도원을 위해 모금을 하러 순례길에 올랐을 때의 일이었다. 주인과 손님 모두 장로의 침상이 있는 두 번째 방에 모여 있었다. 앞서 말했듯 그곳은 무척 비좁아서 네 사람은(서 있던 포르피리 신부를 제외하고는) 첫 번째 방에서 의자를 가져와 장로의 안락의자에 바짝 붙어 앉아 있었다. 날이 저물기 시작해 성상 앞에 놓인 등잔과 양초가 방 안을 밝히고 있었다. 장로는 문가에 서서 어쩔 줄 몰라 하는 알료샤를 보자 환히 미소 지으며 손을 내밀었다.

"어서 오거라, 얌전한 아이야, 드디어 왔구나. 네가 올 줄 알고 있었단다."

알료샤는 장로의 옆으로 다가가 바닥에 엎드려 절하고 울음을 터트렸다. 가슴이 북받쳐 올랐고, 영혼이 떨리는 것 같았으며, 목 놓아 울고 싶은 심정이었다.

"왜 그러느냐, 아직은 울 때가 아니야." 장로가 오른손을 알료샤의 머리에 얹고 미소 지었다. "이렇게 앉아 이야기를 나누고 있다 보니 아직 20년은 더 살 수 있을 것 같구나. 어제 비셰고리예에서 리자베타라는 아이를 안고 온 그 착한 부인이 기원해준 것처럼 말이야. 주여, 어머니와 딸 리자베타를 기억해주시옵소서!(장로는 성호를 그었다.) 포르피리, 성금은 내가 말한 곳에 가져다주었니?"

이것은 어제 쾌활한 부인이 '나보다 가난한 사람'에게

전해달라며 주고 간 60코페이카를 두고 한 말이었다. 이러한 성금은 자발적인 고행의 일환으로 내는 것이었으며, 반드시 자기 힘으로 번 돈이어야 했다. 장로는 엊저녁에 이미 포르피리 신부를 시켜 얼마 전 집에 불이 나 자식들과 함께 구걸하는 처지가 된 어느 상인의 과부에게 그 돈을 전해주도록 했다. 포르피리는 돈을 잘 전해주었으며 장로가 시킨 대로 '이름 모를 자선가'가 보낸 것으로 했다고 재빨리 보고했다.

"애야, 일어나거라." 장로가 알료샤에게 말했다. "얼굴 좀 보여다오. 집에 가서 형님을 만나 보았느냐?"

알료샤는 장로가 '형님'이라고 두 형 중 한 사람만 정확히 짚어 물어보는 것이 이상하다는 생각이 들었다. 어떤 형을 말하는 것일까? 아무튼 장로가 어제와 오늘 자기를 내보낸 것은 그 형 때문인 것 같았다.

"두 형 중 한 사람은 만났습니다." 알료샤가 대답했다.

"어제 내가 바닥에 엎드려 절했던 큰형 말이다."

"큰형은 어제 보기만 했고, 오늘은 도저히 찾을 수가 없었습니다." 알료샤가 말했다.

"어서 찾아라. 내일 다시 나가서 찾아보아라. 다른 일은 모두 제쳐두고 서둘러야 한다. 아직은 끔찍한 일을 막을 수 있을지도 모르니까. 나는 어제 그 사람이 겪게 될 커다란 고통에 절한 거란다."

장로는 갑자기 생각에 잠겨 입을 다물었다. 이상한 말이었다. 어제 장로가 절하는 모습을 목격한 이오시프 신부는 파이시 신부와 시선을 주고받았다. 알료샤는 참을 수가 없었다.

"장로님, 스승님." 알료샤는 격정에 휩싸여 말했다. "너무나 모호한 말씀입니다…. 어떤 고통이 형을 기다리고 있다는 겁니까?"

"너무 자세히는 알려고 하지 마라. 어제 무서운 것이 보이더구나…. 어제 그 사람의 눈빛은 마치 자기 운명을 송두리째 나타내는 것 같았지. 순간 그런 눈빛을 했단다…. 그 사람이 자기한테 무슨 짓을 하려고 하는지 생각하니 순간 가슴이 서늘해지더구나. 나는 살면서 그런 얼굴을 한 사람을 한두 번 본 적이 있단다…. 제 운명을 드러내는 듯한 그런 얼굴을 말이야. 그들의 운명은 안타깝게도 전부 들어맞고 말았단다. 알렉세이, 내가 너를 보낸 건 동생인 네 얼굴이 그 사람에게 도움이 될 거라고 생각했기 때문이야. 하지만 모든 것은 주님께 달려 있고, 우리의 운명도 마찬가지야. '한 알의 밀이 땅에 떨어져 죽지 않으면 한 알 그대로 있고, 죽으면 많은 열매를 맺느니라.' 이 말씀을 기억해두어야 한다. 내가 네 얼굴 때문에 살면서 여러 번 마음속으로 너를 축복했다는 것도 알아두거라." 장로는 조용히 미소를 지으며 말했다. "나는 너에 대해 이렇게 생각한다. 너는 이 수도원을 떠나 속세로 나가더라도 수도사처럼 살아갈 거야. 네게 반대하는 사람은 많겠지만, 그 적들조차 너를 사랑하게 될 거야. 인생은 네게 많은 불행을 가져다주겠지만, 너는 다름 아닌 그 불행들로 인해 행복해질 것이고, 인생을 축복할 것이며, 무엇보다 다른 사람까지 인생을 축복하도록 할 거야. 너는 그런 사람이야. 그런데 신부님들, 나의 스승님들." 장로가 온화한 미소를 지으면서 손님들에게 말했다. "나는 지금껏 한 번도 어째서 내가 이 젊은이의 얼굴을 그토록 사랑하게 되었는지 이 젊은이에게도 말한 적이 없었습니다. 이제야 하는 이야기지만, 이 젊은이의 얼굴은 내게는 추억이자 예언이었습니다. 내 인생의 여명기인 어린 시절에 내게는 형님이 있었는데, 열일곱 살이라는 젊은 나이에 내 눈앞에서 돌아가셨지요. 그 후 나는 삶을 살아가면서 형님이야말로 하늘이 내려준 제 운명의 이정표이자 숙명이었다는 사실을 점차 확신하게 되었습니다. 만약 내 인생에 형님이 나타나지 않았거나 아예 존재하지 않았더라면, 내가 수도사가 되어 이 귀한 길에 들어서지 않았을지도 모르기 때문이지요. 내가 어릴 때 형님이 처음 나타났고, 내 여정의 막바지에 그의 재현이 눈앞에 나타난 것입니다. 여러분, 이것은 마치 기적과도 같습니다. 알렉세이는 형님과 얼굴은 그다지 닮지 않았지만, 정신적으로는 너무나 닮아 있어서 그 젊은이, 내 형이 내게 무언가를 일깨워주고 터득하게 하려고 내 여정의 끝에 신비로이 찾아온 것이 아닐까 하는 생각도 여러 번 들었지요. 나도 이런 이상한 생각을 하는 내가 놀라울 정도였습니다. 포르피리, 듣고 있느냐?" 장로는 시중을 들어주는 견습 수도사에게 말했다. "내가 너보다 알렉세이를 더 사랑한다고 해서 네 얼굴에 슬픔이 비치는 것을 여러 번 보았다. 이제는 그 까닭을 알았겠지. 하지만 나는 너도 사랑한단다. 그걸 알아두거라. 네가 슬퍼하는 걸 보고 나도 가슴이 아팠던 적이 많았단다. 손님 여러분, 여러분께 이 젊은이, 내 형에 대한 이야기를 들려드리고 싶군요. 내 인생에서 그보다 더 귀하고 예언적이며 애틋한 존재는 없었기 때문입니다. 가슴속에 잔잔한 감동이 넘쳐흘러 지금 내 삶 전체가 마치 그 순간을 다시 사는 것처럼 눈앞에 생생히 떠오르는군요….”

　여기서 지적해둘 점은 장로가 생애의 마지막 날 손님들에게 해준 이 이야기가 부분적으로 기록되어 보존되고 있다는 것이다. 장로가 목숨을 거두고 얼마 지나지 않아 알렉세이 표도로비치 카라마조프가 잊지 않으려 기록해둔 것이다. 하지만 그날 있었던 담화만을 기록한 것인지, 아니면 스승과 전에 나누었던 대화도 추가한 것인지는 정확히 알 수 없다. 또한 이 기록에서 장로의 이야기는 마치 친구들에게 자신의 생애에 관한 하나의 소설을 들려주듯 끊김 없이 이어지지만, 실은 그렇지 않았다. 그날 밤의 담화는 모두가 함께 나눈 것이었으니, 손님들이 주인의 말을 가로챈 적이 많지는 않았더라도 어쨌든 이야기에 끼어들어 자기 말을 했을 것이며, 자신의 생각이라거나 이야기를 들려주었을 수도 있기 때문이다. 게다가 장로는 가끔 숨을 몰아쉬거나 목소리가 나오지 않을 때가 있었고, 완전히 잠들어 손님들이 자리를 비킨 것은 아니어도 쉬려고 누운 적도 있었으니 이처럼 매끄럽게 이야기가 진행되었을 리는 없다. 한두 번 성서를 낭독하느라 담화가 끊긴 적도 있었는데, 낭독한 사람은 파이시 신부였다. 또 주목할 점은 그들 중 누구도 그날 밤 장로가 세상을 떠나리라고는 생각지 못했다는 것이다. 생의 마지막 밤, 낮잠을 푹 잔 장로가 친구들과 기나긴 담화를 이어갈 만큼 새로운 힘을 얻은 것처럼 보였으니 더욱 그랬다. 이것은 장로의 몸에 믿을 수 없는 활력을 준 마지막 감동 같은 것이었지만 오래 가지는 않았고, 그의 생명은 별안간 끊어져버렸다…. 하지만 그 이야기는 뒤에 하도록 하겠다. 지금은 담화의 세세한 내용은 생략하고 알렉세이 표도로비치 카라마조프의 기록에 따른 장로의 이야기만 전할 생각이다. 거듭 말해두지만 알료샤는 전에 나눴던 대화에서 많은 부분을 가져와 여기에 덧붙였다. 하지만 이렇게 하는 편이 간결하고 지루하지도 않을 것이다.

2. 수도 사제인 고 조시마 장로의 전기 중에서,
– 장로의 말을 토대로 알렉세이 표도로비치 카라마조프가 엮음

전기적 사실

가) 조시마 장로의 형

사랑하는 신부님들, 스승님들, 나는 먼 북부 지방에 있는 어느 현의 V시에서 태어났습니다. 아버지는 귀족이셨지만, 명문가이거나 관직이 높은 것은 아니었습니다. 아버지는 내가 겨우 두 살이었을 때 돌아가셨기 때문에 그분에 대한 기억은 전혀 없답니다. 아버지는 어머니에게 작은 목조 가옥 한 채와 대단치는 않아도 자식들을 데리고 살아가기에는 부족함

이 없는 약간의 재산을 남겨주셨습니다. 우리 형제는 나 지노비와 형 마르켈, 이렇게 둘이었습니다. 나보다 여덟 살 위인 형은 욱하는 성격에 예민한 편이었으나 심성이 곱고 남에게 빈정댈 줄 몰랐으며 이상하다 싶을 만큼 말수가 적은 사람이었지요. 특히 집에서 나나 어머니나 하인을 대할 때는 더욱 그랬습니다. 중학교에 다닐 때는 성적은 좋았지만 친구들과는 좀처럼 어울리지 않았습니다. 그렇지만 다투는 것은 아니었답니다. 적어도 어머니의 기억으로는 그랬습니다. 형은 세상을 떠나기 반년 전, 그러니까 열일곱 살이 되었을 무렵 자유사상 때문에 모스크바에서 우리 고장으로 유배되어 온 어느 정치범의 집을 찾아다니기 시작했습니다. 그 유형수는 뛰어난 학자인 데다 대학에서도 철학자로 명성이 높던 사람이었습니다. 그는 어째서인지 형을 사랑하여 자기 집에 들이기 시작했습니다. 형은 겨우내 매일 밤 그곳에서 살다시피 했습니다. 얼마 후 든든한 후원자가 있던 그 남자는 청원대로 관직에 복귀해 페테르부르크로 떠났지요. 그리고 사순절이 돌아왔습니다. 그런데 형은 금식을 지키려 하지 않고, "그런 건 죄다 헛소리다, 하느님 따윈 없다"고 욕하고 비웃으며 어머니와 하인, 그리고 어린 나까지 아연하게 했습니다. 나는 그때 겨우 아홉 살이었지만, 그래도 그런 말을 듣자 굉장히 겁이 났습니다. 우리 집에는 하인이 네 명 있었는데, 모두 안면이 있는 지주의 명의로 사들인 농노였습니다. 어머니가 그 네 사람 중 아피미야라는 절름발이 요리사를 60루블에 팔고, 그 대신 해방 농노를 하녀로 고용했던 일을 나는 아직도 기억합니다. 그런데 사순절 6주째에 형의 건강이 갑자기 나빠졌습니다. 형은 원래도 병약한 편에 가슴이 약하고 체구가 부실했으며, 키는 작지 않았지만 마르고 허약해 폐병에 걸리기 쉬운 체질이었습니다. 그러나 얼굴은 상당히 준수한 편이었지요. 처음에는 감기려니 생각했는데, 의사가 와보더니 곧 어머니에게 귓속말로 급성폐결핵이니 봄을 넘기지 못한다고 말했습니다. 어머니는 눈물을 흘리며 형에게 조심스럽게(형을 놀라게 하지 않으려는 이유에서였지요) 단식을 지키고 성당에 나가 성찬을 받으라고 부탁했답니다. 그때만 해도 형은 아직 걸을 수 있었기 때문이지요. 형은 그 말을 듣자 벌컥 화를 내며 성당에 대한 욕설을 퍼부었습니다. 하지만 잠시 생각에 잠기더니 자신의 상태가 위독하며, 그래서 어머니가 아직 힘이 있을 때 단식을 하고 성찬을 받게 하려고 한다는 사실을 이내 깨달았답니다. 사실 형도 오래전부터 몸이 심상치 않음을 알고 있었습니다. 1년 전쯤에는 식사 중에 나와 어머니에게 냉정한 목소리로 이렇게 말하기도 했지요. "나는 어머니나 동생과 함께 이 세상에서 살아갈 수 없는 사람이에요. 어쩌면 1년을 못 넘길지도 몰라요." 그 말이 예언이 되어버리고 말았습니다. 사흘이 지나 수난 주간이 왔습니다. 형은 그 주화요일 아침부터 재계를 위해 성당에 나가기 시작했답니다. "어머니, 제가 이러는 건 순전히 어머니를 위해서예요. 어머니를 기쁘게 해드리고 안심시켜 드리려고요." 형은 어머니에게 이렇게 말했습니다. 어머니는 기쁨과 슬픔이 뒤섞인 울음을 터뜨리셨지요. '저 애가 갑자기 저렇게 변한 걸 보니 갈 날이 가까웠나 보다'라고 생각하신 것입니다. 하지만 형은 성당에 오래 다니지 못하고 자리에 누워, 고해 성사와 성찬식은 집에서 했습니다. 향기 가득하고 청명한 봄날이 찾아왔습니다. 그 해 부활절은 예년보다 늦게 왔습니다. 형이 기침 때문에 밤새 잠을 설치면서도 아침이면 언제나 옷을 차려입고 푹신한 안락의자에 앉으려 했던 것이 기억납니다. 내 기억 속형은 병을 앓고 있으면서도 밝고 즐거운 얼굴로 가만히 앉아미소 짓고 있습니다. 형은 정신적으로 완전히 변했습니다. 갑자기 마음속에 그런 놀라운 변화가 일어난 것이지요! 늙은유모가 형의 방에 들어와 "도련님, 도련님 방 성상 앞에도 등불을 켤까요?"라고 물으면, 전에는 허락은커녕 오히려 등불을 꺼버리기까지 하던 형이 이렇게 말했습니다. "그러세요, 유모, 어서 켜세요. 전에는 등불도 못 켜게 하다니, 내가 정말나쁜 놈이었어요. 유모는 등불을 켜면서 하느님께 기도를 드릴 테고, 나는 그런 유모를 보고 기뻐서 기도를 드릴 테니, 그러면 우리 둘 다 하느님께 기도를 드리는 게 되지 않겠어요."우리에게는 그런 말이 이상하게 들렸습니다. 어머니는 방에들어가 쉴 새 없이 우셨지만, 형의 방에 들어올 때는 눈물을닦고 밝은 표정을 해 보이셨답니다. "어머니, 울지 마세요."형은 이렇게 말하곤 했습니다. "저는 오래오래 살면서 가족들과 즐거운 시간을 보낼 거예요. 산다는 것은 즐겁고 기쁜일이에요!" "아아, 얘야, 밤마다 열이 펄펄 끓고 가슴이 터질것처럼 기침을 하면서 무엇이 그렇게 즐겁다는 거냐." "어머니." 형은 이렇게 대답했습니다. "울지 마세요. 삶은 낙원이

542

에요. 우리는 모두 낙원에 있지만, 그것을 알려고 하지 않을 뿐이에요. 알려고만 하면 당장 내일이라도 온 세상이 낙원이 될 거예요." 이상하고도 확신에 찬 태도로 이런 말을 하니, 우리는 놀라지 않을 수 없었습니다. 감동을 받고 울 때도 있었습니다. 친지들이 찾아오면 형은 이렇게 말했답니다. "귀하고 소중한 여러분, 내가 대체 무엇을 했다고 나를 이렇게 사랑해주시는 겁니까? 왜 나 같은 놈을 사랑해주십니까? 어째서 전에는 그걸 알지도 못하고 고맙게 여길 줄도 몰랐을까요?" 하인이 방에 들어오면 늘 이렇게 말하곤 했지요. "소중한 여러분, 어째서 내 시중을 들어주나요? 내가 그런 시중을 받을 만한 자격이 있기는 할까요? 만약 하느님이 자비를 베풀어 나를 살려주신다면, 그때는 내가 여러분의 시중을 들어주겠습니다. 사람은 누구나 남을 섬기며 살아야 하는 법이니까요." 어머니는 그런 말을 들으면 고개를 내저으셨지요. "얘야, 네가 그런 말을 하는 건 병 때문이란다." "내 기쁨이신 어머니, 물론 주인과 하인이 완전히 사라질 수는 없겠지만, 저 사람들이 내게 해주었던 것처럼 나도 저 사람들의 하인이 되겠어요. 그리고 어머니, 우리는 정말로 누구나 모든 사람에 대해, 모든 것에 있어서 죄를 짓고 있어요. 그중에서도 나는 가장 죄가 많은 사람이에요." 어머니는 그 말을 듣고는 웃으셨습니다. 우시면서도 웃으셨지요. "어째서 네가 모든 사람들에게 그 누구보다도 죄가 많다는 거냐? 세상에는 살인자도 있고 강도도 있는데, 대체 네가 어느 틈에 그런 나쁜 짓을 했다고 그렇게 자신을 탓하는 거냐?" "어머니, 내 핏줄이신 어머니(형은 별안간 그런 애정 어린 말을 하기 시작했습니다), 내 사랑이고 기쁨이고 핏줄이신 어머니, 누구나 모든 사람 앞에 만사와 만인에 대한 죄가 있어요. 어떻게 설명해야 할지 모르겠지만, 나는 사무치도록 그것을 느끼고 있어요. 어떻게 우리는 그것도 모른 채 화를 내며 살아올 수 있었을까요?" 이렇게 형은 날마다 더 큰 감동과 기쁨에 젖어 사랑에 충만해 잠에서 깨어나는 것이었습니다. 가끔 에이젠시미트라는 늙은 독일 의사가 왕진을 왔습니다. 그러면 형은 "선생님, 어떤가요? 하루쯤은 이 세상에서 더 살 수 있을까요?" 하고 농담을 하곤 했습니다. 그러면 의사는 이렇게 대답했지요. "하루라니, 여러 날 더 살 거다. 여러 달, 아니 여러 해는 더 살 거야." "여러 해, 여러 달이 다 무슨 소용이에요!" 형은 소리쳤습니다. "사람이 온갖 행복을 맛보는 데는 하루면 충분한데, 날짜를 따져봐야 뭐하겠어요. 여러분, 왜 우리는 서로 싸우고, 허세를 부리고, 앙심을 품는 걸까요? 어차피 뜰에 나가 뛰놀며 서로 사랑하고 칭찬하고 입 맞추고 삶을 축복하게 될 텐데." "아드님은 이미 이 세상 사람이 아닙니다." 의사는 현관으로 배웅 나온 어머니에게 이렇게 말했습니다. "병 때문에 정신 착란이 나타나고 있어요." 형 방의 창문은 정원 쪽으로 나 있었습니다. 정원에는 고목들이 그늘을 드리우고 있었고, 나무에는 봄눈이 움트고 있었습니다. 철 이른 새들이 나뭇가지에 내려앉아 형 방 창문을 향해 지저귀었지요. 형은 그 모습을 사랑스러운 눈길로 바라보다가 별안간 새들에게 용서를 빌기 시작했습니다. "하느님의 새들아, 기쁨의 새들아, 너희도 나를 용서하렴. 나는 너희에게도 죄를 지었구나." 그 말은 당시 우리 중 누구도 이해할 수 없었지만, 형은 기쁨에 겨워 울면서 이렇게 말했습니다. "그래, 내 주변은 이토록 하느님의 영광으로 가득했구나. 새, 나무, 들판, 하늘… 나 혼자만 수치 속에 살면서 모든 것을 더럽히고, 아름다움과 영광을 거들떠보지도 않았던 거야." "너는 너무 많은 죄를 짊어지려 하는구나." 어머니도 우셨습니다. "내 기쁨이신 어머니, 나는 슬퍼서 우는 게 아니라 기뻐서 우는 거예요. 어머니에게 뭐라고 설명해야 할지는 모르겠지만, 나는 자발적으로 모든 사람 앞에 죄인이 되려는 거예요. 어떻게 해야 그들을 사랑할 수 있는지 모르고 있으니까요. 비록 내가 모든 사람 앞에 죄인이라고 해도 그들은 모두 용서해줄 테니, 그게 곧 낙원이 아니겠어요. 지금 내가 있는 이곳이 낙원이 아닌가요?"

그 밖에도 많은 일이 있었지만 전부 기억나지도 않고, 또 기록할 수도 없습니다. 언젠가 한번 혼자 형 방에 들어갔던 일이 떠오릅니다. 방에는 형밖에 없었습니다. 맑은 날 저녁이었고, 해가 뉘엿뉘엿 기울어 방 안에 석양빛이 비스듬하게 비쳐 들고 있었습니다. 형은 나를 보고 손짓했습니다. 내가 다가가자, 내 어깨에 두 손을 올리고 다감한 눈으로 내 얼굴을 들여다보았습니다. 그렇게 아무 말 없이 잠시 바라보고 있다가 이렇게 말했습니다. "자, 이젠 가서 놀아라. 부디 내 몫까지 살아다오!" 나는 그때 그냥 놀러 나갔지만, 이후 살면서 자기 몫까지 살아달라던 그 말을 떠올리며 얼마나 눈물을 흘렸는지 모릅니다. 형은 그 밖에도 이상하고 아름다운 말을 많이 했습니다. 하지만 그때는 그것을 이해할 수 없었습니다. 형은 부활절이 지나고 3주 만에 세상을 떠났습니다. 비록 말은 하지 못했지만 마지막 순간까지 의식이 또렷했으며, 전혀 변함이 없는 모습이었습니다. 눈에는 기쁘고 명랑한 빛을 띠고 있었으며, 눈빛으로 우리를 찾고, 미소 짓고, 부르기도 했습니다. 시내에서도 형의 죽음에 대해 많은 이야기가 오갔습니다. 이 일은 당시 나에게 큰 충격을 주었고 형의 장례식 때는 펑펑 울기도 했지만, 그렇다고 심각할 정도는 아니었답니다. 나는 아직 어렸기 때문이지요. 그러나 그 모든 일은 지울 수 없는 기억으로 남았고, 그때 느꼈던 감정은 가슴속 깊은 곳에 아로새겨졌습니다. 때가 되면 모든 것이 되살아나 부름에 응답하기 마련이었죠. 그리고 실제로 그렇게 되었답니다.

나) 조시마 장로의 삶 속의 성경

그렇게 나는 어머니와 둘만 남게 되었습니다. 곧 친절한 지인들이 어머니에게 이제 아들이라고는 하나뿐이고 형편이 어려운 것도 아니니, 다른 사람들처럼 나를 페테르부르크로 보내는 것이 어떻겠냐고 권해왔습니다. 그곳에 그냥 두었다가는 아들의 출세길을 막을 수도 있다는 것이었지요. 그들은 나를 페테르부르크의 육군사관학교에 보내 나중에 근위대에 들어가도록 하라고 어머니를 설득했습니다. 어머니는 하나 남은 아들과 헤어져야 한다는 사실에 오랫동안 망설였지만, 내 행복을 위해 눈물을 쏟으면서도 결단을 내리셨답니다. 어머니는 나를 페테르부르크로 데려가 학교에 입학시켜 주셨죠. 그 후 나는 어머니를 영영 뵐 수 없었습니다. 두 자식이 그리워 가슴을 태우시다가 3년 후에 그만 세상을 떠나셨답니다. 내가 부모님의 집에서 가져온 것은 오로지 값진 추억뿐입니다. 사람에게 부모의 집에서 보낸 어린 시절의 추억보다 값진 것은 없답니다. 가정에 아주 조금이라도 사랑과 화합이 있다면 거의 항상 그렇지요. 아니, 아무리 가정이 화목하지 못하더라도 마음속에 귀한 것을 찾을 수 있는 능력만 있다면 값진 추억을 간직할 수 있답니다. 여기서 나는 가족에 대한 추억에 더해 성서에 대한 추억도 이야기하고자 합니다. 부모님의 집에 있을 때 나는 어리기는 했지만 성서에 굉장히 호기심이 많았습니다. 그 시절 나에게는 아름다운 삽화가 그려진 《구약과 신약의 104가지 이야기》라는 제목의 책이 있었고, 그 책으로 읽는 법을 익혔습니다. 지금도 그 책은 내 선반에 놓여 있으며 소중한 추억으로 간직하고 있지요. 하지만 글을 익히기 전에, 즉 내가 여덟 살이었을 때 처음으로 영적인 깨우침이 왔던 것을 기억하고 있습니다. 어머니가 수난 주간의 월요일 미사에 참석하기 위해 나만(형은 그때 어디 있었는지 기억이 나지 않는군요) 성당에 데리고 가신 적이 있었습니다. 화창한 날이었습니다. 지금도 그때 일을 떠올리면 향로에서 연기가 가만히 피어오르고, 둥근 천장에 난 좁은 창문으로 하느님의 빛이 우리에게 쏟아져 내려오던 모습이 눈앞에 생생합니다. 물결 모양을 그리며 올라간 연기는 마치 빛 속으로 녹아드는 것처럼 보였습니다. 나는 감동에 젖어 그 모습을 바라보면서 태어나서 처음 의식적으로 하느님 말씀의 씨앗을 영혼 속으로 받아들였습니다. 어린 복사가 간신히 들고 있다고 느껴질 만큼 커다란 책을 들고 성당 한가운데로 나와 책을 펼치더니 읽기 시작했습니다. 그때 나는 처음으로 무언가를 이해했습니다. 태어나 처음으로 하느님의 사원에서 무엇을 읽는지 이해했던 겁니다. 우스 땅에 욥이라는 정직하고 하느님을 경외하는 사람이 살고 있었습니다. 그는 엄청난 재산과 수많은 낙타와 양과 나귀를 가지고 있었지요. 그 자식들은 주연을 벌이기를 즐겼습니다. 욥은 자식들을 매우 사랑하여 그들이 즐거움을 누리다 죄를 범하지 않도록 하느님께 기도드렸습니다. 어느 날 사탄이 하느님의 아들들과 함께 하느님 앞에 나아가 지상과 지하를 두루 돌아다니고 왔노라고 말씀드렸습니다. 하느님은 사탄에게 "너는 내 종 욥을 보았느냐?"라고 물으셨습니다. 그러면서 자신의 위대하고 거룩한 종을 가리키며 사탄에게 자랑하셨지요. 사탄은 하느님의 말씀을 듣더니 웃으며 이렇게 말했습니다. "그자를 제 손에 맡겨주소서. 당신의 종이 불평하며 당신의 이름을 저주하는 것을 보시게 되리이다." 하느님은 자신이 지극히 사랑하는 의인을 사탄에게 맡기셨답니다. 사탄은 욥의 자식과 가축들을 죽여버리고 번개처럼 순식간에 욥의 재산을 탕진시켜버렸습니다. 욥은 자신의 옷을 찢고 땅에 엎드려 외쳤습니다. "내가 모태에서 알몸으로 나왔사오니 알몸으로 땅으로 돌아갈지라. 주신 자도 하느님이며 취하신 자도 하느님이시니 하느님의 이름이 영원히 찬송을 받을지니이다!" 신부님들, 스승님들, 내가 지금 흘리는 눈물을 용서하기 바랍니다. 내 어린 시절이 전부 눈앞에 되살아나고, 여덟 살짜리 어린아이의 가슴으로 숨을 쉬고 있으며, 그때의 놀라움과 혼란과 기쁨이 생생히 느껴져서 그렇습니다. 낙타들, 하느님에게 말하던 사탄, 자신의 종을 몰락의 길로 내몬 하느님과 "주님은 나를 벌하셨지만, 당신의 이름은 영원히 찬송을 받을지니이다"라고 부르짖던 종은 당시 나의 상상력을 온통 사로잡아버렸습니다. 그다음엔 〈나의 기도를 들어주소서〉라는 성가가 조용하고 감미롭게 성당 안에 울려 퍼졌고, 신부님의 향로에서 다시금 향이 피어올랐으며, 사람들은 무릎을 꿇고 기도를 올렸습니다! 그때부터 나는(어제도 나는 그 책을 꺼내 들었답니다) 눈물을 흘리지 않고는 그 거룩한 이야기를 읽을 수가 없게 되었답니다. 그 안에는 위대하고 신비롭고 상상할 수 없는 일들이 얼마나 많이 담겨 있는지! 살아오면서 이 이야기를 비웃고 비난하는 자들의 오만한 말을 듣기도 했습니다. 어떻게 주님이 자신의 성자 가운데서도 가장 사랑하는 자를 사탄이 희롱하도록 내주어 아이들을 빼앗기고, 그 자신도 질병과 종기 때문에 사금파리로 상처에서 고름을 긁어내도록 하실 수 있었단 말인가? 그것도 무엇을 위해서였는가? 그저 사탄 앞에 '나의 성자는 나를 위해 저런 것까지 견뎌낼 수 있다!'고 자랑하기 위함이 아니었는가! 그러나 위대한 것은 바로 여기에 스쳐 지나가는 지상의 인물과 영원한 진리가 맞닿는 신비가 깃들어 있다는 점입니다. 지상의 진리 앞에 영원한 진리의 작용이 이루어지고 있는 것이지요. 조물주는 창조의 며칠간 매일같이 '내가 창조한 것이 좋도다' 하고 찬탄하시며 하루를 마치셨던 것처럼, 욥을 보시며 다시금 자신의 창조물을 자랑스러워하셨습니다. 욥이 하느님을 찬양한 것은 하느님뿐 아니라 하느님의 모든 피조물에 대해 대대손손 영원히 봉사한 것이 됩니다. 그것이 욥이 지닌 사명이었기 때문입니다. 아아, 이 얼마나 놀라운 책이며 놀라운 교훈인가요! 성서란 얼마나 놀라운 책이며, 얼마나 위대한 기적과 위대한 힘이 이 책과 함께 인간에게 주어졌는지! 이것은 세계와 인간과 인간성을 빚어놓은 조각과 같으며, 만사에 대한 만고불변의 규정과 지시가 담겨 있습니다. 이 책을 통해 얼마나 많은 신비가 풀리고 또 밝혀졌습니까. 하느님은 욥에게 건강을 주시고 부를 돌려주셨습니다. 오랜 세월이 흘러 욥에게는 새로운 자식들이 생겼고, 그는 그 자식들을 사랑했습니다. 아니, '옛 자식들을 잃어 그들이 없는데 어떻게 새 자식들을 사랑할 수 있을까요? 아무리 새 자식들이 귀여워도 옛 자식들이 떠오를 텐데 예전 같은 완전한 행복을 누릴 수 있을까요?' 그러나 그것은 가능합니다. 오랜 슬픔은 인생의 위대한 신비에 의해 점차 감동에 젖은 고요한 기쁨으로 변해가기 때문입니다. 피 끓는 청춘 대신 온화하고 맑게 빛나는 노년기가 찾아오는 것이지요. 나는 매일 떠오르는 태양을 축복하고, 나의 가슴은 여전히 새벽을 향해 노래하지만, 이제는 저물어가는 해와 길게 드리워진 저녁 햇살을 더욱 사랑합니다. 그리고 그와 함께 조용하고 온화한 감동적인 추억들, 축복받은 오랜 생애를 통해 떠오르는 소중한 사람들의 모습을 사랑합니다. 이 모든 것 위에는 인간을 감동시키고, 화해시키고, 용서하게 하는 하느님의 진리가 있는 것입니다! 나는 내 삶이 끝나간다는 것을 알고 있고, 또 그 소리를 듣고 있습니다. 그러나 나에게 남은 하루하루를 맞이할 때마다 지상에서의 삶이 이미 머지않아 찾아올 새롭고 무한한 미지의 삶과 맞닿고 있다는 사실을 느낍니다. 그 새로운 삶을 예감하면 나의 영혼은 환희에 떨리고 지성은 빛나며 가슴은 기쁨의 눈물을 흘립니다…. 나의 벗이자 스승인 여러분, 나는 사제들, 특히 시골의 사제들이 돈이 없고 멸시받는다며 도처에서 눈물 섞인 불평을 하는 것을 여러 번 들었고, 최근 들어서는 그런 이야기를 더욱 자주 듣게 되었습니다. 그중에는 돈이 없어서 더는 민중에게 성서를 가르칠 수 없다거나 루터파나 이교도가 와서 양떼를 빼앗아간다고 해도 자기들은 수입이 없으니 상관할 바가 아니라고 신문이나 잡지에(나도 직접 본 적 있답니다) 공언하는 자도 있습니다. 오, 주여! 나는 주님이 그들에게 그토록 소중한 재산을 지금보다 늘려주시기를 바랍니다(그들의 불평도 일리가 있으니까요). 하지만 진실로 말하건대 만약 누군가 이 문제에 대해 잘못이 있다면, 그 잘못의 절반은 바로 우리 자신에게 있습니다. 아무리 시간이 없고 늘 일과 미사에 시달리고 있다는 말이 옳다고는 해도 언제나 그런 것은 아니며, 일주일에 1시간 정도는 하느님을 떠올릴 시간이 있지 않은가요. 더구나 1년 내내 일을 하는 것은 아닙니다. 그렇다면 우선 아이들만이라도 좋으니 일주일에 한 번씩 저녁 시간에 모아보세요. 그러면 그 부모도 소문을 듣고 찾아오기 시작할 겁니다. 이를 위해 으리으리한 집을 지을 필요는 없습니다. 그냥 자기 오두막으로 오게 하면 됩니다. 그들이 오두막을 더럽힐까봐 걱정할 필요도 없습니다. 기껏해야 1시간 남짓 모이는 것이니까요. 그들에게 이 책을 펼쳐 읽어주세요. 어려운 말을 쓰거나 거드름을 피우거나 깔보는 태도를 보이지 말고, 자신이 읽어주고 있다는 사실과 사람들이 그것을 듣고 이해하고 있다는 사실을 기쁘게 생각하며, 그 말씀을 사랑하는 마음으로 정성껏 읽어주면 됩니다. 가끔 읽기를 멈추고 사람들이 이해하지 못하는 말을 설명해주세요. 걱정할 필요는 없습니다. 그들은 모두 알아들을 테니까요. 정교를 믿는 가슴은 무엇이든 이해할 겁니다! 아브라함과 사라, 이삭과 리브가의 이야기를 읽어주고, 야곱이 라반에 갔던 이야기와 꿈에서 하느님과 싸운 이야기, '이 얼마나 무서운 곳인가'라고 한 이야기를 읽어주세요. 그러면 민중의 경건한 지성은 큰 감명을 받을 겁니다. 특히 아이들에게는 형제들이 친동생 요셉을 노예로 판 이야기를 해주세요. 그들은 훗날 꿈 해몽에 탁월한 위대한 예언자가 된 귀여운 소년 요셉을 노예로 팔아넘기고 아버지에게는 피투성이가 된 옷을 가져가 짐승이 동생을 갈기갈기 찢어버렸다고 말했습니다. 형제들이 먹을 것을 구하러 이집트에 왔을 때, 그들이 알아볼 수 없을 만큼 위대한 왕이 된 요셉은 동생 벤야민에게 죄를 씌워 잡아들이고 '나는 형님들을 사랑합니다. 사랑하기에 괴롭히는 것입니다'라고 말했습니다. 요셉은 뜨거운 사막의 어느 우물가에서 상인들에게 팔린 것과 형들에게 제발 자기를 낯선 땅에 노예로 팔지 말아달라고 울고불고 애원했던 것을 평생 잊지 못했지만, 오랜 세월이 지나 다시 형들을 보자 다시금 그들에게 무한한 사랑을 느꼈던 겁니다. 그러나 요셉은 형제들을 사랑하면서도 괴롭히고 박해했습니다. 마침내 요셉은 괴로운 마음을 견디지 못하고 그들에게서 물러나 침상에 쓰러져 울음을 터뜨렸습니다. 그러고 나서 얼굴을 닦고 환히 빛나는 모습으로 그들 앞에 나아가 '형님들, 내가 형님들의 동생 요셉입니다!'라고 말했습니다. 사랑하는 아들이 살아 있다는 소식을 듣게 된 늙은 야곱의 이야기도 해주세요. 야곱은 기쁜 나머지 고향도 버리고 이집트로 떠나 이국땅에서 죽음을 맞이했습니다. 그때 그는 유순하고 겁 많은 가슴속에 평생 비밀리에 품어온 위대한 말을 유언으로 남겼습니다. 바로 그의 후손인 유대 민족에서 세상의 위대한 희망이자 화해자인 구세주가 나올 것이라는 예언이었지요! 신부님들, 스승님들, 여러분이 옛날부터 잘 알고 있을 뿐더러 나보다 백배는 더 유려하고 능숙하게 가르칠 수 있는 이야기를 어린애처럼 늘어놓는 것을 화내지 말고 용서해주기 바랍니다. 나는 그저 환희에 들떠 이런 이야기를 하는 것입니다. 지금 흘리는 나의 눈물도 이 책을 사랑하기에 흘리는 것이니 용서해주기 바랍니다. 이 책을 읽는 사제도 눈물을 흘린다면, 그의 말을 듣는 민중의 가슴이 감응하여 떨려오는 것을 보게 될 겁니다. 필요한 것은 오직 자그마한 씨앗뿐입니다. 민중의 영혼에 씨앗을 뿌리면 그것은 죽지 않고 평생 그 안에 살면서 암흑과 죄악 속에서도 밝은 빛과 위대한 기억으로 남게 됩니다. 구구절절한 설명이나 가르침은 필요 없답니다. 모든 것을 자연스럽게 이해할 것이기 때문이지요. 민중이 이해하지 못할 거라고 생각하십니까? 그렇다면 이어서 아름다운 에스더와 교만한 와스디에 대한 애틋하고 감동적인 이야기나 고래 뱃속에 들어간 예언자 요나의 기적적인 이야기를 읽어주세요. 그리스도에 관한 잠언도 잊어선 안 됩니다. 누가복음 위주로 읽어주고(나는 그렇게 했습니다), 사도행전에서는 사울이 개종한 이야기(이것은 반드시 읽어주어야 합니다!)를, 끝으로 순교자전에서는 하느님의 사람 알렉세이의 생애와, 가장 위대한 기쁨에 찬 순교자이자 하느님을 직접 보고 그리스도를 숭배한 이집트의 마리아의 생애를 읽어주세요. 이 단순한 이야기들은 민중의 마음을 파고들 겁니다. 적은 수입에 연연할 것 없이 일주일에 단 1시간이면 됩니다. 그러면 우리나라의 민중이 얼마나 자비롭고 감사할 줄 아는 사람들인지 보게 될 겁니다. 민중은 사제의 정성과 감동적인 말들을 기억하고 있다가 백 배로 보답할 겁니다. 자진해서 밭일이나 집안일을 도와주고 전보다 더 큰 존경심을 가지고 그를 대할 테니 자연히 사제의 수입도 늘어나는 것입니다. 너무나 단순한 방법이어서 비웃음을 살지도 모른다는 생각에 때로는 말하는 것조차 망설여지지만, 이것이 가장 옳은 방법입니다! 하느님을 믿지 않는 자는 하느님의 민중도 믿지 않습니다. 그러나 하느님의 민중을 믿게 된 자는 민중이 거룩하게 여기는 것을 보게 됩니다. 그전까지 자기 자신도 그것을 전혀 믿지 않았다고 할지라도 말입니다. 민중과 앞으로 다가올 민중의 영적인 힘만이 본향에서 떨어져나간 우리나라의 무신론자들을 되돌려놓을 수 있습니다. 그리스도의 말씀이라고 한들, 예시가 없다면 무슨 소용이 있겠습니까? 하느님의 말씀이 없는 민중에게는 죽음만이 있을 뿐입니다. 민중의 영혼은 하느님의 말씀을 듣고 온갖 아름다운 것을 지각하고자 갈망하고 있기 때문입니다.

나는 젊었을 때, 그러니까 40년은 지난 먼 옛날에 안핌 신부와 수도원을 위해 모금을 하며 러시아 전역을 돌아다닌 적이 있습니다. 한번은 배가 지나다니는 큰 강기슭에서 어부들과 함께 밤을 보내게 되었는데, 열여덟 살쯤 되어 보이는 잘생긴 농부 청년 한 사람이 우리와 함께 자리를 잡고 앉았습니다. 그는 내일 예인망으로 상선을 끌려고 목적지로 서둘러 가던 길이었습니다. 나는 그 청년이 감동에 찬 맑은 눈으로 세상을 바라본다는 것을 알았습니다. 밝고 고요하고 포근한 7월의 밤이었지요. 넓은 강에서 물안개가 피어올라 마음이 상쾌했답니다. 때때로 물고기가 참방거릴 뿐 새들은 조용했답니다. 만물이 고요하고 장엄하여 마치 신께 기도를 드리는 것 같았답니다. 나와 청년 두 사람만 잠들지 않고 하느님이 지으신 세상의 아름다움과 그 위대한 신비에 대해 이야기를 나누었습니다. 풀 한 포기, 곤충 한 마리, 개미 한 마리, 꿀벌 한 마리, 지성을 지니지 못한 이런 모든 것들이 경이롭게도 자기가 갈 길을 알고 있으며, 하느님의 신비를 증명하고 부단히 그것을 행하고 있습니다. 나는 사랑스러운 그 청년의 가슴이 뜨거워진 것을 느꼈습니다. 청년은 숲과 숲의 새들을 사랑한다고 말했습니다. 그는 새 사냥꾼이어서 모든 새의 지저귐을 분간할 줄 알고, 어떤 새든 꾈 수 있다고 했습니다. 숲에 있을 때가 가장 좋고, 모든 것이 즐겁기만 하다고 했지요. "맞아." 나는 그에게 대답했습니다. "모든 것이 선하고 아름답지. 모든 것이 진리이니까. 저 말을 봐. 사람 옆에 서 있는 저 커다란 짐승을. 아니면 생각에 잠긴 듯한 모습으로 초연히 사람에게 먹을 것을 주고 사람을 위해 일하는 저 소를, 저 짐승들의 얼굴을 봐. 툭하면 무자비하게 매질을 해대는 인간에게 한없는 애정을 품고 있는 순하고 선량하고 믿음으로 가득한 아름다운 얼굴을! 저 짐승들에게는 아무런 죄도 없다는 생각만으로도 감동이 밀려오지. 인간을 제외한 만물은 완전하고 죄가 없거든. 그리스도는 우리 이전에 저들과 먼저 함께하셨어." "정말로," 청년이 물었습니다. "짐승들에게도 그리스도가 함께하시나요?" "그렇고말고." 나는 청년에게 이렇게 말했습니다. "말씀은 모든 것을 위해 존재하거든. 모든 창조물과 피조물, 잎사귀 하나까지도 말씀을 추구하고 하느님의 영광을 노래하며 그리스도를 위해 눈물을 흘리지. 죄 없는 생명의 신비에 의해 자기도 모르게 그러는 거야. 저기 숲에는 사납고 흉악한 무시무시한 곰이 돌아다니고 있지만, 그건 결코 곰의 잘못이 아니야." 나는 청년에게 숲속의 작은 암자에서 수도 생활을 하고 있던 위대한 성자에게 곰이 나타난 이야기를 해주었습니다. 위대한 성자는 곰을 불쌍히 여겨 겁내지 않고 다가가 빵 한 조각을 주면서 말했습니다. "가거라. 그리스도가 너와 함께하시길." 그러자 그 사나운 짐승은 성자에게 아무런 해도 끼치지 않고 순순히 물러갔습니다. 청년은 곰이 아무런 해도 끼치지 않고 순순히 자리를 떠났다는 말과 곰에게도 그리스도가 함께하신다는 말에 깊이 감동한 모양이었습니다. "아아, 정말 멋지군요. 하느님이 지으신 모든 것은 너무나 멋지고 경이로워요!" 청년은 감미로운 생각에 잠겨 가만히 앉아 있었습니다. 내 이야기의 뜻을 제대로 이해한 것 같았습니다. 이내 그는 내 옆에서 편안하고 순수한 잠에 빠져들었답니다. 주여, 이 청년에게 축복을 내리옵소서! 나도 잠이 들면서 그 청년을 위해 기도를 드렸습니다. 주여, 당신의 백성에게 빛과 평화를 주옵소서!

다) 조시마 장로의 속세 속 청년 시절에 대한 회상: 결투

나는 페테르부르크의 사관학교에서 8년이라는 오랜 세월을 보냈습니다. 새로운 교육을 받으면서 어릴 적 받은 인상은, 그 무엇도 기억에서 지워버리지는 않았지만 대부분 억눌러 버렸습니다. 그 자리에 새로운 습관과 사고방식을 받아들인 나는 야만적이라고 할 수 있을 만큼 잔인하고 부조리한 존재가 되어버렸지요. 우리는 프랑스어와 함께 겉치레식 예의와 사교술은 익혔지만, 시중을 들어주는 병사들을 가축처럼 대했고, 나도 그중 하나였습니다. 어쩌면 내가 그 누구보다 심했는지도 모릅니다. 모든 일에 있어서 내가 동료들 가운데 가장 감수성이 예민했기 때문입니다. 장교가 되어 학교를 졸업할 무렵에는 자기 연대의 명예를 위해서라면 피라도 흘릴

각오가 되어 있었으나 진정한 명예가 무엇인지 아는 사람은 거의 없었습니다. 설령 알았다고 하더라도 제일 먼저 나서서 그것을 비웃었을 터였습니다. 음주, 싸움, 만용이 우리에게는 자랑거리나 마찬가지였답니다. 그렇다고 우리가 추악했다는 말은 아닙니다. 젊은이들은 모두 선량한 사람들이었습니다. 다만 품행이 추악했을 뿐이고, 그중에서도 최악은 나였지요. 문제는 내게 내 돈이 생겼다는 사실이었습니다. 나는 젊은 혈기를 억제하지 못하고 돛이란 돛은 죄다 펴 올린 배처럼 쾌락을 좇으며 살았습니다. 하지만 놀라운 점은 그때도 나는 책을 읽었으며 독서에서 커다란 즐거움을 느끼기까지 했다는 사실입니다. 성경만은 거의 펼쳐본 적이 없었지만, 그래도 그것을 놓지 못하고 어디를 가든 가지고 다녔습니다. 무의식 중에 '하루만 더, 아니, 1시간만 더, 한 달만 더, 1년만 더'라는 마음으로 진심으로 그 책을 아꼈던 겁니다. 그렇게 4년간 복무한 후 나는 우리 연대가 있던 K라는 도시에 가게 되었습니다. 그 도시의 사교계는 다채롭고 사람도 많은 유쾌한 곳이었습니다. 손님 대접도 융숭하고 부유한 사람들이 많아서 나는 어디를 가든 후한 대접을 받았습니다. 나는 천성이 쾌활한 편인 데다 가난뱅이는 아니라는 소문이 돌고 있었기 때문입니다. 그런 사실은 사교계에서는 상당한 의미를 지니는 법이지요. 그런데 그즈음에 모든 일의 발단이 된 한 가지 사건이 벌어졌습니다. 나는 젊고 아름다운 한 처녀에게 끌리고 있었습니다. 존경받는 부모 밑에서 자란 총명하고 의젓하면서도 밝은 성격의 아가씨였죠. 그 아가씨의 부모는 부와 영향력과 힘을 가진 그 지역의 유지였으며, 친절하고 정성스럽게 나를 맞아주곤 했습니다. 그 처녀도 내게 마음이 있는 것 같다는 생각에 내 가슴은 뜨겁게 타올랐습니다. 나중에야 내가 그 아가씨를 그렇게 열정적으로 사랑한 것이 아니라 그저 그 지성과 고상한 성품을 존경했던 것임을 깨닫게 되었답니다. 그것은 어찌 보면 당연한 일이었지요. 아무튼 나는 그때 이기심 때문에 청혼은 하지 않고 있었습니다. 젊은 나이에 돈까지 있으니 방탕하고 자유로운 독신 생활의 유혹을 뿌리치기가 힘들고 두려웠습니다. 그래도 넌지시 암시는 흘렸지요. 혹시나 하고 망설이며 결정적인 행동만 미뤘을 뿐이었습니다. 그러던 와중에 갑자기 다른 고장으로 두 달간 파견을 가게 되었습니다. 그런데 두 달이 지나 돌아와 보니 그 아가씨는 이미 교외에 사는 부유한 지주와 결혼한 후였습니다. 상대는 나보다는 연상이지만 그래도 아직 젊고, 나와는 달리 페테르부르크 최상류층 인사들과 친분이 있는 사람이었습니다. 또한 정중하고 친절한 성품에 내게는 찾아볼 수 없는 학식까지 갖춘 사람이었지요. 나는 이 뜻밖의 일에 충격을 받아 머릿속이 아득해지는 기분이었습니다. 가장 충격적이었던 것은 젊은 지주가 이미 오래전부터 그 아가씨의 약혼자였으며, 내가 그 아가씨의 집에서 여러 번 그 사람을 만났으면서도 자만심에 눈이 멀어 아무것도 눈치채지 못했다는 점이었습니다. '누구나 다 아는 사실을 어떻게 나 혼자만 까맣게 모를 수 있었단 말인가?' 이런 생각에 가장 화가 치밀었습니다. 나는 갑자기 걷잡을 수 없는 증오를 느꼈습니다. 여러 차례 그 아가씨에게 사랑 고백이나 다름없는 말을 했던 것을 떠올리자 얼굴이 시뻘겋게 달아올랐지요. 그 아가씨가 나를 제지하거나 미리 언질을 주지 않은 것을 보면 나를 조롱한 것이 틀림없다는 생각이 들었답니다. 물론 시간이 흐르고서는 그 아가씨가 나를 조금도 놀리지 않았을 뿐더러 오히려 그런 이야기가 나오면 장난스럽게 말을 끊고 화제를 돌리곤 했던 것을 깨닫게 되었습니다. 그러나 그때는 그런 생각을 하지 못하고 그저 복수심에 불타올랐을 뿐이었습니다. 지금 생각해도 놀라운 일이기는 하지만, 그런 복수심과 분노는 나 자신에게도 지극히 고통스럽고 불쾌한 것이었습니다. 천성이 원만해 누군가에게 오랫동안 화를 품을 수 없는 성격이었기 때문입니다. 그래서 나는 고의적으로 내 안의 분노에 불을 지폈고, 결국 추악하고 졸렬한 인간이 되고 말았습니다. 나는 기회를 노리다가 사람들 앞에서 생트집을 잡아 '연적'에게 모욕을 주는 데 성공했습니다. 1826년에 있었던 당시의 중요한 사건(데카브리스트의 난—옮긴이)에 관한 그의 의견을 비꼰 겁니다. 사람들이 그러길 그때 내 조롱은 예리하고 교묘했다고 하더군요. 그리고 나서 나는 그에게 설명해보라고 우겼습니다. 그 무례한 태도에 그는 결국 우리 두 사람 간의 커다란 격차에도 불구하고, 즉 나이로 보나 지위로 보나 내가 한참 아래였음에도 내 도전을 받아들였습니다. 나중에 나는 그도 나에 대한 질투심 때문에 도전을 받아들였다는 사실을 분명히 알게 되었습니다. 전부터, 즉 아내가 아직 약혼녀였을 때부터 나를 질투하고 있었던 겁니다. 만약 내게 모욕을 받고도 결투를 신청하지 않았다는 것을 아내가 알게 되면 당연히 자신을 경멸하고 자신에 대한 사랑도 흔들릴 것이라고 생각한 모양이었습니다. 나는 곧 같은 연대에 있던 중위 한 사람을 결투의 입회인으로 세웠습니다. 당시 결투는 엄격히 단속되고 있었지만 그래도 군인들 사이에서 그것은 하나의 유행이나 다름없었답니다. 이렇듯 때로는 야만적인 편견이 자라나 단단히 뿌리를 내릴 수도 있는 법이랍니다. 때는 6월 말이었고, 우리는 다음 날 아침 7시에 교외에서 결투를 치르기로 결정했습니다. 그런데 그때 나에게 숙명적인 사건이 벌어졌습니다. 그날 저녁 난폭하고 추잡한 꼴로 집에 돌아온 나는 당번병인 아파나시에게 벌컥 화를 내 그 얼굴을 있는 힘껏 두 번 후려갈겼습니다. 아파나시의 얼굴은 피투성이가 되고 말았습니다. 아파나시는 얼마 전부터 내 시중을 들고 있었는데, 전에도 그에게 손찌검을 한 적은 있었지만 이토록 짐승처럼 잔혹하게 주먹을 휘두른 적은 한 번도 없었습니다. 믿을지 모르겠지만, 나는 40년이 지난 지금도 그 일을 생각하면 수치심과 괴로움을 느낍니다. 나는 잠자리에 들었고, 3시간쯤 잠들었다가 깨어났을 때는 이미 날이 밝아오고 있었습니다. 나는 더 이상 자고 싶은 생각이 없어 벌떡 자리에서 일어났습니다. 정원 쪽으로 난 창문으로 다가가 창문을 열어젖혔습니다. 태양이 떠올라 따사롭고 아름다웠으며 새들이 지저귀고 있었습니다. 문득 이런 생각이 들었습니다. '가슴속에 수치스럽고 저열한 것이 느껴지는 것은 어째서일까? 다른 사람의 피를 보러 가려 하기 때문일까? 아니, 그건 아닌 것 같다. 그렇다면 죽음이 두려워서, 죽을까봐 겁이 나서일까? 아니, 아니다, 그건 절대로 아니다….' 순간 나는 이유를 깨달았습니다. 어젯밤 아파나시를 때린 것이 원인이었던 겁니다. 갑자기 그 광경이 눈앞에 생생히 재현되었습니다. 아파나시가 내 앞에 서 있고, 나는 팔을 번쩍 들어 그대로 얼굴을 내리친다. 그는 일선에 나간 병사처럼 차렷 자세로 고개를 빳빳이 든 채 두 눈을 부릅뜨고 서 있다. 맞을 때마다 온몸을 떨면서도 손을 올려 막을 엄두조차 내지 못한다. 인간이 그런 짓을 하다니, 인간이 인간을 때리다니! 이 얼마나 무서운 죄악인가! 마치 날카로운 바늘에 영혼을 꿰뚫린 것 같았습니다. 나는 넋 나간 사람처럼 멍하니 서 있었습니다. 햇살은 빛났고 나뭇잎은 기쁨에 차 반짝였으며, 새들은 하느님을 찬미하고 있었습니다…. 나는 두 손으로 얼굴을 감싸고 침대에 쓰러져 목 놓아 울었습니다. 형 마르켈의 모습과 그가 죽기 전에 하인들에게 했던 말이 떠올랐습니다. '소중한 여러분, 어째서 내 시중을 들어주는 겁니까? 왜 나를 사랑해주나요? 내가 그런 사랑을 받을 만한 자격이 있기는 할까요?'

'그래, 내가 과연 자격이 있을까?' 문득 이런 생각이 들었습니다. '내가 무슨 자격으로 하느님의 모습대로 창조된 나와 똑같은 타인의 시중을 받는다는 말인가?' 난생 처음 이런 의문이 뇌리를 꿰뚫었습니다. '내 핏줄이신 어머니, 누구나 모든 사람 앞에 만인에 대한 죄가 있어요. 사람들이 그걸 모르고 있을 뿐이지, 알기만 했으면 당장 낙원이 펼쳐졌을 거예요!' '주여, 그게 사실입니까?' 나는 울면서 생각했습니다. '나는 진정 다른 모든 이에게 그 누구보다도 죄가 많습니다. 나는 이 세상 그 누구보다 못한 인간입니다!' 그런 생각을 한 순간 진리가 내 앞에 나타나 모든 것을 일깨워주었습니다. '나는 무슨 짓을 하려 하는가? 내게 아무 잘못도 하지 않은 선하고 현명하고 고귀한 사람을 죽이고, 그의 아내에게서 영영 행복을 빼앗고 고통을 주어 죽음에 이르게 하려는 게 아닌가?' 나는 베개에 얼굴을 파묻은 채 시간 가는 줄 모르고 침대에 엎드려 있었습니다. 친구인 중위가 권총을 들고 나를 데리러 왔습니다. "아, 벌써 일어나 있었다니 잘됐군. 시간이 됐으니 가자고." 나는 당황하여 어찌할 바를 몰랐지만 어쨌건 마차를 타러 밖으로 나왔습니다. "여기서 잠깐만 기다리게." 나는 그에게 말했습니다. "금방 다시 오겠네. 지갑을 두고 왔지 뭔가." 나는 다시 집으로 돌아가 아파나시의 방으로 뛰어 들어갔습니다. "아파나시, 어제 자네 얼굴을 두 번이나 때린 걸 용서해주게." 아파나시는 깜짝 놀란 모양인지 흠칫 몸을 떨었습니다. 나는 그것만으로는 부족하다는 생각에 견장을 단 군복 차림으로 그의 발밑에 몸을 던져 이마가 땅에 닿게 엎드렸습니다. "나를 용서하게!" 아파나시는 아연실색했습니다. "중위님, 나리, 왜 이러십니까…. 어째서 저 같은 놈에게…." 그는 조금 전 나처럼 두 손으로 얼굴을 감싸고 창문 쪽으로 돌아서서 온몸을 떨며 울었습니다. 나는 친구가 있는 곳으로 뛰어나와 훌쩍 마차에 오르며 외쳤다. "가세! 자네 승자를 본 적 있나? 바로 자네 앞에 있는 나라네!" 나는 기쁨에 넘쳐 가는 길 내내 웃고 떠들었으나, 무슨 말을 했는지는 기억나지 않는군요. 친구는 나를 보며 이렇게 말했습니다. "대단하네, 친구. 군복의 명예를 지켜내겠어." 우리가 약속된 장소에 도착했을 때, 상대는 이미 그곳에서 우리를 기다리고 있었습니다. 나와 상대는 열두 발짝 떨어져 마주섰습니다. 상대가 먼저 쏘기로 되어 있었지요. 나는 즐거운 얼굴로 눈도 깜빡이지 않고 그의 얼굴을 다정하게 바라보았습니다. 나는 내가 무엇을 할지 알고 있었습니다. 상대가 총을 쏘았으나 뺨을 살짝 스치고 귀에 생채기를 냈을 뿐이었습니다. "당신이 살인을 하지 않아 다행이군요!" 나는 소리쳤습니다. 그러고는 내 권총을 집어 들고 뒤돌아서서 숲속으로 멀리 던져버렸습니다. "네가 있을 곳은 저기야!" 나는 다시 상대에게 돌아섰습니다. "당신을 모욕하고 내게 총을 쏘도록 만든 이 어리석은 애송이를 용서하십시오. 나는 당신보다 열 배는 못한, 아니 그보다 더 못한 인간입니다. 당신이 이 세상에서 가장 소중하게 생각하는 당신의 부인에게 이 말을 전해주십시오!" 이 말이 떨어지기가 무섭게 세 사람 다 고함을 지르기 시작했습니다. "이봐요," 내 결투 상대는 화까지 내며 말했습니다. "처음부터 싸울 생각이 없었으면 왜 사람을 번거롭게 한 거요?" "나는 어제까지만 해도 어리석었지만, 오늘은 조금 현명해진 겁니다." 나는 밝은 목소리로 대답했습니다. "어제에 관해서라면 맞는 것 같지만, 오늘에 관해서는 당신 생각이 옳다고 단정하기 어렵군요." "브라보!" 나는 손뼉을 치며 그에게 외쳤습니다. "나도 동감입니다! 나는 그런 말을 들어 마땅하지요!" "이봐요, 그래서 쏠 거요, 말 거요?" "쏘지 않겠습니다. 원하시면 한 번 더 쏘십시오. 하지만 쏘지 않는 편이 좋을 겁니다." 입회인들도 고함을 질렀습니다. 특히 내 입회인이 길길이 날뛰었습니다. "결투장에서 용서를 빌다니, 어떻게 연대의 명예에 이런 먹칠을 할 수가 있나! 자네가 이럴 줄은 꿈에도 몰랐네!" 나는 웃음을 거두고 사람들 앞에 바로 섰습니다. "여러분, 요즘 세상에는 어리석은 행동을 뉘우치고 잘못을 공개적으로 인정하는 사람을 보는 것이 그렇게 놀랄 만한 일입니까?" "그런데 하필 결투장에서 그럴 건 뭐냔 말이야!" 내 입회인이 또다시 외쳤습니다. "바로 그겁니다." 그들에게 대답했습니다. "그게 바로 놀라운 점입니다. 나는 저분이 총을 쏴 살인이라는 엄청난 죄를 저지르기 전에 이곳에 오자마자 용서를 구해야 했습니다. 하지만 이 세상을 사는 우리가 너무나 추악해져 그건 불가능한 일이나 다름없게 되었습니다. 스무 발짝 떨어진 곳에서 저분이 내게 총을 쏴야만 내 말에 의미가 생기지, 여기 온 직후에 총을 쏘기 전에 그랬다면 그저 '겁쟁이, 총을 맞을까봐 겁먹었나 보군. 저놈 말은 들을 것도 없어'라고 했을 테니까요. 여러분," 나는 갑자기 진심을 다해 외쳤습니다. "우리를 둘러싼 하느님의 선물을 보십시오. 맑은 하늘, 신선한 공기, 부드러운 풀, 작은 새들, 자연은 이토록 아름답고 선한데, 우리만이, 오직 우리만이 어리석게도 하느님을 불신하며 인생이 낙원인 줄 모르고 있습니다. 우리가 알려고만 한다면 낙원은 당장 그 찬란한 모습으로 나타날 것이고, 우리는 서로 부둥켜안고 눈물을 흘릴 겁니다…." 나는 말을 이으려 했으나 그럴 수 없었습니다.

감미롭고도 싱그러운 기분에 숨이 막힐 것 같았고, 가슴속에는 지금껏 한 번도 느껴보지 못한 행복이 충만했습니다. "지혜롭고 경건한 말씀이군요." 상대가 내게 말했습니다. "당신은 참 별난 사람이오." "비웃으십시오." 나는 그에게 웃으며 말했습니다. "하지만 나중에는 결국 나를 칭찬하게 될 겁니다." "아니, 당장에라도 그러고 싶소. 악수를 청해도 될까요? 당신은 정말 진실한 사람인 것 같군요." "아니, 지금은 안 됩니다. 내가 더 괜찮은 사람이 되어 당신의 존경을 받을 자격이 생기면 그때 악수를 청해주십시오." 우리는 집으로 돌아갔습니다. 내 입회인은 가는 길 내내 내게 욕을 퍼부었으나, 나는 그에게 입을 맞추어주었답니다. 동료들이 금세 이 소식을 전해 듣고 그날 당장 나를 심판하려고 한자리에 모였습니다. "군복을 욕되게 했으니 퇴역해야지." 나를 두둔하는 사람도 있었습니다. "어쨌든 상대가 총을 쐈는데 버텨냈잖아." "그건 그렇지만, 다음 발포가 겁나서 결투장에서 용서를 구했어." "발포가 두려웠다면," 내 편을 드는 사람들이 반박했습니다. "용서를 빌기 전에 자기 총으로 먼저 쐈을 거야. 하지만 이 친구는 장전된 총을 숲으로 던져버렸어. 이건 경우가 달라. 특이한 경우라고." 나는 이야기를 듣고 있었습니다. 그들을 보고 있자니 마음이 즐거워졌습니다. "친구 여러분, 동료 여러분, 퇴역 신청이라면 염려 마십시오. 오늘 아침에 벌써 사무국에 신청서를 냈으니까요. 퇴역 허가가 떨어지면 곧바로 수도원에 들어갈 겁니다. 퇴역 신청도 그래서 하는 것이니까요." 내가 말을 마치자 일제히 폭소가 터졌습니다. "그럼 처음부터 그렇게 말할 것이지. 이제 다 정리가 되는군. 수도사를 재판할 수야 없는 노릇이지." 웃음소리는 좀처럼 잦아들지 않았습니다. 하지만 그것은 결코 조롱 섞인 웃음이 아니라, 다정하고 즐거운 웃음이었습니다. 갑자기 가장 신랄하게 나를 비난했던 사람들을 비롯해 모두가 나를 사랑하게 되었습니다. 이후 퇴역 허가를 받을 때까지 그 달 내내 모두가 나를 품에 안고 "아이고, 우리 수도사님!" 하고 어르는 듯한 느낌이었습니다. 누구든지 나를 보면 다정한 말을 건넸고, 더러는 생각을 바꾸라고 설득하며 안타까워하는 사람도 있었습니다. "지금 대체 무슨 짓을 하려는 건가?" "아니야, 저친구는 용감해. 상대의 발포를 견뎌내고 자기가 총을 쏠 차례였는데, 전날 밤 수도사가 되는 꿈을 꿔서 그만둔 거야." 그 고장 사교계에서도 거의 같은 일이 벌어졌습니다. 전에는 방문하면 환대해주기는 해도 내게 별다른 관심은 없던 사람들이 앞다투어 내 얘기를 청해 듣고 나를 집으로 불러대기 시작한 겁니다. 사람들은 나를 조롱하면서도, 한편으로는 나를 사랑했습니다. 한 가지 밝혀둘 것은 우리의 결투가 공공연하게 사람들 입에 오르내렸음에도 본부에서는 그 사건을 덮어두었다는 사실입니다. 이는 내 결투 상대가 우리 연대 장군의 가까운 친척이었고, 이 사건이 피를 보는 일 없이 마치 장난처럼 끝난 데다가 내가 퇴역 신청을 내면서 정말로 장난이 되어버렸기 때문이었습니다. 나는 사람들이 웃든 말든 개의치 않고 당당하게 그 사건에 대해 이야기했습니다. 그들이 악의가 아닌 선의에서 웃는 것이기 때문이었습니다. 이 이야기는 주로 저녁 파티에 부인들이 모인 자리에서 나왔습니다. 여자들이 내 이야기에 더 관심을 가지고 남자들에게도 들어보라고 권하곤 했습니다. "내가 모든 사람들에 대해 죄가 있다니, 어떻게 그럴 수가 있죠?" 사람들은 내 면전에 대고 웃으며 이렇게 말했습니다. "그럼 내게 당신에 대한 죄도 있단 말인가요?" 나는 그들에게 대답했습니다. "온 세상이 이미 옛날에 잘못된 길로 빠져들어 명백한 거짓을 진리라 믿고 다른 사람에게도 그런 거짓을 강요하는 판에, 여러분이 어떻게 그걸 이해할 수 있겠습니까. 살면서 처음으로 굳게 마음을 먹고 진심으로 행동했더니 어떻습니까, 여러분 앞에 유로디비가 되어버리지 않았습니까? 물론 여러분이 나를 좋아해주기는 하지만, 그래도 한편으로는 놀려대고 있으니까요." "당신 같은 분을 어떻게 좋아하지 않을 수 있겠어요?" 북적거리는 파티를 연 안주인이 웃으면서 이렇게 말했습니다. 그런데 갑자기 부인들이 모여 있던 자리에서 젊은 부인이 일어섰습니다. 내가 결투를 신청하게 된 원인이자 바로 얼마 전까지만 해도 내 아내가 되리라고 생각한 바로 그 여자였습니다. 나는 그 부인이 이 파티에 온 줄 모르고 있었습니다. 그녀는 일어나서 내게 다가오더니 손을 내밀었습니다. "내가 당신을 비웃지 않는 첫 번째 사람이라는 것을 말씀드리고 싶어요. 아니, 오히려 그때 당신이 하신 행동에 눈물로 감사를 드리며 존경의 마음을 표하고 싶습니다." 그녀의 남편도 다가왔고, 이어서 모든 사람들이 키스라도 퍼부을 것처럼 내게 몰려들었답니다. 내 마음은 기쁨으로 가득 찼습니다. 그런데 문득 내 쪽으로 다가오는 한 노신사가 눈에 띄었습니다. 전부터 이름은 알고 있었지만, 개인적으로 친분이 있는 것은 아니어서 그날 저녁까지는 한마디 말도 나눈 적 없는 사이였습니다.

라) 신비로운 방문객

그는 내가 있던 도시에서 오랫동안 관리직을 지낸 지위가 높고 모든 사람들에게서 존경받는 부유한 사람이었답니다. 자선가로도 유명해 양로원과 고아원에 거액을 기부했으며, 알려진 것 외에도 남들 몰래 선행을 베푼 사실이 그의 사후에 밝혀지기도 했습니다. 나이는 쉰 살 정도였고 외모는 근엄해 보였으며 과묵한 편이었습니다. 결혼한 지는 아직 10년이 되지 않았고, 젊은 아내와의 사이에 어린 자식이 셋 있었지요. 파티가 열린 다음 날 저녁 나는 혼자 집에 있었습니다. 그런데 갑자기 문이 열리더니 그 신사가 들어오는 것이 아닙니까.

여기서 한 가지 말해둘 것은, 그때 내가 이미 다른 곳에 살고 있었다는 사실입니다. 나는 퇴역 신청을 낸 직후 어떤 관리의 미망인인 노부인의 집에 들어가 하숙 생활을 하고 있었습니다. 그리로 이사한 것은 결투에서 돌아오자마자 그날로 아파나시를 중대로 돌려보냈기 때문이었습니다. 그런 짓을 해놓고서 그의 눈을 보기가 부끄러웠습니다. 이처럼 미숙한 속세의 인간은 옳은 일을 하고서도 부끄러움을 느끼는 법입니다.

"저는," 방으로 들어온 신사가 말을 꺼냈습니다. "벌써 며칠 동안 여러 저택에서 당신의 이야기를 듣고 무척 호기심을 느끼다가 당신을 직접 만나 자세히 이야기를 나누고 싶어 이렇게 찾아왔습니다. 부디 제 부탁을 들어주시겠습니까?" "기꺼이 그러고말고요. 제게도 큰 영광입니다." 나는 이렇게 말했지만, 속으로는 덜컥 겁이 났습니다. 처음 봤을 때부터 그 신사에게 강렬한 인상을 받았기 때문입니다. 물론 다른 사람들도 호기심을 가지고 내 이야기를 들었지만, 그토록 진지하고 심각한 태도로 내게 다가온 사람은 없었습니다. 더군다나 내 집에까지 찾아온 것이었습니다. 신사는 자리에 앉았습니다. "당신은 강인한 의지를 지닌 분입니다. 모든 사람의 비웃음거리가 되는 것도 무릅쓰고 진리를 위해 행동하셨지요." "칭찬이 너무 과하십니다." "아니, 과하지 않습니다. 그런 행동을 하는 것은 당신이 생각하는 것보다 훨씬 어렵습니다. 제가 당신을 찾아온 것도 그 행동에 감동받았기 때문이지요. 제 무례한 호기심을 경멸하지 않으신다면, 결투장에서 용서를 구하기로 결심한 순간 무엇을 느꼈는지 자세히 말해주실 수 있겠습니까? 기억이 나신다면 말입니다. 제가 경솔하게 이런 질문을 드린다고 생각지는 말아주십시오. 이런 질문을 드리는 건 제 나름의 비밀스러운 목적이 있기 때문입니다. 하느님이 우리 두 사람을 보다 가까이 이어주신다면, 아마 당신께도 말하게 될 겁니다."

그가 이렇게 말하는 동안 나는 그의 얼굴을 똑바로 바라보았습니다. 그러자 갑자기 강한 신뢰감이 들면서 이번에는 내 쪽에서 호기심이 동했습니다. 그가 가슴속에 특별한 비밀을 품고 있음을 느꼈기 때문입니다.

"상대에게 용서를 구했을 때 무엇을 느꼈는지 물으셨지만, 그보다는 이 일을 처음부터 얘기하는 것이 좋겠군요. 다른 사람에게는 아직 한 적 없는 이야기입니다." 나는 아파나시와 있었던 일과 그에게 바닥에 엎드려 절했던 일을 전부 이야기했습니다. "짐작하셨겠지만, 집에서 이미 시작된 일이라 정작 결투장에서는 마음이 가벼웠습니다. 일단 이 길에 올라서고 나니, 그다음부터는 힘들기는커녕 오히려 즐겁고 기쁘기만 하더군요."

그는 내 이야기를 주의 깊게 듣고는 환한 얼굴로 나를 바라보았습니다. "정말 흥미로운 이야기군요. 앞으로 자주 찾아뵙겠습니다." 그 후로 그는 저녁마다 나를 찾아왔습니다. 만약 그가 자신에 관한 이야기도 했다면 우리는 무척 가까워졌을 겁니다. 하지만 그는 자기 이야기는 거의 하지 않고, 나에 대해서만 여러 가지 질문을 던질 뿐이었습니다. 그럼에도 나는 그를 무척 좋아했고, 그를 완전히 신뢰하며 내 감정을 모두 털어놓았습니다. '비밀 따위는 몰라도 좋다, 저렇게 올바른 사람이니'라고 생각했던 겁니다. 게다가 그는 지위도 높고 나이 차이도 많이 났음에도 일부러 나 같은 애송이를 찾아왔고, 나를 무시하지도 않았습니다. 뿐만 아니라 그는 굉장히 현명한 사람이어서 배우는 것도 많았습니다. "인생이 낙원이라는 것은," 그가 불쑥 이렇게 말했습니다. "나도 오래전부터 생각하고 있었습니다." 그러고는 이렇게 덧붙였습니다. "실은 항상 그 생각만 하고 있지요." 그는 나를 바라보며 미소 지었습니다. "그 점에 대해서라면 당신보다 더 큰 확신을 가지고 있어요. 그 이유는 나중에 알게 되실 겁니다." 나는 그 말을 들으며 생각했습니다. '이 사람은 내게 뭔가 고백하고 싶은 게 있구나.' "낙원은 우리 각자의 마음속에 숨어 있습니다. 지금 내 마음속에도 숨어 있지요. 원하기만 하면 낙원은 내일 당장이라도 현실이 되어 평생 사라지지 않을 겁니다." 그는 감동에 젖어 이렇게 말하며 내 의견을 묻는 듯한 신비로운 눈빛으로 나를 바라보았습니다. 그러더니 말을 이었습니다. "누구든지 자신의 죄 말고도 만인과 만물에 대해 죄가 있다는 당신의 생각은 전적으로 옳습니다. 한순간에 그처럼 온전하게 그 생각을 끌어안았다는 것은 참으로 놀라운 일입니다. 사람들이 그 생각을 이해하는 순간 꿈속이 아닌 현실에서 천국을 맞이하리라는 것도 진실로 옳은 말씀입니다." "하지만 언제 그것이 이루어질까요? 정말 언젠가 이루어지기는 할까요? 그것이 한낱 꿈은 아닐까요?" 나는 안타까운 마음으로 이렇게 외쳤습니다. "당신도 믿지 않고 있군요. 그렇게 설교는 하면서도 믿고 있지 않아요. 당신이 말하는 그 꿈은 반드시 실현될 테니 믿으십시오. 하지만 당장은 아닙니다. 모든 작용에는 저마다의 법칙이 있으니까요. 이것은 정신적이고 심리적인 문제입니다. 세상을 바꾸려면 우선 인간 자신이 심리적으로 새로운 길에 들어서야 합니다. 한 사람이 다른 모든 사람의 진정한 형제가 되기 전까지 형제애는 찾아오지 않습니다. 그 어떤 과학과 이익을 동원해도 인간은 결코 모두가 만족하도록 재산과 권리를 분배할 수 없습니다. 누구나 자기 몫이 적다고 생각할 테고, 불평하고 시기하며 서로 죽이려 할 겁니다. 언제 실현되느냐고 물으셨지요. 반드시 실현되기야 합니다만, 우선 인간 고립의 시기가 끝나야 합니다." "고립이라뇨?" 나는 물었습니다. "지금, 특히 우리 19세기에 도처에 군림하고 있는 고립 말입니다. 그러나 고립의 시대는 아직 완전히 끝나지 않았고 그럴 시기도 되지 않았습니다. 왜냐하면 오늘날에는 각자가 다른 사람들로부터 분리되려 애쓰며 자기 내면에서만 온전한 삶을 느끼려 하기 때문입니다. 그러나 그런 노력의 결과로 얻는 것은 온전한 삶이 아닌 온전한 죽음뿐입니다. 자신의 존재를 완전히 규정하는 대신 철저한 고립에 빠져버리기 때문입니다. 우리 시대에는 모든 사람이 개개의 단위로 분리되어 각자 자기 굴속에 틀어박혀 타인과 거리를 두고, 몸을 숨기고, 가진 것을 감춥니다. 그렇게 사람들로부터 떨어져나가고 스스로도 사람들을 밀어내는 겁니다. 혼자 고립된 채 재산을 모으며 생각합니다. '나는 이만큼 강하고 이만큼 안정되었다.' 그러나 어리석게도 모으면 모을수록 자살이나 다름없는 무기력의 나락으로 빠져들고 있다는 것을 모릅니다. 자기 한 사람만 믿는데 익숙해져 전체로부터 하나의 개체로 분리된 채 타인의 도움을 비롯해 타인과 인류 전체를 믿지 않도록 자신의 마음을 길들여 그저 자기 돈과 자기가 얻은 권리를 잃을까봐 벌벌 떨고 있기 때문이지요. 세상 어디에서나 인간의 지성은 개인의 고립된 노력이 아닌 인류 전체의 화합이 참다운 삶을 보장한다는 사실에 콧방귀를 뀌며 이해하려 들지 않습니다. 그러나 이 무서운 고립도 종말을 맞고 각자가 분리되어 살아간다는 것이 얼마나 부자연스러운 일인지 모두가 일시에 깨닫는 날이 반드시 올 겁니다. 시대적인 흐름이 그러할 것이며, 사람들은 얼마나 오랫동안 빛도 보지 못하고 암흑 속에 파묻혀 살아왔는지 깨닫고 놀라게 될 것입니다. 그때 비로소 하늘에 인간의 아들의 깃발이 나타날 것입니다…. 하지만 그때까지는 그 깃발을 소중히 해야 합니다. 혼자서라도 모범이 되어 인간의 영혼을 고립에서 형제애 가득한 소통으로 이끌어내야 합니다. 비록 유로디비라 불리는 한이 있더라도 말입니다. 그래야 위대한 사상의 파멸을 막을 수 있으니까요…."

우리는 이렇게 열정적이고 감동적인 대화를 나누며 하루하루를 보냈습니다. 나는 사교계에도 발길을 끊고 손님으로 찾아가는 일도 드물어졌습니다. 나라는 하나의 유행도 지나가기 시작했지요. 이것은 사람들을 비난하려고 하는 말이 아닙니다. 그들은 여전히 나를 사랑해주었고 내게 유쾌히 대해주었습니다. 그러나 적지 않은 유행이 사교계를 지배하고 있다는 사실은 인정해야 합니다. 나는 마침내 나의 이 신비한 방문객을 경탄의 눈으로 바라보게 되었습니다. 그의 지성이 주는 즐거움 외에도, 그가 마음속에 어떤 계획을 품고 있으며 어쩌면 위대한 위업을 준비하고 있을지도 모른다는 느낌을 받았기 때문입니다. 어쩌면 그는 내가 그의 비밀에 노골적인 호기심을 보이지 않고 직접적으로나 암시적으로나 그것을 알아내려고 하지 않는 점을 마음에 들어 했는지도 모르겠습니다. 그러나 나는 이내 그가 내게 무언가 털어놓고 싶어 괴로워하고 있음을 알아차렸습니다. 적어도 그가 나를 찾아오기 시작한 지 한 달가량이 지났을 무렵부터는 그런 기색이 확연했지요. "알고 계십니까?" 어느 날 그가 이렇게 물었습니다. "이곳 사람들은 우리 두 사람에게 커다란 호기심을 가지고 내가 이렇게 자주 당신을 찾아오는 것을 이상하게 생각하고 있습니다. 하지만 상관없습니다. 곧 모든 것이 밝혀질 테니까요." 그는 때때로 엄청난 흥분과 초조감에 사로잡히곤 했는데, 그럴 때면 벌떡 일어나 자리를 뜨곤 했습니다. 때로는 오랫동안 뚫어져라 나를 바라보기도 했습니다. 그래서 '이제 곧 무슨 말을 하려나 보다' 싶으면 갑자기 태도를 바꿔 누구나 다 아는 흔한 이야기를 꺼내는 것이었습니다. 두통을 호소하는 일도 잦아졌습니다. 그러던 어느 날이었습니다. 오랜 시간 열정적으로 이야기를 마친 그의 얼굴이 별안간 창백해지면서 완전히 일그러졌습니다. 그는 나를 뚫어질 듯 바라보았습니다.

"왜 그러십니까? 어디 불편하신가요?"

그가 좀 전에 머리가 아프다고 했기에 나는 이렇게 물어보았습니다.

"나는… 그러니까 말입니다…. 나는… 사람을 죽였습니다."

그는 이렇게 말하고 미소를 지었지만, 얼굴은 백묵처럼 하얗게 질려 있었습니다. '어째서 미소를 짓는 것일까?' 미처 다른 생각이 들기도 전에 문득 이 생각이 내 가슴을 꿰뚫고 지나갔습니다. 나도 얼굴에서 핏기가 가시는 것이 느껴졌습니다.

"그게 무슨 말씀이십니까?" 나는 그에게 외쳤습니다.

그는 여전히 창백한 미소를 지은 채 대답했습니다. "이 첫마디를 꺼내기가 얼마나 힘들었는지 모릅니다. 이 말을 하고 나니 길 위에 올라선 느낌이군요. 이제는 앞으로 나아가기만 하면 되겠지요."

나는 오랫동안 그의 말을 믿을 수 없었습니다. 그가 사흘 동안 나를 찾아와 모든 사연을 자세히 이야기해준 후에야 겨우 믿게 되었습니다. 처음에는 그가 실성한 거라고 생각했지만, 결국 커다란 슬픔과 놀라움을 느끼며 그 말이 사실임을 믿게 되었답니다. 그는 14년 전 어떤 부유한 부인, 젊고 아름다운 지주의 미망인에게 무시무시한 범죄를 저질렀습니다. 그 부인은 우리 도시에 왔을 때 머무를 용도로 시내에 집을 한 채 가지고 있었습니다. 그 부인에게 강렬한 사랑을 느낀 그는 사랑을 고백하고 구혼했습니다. 그러나 그 부인은 이미 상당히 계급이 높은 명문가 출신의 군인에게 마음을 준 상태였지요. 그 군인은 당시 출정 중이었지만, 부인은 그가 곧 돌아오기만을 기다리고 있었습니다. 부인은 그의 청혼을 거절하고, 집에 찾아오지 말아달라고 부탁했습니다. 그는 부인의 집에 발길을 끊었습니다. 그러나 이미 그 집의 구조를 잘 알고 있는 터라 대담하게도 들킬 위험을 무릅쓰고 밤에 정원에서 지붕으로 기어 올라가 부인의 방에 잠입했습니다. 흔히 그렇듯 대담한 범죄일수록 더욱 성공하기 쉬운 법이지요. 그는 지붕에 난 창문을 통해 다락으로 들어간 후 사다리를 타고 거실로 내려왔습니다. 그는 하인들이 가끔 깜빡 잊고 사다리 아래에 있는 문에 자물쇠를 채우지 않는다는 것을 알고 있었습니다. 그날도 그런 부주의를 기대하고 있었는데, 과연 생각한 대로였습니다. 거실로 내려간 그는 어둠 속에서 등불이 켜진 부인의 침실로 들어갔습니다. 때마침 부인의 두 하녀는 주인의 허락을 받지 않고 이웃집의 영명축일 잔치에 가고 없었답니다. 나머지 하인들은 아래층에 있는 행랑채와 부엌에서 자고 있었고요. 잠든 여인의 모습을 보자 그의 가슴 속에서 욕망이 불타올랐지만, 다음 순간 복수심과 질투심으로 인한 분노에 사로잡혀 술 취한 사람처럼 이성을 잃고 여인에게 다가가 심장에 칼을 꽂았습니다. 여인은 비명도 지르지 못하고 죽어버렸지요. 그런 다음 그는 악랄하고 사악한 방법으로 하인의 소행처럼 보이도록 꾸며놓았습니다. 거리낌 없이 부인의 지갑을 훔치고, 베개 밑에서 열쇠를 꺼내 장롱을 열어 무식한 하인의 소행처럼 몇 가지 물건을 훔쳤습니다. 즉, 귀중한 증서는 그대로 둔 채 현금만 챙기고, 상대적으로 크기가 큰 금붙이는 여러 개 챙기면서도 그보다 열 배는 비싼 작은 것들에는 손대지 않은 겁니다. 또 자신에게 기념이 될 만한 것을 몇 가지 더 가져갔는데, 여기에 대해서는 나중에 이야기하지요. 이렇게 끔찍한 짓을 저지른 후 그는 왔던 길을 통해 되돌아 나갔습니다. 일대 소란이 벌어진 이튿날은 물론, 그의 일생을 통하여 그가 진범이라고 의심하는 사람은 아무도 없었습니다! 그가 부인을 사랑했다는 것을 아는 사람도 없었습니다. 그는 원래 과묵하고 사교적이지 않은 성격인 데다 속마음을 털어놓는 친구도 없었기 때문입니다. 지난 2주간은 부인의 집을 방문한 일도 없었으므로, 사람들은 그가 피해자와 안면이 있을 뿐 가까운 사이는 아니라고 생각했습니다. 곧 부인의 농노 출신인 표트르라는 하인이 의심을 받게 되었고, 공교롭게도 모든 정황이 혐의를 뒷받침하는 쪽으로 맞아떨어졌습니다. 부인은 자기 농노 중 홀몸인 데다 행실도 나쁜 표트르를 신병으로 보내려 한다는 사실을 굳이 숨기지 않았고, 표트르도 그것을 잘 알고 있었습니다. 그가 술집에서 만취한 채 길길이 날뛰며 부인을 죽이겠다고 으름장을 놓는 것을 들은 사람도 있었지요. 하인은 여주인이 죽기 이틀 전 집에서 도망쳐 나와 시내 어딘가에 숨어 지내고 있었습니다. 살인 사건이 있은 다음 날에는 시 어귀에서 고주망태가 된 채 발견되었는데, 주머니에는 칼이 들어 있었고 오른손에는 이유 모를 피가 묻어 있었습니다. 그는 코피라고 주장했지만, 믿는 사람은 아무도 없었지요. 하녀들은 그날 잔칫집에 다녀오느라 돌아올 때까지 현관문을 그냥 열어두었다고 고백했습니다. 그 밖에도 이와 비슷한 여러 가지 증거가 나와 무고한 하인은 체포되고 말았답니다. 재판이 시작되었지만, 그는 체포된 지 일주일 만에 열병에 걸려 인사불성이 된 채 병원에서 죽어버렸습니다. 이로써 사건은 종결되어 하느님의 뜻에 맡겨졌습니다. 재판관, 관청, 일반인 할 것 없이 누구나 범인은 죽은 하인이 틀림없다고 생각했지요. 그러나 그 이후 천벌이 시작되었습니다.

신비로운 방문객, 이제는 내 친구가 된 그 사람은 처음엔 아무런 양심의 가책도 느끼지 못했다고 했습니다. 오랫동안 괴로워하기는 했지만, 그것은 양심의 가책 때문이 아니라 사랑하는 여인을 죽였고 그 여인이 더는 세상에 없으며 아직도 핏속에는 욕망의 불꽃이 타오르고 있는데 그 여인을 죽임으로써 자신의 사랑도 죽여버렸다는 후회 때문이었습니다. 그러나 자기가 무고한 사람의 피를 흘렸다거나 살인을 저질렀다는 사실은 전혀 의식하지 않았습니다. 자기가 죽인 여자가 다른 사람의 아내가 된다는 것은 자기로서는 있을 수 없는 일이니, 다른 도리가 없었다고 합리화했던 겁니다. 처음 얼마간은 하인이 체포되었다는 사실에 괴로웠으나, 죄수가 돌연 병에 걸려 죽자 그런 마음도 사라졌습니다. 그가 죽은 것이 구금이나 공포 때문이 아니라, 주인집에서 도망 나와 만취한 채 밤새도록 축축한 땅 위에서 뒹굴다가 걸린 감기 때문이라는 것이 확실해 보였기 때문입니다(그는 당시 그렇게 생각했다고 합니다). 물건과 돈을 훔쳤다는 사실도 별로 부끄럽지 않았습니다. 도둑질을 한 것은 욕심 때문이 아니라 혐의를 다른 데로 돌리기 위해서였으니까요. 훔친 금액은 얼마 되지 않았으므로 그는 곧 그 돈을, 아니 그보다 더 많은 돈을 당시 그 도시에 세워진 양로원에 기부했습니다. 이것은 도둑질에 대한 양심의 가책을 덜기 위해 일부러 한 일이었고, 실제로 얼마 동안, 아니 꽤 오랫동안 마음을 가라앉히는 데 도움이 되었다고 그는 말했습니다. 그는 성가시고 힘든 일에 지원해 2년 동안 어려운 직무에 몰두했습니다. 본디 강인한 성격의 소유자였던 그는 지난 일을 거의 잊었고, 어쩌다 기억이 나더라도 생각하지 않으려 노력했습니다. 자선 사업에도 힘을 쏟아 도시에 여러 가지 시설을 세우고 기부도 많이 했으며, 두 수도, 즉 모스크바와 페테르부르크에서도 이름을 알려 자선단체 회원으로 선출되기도 했습니다. 그러나 이내 감당할 수 없는 고통과 고뇌가 찾아왔습니다. 그 무렵 그는 어떤 아름답고 지혜로운 아가씨에게 끌려 얼마 지나지 않아 결혼하게 되었습니다. 결혼을 하면 고독한 슬픔을 몰아내고, 새로운 길로 접어들어 아내와 자식에 대한 의무를 다함으로써 오랜 기억에서 완전히 벗어날 수 있을 것이라고 생각했기 때문입니다. 그러나 현실은 그런 기대와는 정반대였습니다. 결혼 첫 달부터 '아내는 나를 이렇게 사랑하는데, 만약 아내가 그 일을 알게 되면 어쩌나?' 하는 생각이 끊임없이 그를 괴롭혔습니다. 아내가 첫째를 임신해 그 사실을 알렸을 때도 괴로운 생각이 들었습니다. '한 생명을 빼앗은 내가 다른 생명을 주었구나.' 이윽고 아이들이 연이어 태어났습니다. '남의 피를 흘린 내가 어찌 감히 아이들을 사랑하고 가르치고 양육할 수 있을까? 어떻게 선한 일을 하라고 가르칠 수 있단 말인가?' 사랑스럽게 자라나는 아이들을 얼러주고 싶은 마음이 들어도 '나는 저 순수하고 해맑은 얼굴을 바라볼 수 없다. 나는 그럴 자격도 없는 인간이다'라는 생각이 들었습니다. 이윽고 자기 손에 희생된 여인의 피, 짓밟혀버린 젊은 생명과 복수를 부르짖는 그 피가 눈앞에 어른거려 무섭고도 고통스러워졌습니다. 그는 악몽을 꾸기 시작했지요. 하지만 원래 강인한 사람이었으므로 오랫동안 고통을 견뎠습니다. '아무도 모르는 이 고통으로 모든 죄를 사할 수 있으리라.' 그러나 그런 희망은 헛된 것이었습니다. 시간이 지날수록 고통은 점점 커져만 갔습니다. 사람들은 그의 엄격하고 우울한 성격을 무서워하면서도 자선활동 때문에 그를 존경했습니다. 그러나 사람들의 존경이 커져갈수록 그는 더욱 견딜 수가 없었습니다. 내게 고백하기를, 그는 자살까지 생각했다고 합니다. 그러나 대신 다른 생각이 떠오르기 시작했습니다. 그 생각은 처음에는 불가능하고 정신 나간 일처럼 보였지만, 그의 마음에 완전히 달라붙어 떨쳐버릴 수 없게 되었습니다. 그것은 다름 아닌, 자리를 박차고 일어나 사람들 앞에 나아가 사람을 죽였다고 고백하는 것이었습니다. 3년 정도 이 생각은 여러 가지 형태로 그의 마음속에 어른거렸습니다. 마침내 그는 자신의 범죄를 고백하면 영혼이 치유되고 영원히 평안을 얻을 수 있을 것이라고 진심으로 믿게 되었습니다. 그러나 그런 믿음을 가지게 되자 '그것을 어떻게 실행에 옮길 것인가?' 하는 생각에 가슴속에 공포가 몰려왔습니다. 바로 그때 나의 결투 사건이 벌어진 겁니다. "당신을 보면서 나는 비로소 결심했습니다." 나는 그를 바라보았습니다.

"아니, 정말로," 나는 손뼉을 치면서 이렇게 소리쳤습니다. "그 사소한 사건으로 그런 결심을 하게 된 겁니까?"

"이렇게 결심하는 데는 3년이 걸렸습니다." 그는 대답했습니다. "당신 일은 마지막 자극이 되었을 뿐입니다. 당신을 지켜보면서 나는 내 자신을 책망했고, 또 당신이 부러웠습니다.” 그는 엄숙하기까지 한 표정으로 이렇게 말했습니다.

“하지만 사람들은 당신 말을 믿으려 하지 않을 겁니다. 벌써 14년이 흘렀으니까요.”

“증거가 있습니다. 아주 확실한 증거이지요. 그걸 제시할 겁니다.”

나는 그때 눈물을 흘리며 그에게 입을 맞추었습니다.

“한 가지, 한 가지만 말씀해주십시오!” 그는 내게 말했습니다(마치 이제는 내게 모든 것이 달려 있다는 듯한 태도였습니다). “아내와 아이들은 어쩌면 좋을까요? 아내는 괴로움을 견디지 못해 죽어버릴지도 모르고, 아이들은 신분과 영지를 빼앗기지는 않더라도 영원히 범죄자의 자식으로 살아갈 게 아닙니까? 내가 자식들의 기억 속에 어떻게 남게 되겠습니까!”

나는 아무 말도 하지 않았습니다.

“가족과 헤어져야 할까요? 영원히 그들을 버려야 하겠습니까? 영원히, 영원히 말입니다!”

나는 자리에 앉아 말없이 속으로 기도했습니다. 나는 마침내 자리에서 일어났습니다. 무서운 마음이 들었습니다.

“어떻게 해야 할까요?” 그가 나를 바라보았습니다.

“가십시오.” 나는 말했습니다. “가서 사람들에게 말하십시오. 모든 것은 지나가고 진실만 남을 겁니다. 자녀들도 어른이 되면 당신의 그 위대한 결정이 얼마나 관대한 것인지 깨닫게 될 겁니다.”

그때 그는 완전히 마음을 굳힌 듯한 모습으로 돌아갔습니다. 그러나 그 뒤로도 2주일이 넘도록 매일 저녁 나를 찾아와 마음의 준비만 할 뿐 결단을 내리지는 못하는 것이었습니다. 어느 날은 확고하게 결심이 선 얼굴로 찾아와 감동에 젖어 말하기도 했습니다.

"나는 고백하는 순간 나에게 낙원이 찾아오리라는 것을 알고 있습니다. 14년간 지옥에서 살았습니다. 나는 고통받고 싶습니다. 고통을 받아들이고 삶을 시작하겠습니다. 거짓으로도 세상을 살아갈 수는 있지만, 지나온 삶을 뒤로 되돌릴 수는 없습니다. 지금 나는 이웃은 물론이고 내 아이들조차 사랑할 수가 없습니다. 주여, 아이들도 내 고통이 어떤 것이었는지 알면 나를 비난하지는 않을 겁니다! 주님은 힘이 아닌 진리 속에 계시니까요."

"모두 당신의 위대한 행동을 이해할 겁니다. 지금은 아니더라도 나중에는 꼭 그럴 겁니다. 당신은 지상의 것이 아닌 더욱 숭고한 진리에 봉사하셨으니까요…."

그러면 그는 위안을 얻은 듯이 돌아갔으나, 다음 날에는 다시 창백한 얼굴로 화가 난 채 찾아와 이렇게 비꼬는 것이었습니다.

"내가 당신을 찾아올 때마다 당신은 '아직도 고백하지 않은 모양이로군?' 하고 호기심 가득한 눈으로 쳐다보는군요. 나를 너무 경멸하지 말고 조금만 더 기다리십시오. 이건 당신 생각처럼 그렇게 쉬운 일이 아닙니다. 어쩌면 나는 영영 고백하지 않을지도 모릅니다. 그럼 나를 밀고하러 갈 건가요?"

나는 어리석은 호기심을 품고 그를 바라보기는커녕 그

를 쳐다보는 것조차 두려울 때가 있었습니다. 병이 날 만큼 괴로웠고, 마음속에는 눈물이 가득했지요. 밤에는 잠도 못 이룰 지경이었답니다. 그가 말을 이었습니다.

"나는 지금 아내에게서 오는 길입니다. 아내가 어떤 존재인지 당신은 아십니까? 아이들은 내가 집을 나설 때 '아빠, 안녕히 다녀오세요. 얼른 돌아오셔서 동화책을 읽어주세요'라고 소리치더군요. 아니, 당신은 모를 겁니다! 남의 불행은 헤아릴 수 없는 법이니까요."

그의 눈이 번득이고 입술이 떨렸습니다. 그러더니 갑자기 위에 놓여 있던 물건들이 튀어오를 정도로 주먹으로 탁자를 쾅 하고 내리쳤습니다. 평소에는 매우 온화한 사람이라 그런 일은 처음이었습니다.

"그럴 필요가 있을까요?" 그가 소리쳤다. "꼭 그래야 할까요? 아무도 처벌을 받지 않았고, 나 때문에 유형을 간 사람도 없잖습니까. 그 하인은 병 때문에 죽었으니까요. 내가 흘린 피에 대해서라면 이미 고통으로 충분히 벌을 받았습니다. 더군다나 아무도 내 말을 믿지 않을 것이고, 그 어떤 증거를 대도 믿지 않을 겁니다. 그런데도 정말 고백해야 할까요? 아내와 아이들에게 피해를 주지 않을 수만 있다면, 나는 죄의 대가로 평생 고통받아도 좋습니다. 가족의 인생을 내 인생과 함께 망쳐버리는 것이 과연 옳은 일일까요? 우리가 실수하는 것은 아닐까요? 이런 경우 진리는 어디에 있는 겁니까? 사람들이 과연 그 진리를 이해하고, 알아주고, 존중해줄까요?"

'이럴 수가!' 나는 속으로 생각했습니다. '이런 순간에 사람들의 존중을 생각하다니!' 그러자 그의 마음이 편해질 수만 있다면 그와 운명을 나누어도 좋다는 생각이 들 만큼 그가 가여워졌습니다. 그는 꼭 미친 사람 같았답니다. 나는 그런 결정이 얼마나 큰 대가를 요구하는지 머리가 아닌 온 가슴으로 느끼고 공포에 질렸습니다.

"운명을 결정해주십시오!" 그가 다시 소리쳤습니다.

"가서 고백하십시오." 나는 그에게 속삭였습니다. 목소리는 제대로 나오지 않았지만, 그래도 단호한 어조로 그렇게 말했습니다. 나는 탁자에서 러시아어로 번역된 성경을 집어 들고 요한복음 12장 24절을 보여주었습니다.

"내가 진실로 진실로 너희에게 이르노니 한 알의 밀이 땅에 떨어져 죽지 않으면 한 알 그대로 있고, 죽으면 많은 열매를 맺느니라." 그가 오기 직전에 보고 있던 구절이었습니다.

그는 그 구절을 읽었습니다.

"옳은 말씀입니다." 그는 이렇게 말하면서도 쓰디쓴 미소를 지었습니다. "이런 책을 보다 보면," 그가 잠시 뜸을 들였다가 말했습니다. "때로는 무시무시한 문구를 보게 되지요. 이걸 다른 사람의 코앞에 들이대기는 쉬운 일입니다. 그런데 누가 이걸 쓴 겁니까, 설마 사람은 아니겠지요?"

"성령이 쓴 겁니다." 내가 말했답니다.

"그렇게 말하는 건 당신으로서는 쉬운 일이겠지요."

그는 이렇게 말하면서 다시 한번 미소를 지었습니다. 그것은 거의 증오에 가까운 미소였습니다. 나는 성경을 다시 집어 들고 다른 곳을 펼쳐 히브리서 10장 31절을 보여주었습니다. 그는 그 구절을 읽었습니다. "살아 계신 하느님의 손에 빠져드는 것은 무서운 일이니."

그는 그것을 읽고는 책을 내던져버렸습니다. 온몸을 바들바들 떨기까지 했습니다.

"무서운 구절입니다. 너무 딱 맞는 말씀이라 더 이상 할 말이 없군요." 그는 의자에서 일어났습니다. "그럼, 안녕히 계십시오. 아마 다시는 찾아오지 않을 겁니다…. 낙원에서 다시 만납시다. 그러니까 '내가 살아 계신 하느님의 손에 빠져든 지' 벌써 14년이 지난 셈이로군요. 지난 14년을 그렇게 불러야 마땅하겠지요. 내일이 되면 그 손에게 나를 놓아달라고 빌겠습니다…."

나는 그를 끌어안고 입을 맞추고 싶었으나 그럴 용기가 나지 않았습니다. 그만큼 그의 얼굴은 일그러져 있고 눈에는 고통이 담겨 있었습니다. 그는 밖으로 나갔습니다. '주여, 저 사람은 대체 어디로 가는 것일까요!' 나는 성상 앞에 무릎을 꿇고, 우리를 신속히 보호하시고 도와주시는 성모에게 그를 위해 눈물로 기도를 드렸습니다. 그렇게 울면서 기도를 한 지 30분이 지났을 때였습니다. 이미 밤이 깊어 자정이 가까워오고 있었습니다. 그런데 갑자기 문이 열리더니 그가 다시 들어오는 게 아닙니까. 나는 무척 놀랐습니다.

"어디에 다녀오셨습니까?" 나는 물었습니다.

"뭔가 두고 간 것 같아서… 아마 손수건인 듯한데… 아니, 두고 간 게 없더라도 잠시 앉아 있도록 해주십시오…."

그는 의자에 앉았습니다. 나는 그 앞에 서 있었지요. "당신도 앉으시지요." 그 말에 나도 앉았습니다.

우리는 그렇게 2분 정도 앉아 있었습니다. 그가 나를 가만히 바라보다가 갑자기 미소를 지었던 것이 생각납니다. 그러고는 일어나서 나를 힘껏 끌어안고 입맞춤을 했습니다….

"기억해두게." 그가 말했습니다. "내가 자네를 한 번 더 찾아왔다는 사실을 말이야. 그걸 꼭 기억하게!"

그는 처음으로 나를 자네라고 불렀습니다. 그러고는 나가버렸지요. '내일이다.' 나는 생각했습니다.

예상은 적중했습니다. 나는 그날 저녁까지만 해도 다음 날이 그의 생일인 줄 모르고 있었습니다. 지난 며칠 동안 아무 데도 나가지 않아 누구에게서도 그 소식을 들을 수 없었습니다. 매년 그의 생일이면 그의 집에서 커다란 파티가 열려 온 도시 사람들이 모여들곤 했습니다. 이번에도 마찬가지였습니다. 오찬이 끝나자 그는 방 한가운데로 걸어 나왔습니다. 손에는 종이 한 장이 들려 있었지요. 관청에 제출할 정식 자백서였습니다. 마침 관청 관계자들도 그 자리에 있었으므로, 그는 그곳에 모인 모든 사람들 앞에서 범행의 전말이 소상히 적힌 자백서를 낭독했습니다.

"나는 추악한 악당인 나를 인간 사회에서 추방하고자 합니다. 하느님께서 나를 찾아주셨으니, 고통을 달게 받겠습니다!" 그는 자백서를 이렇게 끝맺었습니다. 그러고는 14년 동안 간직해온 증거가 될 만한 물건을 모두 가져와 탁자 위에 펼쳐놓았습니다. 혐의를 돌릴 생각으로 훔친 피살자의 금붙이들, 목에서 끌러낸 목걸이와 십자가(목걸이에는 약혼자의 초상화가 들어 있었습니다), 수첩, 그리고 두 통의 편지였지요. 한 통은 약혼자의 편지로 곧 돌아간다는 내용이었고, 다른 한 통은 쓰다 말고 다음 날 부치려고 탁자 위에 놓아둔 여자의 답장이었습니다. 그는 그날 이 두 통의 편지를 가져갔습니다. 그러나 무엇 때문이었을까요? 어째서 증거가 될 이 편지들을 없애지 않고 14년 동안이나 간직하고 있었던 것일까요? 사람들은 충격과 경악에 휩싸였고 아무도 믿으려 하지 않았습니다. 강렬한 호기심을 느끼며 그의 이야기를 듣기는 했지만 광인이 하는 말이라고 생각했고, 며칠 후에는 어느 집에서나 그 가여운 사람이 미쳐버린 것이라고 단정해버렸답니다. 관청과 법정에서는 사건을 진행할 수밖에 없었지만, 그들 역시 손을 놓고 말았습니다. 제시된 물건들과 편지는 제법 그럴듯해 보였으나, 그 증거품들이 진짜라고 해도 그것만을 토대로 유죄 판결을 내릴 수는 없었기 때문입니다. 게다가 그는 그 부인과 알고 지내는 사이였으니 그저 그것들을 맡아둔 것일 수도 있었지요. 나는 이후에 피살자의 지인과 친척들을 통해 증거품의 진위가 확인되었으며 여기에 대해서는 전혀 의심의 여지가 없었다는 이야기를 들었습니다. 그럼에도 사건은 종결되지 못했습니다. 닷새쯤 지나 이 가엾은 사람이 병에 걸려 목숨이 위태롭다는 소식이 알려진 겁니다. 무슨 병에 걸렸는지 자세히 설명할 수는 없고, 심장병에 걸렸다는 소문이 돌 뿐이었으나 곧 그의 아내의 강력한 요청에 따라 의사들이 그의 정신 상태를 진찰한 결과 정신이상 진단을 내렸다는 사실이 밝혀졌습니다. 사람들은 내게 몰려와 질문 공세를 퍼부었지만, 나는 아무 이야기도 하지 않았습니다. 그러나 내가 그를 찾아가려 하자, 사람들과 특히 그의 아내는 오랫동안 나를 말리며 만나게 해주지 않았습니다. "그이를 정신이상에 빠트린 건 당신이에요. 그이는 원래 어두운 편이었지만, 특히 작년부터는 유달리 초조해하고 이상한 짓을 저지른다는 것을 다들 알고 있었어요. 그런 그이를 당신이 완전히 망쳐버렸어요. 당신이 그이에게 이상한 소리를 늘어놓았기 때문이에요. 그이는 지난 한 달 내내 당신 집에서 나올 줄을 몰랐으니까요." 그의 아내뿐 아니라 온 도시 사람들이 달려들어 나를 비난했습니다. "전부 당신 탓이오!" 나는 아무 대꾸도 하지 않았고, 내심 기쁘기까지 했습니다. 자신에게 맞서 일어나 스스로를 벌한 사람에 대한 하느님의 분명한 자비를 보았기 때문입니다. 나는 그가 정신이상을 일으켰다고는 믿지 않았습니다. 마침내 나는 그와 만나도록 허락받았습니다. 그 자신이 나와 작별 인사를 하고 싶다고 강력히 요구했기 때문입니다. 그의 방으로 들어간 나는 그에게 며칠은커녕 몇 시간도 남지 않았다는 것을 알 수 있었습니다. 그는 쇠약해질 대로 쇠약해져 얼굴은 누렇게 뜨고 손을 떨었으며 가쁜 숨을 몰아쉬었으나 눈빛에는 감동과 기쁨이 넘쳤습니다.

"드디어 이루어졌네!" 그는 말했습니다. "오래전부터 자네가 무척 보고 싶었는데, 왜 와주지 않았나?"

나는 사람들이 그와 만나게 해주지 않았다는 말은 하지 않았습니다.

"하느님께서 나를 불쌍히 여기셔서 그분 곁으로 부르시는 거야. 나는 곧 죽겠지만, 몇 십 년 만에 처음으로 기쁨과 평안을 느끼네. 해야 할 일을 끝낸 순간 내 마음속에는 낙원이 펼쳐졌지. 이제는 내 아이들을 사랑할 수도 있고, 입맞춤해줄 수도 있어. 하지만 아내도, 재판관도, 그 누구도 내 말을 믿지 않아. 아이들도 평생 믿지 않겠지. 하느님이 아이들에게 자비를 베푸신 거야. 내가 죽더라도 내 이름은 아이들에게 오점으로 남지 않을 테니까. 지금 나는 하느님을 예감하고 있고, 마음은 낙원에 있는 것처럼 즐겁다네…. 난 내 할 일을 다했어…."

그는 숨이 가빠 말을 잇지 못하면서도 내 손을 뜨겁게 움켜쥐고 불타는 듯한 눈길로 나를 바라보았습니다. 하지만 우리는 오래 이야기를 나눌 수는 없었답니다. 그의 아내가 끊임없이 우리가 있는 방을 들여다보았기 때문이지요. 그래도 그는 그 틈을 타서 내게 이런 말을 속삭였습니다.

"내가 자정에 두 번째로 자네를 찾아갔던 걸 기억하나? 그걸 기억해두라고 당부한 것도? 내가 왜 자네 집에 갔는지 아나? 실은 자네를 죽이려고 갔었던 거야!"

나는 온몸에 소름이 돋았습니다.

"나는 자네 집에서 암흑 속으로 나와, 거리를 방황하며 나 자신과 싸웠다네. 그런데 갑자기 견딜 수 없이 자네가 미워지더군. '그자는 나를 구속하는 유일한 사람이며 나의 심판관이다. 그자가 모든 것을 알고 있는 한 내일의 형벌을 면할 수는 없다.' 나는 자네가 나를 고발할까봐 두려웠던 게 아니야(그런 건 생각도 하지 않았다네). 다만 '자수하지 않는다면, 그자의 얼굴을 어떻게 볼 것인가?' 하는 생각이 들었던 거야. 설령 자네가 이 세상 끝 어딘가에 있다고 해도, 어쨌든 살아 있는 건 마찬가지가 아닌가. 모든 것을 알고 있는 자네가 어딘가에 살면서 나를 비난할 거라고 생각하니 견딜 수가 없더군. 자네가 모든 것의 원흉인 것처럼, 모든 것이 자네의 잘못이기라도 한 것처럼 자네가 증오스러웠네. 그래서 자네에게 되돌아간 거야. 자네 방 탁자 위에 단도가 있던 것을 기억하네. 나는 자리에 앉고, 자네에게도 앉으라고 한 다음 1분 내내 생각에 잠겼지. 만약 내가 자네를 죽였다면, 전에 저지른 범죄를 자백하지 않더라도 자네를 죽였다는 그 사실 때문에 파멸에 이르고 말았을 거야. 하지만 그 순간에는 그런 생각이 들지 않았고, 또 생각하고 싶지도 않았어. 그저 자네가 증오스럽고, 모든 것에 대해 온 힘을 다해 복수하고 싶다는 생각뿐이었지. 그러나 주님께서 내 마음속에 있던 악마를 물리쳐주셨네. 그래도 알아두게. 자네가 그토록 죽음에 가까웠던 적은 없었다는 것을…."

일주일 후에 그는 죽었습니다. 도시 사람들 모두가 무덤까지 관을 따라갔습니다. 사제장이 감동적인 조사를 낭독했습니다. 사람들은 그의 목숨을 앗아간 무서운 병을 안타까워했습니다. 장례식이 끝나자 도시 전체가 내게 등을 돌렸고, 더는 집에 초대하지도 않았습니다. 물론 그의 고백이 사실이라고 믿고 나를 찾아오는 사람도 있었습니다. 그런 사람은 처음에는 많지 않았지만, 시간이 지날수록 점점 늘어났답니다. 그들은 내심 기쁨을 느끼며 강한 호기심을 가지고 여러 가지를 캐묻곤 했습니다. 사람은 의인의 추락과 치욕을 좋아하는 법이니까요. 하지만 나는 침묵을 지켰고, 얼마 후 그 도시를 완전히 떠나 다섯 달 후에는 하느님의 은총으로 굳건하고도 장엄한 길에 들어서게 되었습니다. 나는 그토록 분명하게 이 길을 가리켜주신 하느님의 보이지 않는 손을 축복했습니다. 그러나 오늘날까지도 매일 기도를 드릴 때 그토록 커다란 고통을 겪은 하느님의 종 미하일의 이야기를 잊지 않는답니다.

3. 조시마 장로의 담화와 설교 중에서

마) 러시아의 수도사와 그 의의

신부님들, 스승님들, 수도사란 무엇일까요? 문명사회에서 이 말은 어떤 사람에게는 조롱으로, 어떤 사람에게는 욕설로 쓰이고 있습니다. 그리고 이러한 상황은 시간이 지날수록 점점 심해지고 있지요. 안타깝게도 수도사 중에는 게으른 자, 육신의 쾌락을 좇으려는 자, 음탕한 자, 뻔뻔한 부랑자가 적지 않은 것이 사실입니다. 교육을 받은 세인들은 그런 사실을 지적하며 "당신들은 게으름뱅이에 사회에 무익한 존재들이고, 남의 노동으로 살아가는 파렴치한 거지들이다"라고 말합니다.

하지만 수도사 중에는 겸허하고 온화하여 고독과 정적

속에서 올리는 뜨거운 기도를 갈구하는 자도 많습니다. 그러나 사람들은 이런 수도사들에 대한 이야기는 잘 꺼내지 않으며 아예 입을 다물어버리기도 합니다. 그러니 고독 속의 기도를 갈망하는 그 온화한 수도사들을 통해 다시 한번 러시아의 구원이 이루어질지도 모른다고 말한다면 얼마나 놀라겠습니까! 진실로 그러한 수도사들은 '그 시간, 그날, 그달, 그해'를 위한 준비가 되어 있습니다. 이들은 고독 속에서 신부, 사도, 순교자들로부터 물려받은 그리스도의 모습을 하느님의 진리 그대로 왜곡 없이 보전하고 있으며 때가 되면 세상의 흔들린 진리 앞에 그 모습을 제시할 것입니다. 이것은 위대한 생각입니다. 이 별은 동쪽에서부터 비춰올 겁니다.

나는 수도사에 대해 이렇게 생각하고 있는데, 과연 이것이 거짓이고 자만일까요? 세인과 하느님의 백성 앞에 오만을 떨고 있는 속세의 모든 것을 보십시오. 과연 하느님의 형상과 그분의 진실이 왜곡되지 않았다고 할 수 있을까요? 그들에게는 과학이 있지만, 과학에는 인간의 감각으로 확인된 것 외에는 아무것도 없습니다. 인간 존재의 더욱 중요한 절반을 이루고 있는 영적 세계는 일종의 승리감, 심지어 증오심과 함께 완전히 외면되고 배척되었습니다. 세상은 자유를 선언했고, 특히 요즘에는 더욱 그렇지만, 그 자유 속에서 볼 수 있는 것은 예속과 자멸뿐입니다! 세상은 이렇게 말합니다. '너희에게도 귀족이나 부자와 똑같은 권리가 있으니, 욕구가 있으면 충족하라. 욕구 충족을 두려워 말고, 오히려 욕구를 증대하라.' 이것이 지금 세상의 가르침입니다. 이들은 이것이 자유라고 생각합니다. 그러나 욕구를 증대하라는 이 권리는 어떤 결과를 가져올까요? 부유한 자에게는 고독과 정신적 자멸을, 가난한 자에게는 질투와 살인을 불러올 뿐입니다. 왜냐하면 권리는 부여하면서도 욕구 충족의 방법은 일러주지 않았기 때문입니다. 그들은 사람들 사이의 거리가 줄어들고 생각은 공중을 통해 전달하게 됨에 따라 시간이 지날수록 세상이 하나 되고 형제적인 관계가 이루어질 것이라고 주장합니다. 아아, 그러한 인간의 결합을 믿지 마십시오. 사람들은 자유를 욕망을 증대하고 그것을 신속히 충족하는 것으로 이해함으로써 자신의 본성을 왜곡하고 있습니다. 그것은 의미 없고 어리석은 욕망과 습관, 터무니없는 생각을 낳기 때문입니다. 사람들은 단지 서로에 대한 질투와 육욕, 자만을 위해 살고 있습니다. 연회, 마차, 지위, 노예처럼 부릴 하인을 가지지 않으면 안 된다고 여기며, 그 필요를 충족하기 위해서라면 자신의 삶과 명예와 인간애를 희생하고, 충족이 안 되면 자살까지 할 정도입니다. 부유하지 않은 사람에게서도 똑같은 현상을 볼 수 있으며, 가난한 이들은 욕구 불만과 부러움을 아직은 술로 달래고 있습니다. 그러나 얼마 지나지 않아 그들은 술 대신 피를 마시게 될 겁니다. 세상이 그들을 그렇게 만들고 있기 때문이지요. 여러분에게 묻고 싶습니다. 이런 인간이 진정으로 자유롭다고 할 수 있을까요? 나는 '이념의 투사' 한 사람을 알고 있는데, 그 사람이 내게 말하길 감옥에서 담배를 못 피우게 하자 너무나 고통스러워서 담배를 얻을 수만 있다면 자신의 '이념'을 팔아먹어도 좋겠다는 생각까지 했다고 합니다. 이런 자들이 '인류를 위해 싸우러 가겠다'고 말하는 겁니다. 하지만 이런 사람이 어디로 갈 것이며 무엇을 할 수 있을까요? 금방 끝날 일이라면 몰라도, 오랫동안 견뎌내지는 못할 겁니다. 그러니 내가 젊었을 때 나의 스승인 신비로운 방문객이 말한 것처럼 그들이 자유 대신 속박에 빠지고, 형제애와 인류의 결합을 위해 봉사하는 대신 고립과 고독에 빠지는 것은 놀라운 일이 아닙니다. 그래서 세상에서는 시간이 갈수록 인류에 대한 봉사, 형제애, 인간의 결합에 대한 사상이 사그라들고, 심지어 조롱거리가 되고 있습니다. 이미 자신이 지어낸 끝없는 욕구를 충족하는 데 익숙해진 사람이 어떻게 자신의 습관을 버릴 것이며, 또 어디로 갈 수 있겠습니까? 고립된 인간에게 전체가 도대체 무슨 상관이겠습니까? 그리하여 쌓아놓은 물질은 늘어났는데 기쁨은 줄어들고만 것입니다.

수도사가 가는 길은 다릅니다. 사람들은 복종과 단식, 심지어 기도까지 비웃지만, 오직 그것들에 참되고 진실한 자유에 이르는 길이 있습니다. 과도하고 쓸데없는 욕망을 끊어버리고, 이기심과 오만한 자기 의지를 복종으로 억제함으로써 하느님의 도움을 받아 영혼의 자유와 정신적인 기쁨을 얻는 것입니다! 어떤 사람이 위대한 사상을 선양하고 봉사할 수 있겠습니까? 고립된 부자일까요, 아니면 물질과 습관의 폭정으로부터 자유로워진 사람일까요? 사람들은 '너는 인류에 대한 형제적인 봉사는 잊어버리고, 너 자신의 구원을 위해 수도원 담장 안에 틀어박혔다'며 수도사가 고립된 생활을 한다고 비난합니다. 하지만 형제애를 위해 더욱 애쓰는 사람은 누구입니까? 고립에 빠진 것은 우리가 아닌 그들임을 그들은 모르고 있습니다. 수도사들 중에서는 옛날부터 민중을 위해 힘쓰는 사람들이 배출되었는데, 지금이라고 그런 사람들이 나타나지 말라는 법이 어디 있겠습니까? 앞서 말한 겸허하고 온화한 고행자들이 일어나 위대한 사업에 나설 것입니다. 러시아의 구원은 민중에게서 옵니다. 러시아의 수도원은 태곳적부터 민중과 함께 있었습니다. 민중이 고립되어 있으면, 우리 역시 고립된 것입니다. 민중은 우리처럼 믿음을 가지고 있으니, 믿음이 없는 활동가는 아무리 순수한 가슴과 천재적인 머리를 지니고 있다고 해도 러시아에서는 아무것도 해낼 수 없습니다. 이것을 명심하십시오. 민중은 무신론자를 만나 싸워 이길 것이며, 그리하여 하나 된 정교국 러시아가 나타날 것입니다. 민중을 아끼고 그들의 마음을 지켜주십시오. 조용히 그들을 교육하십시오. 이것이 수도사인 여러분이 해야 할 일입니다. 왜냐하면 민중은 하느님을 품고 있기 때문입니다.

바) 주인과 하인:
주인과 하인은 정신적으로 서로 형제가 될 수 있는가?

아아, 누가 민중에게도 죄가 있다고 말하던가요? 그러나 타락의 불길은 확연히 시시각각 위에서부터 번지고 있습니다. 민중에게도 고립이 찾아오고 있습니다. 부도덕한 장사꾼과 고리대금업자들이 나타나고, 장사꾼들까지도 명예를 바라며 학식이라고는 조금도 없으면서 학식 있는 사람처럼 행세하려고 듭니다. 그 때문에 오랜 전통을 무시하고 심지어 조상의 신앙까지 수치스럽게 여깁니다. 귀족의 저택에 열심히 들락거리지만, 그들 자신은 어디까지나 부패한 농민에 지나지 않습니다. 민중은 술 때문에 썩어가고 있으며, 이미 술 없이는 살지 못합니다. 이들은 가족에게, 아내와 자식에게까지 얼마나 잔인한 짓을 하는 것입니까? 모든 것이 술 때문입니다. 나는 공장에서 열 살 남짓한 아이들을 본 적이 있습니다. 여위고 힘이 하나도 없으며 등까지 굽은 이 아이들은 이미 타락해 있었습니다. 숨이 막힐 것 같은 천막, 탕탕거리며 돌아가는 기계, 하루 종일 계속되는 노동, 음담패설과 술, 그리고 또 술, 아직 어린 아이들의 영혼에 필요한 것이 과연 그런 것들일까요? 이들에게 필요한 것은 햇살, 놀이, 어디를 가나 볼 수 있는 밝은 모범과 한 방울이라도 좋으니 사랑을 주는 것입니다. 수도사 여러분, 이런 일이 사라지도록, 아이들에게 고통을 주는 일이 없어지도록 어서 일어나 말씀을 전하십시오. 하느님은 러시아를 구원하실 겁니다. 비록 민중이 타락하여 죄악의 수렁에서 헤어나지 못하고 있기는 하지만 그들은 하느님이 악취 나는 죄악을 저주하셨다는 사실과 자신이 죄를 저지르며 옳지 못한 일을 행하고 있다는 사실을 알고 있기 때문입니다. 우리 민중은 부단히 진리를 믿으며 하느님을 인정하고 감격의 눈물을 흘립니다. 그러나 상류층 사람들은 다릅니다. 그들은 과학을 추종하여 예전과는 달리 그리스도의 힘을 빌리지 않고 지성만으로 공정한 사회를 이루려 하며 이미 범죄와 죄악이 사라졌다고 선포하였습니다. 그들의 기준으로 볼 때는 맞는 말입니다. 인간에게 하느님이 없다면, 어떤 범죄가 있을 수 있을까요? 유럽에서는 민중이 무력으로 부자에게 맞서 일어나고 있으며, 그 지도자들은 도처에서 민중을 피로 이끌며 그들의 분노가 정당하다고 가르칩니다. 하지만 '그들의 분노는 저주받았습니다. 그것은 잔혹하기 때문입니다'. 러시아는 주님이 구원하실 것입니다. 이미 수차례 구원하셨던 것처럼 말이지요. 구원은 민중으로부터, 민중의 믿음과 겸허한 마음으로부터 올 것입니다. 신부님들, 스승님들, 민중의 믿음을 소중히 하십시오. 이것은 꿈이 아닙니다. 나는 민중의 위대하고 진실된 존엄성에 평생 감동을 받으며 살아왔습니다. 내 자신이 그것을 직접 보았기 때문에 증거할 수 있습니다. 우리 민족이 죄악의 수렁에서 허덕이며 비참한 몰골을 하고 있음에도 나는 그 존엄성을 보고 놀라움을 금치 못했습니다. 그들은 두 세기에 걸쳐 노예 생활을 하면서도 노예화되지 않았습니다. 말과 태도가 자유롭지만, 그렇다고 무례하지도 않습니다. 복수심도 없고, 시기심도 없습니다. '당신은 지위도 높고 돈도 많고 똑똑하고 재능도 많다. 그건 좋은 일이다. 하느님께서 당신을 축복하기를. 나는 당신을 존중하지만, 나 역시 인간이라는 것을 알고 있다. 나는 당신을 시기하지 않고 존중함으로써 당신 앞에 나의 인간으로서의 존엄성을 보여주고 있다.' 그들은 이렇게 말하지는 않더라도(아직 이런 말을 할 줄 모르기 때문입니다), 이런 식으로 **행동합니다**. 내가 그것을 직접 보았고, 직접 경험했습니다. 믿을

지 모르겠지만, 우리 러시아인은 가난하고 비천할수록 그 내면에 품은 위대한 진리가 더욱 뚜렷해집니다. 그중 부농이나 착취자가 된 자는 이미 대부분 타락해버렸기 때문입니다. 이것은 우리가 태만하고 무관심했던 탓이 큽니다! 그러나 하느님께서는 자신의 백성을 구원하실 것입니다. 왜냐하면 러시아는 겸허하기에 위대하기 때문입니다. 나는 우리의 미래를 보고자 꿈꾸며, 한편으로는 이미 그것이 분명히 보이는 듯합니다. 가장 부패한 부자도 결국 가난한 사람들 앞에서 자신의 부를 부끄럽게 여기게 될 것이며, 가난한 사람들은 그런 겸허한 모습을 보고 진심을 헤아리고 기쁜 마음으로 그들에게 양보하여 그 숭고한 수치심에 다정하게 응답할 것입니다. 반드시 그렇게 될 것입니다. 그것을 향해 나아가고 있기 때문입니다. 평등은 인간의 정신적인 존엄성 안에서만 존재하는 것이며, 우리만이 그것을 이해할 것입니다. 서로가 형제가 된다면 형제애도 싹틀 것이지만, 그런 형제애가 피어나기 전에는 공정한 분배란 불가능합니다. 우리는 그리스도의 형상을 보존할 것이고 그것은 고귀한 다이아몬드처럼 온 세계에 빛을 발할 것입니다… 아멘, 아멘!

　신부님들, 스승님들, 한번은 내게 감동적인 일이 일어난 적이 있습니다. 순례를 하던 중 나는 K시에서 나의 당번병이었던 아파나시를 만났는데, 그와 헤어진 지 8년 만의 일이었습니다. 그는 시장에서 우연히 나를 알아보고는 한달음에 달려와 나를 부둥켜안기라도 할 것처럼 기뻐했습니다. "신부님, 나리가 아니십니까? 이렇게 나리를 뵙게 되다니요!" 그는 나를 자기 집으로 데리고 갔습니다. 이미 퇴임한 그는 결혼하여 어린 두 자녀를 두고 있었습니다. 아내와 함께 시장에서 노점상을 해서 얻는 소소한 수익으로 생계를 꾸려 나가고 있었지요. 그의 방은 단출했지만, 깨끗하고 기쁨이 넘쳤습니다. 그는 나를 자리에 앉히더니 내가 나타난 것이 잔칫날이라도 되는 듯 사모바르를 내오고 아내를 부르러 사람을 보냈습니다. 그러고는 자기 아이들을 데려오더니 "신부님, 축복을 내려주십시오"라고 말했습니다. "내가 어찌 감히 축복을 내리겠소?" 나는 대답했습니다. "나는 평범하고 겸허한 수도사일 뿐이니 하느님께 아이들을 위해 기도를 드리겠소. 아파나시 파블로비치, 당신을 위해서라면 나는 그날 이후로 하루도 빠짐없이 기도를 드리고 있다오. 모든 것이 당신 덕분이니 말이오." 나는 그에게 그때 있었던 일을 할 수 있는 만큼 설명해주었습니다. 아파나시는 나를 가만히 바라보았습니다. 자기의 상관이었고 장교였던 내가 그런 모습에 그런 차림으로 눈앞에 있는 것이 도저히 믿기지 않는 모양이었습니다. 그는 눈물까지 흘리고 말았습니다. "왜 우시오?" 내가 말했습니다. "당신은 내게 잊을 수 없는 사람이오. 그러니 차라리 나를 위해 기뻐해주시오. 내가 갈 길에는 빛과 기쁨이 가득하니까." 그는 말없이 연신 한숨을 내쉬며 감격한 듯 고개를 끄덕였습니다. "재산은 어떻게 하셨습니까?" "수도원에 바치고 공동 숙소에서 지내고 있소." 나는 차를 마신 후 아파나시의 가족과 작별 인사를 했습니다. 아파나시는 갑자기 50코페이카짜리 은화를 내게 주면서 수도원에 기부해달라고 했습니다. 그러고는 은화 한 닢을 더 꺼내 서둘러 내 손에 쥐어 주며 이렇게 말했습니다. "이건 기묘한 순례자이신 나리께 드리는 겁니다. 혹시 필요할 데가 있을지도 모르니까요." 나는 은화를 받고 아파나시와 그 부인에게 인사한 후 기쁜 마음으로 그곳을 나섰습니다. 그리고 길을 가면서 생각했답니다. '이제는 우리 둘 다, 그는 집에서, 나는 이렇게 길을 가면서, 즐거운 마음으로 한숨을 내쉬고 고개를 끄덕이며 하느님께서 어떻게 우리를 만나도록 이끄셨는지 떠올리겠지.' 나는 그 후 다시는 아파나시를 보지 못했습니다. 나는 그의 주인이었고, 그는 나의 하인이었지만, 우리가 영적인 감동을 느끼며 애정 어린 입맞춤을 나눈 순간 우리 사이에는 위대한 인간적 결합이 이루어졌습니다. 나는 이것에 대해 많이 생각해 보았고 지금은 이런 의견을 가지고 있습니다. 이 위대하고 소박한 결합이 때가 되면 도처에서 러시아 사람들 사이에 이루어진다는 것이 정말 생각도 못할 일일까요? 나는 그렇게 될 것이며, 그 시기도 머지않았다고 믿습니다.

하인에 대해 이런 이야기를 덧붙이고 싶습니다. 나는 아직 젊을 때 요리사가 너무 뜨거운 음식을 내왔다거나 당번병이 세탁을 말끔하게 안 했다는 이유로 하인들에게 자주 화를 내곤 했습니다. 그러나 그때 문득 어린 시절 들었던 소중한 형의 사상이 깨달음을 주었습니다. '나는 다른 사람의 시중을 받고, 가난하고 무지하다는 이유로 남을 부려먹을 자격이 있는가?' 이렇게나 단순하고 명백한 생각이 그제야 머릿속에 떠오르다니 놀라움을 금할 수 없었습니다. 하인 없이 세상을 살아가는 것은 불가능한 일이겠지만, 당신은 하인이 정신적으로는 자유인보다 더 자유로울 수 있도록 해주어야 합니다. 주인은 오만을 버리고 하인 앞에 하인이 되고, 하인은 아무 불신 없이 그것을 느끼도록 하는 것이 어째서 불가능한 일인 것일까요? 하인을 육친처럼 대하고 가족으로 받아들여 기쁨을 누리지 못할 이유가 어디에 있을까요? 이것은 지금도 충분히 실현 가능한 일이며, 앞으로 다가올 인류의 위대한 결합의 기초가 될 것입니다. 그때가 되면 인간은 하인을 찾지 않을 것이며, 자기와 똑같은 인간을 하인으로 삼지 않을 것입니다. 오히려 복음서의 말씀을 따라 자신이 모든 사람의 하인이 되고자 소망할 것입니다. 인간이 종국에는 폭식, 음란, 오만, 허영, 남을 밟고 일어서려는 시기심 등 오늘날의 잔인한 쾌락이 아닌 교화와 자비를 이뤄나가는 데서 기쁨을 느끼리라는 것이 정말 꿈에 불과할까요? 나는 그렇지 않으며, 그 시기가 가까웠다는 것을 굳게 믿습니다. 사람들은 웃으며 그 시기가 언제냐고, 정말 그때가 오기는 하는 거냐고 묻습니다. 그러나 나는 그리스도와 함께 이 위대한 일을 이루어낼 것이라고 생각합니다. 인류 역사를 보면 10년 전만 하더라도 상상도 할 수 없었던 사상들이 현묘한 시기가 도래하자 갑자기 나타나 온 지상에 퍼져나간 사례가 얼마나 많습니까? 우리에게도 똑같은 일이 일어날 것이고, 우리 민족이 온 세계를 비출 것이며, 만인이 한목소리로 '장인이 버린 돌이 주춧돌이 되었다'고 말할 것입니다. 우리를 조롱하는 자에게는 이렇게 묻고 싶습니다. 만약 우리의 소망이 한낱 꿈에 불과하다면, 당신들은 그리스도를 외면한 채 지성만 가지고 대체 언제 건물을 완성할 것이며 언제 공정한 세상을 이룩할 것이냐고 말입니다. 만약 그들이 자신들이야말로 화합을 향해 나아가고 있다고 주장한다고 해도, 그것을 정말로 믿는 사람은 그중 가장 순진한 자, 터무니없을 정도로 순진한 자 외에는 없을 것입니다. 사실 망상에 심취한 쪽은 우리가 아닌 그들입니다. 그들은 공정한 세상을 이룩하려 하지만, 그리스도를 외면하여 결국 온 세상을 피로 물들일 것입니다. 왜냐하면 피는 피를 부르고, 칼을 뽑아 든 자는 칼로 죽음을 맞기 때문이지요. 만약 그리스도의 약속이 없었더라면, 이 지상에 단 두 사람이 남을 때까지 살육이 벌어졌을 것입니다. 그리고 마지막 두 사람도 자신의 오만에 빠져 멈춰 서지 못하고, 한 사람이 다른 사람을 죽인 뒤 자기도 죽음을 맞이할 것입니다. 만약 온화하고 겸허한 사람들을 위해 그런 일이 끝날 것이라는 그리스도의 약속이 없었더라면, 그것은 현실이 되고 말았을 것입니다. 나는 결투 사건이 있은 후 아직 군복을 입고 있었을 무렵 사람들이 모인 자리에서 하인에 대한 이야기를 하곤 했습니다. 사람들이 깜짝 놀라 이렇게 물었던 것이 떠오릅니다. "그럼 우리가 하인을 소파에 앉히고 차라도 날라줘야 한다는 겁니까?" 나는 이렇게 대답했습니다. "못할 건 없지 않습니까? 가끔씩이라도 말입니다." 그러자 모두가 웃음을 터뜨렸습니다. 그들은 가볍게 던진 질문이었고, 내 대답 역시 불분명했지만, 그래도 그 안에 어떤 진리가 담겨 있었다고 생각합니다.

사) 기도, 사랑, 다른 세계와의 접촉

젊은이여, 기도를 잊지 마십시오. 그대가 진심으로 기도를 드린다면 기도할 때마다 새로운 감정이 솟아날 것이며, 그 감정 속에는 지금껏 몰랐던, 그대의 힘을 북돋아줄 새로운 생각이 들어 있을 것입니다. 그대는 기도가 곧 배움이라는 사실을 깨닫게 될 것입니다. 한 가지 더 잊지 말아야 할 것은 매일 틈이 날 때마다 속으로 이렇게 되뇌는 것입니다. '주여, 오늘 당신 앞에 나아간 자들을 긍휼히 여기소서.' 왜냐하면 매시간, 아니 매 순간마다 수천 명의 사람들이 지상의 삶을 끝내 그 영혼이 하느님 앞으로 나아가며, 그중 많은 이가 슬픔과 애수에 잠긴 채, 누구 하나 슬퍼해주는 이 없고 아무도 그런 사람이 살았는지조차 몰라주는 가운데 세상을 떠나기 때문입니다. 그대가 그 사람을 모르고, 그 역시 당신을 모른다고 해도 명복을 비는 그대의 기도는 세상의 다른 편 끝에서 주님께 가 닿을지도 모릅니다. 두려움에 떨며 주님 앞에 선 영혼이 자신을 위해서도 기도해주는 사람이 있고, 아직 지상에 자신을 사랑해주는 존재가 있다는 것을 느낀다면 얼마나 감동하겠습니까. 하느님께서도 그대들 두 사람을 더욱 자비로이 바라보실 것입니다. 그대가 그 사람을 그토록 가엾게 여긴다면, 무한한 자비와 사랑을 지니신 하느님께서는 그보다 훨씬 더 긍휼히 여길 것이기 때문입니다. 하느님께서는 그대를 위해서라도 그를 용서하실 것입니다.

　형제들이여, 사람의 죄를 두려워하지 말고, 죄지은 사람도 그 모습 그대로 사랑하십시오. 하느님의 사랑과 닮은 그러한 사랑이야말로 지상의 사랑 가운데 최고의 사랑이기 때문입니다. 하느님이 지으신 모든 것을 사랑하고, 그 전체와 모래알 하나하나를 사랑하십시오. 잎사귀 하나, 하느님의 햇살 한 줄기까지 사랑하십시오. 동물을 사랑하고, 식물을 사랑하고, 모든 사물을 사랑하십시오. 만약 그대가 모든 사물을 사랑한다면 그 속에서 하느님의 비밀을 깨닫게 될 것입니다. 한 번 깨닫고 나면, 그 후로는 날마다 더 많은 것을 알게 될 것입니다. 그리하여 마침내 완전하고 우주적인 사랑으로 온 세계를 사랑하게 될 것입니다. 동물을 사랑하십시오. 하느님께서는 그들에게 기초적인 지성과 평온한 기쁨을 주셨습니다. 동물을 괴롭히지 말고, 학대하지 말고, 그들에게서 기쁨을 빼앗아 하느님의 생각에 반하지 마십시오. 인간이여, 동물 위에 올라서려고 하지 마십시오. 동물에게는 죄가 없지만, 그토록 위대한 인간은 지상에 나타나 대지를 썩게 하고 곪아 터진 흔적을 남기고 갑니다. 아아, 우리들 대부분이 그렇습니다! 아이들을 특히 사랑하십시오. 아이들 역시 천사처럼 순결하며 우리에게 감동을 주고 우리의 마음을 정화시키기 위해 살아가고 있으며, 하나의 지표가 되고 있기 때문입니다. 아이들을 괴롭힌 자에게는 슬픔이 따를 것입니다. 나에게 아이들을 사랑하라고 가르친 사람은 안픰 신부였습니다. 다정하고 과묵한 그는 나와 순례를 할 적에 사람들이 기부해준 동전으로 과자와 사탕을 사서 아이들에게 나누어주곤 했습니다. 그는 아이들 곁을 지나칠 때면 영혼의 떨림을 느끼는 사람이었지요.

다른 생각을 마주할 때, 특히 다른 사람의 죄악을 목격할 때면 고민에 빠지며 자기 자신에게 이런 질문을 던지게 됩니다. "힘으로 붙들 것인가, 사랑으로 붙들 것인가?" 그럴 때면 언제나 '겸허한 사랑으로 붙들겠다'고 결심하십시오. 그런 결심만 있다면 온 세상을 굴복시킬 수 있습니다. 겸허한 사랑은 그 무엇보다 강하고 그 무엇과도 견줄 수 없는 무서운 힘입니다. 매일, 매 시간, 매 순간 자신의 모습이 고결하도록 자기 자신을 관찰하고 살펴야 합니다. 가령 당신이 잔뜩 화가 나 분을 삭이지 못하고 추잡한 말을 하면서 어린아이의 곁을 지나갔다고 합시다. 당신은 그 아이를 못 보고 지나칠지 몰라도, 어쩌면 그 아이는 당신을 보고 당신의 추악한 모습이 그 여린 마음에 각인될 수 있습니다. 당신은 자신도 모르는 사이에 아이의 마음속에 나쁜 씨앗을 뿌린 것입니다. 그리고 그 씨앗은 점점 자라날 것입니다. 모두 당신이 아이 앞에서 행동을 조심하지 않고, 주의 깊고 실천적인 사랑을 가슴속에 키우지 않은 탓입니다. 형제들이여, 사랑은 스승이지만 먼저 그것을 얻는 법을 알아야 합니다. 왜냐하면 사랑은 쉽게 얻을 수 있는 것이 아니라서 비싼 대가를 치르고 오랜 시간 부단히 노력해야만 얻을 수 있기 때문입니다. 우발적이고 순간적인 사랑이 아닌, 영원한 사랑을 해야 하기에 그렇습니다. 우발적인 사랑이라면 누구나, 심지어 악인이라도 할 수 있습니다. 나의 형은 새들에게도 용서를 빌었습니다. 그것은 어리석어 보이지만 사실은 옳은 일이었습니다. 모든 것은 바다처럼 흘러 만나게 되므로, 어느 한 곳을 건드리면 세상의 다른 쪽 끝에서 그 반동이 일어나는 법입니다. 새들에게 용서를 비는 것이 미친 짓일지는 몰라도, 당신이 지금보다 조금이라도 고결해진다면 새들과 아이들과 당신 주위에 있는 모든 동물들은 더욱 행복해질 것입니다. 다시 한번 말하지만, 모든 것은 바다와 같습니다. 그렇게 된다면 당신은 완전한 사랑이 주는 가책을 느끼고 환희에 가까운 심정으로 새들에게 자신의 죄를 용서해달라고 기도하게 될 것입니다. 남들이 아무리 그것을 무의미하게 보더라도, 그 환희를 소중히 하십시오.

친구들이여, 하느님께 즐거움을 구하십시오. 어린아이처럼, 하늘을 나는 새처럼 즐거워하십시오. 다른 이의 죄가 당신의 과업에 방해가 되지는 않을 것이니, 그것이 당신의 일을 가로막고 완성을 방해할까봐 두려워하지 마십시오. "죄악과 부정, 추악한 환경은 너무나 강한데 우리는 고독하고 무력하다. 추악한 환경이 우리를 가로막아 숭고한 과업을 이룰 수가 없다." 아이들이여, 이런 비관적인 생각을 버리도록 하십시오! 여기서 구원받을 수 있는 유일한 방법은 인간의 모든 죄에 대한 책임을 지는 것입니다. 친구여, 이것은 사실입니다. 당신이 모든 것과 모든 사람에 대해 진정으로 책임을 지는 순간, 그것이 사실이며 당신이 정말로 모든 사람과 모든 것에 대해 죄가 있다는 것을 깨닫게 될 것이기 때문입니다. 자신의 게으름과 무기력을 남에게 전가하는 사람은 결국 사탄의 오만에 빠져들어 하느님에게 불평을 늘어놓게 될 것입니다. 나는 사탄의 오만에 대해 이런 생각을 가지고 있습니다. 우리는 지상에 있는 동안 사탄의 오만을 제대로 파악할 수 없기 때문에 착각에 빠져 그것에 빠져들기 쉽습니다. 그것도 뭔가 위대하고 훌륭한 일을 하고 있다고 생각하면서 말이지요. 우리의 본성이 가진 가장 강렬한 감정과 움직임 가운데서도 지상에 있는 동안 파악할 수 없는 것이 많으므로, 유혹에 빠져 그것이 당신에게 어떤 변명거리가 될 수 있을 거라고 생각해서는 안 됩니다. 영원한 심판관은 당신이 이해한 것을 묻지, 이해하지 못한 것을 묻지는 않을 것이기 때문입니다. 당신은 그것을 직접 확인하게 될 것이며, 그때는 모든 것을 바른 눈으로 보게 되어 더는 반론을 제기하지 않을 것입니다. 지상에 있는 우리는 정처 없이 헤매고 있습니다. 만약 그리스도의 귀한 모습이 우리 앞에 없었다면, 우리는 대홍수 전의 인류처럼 완전히 길을 잃고 파멸해버리고 말았을 것입니다. 지상에 있는 많은 것이 우리로부터 숨겨져 있지만, 그 대신 우리에게는 다른 세계, 숭고한 천상의 세계와 연결되어 있다는 신비롭고 귀중한 감각이 주어졌습니다. 우리의 생각과 감각의 근원은 이곳에 있는 것이 아니라 다른 세계에 있습니다. 그렇기 때문에 철학자들이 지상에서는 사물의 본질을 이해할 수 없다고 말하는 것입니다. 하느님은 다른 세계에서 씨앗을 가져다 이 땅에 심어 자신의 정원을 가꾸어놓으셨고, 싹 틀 수 있는 것은 모두 싹을 틔우셨습니다. 그러나 싹 튼 것이 살아갈 수 있는 이유는 오직 신비로운 다른 세계와 접하고 있다는 감각 덕분입니다. 만약 그 감각이 약해지거나 사라진다면 당신 내면에 자라난 것도 죽어버릴 것입니다. 그러면 삶에 무감각해지고, 더 나아가서는 삶을 증오하게 될 것입니다. 나는 그렇게 생각합니다.

아) 인간이 같은 인간의 심판자가 될 수 있는가?:
최후까지의 믿음에 관하여

인간은 그 누구의 심판자도 될 수 없다는 사실을 특히 명심하십시오. 왜냐하면 심판자 자신이 자기도 눈앞에 있는 자와 똑같은 죄인이며, 자신이 그 사람의 범죄에 대해 누구보다 큰 책임을 지고 있다는 것을 깨닫기 전에는 이 지상에 죄인의 심판자란 있을 수 없기 때문입니다. 그것을 깨달아야만 심판자가 될 수 있습니다. 허무맹랑한 말 같아도, 이것이 진리입니다. 만약 나 자신이 의로운 사람이었다면, 내 앞의 죄인은 없었을지도 모르기 때문입니다. 만약 그대 앞에 서서 그대의 심판을 받는 사람의 죄를 짊어질 수만 있다면 즉시 그렇게 하여 그 사람 대신 고통받고, 죄인은 비난하지 말고 풀어주십시오. 법에 의해 그대가 그 사람의 심판관이 되었다고 해도, 가능한 한 그런 정신으로 행동하십시오. 그러면 그 자리에서 물러난 죄인은 그대의 판결보다 더욱 혹독하게 자기 자신을 심판할 것입니다. 만약 죄인이 그대의 입맞춤에 감응하지 않고 그대를 비웃으며 떠나간다고 해도 동요해서는 안 됩니다. 아직 그에게 때가 오지 않은 것이며, 그것은 언젠가는 찾아올 것이기 때문입니다. 때가 오지 않는다고 해도 마찬가지입니다. 그가 깨닫지 못하더라도 다른 사람이 그 대신 깨닫고 고통받고 자기 자신을 심판하고 책망한다면 진리는 이루어질 것이기 때문입니다. 이것을 믿으십시오. 한 치 의심 없이 믿어야 합니다. 바로 여기에 성인들의 희망과 믿음이 모두 담겨 있기 때문입니다.

끊임없이 실천하십시오. 잠들기 전에 '해야 할 일을 하지 못했다'는 생각이 들면 지체 없이 일어나 그 일을 해야 합니다. 그대 주변에 있는 사람들이 심술궂고 무정해 그대의 말을 들으려 하지 않는다면 그들 앞에 엎드려 용서를 구하십시오. 그들이 그대의 말을 들으려 하지 않는 데에는 그대의 책임도 있기 때문입니다. 상대가 격분한 나머지 대화를 나눌 수 없다면 절대 희망의 끈을 놓지 말고 자신을 낮춰 묵묵히 그들에게 봉사하십시오. 모든 사람이 그대를 외면하고 강제로 쫓아내거든 홀로 대지에 엎드려 입을 맞추고, 눈물로 흙을 적셔야 합니다. 그러면 외떨어진 그대를 보거나 듣는 이는 없을지라도 대지는 그대의 눈물에 열매를 맺을 것입니다. 지상의 모든 사람이 타락하여 그대만이 유일한 신앙인이 될지라도 끝까지 믿음을 잃지 마십시오. 홀로 남아 하느님께 제물을 바치고 찬양하십시오. 만약 그대 같은 사람 둘이 만난다면, 온 세계가 생동하는 사랑의 세계로 변할 것이니 감동 속에 서로를 끌어안고 하느님을 찬양하십시오. 그 두 사람의 마음속에서나마 하느님의 진리가 이루어진 것이기 때문입니다.

만약 그대 자신이 죄를 지었다면, 지금껏 쌓아온 죄나 돌발적으로 저지른 죄 때문에 죽도록 고통스럽다면 다른 사람, 의로운 사람을 위해 기뻐하십시오. 그대는 죄를 지었지만 그 사람은 의로우며 죄를 짓지 않았다는 사실에 기뻐하십시오.

다른 이의 악행에 견딜 수 없는 분노와 슬픔을 느껴 악인에게 복수심까지 느낄 때, 그런 감정을 가장 경계해야 합니다. 그 악행이 당신의 책임이라고 생각하고 곧장 고통을 찾아 나서십시오. 고통을 받아들이고 인내하면 그대의 마음은 진정될 것이고 그대 자신의 책임이라는 것을 깨닫게 될 것입니다. 죄 없는 유일한 사람으로서 악인에게 빛을 비춰줄 수 있었음에도 그러지 못했기 때문입니다. 만약 빛을 비추었다면, 그대의 빛이 다른 사람들의 길도 비춰줄 수 있었을 것이며, 악행을 저지른 자도 그 빛 속에서라면 죄를 범하지 않았을지도 모릅니다. 그대가 빛을 비춰주었음에도 사람들이 구원받지 못한다고 해도 마음을 굳게 먹고 하늘의 빛의 힘을 의심치 마십시오. 지금 구원받지 못한다면, 훗날에 구원받을 것입니다. 훗날에도 구원받지 못한다면 그 자손이 구원받을 것입니다. 당신이 죽어도 당신의 빛은 죽지 않기 때문입니다. 의인은 떠나가도, 그 빛은 남습니다. 구원은 구원자의 사후에 이루어지는 법입니다. 인류는 예언자를 배척하고 박해하지만, 그러면서도 자신들의 순교자를 사랑하고 자기들이 괴롭히는 자를 존경합니다. 그대는 전체를 위해 일하고, 미래를 위해 일하는 것입니다. 결코 보상을 바라지 마십시오. 그대는 이미 이 지상에서 커다란 보상을 받고 있습니다. 의인만이 느낄 수 있는 정신적 기쁨이 바로 그것입니다. 지위가 높거나 힘 있는 자를 두려워하지 말고, 언제나 지혜롭고 고결하게 행동하십시오. 정도와 때를 알 것이며, 그것을 깨우치십시오. 혼자가 되더라도 기도하십시오. 대지에 엎드려 입 맞추기를 사랑하십시오. 대지에 입을 맞추고 끝없는 열정으로 모든 사람과 모든 것을 사랑하며, 그 환희와 감격을 구하도록 하십시오. 기쁨의 눈물로 대지를 적시고 그 눈물을 사랑하십시오. 그대의 감격을 부끄러워 말고 소중히 여겨야 합니다. 왜냐하면 그것은 하느님의 위대한 선물이며 다수가 아닌 선택된 자에게만 주어지는 것이기 때문입니다.

자) 지옥과 지옥불에 관한 신비적 고찰

신부님들, 스승님들, 나는 '지옥이란 무엇인가?' 하고 생각해 봅니다. 나는 그것이 '더 이상 사랑할 수 없는 데서 오는 고통'이라고 봅니다. 언젠가 시간으로도 공간으로도 측정할 수 없는 무한한 세계에 어떤 영적인 존재가 나타났을 때, 그는 자신에게 '나는 존재한다, 그리고 나는 사랑한다'라고 말할 수 있는 능력을 선사받았습니다. 그에게는 실천적이고 살아 있는 사랑의 순간이 오직 한 차례 주어졌고, 이를 위해 지상에서의 삶과 더불어 시간과 기한이 주어졌습니다. 그러나 이 행복한 존재는 이 귀중한 선물을 외면하고, 하찮게 여기고, 아끼지 않고, 냉소 어린 눈길로 바라보았으며 아무런 감정도 느끼지 않았습니다. 그런 자도 지상을 떠나면 부자와 나사로에 관한 잠언에서 제시된 것처럼 아브라함의 가슴을 보고 아브라함과 이야기를 나누고, 천국을 느끼고 주님께 올라갈 수도 있지만, 한 번도 사랑한 적 없는 그가 주님께 올라가 자신이 경멸해온 사랑을 베풀던 자들과 만난다는 것은 그에게는 고통이 됩니다. 그제야 눈이 뜨여 스스로에게 이렇게 말할 것이기 때문입니다. "이제는 깨달음을 얻었고 사랑하기를 갈망하지만, 이미 나의 사랑에는 그 어떤 위업도, 희생도 있을 수 없다. 지상에서의 삶은 끝나버렸으며, 아브라함은 지상에서 내가 경멸했던 정신적인 사랑에 대한 갈망의 불꽃을 식혀줄 생명수(즉 실천적인 옛 지상의 삶이라는 선물)를 한 방울도 가져다주지 않을 것이기 때문이다. 이제 내게는 생명이 없고, 시간도 더는 주어지지 않는다! 다른 사람을 위해 목숨이라도 기꺼이 내놓을 수 있지만 이제는 그럴 수가 없다. 사랑을 위해 희생할 수 있는 삶은 이미 지나갔고, 그 삶과 이 세계 사이에는 끝없는 심연이 존재하기 때문이다." 사람들은 지옥불이 물질적인 것이라고 말합니다. 나는 그런 신비를 탐구할 생각이 없고, 탐구한다는 것이 두렵게 느껴집니다. 그러나 정말 그 불이 물질적인 것이라면, 사람들은 굉장히 기뻐할 것이라고 생각합니다. 왜냐하면 물질적인 고통 속에서는 잠깐이나마 그보다 더 무서운 정신적인 고통을 잊을 수 있기 때문입니다. 정신적인 고통은 외적인 것이 아니라 내적인 것이기 때문에 지울 수가 없습니다. 만약 지울 수 있다고 하더라도 그로 인해 사람들은 더욱 불행해질 것입니다. 천국의 의로운 사람들이 그들의 고통을 보고 그들을 용서하고, 무한한 사랑으로 자기들이 있는 곳으로 불러들인다 해도, 그럼으로써 그들의 고통은 가중될 뿐입니다. 그들의 마음속에 보답과 실천과 감사의 사랑을 갈구하는 불길이 더욱 거세게 타오를 것이나, 그런 사랑은 이미 불가능하기 때문입니다. 그러나 그것이 불가능하다는 자각 자체가 그들의 고통을 덜어주리라는 것이 나의 조심스러운 생각입니다. 보답할 수 없는 의인들의 사랑을 받아들이는 이 순종적이고 겸허한 행위 속에서, 자신이 지상에 있을 때 경시했던 실천적인 사랑의 모습을, 그 사랑과 닮은 행동의 모습을 마침내 발견할 것이기 때문입니다…. 형제들이여, 친구들이여, 나는 이것을 명확히 설명할 수 없어 안타까울 따름입니다. 그러나 지상에서 자신의 생명을 끊은 사람, 자살한 사람은 어떤 고통을 겪습니까! 이들보다 더 불행한 사람은 없다고 생각합니다. 사람들은 그들을 위해 하느님께 기도하는 것이 죄악이라고 말하고 교회에서도 노골적으로 그들을 외면하고 있지만, 나는 마음속 깊은 곳에서 그들을 위해 기도를 해도 좋다고 생각하고 있습니다. 그리스도께서 사랑 때문에 화를 내시진 않을 것이니까요. 신부님들, 스승님들, 여러분께 고백하건대 나는 평생 마음속으로 그런 사람들을 위해 기도했고, 지금도 매일 기도하고 있습니다.

오, 그러나 지옥에는 확고한 깨달음을 얻고 자명한 진리를 목격한 후에도 오만하고 광폭하게 구는 사람들이 있습니다. 사탄과 사탄의 오만한 정신에 완전히 동화된 무서운 자들이 있는 것입니다. 그들에게 있어 지옥은 자의로 받아들인 곳이며, 끝없는 목마름을 안겨주는 곳입니다. 그들은 자발적인 수난자입니다. 하느님과 삶을 저주함으로써 스스로를 저주했기 때문입니다. 사막에서 굶주린 자가 자기 몸에서 피를 빨듯 악의에 찬 오만을 먹고 사는 것이지요. 그러나 영원히 만족을 모르는 그들은 용서를 거부하고 자기를 부르시는 하느님을 저주합니다. 증오 없이는 살아 계신 하느님을 바라보지 못하며 생명의 하느님이 없어지기를, 하느님이 당신과 당신의 모든 창조물을 파괴해버리시기를 바랍니다. 그들은 영원히 자신의 분노의 불길 속에 타오르며 죽음과 무존재를 갈망할 것입니다. 그러나 죽음을 얻지는 못할 것입니다….

알렉세이 표도로비치 카라마조프의 글은 여기서 끝난다. 다시 한번 말하지만 이 글은 불완전하고 단편적이다. 이를테면 전기적 자료의 경우 장로의 청년 시절 가운데 초기만 다루고 있다. 장로의 가르침과 의견 중에는 상이한 시기에 여러 가지 상황에서 한 것으로 보이는 말들이 한데 합쳐져 기록되어 있기도 하다. 장로가 생의 마지막 순간에 무슨 말을 했는지는 정확히 구분되어 있지 않으며, 알렉세이가 이 글에 기록한 장로의 옛 가르침과 비교해볼 때 그 담화의 정신과 성격만 알 수 있을 뿐이다. 장로의 죽음은 실로 갑작스러웠다. 마지막 날 밤 장로의 방에 모인 사람들 모두 장로의 죽음이 머지않았다는 것을 잘 알고 있었지만, 그럼에도 그 순간이 그렇게 갑자기 닥쳐올 줄은 생각도 하지 못하고 있었다. 앞서 말했듯 장로의 친구들은 그날 밤 정정해 보이고 이야기를 많이 하는 장로를 보면서 잠깐이나마 그의 건강이 눈에 띄게 나아졌다고 생각했다. 후에 사람들이 놀라워하며 전해주기를, 그들은 5분 전까지도 임종을 전혀 예상할 수 없었다고 한다. 장로는 갑자기 가슴에 강렬한 통증이 온 듯 창백해진 얼굴로 가슴을 움켜잡았다. 사람들은 모두 자리에서 일어나 장로에게 몰려들었다. 하지만 장로는 고통 속에서도 여전히 미소를 띠고 그들을 바라보며 가만히 의자에서 바닥으로 내려와 무릎을 꿇었다. 그러고는 얼굴을 바닥 쪽으로 숙이고 환희에 찬 모습으로 두 팔을 벌린 채 기도하고 땅에 입을 맞추면서(자신이 가르친 대로) 기쁜 듯 조용히 영혼을 하느님께 바쳤다. 장로의 죽음은 곧 암자에 퍼졌고 수도원까지 전해졌다. 고인과 가까운 사람들과 직위상 의무가 있는 사람들은 오랜 관례에 따라 시신을 관에 모셨고, 모든 수도사들은 성당에 모였다. 나중에 들려온 소문에 의하면, 장로의 사망 소식은 동 트기 전 이미 시내까지 퍼졌다고 한다. 아침이 밝아올 무렵에는 시 전체가 이 일에 대해 이야기했고, 수많은 인파가 수도원으로 몰려들었다. 하지만 이 이야기는 다음 편에서 하기로 하고, 지금은 그로부터 하루도 채 지나기 전에 아무도 예상치 못한 일이 벌어졌다는 것만 미리 말해두도록 하겠다. 그것은 수도원과 시내 사람들이 받은 인상으로 볼 때 기묘하고 불안감을 일으키는 괴이한 사건이어서, 오랜 시간이 지난 지금까지도 시내 사람들은 많은 사람들을 혼란에 빠트린 그날에 대한 기억을 생생히 간직하고 있다… .